經典轉化與明清敘事文學

王璦玲、胡曉真主編

目　次

叁、經典的轉化

導言一

重寫文學史

—— 「經典性」重構與明清文學之新詮釋

王璦玲

　　自20世紀1980年代以來，有關文學經典（canon）的討論，曾一度成爲文學研究領域內最熱門的話題之一。我們在此處所特指的所謂「文學經典」，並非中國傳統儒學或其他子學中所指的政治性、學術性典籍，亦非直接與某些教義相關的宗教性權威文本，而是指在經歷長時間歷史之考驗下，所留存於後代具有啓發性、鑑賞性與示範性之文學性權威文本，以及此類文本中所蘊含之足以深刻啓發人之思維、情感與行爲之文化資源之意。誠如美國詩人與文論家艾略特（T.S. Eliot）所說的：「經典作品只是在事後從歷史的視角才被看做是經典作品的。」[1]也就是說，所謂文學的經典，必須是指那些被「沿續性文化思維」所認定爲不朽的作品，在它的形成過程中，必須經受某種價值的檢驗。對於當代美國重要的批評家與文學理論家布魯姆（Harold Bloom）來說，這種價值考驗，於性質上，必須是立基於純粹的文學審美批評之上。也就是說，一部作品如果具有任何可以說明爲「經典」之意義，則它必不僅衹是體現文學文本作爲歷史事件對當下生存主體於美學維度上所產生的重大影響，它還須是體現了某種與人性相關的價值。也就是說，作爲不朽的文學文本，既具有具體的歷史語境中之特殊性、表現性，亦對歷史的限制性，產生跨越性的超越，使不同時代的不同閱讀，皆環繞於某種價值意義而旋轉。

　　然而，進入20世紀1980年代後期，經過「後現代」與「後殖民」論述的風

1　〔美〕艾略特，《艾略特詩學文集》（北京：國際文化出版公司，1989），頁114。

行，文化研究逐步形成了一種跨領域的且更爲強勢的思潮，強烈地衝擊著傳統的經典文學研究。大體言之，當代文化研究的兩個重要特徵即是：「非菁英化」與「去經典化」（de-canonization）。它所重視的，是當代仍有著活力、仍在發生著的文化事件，但卻相對地冷落了典籍中經過歷史積澱並有著極高審美價值的菁英文化產品[2]。「非菁英化」與「去經典化」所以必然衝擊文學之經典觀，這是因爲文學經典之所以成爲文學經典，就群體而言，有賴於一個「具有中心」的文化機制；就個體來說，則是在其閱讀條件中，具有一種「中心化的信仰」。文學經典與中心價值觀的同構性，雖不必然指向「一元」，從而失去對於自身基礎之反省，或嘗試複合價值的想像，然而它的立論根基，在「後現代」的文化語境中，仍受到了嚴重的質疑。權威性、中心性在此處沉淪，遊戲心態、解構神聖，形成了後一種論述態勢的核心。對於西方社會而言，後現代文化論述在文化價值觀上對於「中心」的消解，模糊了中心與邊緣的對立。這使得在後現代文化語境中，個體失去了對於經典的信仰與從事經典建構的衝動。此外，在人類文化史上，語言文本一直居於中心地位，但後工業社會的到來，與世界文化的當下轉型，長期以來處於邊緣的視覺文化或圖像文化，走到了歷史的前台。當代的電子多媒體，如網路、電影、電視成了巨大的圖像輸出口。各種圖像資訊鋪天蓋地湧來，讓現代人目不暇給。「語言」從中心被拋到了邊緣，語言的中心地位在圖像的衝擊下旁落，同時語言的空間也遭到了圖像的擠壓。作爲文學中心的文學經典，在整個當代文化格局下，也難免不遭受擠壓與拋離的厄運。

另一方面，當代文化研究又有意識地把研究的視角指向歷來被菁英文化看輕的大眾文化，甚至是消費文化。當代社會，消費意識、消費欲望與消費風尚，通過大眾傳媒的鼓吹，已成爲了社會大眾一種揮之不去的潛在文化心理。無邊的消費主義作爲一種社會思潮，瀰散在我們生活的每一時空間。市場經濟與後工業主義的文化氛圍，使純粹的逐利獲得了某種合法性。文學經典降格成爲大眾滿足消費欲望的一種並無特殊意義的對象。消費文化按照自身內在的邏輯與動力，將經

2　參見王寧，〈文化闡釋與經典重構〉，《文化翻譯與經典闡釋》（北京：中華書局，2006），頁99。

典的神聖性與權威性腐蝕，對文學經典進行翻譯、戲擬、拼貼、改寫。這使得追
求經典文本的通俗性，逐漸成爲消費文化對於文學經典所採取的態度[3]。此種文
學經典神聖性的消解與消費化趨勢，體現著現代性中的世俗化需求，而經過戲仿
（parody）、改編後的文學經典，其實已不復是原初意義上的文學經典，充其量，原
作與改作兩者間，也僅祇是保持著可辨識的互文性（intertextuality）關係而已。事實
上，消費文化正是以一種社會機制的方式，無意識地通過戲仿及改寫等滑稽方
式，來瓦解傳統經典文本其在歷史中的尊貴地位，以彌合高雅與通俗、菁英與大
眾之間的鴻溝。

　　中心觀念的衰落，削弱了菁英文化及其研究的權威性，使菁英文化及其研究
的領域日益萎縮。不過也正因爲如此，文化研究由於新議題的激發，開始展現了
新的視野，並被賦予了新的活力。在文化研究思潮的激盪下，文學研究的內涵也
發生了變化，它逐步引進了一些其他學術研究視野中有關性別、認同與後殖民情
境的研究課題，並有意識地對經典文學抱持一種質疑的態度，以便從一個新的角
度對經典之「經典性」（canonicity）進行重新的詮釋與建構。文化研究者採用一
種全新的視角看待經典問題，他們否認經典是人類普遍而超越的審美價值與道德
價值的體現，否認經典具有超越歷史、地域以及民族等特殊因素的普遍性與永恆
性；他們認爲「經典」以及「經典的標準」，實際上總是具有特定的歷史性、階
級性、特殊性與地方性。由於文化研究者質疑經典與經典的這種普遍性、永恆
性、審美性與純藝術性，文化研究視野中的文學經典問題，因而被還原成爲權力
問題，或從權力的角度來理解；帶有極大的政治性。他們認爲，經典的構成，是
由諸多因素構成的，它在很大程度上取決於特定的批評話語、權力機構及其他一
些人爲因素。他們首先關注的問題是：什麼是經典?誰的經典？何種層次上的經
典？經典應包括哪些作品？經典作品是如何形成的？經典的內容應由哪些人根據
哪些標準來確定？經典形成的背後是怎樣一種權力關係？當經典遇到挑戰時，其
權威性是否亦將隨之而產生變化？等等。這些均成爲文學研究者，以及其後的文

3　劉晗，〈文學經典的建構及其在當下的命運〉，《吉首大學學報》（社會科學版），
　　第24卷第4期（2003年12月），頁88。

化研究學者們所必須面對的問題。

當我們論及經典的「經典性重構」，必然涉及文學史的寫作問題。20世紀的文學批評家對於「文學史」(literary history)的概念，以及文學史的寫作，在定義、功能與內涵上，皆發生了前所未有的變化。史學觀念的進步與「文學批評」方法上的趨於嚴格化，多少顛覆了文學史作為「解釋文學現象所以發生」的那一層意義。文學史的寫作，在不斷匯入環繞於有關「文學文本」、「文學作為」與「文學審美」的種種研究後，不斷更新的要求，促使它完全擺落了先前所受制於歷史主義影響的束縛，成為建立於兼具批判性與詮釋性之自足的文學史學史(literary historiography)之上的一種寫作，從而在今日的文學學科中依然佔有重要的地位，並繼續發揮著重要的作用。不過到了1980年代初，當新歷史主義(New Historicism)崛起時，文學史寫作的方法與策略，又有了一番更新。依新歷史主義者的看法，歷史的敘述，並不等同於歷史的事件本身，任何一種歷史的呈現，只能是一種歷史的敘事(historical narrative)或撰述，或後設歷史(meta-history)的衍繹，其科學性與客觀性是大可懷疑的。因為撰史的背後，發揮主宰作用的，是一種強勢話語的霸權與權力的運作機制 [4]。歷史既然如此，更不用說雜入更多不確定的審美藝術特徵的文學史了。然而即使在經歷了這樣嚴峻的歷史敘述學的挑戰，文學研究的最終結局，仍是必須在某一時間點，在某一系列的陳述中，交織於一種歷史性敘述之中，將之視為歷史。祇是這個領域，已經不是以往那個有著濃厚菁英氣息的封閉的、局限的領域，而成了一個開放的、廣闊的跨學科與跨文化的領域。在這個廣闊的天地裡，文學研究並沒有消亡，而是被置於一個更加複雜的文化語境中來考察。這也許就是新的文學史學史，對於整個文學批評理論所產生的新的挑戰。而作為此一挑戰的一個直接影響，即是崛起了「文學經典的經典性重構」的論題。

事實上，對於任何一部文學作品的評斷，皆來自作為評論者之詮釋主體，批評與詮釋不能超離建構詮釋時所必有之相對性，對於文學的價值評判，不存在先驗的評判標準。故所謂文學經典的超時間性的實現，必須依附於群體間交互溝通

4　參見王寧，〈文化闡釋與經典重構〉，《文化翻譯與經典闡釋》，頁95。

所形成的歷史語境，這種歷史語境的存在，與文化網絡中左右文學接受及傳播的社會主體有著密切的關係。在某一些具體的文化語境中，那種處於決定地位的價值觀念與審美趣味往往決定了哪些作品可以被接受與傳播，哪些作品處於查禁與遮蔽的狀態。因此，可以說文學文本進入經典序列是建構性的，是一種選擇性、排他性的文學價值評價行為。

在多數的狀況下，對於文本進行評價之前，評價者必須先對文本意義進行理解。然而文學文本是一個多層面的結構存在。進入文本的不同層面，就會現出文本的不同意義，因此對於文本的評價，也就存在著必然的差異。然而作為一種科學性研究的嘗試，經驗的評論者，仍希望在承認「條件所給予的限制」下，找出對於「詮釋行為」的有效批評，藉以建立可以操作的所謂「批評方法」。在這種嘗試模擬科學而又非真能成功建構科學的知識努力下，於是形成了基於不同觀點與角度的不同批評流派。這些流派所以可以並存，而不發生「是否皆屬有效」的矛盾問題，乃是基於不同的詮釋視角、批評方法，可引導閱讀者進入文本的不同層面，解讀出文本所蘊含的不同意義，因此對於文本的理解，便可結合審美的豐富性，將作品不斷重塑，因而將作品由「一時性的存在」，轉化成為「歷史性的不朽」。

詮釋之容許存在歧異，一方面是因不同的閱讀者，其生活體會、審美經驗、價值立場等方面的「前理解」(fore-understanding)的差異，本即是造成不同意義解讀的原因。而即使是同一接受者，其不同時段的前理解的變化，也會導致對一個文本理解的變化。一個文本是否能真正重新納入經典的序列，而不因權威的標準改變而消失其地位，首先將面對的問題，便是：如何在理解與審美的「可變異」條件下，重新展現「價值」？

基本上，每一個文學文本對於接受者來說，雖不皆是價值的展現，卻都是一種「意義存在」。同一文本對於不同接受者，具有不同的意義。當某一個文學文本符合了接受個體的審美理想與價值訴求時，就會獲得文學接受個體賦予的極高的地位。而當個體審美評價要求普遍性認同的心理需要，轉化成為一股強大的心理動力，便成為文學經典建構的原動力，只要一有可能，審美主體就會尋找相應的體制支持，使之實現成為一種價值的展現。而自另一方面說，由於個體本質上

不具備權威，由個體所組成的群體中，群體成員對藝術作品的標準亦不盡相同，於是在群體內部，就會自然展開這種認定經典的話語權的競賽，甚至爭奪。

　　將經典話語權的競賽，詮釋爲一種政治性的爭奪，有一最著名的分析者，即是法國著名的文化社會學家布迪厄(Pierre Bourdieu)。在他的說法中，文化生產的場域，同時也是一個充滿了利益與權力競爭的場域。他的「文化生產場域」(the field of cultural production)論所關注的，是文化產品歷史性的社會生成條件與環境。個體與個體之間，在此場域中展開話語權的爭奪，這其中所牽涉的問題，除了審美價值(artistic value)與經典建構(canon formation)之外，還有主體性與行爲因(agency)、文學實踐與廣泛社會過程的關係、知識分子與藝術家的社會地位及作用(function)、正統(orthodoxy)與異端(heresy)的分野，乃至雅與俗的趣味標準等不同層面。布迪厄把文學創作置於「場域」(field)而非「傳統」中考察，把作家中心式的研究與純文本閱讀，轉向群體性文藝生產者的「習性」(*habitus*, dispositions)。依其所主張，場域是具有相對獨立自主性的社會實踐(social practice)領域，與其他場域(如政治、經濟)一樣。所以文學場域(literary field)的獨立性，祇是相對的，它處在權力場域(the field of power)的相互關係中。如此一來，文學創作乃是爭取文學場域中的「位置」(position)，而創立風格與特色是場域內「佔位」(position-taking)的策略與爭奪象徵資本(symbolic capital)的手段。有了象徵資本就不僅有了掌握域內合法性(legitimacy)的權威及支配權，還有了在場域外獲取經濟或政治等資本的機會。換言之，佔位並不意味作家純主觀的選擇，而是以作家創作方法及風格與已有的種種定位作區分，特別是與宰制勢力位置的區分，因而文學場域的結構，仍是與權力場域的結構互爲表裡的。在此場域中，不同的知識分子掌握了數量不等、類型不同的文化資本，因而在文化場域中佔據了不同的地位。知識分子的文化或藝術姿態，實際上是爲了改善或強化自己在場域中的位置所採用的策略。在此意義上說，文化與知識利益同時也是「政治」利益。知識分子乃是以把自己在文化場域中之利益最大化爲目的。知識分子在競爭中所採取的策略，取決於其在文化場域中所處的位置，這些位置是對抗性地建構的；而他在文化知識場域中競爭的最重要的資源，是文化合法性，即對於合法的文化產品與文化行爲的命名權。由於特定的文化產品一旦獲

得合法性，也就意味者它被神聖化爲「經典」作品，所以，合法性的抗爭，也可以被理解爲是對「經典」命名權的爭奪[5]。

　　然而如依此說，所謂「經典化」(canonization)或「經典建構」，其實往往意味著那些文學形式與作品，「被一種文化的主流圈子接受而合法化，並且其引人矚目的作品，被此共同體保存爲歷史傳統的一部份」[6]。如此而說解價值，其實仍是頗爲類似以「意識型態」與「階級利益」爲核心的社會衝突理論。祇是在此種場域論中，個體仍被保有其作爲「參與決定」的主動地位。在此分析下，經典權威的塑造，既並不取決於個別的讀者，亦不直接取決於階級，而是取決於多元的複雜因素，其中牽涉到政治權力的推行、知識分子的評選與話語權的競爭，以及大衆輿論的批判等[7]。首先，文學文本走向中心、成爲經典，固然有作品本身內在特質的作用，但在相當程度上是因爲所倡導的價值觀念與主流意識形態合拍而獲得政治權力的推行。因爲政治權力爲了推行主流意識，加強思想控制，往往通過確立文學經典的方式，強調文學經典在社會生活、政治倫理等方面的意義，以維護現存制度與意識形態。而其方式往往是藉由建立具有權威性質的文學理論體系、干預文學書籍出版、主導文學批評走向、介入文學史編撰與學校的文學教育等。而權威性刊物與權威性機構，在引導讀者閱讀方面往往有著不可替代的作用。其次，以傳承文明爲己任的知識菁英，在文化領域中，往往掌控著文學批評的絕大部分知識資源與學術文化話語權。知識菁英的薦舉是促成經典形成的一種重要方式，而這方面的成功主要是透過教育來取得。文學在學校裡找到了自己強有力的傳播地，至於什麼樣的作品能在這裡得以保存並成爲廣爲人知的經典，學校的課程設置發揮了至關重要的作用。也就是說，一部文學作品的內容並不重要，重要的是學校的課程賦予它多少「文化資本值」。知識菁英通過文學選本與文學史的形式化來鞏固他們的經典，並通過文學教育來讓授受教育者認同。

5　Cf. Pierre Bourdieu, ed. and intr. By Randal Johnson, *The Field of Cultural Production: Essays on Art and Literature* (Cambridge: Polity Press, 1993), pp. 1-73.

6　〔加〕斯蒂文・托托西 (Steven Totosy de Zepetnek)，馬瑞琦譯，《文學研究的合法化》(*Legitimizing the Study of Literature*)(北京：北京大學出版社，1997)，頁43。

7　劉晗，〈文學經典的建構及其在當下的命運〉，頁86-87。

除了政治權力的推行與知識菁英的批評與遴選外，大眾輿論評判也是推動文本進入經典序列的一種重要方式。接受美學的出現，促使學者相信，普通讀者的接受，透過市場的機制，對於文本的價值，也起到了越來越重要的作用。它似乎打破了少數權威人士對於經典確立的壟斷，打破了隱藏在經典確立背後的權力運作機制的操縱，使得所謂市場意義的「讀者」也有了參加閱讀與批評的位置。

布迪厄的文化場域論，對於所謂文化權威的形成，與其社會學意義，有其極為精闢的分析，然在這種以現代社會為摹本而建立的權力關係論中，所謂「經典」的「經典意義」其實亦已完全被顛覆。「經典」成為了文化支配權的象徵性代表。而個人的純粹審美趣味，也在個人的權力競逐中，叛離了它自己。如是一來，無論使用哪種方式，文學經典建構，首先表現的是在文化場域中製造出一種權威性的美學論述與審美趣味，然後依靠這種美學論述的主體所主導的文學體製，將契合其美學論述與審美趣味的文體從邊緣推向中心，確立為典範並使之具有權威性。一部「文學經典」的演出史，實際就成為了一系列的「中心對中心」的置換史。「經典」勢將失去了它成為經典的內涵，而這一內涵，正是作者於前文中所特為標出，稱之為「經典性」一詞之所指。

為了理解在藝術文本的歧異性閱讀中，是否真正存在價值的體現？一個文本是否能在失去其作為文化支配權的象徵性代表之後，仍能真正重新納入經典的序列，而不因權威的標準改變而消失其地位？於是文學批評家再一次地面對了「文學史」研究所將加諸其身的挑戰。文學批評家必須一改其前不斷藉由文學史中所呈現的實例，來支撐其研究的態勢，從此親自介入重塑文學史的工作，探討真正奠立文學研究成為可能，而不被社會學取代的基礎所在。

2002年中央研究院中國文哲研究所開始執行「明清文學經典之建構、傳播與轉化」主題計畫，為期二年。我們所以有興趣將精力集中於明清文學，是因此一時期豐富的多樣化表現，在中國文學史上幾可謂史無前例。不僅結社、唱和之風遍行文人階層，即如閨秀、商賈、庶民，乃至僧道的作品，都成為廣泛被討論的話題。至於體裁方面，詩、文之外，詞曲、小說、戲劇、彈詞、寶卷等，亦皆先後並盛。而在此創作之風大行的同時，另有一極為重要的發展，即是依據不同文類而分別建構的藝術特質論與批評觀。這些針對不同文類而發展的藝術性探討與

作品詮釋，不僅為中國的文學批評史增添了必要的篇章，其對於審美評判之基礎，與經典所內涵之藝術創造性之詮釋，至今仍深深影響我們對中國文學傳統之認識。某些觀點所帶動、涵攝的歷史圖像與藝術意象，甚至成為了中國文人集體記憶中不可忽視的部份。也因為有了這些豐富的資源，使我們對於如何重新詮釋中國文學經典形成的複雜歷史有了可資討論的基礎。

　　在我們企圖藉明清時期豐富的文學與文論資源，來幫助我們重新建構詮釋中國文學的基礎時，我們選擇了以明清時期「經典之建構、傳播與轉化」作為聚焦的論點。其中主要的議題包括：明清文學對前代(以及當時)文學經典關注的焦點及其理由；明清文學詮釋行為與理論之特色；文學經典的擬作、續作以及改寫；文學詮釋與當時學術思潮間的互動關係；文學詮釋與社會時局變動的相互關連；不同文類之間對文學經典、概念、人物形象的理解及其表現方式的異同；女性對於文學經典之接受、詮釋與其所表現的書寫特質；文學群體對於經典詮釋的異同，及其與文學論爭間的相互關係；出版理念、出版文化與文學間的關係；文學閱讀與品鑑(例如評點、註釋)所反映的時代精神與文化心態；文學選本的構成、風行及其影響；明清文學的海外傳播及外來文化對明清文學的影響等等。

　　不過由於整個計畫之構想，過於龐大，因此我們選擇性地將問題先集中於敘事文類方面。因就中國文學的發展而言，敘事文學之全面性發展，相對較遲，明、清正是一關鍵時期。且就文學經典之建構與傳播過程中，其所歷經的擬作、續寫、翻寫、評點等轉化，敘事文學具有較之詩文更明晰的「親眾性」。這使得敘事性文學經典之構成，涉及更為複雜之社會因素，抑且由於明清時代變遷所造成之新的社會變動因素之加入，經典之構成，實際上亦在其「建構」的同時，預伏「轉化」之契機，使得經典與「次經典」、「非經典」文本之間「經典性」之擴散、衍化與重構，形成更為迅捷之機制。這些都是值得探索的問題。

　　有鑑於此，2004年秋季，中國文哲研究所召開了一次為期二天以「經典轉化與明清敘事文學」為題之國際學術研討會。此次大會成功地將一項屬於當前學界所重視之熱門議題，嘗試以不同之研究角度與研究基礎加以深化探討，並於實際之成果中，啟導出若干值得繼續深入之方向。本書所收錄的13篇論文，即是當時與會論文發表人以明清敘事文學之「經典建構與轉化」問題為核心，所作出之研

究成果的結集。這也可視爲即是中國文哲研究所「明清文學經典之建構、傳播與轉化」重點計畫的一項集體成果。

本書各篇論題，依其主旨之相關性，大體可以分爲「經典的生成」、「經典的閱讀與詮釋」、「經典的轉化」、「朝向現代性」四個部分。這四部分呈現了明清敘事文學的經典研究中值得重視的幾個主要面向。

關於「經典的生成」：在中國文學史上，明代小說無疑以《三國演義》、《水滸傳》、《西廂記》與《金瓶梅》四部作品爲翹楚。晚明以來，此四部作品被稱爲「四大奇書」，成爲明代小說之經典，在中國小說史上影響深遠。譚帆教授的〈四大奇書：明代小說經典之生成〉一文，從「評價體系之轉化與小說經典之生成」、「文人之改訂與小說品位之提升」兩方面，來論析「四大奇書」成爲明代小說經典之歷程。他指出，文人以「奇書」、「才子書」指稱這四部小說，是確有深意的。「奇書」者，內容奇特、思想超拔之謂也；「才子書」者，文人才情文采之所寓焉。從小說史角度言之，此一評價體系之轉化，至少強化了作爲經典小說的作家獨創性、情感寄寓性與文學性。文人以新的視角與評價體系觀照「四大奇書」，這種突破文體限制、超越通俗小說文體卑下之觀念，無疑是「四大奇書」乃至通俗小說能成爲文學經典的外部條件；而文人對於「四大奇書」的廣泛增飾修訂，又使這四部作品在文本內涵上逐步趨於完善，其思想性、藝術性的提升，是「四大奇書」成爲文學經典的內在條件。就整體而言，「四大奇書」評價體系的轉化，與文人的增飾修訂，基本上體現了一條將通俗小說逐步推向「文人化」的道路。此一「文人化」進程，實際成爲中國通俗小說發展史上的一大轉折。而在此一過程中，「四大奇書」所展現的的典範性，更有著影響深遠的特殊意義。

值得注意的是，在文學發展史上，一種文類的經典名著，由於它長時期被不同時代的讀者，以各自的審美角度去經驗著，同時又不斷被文學的研討者加以反覆地詮釋與批評，因此這段經典如何被傳播、接受與確認的歷程，本身即具有著極爲複雜、豐富的內容，足以成爲後人不斷探究的對象。對於中國傳奇的戲劇文類而言，類如《西廂記》、《琵琶記》、《牡丹亭》、《長生殿》、《桃花扇》等經典劇作，皆是其中值得關注的焦點。有趣的是，在作者完成其宏觀鉅製後不

久，這些劇作常立即受到注意，由其友人或出名的評者，加以詳細批註；甚至在劇作與評點之間，亦有時存在著具有深刻意涵的對話與評論。這使得作品在刊行之始，就被「作者」與「讀者」以不同的角度加以理解與詮釋。本書第二部份「經典的詮釋與閱讀」中，王瓊玲〈「忖度予心，百不失一」──論《桃花扇》評本中批評語境之提示性與詮釋性〉一文，即是以清代戲曲經典《桃花扇》之所謂「評本」為對象，分別從《桃花扇》之創作演出、孔尚任之「批評意識」與「讀者意識」、《桃花扇》之文本構思、文本構成、藝術境界之呈現、人物塑造綱領與筆法等層面，探討評本中「批評語境」之提示性與詮釋性。《桃花扇》於康熙四十七年（1708）由介安堂首度刊行，此一版本除了每齣均有眉批與總評外，劇本前後亦臚列眾多序跋、題詞，這批序跋、題詞顯示出劇本在刊行之前，曾透過傳抄、閱讀、演出、觀賞、傳播與刊行的過程，融合了讀者、觀眾與評者的反應。有趣的是，作者不僅邀請了名人同好贈序題詞，他還洋洋灑灑地撰寫了前文所提及的〈小引〉、〈小識〉、〈凡例〉、〈考據〉、〈綱領〉、〈本末〉、〈小識〉與〈砌末〉等，表達了完整的創作理念與藝術構思。這顯示孔尚任不僅「主觀地」創作劇本，同時亦曾策略性地以一種「客觀化」的方式，企圖呈現他的某種構思。透過對評語之思維結構與藝術理念之層層討論，可以看出，在某種程度上，《桃花扇》批語之撰筆人（極可能即是孔氏本人），藉由評點作了某種程度的「詮釋性閱讀」（interpretive reading）之示範，展現他對於戲劇觀賞、戲劇理論與戲劇表演的「期待視界」，因此在相當程度上，他不僅符合了「歷史的讀者」（historical reader）甚或「理想讀者」（ideal reader）的角色功能，並在爾後的文本閱讀中，產生一種鉅大的附加影響力。這種讀者與作者密切關聯，且進而經由評本「設定」讀者的方式，展現了藝術家在創作過程中，深植於其文本中的「批評意識」與「讀者意識」，以及批語之撰筆人透過分化「評論者」、「讀者／觀眾」與「創作者」，以達致真正的「批評語境」的詩學企圖。

涉及經典之閱讀與詮釋，除了其藝術構成之外，另有一與之密切相關的，便是其中所涉及的哲學與宗教向度。就戲曲而言，無論就其時空觀點的建構、人生面相的探討，或有關人類精神處境與命運的解析，甚至具體的故事來源、敘事的結構方式，皆在其發展的歷史中，承接來自中國與域外大量的哲學與宗教影響。

明代尤然。晚明以來，不但佛教大量滲入各個不同的文化領域，在佛教的傳布方式與話語的表述上，亦曾多方吸納社會變化所提供的資源。關於這方面的議題，廖肇亨博士〈淫辭豔曲與佛教：從《西廂記》相關文本論清初戲曲美學的佛教詮釋〉一文，企圖以清初戲曲思想的佛教詮釋作為觀察對象，探析佛教與戲曲之間所共同經營的價值面向，關注明清文人與叢林如何建構戲曲美學的宗教理論基礎。他在文中指出，佛教在明清戲曲理論層面不斷拓展此一論述的各種可能，其方向有四：首先，係以演員論為中心，將釋迦牟尼比喻成一個出色的演員，並經由「台上戲子」與「台下戲子」的說法，消解「演員／觀眾」之間的界限，將「眾生即佛」、「佛即眾生」的基本信念生動地呈現出來。其次，是藉益智旭將天台「十界互具」的概念引入佛教的戲曲論述，將關懷重心從表演的主體延伸至舞台空間的配置等相關問題，並為敘事過程中的時空轉接與異類同台演出深化其理論基礎。再次，則是金批《西廂》受佛教啓發所開啓的深度心理閱讀策略，將心理活動的曲折幽微與「夢」作出聯繫。最後，則是尤侗的〈西廂制義〉，其以華麗炫目的文字作為遊戲，表面上是文類的流動與學科藩籬的跨越，卻暗中涵融了拆解禮教與倫理畛域的願望與企圖，暗示了佛教某種程度的影響。總之，本文就中國古代戲劇思想中一個較為人所忽略的部分加以闡述，且體現了某些普遍或形上的意義，對於戲劇美學與佛教之互動關係，提供了一個前人所未曾提及的嶄新角度。

本書第三部分，有關「經典的轉化」，陳大康教授〈悲劇、喜劇，再回歸到悲劇〉一文，以中國古代愛情故事的經典〈鶯鶯傳〉、《西廂記》、《紅樓夢》為對象，析理出在中國愛情故事經典形成的過程中，此一類型故事情節構成的八條要素，以及作者根據情節發展的不同需要，所作的各種變化騰挪。在元、明中篇傳奇小說中，如〈鍾情麗集〉、〈劉生覓蓮記〉、〈尋芳雅集〉、〈天緣奇遇〉、〈李生六一天緣〉等，明顯是受到了〈鶯鶯傳〉與《西廂記》的影響而創作。其情節發展，與文體形式，皆由此類故事類型情節要素類比變化而來。這些作品雖然篇幅大增，內容卻有這類似的言情模式。讀者從中很難讀到針對動盪的社會現實所作出的反應，亦覺察不出作者對於澆薄士風的抨擊，或對於清明政治、安定社會的嚮往。由於此類作品人物性格多半難脫前人格局，故事敘事亦翻不出舊套，

因此很快地就被當時正蓬勃興起的通俗小說所取代，在閱讀市場的競爭中逐漸消亡。而時至清初，才子佳人小說流派迅速崛起，此一創作流派如《玉嬌梨》、《平山冷燕》、《好逑傳》、《金雲翹傳》等，雖深受到〈鶯鶯傳〉與《西廂記》影響，其情節構思亦大抵襲用了所謂〈鶯鶯傳〉之類愛情故事的情節八要素，然而此一創作流派，較重視結構布局與情節安排，也比較追求筆端變化與跌宕波瀾。這時的情節模式，可進一步概括為：「一見鍾情，唱和傳意，小人撥亂，最終團圓」四句。這四句，較之八要素，增添了小人撥亂其間，與才子佳人別離後的一番艱辛。但由於作家對於大團圓結局的一味追求，因而在禮教與情欲衝突的深刻性方面，又遜於唐傳奇中的一些悲劇性作品。至於《紅樓夢》則不然，這部書雖以寶、黛愛情為中心，卻同時展現了眾多性格鮮明而複雜的人物，生動細緻地描寫了賈府生活的各個側面。作品的中心情節，即寶玉、黛玉與寶釵之間愛情、婚姻悲劇就以此為背景，且在整個大家族走向衰亡的趨勢中展開，具有高度的生活真實感，也使此一愛情悲劇，與數百年來一律的大團圓迥然不同。然而我們若從另一面觀察，《紅樓夢》的情節設計，相對於愛情故事第一個經典〈鶯鶯傳〉而言，在悲劇意義上卻是一個回歸。它們在忠實反映現實生活方面，具有同一性。祇不過《紅樓夢》同時還蘊含著更多的情感描繪與心理敘寫，以及對於時代本質的揭示。這當然也使得《紅樓夢》成了〈鶯鶯傳〉之後同類作品的第三部，也是最後一部經典。

「經典的轉化」，亦涉及文類的擴張與傳播。在中國文學史上，明代後期是文人創作白話小說及戲曲作品的鼎盛期。然而此時期，真正創作小說而能為人道出作者姓名的文人，除凌濛初以外，另有一應值得注意的作家，即是鄧志謨。金文京教授〈晚明文人鄧志謨的創作活動——兼論其爭奇文學的來源及傳播〉一文，指出鄧志謨著作頗豐，除小說、戲曲外，還編有大量的遊戲文學及類書。而他的作品皆非拾人牙慧，堪稱不折不扣的個人創作。且無論其涵蓋文類之多或創作之突出，在當時可為罕見其匹。作者將鄧志謨的各類著作略作說明後，針對鄧氏的交遊加以考論，並初步推定鄧氏不但與湯顯祖有關係，甚至也可能跟湯賓尹有關係；是湯賓尹諸多學生當中，場試不利而以編書為業的不遇書生之一。作者並進一步論述鄧氏的「爭奇類」作品，包括《花鳥爭奇》、《山水爭奇》、《風

月爭奇》、《童婉爭奇》、《蔬果爭奇》、《梅雪爭奇》、《茶酒爭奇》等七種，並爲這類爭奇文學探源。文中尤值注意者，爲有關爭奇文學在日本之傳播及其影響的探討，如考出江戶時代的一代儒宗林羅山，在其所收藏的鄧志謨爭奇作品中，甚至不乏《童婉爭奇》之類的男色文學。鄧氏的爭奇文學作品，據現今所可考，在日本至少有三種曾被翻刻。至於日僧忘筌子所著《酒茶論》之類用漢文學寫作的遊戲文學，或是用日語撰寫的《酒飯論》、《酒餅論》等作品，均顯示中國爭奇文學在日本的影響，以及此一主題進一步的日本化。鄧志謨的一系列作品的出現，以及它們在日本的廣泛流行，顯示民間文學中另有一種鮮爲人知的潛伏傳統。金教授認爲此一民間文學的隱流，何以到了晚明時期忽在鄧志謨身上破地而出，實是一頗值深思的問題。

「經典的轉化」，亦常涉及經典中「典型化人物」價值觀念的轉變。其中一項鮮明之例，即是所謂「清官」。在傳統中國人的心目中，清官由於其清廉的特質，一直擁有相當崇高的聲望。然而所謂的「清」，有「清廉」與「清明」兩重涵義，前者屬「德」，後者屬「能」，但後人往往混淆兩者的意涵。因此對於清官的評價及其背後的文化意義，未能有進一步的認識與理解。林保淳教授〈中國古代的「清官」文化及其省思〉，即是從清官「清廉」與「清明」雙重涵義的論析起始，論及中國文化中的清官，無論由「治人」或「治法」的角度出發，最終的歸向，依然是「道德」，此所以其大多被塑造成清廉奉公(未必守法)的形象。然而道德上的有守，並不代表能力上的圓熟，清官的侷限也因此被呈顯無遺。而更嚴肅的問題在於「清廉」的道德形象是否就此圓足？論文進而以李贄「貪官之害小，而清官之害大；貪官之害但及於百姓，清官之害並及於兒孫」之說，將清官與酷吏作一對照，點出「道德法制化」的嚴重問題。作者認爲從元、明戲曲到明、清小說的轉變，可以觀察到一股重要的趨勢在醞釀發展之中，那就是在清官的「清廉」基礎上，格外強調了其「清明」的特質。然而清官小說結合著酷虐的刑罰誕生、流傳，官員祇要一享有「清」的聲譽即可獲得極高評價，至於「酷不酷」的問題，似乎根本無關大局。不僅如此，有極少的小說，甚至非常弔詭地連清官向來最重要的「清廉」特徵都一舉顛覆了。在升斗小民心目中，「德」與「能」如不可得兼時，如何取捨？從清代公案小說的發展看來，「清明」與否似

乎較之「清廉」，更顯得重要。也因此，清末所開展的公案小說，對於整個威權體制及泛道德化的清官文化的省思頗値注意。

本書第四部分，係關於所謂「朝向現代性」問題。中國敘事文學發展至晚清，由於面臨由傳統進入現代的轉折時期，在整體社會的政治經濟層面，大致而言是一種朝向西方，追求「現代」的過程，因此無論是較早的科學技術、政治制度、國體、民族的革新，乃至後來的科學、民主、法律等文化精神層面的追求，大致都朝著此趨勢邁進。基本上這是一種所謂「現代性」(modernity)的追求。此種現代性的追求，也相當程度地反映在文學上，尤其是小說的創作。也就是說，小說不再局限於以往的「說部」形式與內容，而更是積極參與於當時所謂「啓迪民智」的工作中。然而在此一社會文化氛圍中，有些小說次文類，如偵探小說，卻扮演了頗爲弔詭而有趣的角色。一方面它們引進西方現代社會的現代性質素，來共謀現代性追求。但在另一方面，又因應一般讀者的閱讀需求，在技巧層面上追索興味的滿足。

陳俊啓教授〈晚清小說的現代性追求：以公案／偵探小說爲探討中心〉一文，即是以此爲其探索的課題。他首先以「現代性」的概念爲焦點，描摹並釐清西方現代性的大致樣貌，然後再以中國與西方碰觸後的現代性追求，來掌握晚清民初的思想發展，以及文學的特色。透過本文，我們看到了晚清小說與時代的關係，其中公案小說、偵探小說亦不例外。公案小說在發展過程中，呈顯出晚清社會與時代脈動的密切結合。雖然在內容上、技巧上以及文學視野上，公案小說仍然帶有濃厚的傳統思維特徵，有其侷限，然而它已爲緊接而來的現代性開展，提供了一個可能的平台。相較而言，偵探小說則成爲此一鉅大洪流中之一股。在初起階段，它是因其可能發揮的啓蒙教育功用，而被標舉提倡的。但在被融入進現代性的論述之後，它原來作爲通俗文學的本質，逐漸浮現滿溢，致使其樣貌有所變化。但重要的是，透過這種小說形式的流行，偵探小說中的敘事模式、情節安排、人物塑造、氛圍釀塑、文類成規等面向，均一一被當時的作家所感知、肯定與模仿。到了五四新文學時期，當時文壇承繼了晚清「新小說」救亡圖存的精神，發展出「感時憂國」、「涕淚交零」的現代文學；雖依然充斥著高昂的口號，然而，另一方面，五四小說的表達模式、技巧手法、小說形式、敘事觀點的

使用，又明顯受到通俗小說、如鴛鴦派及偵探小說的影響。可以說，所謂「現代小說」，依陳教授的說法，在內容思想上雖明顯是一種追求「現代性」的話語，但在技巧上，現代小說由偵探小說等的通俗小說獲益甚多，此項課題頗值深思。

在此，我們必須強調文學經典並非是一種「事實性存在」，而是一種「詮釋性存在」。這種「詮釋性存在」，透過藝術傳統的延續性影響，亦成為了一種「影響性存在」。在當前的文化批評語境中，經典的政治性定位，雖使經典地位的社會成因，被不斷的揭露，然而祇要經典仍是被「摹擬」與「背叛」的對象，經典即並未真正退場。在這點上，我們祇要比較布魯姆早年與晚年的兩部鉅著，即可一窺端倪。它只是被修正地重新理解了。在《影響的焦慮》(The Anxiety of Influence: A Theory of Practice)中，布魯姆提出了所謂「誤讀」(misreading)的理論，認為「誤讀是詩人擺脫前人創作影響的必要的、開拓性的偏離」[8]。他將佛洛伊德(Sigmund Freud)的伊底帕斯情結(Oedipus complex)運用於文學批評中。他認為前輩詩人之於後輩，就如同一個巨大的父親般的身影，使後者始終處於一種「遲到」(belatedness)的感覺之中[9]。為了超越這重傳統的陰影，當代的詩人唯一可採取的策略，就是對前人的成果進行某種創造性「誤讀」。在他的這種分析中，「父親的影響」與「弒父」的情結，事實上是同時並存於文學的閱讀之中的。這中間當然具有「解構」的成分。然而布魯姆對於稍後文化批評與文化研究中所日益強化的反菁英意識，呈現極度的不滿，他認為傳統的主流文化已經失去了原本堅固的基石，變得岌岌可危。正是出於這一認識，他希冀為西方重新找回一個中心，依此重新將西方傳統的主流文化再次推向歷史的前台，並對經典的內涵及內容作了新的「修正式」(revisionary)調整，並對其所具有的美學價值作了辯護。他在其1994年的《西方經典》(The Western Canon: The Books and School of the Ages)一書中，表達了一種新觀點，他認為：「我們一旦把經典視為個別的讀者、作者與那些從過去所有的作品中保留下來的精品彼此之間的關係，而不把它

8 　讓皮埃爾‧米勒，〈修正主義、反諷與感傷的面具〉，收入王寧編，《新文學史》
　　（北京：清華大學出版社，1998），第1冊，頁27。

9 　Harold Bloom, *The Anxiety of Influence: A Theory of Practice* (London & Oxford & New
　　York: Oxford University Press, 1966).

當成必修課程的書單，那麼經典就會被視同文字性的記憶藝術（literary art of memory），而其宗教意味也被消解。」[10]在布魯姆看來，沒有經典，我們將失去自我認知的能力，也會最終失去思考的可能。因爲「認知不能離開記憶而進行，經典是眞正的記憶藝術，是文化思考的眞正基礎」。經典無疑承載著歷史的、集體的、個人的記憶，而且記憶更能使我們震撼並促使我們思考，因爲文學的記憶更多作用於人的心靈。所以，「沒有經典，我們將會停止思考」，停止一種深層的對人的本質存在的思考。正緣於此，以莎士比亞與但丁爲西方經典的中心與次中心，布魯姆建構起了一套全新的西方文學經典譜系。這個譜系並不是以歷史時間爲線索，簡單地將他所認爲的經典作家作品串聯在一起，而是形成了一個複雜的文學經典網絡。在這裡，布魯姆向我們提供了一種在這個缺乏思考的年代進行個人思考的可能。通過詩的想像與詮釋力量的非個人化，布魯姆可以說最終建構了一種批評媒介，通過這種媒介，想像可以與最原始的獨創性衝動相一致，亦即達到一種把握眞實的意志[11]。

　　總體而言，本會議所討論的議題彼此關聯，拓展了有關明清敘事文學經典之生成、經典文類之擴張與傳播、明清非經典或次經典文類之「經典化」、文學經典之宗教意涵與宗教詮釋、典型化人物形象與價值觀念之轉變、文學評點之批評語境與詮釋策略、經典閱讀之性別意識、經典概念之演變與轉化、中國敘事文學之現代性追求等研究議題。對於如何在經典轉化與傳播的歷程中，勾勒出作品「經典性」擴散、衍化與重構之軌跡，具有重要之奠基的意義。值得注意的是，本書從個案、議題與理論層面對經典轉化與明清敘事文學之關係作了整體性的探討，有力地促進了明清文學研究。而除了對明清敘事文學經典作出歷時性觀察外，在共時性層面，我們從微觀分析擴至宏觀論述，亦涉及多種文類及其與經典之互文關係，在文學研究方法、理論與視野上都有所拓展與突破。而此次會議的

10　Harold Bloom, *The Western Canon:The Books and School of the Ages*（New York: Riverhead Books, 1994）, p. 17.

11　Cf. Michael Grodon & Martin Kreiswirth eds., *The Johns Hopkins Guide to Literary Theory and Criticism*（Baltimore & London: The Johns Hopkins University Press, 1994）, pp.126-129.

研究成果，又正可與若干晚近西方文學經典研究主要論題遙相呼應，並與國際之明清文學與文化研究相接軌。因而此次會議論文的結集，必然亦有其作為當前學界回應世界研究思潮上的意義。

導言二

在《金瓶梅》與《紅樓夢》的魅影下
——敘事藝術與作者

胡曉真

　　《金瓶梅》與《紅樓夢》，人稱明清小說發展上的對峙雙峰，在《金瓶梅》之前的作品被視爲漸起的丘坡，兩者之間的小說則是相對平緩的層巒，而《紅樓夢》之後的作品，那就根本算是陡降坡了。所以，大多數的小說史習慣把19世紀稱作小說發展的衰落期，舉目皆平庸之作，只能聊備一格。總之，許多人相信，《紅樓夢》以後，中國小說無力推進，只能等待20世紀初以後的文學變革才能逐漸近代化乃至現代化。筆者認爲這樣的觀察有其侷限。姑不論俠義、公案、狹邪等小說類型在19世紀迭有新意，以《金瓶梅》與《紅樓夢》爲高峰的世情類小說，在此一時期也多有變異與轉化，甚至不乏體制宏大的作品。而各種類型之間的交融現象，在整個明清敘事文學的發展中始終不斷，到了18、19世紀以後，小說面貌之複雜多端，眞可謂目不暇給了。

　　我在這裡討論的幾篇文章，一半以上都或多或少、或隱或顯與《金瓶梅》、《紅樓夢》相關，可以說這兩部世情小說的經典是諸篇論文的潛文本。欲望、日常生活、女性命運與自我認知、家族敘事與國家敘事的平行隱喻等主題，是《金瓶梅》、《紅樓夢》的核心，也是明清敘事文學的主要關懷，而在本書的論文中，作者藉由不同的小說文本，各以特殊的角度處理這些具有普遍性的主題。我以爲「19世紀的女性」這個問題尤其有趣。在20世紀以降的眼光看來，19世紀的中國女性無疑受傳統社會與文化的壓力最深，所以在晚清的論述中，女性的無助與無能才會自然而然成爲中國病弱的象徵。然而本書中有好幾篇論文，都說明19世紀的女性，不論其自我呈現或在男性筆下的形象，都有衝破藩籬的一面。這一

層次的論證，我稱之爲「19世紀的『新女性』」——透過文學文本的解讀，彰顯歷史上19世紀女性的生命，並予以新的詮釋。除了小說內容的關懷主題，敘事藝術也是本書論文的共同主題。從敘事技巧的討論，如何觀察古典小說從早期的源頭邁向成熟的小說經典？敘事觀點(或說視角)的運用如何成爲明清小說結構的一部份？細節的處理爲什麼影響敘事作品的性格？而表現不同敘事特性的作品，是否可追溯不同的敘事傳統？這些問題都深深扣連明清敘事文學的發展與轉化。由於每位作者畢竟各有處理的對象與對策，以下我將針對各篇論文，一一略作介紹。

李奭學的〈從《賢愚經》到《西遊記》——略論佛教「祇園」母題在中國敘事文學裡的轉化〉一文，處理一個在明清敘事文學中非常基本，但卻較少被學者積極面對的問題。任何一個曾草讀中國文學史的人都知道，變文雖沉埋已久，但20世紀初一旦在敦煌發現大批手稿後，學界幾乎一致認定，宋元以降的各種說唱文學，乃至戲曲與白話小說，一概或多或少與變文有所淵源。李奭學要問的是，那麼純就文本表現出來的特性而言，究竟如何追蹤從變文到諸宮調與白話小說的轉化軌跡？本文即從佛教的「祇園」母題入手，詳細檢視〈降魔變文〉如何本於《賢愚經》卷十，但加油添醋，造成娛樂效果；〈降魔變文〉如何影響百回本《西遊記》中的布金寺一段，而《西遊記》又如何將此一母題徹底中國化。李奭學透過文本精讀，指出〈降魔變文〉的作者已自覺地脫出佛經常見的四字格套式，且重視修辭手法，製造懸宕效果，用藝術性來吸引聽眾。李奭學稱之爲「設計」性，並且認爲正是這種設計性，爲後起的長篇敘事文學如小說等立下基礎。同時，李奭學也分析了〈降魔變文〉在處理祇園母題時，如何結合中國傳統，順應唐代聽眾的品味，從而將域外宗教轉化爲本土傳統。到了《西遊記》的布金寺一段，雖以祇園故事爲背景，卻是圍繞著儒家倫理思想拓展開來。李奭學以親情這個主題爲例，指出〈降魔變文〉表現的仍是佛門的親情觀，但《西遊記》作者則認知到傳統祇園故事過於出世，對浸淫於儒家文化的明代讀者沒有說服力，因此做了大幅度的轉變，使故事符合三教共存的預設，以及明代百姓的觀念。另一方面，李奭學也特別指出，《西遊記》所傳達的幽默，乃是《賢愚經》和〈降魔變文〉中找不到的一種感性，所謂戲謔之筆，反而是明代說部開展的新的敘事空

間。本文最後強調〈降魔變文〉已具備獨特的藝術價值，表現了創造性的想像力，而《西遊記》更勇於轉化舊有的故事，將源於佛教經典的文本推衍為完全漢化的情節。

　　陳文新的〈《閱微草堂筆記》與中國敘事傳統〉一文，也是透過精讀，分析敘事特色，以追蹤特定文本在中國敘事傳統中的位置。紀昀的《閱微草堂筆記》往往與《聊齋誌異》相提並論，但後者異才迭宕，其名篇往往令讀者目眩神馳，相對地，《閱微草堂筆記》則敘事枯簡，載道明顯，令現代讀者但覺索然無味。陳文新則明確指出，《閱微草堂筆記》表現的敘事特色，並非藝術上的缺陷，而是「子部敘事傳統」的敘事性格。陳文新認為，史、子、集形成了各自獨立的敘事傳統；子部書本來就關注思想和知識，敘事則注重簡約，而史部敘事注重真實，集部的敘事傳統則偏愛女性生活和自然景觀等題材，敘事注重細節，敷衍虛構情節。精讀篇章之後，陳文新發現《閱微草堂筆記》在敘事觀點上有其特色，也就是說紀昀常用限知敘事，而不用第三人稱全知敘事，且敘述者往往自覺使用存疑語氣。陳文新認為，這是因為紀昀有意提示讀者，子部小說不是追敘真人實事的史書，因此具有適度的虛構權力。同時，《閱微草堂筆記》雖涉神怪，但對傳統士人來說，「測鬼神之情狀」本來就算是知識體系的一部分，是所謂「博物」的一支，因此這一敘事作品本來就意在討論知識，自然不像本於集部敘事的《聊齋誌異》具有高度的辭章性。陳文新認為，紀昀之所以對傳奇小說中的「神仙感遇」之作與《聊齋志異》這類旨在寄懷的作品，一再表達微詞，其實是他作為「子部小說家」以淑世為重的寫作立場所致之，因為紀昀注意到部分讀者的解讀能力不足，很可能誤讀原來別有寄託的作品，而造成負面的社會影響。總的說來，本文指出子部小說敘事的重點在「論」，而傳奇小說敘事的重點則在創造引人入勝的情境。因此，後者往往必須運用各種敘事技巧，以吸引讀者，而子部敘事家紀昀關注的是故事的哲理，而非其文學性。此所以子部小說往往不以細節描寫見長，也不甚關注辭藻的經營。作為子部小說，《閱微草堂筆記》的敘事風格傾向簡素，乃是其所屬的敘事傳統所致之。本文最重要的意旨，應在提醒我們，閱讀中國敘事文學，必須理解不同淵源的敘事傳統，且詮釋與評價都應該在該文本所屬的敘事傳統中進行，才能得中鵠的。

　　陳建華在〈欲的凝視：《金瓶梅詞話》的敘述方法、視覺與性別〉一文中，半戲謔地稱《金瓶梅詞話》為一個「眼的故事」，事實上，本文也是一個眼的故事，即所謂獨具隻眼的詮釋示範。文章全篇基本圍繞著敘事視角這個極為傳統的敘事學議題展開討論，然而其意旨卻在凸顯《金瓶梅詞話》在晚明敘事文學發展中的關鍵位置。陳建華一開始便指出，《金瓶梅》中有不可勝數的「偷覷」、「潛聽」等描寫，整部小說皆為潘金蓮的「欲的凝視」所籠罩。偷窺的場面成為《詞話》敘述方法的重要特點，因為這樣的設計方便作者運用「視點」和「觀點」，巧妙且順理成章地將「全知」敘述轉變為「限知」敘述。可以說，《詞話》代表小說敘述方法上由「全知」到「限知」的歷史性轉折。敘事觀點範式的轉變，使《詞話》正式突破了口頭文學的傳統，也發展出種種創新的敘事與描述技巧，例如所謂人物「內心視點」的呈現，以及不同視點與價值觀點的交錯。這些在晚明發生的創新敘事技法對後來的古典小說都有深遠的影響。由「眼之所見」這個觀念延伸出去，陳建華又指出《詞話》作者對視覺活動有敏銳的感受，因此小說表現了日常生活和人物的「實」感和「物」感，這正是晚明視覺文化與物質文化的特色。循此觀察，陳建華強調《詞話》的基本敘事策略在於「展示」，也就是以編年史方式自然展開西門家的日常生活，不放過任何一場生日宴會或時令節慶，並且不憚重複，一再對壯觀奇景與繁文褥禮的細節作窮形極狀的描寫。這種自然展示的敘事策略是《詞話》的刻意創新，而尤其重要的是，正如陳建華所稱，這也體現了晚明的時代性，亦即對於「真實」的新觀念。最後，本文由潘金蓮之眼在小說結構中的關鍵性，論述其所暗示的文化意涵。陳建華認為，潘金蓮的「偷覷」，其深層的主題乃是「控制」，也就是說在晚明的文化脈絡中，透過男女「看」與「被看」的角色顛倒，傳統的男女尊卑秩序在小說中也被顛覆了。本文在結論中重申，《金瓶梅詞話》中的視覺，表現了晚明特殊的感知結構與方式，更代表此一時代世界「觀」的轉型。

　　陳建華藉潘金蓮之眼，讓讀者一窺晚明性別文化的冰山一角，拙文〈酗酒、瘋癲與獨身──清代女性彈詞小說中的極端女性人物〉則企圖經由女性創作主體，探索文本所透露的女性自我認知與對世界的理解。當然，筆者將韻文體的長篇彈詞小說帶入本書，便已經預設我們可以打破白話與非白話，或者散文體與韻

文體的分野，從而更全面地觀照明清敘事文學的發展面貌。筆者在處理清代女性創作的彈詞小說的經驗中，發現女英雄固然是諸女性文本的共同想像，但至少同樣有趣的是，女作家也往往發揮「極限版」女英雄的描寫。經由這些溢出主流價值規範的極端人物，女作家得以從邊緣位置探索女性的人生經驗與選擇。本文首先由18世紀末的彈詞文本《玉連環》入手。這部作品的作者朱素仙自稱「農家子」，這個身分認同與絕大多數以閨秀自許的彈詞女作家大不相同，而文本也展現了與其他女性彈詞相異的敘事特色，例如對話多，敘事少，採用「代言體」，同時，對話的部分大量使用「土音」（「吳音」），並且有不少插科打諢的戲謔場面，表現手法與書場比較相似。這樣的敘事形式與敘事語言在清代女性彈詞中可謂獨樹一幟。筆者閱讀過許多文辭華美的女性彈詞，而《玉連環》的文字則頗有俚俗之感，結構也較為鬆散，然而這種敘事語言卻更輕鬆自然地在雅與俗之間流動，不論口白或唱詞都靈活生動，具有很高的娛樂效果，這是閨秀彈詞小說遠不能及的。在內容情節方面，《玉連環》表現的也是市井鄉里的生活價值與道德想像。在此一脈絡中，本文觀察小說塑造的一個終日酗酒的女性喜劇人物。筆者認為這個酗酒母親的角色，在笑鬧中隱含悲傷的背景及酷烈的暴力傾向。在閨秀彈詞的系譜中，女人往往必須壓抑挫折、憤怒與欲望，但《玉連環》的酗酒母親角色，卻大膽呈現了一種歡樂、恣縱又不需要受到規訓懲罰的女性力量。文章接著處理幾部19世紀彈詞作品中的特異人物，這些角色特立獨行，在世人眼中，不可避免地由惡女轉為妒悍婦，最終淪為瘋癲。惡女故事之極端者，充滿荒謬與陰森，成為恐怖經驗的黑色喜劇。然而某些被視為瘋癲的小說人物，代表的卻是女性堅持個人的生命選擇，自願付出代價。筆者發現，19世紀中期以後的彈詞作品，對女性自我抉擇的可能性更為開放，也更為樂觀，而且這種傾向甚至對應作者在現實中的人生態度。

魏愛蓮的〈女性讀者眼中的《鏡花緣》〉一文同樣關心婦女的觀點，不過，論文所直接處理的並非《鏡花緣》這部小說的文本，而是借力使力，通過古典小說出版形式特有的「題詞」，探觸不同性別的題詞者的閱讀角度。男性文人創作的小說，邀請女性題詞，《鏡花緣》是首開先例。魏愛蓮發現，《鏡花緣》所有的男性題詞都傾向哲學性、寓意性的閱讀，而女性題詞則大多關心小說中才女的

命運。魏愛蓮認為,這是因為當時的男女讀者閱讀習慣確有不同,女性讀者很容易與小說中的才女認同。尤其有趣的是,女性題詞者似乎自然而然地把《鏡花緣》與《紅樓夢》聯繫起來,而眾多的男性題詞卻無一及此。這兩部小說在主題上的聯繫——例如才女、薄命、花榜與情榜等,屢為現代評者所注目,而事實上對李汝珍當代的女性讀者而言,這都是不證自明的。《紅樓夢》對19世紀女性讀者的影響力,由此可見一斑。魏愛蓮精讀了幾位女性的題詞,發現有的女性發表了極度私人式的閱讀反應,毫不隱諱自己與男性作者相識,甚至在詩中公開請求作者將自己的生平故事寫入小說。本文特別凸顯女詩人沈善寶的題詞〈讀《鏡花緣》作〉。根據魏愛蓮的解讀,沈善寶的題詞不在才女薄命的主題上做文章,轉而強調女性的友誼網絡,這充分預示了清代中晚期以後女性樂觀看待自身處境的轉向。魏愛蓮指出,沈善寶視《鏡花緣》為對《紅樓夢》的修正,而非延續,並且,這可能不只是單純的個人差異,而反映了19世紀女詩人群體在面對女性處境的態度上的普遍轉變。魏愛蓮同時提供了沈善寶的生平資料,特別是她的交遊網絡以及參與女性社群的情況,以支持她的論點。在文章結尾,魏愛蓮重申《鏡花緣》是一部具有詮釋開放性的作品,而作為現代讀者的我們,尤須注意到在19世紀初期的中國,性別往往仍決定讀者接受作品的角度。

馬克夢在〈《兒女英雄傳》中的無為丈夫和持家妻妾〉一文中,提供了一個與《金瓶梅》和《紅樓夢》相對的家庭圖像,同時也是文化與國家的隱喻。馬克夢觀察到,19世紀的小說反覆出現由女性主動安排一夫多妻的情節,在這些小說呈現的家庭生活中,妻妾情同姊妹,聯手經營家務,興旺門庭,而丈夫則被描寫成坐享其成的無能角色。《兒女英雄傳》在這一系列作品中有明顯的代表性。在小說作者文康的虛構世界中,才女即俠女,而且絕不薄命,更無須嫉妒爭寵。她們明智且堅毅,表面上屈從於儒家父權體制,實際上卻掌控主導一切的大權。馬克夢認為,男性永遠以男童化的形象出現,無災無難,盡情享受女性的照顧,而女性以服務者的名義執掌一切事務,從掌控與管理中獲取愉悅,這樣的圖像正是文康所想像的理想家庭秩序。為了達到並維持這樣的秩序,俠女必須先行雌伏,才能讓男性臣服於女性的控制。馬克夢稱此一過程之為女性代理(female agency)。此一悖反的論述,是本文最重要的理論,馬克夢也據以解釋《兒女英

雄傳》中，女主人翁十三妹先俠女後主婦，因而前後判若兩人的謎團。同時，本文也將《兒女英雄傳》放在19世紀以至晚清的小說系譜來看，分析小說在各個主題上的承續與歧異關係。例如，無能丈夫很容易被視為文化衰敗的隱喻，在好幾部晚清小說中也的確如此，但馬克夢指出，文康仍在堅持他的穩定秩序與文化大夢，而正如前面所說明的，無能且幼童化的丈夫正是穩定秩序不可或缺的一環。文章後半部還將清代後期的《兒女英雄傳》及其特殊的「俠女雌伏」邏輯聯繫到早期現代小說。馬克夢指出早期現代小說中的革命女性，其實與孝義俠女十三妹一脈相承。

　　一開始筆者便提到，本書中多篇文章都與《金瓶梅》、《紅樓夢》有直接或間接的牽連。其中，陳建華的論文直探《金瓶梅詞話》中的視覺與欲望，並鋪陳文本所表現的晚明文化特色，以及所樹立的創新敘事模式。胡曉真所解讀的女性彈詞小說，關注的是女性人物在大家族中的困境與自我認知，而這也正是《金瓶梅》、《紅樓夢》這兩大小說的核心主題之一。魏愛蓮閱讀《鏡花緣》的女性題詞，第一個發現便是題詞者對《紅樓夢》的才女與薄命主題都有強烈的關懷與認同。馬克夢新解《兒女英雄傳》，而這部小說創作的意圖本來就是為了與《紅樓夢》作對。由此看來，《金瓶梅》、《紅樓夢》兩大世情小說在明清敘事文學的發展中，實可謂瞻之在前，忽焉在後，其經典性固然無庸置疑，而諸家作品前仆後繼，對兩大小說或繼承，或質疑，或挑戰，或修正，又一再見證經典轉化的過程。李奭學與陳文新的文章則各自處理了另一種經典如何影響敘事傳統，他們都透過文本的細節，討論敘事藝術的問題。最後，陳建華描摹晚明惡女爭奪控制權的身影，胡曉真、魏愛蓮與馬克夢的論文則分別指出19世紀部分女性作家提出了較為樂觀的女性命運觀，而某些男性作家則想像由女性主導的理想秩序，這些明清文本中的「新女性」，在20世紀的「新女性」論述中成為被可憐、鄙夷、離棄、取代的對象，但其實兩者之間，從來藕斷絲連，生生不息。不論形式或內容，明清敘事文學不斷進行經典轉化的過程，而明清敘事文學本身，亦將成為現代文學轉化的對象。不盡長流，此之謂也。

壹、經典的生成

第一章

「四大奇書」：

明代小說經典之生成

譚　帆（上海華東師範大學中文系）

引言

　　在文學領域，「經典」一詞主要表現爲作品在接受空間上的「廣泛性」和傳播時間上的「持續性」。

　　明代小說無疑以《三國演義》、《水滸傳》、《西遊記》和《金瓶梅》四部作品爲翹楚。晚明以來，這四部作品被稱之爲「四大奇書」，成爲明代小說之經典，在中國小說史上影響深遠。「四大奇書」之名較早見於李漁在康熙十八年(1679)爲《三國志演義》所作的序言之中：

> 昔弇州先生有宇宙四大奇書之目，曰《史記》也，《南華》也，《水滸》也與《西廂》也。馮猶龍亦有四大奇書之目，曰《三國》也，《水滸》也，《西遊》與《金瓶梅》也。兩人之論各異。愚謂書之奇當從其類。《水滸》在小說家，與經史不類。《西廂》系詞曲，與小說又不類。今將從其類以配其奇，則馮說爲近是。[1]

李漁認爲「四大奇書」的創說者是馮夢龍，並認爲將這四部作品並稱符合書籍分

1　〔清〕李漁，〈古本三國志序〉，《聲山別集》本，《李笠翁批閱三國志》，《李漁全集》（杭州：浙江古籍出版社，1992），頁1。

類之特性，亦符合明代小說的創作實際。其實，「四大奇書」稱謂的出現是明代小說傳播史上的一個必然結果，優勝劣汰，這同樣是小說的傳播規律。在被正式冠於「四大奇書」名稱之前，這四部作品其實已經在小說傳播史上逐步確立了自己的地位，成為通俗小說評價體系中的四個標誌性作品。朱子蕃〈三教開迷演義序〉謂：「顧世之演義傳記頗多，如《三國》之智，《水滸》之俠，《西遊》之幻，皆足以省醒魔而廣智慮。」天許齋〈古今小說題詞〉亦謂：「小說如《三國志》、《水滸傳》稱巨觀矣。」幔亭過客〈西遊記題詞〉則稱「《西遊》、《水滸》實並馳中原。」崢霄主人〈魏忠賢小說斥奸書凡例〉還將這四部作品的題材與藝術特性作為通俗小說的四種代表性的流派特色加以看待，認為《魏忠賢小說斥奸書》「動關政務，事系章疏，故不學《水滸》之組織世態，不效《西遊》之佈置幻景，不習《金瓶梅》之閨情，不祖《三國》諸志之機詐。」可見無論是褒是貶，這四部作品確乎已成為一個比照的對象和評價的標準。張無咎的〈批評北宋三遂新平妖傳敘〉對此最有代表性，這是一篇帶有整體評判意味的明代通俗小說史料，在對眾多作品的評價中，「四大奇書」的歷史地位與藝術特色已昭然若揭：

> 小說家以真為正，以幻為奇。然語有之：「畫鬼易，畫人難。」《西遊》幻極矣，所以不逮《水滸》者，人鬼之分也。鬼而不人，第可資齒牙，不可動肝肺。《三國志》，人矣，描寫亦工；所不足者幻耳。然勢不得幻，非才不能幻，其季孟之間乎？嘗辟諸傳奇：《水滸》，《西廂》也；《三國志》，《琵琶記》也。《西遊》，則近日《牡丹亭》之類矣。他如《玉嬌梨》、《金瓶梅》另辟幽蹊，曲終奏雅，然一方之言，一家之政，可謂奇書，無當巨覽，其《水滸》之亞乎。他如《七國》、《兩漢》、《兩唐宋》，如弋陽劣戲，一味鑼鼓了事；效《三國志》而卑者也。《西洋記》如王巷金家神說謊乞佈施，效《西遊》而愚者也；至於《續三國志》、《封神演義》等，如病人囈語，一味胡談。《浪史》、《野史》等，如老淫土娼，見之欲嘔，又出諸雜刻之下矣。[2]

---

2 〔明〕張無咎，〈批評北宋三遂平妖傳序〉，收入黃霖編，《金瓶梅資料彙編》（北

由此可見，馮夢龍拈出「四大奇書」一語指稱《三國演義》、《水滸傳》、《西遊記》和《金瓶梅》實則代表了當時人的普遍認識。

　　然則「四大奇書」成為明代小說之經典是有一個過程的，大致經歷了兩個層面的鼓吹和改造。以下即分而述之：

上篇：評價體系之轉化與小說經典之生成

　　以「小道可觀」一詞看待小說在中國古代由來已久，「小道」指稱小說的非正統性，「可觀」則有限度地承認小說的價值功能，可謂一語而成定評，深深地制約了小說的發展進程與價值定位。就中國小說史的發展而言，「小道可觀」，其「弊」莫大矣，中國小說始終處於一個尷尬的位置和可憐的地位正與此相關。這一評判小說文體的基本術語經數千年而不變，可以看成是中國古代小說評價體系中的核心內涵。至明代，小說創作與傳播空前風行，「小道可觀」這一小說評價體系中的核心內涵雖然沒能徹底改變，但具體到對於《三國演義》、《水滸傳》、《西遊記》和《金瓶梅》的評判，評價體系已開始有所轉化，這一轉化直接促成了明代小說經典之生成。

　　明中後期以來，隨著通俗小說的盛行，文人士大夫以其敏銳的藝術眼光和獨特的藝術鑒賞力對通俗小說加以評判，他們閱讀、鑒賞、遴選，並將通俗小說置於中國文學史的發展長河中予以考察，而在這種考察中，《三國演義》、《水滸傳》、《西遊記》和《金瓶梅》得以脫穎而出，成了文學史上不可多得的佳作，也為後世小說的發展提供了範本。且看史料：

　　周暉《金陵瑣事》卷一〈五大部文章〉謂：

> 太守李載贄，字宏甫，號卓吾，閩人。在刑部時，已好為奇論，尚未甚怪僻。常云：「宇宙內有五大部文章：漢有司馬子長《史記》，唐有《杜子美集》，宋有《蘇子瞻集》，元有施耐庵《水滸傳》，明有《李

獻吉集》。」[3]

李卓吾將《水滸傳》與《史記》、《杜子美集》、《蘇子瞻集》和《李獻吉集》並稱，實則改變了以往以文體限定作品的傳統，將其與所謂的雅文學一視同仁。

袁中郎〈觴政·十之掌故〉謂：

> 凡《六經》、《語》、《孟》所言飲式，皆酒經也。其下則汝陽王《甘露經》、《酒譜》、王績《酒經》、劉炫《酒孝經》、《貞元飲略》、竇子野《酒譜》、朱翼中《酒經》、李保續《北山酒經》、胡氏《醉鄉小略》、皇甫崧《醉鄉日月》、候白《酒律》，諸飲流所著記傳賦誦等爲內典。《蒙莊》、《離騷》、《史》、《漢》、《南北史》、《古今逸史》、《世說》、《顏氏家訓》，陶靖節、李、杜、白香山、蘇玉局、陸放翁諸集爲外典。詩餘則柳舍人、辛稼軒等，樂府則董解元、王實甫、馬東籬、高則誠等，傳奇則《水滸傳》、《金瓶梅》等爲逸典。不熟此典者，保面甕腸，非飲徒也。[4]

袁氏所云「內典」、「外典」爲佛教用語，佛教徒稱佛教典籍爲「內典」，佛教以外的典籍爲「外典」，袁氏在此乃化用佛教語彙，言所謂「飲徒」的三類必讀之書，即「諸飲流所著記傳賦誦等爲內典」、《莊》、《騷》、《史》、《漢》等爲「外典」，而詞曲、小說之佳者則爲「逸典」。所謂「飲徒」者，非「保面甕腸」之酒肉之徒，而是詩酒風流的文人雅士，在他看來，區分酒肉之徒與文人雅士之標準則就在於是否熟讀「逸典」，其對通俗詞曲、小說的褒揚之心昭然若揭。

按「逸典」一辭在古代文獻中並不多見，然與此相近之「逸品」卻是古代文

3　〔明〕周暉，〈五大部文章〉，《金陵瑣事》，收入《筆記小說大觀》16編第3冊（台北：新興書局，1988），頁1482-1483。

4　〔明〕袁弘道，〈觴政·十之掌故〉，《袁中郎隨筆》（台北：世界書局，1990），卷3，頁25。

藝批評中頗為常見的術語，在古代書品、畫品、詞品、曲品中屢屢出現，成為文藝批評中一種獨特的品第和審美標準，「逸典」一辭或從「逸品」化出。以曲品為例，晚明祁彪佳撰《遠山堂曲品・劇品》分「妙、雅、逸、豔、能、具」六品評判傳奇、雜劇，「逸品」在六品中位列第三。那何謂「逸品」？祁彪佳未作文字解釋，但在其具體評判中可約略窺見一二。觀祁氏之所謂「逸品」，其作品的整體特色約有三個方面：一曰「逸韻」，所謂「遊戲詞壇」又有所寄託。如評呂天成《二淫》：「不知者謂呂君作此，實以導淫，非也。暴二嫂之私，乃以使人恥，恥則思懲矣。……此鬱藍遊戲之筆。」（《曲品・逸品》）[5] 評董玄《文長問天》：「牢騷怒罵，不減《漁陽三弄》，此是天孫一腔碨礧，借文長舒寫耳，吾當以斗酒澆之。」（《劇品・逸品》）[6] 二曰「逸筆」，所謂「刻露之極」「摹擬入神」。如評馮惟敏《僧尼共犯》：「本俗境而以雅調寫之，字句皆獨創者，故刻畫之極，漸近自然。此與《風情》二劇，並可作詞人諧謔之資。」（《劇品・逸品》）[7] 評呂天成《纏夜帳》：「以俊僕狎小鬟，生出許多情致。寫至刻露之極，無乃傷雅？然境不刻不現，詞不刻不爽，難與俗筆道也。」（《劇品・逸品》）[8] 三曰「逸趣」，所謂「啼笑紙上，字字解頤。」如評汪廷訥《獅吼》：「初止一劇，繼乃雜引妒婦諸傳，證以內典，而且曲肖以兒女子絮語口角，遂無境不入趣矣。」（《曲品・逸品》）[9] 評白鳳詞人《秦宮鏡》：「傳崔、魏者，詳核易耳，獨此與《廣爰書》，得避實擊虛之法，偏於眞人前說假話。內如《儒穢》《祠沸》數折，尤為趣絕。」（《曲品・逸品》）[10] 故綜合上述內涵，所謂「逸品」在祁氏的心目中乃是指那種別有寄託、描寫細膩、趣味獨絕的文學作品。袁宏道以「逸典」評價《金瓶梅》或與「逸品」這一文藝批評傳統相關，他所要突出的或許正是《金瓶梅》所表現出的那種蘊含譏刺寄託、描寫細膩刻露的

5　〔明〕祁彪佳，《遠山堂曲品》，《中國古典戲曲論著集成》（北京：中國戲劇出版社，1959），第6集，頁9-10。
6　同上，頁175。
7　同上，頁168。
8　同上，頁169。
9　同上，頁13。
10　同上，頁16。

藝術特色，而其評價《金瓶梅》「勝於枚生〈七發〉多矣」亦可作爲一個有力的旁證[11]。

袁氏評《金瓶梅》爲「逸典」在當時頗有影響，現存的明代《金瓶梅》評論史料大多提及袁氏的這一說法，如屠本畯云：「不審古今名飲者，曾見石公所稱逸典否？」[12]謝肇淛謂「溙洧之音，聖人不刪，則亦中郎帳中必不可無之物也。」[13]沈德符亦謂「袁中郎《觴政》以《金瓶梅》配《水滸傳》爲外典。」[14]可見袁氏的所謂「逸典」已成爲明人批評《金瓶梅》的一個重要品第和準則，也是《金瓶梅》得以成爲小說經典的一個重要理論前提。

這種將通俗小說置於中國文學長河中予以考察，並突破以往雅俗文體界線的做法在當時較爲普遍：

> 晉王季重謂古今文人，取左丘明、司馬遷、劉義慶、歐陽永叔、蘇子瞻、王實甫、羅貫中、徐文長、湯若士，以其文皆寫生者也。袁中朗謂案頭不可少之書，《葩經》、《左》、《國》、《南華》、《離騷》、《史記》、《世說》、《杜詩》、韓、柳、歐、蘇文、《西廂記》、《牡丹亭》、《水滸傳》、《金瓶梅》，豈非以其書皆寫生之文哉！[15]

金聖嘆亦然，金氏擇取歷史上各體文學之精粹，名爲「六才子書」，曰《莊子》、《離騷》、《史記》、《杜詩》、《水滸》、《西廂》。在這裡，所謂托體卑微的通俗小說贏得了與《莊子》、《離騷》、《左傳》、《史記》、杜詩、韓

---

11 〔漢〕枚乘，《七發》，鋪張揚厲、刻露細膩和「勸百諷一」的特色實與《金瓶梅》之筆法、宗旨有相近之處。

12 〔明〕屠本畯，《山林經濟籍》，轉引自阿英《小說閒談》（北京：人民文學出版社，1957），頁30-31。

13 〔明〕謝肇淛，〈金瓶梅跋〉，《小草齋文集》（濟南：齊魯書社，1997，《四庫全書存目叢書·子部》，第176冊影印明天啓刻本），卷24，頁278。

14 〔明〕沈德符著，黎欣點校，〈詞曲·金瓶梅〉，《萬曆野獲編》卷25（北京：文化藝術出版社，1998），頁697-698。

15 〔清〕吳道新，〈文論〉，〔清〕李雅、何永紹，《龍眠古文一集》附，轉引自朱一玄編，《明清小說資料選編》（濟南：齊魯書社，1989），頁87。

柳歐蘇文等文學史上影響深遠的作品同等的待遇和評價，這是通俗小說評價體系
的一次新的轉化。在這之前，小說更多地是在與「史」的側附中來確認自身的地
位和價值的，「補史」也好，「通俗」也罷，小說無非是在「史」的框架中周
旋，以確立自己的存在依據。而這一評判則不然，文體的界線已不復存在，唯有
思想與藝術品位的高下成爲他們品評文學作品的唯一標準，這是一場公平的品評
和遴選，而得益最多的無疑是長久以來處於卑微狀態的通俗小說。這一評價體系
的轉化是通俗小說得以發展的一個重要契機。也是「四大奇書」成爲明代小說經
典的一個重要因素。

　　在上述評價體系的轉化中，「奇書」與「才子書」是其中最爲重要的思想觀
念。

　　以「奇書」指稱小說較早見於明代屠隆的〈奇書〉一文，然其所指大多爲文
言小說：

> 《山海經》、《穆天子傳》、東方朔《神異經》、王子年《拾遺記》、葛
> 稚川《抱朴子》、梁四公譚九州之外，陶弘景《眞誥》，此至人得道通
> 明徹玄神明而照了者也。鄒衍譚天，劉向傳列仙，郭子橫《洞冥》、張
> 華《博物》、任昉《述異》、段成式《酉陽雜俎》，此文士博學冥蒐、
> 廣采見聞而記載者也。奇書一耳，其不同如此，具眼者不可不知也。[16]

將通俗小說稱之爲「奇書」則較早見於明末張無咎的〈批評北宋三遂新平妖傳
敍〉：

> 小說家以眞爲正，以幻爲奇。然語有之：「畫鬼易，畫人難。」《西
> 遊》幻極矣，所以不逮《水滸》者，人鬼之分也。鬼而不人，第可資齒
> 牙，不可動肝肺。《三國志》，人矣，描寫亦工；所不足者幻耳。然勢

16　〔明〕屠隆，〈奇書〉，《鴻苞》（濟南：齊魯書社，1995，《四庫全書存目叢書・
　　子部》，第89冊影印明萬曆刻本），卷21，頁350。

不得幻，非才不能幻，其季孟之間乎？嘗辟諸傳奇：《水滸》，《西廂》
也；《三國志》，《琵琶記》也。《西遊》，則近日《牡丹亭》之類
矣。他如《玉嬌梨》、《金瓶梅》另辟幽蹊，曲終奏雅，然一方之言，
一家之政，可謂奇書，無當巨覽，其《水滸》之亞乎。[17]

清初陳忱評《水滸後傳》亦以「奇書」自許，其曰：「有一人一傳者，有一人附
見數傳者，有數人並見一傳者，映帶有情，轉折不測，深得太史公筆法。頭緒如
亂絲，終於不紊，循環無端，五花八陣，縱橫錯見，眞奇書也。」[18]清初以來，
以「奇書」指稱通俗小說者可謂比比皆是，如毛批本《三國演義》稱爲「四大奇
書第一種」、張批本《金瓶梅》稱爲「皋鶴堂批評第一奇書」、康熙年間刊刻的
《女仙外史》內封題「新大奇書」、乾隆十五年蔡元放爲《西遊證道書》作序題
爲〈增評證道奇書序〉等。而在明末清初小說史上，將通俗小說稱之爲「奇書」
影響最深巨的是所謂「四大奇書」之說。「四大奇書」之名的眞正確立乃是在清
代，李漁〈古本三國志序〉之前，嘗有「三大奇書」之目，西湖釣叟作于順治庚
子(1660)的〈續金瓶梅集序〉即謂：「今天下小說如林，獨推三大奇書，曰《水
滸》、《西游》、《金瓶梅》者，何以稱？夫《西遊》闡心而證道於魔，《水
滸》戒俠而崇義於盜，《金瓶梅》懲淫而炫情於色，此皆顯言之、誇言之、放言
之，而其旨則在以隱、以刺、以止之間。唯不知者曰怪、曰暴、曰淫，以爲非聖
而畔道焉。」[19]而在李漁之後，「四大奇書」之名則在小說界逐步通行了，劉廷
璣《在園雜誌》在梳理中國小說發展史時即以「四大奇書」之名指稱《三國演
義》、《水滸傳》、《西遊記》和《金瓶梅》，並以此概言明代通俗小說的創作
成就。而坊間亦以「四大奇書」之名刊刻這四部作品[20]。以後，所謂「四大奇

---

17 黃霖編，《金瓶梅資料彙編》，頁233。
18 〔清〕陳忱，〈水滸後傳論略〉，《明清小說資料選編》，頁387-388。
19 丁錫根編著，《中國歷代小說序跋集》(北京：人民文學出版社，1996)，頁1118。
20 據稱「四大奇書」有芥子園刊本，惜已不見，而有李漁序之《三國演義》醉畊堂刊
   本則冠於「四大奇書第一種」名目刊行，可知「四大奇書」之叢書或曾刊行。黃摩
   西《小說小話》卷四：「曾見芥子園四大奇書原刻本，紙墨精良，尚其餘事，卷首
   每回作一圖，人物如生，細入毫髮，遠出近時點石齋石印畫報上。而服飾器具，尚

書」就成了這四部小說的專稱了。綠園老人〈歧路燈序〉（據乾隆四十五年傳抄本）謂：「古有『四大奇書』之目，曰盲左、曰屈騷、曰漆莊、曰腐遷。迨於後世，則坊傭襲『四大奇書』之名，而以《三國志》、《水滸》、《西遊》、《金瓶梅》冒之。」[21]閑齋老人〈儒林外史序〉亦謂「古今稗官野史，不下數百千種，而《三國志》、《西遊記》、《水滸傳》及《金瓶梅演義》，世稱『四大奇書』，人人樂得而觀之。」[22]可見以「四大奇書」來概言明代通俗小說中這四部優秀作品已成傳統。

　　用「才子書」一詞評價通俗小說或許是金聖嘆首創，金氏擇取歷史上各體文學之精粹，名為「六才子書」，曰《莊子》、《離騷》、《史記》、《杜詩》、《水滸》、《西廂》。自《第五才子書水滸傳》刊行以後，「才子書」詞成為清以來指稱小說的一個常規術語，較早延用這一稱謂的是清初刊刻的「花藏合刻七才子書」其中包括《三才子玉嬌李》、《四才子平山冷燕》等，以後「才子書」之稱謂充斥於通俗小說領域。值得注意的是，毛氏父子批評《三國演義》有意將「奇書」與「才子書」概念合二為一，在偽託的金聖嘆序中，所謂「四大奇書第一種」的《三國演義》也稱為「第一才子書」，而在〈讀三國志法〉中又作進一步申述：「吾謂才子書之目，宜以《三國演義》為第一。」「第一才子書」之名遂在《三國演義》的刊刻史上影響深遠，以致人們「竟將《三國志演義》原名湮沒不彰，坊間俗刻，竟刊稱為《第一才子書》。」[23]

　　明末清初的文人何以將小說稱之為「奇書」或「才子書」？這只要簡要梳理一下「奇書」和「才子書」的傳統內涵便可了然。

　　「奇書」之概念古已有之，其內涵歷代有異，細考之，約有如下數端：其一，所謂「奇書」是指內容精深，常人難以卒解之書。如《晉書・葛洪傳》云：「考覽奇書，既不少矣，率多隱語，難可卒解。自非至精，不能尋究，自非篤

（續）—————————————————————

　　見漢家制度，可作博古圖觀，可作彼都人士詩讀。」（《小說林》第二期，頁7-14）

21　丁錫根編著，《中國歷代小說序跋集》，頁1632。

22　同上，頁1680。

23　〔清〕許時庚，〈三國志演義補例〉，《明清小說資料選編》，頁83。

勤，不能悉見也。」[24]《舊唐書》卷七十三記唐顏師古學識淵博、博覽群書時亦
謂：「師古於祕書省考定《五經》，師古多所釐正，既成，奏之。太宗復遣諸儒
重加詳議，于時諸儒傳習已久，皆共非之。師古輒引晉、宋已來古今本，隨言曉
答，援據詳明，皆出其意表，諸儒莫不歎服。於是兼通直郎、散騎常侍，頒其所
定之書於天下，令學者習焉。貞觀七年，拜祕書少監，專典刊正。所有奇書難
字，眾所共惑者，隨疑剖析，曲盡其源。」[25]而延伸之，則內容奇特甚至怪異之
書亦稱之為「奇書」，如《宋史》卷四百三十一：「昔漢文成將軍以帛書飯牛，
既而言牛腹中有奇書，殺視得書，天子識其手跡。」[26]宋歐陽修更視漢代讖緯之
學為「奇書」，且將「奇書異說」並舉，視為「異端之學」：「孔子既歿，異端
之說復興，周室亦益衰亂。接乎戰國，秦遂焚書，先王之道中絕。漢興久之，
《詩》、《書》稍出而不完。當王道中絕之際，奇書異說方充斥而盛行，其言往
往反自托於孔子之徒，以取信于時。學者既不備見《詩》、《書》之詳，而習傳
盛行之異說，世無聖人以為質，而不自知其取捨真偽。至有博學好奇之士，務多
聞以為勝者，於是盡集諸說，而論次初無所擇。」[27]其二，所謂「奇書」是指內
容豐贍，流傳稀少之好書。如《魏書》卷八十九所載：「道元好學，歷覽奇書。
撰注《水經》四十卷、《本志》十三篇，又為〈七聘〉及諸文，皆行於世。」[28]
歐陽修評價：「喜為歌詩，至於射藝、書法、醫藥，皆精妙。尤好古書奇畫，每
傾貲購之，嘗自為錄，藏於家。」[29]宋劉祁更將「奇書」指稱為士大夫祕而不
宣、視若珍寶之好書：「昔人云：『借書一癡，還書亦一癡。』故世之士大夫有
奇書多祕之，亦有假而不歸者，必援此。予嘗鄙之，以為君子惟欲淑諸人，有奇
書當與朋友共之，何至靳藏，獨廣己之聞見？果如是，量亦狹矣。如蔡伯喈之祕
《論衡》，亦通人之一蔽，非君子所尚，不可法也。」[30]其三，所謂「奇書」是

24　〔唐〕房玄齡等撰，《晉書》（北京：中華書局，1995），頁1912。
25　〔後晉〕劉昫等編，《舊唐書》（北京：中華書局，1995），頁2594-2595。
26　〔元〕脫脫等撰，《宋史》（北京：中華書局，1995），頁12805。
27　〔宋〕歐陽修著，李逸安點校，《歐陽修全集》（北京：中華書局，2001），頁591-592。
28　〔齊〕魏收等撰，《魏書》（北京：中華書局，1995），頁1926。
29　〔宋〕歐陽修著，李逸安點校，《歐陽修全集》，頁454。
30　〔宋〕劉祁著，崔文印點校，《歸潛志》（北京：中華書局，1983），頁145。

指頗爲怪異的書寫文字。《晉書》卷七十二謂：「武進縣人於田中得銅鐸五枚，歷陽縣中井沸，經日乃止。及帝爲晉王，又使璞筮，遇《豫》之《睽》，璞曰：『會稽當出鍾，以告成功，上有勒銘，應在人家井泥中得之。繇辭所謂『先王以作樂崇德，殷薦之上帝』者也。』及帝即位，太興初，會稽剡縣人果於井中得一鍾，長七寸二分，口徑四寸半，上有古文奇書十八字，云『會稽嶽命』，餘字時人莫識之。璞曰：『蓋王者之作，必有靈符，塞天人之心，與神物合契，然後可以言受命矣。』」[31]「奇書」一詞在明清小說中亦常常出現，內涵與上述引文大致相當，如：

> 李救朱蛇得美妹，孫醫龍子獲奇書。勸君莫害非常物，禍福冥中報不虛。[32]

> 還有那精琴古鼎，名畫奇書，寶鑒異香，文禽怪獸。[33]

> 後來子孫不知祖父創業艱難，只道家家都是有的，不當錢財，當費固費，不當費也費，繩鋸木斷，水滴石穿，只自日漸消磨，不久散失，如何守得他定？『子孫未必能守』，正謂此也。又道錢財易於耗散，囤在那裡，惹人看想。功名富貴都是書香一脈發出來的，不如積下些千古奇書，子孫看了，一朝發跡，依舊起家。[34]

> 後面有進大樓，題上一個匾額，叫做「萃雅樓」。結構之精，鋪設之雅，自不待說。每到風清月朗之夜，一同聚嘯其中，彈的彈，吹的吹，唱的唱，都是絕頂的技藝，聞者無不銷魂。沒有一部奇書不是他看起，沒有一種異香不是他燒起，沒有一本奇花異卉不是他賞玩起。手中摩弄

---

31 〔唐〕房玄齡等撰，《晉書》，頁1901。

32 〔明〕馮夢龍纂輯，錢伯城點校，《警世通言》（上海：上海古籍出版社，1992），第20卷，頁296。

33 〔明〕方汝浩著，歐葦點校，《禪真後史》（杭州：杭州古籍出版社，1987），第22回，頁166。

34 〔清〕艾納居士編，《豆棚閒話》（上海：上海古籍出版社，1983），第4則，頁37。

的沒有秦漢以下之物，壁間懸掛的盡是宋唐以上之人。[35]

這仙猿訪來訪去，一直訪到聖朝太平之世，有個老子的後裔，略略有點文名；那仙猿因訪的不耐煩了，沒奈何，將碑記付給此人，逕自回山。此人見上面事蹟紛紜，補敍不易。恰喜欣逢聖世，喜戴堯天，官無催科之擾，家無徭役之勞，玉燭長調，金甌永奠；讀了些四庫奇書，享了些半生清福。心有餘閒，涉筆成趣，每於長夏餘冬，燈前月夕，以文爲戲，年復一年，編出這《鏡花緣》一百回，而僅得其事之半。[36]

若素見說「下次不作」，心上又愛他的詩，便沉吟道：「且再處。我要問你，你既有此才，何不讀書，圖個士進？」楚卿道：「書都讀過，沒有什麼奇書。」若素道：「既是飽學，何不去求功名，卻在人門下？你若有志氣，就在我這裡讀書，我對老爺說，另眼看你。」楚卿道：「功名易，妻子難，若不聘個佳人，要功名何用？」[37]

如此巧笑工顰，嬌柔宛轉，若不要人愛他，何不生於大荒之世，廣漠之間，與世隔絕，一任風煙磨滅，使人世不知有此等美人，不亦省了許多事麼？既不許他投閒置散，而必聚於京華冠蓋之地，是造物之心，必欲使縉紳先生及海內知名之士品題品題，賞識賞識，庶不埋沒這片苦心。譬如時花美女，皎月纖雲，奇書名畫，一切極美的玩好，是無人不好的，往往不能聚在一處，得了一樣已足快心。只有相公如時花，卻非草木；如美玉，不假鉛華；如皎月纖雲，卻又可接而可玩；如奇書名畫，卻又能語而能言；如極精極美的玩好，卻又有千嬌百媚的變態出來。[38]

35　〔清〕李漁著，杜維沫點校，《十二樓·萃雅樓》（北京：人民文學出版社，1999），第1回，頁107。

36　〔清〕李汝珍，《鏡花緣》（北京：人民文學出版社，1955），第100回，頁771-772。

37　〔清〕安陽酒民著，葉功正點校，《情夢柝》（長春：吉林文史出版社，1997），第5回，頁28。

38　〔清〕陳森著，洪江標點，《品花寶鑒》（上海：上海古籍出版社，1994），第12回，頁108。

麻姑道：「此地山色極秀麗，只是青翠之中，還有黃白二色相間處，我當補之，爲異日再來遊覽之資。」於是從懷中取出一小瓶，瓶内倒出五色石砂一把，向四面山上灑去。石砂到處，盡變爲大青大綠，五色燦然。眾仙稱妙。施肩吾道：「麻夫人少賣弄幻術，普惠眞人胸藏太上奇書，此等技藝，何異擊土鼓于雷門？」[39]

展開奇書觀異相，鼓動鐵舌斷英才。[40]

素臣見滿架圖書，暗忖是東方旭讀書之所，取唐皋愈不中愈讀之意的了。回頭看門上一副對聯，是「緘口不發一論，鍵户不交一人」。柱子上一聯，是：「讀完天下奇書，聽透古人好話」。[41]

次日五更，賽兒就到鮑、曼二師房裡，拜請教習天書。曼師道：「早哩，教天書的另有人哩。」鮑師道：「兒還不曾細看，天書、劍匣都是一塊整玉，並無可開之處。要請玄女娘娘下降，方才開得。」二師遂同著賽兒到大廳上仰面細看，全無合縫之處，正不知何從放人。方知天上奇書，不是掌教的，就是別位仙眞也不得輕易看見。[42]

「才子書」一詞在明以前較少看到，然「才子」一詞卻出現較早，《左傳》中即有「高辛氏有才子八人，伯奮、仲堪、叔獻、季仲、伯虎、仲熊、叔豹、季狸」一語，此八才子又稱「八元」，《集解》賈逵曰：「元，善也。」與「才子」相對，時亦有「不才子」之稱謂，《史記》云：「昔帝鴻氏有不才子，掩義隱賊，好行凶慝，天下謂之渾沌，少皞氏有不才子，毀信惡忠，崇飾惡言，天下謂之窮

39　〔清〕李百川著，李國唐點校，《綠野仙蹤》（北京：中華書局，2001），第100回，頁1131。

40　〔清〕煙霞散人編述，公羊辛點校，《幻中游》（瀋陽：春風文藝出版社，1994），第2回，頁473。

41　〔清〕夏敬渠著，黃克點校，《野叟曝言》（北京：人民文學出版社，1997），第57回，頁716。

42　〔清〕呂熊著，楊鍾賢點校，《女仙外史》（天津：百花文藝出版社，1985），第7回，頁72。

奇……縉雲氏有不才子，貪於飲食，冒於貨賄，天下謂之饕餮。」[43]故此所謂
「才子」主要指稱有德之士。大約自南北朝始，「才子」一詞較多指稱文墨之
士，如《宋書》卷六十七：「自漢至魏，四百餘年，辭人才子，文體三變。相如
巧爲形似之言，班固長於情理之說，子建、仲宣以氣質爲體，並標能擅美，獨映
當時。是以一世之士，各相慕習，原其飇流所始，莫不同祖《風》、《騷》。」[44]
《周書》卷四十一亦謂：「逐臣屈平，作《離騷》以敘志，宏才豔發，有惻隱之
美。宋玉，南國詞人，追逸轡而亞其跡。大儒荀況，賦禮智以陳其情，含章鬱
起，有諷論之義。賈生，洛陽才子，繼清景而奮其暉。並陶鑄性靈，組織風雅，
詞賦之作，實爲其冠。」[45]降及唐代，以「才子」稱呼文人者更是比比皆是，
《舊唐書》卷一百六十：「予頃與元微之唱和頗多，或在人口。嘗戲微之云：
『僕與足下二十年來爲文友詩敵，幸也！亦不幸也。吟詠情性，播揚名聲，其適
遺形，其樂忘老，幸也！然江南士女語才子者，多云元、白，以子之故，使僕不
得獨步於吳、越間，此亦不幸也！今垂老復遇夢得，非重不幸耶？』」[46]同書卷
一百六十三：「李虞仲，字見之，趙郡人。祖震，大理丞。父端，登進士第，工
詩。大曆中，與韓翃、錢起、盧綸等文詠唱和，馳名都下，號『大曆十才
子』。」[47]同書卷一百六十六：「穆宗皇帝在東宮，有妃嬪左右嘗誦積歌詩以爲
樂曲者，知積所爲，嘗稱其善，宮中呼爲元才子。」[48]而元人辛文房爲唐代詩人
作傳，即乾脆將其書名名爲《唐才子傳》，可見「才子」一詞已成爲文人、尤其
是優秀文人之專稱。明人喜結詩派，或以地域、或以年號，詩人群體以「才子」
爲名號者充斥於詩壇，如「江西十才子」[49]、「江東三才子」[50]、「景泰十才

43　〔漢〕司馬遷撰，《史記》（北京：中華書局，1995），頁36。
44　〔梁〕沈約等撰，《宋書》（北京：中華書局，1995），頁1778。
45　〔唐〕令孤德棻等撰，《周書》（北京：中華書局，1995），頁743。
46　〔後晉〕劉昫等編，《舊唐書》，頁4212-4213。
47　同上，頁4266。
48　同上，頁4333。
49　《明史》卷137：「李叔正，字克正，初名宗頤，靖安人。年十二能詩，長益淹博。
　　時江西有十才子，叔正其一也。」〔清〕張廷玉等編，《明史》（台北：臺灣中華
　　書局，1981），頁3956。
50　《明史》卷194：「劉麟，字元瑞，本安仁人。世爲南京廣洋衛副千戶，因家焉。績

子」[51]、「吳中四才子」[52]、「嘉靖八才子」[53]等。金氏選取古今六大才子之文章，定為「六才子書」，正與此一脈相承。

人們以「奇書」、「才子書」指稱《三國演義》、《水滸傳》、《西遊記》和《金瓶梅》是確有深意的：「奇書」者，內容奇特、思想超拔之謂也；「才子書」者，文人才情文采之所寓焉。故將四部小說之文本稱為「奇書」，四部小說之作者稱為「才子」，是對這四部優秀通俗小說的極高褒揚。從小說史角度言之，這一評價體系的轉化至少是在三個方面為上述四部作品成為小說之經典在觀念上奠定了基礎：

一是強化了作為經典小說的作家獨創性。明中後期持續刊行的《三國演義》、《水滸傳》、《西遊記》和《金瓶梅》確乎是中國小說史發展中的一大奇觀。在人們看來，這些作品雖然托體於卑微的小說文體，但從思想的超拔和藝術的成熟而言，他們都傾向於認為這是文人的獨創之作。施耐庵、羅貫中為《三國演義》和《水滸傳》的作者已是明中後期文人的共識，如高儒《百川書志》卷六「史部·野史」著錄《水滸傳》題「錢塘施耐庵的本，羅貫中編次」，明嘉靖刊本《忠義水滸傳》亦題「施耐庵集撰，羅貫中纂修」；明雙峰堂刊本題「中原貫中羅道本卿父編輯」，王圻《續文獻通考》卷一百七十七「經籍考·傳記類」、田汝成《西湖遊覽志餘》卷二十五「委巷叢談」、雉衡山人〈東西晉演義序〉等亦持此種看法；而明雄飛館《英雄譜·水滸傳》、金聖嘆《第五才子書水滸傳》則題「錢塘施耐庵編輯」和「東都施耐庵撰」。可見其中雖看法不一，但在文人獨創這一點上卻沒有異議。《金瓶梅》雖署為不知何人的「蘭陵笑笑生」，但這

　　　　學能文，與顧璘、徐禎卿稱『江東三才子』」，《明史》，頁5151。

51　《明史》卷286：「宣德時，以文學徵。有言溥善醫者，授惠民局副使，調太醫院吏目。恥以醫自名，日吟詠為事。其詩初學西昆，後更奇縱，與湯胤勣、蘇平、蘇正、沈愚、王淮、晏鐸、鄒亮、蔣忠、王貞慶號『景泰十才子』，溥為主盟。」頁7341。

52　《明史》卷286：「禎卿少與祝允明、唐寅、文徵明齊名，號『吳中四才子』。」頁7351。

53　《明史》卷287：「時有『嘉靖八才子』之稱，謂束及王慎中、唐順之、趙時春、熊過、任瀚、李開先、呂高也。」頁7370。

部被文人評爲「極佳」[54]的作品人們大多傾向於出自於文人之手。屠本畯謂「相傳
嘉靖時，有人爲陸都督炳誣奏，朝廷籍其家，其人沉冤，托之《金瓶梅》。」[55]謝
肇淛謂「相傳永陵中有金吾戚里，憑怙奢汰，淫縱無度，而其門客病之，采摭日
逐行事，彙以成編，而托之西門慶也。」[56]沈德符謂：「聞此爲嘉靖間大名士手
筆，指斥時事，如蔡京父子則指分宜、林靈素則指陶仲文、朱勔則指陸炳，其他
各有所屬云。」[57]而金聖嘆將施耐庵評爲才子，與屈原、莊子、司馬遷、杜甫等
並稱也是強化了作品的作家獨創意識。強化作家獨創實際上是承認文人對這種卑
微文體的介入，而文人的介入正是通俗小說走向經典的一個重要內涵。

　　二是強化了作爲經典小說的情感寄寓性。李卓吾〈忠義水滸傳敘〉即以司馬
遷「發憤著書」說爲理論基礎，評價《水滸傳》爲「發憤」之作：「太史公曰：
『《說難》《孤憤》，賢聖發憤之所作也。』由此觀之，古之聖賢，不憤則不作
矣。不憤而作，譬如不寒而顫，不病而呻吟也。雖作何觀乎？《水滸傳》者，發
憤之所作也。蓋自宋室不兢，冠履倒施，大賢處下，不肖處上。馴致夷狄處上，
中原處下。一時君相，猶然處堂燕雀，納幣稱臣，甘心屈膝於犬羊已矣。施、羅
二公，身在元，心在宋；雖生元日，實憤宋事。是故憤二帝之北狩，則稱大破遼
以泄其憤；憤南渡之苟安，則稱滅方臘以泄其憤。敢問洩憤者誰乎？則前日嘯聚
水滸之強人也。欲不謂之忠義不可也。是故施、羅二公傳《水滸》，而復以忠義
名其傳焉。」[58]吳從先《小窗自紀》卷一〈雜著〉評「《西遊記》，一部定性
書，《水滸傳》，一部定情書，勘透方有分曉」亦旨在強化作品的情感寄寓意
識。謝肇淛《五雜組》卷十五《事部》評「《西遊記》曼衍虛誕，而其縱橫變
化，以猿爲心之神，以豬爲意之馳，其始之放縱，上天下地，莫能禁制，而歸於
緊箍一咒，能使心猿馴伏，至死靡他，蓋亦求放心之喻，非浪作也。」[59]突出的

54　〔明〕袁中道著，錢伯城點校，《游居柿錄》卷9錄董思白語，《珂雪齋集》（上
　　海：上海古籍出版社，1989），頁1315-1316。

55　〔明〕屠本畯，《山林經濟籍》，轉引自阿英《小說閒談》，頁30-31。

56　謝肇淛，〈金瓶梅跋〉，《小草齋文集》卷24，頁278-279。

57　沈德符，〈詞曲·金瓶梅〉，《萬曆野獲編》卷25，頁697-698。

58　丁錫根編著，《中國歷代小說序跋集》，頁1465-1466。

59　〔明〕謝肇淛，《五雜組》（上海：上海書店，2001），頁312。

也是作品的寄寓性。而在推測《金瓶梅》之創作主旨時，明人一般認為作品是別有寄託、筆含譏刺的。如東吳弄珠客〈金瓶梅序〉和欣欣子〈金瓶梅詞話序〉均明確認定《金瓶梅》乃「有意」「有謂」而作：

> 《金瓶梅》，穢書也。袁石公亟稱之，亦自寄其牢騷耳，非有取于《金瓶梅》也。然作者亦自有意，蓋為世戒非為世勸也。如諸婦多矣，而獨以潘金蓮、李瓶兒、春梅命名者，亦楚檮杌之意也。蓋金蓮以奸死，瓶兒以孽死，春梅以淫死。較諸婦為更慘耳。借西門慶以描畫世之大淨，應伯爵以描畫世之小丑，諸淫婦以描畫世之丑婆、淨婆，令人讀之汗下，蓋為世戒非為世勸也。余嘗曰：讀《金瓶梅》而生憐憫心者，菩薩也；生畏懼心者，君子也；生歡喜心者，小人也；生效法心者，乃禽獸耳。（〈金瓶梅序〉）[60]
>
> 竊謂蘭陵笑笑生作《金瓶梅傳》，寄意於時俗，蓋有謂也。人有七情，憂鬱為甚。上智之士，與化俱生，霧散而冰裂，是故不必言矣。次焉者，亦知以理自排，不使為累。惟下焉者，既不出了於心胸，又無詩書道腴可以撥遣。然則，不致於坐病者幾希！吾友笑笑生為此，爰罄平日所蘊者，著所傳，凡一百回，其中語句新奇，膾炙人口，無非明人倫，戒淫奔，分淑慝，化善惡，知盛衰消長之機，取報應輪迴之事，如在目前，始終如脈絡貫通，如萬系迎風而不亂也，使觀者庶幾可以一哂而忘憂也。（〈金瓶梅詞話序〉）[61]

三是強化了作為經典小說的文學性。且看金聖嘆對所謂「才子」之「才」的分析：

> 才之為言材也，凌雲蔽日之姿，其初本於破荄分莢，於破荄分莢之

60　丁錫根編著，《中國歷代小說序跋集》，頁1079。
61　同上，頁1077-1078。

時，具有凌雲蔽日之勢，於凌雲蔽日之時，不出破荄分英之勢，此所
謂材之說也。又才之爲言裁也，有全錦在手，無全錦在目；無全衣在
目，有全衣在心；見其領知其袖，見其襟知其帔也。夫領則非袖，而
襟則非帔，然左右相就，前後相合，離然各異，而宛然共成者，此所
謂裁之說也。[62]

金氏將「才」分解爲「材」與「裁」兩端，一爲「材質」之「材」，一爲「剪
裁」之「裁」，其用意已不言自明，他所要強化的正是作爲一個通俗小說家所必
備的情感素質和表現才能。他進而分析了眞正的「才子」在文學創作中的表現：

依世人之所謂才，則是文成於易者才子也；依古人之所謂才，則必文成
於難者才子也。依文成於易之說，則是迅疾揮掃，神氣揚揚者，才子
也；依文成於難之說，則必心絕氣盡，面猶死人者才子也。故若莊周、
屈平、馬遷、杜甫以及施耐庵、董解元之書，是皆所謂心絕氣盡，面猶死
人，然後其才前後繚繞得成一書者也。[63]

金聖嘆將施耐庵列爲「才子」，將《水滸傳》的創作評爲「文成於難者」，實則
肯定了《水滸傳》也是作家嘔心瀝血之作，進而肯定了通俗小說創作是一種可以
藏之名山的文學事業。清初李漁評曰：「施耐庵之《水滸》、王實甫之《西
廂》，世人盡作戲文小說看，金聖嘆特標其名曰『五才子書』、『六才子書』
者，其意何居？蓋憤天下之小視其道，不知爲古今來絕大文章，故作此等驚人語
以標其目。」[64]可謂知言。

在對於《金瓶梅》藝術特性的評價中，明人則突出了作品「窮極境象」、

---

62 〔清〕金聖嘆，〈第五才子書施耐庵水滸傳序〉，《第五才子書施耐庵水滸傳》（北
　　京：中華書局，1975），頁9-10。
63 同上，頁9-10。
64 〔清〕李漁著，江巨榮、盧壽榮校注，〈詞曲部・詞采第二・忌塡塞〉，《閒情偶
　　寄》（上海：上海古籍出版社，2000），頁40。

「賦意快心」的特色。其中以謝肇淛〈金瓶梅跋〉一文的概括最為精彩，謝氏云：

> 書凡數百萬言，為卷二十，始末不過數年事耳。其中朝野之政務，官私之晉接，閨闥媟語，市里之猥談，與夫勢交利合之態，心輸背笑之局，桑中濮上之期，尊罍枕席之語，駔儈之機械意智，粉黛之自媚爭妍，狎客之從臾逢迎，奴儓之稽唇淬語，窮極境象，駴意快心。譬之范工摶泥，妍媸老少，人鬼萬殊，不徒肖其貌，且並其神傳之。信稗官之上乘，鑪錘之妙手也。其不及《水滸傳》者，以其猥瑣媱媟，無關名理。而或以為過者，彼猶機軸相放，而此之面目各別，聚有自來，散有自去，讀者意想不到，唯恐易盡。此豈可與褒儒俗士見哉。[65]

這一段評述高度概括了《金瓶梅》刻露細膩的藝術特性，指出了作者的筆觸廣泛涉及了社會的各個層面，並作出了細緻真實的描繪。《金瓶梅》的這一特色確乎在中國小說的發展史上獨樹一幟，對後世的小說創作，尤其是人情小說一脈產生了深遠的影響。這一小說史上的新創之舉因其「瑣碎」「繁雜」而曾遭人垢病，如署為「隴西張譽無咎父題」的〈天許齋批點北宋三遂平妖傳序〉即評其「如慧婢作夫人，只會記日用帳簿，全不曾學得處分家政。」[66]其所譏刺的正是作品寫實細膩的創作特色，但更多的評論者則對此予以讚美，肯定了作品的藝術創新，袁中道謂其「瑣碎中有無限煙波，亦非慧人不能。」[67]宋起鳳則認為「《金瓶梅》全出一手，始終無懈氣浪筆與牽強補湊之迹，行所當行，止所當止，奇巧幻變，媱妍、善惡、邪正、炎涼情態，至矣，盡矣。」故其作者「謂之一代才子，洵然！」[68]而《新刻繡像批評金瓶梅》的評者更認為《金瓶梅》是一部「世情書」，「此書只一味要打破世情，故不論事之大小冷熱，但世情所有，便一筆刺入。」（第五十二回評語）其「寫世態炎涼，使人欲涕欲笑。」（第三十回評語）

---

65 〔明〕謝肇淛，〈金瓶梅跋〉，《小草齋文集》，頁278-279。
66 引自黃霖編，《金瓶梅資料彙編》，頁233。
67 〔明〕袁中道，《游居柿錄》卷9，頁1316。
68 〔清〕宋起鳳，《王弇洲著作》，引自黃霖編，《金瓶梅資料彙編》，頁237。

「摹寫輾轉處，正是人情之所必至。此作者之精神所在也。」（第二回評語）故
「若詆其繁而欲損一字者，不善讀書者也。」（第二回評語）

由此可見，以「奇書」和「才子書」為代表的思想觀念促成了對於通俗小說
評價體系的轉化，揭示了「四大奇書」之成為小說經典的主要內涵，而總其要
者，一在於思想的「突異」，一關乎作家的「才情」，而思想超拔，才情迸發，正
是通俗小說能夠成為經典的重要前提。

下篇：文人之改訂與小說品位之提升

明中葉以來的文人士大夫對「四大奇書」的關注並非停留在觀念形態上，還
落實到具體的操作層面，即對於「四大奇書」的文本改訂和修正，這種改訂與修
正也是「四大奇書」成為小說經典的重要因素。

在「四大奇書」的傳播史上，對於小說文本的修訂已成傳統。如《三國演
義》，刊行《三國志通俗演義》的書坊主周曰校就「購求古本，敦請名士，按鑒
參考，再三讎校」[69]，雖著重於文字考訂，但畢竟已表現出了對文本的修訂。毛
氏父子評點《三國志通俗演義》則有感於作品「被村學究改壞」，故假託「悉依
古本」對「俗本」進行校正刪改並作評點，他們所謂的「俗本」是指「謬托李卓
吾先生批閱」的本子，即一般認為是葉晝偽託的《李卓吾先生批評三國志》。在
毛氏父子看來，「俗本」在文字、情節、回目、詩詞等方面均有不少問題，故其
「悉依古本改正」。而評論中也「多有唐突昭烈、謾罵武侯之語」，故亦「俱削
去，而以新評校正之。」（〈凡例〉）毛氏的所謂「古本」其實是偽託，故其對
「李評本」的刪改純然是其獨立的改寫，有著較高的文本價值，體現了他們的思
想情感和藝術趣味。而《水滸傳》從余象斗《水滸志傳評林》開始就明確表現了
對小說文本內容的修訂，其〈水滸辨〉云：「今雙峰堂余子改正增評，有不便覽
者芟之，有漏者刪之，內有失韻詩詞欲削去，恐觀者言其省漏，皆記上層。」[70]

69　萬卷樓本，《三國志通俗演義》封面「識語」，萬曆十九年(1591)刊本。

70　〔明〕余象斗，〈水滸辨〉，《水滸志傳評林》，《古本小說集成》第237冊(上
　　海：上海古籍出版社，1990)，頁2-3。

尤其是容與堂本《水滸傳》，該書之評者在對文本作賞評的同時，對作品情節作了較多的改定，但在正文中不直接刪去，而是標出刪節符號，再加上適當的評語。其所作的主要工作有：（一）對作品中一些與小說情節無關的詩詞建議刪去，並標上「要他何用」、「無謂」、「這樣詩也罷」、「極俗，可刪」等字樣。（二）對作品中過繁的情節和顯屬不必要的贅語作刪改，使敘述流暢，文字潔淨。對作品中一些不符合人物身分、性格的行為和言語作修改。（三）對作品中顯有評話痕跡的內容作刪節。而金聖嘆對《水滸傳》的全面修訂使作品在藝術上更進一層，在思想上也體現了獨特的內涵。就小說文本而言，一般認為刊於明崇禎年間的《新刻繡像批評金瓶梅》對《金瓶梅詞話》作了一次較為全面的修改和刪削，其改定工作主要有：（一）改變詞話本的說唱特色，大量（約三分之一）刊落了原作中的可唱韻文。（二）改變小說結構，不從景陽崗武松打虎起始，而以西門慶熱結十兄弟發端，從而變依傍《水滸》而獨立成篇，也使小說主人公提早出場，情節相對比較緊湊。（三）對回目、引首等作加工整理，使之更工整，增強了藝術性。（四）對小說行文、情節敘述等作了一定潤飾。總之，與《詞話》本相比，此書更符合小說的體裁特性，從而成了後世的通行文本，張竹坡評本即由此而出。在《西遊記》的傳播史上，《西遊證道書》的首要價值即表現在對小說文本的增刪改訂上，如情節疏漏的修補、詩詞的改訂和刪卻、敘述的局部清理等都表現了對小說文本的修正，尤其是合併明刊本第九、十、十一回為第十、十一兩回，增補玄奘出身一節為第九回，從而成為《西遊記》之最後定本，更在《西遊記》傳播史上有重要地位。總之，明末清初對「四大奇書」的修訂體現了文人對小說文本的「介入」，並在對文本的修訂中突出地表現了修訂者自身的思想、意趣和個性風貌。綜合起來，這主要體現在三個方面：

首先是對小說作品的表現內容作了具有強烈文人主體特性的修正。這突出地表現在金聖嘆對《水滸傳》的改定和毛氏父子對《三國演義》的評改之中。

金聖嘆批改《水滸傳》體現了三層情感內涵：一是憂天下紛亂、揭竿斬木者此起彼伏的現實情結；二是辨明作品中人物忠奸的政治分析；三是區分人物真假性情的道德判斷。由此，他腰斬《水滸》，並妄撰盧俊義「驚惡夢」一節，以表現其對現實的憂慮；突出亂自上作，指斥奸臣貪虐、禍國殃民的罪惡；又「獨惡

宋江」，突出其虛偽不實，並以李逵等爲「天人」。這三者明顯地構成了金氏批改《水滸》的主體特性，並在眾多的《水滸》刊本中獨樹一幟，表現出了獨特的思想與藝術個性。毛氏批改《三國演義》最爲明顯的特性是進一步強化「擁劉反曹」的正統觀念，其〈讀法〉開首即云：「讀《三國志》者，當知有正統、閏運、僭國之別。正統者何？蜀漢是也；僭國者何？吳魏是也；閏運者何？晉是也。……陳壽之《志》，未及辨此，余故折衷於紫陽《綱目》而特於演義中附正之。」[71]本著這種觀念，毛氏對《三國演義》作了較多的增刪，從情節的設置、史料的運用、人物的塑造乃至個別用詞(如原作稱曹操爲「曹公」處即大多改去)，毛氏都循著這一觀念和精神加以改造，最爲典型的例子是第一回中有關劉備和曹操形象的改寫，如劉備：

> 那人不甚樂讀書，喜犬馬，愛音樂，美衣服，少言語，禮下於人，喜怒不形於色。(李評本)[72]
> 那人不甚好讀書，性寬和，寡言語，喜怒不形於色，素有大志，專好結交天下豪傑。(毛批本)[73]

再如曹操：

> 爲首閃出一個好英雄，身長七尺，細眼長髯，膽量過人，機謀出眾，笑齊桓、晉文無匡扶之才，論趙高、王莽少縱橫之策。用兵彷彿孫、吳，胸內熟諳韜略。(李評本，頁9。)
> 爲首閃出一將，身長七尺，細眼長髯。(毛批本，頁10。)

71　〔元〕羅貫中著，〔清〕毛綸、毛宗崗評，劉世德、鄭銘點校，《三國志演義》(北京：中華書局，1995)，頁15-16。

72　〔明〕李漁著，蕭欣橋、俞駕征、鄭小軍點校，《李笠翁批閱三國志》，《李漁全集》(杭州：浙江古籍出版社，1992)，頁4-5。

73　〔明〕羅貫中著，〔清〕毛綸、毛宗崗評，劉世德、鄭銘點校，《三國志演義》，頁6。

修改中評者的主觀意圖已十分明顯，但作者猶不滿足，於回前批語中再加申說：

> 百忙中忽入劉、曹二小傳，一則自幼便大，一則自幼便奸。一則中山靖
> 王之後，一則中常侍之養孫，低昂已判矣。（頁3）

此種評改在毛批本《三國志演義》中幾乎通篇皆是，對於這一問題，學界長期以來頗多爭執，或從毛氏維護清王朝正統地位的角度指責其表現出的思想傾向，或從「華夷之別」的角度認為其乃為南明爭正統地位，所說角度不一，但均以為毛氏批本有著明確的政治傾向和民族意識。這兩種觀點其實都過於強化其政治色彩，我們以為，毛批本中的政治傾向固然十分明顯，但也不必過多地從明清易代角度立論，其「擁劉反曹」的正統觀念實際體現的還是傳統的儒家思想，更表現出了作者對於一種理想政治和政治人物理想人格的認同，即讚美以劉備為代表的仁愛和批判以曹操為典型的殘暴，故其評改體現了政治與人格的雙重標準。從而使毛本《三國》成了《三國演義》文本中最重正統、最富文人色彩的版本。

　　其次是對小說文本的形式體制作了整體的加工和清理，使「四大奇書」在藝術形式上趨於固定和完善。

　　古代通俗小說源於宋元話本，因此在從話本到小說讀本的進化中，其形式體制必定要經由一個逐漸變化的過程，「四大奇書」也不例外。明末清初的文人選取在通俗小說發展中具有典範意義的「四大奇書」為物件，故他們對作品形式的修訂在某種程度上即可視為完善和固定了通俗小說的形式體制，並對後世的小說創作起了示範作用。如崇禎本《金瓶梅》刪去了「詞話本」中的大量詞曲，使帶有明顯「說話」性質的《金瓶梅》由「說唱本」演為「說散本」。再如《西遊證道書》對百回本《西遊記》中人物「自報家門式」的大量詩句也作了刪改，從而使作品從話本的形式漸變為讀本的格局。對回目的修訂也是此時期小說評改的一個重要方面，這一工作明中葉就已開始，至此時期漸趨完善。如毛氏批本《三國演義》「悉體作者之意而聯貫之，每回必以二語對偶為題，務取精工。」[74]回目對

74　〈三國志演義・凡例〉，頁7。

句,語言求精,富於文采,遂成章回小說之一大特色,而至《紅樓夢》達峰巔狀態。

第三是對小說文本在藝術上作了較多的增飾和加工,使小說文本益愈精緻。這主要包括三個方面,一是補正小說情節之疏漏,通俗小說由於其民間性的特色,其情節之疏漏可謂比比皆是,人們基於對作品的仔細批讀,將其一一指出,並逐一補正。二是對小說情節框架的整體調整,如金聖嘆腰斬《水滸》而保留其精華部分,雖有思想觀念的制約,但也包含藝術上的考慮;再如崇禎本《金瓶梅》將原本首回「景陽崗武松打虎」改爲「西門慶熱結十兄弟」,讓主人公提早出場,從而使情節相對地比較緊湊。又如《西遊證道書》補寫唐僧出身一節而成《西遊記》足本等,都對小說文本在整體上有所增飾和調整。三是對人物形象和語言藝術的加工,此種例證俯拾皆是,此不贅述。

由此可見,明清文人尤其是小說評點者對「四大奇書」的修訂確乎提升了小說文本的思想品格和審美意味。這種融「批」「改」爲一體的小說評點是一個頗爲獨特的現象,因爲評點作爲一種文學批評形式其實並不附有修訂文本的功能,然而這一現象在中國小說評點史上的普遍出現是有其內在原因的。

在中國古代文學發展史上,小說尤其是通俗小說是一種地位卑下的文體,雖然數百年間小說創作極爲繁盛且影響深遠,但這一文體始終處在中國古代各體文學之邊緣,而未眞正被古代正統文人所接納。這一現象對通俗小說發展的影響有二:一是流傳的民間性,二是創作隊伍的下層性。通俗小說流傳的民間性使其從創作到刊行大多經歷了一段漫長的抄本流傳階段,這樣輾轉流傳,小說在文本上的變異十分明顯,而最終得以刊行的小說,由於基本以「坊刻」爲主,其商業營利性又使小說的刊行頗爲粗糙。這種流傳上的特色使通俗小說評點在某種程度上就成了一種對小說重新修訂和增飾的行爲。而創作者地位的下層性又使這種行爲趨於公開和近乎合法。古代通俗小說有大量的創作者湮沒無聞,而其作品在很大程度上也就成了書坊能任意翻刻和更改的對象。因此小說評點對小說文本的「介入」其首要因素是由於小說地位之卑下,可以說,這是通俗小說在其外部社會文化環境影響下所形成的一種並不正常的現象。

小說評點融「批」「改」爲一體與古代通俗小說獨特的編創方式也密切相關。通俗小說的編創方式在其發展進程中體現了一條由「世代累積型」向「個人

獨創型」發展的演化軌跡。而所謂「世代累積型」的編創方式是指有很大一部分通俗小說的創作在故事題材和藝術形式兩方面都體現了一個不斷累積、逐步完善的過程，因此這種小說文本並非是一次成型、獨立完成的。在明清通俗小說發展史上，這種編創方式曾是有明一代最為主要的創作方式，進入清代以後，通俗小說的編創方式雖然逐步向「個人獨創型」發展，但前者仍未斷絕。這種在民間流傳基礎上逐步成書的編創方式為小說評點獲取文本價值確立了一個基本前提，這我們可以簡單地表述為「通俗小說文本的流動性」。正因是在「流動」中逐步成書的，故其成書也並非最終定型，仍為後代的增訂留有較多餘地；同時，正因其本身始終處於流動狀態，故評點者對其作出新的增訂就較少觀念上的障礙。雖然評點者常常以得「古本」而為其增飾作遮掩，如金聖嘆云得「貫華堂古本」並妄撰施耐庵原序，如毛氏父子云「悉依古本改正」等，但這種狡獪其實是盡人皆知的，評點者對此其實也並不太為在意。

另外，評點者的批評旨趣也與對小說的改訂有著深切的關係。評點作為一種文學批評方法本無對文本作出增飾的功能，但因了上述兩層因素，故小說評點在批評旨趣上出現了一種與古代其他文學批評形態截然不同的趨向，即：評點者常常將自己的評點視為一種藝術再創造活動。金聖嘆曾宣稱：「聖歎批《西廂記》是聖歎文字，不是《西廂記》文字。」[75]他批《水滸》雖無類似宣言，然旨趣卻是同一的。他腰斬、改編《水滸》並使之自成面目，正強烈地體現了這種批評精神。張竹坡亦謂：「我自做我之《金瓶梅》，我何暇與人批《金瓶梅》也哉！」[76]哈斯寶更明確倡言：「曹雪芹先生是奇人，他為何那樣必為曹雪芹，我為何步他後塵費盡心血？……那曹雪芹有他的心，我這曹雪芹也有我的心。」[77]因此「摘譯者是我，加批者是我，此書便是我的另一部《紅樓夢》。」[78]以上言論在小說

---

75 〔清〕金聖嘆，〈讀第六才子書西廂記法〉，《金聖嘆批本西廂記》（上海：上海古籍出版社，1986），頁21。

76 〔清〕張竹坡，〈第一奇書金瓶梅・竹坡閒話〉，《第一奇書——竹坡本金瓶梅》（台北：里仁書局，1981），頁8。

77 〔清〕哈斯寶，《新譯紅樓夢回批》第40回，《紅樓夢研究參考資料》（呼和浩特：內蒙古大學政治部宣傳組，1974），頁88。

78 〔清〕哈斯寶，〈新譯紅樓夢回批・總錄〉，《紅樓夢研究參考資料》，頁89-90。

評點中有一定的代表性。雖然在整體上小說評點並非全然體現這一特色，但在那些成功的小說評點本中，這卻是共同的旨趣和精神。小說評點正因有了這一種批評精神，故評點便逐漸成了批評者的立身事業，他們將自己的思想感情、審美趣味乃至生命體驗都融入到批評物件之中，而當作品之內涵不合其情感和審美需要時，便不惜改編作品。於是，作品文本也在這種更改中體現出了批評者的主體特性，從而確立了小說評點的文本價值。

作爲一種批評形態，小說評點「介入」小說文本實已超出了它的職能範圍，故而可以說，這是一種並不正常的現象。但評價一種文化現象不應脫離特定的歷史環境，如果我們將這一現象置於中國古代俗文學的發展長河中加以考察，那我們就有另一番評判了。

宋元以來，中國古代之雅俗文學明顯趨於分流，從邏輯上講，所謂雅俗文學之分流是指俗文學逐漸脫離正統士大夫文人之視野而向著民間性演進。宋元時期，這種演進軌跡是清晰可見的，宋元話本講史、宋金雜劇南戲、諸宮調等，其民間色彩都十分濃烈，且在元代結出了一朵奇葩——元代雜劇。因而從分流的態勢來看待俗文學的這一段歷史及其所獲得的傑出成就，那我們完全有理由這樣認爲：中國俗文學的成就是文學走向民間性和通俗化的結果。然而，我們也應看到，民間性和通俗化誠然是俗文學在宋元以來獲得其生命價值的一個重要因素，但雅俗文學之分流在很大程度上也會使俗文學逐漸失卻正統士大夫文人的精心培育，而這無疑也是俗文學在其發展過程中的一大損失。因此，如何在保持其民間性和通俗化的前提下求得其思想價值和審美品位的提升，是俗文學在發展過程中所面臨的一個重要課題。宋元以後，俗文學的發展在整體上便是朝著這一方向發展的，尤其是作爲俗文學主幹的戲曲和通俗小說，但兩者的發展進程並不完全同步和平衡。對此，我們不妨對兩者的文人化進程作一比較，並在這種比較中來確立小說評點文本價值的歷史地位。

不難發現，中國古代戲曲自元代雜劇以後並未完全循著民間性和通俗化一路發展，而是比較明顯地顯示了一條逐漸朝著文人化發展的創作軌跡。這裡所說的「文人化」有兩個基本內涵：一是戲曲創作中作家「主體性」的強化，也即作家創作戲曲有其明確的文人本位性，突出表現其現實情思、政治憂患和文人的使命

感。二是在藝術上追求穩定、完美的藝術格局和相對雅化的語言風格。這種進程就其源頭而言發端於元代，這便是馬致遠劇作對於現實人生的憂患意識和高明劇作中重視倫常、維持風化的教化意識。這兩種創作意識為明代傳奇作家所普遍接受，邱濬《五倫全備記》、邵璨《香囊記》等將高明《琵琶記》之風化主題引向極端，而在《寶劍記》《浣紗記》《鳴鳳記》等劇作中，則是對現實人生的憂患意識作了很好的延續。由此以後，傳奇文學在表現內容和形式格局等方面都順此而發展，至萬曆年間，文人化傾向更為濃郁，湯顯祖《臨川四夢》為其代表。入清以後，文人化進程猶未終止，而在「南洪北孔」的筆下，這一文人化進程終於推向了高潮。當然，明清傳奇文學的發展是一個複雜的現象，但以上簡約的描述卻是傳奇文學發展中一條頗為明晰的主線，這條主線構成了中國古代戲曲文學中的一代之文學——文人傳奇時代。

與戲曲相比較，通俗小說的文人化程度在整體上要比戲曲來得薄弱，其文人化進程也比戲曲來得緩慢。一方面，作為明清通俗小說之源頭的宋元話本講史，其本身就沒有如元雜劇那樣，在民間性和通俗化之中包涵有文人化的素質，基本上是一種出自民間並在民間流傳的通俗藝術。故而緣此而來的明清通俗小說就帶有其先天的特性，文人化程度的淡薄並不奇怪。同時，明清通俗小說與戲曲相比較，其文藝商品化的特性更為強烈，這種特性也妨礙了通俗小說向文人化方向發展。因此，上文所說的通俗小說「流傳的民間性」和「創作隊伍的下層性」無疑是一個必然的現象。當然，綜觀通俗小說的發展歷史，其文人化進程還是有跡可尋的，尤其是它的兩端：元末明初的《三國演義》、《水滸傳》和清乾隆時期的《紅樓夢》、《儒林外史》，通俗小說的文人化可說是有一個良好的開端和完滿的收束，但在這兩端之間，通俗小說的文人化卻經歷了一段漫長且緩慢的進程。正是在這種背景下，小說評點所體現的文本價值便有了突出的地位。

首先，在通俗小說的文人化過程中，小說評點者充當著一個重要的角色，這是通俗小說在很大程度上脫離正統文人精心培育之下的一種補償，是通俗小說在清康乾時期迎來小說藝術黃金時代的一次重要準備。在中國俗文學的發展中，明萬曆年間至清初是通俗小說和戲曲發展的一個重要階段。而這一階段正是小說評點體現文本價值的一個重要時期，尤其是明末清初，大量出色的小說評點家和小

說作家一起共同完成了通俗小說藝術審美特性的轉型。他們改編、批評、刊刻通俗小說一時競成風氣，這大大提高了通俗小說的思想和藝術價值。這種階段性且集合性的小說評改使通俗小說的發展邁上了一個新的臺階，可以說，通俗小說至此劃出了一個新的時代。

其次，在通俗小說的發展中，明代「四大奇書」有著特殊的意義，這是一組具有典範性的小說作品，在小說史上有著深遠的影響。然而，「四大奇書」的文化品位也是在不斷累積中逐步形成的，而在這一過程中，小說評點所起的作用毋庸低估。從萬曆時期「李卓吾評本」對《水滸傳》「忠義」內涵的倡揚，到金聖嘆許《水滸傳》為「才子」之書，再到明末清初評點家所標榜的「奇書」系列，可以說，「四大奇書」的文化品位在不斷提升。如果說，在宋之前，唐代傳奇是古代小說文人化的一個高峰，其標誌在於唐代文人之「詩心」在與「故事」的結合中所表現出的靈心慧性，那麼，在通俗小說的發展中，小說評點家以其才子之「文心」對作品的增飾是通俗小說文人化的一個重要環節，「四大奇書」正是這一環節中最為重要的作品。清人黃叔瑛對此評價道：「信乎筆削之能，功倍作者」[79]，雖有所誇大，但也並非全然虛言。清初以來，「四大奇書」以評點家之「點定本」流行便是一個明證。

結　語

綜上所述，「四大奇書」成為明代小說之經典，實關乎多方面因素。文人以新的視角和評價體系觀照「四大奇書」，是這四部作品成為中國文學史上之經典作品的外部條件，這種突破文體之限制、超越通俗小說文體卑下之觀念無疑是「四大奇書」乃至通俗小說作品能成為文學經典的必不可少之因素；而文人對「四大奇書」的廣泛增飾修訂又使這四部作品在文本內涵上逐步趨於完善，其思想性、藝術性的提升是「四大奇書」成為文學經典的內在條件。就整體而言，對

79　〔清〕黃叔瑛，〈第一才子書三國志・序〉，雍正十二年(1734)鬱鬱堂本《官板大字全像批評三國志》卷首。

「四大奇書」評價體系的轉化和文本的增飾修訂體現了一條將通俗小說逐步推向「文人化」的道路，這一「文人化」進程實際上是中國通俗小說發展史上的一大轉折，而在這一過程中，「四大奇書」有著特殊的意義，這是一組具有典範性的小說作品，在小說史上影響深遠。

貳、經典的閱讀與詮釋

第二章

淫辭艷曲與佛教：

從《西廂記》相關文本論清初戲曲美學的佛教詮釋

廖肇亨(中央研究院中國文哲研究所)

一、 前言：「不風流處也風流」：從順治與木陳道忞的 對話談起

　　如果沒有奉詔北上，作爲深具遺民姿態的叢林領袖，木陳道忞(1596-1674)[1]在此之前的事蹟或許仍將廣爲傳誦，大有可能如同其平生論敵繼起弘儲(1605-1672)[2]一般，受到後世史家(如全祖望〔1705-1755〕)的高度讚揚。因爲木陳道忞曾作〈新蒲綠〉一詩，在那些不斷追懷逝去繁華的遺民群體當中激起陣陣共鳴，不過當他奉詔北上以後，彼此共同記憶那首孤高的旋律便陡地變奏，那凝聚多年的冰雪顯然瞬間融解，化成巨浪滔天，沖毀了江南士人、叢林所構築的價值

1　木陳道忞，潮州茶陽人，俗姓林，幼有凤慧，讀書一目五行俱下，總角以藝文擅名鄉曲，試博士弟子，然性不耽世好，飄然有塵外想。及冠，讀《大慧語錄》，忽憶前身雲水參方，歷歷如見，參憨山、黃檗諸尊宿，皆深契之。後於密雲圓悟處開悟得法，掌書記十四年，密雲圓悟示寂，繼主天童，順治十六年奉詔入京，康熙十三年示寂，世壽七十九，僧臘五十五。著有《北遊集》、《布水臺集》等，關於木陳道忞的研究，可以參看荒木見悟，〈禪と名教──木陳道忞の變節〉，《東洋古典學研究》第1號，(廣島：廣島大學，1996)，頁11-23。

2　繼起弘儲，俗姓李，揚州興化人。早歲出家，師事漢月法藏，爲其嗣法弟子，其後十坐道場，以蘇州靈巖寺爲最久。明清之際，遺民多往歸之，當時目之爲「浮屠中之遺民」。生平詳見〔清〕全祖望，〈南嶽和尚退翁第二碑〉，《鮚埼亭集》(台北：華世出版社，1977)，卷14，頁176-177。木陳道忞與繼起弘儲兩人之間的紛爭詳見拙著，〈惠洪覺範在明代：宋代禪學在晚明的書寫、衍異與反響〉，《中央研究院歷史語言研究所集刊》第75分第4本(2004年12月)，頁797-837。

堤防[3]。木陳道忞固然不是鼎革之後首位奉新朝君父之命北上的叢林領袖[4]，但姿態之招搖，議論之廣遠，實無以過之。

木陳道忞之所以奉詔入京，首要之因當然是清朝開國君主順治帝對禪宗的嗜尚[5]，其時木陳道忞爲天童寺住持，經歷同門之間慘烈的鬥爭以後[6]，入主天童祖庭，繼承號稱「臨濟正傳」密雲圓悟（1566-1642）[7]一系之法脈。也因此在順治帝的心目當中，木陳道忞即江南佛教具體化的呈現應無可疑。由是觀之，其與木陳道忞問答之內容代表了當時佛教的文化形象與意涵。木陳道忞想是多少帶著炫耀的心情記下他與順治帝的對話，值得注意的是：除了談禪論道、政經民生外，詩詞歌賦，甚至戲曲小說都在他們談論的範圍。例如順治帝曾與木陳道忞談論金聖嘆其人，其門人記兩人之問答曰：

> 上曰：「蘇州有個金若采，老和尚可知其人麼？」師曰：「聞有個金聖嘆，未知是否？」上曰：「正是其人。他曾批評得有《西廂》、《水滸傳》，議論盡有遐思，未免太生穿鑿，想是才高而見僻者。」師曰：「與明朝李贄同一派頭耳。」[8]

3　木陳道忞與清初叢林的齟齬，參見陳垣，《清初僧諍記》（北京：中華書局，1962）一書。

4　在木陳道忞以前，臨濟宗玉琳通秀禪師也曾奉詔入京。其經過詳見陳垣，《清初僧諍記》一書。

5　順治帝的宗教傾向凤來是爭議的焦點，總體來說，他對天主教雖然也有好感，隨著年齡增長，對禪宗的好感及興趣與日俱增，關於這方面的討論可以參見陳垣，〈順治皇帝出家〉，《陳援菴先生全集》（台北：新文豐出版公司，1993），第十五冊，頁303-311；魏特（Alfons Vath S. J.）著，楊丙辰譯，《湯若望傳》（台北：臺灣商務印書館，1960），頁259-328。

6　特別是費隱通容（1593-1661），木陳道忞與費隱通容兩人鬥爭的詳細經過，參見野口善敬，〈費隱通容の臨濟禪の挫折──木陳道忞との對立を巡って〉，《禪學研究》第64期（1985年11月），頁57-82。

7　密雲圓悟，常州宜興人，俗姓蔣。生於明嘉靖四十五年（1566），年三十出家，師事龍池幻有和尚，爲其法嗣。後居天童開堂弘法，大振臨濟宗風。卒於崇禎十五年（1642），年七十七。生平詳見〔明〕唐元竑，《天童密雲禪師年譜》，收入〔明〕圓悟，《密雲禪師語錄》，見《嘉興藏》（台北：新文豐出版公司，1987），第10冊，頁75-87。

8　〔清〕道忞，《天童弘覺忞禪師北遊集》，卷3，見《嘉興藏》，第26冊，頁295。

金聖嘆以外，《西廂》更是兩人關心的焦點，觀以下一段可以思過半矣。

> （順治帝）：「《西廂》亦有南北調之不同，老和尚可曾看過麼？」師
> 曰：「少季曾繙閱，至於南北西廂，忞實未辨也。」上曰：「老和尚看
> 此詞何如？」師曰：「風情韻致皆從男女居室體貼出來，故非諸詞所
> 逮。」師乃問上：「《紅拂記》曾經御覽否？」上曰：「《紅拂》詞妙
> 而道白不佳。」[9]（圈點爲筆者所加，以下皆同，不再逐條一一説明）

雖然他自謙未能辨別南北本《西廂》的差別[10]，且其問答中不斷推崇順治的造
詣。但這段問答中透露出一些訊息仍然值得注意。首先，木陳其實平日對戲曲亦
有所接觸，不致全然陌生，故可與順治帝論議《紅拂記》之得失，且曰《西廂》
出於諸詞之上，顯然劣於《西廂》之「諸詞」皆曾寓目。其次，木陳必然對《西
廂》某些文字印象十分深刻，才能立即有所回應，甚至以「風情韻致皆從男女居
室體貼出來」一語以概括其特色。

　　身爲江南地方叢林一時領袖既然於「風情韻致」[11]之戲曲一事可與天子自在
問答，足證當時叢林中必有此等風尙，或退一步說：時人於叢林宗匠談曲論戲一
事亦不覺奇特。順治與木陳道忞甚至藉著《西廂記》中的「怎當他臨去秋波那一
轉」一句機鋒往來，《北遊集》記其經過曰：

> 因命侍臣取其（尤侗）文集來，内有〈臨去秋波那一轉〉時藝，上與師讀
> 至篇末云「更請諸公下一轉語看！」上忽掩卷曰：「請老和尚下。」師

9　同前註。

10　「南西廂記」爲以南曲演唱《西廂》故事的南戲或傳奇劇本之通稱，相對於王實甫
　　的北曲《西廂》而言。宋、元、明初已有「古南西廂」諸本，今不傳。明崔時佩改
　　王實甫《西廂記》爲傳奇劇本，李日華復加增訂，爲《南調西廂記》，嘉靖間陸采
　　又另寫《陸天池西廂記》。今存李、陸兩本，情節與王實甫《西廂記》基本相同。
　　由此可知：順治帝對江南文化的動態一直保持高度的關注。

11　從本文稍後所舉的例證來看，木陳道忞廣接戲曲絕非特例。筆者曾翻檢禪籍，擇摘
　　許多叢林論戲的例證加以論究。見拙作，〈禪門説戲——一個佛教文化史觀點的嘗
　　試〉，《漢學研究》第17卷第2期（1999年12月），頁277-298。

云：「不是山僧境界。」時昇首座在席，上曰：「天岸何如？」昇曰：「不風流處也風流。」上為大笑。[12]

這段機鋒問答當中，木陳道忞巧妙地迴避了問題，「非山僧境界」當然表明了個人持戒精嚴的態度，對此等淫辭艷曲不曾加以留意，也順勢恭維了順治帝的博學兼覽。至於天岸昇的說法既回答了《西廂》之所以獨到的疑問，又能掩飾木陳道忞難以啟齒的窘狀，可謂機鋒銳敏。

從《北遊集》這些相關的記載，在文化史上至少透露出一些值得注意的訊息：(一)僧人於所謂小說戲曲等當時通俗文類決不陌生。也因此，我們或許也可以進一步追問：在當時佛教思想體系中，戲曲扮演著什麼角色或者特殊的意涵，其論述過程中營構的特色在在值得深思。(二)在這段問答中，金聖嘆與尤侗(1618-1704)成為順治帝關心的焦點。金、尤二人亦於此「聖眷天寵」念念不忘，視順治帝為生平知音，尤侗《西廂制義》在當時引起文人的擬作與討論，金批《西廂》更是傳誦人口，相關的討論熱度至今亦未消歇。也就是說：佛教與戲曲可至少在某些可能的層面分享某些共通的價值觀念與文化關懷。本文希望從理論思維的層次，省思明清之際的佛教與戲曲之間所共同經營的價值面向，本文亦將關注明清的文人與叢林如何建構戲曲美學的宗教理論基礎，他們的論述是否開展了某些特殊的層面，並隨時檢視當時佛教叢林對相關文化議題的意見，尋繹兩者之間的對話所透顯的時代意義，進而就佛教在戲曲論述中可能扮演的功能，以及其與社會、文化脈絡的互動關係加以檢討。

二、「一齣好戲」：最佳演員釋迦牟尼

叢林觀戲，於禪籍、燈錄中歷歷可數，五代時，在閩地，已有禪宗門庭「排百戲迎師」的記錄[13]。晚明時，屠隆(1542-1605)為迎接雪浪洪恩(1545-1608)與

12　道忞，《天童弘覺忞禪師北遊集》卷2，頁293。
13　〔宋〕釋道原，《景德傳燈錄》(台北：真善美出版社，1967)，卷18，頁161。
　　另外一個與佛教關係至為密切的是至今仍然廣泛在中國鄉間與寺廟上演的目蓮戲。

雲棲袾宏(1535-1615)入主淨慈寺，屢於淨慈寺中搬演其作《曇花記》，《淨慈寺志》具載其事，其曰：

> 屠儀部既以所著《曇花傳奇》證雲棲，而更迎師淨慈，證非戲論也者，先於大殿特奉師高座，列名侍高座，聽說《心經》，蓋馮開之、虞長孺為首座，而筠泉蓮、元津璧二弟子修供焉。已而用梨園樂導入戲場，師(雪浪洪恩)亦如雲棲諦觀無忤也。[14]

是以明清之際寺院常得觀梨園戲場，當時高僧亦作戲曲流傳於世，例如浙東曹洞宗尊宿湛然圓澄(1561-1626)[15]，作《魚兒佛》一劇，於當時流傳甚廣[16]。至於觀戲有感，發為詩文，更是所在多有，例如清初性音所編纂的《禪宗雜毒海》一書，就中收錄許多禪師觀戲之後，有感而發的詩作，甚具歷史價值[17]。明清之

(續)

關於目蓮戲的背景與發展，參見陳芳英，《目連救母故事之演進及其有關文學之研究》(台北：國立台灣大學出版委員會，1983)；Stephan F. Teiser, *The Ghost Festival in Medieval China* (Princeton, N.J.: Princeton University Press, 1988)；關於目連戲的研究甚夥，不勝枚舉，較為集中處理目連戲與佛教的專著，可以參見凌翼雲，《目連戲與佛教》(廣州：廣東高等教育出版社，1998)一書。

14 見〔清〕釋際祥，《淨慈寺志》，《中國佛寺志叢刊》(台北：明文書局，1980)，第一輯，第18冊，卷10，頁733。

15 湛然圓澄，明代曹洞宗僧。會稽人，俗姓夏，號散木道人，得戒於雲棲袾宏，天啓六年十二月示寂，世壽六十六，法臘四十三。與周海門、陶望齡兄弟等人交好，一時推為浙東尊宿。關於湛然圓澄之生平，可以參見澤田瑞穗，〈明季緇流戲曲家散木湛然禪師事蹟〉，《佛教と中國文學》(東京：國書刊行會，1975)，頁101-113；湛然圓澄在浙東影響甚大，其禪法思想的研究，參見荒木見悟，〈明末の禪僧湛然圓澄について〉，《明代思想研究》(東京：創文社，1978)，頁329-353。

16 《魚兒佛》一戲，又名《魚籃觀音》。乃化用著名的魚籃觀音本事。收錄於〔明〕沈泰輯，《盛明雜劇‧二集》，收入《續修四庫全書》(上海：上海古籍出版社，1995)，第1765冊，卷19，頁158-169。清初小說不詳撰人《醒世姻緣傳》一書中第八十六回言及觀看《魚籃記》的經驗，可以作為此一劇目確實於寺廟搬演的佐證。至於魚籃觀音形象的演變，可以參見Chün-Fang Yü(于君方)，*Kuan-yin: The Chinese Transformation of Avalokiteśvara* (New York: Columbia University Press, 2001), pp. 419-438.

17 此處只就明顯與實際觀戲經驗相關者加以徵引，以窺此風之一端。例如斷橋倫禪師有詩記傀儡，詩云：「棚頭出沒逞風流，引得傍觀笑未休。縱使全身都放下，頂門

際的即非如一禪師(1616-1671)在看了三國相關的戲曲以後，作詩詠嘆關雲長義薄雲天的高行彝德，詩云：

> 義結當年蓋代功，而今那復見遺風。神頭鬼臉忘爲劇，千古英雄一夕中。[18]

《三國》以外，覺浪道盛禪師(1592-1659)[19]也曾舉《水滸》，作爲上堂說法的公案。在一段問答中，覺浪道盛表示出其於《水滸傳》之深厚造詣。云：

> 黃子安問：「如何得大機大用？」師(覺浪道盛)曰：「要到生死結交頭上，纔迫得出，亦不是預爲扭捏得來者！公看《水滸傳》麼？宋公明命石秀打探楊雄獄中消息，要去劫他回梁山。石秀纔到城，官府正恐梁山人來劫獄，刻日令先斬之。石秀事急，忽生一智，驀向法場邊高樓上從空跳下，大呼曰：『梁山泊全夥在此！』滿城人各相踐踏，不知誰是人，誰是賊，石秀斬其枷械，攜手直上山去，梁山人見之，大驚，曰：『設使統全夥去，未必容易如此也。』」士大笑曰：「奇哉！」[20]

（續）————————————

猶掛一絲頭。」卍菴柔禪師亦有詩記傀儡，云：「三聲畫鼓兩聲鑼，鬼面神頭有許多。伎倆百般都做了，看他合煞事如何。」見〔清〕釋性音編，《禪宗雜毒海》，卷6，見《卍續藏經》(台北：新文豐出版公司，1985)，第114冊，頁168。又有不著撰人〈漢宮秋〉詩一首，詩云：「催秦夷項埽鴻溝，百戰功高莫與儔。禮樂荒唐溫樹死，月華猶照漢宮秋」，(《卍續藏》，冊114)，同上書。

18　〔清〕如一，〈觀演桃園傳奇〉，《即非禪師全錄》，卷17，見《嘉興藏》，第38冊，頁702。

19　覺浪道盛，本姓張，福建人，曹洞宗二十八代傳人。嗣法東苑元鏡，爲明末清初曹洞宗代表人物之一，其門人有方以智(1611-1671)、倪嘉慶(1589-1659)、髠殘石谿(約1612-約1692)等人。目前關於覺浪道盛的研究，最有系統的研究應推荒木見悟，《憂國烈火禪》(東京：研文出版，2000)一書。另外荒木見悟著，廖肇亨譯，〈覺浪道盛初探〉，《中國文哲研究通訊》第9卷第4期(1999年12月)，頁95-116，亦可參考。

20　〔清〕道盛，〈示學人自看〉，《天界覺浪盛禪師全錄》，卷7，見《嘉興藏》，第34冊，頁632。

覺浪道盛本意原在藉石秀劫法場一事說明參禪須以生死為念，亦須在出人意表處自出手眼，其既隨手拈來，足見《水滸》必為其日常讀物之一。

　　除此之外，傀儡戲從流行之初伊始，禪門便常以之喻道說法，特別是臨濟宗的開山祖師臨濟義玄(?-867)禪師提出著名的臨濟三句之後[21]，傀儡成為臨濟禪法中一個重要的擬喻(metaphor)，所以例如關於傀儡的拈古頌古不計其數，足見戲曲為佛法之具體表現者，實乃淵遠流長[22]，明清之際，此風趨於極盛，例如清初嶺南曹洞宗尊宿天然函昰(1608-1685)[23]嘗言：

> 釋尊拈花是一（出）〔齣〕好戲，列代祖師拈椎豎拂，橫說直說，是一幅古畫。[24]

雖然戲劇往往起源於宗教儀式[25]，但此處天然禪師用意恐並非在指出此一歷史事

21　「臨濟三句」典出《臨濟錄》。原文作：「僧問：『如何是第一句？』。師云：『三要印開朱點側，未容擬議主賓分。』問：『如何是第二句？』師云：『妙解豈容無著問，漚和爭負截流機。』問：『如何是第三句？』師云：『看取棚頭弄傀儡，抽牽都來裡有人。』」師又云：『一句語須具三玄門，一玄門須具三要，有權有用，汝等諸人，作麼生會？』」見入矢義高譯註，《臨濟錄》(東京：岩波書店，1996)，頁28。

22　佛教在戲劇形態發展上所扮演的重要角色，康保成論之甚詳，頗具參考價值。詳參康保成，《中國古代戲劇形態與佛教》(上海：東方出版中心，2004)一書；亦請參見拙著，〈禪門說戲——一個佛教文化史觀點的嘗試〉一文。

23　天然函昰，俗名曾起莘，廣東番禺人，嗣法嶺南曹洞宗宗寶道獨，亦晚明士人出家著名之例。國變後，嶺南地方之遺民僧雲集門下，同時文采粲然，幾乎形成「中國歷史上最大的詩僧集團」(覃召文)。生平詳參汪宗衍，《明末天然和尚年譜》，收入《新編中國名人年譜集成》(台北：臺灣商務印書館，1986)，第20輯。近人相關的研究，可以參見蔡鴻生，《清初嶺南佛門事略》(廣州：廣東高等教育出版社，1997)，頁53-56；姜伯勤，《石濂大汕與澳門禪史》(上海：學林出版社，1999)，頁547-551；冼玉清，《廣東釋道著述考》，收入佛山大學佛山文史研究室、廣東省文史館編，《冼玉清文集》(廣州：中山大學出版社，1994)，頁527-544；陶迺韓，〈大乘菩薩道精神在明末清初的落實與發展——以天然一系在嶺南(廣東)的發展為例〉，《中華佛學研究》第5期(2001年3月)，頁377-410。

24　〔清〕函昰，《廬山天然禪師語錄》，卷1，見《嘉興藏》，第38冊，頁127。

25　關於宗教與戲劇相互關係的研究成果，可以參見龍彼得(Piet van der Loon)著，王秋桂、蘇友貞譯，〈中國戲劇源於宗教儀典考〉，《中外文學》第7卷第12期(1979年12月)，頁158-181。戲劇人類學家謝喜納(Richard Schechner)對儀式與戲劇的研究

實，而在強調禪法與戲曲在本質上有相通之處[26]。這段話雖然簡短，仍然值得深入分析。首先，對當時的佛教叢林而言，戲曲顯然是個十分親近的藝術形式，故而認爲戲曲係禪學本質最佳的表現形式。其次，以「古畫」比喻「列代祖師」的「拈椎豎拂，橫說直說」，意在將前代祖師的各項記錄，當作一種觀照的對象。一個禪師若獲得、擁有或體證「列代祖師」悟道的歷史記錄，也就擁有了高人一等的資產。也就是說，此等知識若古董般，珍奇美麗，悅目賞心之餘，眼目與心靈也獲得充分的淨化與提升。第三，「古畫」意在比喻觀看歷代祖師記錄時的觀看方式，強調靜止的狀態[27]，相較之下，戲劇之喻顯然在強調禪學本質當中動態的、當下呈現的，以及演員與觀者交融互攝等特徵。雖然從宋代以來，已開叢林論戲之風，在明清之際，叢林的戲劇論述提升成爲一種具有涵括時空的普遍意義，幾乎到達本體論的層次，天然禪師這句話雖然精簡，卻已透露端倪。同時代的象田即念(生平不詳)則就此大加闡論。其言曰：

> 王陽明云：「處處相逢總戲場，還如傀儡夜登壇。」此老自是活佛出
> 世，點化世間，惜乎知恩者少耳。固以冷眼看來，盡乾坤大地是個戲
> 場，男女人物是一班子弟，古今興亡治亂、貧富貴賤于中離合悲歡，是

(續)————

　　頗具啓發，簡單的說，其以爲在宗教儀式中的戲劇演出與宗教儀式兩者其實並非截然劃分，而是相互融攝的過程。見Richard Schechner, "From Ritual to Theatre and Back," in Richard Schechner and Mady Schuman, eds., *Ritual, Play and Performace: Reading in the Social/Theatre* (New York: The Seabury Press, 1976), pp. 196-222。其雖未必以中國戲曲爲主要討論對象，但其觀察的心得，於中國亦應適用。日本學者田仲一成先生結合文本研究與田野調查，就中國戲曲中的宗教特質此一重要課題進行一系列詳盡而有系統的研究，其經典地位早經建立。見田仲一成，《中國祭祀演劇研究》(東京：東京大學出版會，1981)、《中國巫系演劇研究》(東京：東京大學出版會，1993)、《中國の宗族と演劇》(東京：東京大學出版會，1985)、《中國鄉村祭祀研究：地方劇の環境》(東京：東京大學出版會，1989)等著作。另外容世誠，《戲曲人類學初探：儀式、劇場與社群》(台北：麥田出版，1997)一書對此一課題亦多有涉及，值得參看。

26　關於戲曲美學與佛教之間的關係，可以參看姚文放，《中國戲劇美學的文化闡釋》(北京：中國人民大學出版社，1997)，頁175-189。

27　此處並非謂書畫全屬靜態，而是說明「古」之一字所代表的內涵。書畫是禪宗文化論述中另外一個獨立領域，不在本文討論之列。

一本做不了的傳奇，奈何世人無慧眼，看不破是戲。從無始至今，將身心世界件件認以為實，而輪轉是中，無有底極，可不悲哉！故我佛特愍斯蕫，示離兜率，降王宮，至有遊國四門，見生老病死，一旦感激，頓捨國城、妻子而發心出家，然後成道、說法、利生也，只為一番點化世人耳。以是知靈山一會，亦戲場也。然做戲者將千百年事攝在旦夕，令人看之，宛然《法華》云：「五十小劫，如坐食頃」而較之何異。然則豈非人人可以現證法華三昧也歟？故述是語以警策夫信者。[28]

「盡大地乾坤」指空間的連亙、「從無始至今」指超越時間的限制。「處處相逢總戲場，還如傀儡夜登壇」語出王陽明〈觀傀儡次韻〉一詩[29]。「五十小劫」當為「六十小劫」之誤記，語出《法華經》，原云：「六十小劫，身心不動。聽佛所說，謂如食頃。」[30]原意謂專心凝志，不覺時間消逝之速。象田即念禪師此處將人生擬之於戲場，又謂佛法等同於戲場，然凡世俗人沉溺其中，無法超脫，而佛陀則於此中機關看盡無餘，不僅自在，甚至可以教化眾生。雖然同在戲場，不過俗人無法如佛祖般超脫世俗愛憎之情，徒然陷溺於富貴名利得失計較的愛憎當中。佛陀較常人為超脫在於不以世念掛心，生死別離之意只在「點化世人」而已。換言之，佛陀實乃一傑出之演員，能於舞台縱橫自在。特別的是：他強調作戲者的超卓，能將千百年的時空凝於一刻，且使觀者忘記時間的消逝，充分流露對戲劇家的贊服。象田即念的這段話暗示了明清佛教叢林看待劇場的兩個基本面向。簡單的說：即是「執著(觀者)／開悟(演員，乃至於編劇)」之間的關係，此

28　〔明〕淨現，《象田即念禪師語錄》，卷3，見《嘉興藏》，第27冊，頁174。

29　王陽明〈觀傀儡次韻〉一詩云：「處處相逢是戲場，何須傀儡夜登堂。繁華過眼三更促，名利牽人一線長。稊子自應爭詑説，矮人亦復浪悲傷。本來面目誰誰識，且向樽前學楚狂」，見〔明〕王守仁，《王陽明全集》(上海：上海古籍出版社，1992)，外集，卷1，頁711。王陽明此詩雖然可能部份來自於禪宗的啓發，不過此詩影響甚大，屢為後人稱引，相關研究可以參見趙山林，〈王陽明與戲曲〉，《中國典籍與文化》第2期(1997年2月)，頁12-14；拙作，〈禪門説戲——一個佛教文化史觀點的嘗試〉。

30　〔姚秦〕鳩摩羅什譯，《妙法蓮華經》，卷1，見《大正藏》(台北：新文豐出版公司，1983)，第9冊，頁4上。

處以兩者對應方式說，人人觀戲，戲又與《法華》相應，則人人可證菩提。臨濟宗的百癡行元(1611-1662)[31]亦秉此意如是說道：

> 蓋世界是箇戲場，盡世界人物是個戲子，盡世界人物倏而生、倏而死、倏而幼、倏而老、倏而端嚴醜惡、倏而榮富困窮，種種奇詭，種種變幻，總是箇戲譜。故我佛如來識破此中關目，棄皇宮，入雪嶺，修行悟道，乃至三百餘會，演出五千四十八卷，末後拈華示眾，以正法眼藏囑咐摩訶迦葉。一本傳奇，駭人觀聽。由是四七二三，迭相唱和，天下老和尚，莫不竿木隨身，逢場作戲，爲一切人指出本來眞面目，以與佛祖面目相肖。[32]

四七二三，謂禪門傳承，四七指西天廿八祖，二三，指東土六祖，係禪門套語。「竿木隨身」典出鄧隱峰與馬祖道一著名的問答[33]。看戲的目的既然在於獲得道德或知識的啓示，那麼搬演者必當過人一等。開堂說法的老和尚們以佛陀爲範本，如同戲臺上的演員吸引天人的目光，道德與智慧上成爲世人的表率，這當然是因爲他們對於「一切皆假」的世間已洞悉無餘。陳繼儒(1558-1639)[34]說的更爲清楚，其言曰：

> 未悟之前，如稚子看戲，一一皆眞。既悟之後，如優人上場，悲歡離

31　福建漳浦人，俗姓蔡，嗣法費隱通容。
32　〔清〕行元，〈示梨園眾善友〉，《百癡禪師語錄》，卷18，見《嘉興藏》，第28冊，頁93。
33　《馬祖禪師語錄》記二人之問答云：「鄧隱峰辭祖(馬祖道一)。祖曰：『甚處去？』云：『石頭去。』祖曰：『石頭路滑。』云：『竿木隨身，逢場作戲。』便去。」此則公案頗見於宋代禪籍，如《祖堂集》等書，詳細的版本與文字校勘，詳見入矢義高譯註，《馬祖の語錄》(京都：禪文化研究所，1984)，頁75。
34　陳繼儒係晚明「山人」文士的代表人物。關於陳繼儒的研究，參看陳萬益，〈論李卓吾與陳眉公——晚明小品作家的兩種典型〉，《晚明小品與明季文人生活》(台北：大安出版社，1987)，頁85-116；大木康，〈山人陳繼儒とその出版活動〉，收入明代史研究會明代史論叢編集委員會編，《山根幸夫教授退休紀念明代史論叢》(東京：汲古書院，1990)，頁1233-1252。

合，皆自己生，不妨衍弄。未悟之前，如猜拳射覆。既悟之後，方知拳中幾枚，覆底何物，不用問人，不用請正，所謂生殺在手，張弛在心。到此方是眞英靈漢子，堂堂大丈夫也。[35]

「稚子看戲」與「優人上場」一個關鍵的差別在於開悟。開悟以前只能隨著被安排、設計的劇情流轉，哀樂之情亦隨外境變化起伏。開悟之後則「生殺在手，張弛在心」——充分自覺地掌握生命起伏的規則，同時不輕易爲外境爲轉變。開悟成爲舞台上下界分的標準，只有充分體證個人「萬法皆空，本無一物可得」的生命實相，才能在人生舞台上進行精彩的演出。古來悟道者首推佛陀，既然只有開悟者有資格登台演出，佛陀當然是一位最傑出的演員，此意盡見乎福建曹洞宗尊宿永覺元賢(1578-1657)[36]，其言曰：

佛涅槃日。上堂。釋迦文佛于四月八日降生，演出一本傳奇，自喝采開場之後，或離或合，或悲或歡。到二月十五日曲盡局終，作箇大收場，于雙林示滅。大眾！不可祇作矮人看場，須是識破他這一點毒心腸。[37]

佛與凡夫並沒有本質上的差別，差別只在迷悟之間，陳繼儒「稚子觀戲」與「優人上場」的說法側重在客觀的描述此一現象，可惜最大的問題是隔絕兩端，消解了凡夫開悟的可能性，故而永覺元賢諄諄告誡不可單純以觀者自滿，須以開悟（「識破他這一點毒心腸」）自許。兩者在本質既然無所差別，台下的觀眾若具有

35　〔明〕陳繼儒，〈主人公辨〉，《白石樵眞稿》（北京：北京出版社，2000，《四庫禁燬書叢刊・集部》，第66冊影印明崇禎刻本），卷24，頁420。

36　永覺元賢，俗姓蔡。福建建陽人。生於明萬曆六年(1578)，初名懋德，爲諸生。年四十，從壽昌無明出家，壽昌遷化後，隨博山無異往住博山，越三年，歸閩住沙縣雙髻峰。四十六歲悟道後，居甌寧金仙庵，後住鼓山，大闡曹洞宗風於八閩。清順治十三年(1657)圓寂，年八十。生平詳見〔清〕林之蕃，〈福州鼓山白雲峰湧泉禪寺永覺賢公大和尚行業曲記〉、〔清〕潘晉臺，〈鼓山永覺老人傳〉，收入〔清〕元賢，《鼓山永覺和尚廣錄》，卷30，見《嘉興藏》，第27冊，頁742-745。

37　〔清〕永覺元賢，《住福州鼓山湧泉禪寺語錄》，《鼓山永覺和尚廣錄》，卷1，頁590。

開悟的潛在質素，自然也有可能登臺，演出一齣動人心魄的精彩戲劇。在這種意義之下，明清之際著名的曹洞宗尊宿覺浪道盛「臺上戲子」、「臺下戲子」之說法遠較陳繼儒為勝，其言曰：

> 臺上戲子，以有為無，故能如佛聖之解悟；臺下戲子以無為有，故同眾生之執迷。世人全身是戲，大地是臺，而不能如戲子之解悟者，豈非以妄想執著自迷倒哉？使人皆能參透「以有為無」之解悟、「以無為有」之執迷，則臺上臺下，皆相忘於大化之鄉，豈不為世、出世間之真奇特乎？[38]

「臺上戲子」、「臺下戲子」的說法打破了陳繼儒「稚子」、「優人」隔絕兩端的說法，回到禪學傳統中「佛與眾生、等無差別」的基調，並且說明所謂解悟乃是「以有為無」──世間種種並無實相可得，若是執著於「以無為有」──乃是淹沒在起伏洶湧的現象世界之中，錯認種種感官、知覺為真實，同時陷溺於富貴權勢的追求，以為此係亙久常存的幸福。舞臺上的演員由於清楚地認識戲劇扮演過程中的虛妄本質，所以能超乎其上，不為世間諸相所圍，進而通過戲劇的呈現，令觀眾領悟「一切皆假」的實相，一個夠格的演員也同時必須擁有豐富的人生經驗以及智慧。

在明清僧人的論述當中，佛陀成為一個經驗豐富的演員（甚至編劇），從上述所引證的例子來看，這樣的說法在當時叢林甚為普遍。他們的說法透顯出一些值得注意的特色，（一）「開悟」成為觀眾與演員分界之間的基準，而開悟的內容即是「以有為無」，換言之，就是對「四大皆空」此一佛教真諦的徹底掌握。易言之，此一原則也是登上舞台的必要條件。（二）佛陀的生平對當時人而言，亦是一齣動人戲劇的題材，也代表著宗教文本與文學文本的交融互攝。（三）從「臺上戲子」與「臺下戲子」的判分，可以得知任何一個生命個體都具有成為主角的潛能與質素，如此一來，有時是主角，有時是觀眾，上台下台也隨時都有可能發生。

---

38 〔清〕覺浪道盛，〈參同說〉，《天界覺浪禪師全錄》，卷25，《嘉興藏》冊34，頁740。

透過戲劇的觀賞與體證，對人生眞諦才能有更深入的認識，演員的演出與觀眾心靈的感動同爲一個成功舞台所不同或缺的光景。

　　不管是陳繼儒、永覺元賢，或者覺浪道盛，可以看出他們的說法幾乎都集中在演員論的側面，但我們知道一齣成功的戲劇，優秀的演員只是眾多條件之一，例如舞台設計、燈光、音樂、服裝諸多條件的配合也都缺一不可。以演員爲中心的論述，意味著對行爲主體(主人公)的側重，但幾乎也將觀賞經驗限制於生活於「大地」之上的「世人」，並未考慮到舞台背景的設計，以及敘事過程中時空跳接的合理性，而這些，在當時戲曲論著當中，則已十分成熟[39]。從理論的完整性著眼，徒有演員論顯然是不足的。不過，在蕅益智旭(1599-1655)[40]引入天臺「十界互具」的觀念以後，清初佛教的戲劇論述顯然獲得另一個面向的充分開展。

三、「十界升沉」：天台學說的介入

　　上述象田即念論戲的文字當中曾經言及靈山一會[41]以及《法華經》[42]，天台宗的影響依稀可辨，同時號稱中興天台的蕅益智旭，也曾對「淫辭艷曲」表示過

39　戲曲論的發展，可以參見譚帆、陸煒，《中國古典戲曲理論史》(北京：中國社會科學出版社，1993)；俞爲民、孫蓉蓉，《中國古代戲曲理論史通論》(台北：華正書局，1998)；李惠綿，《戲曲批評概念史考論》(台北：里仁書局，2002)等書。

40　蕅益智旭，俗名鍾始聲，吳縣人。生於明萬曆二十七年，卒於清順治十二年。生員出家，晚明中興天台之最大功臣，爲明末四大師之殿軍。蕅益智旭相關的研究可以參見釋聖嚴著，關世謙譯，《明末中國佛教之研究》(台北：臺灣學生書局，1988)；陳英善，〈蕅益智旭思想的特質及其定位問題〉，《中國文哲研究集刊》第8期(1996年3月)，頁227-256；荒木見悟，〈智旭の思想と陽明學—ある佛教心學者の步んだ道〉，《明代思想研究》，頁354-371。

41　「靈山一會，儼然未散」典出天台智者大師，其「行法華三昧，始經三夕，誦至〈藥王品〉『心緣苦行，是眞精進』句，解悟便發，見共(慧)思師處靈鷲山七寶淨土，聽佛說法」。見〔唐〕道宣，《續高僧傳》，卷17，見《大正藏》，第50冊，頁564中。

42　近代學者亦有將《法華經》視爲戲劇者，見田村芳朗著，釋慧嶽譯，《天台思想》(台北：華宇出版社，1988)，第3部，第1章〈印度的戲劇詩——《法華經》〉，頁259-292。

深刻的見解，其言曰：

> 此經五種法師：受持、讀、誦、解說、書寫也。夫受持、讀、誦、解
> 說，能生解成觀，自軌軌他，謂之法師固宜，彼書寫胡亦稱法師哉？然
> 書寫尤可自軌軌他，尤易生解成觀。請言之，均一紙、筆、墨也、一手
> 腕也，以此寫婬辭豔曲，成三塗因。寫世間典籍，成天人因；寫《阿
> 含》、三藏，成出世因；寫《大乘方等》，成菩薩因；寫《妙法蓮
> 華》，則唯是佛因。儻紙、墨、筆、手不能寫妙法者，亦必不能寫婬辭
> 豔曲以溺人也。儻能寫婬辭豔曲者，亦必能寫妙法以昭人也，是同一性
> 靈也，一緣助也，一功能也。十界升沉，不分而分如此矣。且婬辭豔曲
> 雖三塗因，亦具十界。如「聞『他若無心，我也休』」，頓明心地，非
> 佛因乎？佛尚具，他可知矣。《妙法蓮華》雖佛界因，亦具十界。如
> 《(法華)經》：明謗斯《(法華)經》者，獲罪無量，非地獄因乎？地獄
> 尚具，他可知矣。嗟！嗟！手腕功能一也；紙、筆、墨緣助一也；性
> 靈、知覺一也。十界非此，俱不成十界。因此遞互具，既成而互具矣。
> 則必有如是相、性、體、力等百界千如，炳然在一紙墨間，一手筆間，
> 一性靈間，性德三因，修德三因，性修相成，性修不二，可洞然於實相
> 淵府矣。又示讀、誦者，俾解成觀發，非自軌軌他之最勝者乎？願寫
> 者、閱者，薦此性具實相妙理，以爲妙修之本，毋曰姑結遠因於久後
> 也。妙法之師，當仁不讓，其在是與！[43]

就筆者耳目所及，這段話似乎是叢林淵遠流長的戲劇論述中，「十界互具」與
「性得佛性」、「修得佛性」等天台觀念，以及《阿毗達磨》中「緣」、「功
能」等觀念的首次投影。由於牽涉的佛學觀念太多，有必要先做分疏。「三塗」
即地獄、畜生、餓鬼三惡道；「十界」指佛、菩薩、緣覺、聲聞、天、人、阿修

43　〔清〕智旭，〈蘊謙書法華經跋〉，《靈峰蕅益大師宗論》，卷7之1，見《嘉興
　　藏》，第36冊，頁372。

羅、地獄、畜生、餓鬼十界，天台宗家謂：佛界至地獄界等十界皆同時相互具備於其他境界，十界中之任何一界，均具足十界，共計百界，此謂之「十界互具」。此百界中，每一界各具性、相、體、力、作、因、緣、果、報、本末究竟等十如，總計則有千如，稱之爲「百界千如」。「性得」，主要意指先天原本即有的稟具；「修得」，意指後天努力的積累。「功能」，梵語作samartha，指促成有爲法結果的功用能。「緣助」，即助成機緣。「性靈」，自六朝以來，已爲佛學傳統中之慣常用語，簡而言之，慣指佛性及其靈妙之作用。「聞『他若無心，我也休』」典出樓子和尚，爲禪宗著名公案[44]。「『性具』實相妙理」指天台性具思想，可以看出蕅益智旭這段話相當程度借用天台「性具」的理論構造[45]。

　　這段話雖然以作者論爲中心，但牽涉的層面甚廣，作者(或更具體的說，作者的心靈)成爲決定升沉最緊要的關鍵[46]。這段話雖然帶著二元論式的思惟，但並非判然角力，而係一靈活溝通之過程，「升／沉」這兩組看似對立的概念群組，在文本以及文本的作者那裡得到清晰可見的統一，文本同時蘊含升沉兩種不同方向的可能，理論模型當然是來自天台宗「性具善惡」此一說法的啓示。三種重要因素影響升沉的結果：一是「性靈知覺」，也就是所有作用的主體，就書寫行爲而言，即作者以及其心靈作用；其次是「手腕功能」，也就是主體充分積極發揮的資具，此處當指作者之才分、學養、能力；三是「筆紙墨緣助」，也就是客觀環境條件的配合，在文學創造的過程中，這三者缺一不可，三者交互作用的結果集中、具體地呈現在於文本當中(「炳然在一紙墨間」)，文本不只橫躺的冊

44　此爲禪宗史上著名的公案之一。原文作：「樓子和尚因從街市過，經酒樓下，偶整襪帶，少住，聞樓上人唱曲曰：『你旣無心我便休聊』，聞，忽然大悟，從此號樓子。」收入〔宋〕法應集，〔元〕普會續集，《禪宗頌古聯珠通集》，卷40，見《嘉興藏》，第10冊，頁574。

45　「性具」思想是天台獨特的主張，簡單來說，一心具足十界三千法界，是故天台亦言「性惡」，以「性具」故也。關於「性具」思想的研究可以參見安藤俊雄著，釋演培譯，《天台性具思想論》(台北：天華書局，1989)；尤惠貞，《天台宗性具圓教之研究》(台北：文津出版社，1993)，金希庭，〈關於天台「性具善惡論」之形成與闡發之考察——以「性惡」說爲中心〉，《華岡研究學報》第2期(1997年3月)，頁(7)1-(7)24。

46　升，指三塗以外之諸道而言；沉，指三塗惡道。

頁，上昇與沉淪也不是一種絕對的狀態，上昇的場域仍然蘊含著沉淪的可能，反之亦然。文本蘊含了佛、菩薩、天、人等等無窮盡的掙扎、爭鬥、起伏升沉的戲碼，宛若一座立體而巍峨的舞台（「十界」），這個舞台既收納了風景，也成為風景的一部份（「互具」）。同時由於「十界互具」之故，相互交織的時空脈絡當中，由此，「小中見大，大中見小，舉一毛端建寶王刹，坐微塵裡轉大法輪」[47] 亦成為可能。

「盡十方世界，通是衲僧一隻眼；虛空萬象，鱗介羽毛，洪纖巨細，通是大毗盧藏一卷經」[48]——文本是一座具體的舞台，世界則是一個巨大的文本。「十界互具」的說法開啓了兩種可能。（一）由於互相涵具，於是打破了時空的限制，同時也打破了物種的限制。換言之，人獸神鬼並非不可跨越的限制，超越或沉淪都是隨時可能發生的戲碼。易言之，跨時空、跨次元的敘事當然是可能的。（二）雖然這段話仍然帶有明顯的作者中心論的色彩，不過也注意到觀者（讀者）閱讀以後的精神變化。作者與讀者都透過文本，對宇宙人生的奧義有更深一層的體悟。

「十界互具」這樣的思惟極為自然地令人順勢聯想到「互文性」（intertextuality）這樣的說法，事實上，這種相互涵攝的關係，是佛教世界觀的一個基本前提。如《維摩詰經》中的「無盡燈」法門[49]、華嚴宗講「法界無盡」[50]、「一切即一，一即一切」[51]皆是。但「十界互具」這樣的說法，較之「法界無盡」的

47　〔明〕李贄，〈雜說〉，《焚書》（北京：中華書局，1961），卷3，頁96。

48　〔明〕憨山德清，〈示懷愚修堂主〉，《憨山老人夢遊全集》，見《卍續藏》，第127冊，卷3，頁244。引古德云。案：「盡十方世界，是衲僧一隻眼」是雪峰義存著名的公案。後半俟考。

49　「譬如一燈燃百千燈，冥者皆明，明終不盡，如是，諸姊！夫一菩薩開導百千眾生，令發阿耨多羅三藐三菩提心，於其道意亦不滅盡。隨所說法而自增益一切善法，是名無盡燈也」，語出鳩摩羅什譯，《維摩詰所說經》，卷上〈菩薩品〉，見《大正藏》，第14冊，頁543中。

50　華嚴宗主張一切存在之自身皆可為主體或客體，而不論主體或客體皆融通無礙而了無矛盾，此即所謂主伴無盡；由此形成一切法，「相即相入重重無盡」之法界緣起（或無盡緣起）思想。

51　一即一切，意謂體用相融而不二。即謂一與多可以等同，用以說明法界緣起中現象間之相即關係。此乃華嚴、天台所立圓融無礙之極理。用現代的話語來說，即意指部份與全體之間皆處於相互融攝與交融的狀態。

概念更能彰顯過程中升沉不定的動態，同時也統括了過程中眾多複雜的因素。

　　嚴格來說，此段話語依舊帶有深重的道德涵義，淫辭艷曲主要指向三塗惡道的入口，《法華》等經典主要指向佛界，但這並非絕對不可變易的。特別是「儻能寫婬辭艷曲者，亦必能寫妙法以昭人也」這樣的講法乃將淫辭艷曲與聖典等量齊觀，換言之，文本神聖(或卑俗)的屬性並不完全是不證自明的，意義之完成仍然有待於觀者的介入。（「願寫者、閱者，薦此性具實相妙理，以爲妙修之本」）在觀者生命經驗與意義書寫交相啓迪的瞬間，淫辭艷曲亦有成爲悟道因緣。也就是說：《法華經》或淫辭艷曲如同一扇門扃，背後通道萬千，他們不是意義的終點，相反地，是意義的出發。

　　綜上所述，可以看出「十界互具」此一概念爲叢林的戲劇論述提供了一個廣泛解釋「作者／觀眾」以及時空背景「存在／呈現」種種複雜關係的理論架構。由此可見，叢林不斷加深與擴大戲曲論述關懷的層面，順治帝與木陳道忞論及《西廂》也就不足爲奇了。另一方面，文人所經營的戲曲美學思想與佛教如何交涉，與前述的佛教的戲曲論述是否可以互相補充等問題似乎仍有進一步討論的必要，以下以順治帝與木陳道忞談及之金聖嘆與尤侗爲例，檢視是時文人的戲曲美學當中的佛教思想色彩。

四、「止借菩薩極微之一言」：金批《西廂記》的深度心理閱讀

　　金聖嘆研究何其多[52]，關於金聖嘆與佛教的研究卻又何其稀少[53]。金聖嘆之

52　在汗牛充棟的金聖嘆研究當中，筆者始終受益的著作有陳萬益，《金聖嘆文學批評考述》（台北：台灣大學文學院，1976）；John C. Y. Wang(王靖宇)，*Chin Sheng-tan* (New York：Twayne Publishers, 1972)，此書近年由談蓓芳中譯，加以增補，重新出版，見王靖宇著，談蓓芳譯，《金聖嘆的生平及其文學批評》（上海：上海古籍出版社，2003）；陳洪，《金聖嘆傳論》（天津：天津人民出版社，1996）；英文的研究有 David L. Rolston,："Mr. Pingdian: Jin Shengtan and the *Shuihu zhuan*," in *Traditional Chinese Fiction and Fiction Commentary* (California: Stanford University Press, 1997), pp. 25-50.

53　關於此一議題寂寥清冷的研究狀況，近年稍有改觀。可以參見姚文放，《中國戲曲

所以熱，以及其與佛教相關研究之所以冷，同樣值得關注。以上說明順治帝與木陳道忞言及金聖嘆相關的文化脈絡，足證佛教叢林於戲曲一道亦頗關注。然而楊復吉曾言金聖嘆「以禪學為入門，即以禪學為歸宿」[54]，足見儘管今日學界從佛教的進路逼視金聖嘆思想的研究依舊冷寂一片，時人於此倒是頗有會心[55]。仔細審理唱經堂中的梵唄低音，恐非本文所能盡，尚須留俟他日，此處只能以《西廂記》批語為主，就金聖嘆戲曲思想的佛教色彩加以觀察，作為理解明清之際佛教與戲曲美學之間互動關係的一個理解基礎。

雖然金聖嘆深染晚明士林風習，其思想傾向當中儒釋調和之跡歷歷可見，不過，與佛教的淵源往往更為其所津津樂道。例如他形容自己「自幼學佛」[56]、「宿生曾受律」[57]、「吾最初得見者，是《妙法蓮華經》」[58]、「弟固不肖無似，然自幼受得菩薩大戒，讀過《梵網·心地》一品，因是比來細看唐人律詩，見其章章悉從心地流出。所謂心地者，只是忍辱、知足、樂善、改過四者盡之也。」[59]又詭托智者大師弟子轉世憑依，在錢謙益面前扮演了一齣神鬼鬧劇[60]。

（續）————————————

美學的文化詮釋》，頁175-189；陳洪，〈因緣生法與金聖嘆的小說創作觀〉，《淺俗之下的厚重：小說·宗教·文化》（天津：南開大學出版社，2001），頁271-282；吳正嵐，〈華嚴心本原說與金聖嘆的文學思想〉，《東南學術》總第174期（2004年1月），頁40-45；孫開東，〈佛學禪宗與金批《西廂記》〉，《齊魯學刊》總第172期（2003年1月），頁28-35等相關研究。英文學界的研究可以參見Patricia Sieber, "Religion and Canon Formation: Buddhism, Vernacular Literature, and the Case of Jin Shengtan(1608-1661)," *Journal of Chinese Religions* 28(2000): 51-68. 但相對於金聖嘆作品中所呈現出濃厚的佛教色彩，無疑尚有極大幅度的成長空間。

54　〔清〕楊復吉，《西城風俗記·跋》，收入《金聖嘆全集》（台北：長安出版社，1986），第3冊，頁707。

55　金聖嘆與佛教之關係之所以鳳為學者冷落，固然有許多原因。不僅由於宗教研究的冷稀，而是由於金聖嘆被解釋為「近代化的」、「進步的」文藝理論家，列屬於「啟蒙」思想家的陣營。對於其不明顯屬於「啟蒙思想」中「開明的」、「理性的」、「反威權的」，而且明顯帶有「迷信的」或「唯心的」部份，在這樣的觀點之下，往往有無法解釋的困難。類似的觀點仍然瀰漫於學界之中，一個明顯的例子，見張國光，《金聖嘆的志與才》（南京：南京出版社，1998），頁149-236。

56　〔清〕金聖嘆，《貫華堂第六才子書西廂記》，卷7批語，《金聖嘆全集》，第3冊，頁173。

57　金聖嘆，〈深秋即事〉，《沉吟樓詩選》，《金聖嘆全集》，第4冊，頁787。

58　金聖嘆，〈水滸傳序三〉，《金聖嘆全集》，第1冊，頁9。

59　金聖嘆，〈與邵蘭雪點〉，《魚庭聞貫》，《金聖嘆全集》，第4冊，頁45。

　　金聖嘆與佛教淵源既深，佛學知識亦稱寬廣。禪、律、淨、密[61]、華嚴[62]、天台(錢謙益特別拈出言及)[63]、唯識[64]、幾乎無一不在稱引之列。金聖嘆本來就是「凡一切經史子集，箋疏訓詁，與夫釋道內外諸典，以及稗官野史、九彝八蠻之所記載，無不供其齒頰。縱橫顛倒，一以貫之，毫無剩義」[65]，具有融合三教的強烈傾向[66]。在這樣的文化心理與知識氛圍，隨處稱引佛典原本不在意料之外，故此處思考的重點是：他從佛教獲得了什麼樣的啟迪？在他觀看品評《西廂記》時發揮了什麼樣的作用[67]。

　　金批《西廂》讀法一個明顯的特色便是連用了十來則趙州和尚「無」字公案，這當然有可能是受到禪籍《無門關》的影響[68]，不過金聖嘆也有自己的解

（續）

60　關於此事的經過為：崇禎八年，金聖嘆串連友人，詭稱有女仙慈月夫人降乩附身，且稱慈月夫人為天台智者大師高足，藉此以親近錢謙益。錢謙益對此作〈仙壇唱和詩〉、〈泖大師靈異記〉等詩文以記其事。此事詳細的經過與分析，參見陳洪，〈金聖嘆「仙壇唱和」之文化心理透視〉，《淺俗之下的厚重》，頁256-270。

61　金聖嘆曾曰：「此(唐詩)便是解一切眾生語言大陀羅尼」，陀羅尼，梵語dhāraṇi的音譯，即咒語之意。語見金聖嘆，〈請雲在、開雲二法師〉，《魚庭聞貫》，頁61。

62　參見吳正嵐，〈華嚴心本原說與金聖嘆的文學思想〉一文。

63　參見陳洪，〈金聖嘆「仙壇唱和」之文化心理透視〉一文。

64　金聖嘆關於唯識學方面的討論，參見金聖嘆，《語錄纂》，卷2，《金聖嘆全集》，第3冊，頁782-783。

65　〔清〕廖燕，〈金聖歎先生傳〉，《二十七松堂集》(台北：中央研究院中國文哲研究所，1995)，第2冊，卷14，頁573。

66　嶺南曹洞宗今釋澹歸對天然一門的學風如是曰：「吾家門風自然高妙，晉人清談，宋人理學，兼而有之，卻須更讀些先秦兩漢書，方足以補偏救弊」，見〔清〕今釋澹歸，〈上本師天然昰和尚〉第四書，《徧行堂集‧尺牘》(北京：北京出版社，2000，《四庫禁燬書叢刊‧集部》，第127冊)，卷1，頁476。知識科際間藩籬界限的打破與熔鑄，可以說是晚明以來知識界與宗教界一個十足發人深省的文化思潮，見荒木見悟，《佛教と陽明學》(東京：第三文明社，1979)，頁13-15。

67　金聖嘆批點西廂記的研究可以參見林宗毅，〈金批「西廂記」的內在模式及其功過──兼論戲曲「分解」說〉，《漢學研究》第15卷第2期(1997年12月)，頁145-169；Sally K. Church, "Beyond the Words: Jin Shengtan's Perception of Hidden Meanings in Xixiang ji," *Harworl Journal of Asiatic Studies*, 59.1 (June. 1999): 5-77；郭瑞，《金聖嘆小說理論與戲劇理論》(北京：中國文聯出版公司，1993)，頁205-368。

68　陳洪，〈清初文論中的佛學影響〉，《南開學報》(哲學社會科學版)1996第6期，頁49-54。

釋。其曰：

> 聖嘆舉趙州「無」字說《西廂記》，此真是《西廂記》之真才實學，不
> 是禪語，不是有無之無字。須知趙州和尚「無」字，先不是禪語，先不
> 是有無之無字，真是趙州和尚之真才實學。[69]

「不是有無之無」意味擺脫善惡截然對立的道德構式。「不是禪語」指超越禪宗
的圍限，直指人類更普遍而根本的存在處境。不過既然將趙州和尚與《西廂記》
並列，再次說明金聖嘆閱讀西廂記最重要的啓發來自佛教，懲惡揚善的道德（或
者，更仔細的說，通俗的道德倫理）圖示從來不是他觀看的重點[70]，換言之，他
對《西廂記》的解讀亦多少有意對既有的價值圖式提出質疑，進而嘗試崩解與重
構。而其理論依據至少有相當程度奠基於佛教之上，金聖嘆在總批中說：

> 佛言：「一切世間，皆從因生。」有因者則得生，無因者終竟不生。不
> 見有因而不生，無因而反忽生。亦不見瓜因而茝生、茝因而反瓜生。是
> 故如來教諸健兒，慎勿造因。[71]

此處雖只單獨言因，然金聖嘆甚愛用「因緣」一說，特別是在金批《水滸》。綜
而觀之，此處「因」即同金批《水滸傳》「因緣」之說。「因緣」（hetu-
pratyaya）本來是佛教重要核心觀念之一，簡單的說，因（hetu）謂直接原因，緣
（pratyaya）謂間接原因（條件），因緣結合而有萬物。般若中觀極力主張「眾緣所
生法，我說即是空」[72]，也就是說：世間萬物並無固定不變本質，皆係條件和合
而成。金聖嘆言「因」或「因緣」當然也有重視因果律則的成份，但更多的是重

69　金聖嘆，〈讀第六才子書《西廂記》法〉，《貫華堂第六才子書西廂記》，卷2，
　　頁17。
70　此所以金聖嘆在批語中不斷強調《西廂記》非淫書之故。參見譚帆，《金聖嘆與中
　　國戲曲批評》（上海：華東師範大學出版社，1992），頁52-57。
71　金聖嘆，《貫華堂第六才子書西廂記》，卷4總批，頁38-39。
72　鳩摩羅什譯，〈觀四諦品〉，《中觀》，卷4，見《大正藏》，第30冊，頁33中。

視主體行爲的能力，以及隨之而來的結果與影響，甚至還包含了男女情愛之意，而與世俗倫理中宿命、被動、消極的「因果報應」之說不盡相同。若與金聖歎其他著作並而觀之，可以看出來自於唯識學的影響似乎更加明顯，特別是《成唯識論》，反而與《中觀》的因緣論不盡相同[73]。不過特別値得注意的是：金聖歎論及「因」或「因緣」往往是與心理活動息息相關。若「因緣生法，爲其文字總持」[74]、「深達十二因緣法」[75]種種說法莫不當如是觀之。其曰：

　　諺云：「要知前世因，今生受者是。要知後世因，今生作者是。」若使
　　張生多時心中無因，則是此時枕上無夢也。[76]

這裡明顯地將因果律則歸根於心靈的作用。世界因「心」而起、因「心」而作。「心」爲萬物根源與判準，當然也有陽明學的影子[77]，不過此處的重點在於觀看

73　金聖歎身處明末清初「慈恩中興」唯識學復興的時代潮流之中，出身南京大報恩寺
　　的雪浪洪恩係此一文化風潮最重要的旗手之一，蘇州士人亦深受其影響。錢謙益稱
　　其：「賢首慈恩，二燈並傳」（〈華山雪浪大師塔銘〉，《初學初》，上海：上海
　　古籍出版社，1985，卷69，頁1574）、「唱演華嚴，實發因於唯識」（〈一雨法師塔
　　銘〉同上書，頁1575），華嚴與唯識並傳是此際教家共通的傾向，而《成唯識論》
　　成爲此際最重要的教典之一。巧合的是：雪浪洪恩本人正「譚詩顧曲，徙倚竟日」
　　（〈跋雪浪師書黃庭後〉，頁1800）之代表人物，曾對戲曲發表過精到的見解。明
　　末唯識宗復興一事，可參見釋聖嚴，〈明末的唯識學者及其思想〉，《明末佛教
　　研究》（台北：東初出版社，1987），頁187-236；張志強，《唯識思想與晚明唯識
　　學》（高雄：佛光山文教基金會，2001）；周齊，〈明代中後期唯識學的興起及其特
　　點分析〉，收入黃心川主編，《玄奘精神與西部文化──玄奘精神與西部文化學術
　　研討會論文集》（西安：三秦出版社，2002），頁191-207；雪浪洪恩之生平及其關
　　於戲劇的意見，參見拙作，〈雪浪洪恩初探〉，《漢學研究》第14卷第2期（1996年
　　12月），頁35-57。

74　金聖歎，《貫華堂第五才子書水滸傳》，第55回前總批，《金聖歎全集》，冊2，
　　頁314。

75　同上，第20回批語，頁326。

76　同上，卷7批語，頁202。

77　金聖歎與陽明學的關係，參青木隆，〈明末における讀む──萬物一體の仁を中心
　　に〉，《中國──社會と文化》第16號（東京：中國社會文化學會，2001），頁119-
　　142；青木隆，〈金聖歎文學理論の再構成──萬物一體の仁と格物、忠恕、因緣
　　生法〉，《中國哲學研究》第16號（東京：東京大學中國哲學研究室，2001），頁

他從佛教所獲得的啓發。世間因緣根由原來在心，張生的夢正是來自心中的翻攪。陽明所言「心」之意義當然與今人之「心理」意義不同，但在金聖嘆，言「因」、「因緣」、「極微」等不同詞語，皆或多或少帶有心理活動的意味，結果反而是偏離了陽明學的脈絡，更多地向現代意義靠攏，其所以如此，多源於其對佛教的多方鑽研。雖然前人已注意到金聖嘆曾對小說戲曲中的人物心理活動加以關注[78]，但對其佛教淵源則多略而不談。例如「極微」本唯識家語，金聖嘆借之以言心。其言曰：

> 曼殊師利菩薩好論極微，昔者聖嘆聞之而甚樂焉。夫娑婆世界，大至無量由延，而其故乃起於極微。以至娑婆世界中間之一切所有，其故無不一一起於極微。此其事甚大，非今所論。今者止借菩薩「極微」之一言，以觀行文之人之心。[79]

「極微」乃paramáṇu之漢譯，意指一切物質組成中最小不可分割之元素，特別是唯識學者於此常著深意。本來講「極微」側重在客觀世界的分析，而講「因緣」重點在主體的行為與意志，但金聖嘆從「極微」獲得的啓發，在於對作者（「行文之人」）心理的重新認識[80]。金聖嘆續云：

> 人誠推此心也以往，則操筆而書鄉黨饋壺漿之一辭，必有文也；書人婦姑勃谿之一聲，必有文也；書塗之人一揖遂別，必有文也。何也？其間皆有極微，他人以粗心處之，則無如何，因遂廢然以閣筆耳。我既向曼

（續）

42-83。

78　參見陳洪，《金聖嘆傳論》，頁177-179；郭瑞，《金聖嘆小說理論與戲劇理論》，頁264-291。

79　金聖嘆，《貫華堂第六才子書西廂記》，卷4〈酬韻〉回前總批，頁61。

80　亦有學者見及金批《西廂記》中，「極微」一說佔有極重要的位置，例如謝柏梁以「過程論」說明「極微」，見謝柏梁，〈「此一個人」與「極微說」：中國式的典型觀與細節論〉，收入章培恒、王靖宇編，《中國文學評點研究論集》（上海：上海古籍出版社，2002），頁363-382；另外參見傅曉航，《戲曲理論史概要》（北京：文化藝術出版社，1994），頁173-177。

殊師利菩薩大智門下學得此法矣，是雖於路傍拾取蔗滓，尚將涓涓焉壓
得其漿，滿於一石，彼天下更有何逼迮題能縛我腕，使不動也哉。讀
《西廂記》至〈借廂〉後、〈鬧齋〉前〈酬韻〉之一章，不覺深感於菩
薩焉。[81]

在金聖嘆的語境中，「極微」一語兼具「細小」與「不易察覺」的雙重含意。在
種種看似尋常的動作之下，其實潛含了種種複雜的動機、意圖、抑（一揖）揚（勃
谿）的情感。若能仔細尋繹體察，便足以積累豐富的材料。也就是說：日常生活
當中隨時充滿了心理活動的痕跡。動作是系列行為結果的呈現，涵攝了心理作用
的張弛。

　　眾所周知，精神分析以夢的解析為起點，夢的解讀為最重要的入口。同樣，
金聖嘆對夢在文學作品的作用亦極為注意。金聖嘆腰斬《水滸》至盧俊義因惡夢
驚起之處，於《西廂・驚夢》一章結尾亦云：「為一部十六章之結，不止結〈驚
夢〉一章也，於是《西廂記》已畢。」[82]如是一來，《西廂記》與《水滸傳》分
享了同樣的結局[83]。關於夢，金聖嘆嘗云：「天地，夢境也；眾生，夢魂也。無
始以來，我不知其何年齊入夢也；無終以後，我不知其何年同出夢也。」[84]這樣
的講法似乎不過是傳統「人生如夢」的另一種說法而已，本來無甚特出，但金聖
嘆在論夢的成因時，藉《維摩詰經》中「無明、有愛為種」[85]的說法，以張生驚
夢為例，明白點出夢中的遭遇，係慾望經由外界環境變化的刺激的投射與變形，
對金聖嘆而言，開啟這個領域最重要的關鍵，當然主要仍然是來自佛教的啟發。

　　雖然以夢為主題的文學與思想源遠流長，但晚明以來，與「夢」相關之戲曲

81　金聖嘆，《貫華堂第六才子書西廂記》，卷4〈酬韻〉回前總批，頁62-63。

82　同上，卷7〈驚夢〉結尾批語，頁204。

83　筆者曾經分析明末清初的小說戲曲某種共通的結構之後的宗教意識，不妨參看。見
　　拙作，〈晚明情愛觀與佛教交涉芻議——以《金瓶梅》為中心〉，收入王璦玲、胡
　　曉真主編，《欲掩彌彰：中國歷史文化中的「私」與「情」——私情篇》（台北：漢
　　學研究中心，2003），頁159-178。

84　金聖嘆，《貫華堂第六才子書西廂記》，卷7〈驚夢〉回前總批，頁196。

85　鳩摩羅什譯，《維摩詰所說經》，卷中〈佛道品〉，頁549上。

小說大行於世[86]，湯顯祖「因情成夢，因夢成戲」的名言猶在耳際，金聖嘆論夢固然可以視作此種文化風氣反映之一端，當時叢林中論夢談夢之風亦盛極一時，例如憨山德清(1546-1623)言：「以覺入夢，顛倒滋重。以夢入覺，當下解脫。夢覺俱非，寂爾靈知」[87]、紫柏眞可(1543-1603)亦曾說：「夫大夢者，併夢覺而言也。夢覺則夢除，覺覺則覺除。覺夢俱除，始名大覺焉。」[88]曹洞宗入就瑞白禪師(1584-1641)亦云：「忽然一覺，如大夢醒，始知從前所作所爲，了不可得。」[89]等人都有過許多精闢的見解[90]。但最具體而有系統的論述，或許當推徹庸周理(1591-1647)[91]的《夢語》。其云：「會得一夢字，學道之能事畢矣。」[92]在一則問答中，徹庸周理更言明「夢即佛法」，其曰：

> 問：「夢是佛法不？」
> 答：「夢即佛法！」
> 問：「經中雖說夢，只將以喻法，使人明了。今言即夢是法，全以虛幻不實之理，以爲佛法可乎？」
> 答：「經云：念念中，以夢自在法門開悟世界海微塵數眾生，豈不是夢即法乎？以執著目前境界爲實故，以夢爲虛幻。殊不知，目前有爲之物，全體不實；而夢者，當體覺性也。豈可謂虛妄不實乎？」[93]

---

86 關於晚明以「夢」爲主題的戲曲之統計，可以參見廖藤葉，《中國夢戲研究》(台北：學思出版社，2000)一書的附錄部份。

87 德清，〈夢覺銘〉，《憨山大師夢遊全集》，卷36，頁743上。

88 紫柏眞可，〈長松茹退〉，《紫柏尊者全集》，卷9，見《卍續藏經》，第126冊，頁783。

89 〔明〕明雪，《入就瑞白禪師語錄》卷3，見《嘉興藏》，第26冊，頁759。

90 關於晚明叢林夢論與當時文化思潮之互動關係，筆者別撰〈僧人說夢：晚明叢林夢論試析〉一文，收入李豐楙、廖肇亨編，《聖傳與詩禪——中國文學與宗教論集》(台北：中央研究院中國文哲研究所，2007)，頁651-682。

91 徹庸周理，初號徹融，俗姓杜，雲南人。生於明萬曆十八年，年十一入雞足山大覺寺禮徧周爲師，後往姚城參密藏大師(紫柏眞可弟子)，住妙峰山。辛於清順治三年，年五十六。生平詳見〔清〕釋圓鼎編，《滇釋紀》(台北：新文豐出版公司，1989，《叢書集成續編》，第252冊)，卷2，頁32-33。

92 〔清〕徹庸周理，《夢語摘要》，卷下，見《嘉興藏》，第25冊，頁276下。

93 同上，頁281中。

「覺性」，即「性覺」，指真如之體不依他體而自覺自明之意，「當體」意指事物自身，「當體性空」[94]本來是大乘佛教的共法，不過可以看出徹庸周理在這裡對於傳統教法的翻轉，「當體性空」強調是世間虛妄不實的樣態，「當體覺性」的重點則在於主體的省察等積極的作用。人世由於慾望、感官的種種糾纏，錯認那旋即毀壞的青春、名利，以為是不變的真實。而在夢境中由於擺脫世俗種種牽纏，人類生存的真實樣態方足以呈現。

　　因此，「夢即佛法」的說法包含了兩層意義，一是「以夢自在法門開悟世界」，意謂經由體會「夢」的真諦，認識世間的實相；其次是指夢境的真實與塵世的虛妄。由是可知，金批《西廂》中論及張生之夢時曾經說道：「入夢是狀元坊，出夢是草橋店，世間生盲之人，乃謂進草橋店後方是夢事，一何可歎。」[95]此等狀似悠謬之觀點，其實正是襲自當時叢林見解。儘管如此，金聖歎仍然具有十分醒目的位置。他明白揭示出其對心理層面的重視來自於佛教的啟發，而佛教中人卻也未必注意及此。其復對情愛慾望在心理機制的地位有清楚的認識。相對於當時承認慾望存在的時代流風，無疑更具有理論的高度[96]，使他顯得格外突出。

　　對某些論者而言，金批《西廂》中的佛教色彩一直是個難以協調的困境，甚至言「不無神祕主義的色彩」[97]，但在筆者看來，金聖歎的說法不僅與「神祕主義」(mysticism)無緣，也並不特別神祕，對今日的讀者而言，反而應該覺得親切。在金聖歎那裡，深度的心理閱讀可施之於作者中心的創作論，也施之於讀者中心的鑑賞論[98]，戲曲以外、小說[99]、詩詞[100]其實都可以看到若干投影。此處限

94　「當體性空」意謂須直觀世間無自性，因緣生法本性空寂，如幻如夢。

95　金聖歎，《貫華堂第六才子書西廂記》，卷7〈驚夢〉批語，頁198。

96　清初思想史一個普遍的趨勢是對人性的慾望採取合理肯認的態度，包括王夫之、陳確、陸世儀、唐甄都有類似的言論。一個簡要的歸納，可以參見蕭萐父、許蘇民，《明清啟蒙學術流變》(瀋陽：遼寧教育出版社，1995)，頁344-372。

97　姚文放，《中國戲劇美學的文化闡釋》，頁75。

98　同上，頁67-73。

99　參見郭瑞，《金聖歎小說理論與戲劇理論》，頁50-66。

100　金聖歎曾評歐陽修〈蝶戀花〉一詞中「簾影無風」之句云：「從女兒芳心中看出，乃是極動也」，可謂心理閱讀施之於詩詞的一個例子。見金聖歎，《唱經堂批歐陽永叔詞》，《金聖歎全集》，第4冊，頁761。

於篇幅，不能針對金聖嘆的思想進行全面的清理，金聖嘆對《西廂》的批語開啟了清初戲曲論述中一個特殊面相，即心理層面的高度關注，而且與當時的叢林構成了積極對話的姿態。

五、「怎當她臨去秋波那一轉」：《西廂制義》的社會意涵

金聖嘆之外，另外一位順治帝與木陳道忞談論的對象是尤侗[101]。順治帝與木陳道忞引為談助的「怎當她臨去秋波那一轉」，本出《西廂記》，尤侗據之以作〈怎當她臨去秋波那一轉〉時藝一篇，故其文往往又稱為〈西廂制義〉。順治帝之外，當時文人也起而效法，若黃周星(1611-1680)[102]亦擬〈西廂制義〉作〈秋波六藝〉。王漁洋(1634-1711)曾說：「尤悔菴侗工樂府，嘗以〈臨去秋波那一轉〉公案，戲為八股文字，世祖見而喜之。其所撰樂府，亦流傳禁中，世祖屢稱其才。」[103]接著說：「近見江左黃九煙周星作〈怎當她臨去秋波那一轉〉制義七篇，亦極游戲之致。」[104]足見兩者並而觀之，亦時人之習也。

王漁洋視〈西廂制義〉與〈秋波六藝〉為一場遊戲，其原意當是無庸深究其深意。但遊戲本身就具有值得深入的文化意義，詮釋學家認為「遊戲」(play)一事揭示人類存在的處境。加達默爾(Hans-Georg Gadamer)云：「遊戲的活動不僅沒有目的和意圖，而且也沒有緊張性。它好像是從自身出發而進行的，遊戲的輕

---

101 關於尤侗的研究，參見薛若鄰，《尤侗論稿》(北京：中國戲劇出版社，1988)一書；相關的研究則見於Judith T. Zeitlin, "Spirit Writing and Performance in the Work of You Tong(1618-1704)," *Toung Pao* 84.1-3(1998): 102-135.此文主要談論尤侗與明清文人扶乩的現象，日本合山究先生也有一篇論文具有類似的旨趣，見合山究，〈明清文人のオカルト趣味〉，收入荒井健編，《中華文人生活》(東京：平凡社，1994)，頁469-502。

102 黃周星，生於明萬曆三十八年，為明代進士。明亡後不仕，以教書、篆刻、著文為生，與當時著名之明遺民往來交遊，並曾參與汪淇之出版事業。清康熙十八年自殺，享年六十九歲。關於黃周星的研究可以參見Ellen Widmer(魏愛蓮)，〈黃周星想像的花園〉，收入陳平原、王德成、商偉編，《晚明與晚清：歷史傳承與文化創新》(武漢：湖北教育出版社，2002)，頁42-52。

103 〔清〕王士禎，《池北偶談》(北京：中華書局，1982)，卷15，頁357。

104 同上。

鬆性在主觀上是作為解脫而被感受的。」[105]在加達默爾那裡，「遊戲」的特徵主要表現在三個面相：(一)主體性(二)自我表現(三)觀者。並且由主體與觀者構成一個整體[106]。

而禪宗更是對「遊戲三昧」多所著意[107]，六祖慧能(683-713)嘗說：「見性之人，立亦得，不立亦得，去來自由，無滯無礙，應用隨作，應語隨答，普見化身，不離自性，即得自在神通，游戲三昧，是名見性」[108]、無門慧開(1183-1260)也說：「如奪得關將軍大刀在手，逢佛殺佛，逢祖殺祖。於生死案頭，得大自在，向六道四生中，遊戲三昧。」[109]也就是說「遊戲三昧」與開悟見性在某種意義來說是相通的。意謂在生死海中出入無礙。三昧，samādhi的譯語，或作三摩地。指心意專注凝定於一的工夫。「遊戲三昧」主要是指在堅定的意志之上，心無牽掛，任運無礙，自由自在，毫無拘束的境界。對照加達默爾的意見，禪宗的「遊戲三昧」除了涵括加達默爾的三要件外，更強調一種破除陳規與限制的能動性。

這種自在無礙的精神，往往聚於筆墨之間，並任之揮灑與呈現[110]。所以即使〈西廂制義〉對尤侗以及當時文人來說只是一篇遊戲文字，但卻充分地「呈現自我」，當然應該重視，由於此文在當時與後世所引起的高度關注，其代表的文化意涵仍然值得深思。黃周星曾就其所以繼尤侗〈西廂制義〉後作〈秋波六藝〉

---

105 加達默爾(Hams-Georg Gadamer)著，洪漢鼎、夏鎮平譯，《真理與方法：哲學詮釋學的基本特徵》(台北：時報文化出版公司，1993)，頁154。

106 同上，頁153-160。

107 關於「遊戲三昧」的研究，參見吳汝鈞，〈遊戲三昧：禪的美學情調〉，《遊戲三昧：禪的實踐與終極關懷》(台北：臺灣學生書局，1993)，頁159-218。不過吳先生此文側重在美學(特別是美術)情調的分析，禪宗傳統將「遊戲三昧」與戲劇連而稱之者，有覺浪道盛禪師。在一則問答中，覺浪道盛把「遊戲三昧」與其「台上／台下」戲子之說聯繫起來。原文作：「問曰：『佛教有超凡化聖之說，師果能親證其旨乎？』予曰：『須深悟得遊戲三昧可也。』公曰：『如何即能悟？』予曰：『公見夫戲子乎？在台下即凡，在台上即聖。』」見道盛，〈室中示諸衲子及眾居士〉，《天界覺浪盛禪師全錄》，卷7，頁633。

108 〔元〕宗寶編，《六祖大師法寶壇經‧頓漸》，見《大正藏》，第48冊，頁358下。

109 〔宋〕宗紹編，《無門關》，《大正藏》，第48冊，頁293上。

110 禪宗思想在藝術領域的揮灑與實踐，參彭修銀，《墨戲與逍遙》(台北：文津出版社，1995)。

之動機如是言曰：

> 以傳奇語參禪，自古未有也。以傳奇語爲時義，尤自古未有也。聞昔有
> 老僧所居，四壁皆畫《西廂》。或謂僧家安取，此僧曰：「吾正於此參
> 禪耳。」請問禪機安在，曰：「吾最喜其『怎當她臨去秋波那一
> 轉』，此語眞禪機也。」宗錄中曾載此段公案，而尤君展成集中則取
> 其語爲時義一首，業已名噪上林，而友人輩尚欲余別創新裁，余亦不
> 禁技癢。[111]

這是說尤侗文中提及老僧參西廂的公案觸動了黃周星的靈感。此公案先見於尤侗
的〈怎當她臨去秋波那一轉〉，其文曰：

> 噫！嘻！招楚客于三年，似曾相識；傾漢宮于一顧，無可奈何！有雙文
> 之秋波一轉，宜小生之眼花撩亂也哉！抑老僧四壁畫《西廂》，而悟禪
> 恰在個中。蓋一轉者，情禪也。參學人試于此下一轉語。[112]

「四壁畫西廂」其實也並非尤侗所獨創。此一公案最初與明初著名的理學家，
《大學衍義補》的作者丘濬(1421-1495)[113]有關。馮夢龍《情史》曾載一事與此

---

111 〔清〕黃周星，〈秋波小引〉，《九煙先生遺集》，(《續修四庫全書》，第1399
     冊影印清道光二十九年〔1849〕左詒樸刻本)，卷6，頁466。
112 〔清〕尤侗：〈怎當她臨去秋波那一轉〉，《西堂雜組・一集》，收入《尤太史西
     堂全集》(《四庫禁燬書叢刊・集部》，第129冊影印中國科學院圖書館藏清康熙刻
     本)，卷7，頁173。
113 邱濬，字仲深，號瓊臺，廣東瓊州府瓊山人，學者稱瓊山先生。生於明成祖永樂十
     九年，卒於明孝宗弘治八年。景泰五年(1454)進士，歷仕四朝，官至户部尚書兼武
     英殿大學士，卒年七十五，謚文莊。丘濬爲明代重要之經學家、史學家，所著《大
     學衍義補》影響甚廣。關於丘濬的研究，詳參李焯然，〈丘濬之史學——讀丘濬
     《世史正綱》札記〉，《明史散論》(台北：允晨文化，1988)，頁1-58；其於戲曲
     方面的研究，參王璦玲，〈晚明清初戲曲審美意識中情理觀之轉化及其意義〉，
     《中國文哲研究集刊》第19期(2001年9月)，頁183-250；司徒秀英，〈「臭腐爛」
     中的眞善美——《伍倫全備》新議〉，《清華學報》第30卷第3期(1990年9月)，頁

相關，其言曰：

> 丘瓊山過一寺，見四壁俱畫《西廂》，丘訝曰：「空門安得有此？」僧曰：「老僧從此悟禪。」丘問：「何處得悟？」答曰：「是『怎當她臨去秋波那一轉』。」[114]

有趣的是：此則故事主角之一的丘濬曾言「多是淫詞艷曲，專說風情閨怨，非惟不足以感化人心，到反被他破壞了風俗」[115]，有鑑於此，故著有《伍倫全備記》等劇本，首開道學與戲曲合一之風[116]。換言之，對丘濬來說，仍然有一種理想的戲曲形式，只需消掉「淫辭艷曲」的部份即可，與前述蕅益智旭的看法剛好形成某種程度的對比。尤侗化用此一公案於時藝，從黃周星的眼中來看，至少帶有兩重驚異。第一是「以傳奇語參禪」，第二是以「傳奇語為時義」，而後者「尤」為罕見，此一「尤」字充分說明：相對於「時義」，傳奇與禪學的關係更為接近，這雙重驚異意謂著黃周星固有的知識或價值體系的崩解，故而是否符合歷史真實並非其關注的焦點。「怎當她臨去秋波那一轉」居然成為禪悟體道的重要契機，而其思想特色，則概可以「情禪」一語以蔽之。

晚明的情論思維與佛教關係十分密切，馮夢龍有「情教」之說，亦頗舉佛教以為志趣之歸趨[117]。尤侗「情禪」之說，縱使其或許並非首發，然其廣為時人所重，其意義亦足當別論。情禪之為物，尤侗如是曰：

(續)———————————————————
　　　297-327。

114　〔明〕馮夢龍，〈畫西廂〉，《情史‧情芽類》，卷15，魏同賢主編，《馮夢龍全集》（上海：上海古籍出版社，1993），第7冊，頁548。目前於此本事，筆者只能暫時追溯到此，馮夢龍記述此事幾可斷言必另有淵源，唯其典出何處目下不得而知，俟日後詳考。

115　〔明〕邱濬，〈副末開場〉，《新刊重訂附釋標註出相伍倫全備忠孝記》，《全明傳奇》（台北：天一出版社據明世德堂刊本影印，1985），頁2。

116　王瓊玲，〈晚明清初戲曲審美意識中情理觀之轉化及其意義〉一文。

117　關於馮夢龍的情教說，可以參見陳萬益，〈馮夢龍「情教說」試論〉，《晚明小品與明季文人生活》，頁165-183。

　　繪秋波于四壁，勘破情禪；話春夢于三生，參同空色。[118]

「參同空色」意謂「色即是空」，也就是說「空色」於人，最重要的認識應是
「參同」。故而此處「情禪」不是「勘破」之對象，而是說「情禪」的首要工夫
在於「勘破」。「秋波」代表流動的、變換不定的現象，乃至於種種情色的誘
惑，而目光秋波之所以成為無堅不摧的利器，係因「情」之一物巨大無窮的能量
所致，故云：「秋波非能轉，情轉之也。」翕張離合之間，任何堅固的防線皆為
之傾圮，層層推倒。點燃千年封錮地層的岩漿，燒灼山野經冬樹立的林木。

　　情禪至少可以區分幾個不同的層次：（一）置身於畫滿《西廂》之四壁，首先
令人連想到二祖調心的公案[119]。也就是在紅塵（或擬造的紅塵）中，面對世間的
誘惑與衝突，藉以從事精神鍛鍊（用佛教的話叫「調伏身心」）——在某種意義來
說，即是馴服或「轉化」慾望的過程。（二）因「情」悟禪，歷經世間情感的遭
遇，並認識其短暫虛幻之本質（「勘破」），成為修證禪悟的契機，這樣的想法等
於是將「情」作為「禪」的準備階段。若此靜嘯齋主人「悟通大道，必先空破情
根；空破情根，必先走入情內；走入情內，見得世界情根之虛，然後走出情外，認
得道根之實。」[120]的說法便是將「情」作為入道之階也。（三）「禪在情中」就
語法來說，似乎是將「禪」作為「情」組成的一部份，但綜觀其文語境，其用意
皆在強調兩者的一致性，而非其主從關係，也就是說兩者在本質、作用甚至工夫
歷程上並無差別。就尤侗的語境來說，「禪在情中」其實等於「情禪不二」。

　　如果《西廂記》體現了情禪不二的思惟，那麼其施之於八股時藝的意義就更
值得深思。黃周星說「以傳奇語為時義，尤自古未有也」，也就是這點較「情
禪」更令人驚訝。眾所周知，明代八股制藝以儒家經典為範疇，特別是明成祖
時，胡廣（1370-1418）編纂的《四書大全》、《五經大全》、《性理大全》（合稱

---

118 尤侗，〈柔鄉勝韻序〉，《西堂雜組‧一集》，卷4，頁133。

119 「二祖調心」之公案原文作：「（二祖慧可）韜光混跡，變易儀相。或入諸酒肆，或
　　過於屠門。或習街談，或隨廝役。人問之曰：『師是道人，何故如是？』師曰：
　　『我自調心，何關汝事？』」見釋道原，《景德傳燈錄》，卷3，頁51。

120 〔明〕靜嘯齋主人，〈西遊補答問〉，收入〔明〕董說，《西遊補》（北京：文學
　　古籍刊行社，1955），頁1。

「三大全」)[121]，以朱註爲準則，加之以嚴格的格式規定，易言之，八股制藝儼若帝國理想的文化書寫[122]。易言之，時文制義之目的，當然不是爲了經學或儒家義理的研析，而在於官方意識形態的理想呈現[123]。事實上，晚明以來，八股制義與經學緊密結合的寫作方式本身已呈現了鬆動的局面，例如晚明著名的經學家郝敬(1558-1639)[124]對當時佛教盛行反映在經學的情形如是說道：

> 今聖學寂寥，百氏蠭午，而浮屠氏尤爲猖獗，無論縉紳先生，宦成解組，談空說苦。雖青衿小子，蹭蹬學步，而亦厭薄規矩，奔趨左道。無論翰墨遊戲，捉塵清談，夸毗因果，雖六經、《四書》、博士制義，而牽帥禪解，剝蝕聖眞。……世道、經術、人心、士風，如今日者，可不爲痛哭流涕長大息也哉。[125]

---

121 胡廣編三大全在思想上的意義，侯外廬有詳細的討論，見侯外廬主編，《宋明理學史》(北京：人民出版社，1997)，卷下，頁7-54；另外參見林慶彰，〈《五經大全》之修纂及其相關問題探究〉，《中國文哲研究集刊》創刊號(1991年3月)，頁361-383。Benjamin Elman, *A Cultural History of Civil Examinations in Late Imperial China* (Berkeley: University of California Press, 2000), pp.106-119.

122 八股文的文體與書寫特質，鄺健行，〈律賦與八股文〉、〈明代唐宋古文四大家「以古文爲時文」說〉有所分析，見鄺健行，《科舉考試文體論稿：律賦與八股文》(台北：臺灣書局，1999)，頁171-188、189-222。另外大木康，〈明清時期の科舉と文學——八股文をめぐって〉一文亦言及科舉與當時文學之關係，《中國——社會と文化》第7號(1992)，頁83-96。

123 關於科舉制度的研究至夥，無法一一列舉，宮崎市定，《科舉：中國の試驗地獄》(東京：中央公論社，1963)；Ping Ti Ho(何柄棣), *The Ladder of Success in Imperial China: Aspects of Social Mobility, 1368-1911* (New York: Columbia University Press, 1962)。二書雖然面世多年，仍然具有參考價值。科舉在明清時期的發展，可以參見黃明光，《明代科舉制度研究》(桂林：廣西師範大學，2000)；商衍鎏，《清代科舉考試述錄》(北京：三聯書店，1958)；黃光亮，《清代科舉制度之研究》(台北：嘉新水泥公司文化基金會，1976)等著作；此外，Benjamin Elman, *A Cultural History of Civil Examinations in Late Imperial China*一書，對於明清時代科舉的源流、經過及其得失，分析極爲精詳，頗值參看。

124 郝敬係晚明著名的經學家，著作甚豐，相關的研究可以參見蔣秋華，〈郝敬的詩經學〉，《中國文哲研究集刊》第12期(1998年3月)，頁253-294；荒木見悟，〈郝敬の立場〉，《中國心學の鼓動と佛教》(福岡：中國書店，1995)，頁53-96。

125 〔明〕郝敬，〈報葉寅陽道尊〉，《小山草》(濟南：齊魯書社，2001，《四庫全書存目叢書補編》，第53冊影印明天啓三年〔1623〕刻本)，卷7，頁1160。

這是說聖學遭受禪學的滲透，不免令人擔憂。稍後的顧炎武也說：「自此五十年間，舉業所用無非釋老之書」[126]、「舉業至於抄佛書，講學至於會男女，考試至於醫生員，此皆一代之大變，不在王莽、安祿山、劉豫之下。」[127]這些話語容或有過激之處，但都同時可以說明佛老(異端)話語之滲入八股制義的意義不只是文章風格的推移而已，最重要的是其對社會政治脈絡的衝擊與改變。因此，〈西廂制義〉的出現，雖然只是文字遊戲，卻透顯出對政治既存價值體系的懷疑與衝擊。它結合了「異端」的禪學與「動邪僻之思」[128]的戲曲，不經意之間卻轉動了固定(甚至僵化)的價值結構。

換言之，〈西廂制義〉之所以進入順治帝的視野之中，未必是贊成其書寫模式，相反的，也有可能是對政權安定的基礎構成不安，成為一種危險的警告，是故「縉紳大人、道學夫子，未有不議其怪誕，執而欲殺」[129]豈獨因文字遊戲而可遁免哉。尤侗從未如黃宗羲等人對政治意識形態的合理性有過深刻的思考，不過是以遊戲的心態，將戲曲與佛教縮合起來，然而不經意間卻與政治脈絡產生離裂。當木陳道忞奉詔北上以後，恐怕也正意謂著向新政權的勢力黏合的努力。故而，當他回答「不是山僧境界」時，固然是故作矜高，但也正好反映出佛教戲曲論述面對政治時的無力，同時也暗示了此一思惟由盛轉衰的命運。

六、結語：「如何是嶄新曲調」：朝向新理論的可能

明末清初「人生如戲」此等思維大興之時[130]，鄒迪光(1549-？)嘗著〈觀演

---

126 顧炎武，《原抄本日知錄》(台北：明倫出版社，1971)，卷20，頁533。

127 同上，頁542。

128 這是朱熹弟子陳淳主張禁絕戲曲的著名說法，語出〔宋〕陳淳，〈上傅寺丞論淫戲〉，《北溪大全集》(台北：臺灣商務印書館，1983，文淵閣《四庫全書》本，第1168冊)，卷27，頁9b-10a。

129 尤侗，〈黃九煙秋波六藝序〉，《西堂雜組·二集》，收入《尤太史西堂全集》，卷3，頁217。

130 「人生如戲」的觀念固然淵遠流長，但宋代與明清之際顯然是最集中體現的時代，特別是明清之際的文學與思想家對此做了極深入精彩的闡發。參見合山究，〈明末清初における「人生はドラマである」の說〉，收入荒木教授退休記念會編，《荒

戲說〉一文，論當時觀劇之風甚詳，其文結尾云：「此一戲也，瞿曇氏之謂幻，漆園氏之謂夢，子輿氏之謂假。」[131]乃明白將「人生如戲」此一思惟樣式與佛教、《莊子》相互聯繫，其與《莊子》的淵源此處且先弗論，在此處，佛教的因素顯然不可輕輕看過。類似「逢場作戲禪家風」[132]想爲當時習談，尤侗有一對聯極爲膾炙人口[133]，其云：「世界小梨園，牽帝王師相爲傀儡，二十一史，演成一部傳奇；佛門大養濟，收鰥寡孤獨爲丘尼，億千萬人，遍受十方供養」[134]亦梨園與佛門並舉之明證。佛教在戲曲理論層面不斷拓展此一論述的各種可能。本文主要提出四個方向。首先係以演員論爲中心，將釋迦牟尼比喻成爲一個出色的演員，將其一生之經歷比喻成一齣動人的戲劇。必須先理解禪學傳統脈絡中，佛陀在此時被視爲一個傑出的演員，才能理解當時禪僧上堂說法時，何以經常以伶人自喻。例如明清之際著名的遺民僧千山函可(1616-1659)，被視爲遼東禪學之祖[135]，其甫抵遼東之際，便曾如是說道：

> 山僧到此，一向塗朱抹粉，弄鬼裝神，惹得爾者裡喜底喜，笑底笑，怒底怒，罵底罵，今日未免重拈拍板，另換新腔，且道如何是(斬)〔嶄〕

（續）─────────
　　木教授退休紀念論文集──中國哲學史研究論集》（福岡：葦書房，1981），頁619-634；佛教方面的解釋見拙作，〈禪門說戲〉一文。

131 〔明〕鄒迪光，〈觀演劇說〉，《鬱儀樓集》（台南：莊嚴文化事業公司，1997，《四庫全書存目叢書・集部》，第158冊影印明萬曆刻本），卷42，頁763。

132 盧若騰，〈海印巖觀劇次和諸萬士年〉：「踏壁飛行鎖子骨，逢場作戲禪家風」，此詩收入盧若騰，《留庵詩文集》（金門：金門縣文獻委員會，1970），頁48。

133 參合山究，〈明末清初における「人生はドラマである」の說〉。

134 尤侗，《五九枝譚》，《西堂雜組・一集》，卷8，頁180。

135 函可，字祖心，號剩人。本名韓宗騋，廣東博羅人，禮部尚書韓日纘之子，崇禎十二年出家，嗣法嶺南曹洞宗宗寶道獨。生於萬曆三十九年，卒於順治十六年，年四十九。乙酉年，因《再變記》事件流放寧古塔至死。清初流放瀋陽一帶之江南士人多依之。生平詳參汪宗衍，《明季剩人和尚年譜》（台北：商務印書館，1986）。關於函可的研究可以參看謝國楨，《清初流人開發東北史》（台北：開明書店，1969），頁10-15；《明清之際黨社運動考》，收入《民國叢書・第二編》（上海：上海書店，1990），第25冊，頁243-249；蔡鴻生，《清初嶺南佛門事略》，頁56-61；冼玉清，《廣東釋道著述考》，頁545-554。

新曲調。[136]

綜上觀之，「換新腔」即「開宗立派」之意，「塗朱抹粉」即「登堂說法」的擬劇化說法。自設優人，即以佛陀自喻也。用覺浪道盛的詞話來說，此即「臺上戲子」對「臺下戲子」發聲說話。佛教，特別是禪宗，格外重視主體性的覺醒。在短暫倏忽的時空中，不爲流轉紛雜的塵囂所拘，藉之以破除對於感官慾望與功名利祿執著的妄念。生命中的種種歷程，都可能將是啓悟(initiation)的契機。經由「臺上戲子」與「臺下戲子」的說法，消解「演員／觀眾」之間的界限，不僅將「眾生即佛」、「佛即眾生」此一基本信念生動地呈現出來，觀眾同時也是參與者，潛藏了一種開放劇場的可能。

其次，蕅益智旭刻意地將天台宗「十界互具」的概念引入佛教的戲曲論述當中，至少有幾重特別的意義，首先，關懷的重心從表演的主體衍及舞台空間的配置等相關問題，對於客觀條件有更深刻的反省。其次，「十界互具」爲敘事過程中的時空轉接與異類同台演出深化其理論基礎。同時，天台與《法華經》在叢林戲曲論述中比重的加強一事也說明此際叢林觀戲論戲之風係瀰漫開展於叢林之間，而其不斷從各種角度翻新閱讀的現象更是格外引人深思。

叢林之外，當時的文人也參與了這波佛教與戲曲關係的重新詮釋，金聖嘆乃其中翹楚。金氏從佛教所獲得最重要的啓發之一便是心理層面的發現，金聖嘆本人對此亦十分自得。梁啓超(1873-1929)曾言：「佛家所說的叫做『法』，倘若有人問我法是什麼，我便一點不遲疑，答道：『就是心理學』」[137]。金聖嘆之所以特出之處，在於將此種心理閱讀的角度施之於文學作品的賞鑒，這幾乎也同時是金聖嘆面對《西廂記》時最重要的批評視角。同時從這樣的角度出發，對以演員中心開展的佛教戲劇論述之不足正好加以適度補充。另外，明末清初大量出現以夢爲主題的小說戲曲，金聖嘆亦深染時代流風，金批《西廂》的解讀策略對心理活動的曲折與幽微與夢之間的聯繫極富識見，而開啓金聖嘆此一文化視野的

---

136 〔清〕函可，《千山剩人禪師語錄》，見《嘉興藏》，第38冊，頁213。

137 梁啓超，〈佛教心理學淺測〉，《飲冰室佛學論集》(揚州：江蘇廣陵古籍刻印社，1990)，頁369-387。

窗口，其相當程度來自於佛教的啓發殆無可疑，說明了明清之際的文學閱讀佛教的重要性。

順治帝與木陳道忞所談論的另一個重要的人物是尤侗，特別是其〈西廂制義〉成為時人注目的焦點。〈西廂制義〉雖然只是尤侗的遊戲文字，但其結合禪學與傳奇的寫作方式在某種程度上卻有意無意搖動了統治的基礎。〈西廂制義〉藉著「畫《西廂》」此一公案援引禪學與傳奇共同結合的話語進入八股制義之中，一新時人耳目。不過這種華麗眩目的文字遊戲，表面上是文類的流動與學科藩籬的跨越，卻暗中涵融了拆解禮教、倫理畛域的願望與企圖，暗示了佛教某種程度的社會（或反社會）的性格[138]。金聖嘆與尤侗雖然不契[139]，但他們都同樣立足於佛教，對以《西廂》為主的「淫辭艷曲」進行創造性的深入解讀[140]。

晚明以來的佛教大量滲入各個不同的文化領域，包括文學、書畫，無一不留下清晰可見的痕跡。在戲劇部份，主要以「情／理」、「夢／覺」、「虛／實」之間交錯的關係討論為主，而這些課題亦多少與佛教有所交涉。佛教本身亦吸收戲曲演出的經驗，運用於其思想體系中，以表演行為作為關注的主要課題，同時也注意到舞台配置的空間，並在金聖嘆、尤侗等文人的協力之下，對心理層面的探討深化了此一課題的討論。而禪學與戲曲的結合以後所衍生的話語，在文人的遊戲筆墨之間，無意間撞擊了國家機器書寫形態的制約與陳規。

---

138 事實上，晚明佛教始終多少帶有「反社會」的性格，從「狂禪」一詞的流行多少便可略見端倪。關於晚明佛教政治性格的討論，詳參拙作，《明末清初の文藝思潮と佛教》（東京：東京大學人文社會系研究博士論文，2001）第二章第三節〈明末清初における佛教の政治シンボリズム〉。

139 尤侗曾經批評金聖嘆，其曰：「吾鄉金聖嘆，以聰明穿鑿書史，狂放不羈，每食狗肉，登壇講經，緇流從之者甚眾」，見尤侗，《艮齋雜說》（北京：中華書局，1988），卷5，頁99。

140 《西廂記》同時也是明代戲曲評點當中最為批評家青睞的劇目之一，相關的評點甚多，相關的研究見么書儀，〈王實甫的《西廂記》在明代〉，《元人雜劇與元代社會》（北京：北京大學出版社，1997），頁157-171；朱萬曙，《明代戲曲評點研究》（合肥：安徽教育出版社，2002），頁188-225；關於西廂記歷來研究成果及其得失，參見林宗毅，《西廂記二論》（台北：文史哲出版社，1998）一書。《西廂記》也是版畫的重要題材，見馬孟晶，〈耳目之玩──從《西廂記》版畫插圖論晚明出版文化對視覺性之關注〉，《國立台灣大學美術史集刊》第13期（2002年9月），頁201-279。

　　格外值得注意的是：明末四大師之一的蕅益智旭提出「儻紙墨筆手不能寫妙法者，亦必不能寫婬辭艷曲以溺人也。儻能寫婬辭艷曲者，亦必能寫妙法以昭人也」的宣言，在這樣的說法之下，「婬辭艷曲」與《妙法蓮華經》成為同體異名。佛教不但將「婬辭艷曲」收攝成為其思想體系中重要的擬喻之一，並從各個不同的角度重新反省戲劇表演在人生劇場中種種可能的意蘊，同時發展出獨到的觀看策略。順治帝與當時江南叢林領袖木陳道忞之所以言及《西廂》種種，斷非只是一時興起之語，如前所述，在當時的社會文化脈絡之中其發展軌跡歷歷可尋。

　　本文以清初戲曲思想的佛教詮釋作為觀察的對象，探析佛教觀看戲劇時可能的思惟與面向。首要在補充相關的歷史知識，就中國古代戲劇思想中一個較為人所忽略的部份加以闡述，且體現了某些普遍或形上的意義。在中國文化脈絡當中，特別晚明以後，小說可以設教[141]，梨園也能立教[142]。本文以明末清初《西廂記》相關的佛教文化、社會脈絡嘗試勾勒可能的文化圖像，對戲劇美學與佛教之互動關係或許能提供一個重新認識的角度[143]。

---

141 「小說設教」的說法來自錢大昕，其曰：「古有儒釋道三教，自明以來又多一教，曰：小說。小說演義之書，未嘗自以為教也，而士大夫、農工、商賈無不習聞之，以至兒童、婦女、不識字者亦皆聞而如見之。是其教較之儒、釋、道而更廣也。釋、道猶勸人以善，小說專導人從惡，奸邪淫盜之事，儒、釋、道所不忍斥言者，彼必盡相窮形，津津樂道。以殺人為好漢，以漁色為風流，喪心病狂，無所忌憚。子弟之逸居無教者多矣，又有此等書以誘之，曷怪其近於禽獸乎！」見〔清〕錢大昕，〈正俗〉，《潛研堂文集》，卷17，收入《嘉定錢大昕全集》（南京：江蘇古籍出版社，1997），第9冊，頁272。錢大昕對於小說的影響當然是持負面的看法，此先置之不論。不過小說雖然「未嘗自以為教」，卻深深影響了中國的崇拜行為與宗教知識。夏維明(Meir Shahar)曾以濟公為例，說明此一現象。參見Meir Shahar, *Grazy Ji: Chinese Religion and Popular Literature* (Cambridge, Mass.: Harvard University Asia Center, 1998). 而濟公之外，若《西遊記》、《封神演義》對後來中國民間信仰的形態都起了一定程度的影響。

142 「梨園教」乃閩東壽寧一種從事道法活動，兼之演出傀儡戲的教門，屬於福建道教閭山派的一個分支。道壇自稱「梨園正教」，俗稱「梨園教」。關於「梨園教」，詳參吳乃宇記述，葉明生校訂，《福建壽寧四平傀儡戲華光傳・前言》（台北：施合鄭民俗文化基金會，2000），頁1-52。

143 高行健曾指出他受到金聖嘆、馮夢龍語言魅力的吸引，又說自己受《莊子》與《金剛經》的影響，見趙毅衡，《建立一種現代禪劇──高行健與中國實驗戲劇》（台北：爾雅出版社，1999），頁209-210。或許可權作本文論見的一個當代註腳。

第三章

欲的凝視：

《金瓶梅詞話》的敘述方法、視覺與性別

陳建華（香港科技大學人文學部）

一、前言

張竹坡《金瓶梅讀法》曰：

> 《金瓶》有節節露破綻處。如窗內淫聲，和尚偏聽見；私琴童，雪娥偏知道。而裙帶葫蘆，更屬險事。牆頭密約，金蓮偏看見；惠蓮偷期，金蓮偏撞著。翡翠軒，自謂打聽瓶兒；葡萄架，早已照入鐵棍。才受贓，即動大巡之怒；才乞恩，便有平安之讒。調婿後，西門偏就摸著；燒陰戶，胡秀偏就看見。諸如此類，又不可勝數。總之，用險筆寫人情之可畏，而尤妙在既已露破，乃一語即解，統不費力累贅。此所以為化筆也。[1]

此「破綻」說或是張竹坡最富灼見的評點之一，言及的「偷覷」、「潛聽」等描寫，在明清小說中不乏其例，但在《金瓶梅》中如此「不可勝數」，則屬異數。所舉數例指涉西門慶與潘金蓮、李瓶兒、宋惠蓮、王六兒等內寵外遇淫會密約之時，不意有耳目窺聽。她們是西門慶「窺視」的對象，也如「烏眼雞」般互相「偷覷」，爭寵奪愛，翻雲覆雨，你死我活。尤其如「翡翠軒」、「葡萄架」等關目，著色絢麗，筆墨恣肆，既是放縱淫逸的市井生活的寫照，亦憧憧影射宮闈

1　朱一玄編，《金瓶梅資料匯編》（天津：南開大學出版社，2002），頁426-427。

殺機、家國亂象，絕非一般晚明的「春宮」文學所能比侔，其中處處為潘金蓮的「欲的凝視」所籠罩，給小說敘述帶來情場如戰場的詭譎風雲，更值得一番參詳。

細味此則評語，如「才受贓，即動大巡之怒」，指的是西門受苗青之賄而脫其謀殺之罪，因此受到曾御史彈劾，甚至他「包養韓氏之婦」之類的新近劣跡亦上達朝廷。這也應當包括後來西門朝覲京中，翟親家怪他作事不密，回家後纔發現內奸卻是身邊廝混的溫秀才，將他的私人函件傳與他的衙門同僚。因此張氏所說的「破綻」不僅指「偷窺」，廣義的涵蓋「見」與「不見」的再現和修辭策略。值得注意的是所謂「偏看見」、「偏聽見」云云，更著眼於「露破」的表現手法，驚歎此類情節看似巧合，實皆出於精心安排，卻出之「險筆」和「化筆」，非驚才絕技不能為此。

張氏盛讚《金瓶梅》：「其書之細如牛毛，乃千萬根共具一體，血脈貫通，藏針伏線，千里相牽」，「其文洋洋一百回，千針萬線，同出一絲，又千曲萬折，不露一線。」[2] 然而，「破綻」可直解為「漏洞」，「險筆」有「敗筆」之虞，儘管作者能從容履「險」而臻「化」境，但在千萬頭緒渾然一體的精緻織氈上，「節節露破綻」，巧設戲臺，無中生有，卻「一語即解」，此種鏡像迷幻、繫鈴解鈴的手段使小說敘述凸顯斷裂和彌合，頗富反諷、弔詭的意味。「破綻」或「露破」意味著人或事物從不見到可見，包括見者和被見者，無非是「象」與「視」的再現，牽涉到誰在看、看什麼、怎樣看。這些情節或插曲隨時隨地因果相循，其意義的指符在文本的脈絡中流轉竊失，逐敷演出一幕幕世態冷熱、心目相視、情色糾纏的活劇，高潮迭起而終歸空寂。

關於《金瓶梅詞話》（以下稱《詞話》）中外學者研究甚夥，但對其敘述方法則鮮有集中的探討。對於這部小說是否由於集體累積而成還是個人創作，迄今仍有爭議。這既涉及懸而未決的作者問題，也與小說類型的歷史形成過程有關。主張集體創作的認為「詞話」表明其本身同口頭說書傳統的緊密關係，且書中大量引用通俗文類即為明證[3]。另一種從小說主題及結構的完整性出發，認為當出自

2　同上，頁417。

3　較有代表性的意見，見C. T. Hsia, *The Classical Chinese Novel* (Bloomington: Indiana University Press, 1980), p. 166. 徐朔方，〈《金瓶梅》成書新探〉，《小說考信編》

某「鉅公」手筆，否則難臻此成就，這一見解自小說見世以來不絕如縷。近時有些學者更從小說的龐雜、混沌特徵立論，認爲合乎巴赫汀（Mikhail Bakhtin, 1895-1975）所說的「眾聲喧嘩」[4]。本文傾向於個人創作說，但如韓南（Patrick Hanan）先生在考證《詞話》與明代情色小說〈如意君傳〉的承續關係時提出，《詞話》作者已脫出口頭說書的窠臼而首次訴諸「閱讀公眾」（a reading public）[5]。這一看法頗富啓發。我覺得形式上因襲「詞話」正可能反映小說敘述形式的歷史演變，如果說傳統說書建立在與聽眾之間對一般社會價值的認同上，那麼《詞話》的情色性質多半動搖了這一認同的基礎，由此向私人閱讀開放。能說明問題的是，迄今我們未能發現西門慶的家庭傳奇像《三國》、《水滸》那樣在民間流傳的痕跡，而對於作者的猜測，從王世貞、李開先、屠隆到湯顯祖等，皆排除爲一般說書人所作的可能。並非偶然的是，作爲《詞話》敘述方法的顯著特點，在於「視點」和「觀點」的運用，尤其是「偷覷」更具敘述結構的功能，標誌著從「全知」敘述到「限知」敘述的範式轉變，由此突破了口頭文學的傳統。《詞話》使作者、敘述者、人物和讀者之間的關係更爲複雜，尤其在作者與敘述者之間出現明顯的裂痕，這是其他幾部較早的小說所沒有的。這種「眾聲喧嘩」與其說是作者故意爲之，毋寧是在因襲中留下了新舊嬗變的痕跡。

二、「視點」和「觀點」的運用

第十五回西門慶妻妾們在獅子街樓上觀燈，無疑是書中最賞心悅目的一回，煙火壯麗、燈彩輝煌、街景熙熙攘攘，熱鬧之極，而潘金蓮和孟玉樓則成爲樓下

（續）

（上海：上海古籍出版社，1997），頁64-113。

4　參Liao Chao-yang, "Three Readings in the *Jinpingmei cihua*," *Chinese Literature Essays, Articles, and Reviews*, No. 6（1984）, pp. 77-99. David Tod Roy, "Introduction," in *The Plum in the Vase*（Princeton: Princeton University Press, 1993）, pp. xliii-xlv. Peter H. Rushton, *The Jin Ping Mei and the Non-linear Dimensions of the Traditional Chinese Novel*（Lewiston: the Edwin Mellen Press, 1994）, pp. 5-7.

5　Patrick Hanan, "Sources of the Chin P'ing Mei," *Asia Major*, New Series Vol. X, Part I（1963）: 46.

眾目驚艷的目標。這樣的敘述精工彩繪，逞盡色相，極其訴諸視像觀賞之娛。尤難忘那個潘金蓮的畫面，她在樓上「探著半截身子，口中嗑瓜子兒，把嗑了的瓜子皮兒都吐下來，落在人身上，和玉樓兩個嘻笑不止。」[6]一個活脫輕佻的金蓮，呼之即出。如此精確捕捉人物形象，似非信筆拈來，而小說的熱鬧場面的烘托，首先在於一個「看」字。這體現在小說的前數回，西門慶初遇潘金蓮的一段。所謂「情人眼內出西施」的老生常談，卻凸顯了「視點」，給敘述帶來重要革新：

> 自古沒巧不成話，姻緣合當湊著。正手裡拏著叉竿放簾子，忽被一陣風將叉竿刮倒。婦人手擘不牢，不端不正，卻打在那人頭巾上。婦人便慌忙陪笑，把眼看那人，也有二十五六年紀，生的十分博浪。頭上戴著纓子帽兒，金玲瓏簪兒，金井玉欄杆圈兒，長腰身，穿綠羅褶兒，腳下細結底陳橋鞋兒，清水布襪兒，腿上勒著兩扇玄色桃絲護膝兒，手裡搖著灑金川扇兒，越顯出張生般龐兒，潘安的貌兒，可意的人兒，風風流流從簾子下丟與奴個眼色兒！這個人被叉杆打在頭上，便立住了腳，待要發作時，回過臉來看，卻不想是個美貌妖嬈的婦人。但見他黑鬢鬢賽鴉翎的鬢兒，翠灣灣的新月的眉兒，清冷冷杏子眼兒，香噴噴櫻桃口兒，直隆隆瓊瑤鼻兒，粉濃濃紅艷腮兒，嬌滴滴銀盆臉兒，輕嬝嬝花朵身兒，玉纖纖蔥枝手兒，一捻捻楊柳腰兒，軟濃濃白麵臍肚兒，窄多多尖趫腳兒，肉奶奶胸兒，白生生腿兒，更有一件緊揪揪，紅縐縐，白鮮鮮，黑裀裀，正不知是什麼東西！觀不盡這婦人容貌[7]。

緊接著，在「且看他怎生打扮，但見」之後，又有一大段韻文寫潘金蓮容貌。這本來從《水滸傳》脫胎而來，原文曰：「這婦人正手裡拿叉竿不牢，失手

6　〔明〕蘭陵笑笑生，《金瓶梅詞話》（香港：太平書局，影印萬曆丁巳〔1617〕刊本，1982），第15回，頁3下。本文引文另參梅節校訂，《金瓶梅詞話》（香港：夢梅館，1993）。

7　同上，第2回，頁4下-5上。

滑將倒去，不端不正，卻好打在那人頭巾上。那人立住了腳，正待要發作，回過臉來看時，是個生的妖嬈的婦人，先自酥了半邊。那怒氣直鑽過爪窪國去了，變作笑吟吟的臉兒。」[8]可見《詞話》從兩人眼中看出的外貌描寫出自作者的增添，而人物「內心視點」的呈現是一種新創的描寫技術。描繪西門的一段從「頭上戴著纓子帽兒」到「風風流流從簾子下丟與奴個眼色兒」，仿佛金蓮的口吻，用一連十數個「兒」的語氣詞烘托出情調；其實在「丟與奴個眼色兒」一句中，作者已經巧妙地由第三人稱轉換成第一人稱的「奴」，即整個西門的形象出諸她內心的詠歎。同樣的，從「美貌妖嬈的婦人」以下，轉向西門的目光，也一連用了十數個「兒」字，增強了倆人情感的對流。

　　從一開始即凸現視覺活動及其與心理的密切聯繫，對於小說的敘述方法、尤其是西門慶和潘金蓮這一對主角的塑造來說，有不可忽視的重要性。某種意義上兩人是最爲「本色」的——幾乎是完全物質化的，財色俱貪，特別是性慾的要求近乎瘋狂。在他們的本能行爲中，「色欲」不可分割，而心知活動更多地依賴視覺感官，在金蓮方面強烈的權力欲望依賴於「偷覷」，而在西門那裡，「色」對「欲」甚至起操控作用，小說中對他目迷美婦及性交中的視覺描寫突出了這一點。這兩人始終扭作一團，墮入色欲相生相剋的怪圈而導致空幻，自有其內在邏輯。正如這開頭的容貌描寫所暗示的，如果說潘金蓮所見的是他披金戴銀、鮮亮的服飾及風流博浪的外表，那麼在西門眼中，則是她透明的肉身，最後數句「正不知是什麼東西」，當然指她的陰戶的部位，正表現出他淫欲好色的「賊眼」。

　　如果西門和金蓮之間的對眼戲屬於認知層面的「視點」，那麼小說大量運用了帶有價值判斷的「觀點」[9]，而兩者間的轉換、交錯甚至出現融合、錯亂，在

8　〔元〕施耐庵、羅貫中，《水滸全傳》（香港：中華書局，重排1610年容與堂刊本，1988），頁340。

9　本文「視點」和「觀點」的區分，採用查特曼的說法，即把point of view 分成感知的、意識型態的和利益的三種。見Seymour Chatman, *Story and Discourse: Narrative Structure in Fiction and Film* (Ithaca: Cornell University Press, 1978), pp. 151-153. 在小說敘述學中，point of view 是一個與敘述者口吻相關的複雜概念，布思試圖廓清之，參Wayne Booth, "Distance and Point of View," in Michael J. Hoffman and Patrick D. Murphy, eds., *Essentials of the Theory of Fiction* (Durham: Duke University Press, 1996), pp. 116-133.

《詞話》中的複雜表述常使人眼花撩亂。在第九回潘金蓮初入西門家和他的妻妾相見，是出色的一段。先是吳月娘：

> 仔細定睛觀看，這婦人年紀不上二十五六，生的這樣標致，但見：眉似初春柳葉，常含著雨恨雲愁。臉如三月桃花，暗帶　風情月意。纖腰嬝娜，拘束的燕嬾鶯慵。檀口輕盈，勾引得蜂狂蝶亂。玉貌妖嬈花解語，芳容窈窕玉生香。

把這段詞曲同上述兩種對潘的描述相比較，在修辭上明顯不同，仍在於不同視點的效用。這是月娘眼中的金蓮，那種意態的描繪，滿含妒意。繼這段詞曲式描寫之後，小說又說：

> 吳月娘從頭看到腳，風流往下跑；從腳看到頭，風流往上流。論風流，如水晶盤內走明珠；語態度，似紅杏枝頭籠曉日。看了一回，口中不言，心內暗道：「小廝每家來，只說武大怎樣一個老婆，不曾看見。今日果然生的標致，怪不的俺那強人愛他。」[10]

這裡仍寫月娘之看，她的心內之言呼應了前面韻文對金蓮的「標致」的觀感，已暗示月娘棉裡藏針的性格及其日後與金蓮之間明爭暗鬥的關係，但「風流往下跑」數句裡，敘述者的語調變得蹊蹺而微妙，即與月娘的「視域」相融合，既同情地順著她的感受，又隱寓他的評判，顯見於「論風流」、「語態度」的評論口吻。而「似紅杏枝頭籠曉日」一句中，「曉日」指西門慶，而「紅杏」難免「出牆」，意謂金蓮的得寵及其不貞，既似月娘的預感，也是敘述者對讀者的暗示。

接下來寫潘金蓮如何「坐在旁邊，不轉睛把眼兒」看眾妻妾，但對每個人都寥寥數語，如看吳月娘「生的面若銀盆，眼如杏子，舉止溫柔，持重寡言。」此

10　〔明〕蘭陵笑笑生，《金瓶梅詞話》，第9回，頁2下。

時西門慶妻妾成群，大多在小說裡初次出場，通過金蓮之眼既是對各人的身分及特徵介紹，同時將她置身於男歡女妒的情色角鬥場中，排行第五，屬新來者，卻野心勃勃。如看到「第二個李嬌兒，乃院中唱的。生的肌膚豐肥，身體沉重，在人前多咳嗽一聲，上床賴追陪，雖屬名妓者之稱，而風月多不及金蓮也。」[11]如果月娘的「持重寡言」使她足具戒心，那麼李嬌兒儘管排行第二，有諸般不足，已不在她的眼裡。其實金蓮還不一定知道李的床上工夫，而「風月多不及金蓮也」，顯然是敘述者口吻，更是對她的視域的侵入，但所提供的訊息同她的利益密切相關。

像這樣描寫充滿欲望與利益的眾生相，已經帶有晚明意識，即表達了對人的「自然之性」的理解。無論是「視點」還是「觀點」的表現，都增強了日常生活和人物的「實」感和「物」感，也反映出作者對視覺活動的感受尤為敏銳。小說裡出現大量有關「眼」的成語，而各人的眼風與口吻各異，極其傳神。如潘金蓮的慣用語：「我眼子裡放不下砂子」，或「老娘眼裡卻放不過」[12]，顯得兇狠專橫。吳月娘：「休想我正眼看他一眼兒」[13]，表示其衿持身分。龐春梅：「你教我半個眼兒看的上?」[14]也示其性氣高傲，酷肖其主子口吻。眼光或視點可引伸為她們互相之間的觀點或看法，有趣的是李瓶兒初見吳月娘的印象跟潘金蓮的大相徑庭，她對西門慶說：「他大娘性兒不是好的，快眉眼裡掃人。」[15]至少在小說的前半部，月娘給人的印象就像西門慶說的是「好性兒」，李瓶兒的說法固然顯出她的敏感和軟弱，也使讀者看到月娘的一個側面。「觀點」的妙用常在於打破這種輿論一律，即使到後來上上下下已對金蓮產生惡感，也是在西門死在她手上的前數日，我們還可聽到春梅在潘佬佬面前說潘金蓮好話，說她在銀錢上從來是「明公正義問他(即西門慶)要，不惡瞞藏背掖的，教人小看了他」[16]。這樣的含有視點和觀點的描寫使作者的意圖顯得曖昧或矛盾，也給讀者帶來迷惑。

---

11 〔明〕蘭陵笑笑生，《金瓶梅詞話》，第9回，頁3下。
12 同上，第23回，頁10上；第22回，頁4上。
13 同上，第20回，頁6下。
14 同上，第46回，頁5上。
15 同上，第16回，頁3下。
16 同上，第78回，頁23下。

　　典型的一例是李瓶兒之死，西門慶為之痛哭欲絕，其一片真情出乎意表。為她化三百二十兩銀子買最好的棺材，瓶兒問他時，謊說只給了百十兩，瓶兒說這也已經多了。兩人間惺惺相惜的溫情，令人鼻酸。法師告他不可進她房裡，「恐禍及汝身」。但他不聽，「尋思道，法官戒我休往房裡去，我怎坐忍得？寧可我死了也罷，須得廝守著，和他說句話兒。於是進入房中。」[17]然而詭異的是，後來寫到玳安在背後跟傅夥計說，當初李瓶兒來西門家時帶來金珠寶石無數，因此「為甚俺爹心裡疼？不是疼人是疼錢。」其實西門之痛是令人信服的，否則也不必冒險進她房裡。這麼寫西門慶，真實而自然；這麼寫玳安，更自然而真實，卻對作者意圖造成模稜兩可，出現了一個「破綻」，讓讀者去填補。清人文禹門則認為西門之疼瓶兒「是勢利，非情分也。」即認同玳安的觀點，所謂「玳安之所褒貶，實作者之所平章也。」[18]如張竹坡看來「西門是痛」，根本沒注意玳安的話[19]。問題出在這種表現觀點差別的敘述，而這一細節反映了《詞話》敘事的精微之處，即使作者和敘述者區分開來[20]，而文本的模稜兩可給閱讀帶來挑戰。即使像張竹坡那種理想的讀者，也限於所見，儘管苦探其文心奧妙，「一眼覷見」書中微言之處，便「眼淚盈把」[21]。

　　正如章培恆先生指出，西門慶是作者塑造的「一個在靈魂中滲透了惡德的、具有複雜思想感情的活生生的人。」[22]的確西門慶的「真情」描寫極其突兀，作者無誤地告訴讀者，李瓶兒的死因是「精沖了血管起」，即他不顧瓶兒來了月經，一心要試用胡僧的春藥而恣其淫樂，因此種下病根。我們也可看到剛做了

17　〔明〕蘭陵笑笑生，《金瓶梅詞話》，第62回，頁17下。

18　劉輝，〈北圖藏《金瓶梅》文龍批本回評輯錄〉，見朱一玄編，《金瓶梅資料匯編》，頁629。

19　朱一玄編，《金瓶梅資料匯編》，頁515。

20　關於小說敘事的「視點」所產生作者、敘事者、人物和讀者之間的關係，參Robert Scholes and Robert Kellogg, *The Nature of Narrative* (London: Oxford University Press, 1966), pp. 240-256.

21　關於明清時期對《金瓶梅》及其批評的「多重語言」，參陳翠英，〈今昔相映：《金瓶梅》評點的情色關懷〉，見熊秉真、余安邦合編，《情欲明清——遂欲篇》（台北：麥田出版，2004），頁67-103。

22　章培恆，〈明清小說的發展與寫實主義〉，見李豐楙編，《文學、文化與世變》（台北：中央研究院中國文哲研究所，2002），頁281。

「五七」，他便移情於如意兒了。我想造成這一「斷裂」的，或出於作者掙脫敘述者的束縛而力圖對於人性作一種更爲眞實的表現。這幾回寫西門慶時，作者似極度投入，特別是六十二、六十三兩回，其敘事縱之所至，幾乎完全擯棄了話本的模式，既無「有詩爲證」的引詩，連下場詩也沒有。由於這種創作上的投入，西門的反常表現揭示出更爲精微的心理層面。當他痛哭道：「有仁義好性兒的姐姐，你怎的閃了我去了，寧可教我西門慶死了罷，我也不久活于世了。」[23]單說李瓶兒「仁義」固然引起眾妻妾不滿，卻隱然意識到李對他生命的特殊意義，如他對應伯爵說：「天何今日奪我所愛之甚也！先是一個孩兒也沒了，今日他又長伸腳子去了。我還活在世上做什麼？雖有錢過北斗，成何大用！」[24]如書中描寫的，自有了官哥之後，一面是他仍然縱欲無度，一面卻表現出他那種屬於家庭溫馨的一面，如五十三回寫他一向不喜劉婆，但爲了官哥也照她裝神弄鬼的去做。五十四回裡他給李瓶兒端藥的描寫也令人感動。因此在「仁義」的背後潛藏著失去眞愛的悲涼和人生的領悟，意味著西門慶和李瓶兒之間存在超乎肉欲的另一面。

三、「展示」與「講述」的弔詭

作者與敘述者之間的分裂，從讀者方面說，即產生如布思(Wayne C. Booth)所說的「隱含作者」(implied author) 的問題，所謂「隱含作者」乃由讀者根據小說倫理、美學的原則或代碼而重構的作者[25]。上述「觀點」所表現的複雜性還是有限的，如果我們考察「講述」部分與作者的關係，對於「隱含作者」的重構帶來更多困難。這裡所謂「講述」首先指作者明確現身之處，承襲了傳統小說中敘述者術語，如以「看官聽說」、「說話的」或「有詩爲證」等所引出的議論。如《詞話》的開場白，並沒有這類術語，但無人能忽視其重要性。先是引一段詞，有關項羽與虞姬、劉邦與戚氏的歷史故事，無非是「英雄難過美人關」的套

23　〔明〕蘭陵笑笑生，《金瓶梅詞話》，第62回，頁19下。

24　同上，頁25下。

25　參 Wayne C. Booth, *The Rhetoric of Fiction*, 2nd edition(Chicago: The University of Chicago Press, 1983), pp. 264-266. 另參 Chatman, *Story and Discourse*, pp. 148-150.

話，接著落實到小說主題：「如今這一本書，乃虎中美女，後引出一個風情故事來。一個好色的婦女，因與了破落戶相通，日日追歡，朝朝迷戀，後不免屍橫刀下，命染黃泉。」[26]小說情節固然要曲折繁複得多，但以潘金蓮爲主角，最後死於刀下，小說始終未背離此構思，事實上這根主線貫穿在敘述中，若隱若顯，似細還粗。

那些「看官聽說」起頭的作者評語，常在節骨眼上提醒讀者，一般是有的放矢。第五十九回李瓶兒之子官哥兒被潘金蓮的貓驚嚇而死，就有一段「看官聽說」，說自從李生了兒子之後，潘金蓮就心懷嫉妒。「今日故行此陰謀之事，馴養此貓，必欲諕死其子，使李瓶兒寵衰，教西門慶復親於己。」[27]這段話十分關鍵，和書首的「虎中美女」相呼應，點醒此書主題，也有助讀者理解不光是後來、也包括此前的潘金蓮的「陰謀」。第七十回：「看官聽說，妾婦索家，小人亂國，自然之道，識者以爲將來數賊必覆天下。果到宣和三年，徽、欽北狩，高宗南遷，而天下爲虜有，可深痛哉！」[28]這一段也極重要，「數賊」即指蔡京、高俅等，同西門家的潘金蓮等「妾婦」相提並論，即成爲《詞話》家、國「影射」說的根據。大多評語針對家庭「內闈」的道德箴誡，如主僕尊卑秩序或不該引進佛道姑婆等。第七十二回潘金蓮「品簫」，要西門慶撒尿在其口中，於是「看官聽說，大抵妾婦之道，蠱惑其夫，無所不至。雖屈身忍辱，殆不爲恥。若夫正室之妻，光明正大，豈肯爲此！」[29]由此看來，是否借潘金蓮的形象來影射妻妾制度，是另一個問題了。

且不說從一開始即點明勿爲女色所惑的道德主旨，其中蘊含對女性的偏見，然而並不能掩蓋一個基本悖論，即小說給閱讀帶來的興味，與其來自道德的預警，毋寧說恰恰是「情色」的誘惑。或可說在小說的開展中，作者爲了不妨礙閱讀的興趣，儘量淡化那個開頭的訓誡。小說在每回之始總有一首七言律詩。這形式來自《水滸傳》，作者利用開場詩發揮了道德訓誡的功效，《詞話》則異於

26　〔明〕蘭陵笑笑生，《金瓶梅詞話》，第1回，頁1上-3上。

27　同上，第59回，頁11上。

28　同上，第70回，頁15上。

29　同上，第72回，頁11。

是。在開頭改編《水滸傳》的數回裡，僅有一首大致抄襲了「酒色多能誤國邦，美色由來喪忠良」等語，而在其餘絕大部分的開場詩裡，不光很少出現道德評判，而與之背道而馳的卻比比皆是，如第七回講媒婆薛嫂兒說合孟玉樓嫁與西門慶，開場詩就以薛的口吻自嘲自讚地說了一通，頗似戲劇「楔子」中丑角的自報家門。第八回敘述潘金蓮思念西門慶，則始之以一首傷心欲絕的閨怨詩。第十四回中李瓶兒與西門慶通姦及其丈夫花子虛身亡，詩句說「何如得遂相如志，不讓文君詠白頭。」[30]稱讚司馬相如和卓文君的私訂終生，等於表彰李瓶兒與西門慶之間不下於謀財害命的姦情，同作者明言此小說懲懲西門慶「淫人妻子」而受果報的宗旨相違背。其他開場詩裡許多及時行樂的文字，就不一一例舉了。

　　《詞話》中「看官」評語共四十餘處，對於理解作者的意圖及作品的結構無疑有畫龍點睛之效[31]，但在大量的開場詩和「有詩為證」所引的詩中，作者的道德意識是混亂、曖昧的，即那個「隱含作者」可說是人格分裂的。看來作者陷入某種弔詭，一方面強烈希望讀者能理解這部精心傑構和苦心箴勸，仍扮演傳統說書人的角色，另一方面要在情色描寫上出奇制勝，在敘述中避免過多的道德干涉而妨礙閱讀興趣。事實上與此「講述」部分相聯繫，我想進而討論作為小說的基本敘事策略的「展示」部分[32]，即對於西門家中日常生活的編年史式的自然展開。依循妻妾們的生日和時令節慶一一道來，作者樂此不疲，一再對壯觀奇景作窮形極狀的描寫，甚至不惜重複那些繁文褥禮的細節。然而這正構成小說的特點，在生命伴隨時光的自然延伸中，西門府中的妻妾之間不斷搬演日常的人情悲歡、情色風波乃至自殺、謀殺，同時西門的經商業務及其與地方官紳的、京中政局的升降變遷穿插其間，頭緒繁多卻蹤跡相尋，有條不紊地編織入一幅色空俱幻

30　〔明〕蘭陵笑笑生，《金瓶梅詞話》，第14回，頁1上。

31　寺村政男，〈《金瓶梅詞話》中的作者介入文——「看官聽說」考〉，見黃霖、王國安編譯，《日本研究金瓶梅論文集》（濟南：齊魯書社，1989），頁244-261。據寺村政男的結論，「看官聽說」部份的「批判性是缺乏的」。如果同「有詩為證」的部分一起來考察的話，批判性顯然是更缺乏的。

32　這裡「講述」和「展示」源自布思的telling and showing，見*The Rhetoric of Fiction*, pp. 3-24. 布思將兩者視為一體，「講述」體現「可靠作者」的聲音，也包括「戲劇性敘述」。為適合《詞話》的特殊情況，本文將這兩個概念作了調整。

的巨作。

「展示」的敍述大致分成三個層面，一是內核部分，即描寫眾妻妾之間的情色糾纏，以金蓮和西門的關係爲主線；二是外圍部分，即圍繞西門的發跡而涉及從地方到京都的複雜社會網絡。這兩個層面的確體現了作者對整體的主題和結構的考量，只是內外之間如此交錯編織在一起，足見作者的勃勃雄心及非凡的組織手腕。雖然「講述」本身並不一貫，但還是配合了「展示」部分，作者時時通過「看官聽說」對讀者加以提示和引導。但給「講述」帶來挑戰的是第三個層面，即大量的與主題和結構沒有直接關係的敍述，如對西門及妻妾們服飾、日常食物的描繪，經常達到鋪張揚厲的地步，或者還包括無節制地抄錄從流行曲詞到道藏佛卷等各式文本。這類「展示」的敍述與「講述」當然不合拍，對小說的整體構思及情節連續都是橫生枝節，也會分散讀者的注意力。至今對《詞話》的藝術性有爭議，與這一點不無關係。斥之者認爲缺乏剪裁，形同蛇足；贊之者謂其眾聲喧嘩，合乎小說的本質。我覺得這一「展示」部分對於《詞話》來說至關重要，也是作者刻意創新的部分。

它並非來自說話傳統，也不是故意追求複雜，卻體現了時代性，帶有對於「眞實」的某種新觀念。這部小說既以表現人的「自然之性」爲主題，在敍述策略上採取「展示」也是一種自然的選擇，即讓事物按其自身的面貌來呈現。「展示」作爲一個有機的敍述整體，其中如上面所說的「第一層面」，即表現西門與金蓮的主線部分，與「講述」息息相關，含有作者主觀的強烈投入，在結構和情節的安排上是富於戲劇性的。而「第三層面」，即對那些日常生活細節不厭其煩地作貌似客觀的描繪，則體現一種「眞實」的邏輯。這與戲劇性表現構成了緊張，但作者力圖使之自然化。我們可看到，西門家的傳奇依照四季的自然次序而展開，一件件人間悲歡，波瀾迭起，卻與季節的冷熱變化巧妙編織在一起，其間已隱含著「眞實」再現的代碼。另一方面，時時穿插的對日常事物瑣碎、冷靜的描繪，事實上對於戲劇性表現來說，起一種沖淡、掩蓋的作用，旨在造成「眞實」的錯覺，使其事實上慘澹經營的藝術構築變得更爲可信。

須注意的是在重複中，尤其那些日常的飲食服飾的細節，展示一種「差別」的詩學。如果將第二十回李瓶兒嫁與西門的新婚衣裳、第四十三回月娘見喬親家

的打扮以及她拜見新升官的哥哥的穿著比較一下，就可見那些服裝在顏色、圖案等方面無不與時令、場合及身分一一配合，若合符節。作者對待每一次「展示」都一絲不苟，務求寫實。同樣在對食物的描寫上常常是多至十數道的鋪陳中，顯出西門款待官僚、朋友等人的不同場合及不同方式，也表明他家的食品隨著家道殷富而變得愈益講究。所有那些日常生活的細枝末節大約會使我們失去耐心，但對當時的讀者來說，這樣新穎的表現卻能滿足某種好奇。這種「展示」和「差別」的寫法體現了當時某種對「自然」的認識，即在表現人和環境有機一體的關係、尤其對「當下」的切身感受時，物欲佔據了感知世界的中心，並首先要求視覺上的專注。

　　第三層面的「展示」像這樣成爲一種必不可少的敘述機制，應當別有其重要的意義。相對於作者處於道德上的尷尬境地來說，它成爲一種新的空間、一種距離感。看似冗贅，其實也是作者的顯身發聲之處，就其隱含按事物本身表現的代碼而言，已經對現象世界的「眞實」性帶有某種新的認識。

四、「偷覷」的敘事：從「全知」到「限知」

　　所謂小說傳統中的「全知」敘述指的是敘述者彷彿無所不知，無所不在；事無巨細，皆如其親見親聞，這也是《三國》、《水滸》的基本敘事模式[33]。作者通常在「講述」中灌注一種明顯、一貫的價值評判，與小說的主題及敘事過程保持一致，讀者也多半成爲被動的接受者。而在《詞話》中，這樣的全知敘述不復存在。如上文分析，在「講述」中作者已自相牴牾，由於小說的情色性質，使他在道德和娛樂之間首鼠兩端。敘述者已變得「不可靠」，對讀者來說，其「隱含作者」也面目不清，給理解和詮釋帶來空間。相對「全知」視角來說，《詞話》作者取一種「限知」視角，首先體現在對於「視點」的運用上，即作者摒棄了全

33　學者一般認爲中國小說中的「限知」敘述至近代方產生。見陳平原，《中國小說敘事模式的轉變》（北京：北京大學出版社，2003），頁62-72。由韓南的研究所示，在十九世紀的一些小說中，作者的敘述聲口出現多種複雜的樣態。見〔美〕韓南著，徐俠譯，《中國近代小說的興起》（上海：上海教育出版社，2004），頁9-38。

知全在的立場，基本上通過人物的所見所聞來編織情節，使敘事得以開展。正如西門慶和潘金蓮之間的對眼戲，正是在接續挪用《水滸》之處，卻峰迴路轉，脫離傳統敘述方式，而展現一個嶄新的人情世界。

然而《詞話》的出「奇」之處，是「偷覷」的描寫觸處即是[34]，且在敘事結構中發揮重要的機能。在小說的第十一回，讀者就被告知，潘金蓮「專一聽籬察壁」[35]，事實上西門府中主奴上下幾乎個個喜歡偷窺，而金蓮之眼——欲的凝視——尤具殺傷力，對全書結構有綱舉目張之效。

浦安迪先生注意到，窺聽的描寫最多見於潘金蓮身上，前後不下八次之多，且「每一次都使矛盾加劇、好處到手，終至引向更危險的下場」[36]。如果單從潘金蓮與宋惠蓮、李瓶兒的情節發展來看，小說自二十三回起集中敘述潘與宋之間的爭鋒奪寵，至二十六回惠蓮最終鬥不過金蓮而含羞自盡，其起因在於金蓮的「聽籬察壁」，即西門與惠蓮在「藏春塢」偷歡之際，金蓮也潛蹤而至，在洞外偷聽到惠蓮在西門面前說她壞話，於是心存蒂芥。緊接著第二十七回寫到西門與瓶兒在「翡翠軒」交歡時，被金蓮偷聽到瓶兒有喜而加劇其妒意，遂處心積慮加以中傷，至六十二回官哥、瓶兒相繼而死。金蓮與惠蓮、瓶兒的故事直接關乎小說的主題，當然構成全書敘事的主幹部份。

34　中外學者關於《詞話》及明清小說中的「偷窺」現像頗有闡述。直接間接詮釋或引伸張竹坡「破綻」說的，參Martin W. Huang, *Desire and Fictional Narrative in Late Imperial China* (Cambridge, Mass.: Harvard University Press, 2001), pp. 86-90. Keith McMahon, *Causality and Containment in Seventeenth-Century Chinese Fiction* (Leiden: E. J. Brill, 1988), pp. 35-36. 論及《詞話》中「偷窺」的參Katherine Carlitz, *The Rhetoric of Chin p'ing mei* (Bloomington: Indianan University Press, 1986), pp. 51-52. Andrew H. Plaks, *The Four Masterworks of the Ming Novel* (Princeton: Princeton University Press, 1987), pp. 150-151. 論及明清小說中「偷窺」的，參Keith McMahon, "Eroticism in Late Ming, Early Qing Fiction: the Beauteous Realm and the Sexual Battlefield." *T'oung Pao LXXIII* (1987), pp. 255-261. 黃克武，〈暗通款曲：明清艷情小說中的情欲與空間〉，見熊秉真主編，王璦玲、胡曉真合編，《欲掩彌彰：中國歷史文化中的「私」與「情」——「私情篇」》（台北：漢學研究中心，2003），頁253-261。

35　〔明〕蘭陵笑笑生，《金瓶梅詞話》，第11回，頁1上。

36　見浦安迪(Andrew Plaks)著、沈壽亨譯，《明代小說四大奇書》（北京：中國和平出版社，1993），頁107。

　　二婦之死，寫法各別。寫惠蓮之死僅四回，可說是快刀斬亂麻，瓶兒之死則透迤曲折，多達三十五回，其間西門慶財運官運愈見發達，裡裡外外事件不斷，頭緒紛繁，充分體現了「展示」的敘事風格。事實上這樣的「展示」風格容易造成喧賓奪主，即主線部分被眾多的事件和頭緒所淹沒。為解決這一難題，作者所用的重要方法是建立情節、修辭等各種模式，訴諸閱讀習慣，然後在模式的重複和變化中，滿足和顛覆讀者的心理期待。由此來看速寫惠蓮之死的那幾回裡，戲劇化的表現占了上風，即不讓過多的頭緒加入，正使之成為一種模式，為後來瓶兒的結局作鋪墊。

　　從「藏春塢」到「翡翠軒」，所重複的是潘金蓮的「聽籬察壁」。「偷覷」作為一種模式，早在小說的開頭幾回就已出現。先是西門慶勾搭上李瓶兒，兩人如膠似漆，接著西門忙於家事，把她丟在腦後。兩家原是一牆之隔，那晚李瓶兒的丫頭迎春在牆頭上招西門過去，恰巧被「賊留心」的潘金蓮看見，發現了他倆的姦情。等他回來她便硬軟兼施，不肯罷休，一邊說「我老娘眼裡放不下砂子」，一邊「把他褲子扯開，只見他那話軟仃僧，銀托子還帶上面」。西門怕給花子虛和吳月娘知道，就向她求饒，答應她三件事，最主要的是「你過去和他睡了來家，就要告我說，一字不許你瞞我。」[37]這個插曲的重要性在於建立這一貫穿始終的「控制」模式，並凸顯了金蓮的性格特徵，多疑、潑辣、耍手腕，且貪小，看到西門給她皇家製造的金簪兒，她「滿心歡喜說道，既是如此，我不言語便了。」[38]

　　通過這一插曲，讀者開始形成某種閱讀習慣，並產生某種期待。在接踵而來的金蓮和惠蓮之間的爭寵奪愛中，作者運用重複、差別等手段[39]，訴諸一種「信服」的敘事策略。惠蓮是男僕來旺之妻，先是和西門慶在花園裡偷歡，也是被潘金蓮偶而發見，於是故技重演，她縱容了西門，只要讓她知道就可。事實上作者對金蓮的「聽籬察壁」另精心作了設計。當西門和惠蓮在花園裡叫「藏春塢」的

37　〔明〕蘭陵笑笑生，《金瓶梅詞話》，第13回，頁10下-11下。

38　同上，頁11上。

39　關於「重複」等敘述手法在張竹坡的評點中已多所提及。這方面作引伸和詮釋的可參浦安迪著、沈壽亨譯，《明代小說四大奇書》，頁59-84。

山洞裡再度幽會時，時值冬天，洞裡冰冷，點上火取暖，這場景已不無陰冷、荒誕的意味。潘金蓮故意去偷聽，冒著寒冷，躡手躡腳，來到洞口，結果聽到洞裡浪聲淫語中，惠蓮向西門說她的壞話。她怒火中燒，且不發作，從頭上拔下一支髮簪，倒插在鎖上。次日惠蓮看見髮簪，知道金蓮來過，不得不去向她求饒。

像金蓮一樣，惠蓮出身低微，也風騷、逞強，也喜歡嗑瓜子，樣子比金蓮更輕佻；也有一對小腳，比金蓮還小半寸；也邀寵恃驕，比金蓮更甚。這是金蓮的一個副本，一個鏡像，她的「聽籬察壁」的本事當然也不下於金蓮。第二十四回有一段描寫，繪影繪色，讓人覺得金蓮受到了威脅。在一次家宴上，西門慶吩咐潘金蓮給他的女婿陳經濟遞酒：

> 經濟一壁接酒，一面把眼兒不住斜瞄婦人，說「五娘，請尊便，等兒子慢慢吃。」婦人一徑把身子把燈影著，左手執酒，剛待的經濟用手來接，右手向他手背只一捏。這經濟一面把眼瞄著眾人，一面在下戲把金蓮小腳兒上踢了一下。婦人微笑，低聲道：「怪油嘴，你丈人瞄著待怎的？」看官聽說：兩個只知暗地裡調情頑耍，卻不知宋惠蓮這老婆，又是一個兒在槅子外窗眼裡，被他瞄了個不亦樂乎。……口中不言，心下自思：「尋常時在俺每跟前，倒且是精細撇清，誰想暗地卻和這小夥子兒勾搭。今日被我看出破綻，到明日再搜求我，自有話說。」[40]

金蓮和經濟之間的四目傳情重現了西門初遇金蓮的情景，這裡加入惠蓮的「偷覷」，卻埋伏殺機。接下來又是元宵夜，潘金蓮、孟玉樓等去獅子街賞燈，使人回想起第十五回中獅子街觀燈的精彩描寫。而在這一回裡最搶鏡的是惠蓮，寫她一路上與陳經濟打情罵俏，一會兒掉了花翠，一會兒掉了鞋，孟玉樓才發現她穿著兩雙鞋，外面套著潘金蓮的鞋：

> 玉樓道：「你叫他過來我瞄，真個穿著五娘的鞋？」金蓮道：「他昨日

---

40 〔明〕蘭陵笑笑生，《金瓶梅詞話》，第24回，頁2。

問我討了一雙鞋，誰知成精的狗肉，他套著穿！」惠蓮於是摟起裙子
來，與玉樓看。看見他穿著兩雙紅鞋在腳上，用紗綠線帶兒扎著褲腿，
一聲兒也不言語。[41]

在這一觀燈情節的重複中，惠蓮也描畫得活脫輕佻，但這一筆舉足輕重，勾畫出一個潘金蓮的摹本，卻有一雙更奪人心目的「金蓮」。她也喜歡穿紅鞋子，尺碼比潘金蓮的更小。將金蓮的鞋子套在外面，隱含踐踏、淩替之意，即主奴關係的顛覆。此時「一聲兒也不言語」，不止指惠蓮，更指金蓮，各具心眼，險象環生，盡在不言中。稍後以寫意筆墨勾畫惠蓮的是打鞦韆那一段。眾妻妾都在，金蓮、瓶兒等都不擅此道，獨獨惠蓮也不用人推送，那鞦韆飛起在半天雲裡，然後抱地飛將下來，端的卻是飛仙一般，甚可人愛。月娘看見，對玉樓、李瓶兒說：「你看媳婦子，他倒會打。」正說著，被一陣風過來，把他裙子刮起，裡面露見大紅潞紬褲兒，紮著臟頭紗綠褲腿兒，好五色納紗護膝，銀紅線帶兒。玉樓指與月娘瞧，月娘笑罵了一句「賊成精的」，就罷了[42]。

在惠蓮的形像刻畫上，尤訴諸讀者欲望的凝視。然而寫惠蓮即寫金蓮，不光總會露出她那雙紅色的金蓮，這裡刻意掀起惠蓮的裙子而「露出」她紅色的內褲，此種挑逗、搶眼的筆觸非別的妻妾所能分享。上文提到那種新的「內心視點」的描寫技術，而這幾回寫二女之間的明爭暗鬥，明裡寫惠蓮，暗裡落入金蓮的「虎」視耽耽中，這一描寫技術更為微妙，不妨稱為「隱含視點」。這一內褲細節顯露出惠蓮不安本分，而鞦韆淩空暗示淩越尊卑秩序，也是前一回中她踐踏金蓮之鞋的重複。《詞話》一開頭把金蓮比作「虎中美女」，既然惠蓮比金蓮更金蓮，一山豈能容兩「虎女」？事實上她是脆弱而易受淩辱的，不久在和金蓮的鬥爭中失敗，自盡而死。但對她的死的處理，作者操縱了讀者的期待，即是間接的，因為其夫來旺揚言要殺西門和金蓮，金蓮才唆使西門，設下圈套陷害來旺。在和惠蓮爭寵過程中，金蓮似乎處於防衛的一方，而惠蓮自盡與其說出於羞辱，

41　〔明〕蘭陵笑笑生，《金瓶梅詞話》，第24回，頁5上。
42　同前註，第25回，頁2下-3上。

毋寧是受了西門的愚弄，對他徹底失望，明白自己根本鬥不過金蓮。

如果我的「視點」閱讀不中亦不遠的話，寫惠蓮的四回可說明這幾點：一是「展示」的敘述策略是有節制的，其實也為作者所操縱，即集中描寫惠蓮事件對於認識金蓮的行為及西門府中的權力關係具有示範作用。惠蓮一死即寫「翡翠軒」，隨即進入瓶兒事件，在更為繁複的敘事過程中，這一模式為建立閱讀習慣發揮功能。二是這四回中在戲劇性地搬演日常生活時，運用文言傳統的「互文」策略，其精思妙義只有通過閱讀才能領略。三是「視點」敘述的心理機制，標誌著《詞話》的藝術創新，在接下來的瓶兒事件中，不僅「偷覷」成為一種集體行為，故事更轉化為一場遠為精緻而複雜的心理謀殺，即金蓮利用官哥的驚怕及瓶兒的軟弱，成為他們死亡的主要因素。

和惠蓮事件一樣，西門府中幾乎在金蓮之眼的監控之中。寫到李瓶兒臨產的一節，潘金蓮和孟玉樓「站在西稍間簷柱兒底下那裡歇涼」，注視著隔壁李的房裡，一屋子人等著。金蓮在聽到生了兒子的反應，妒嫉而惡毒，使孟玉樓覺得驚駭[43]。繼「翡翠軒」之後這也是突出金蓮「聽籬察壁」的關鍵一筆，卻暗示她的心理變化，其嫉妒之心更朝非理性的方向發展。在日常瑣事的敘述中，穿插交錯大量的「偷覷」細節。孟玉樓看上去處世淡漠，也可看到她驚覺的目光在不意處出現。有一回潘金蓮和陳經濟在花園裡親嘴，「不想那玉樓冷眼瞧破」[44]。在三十五回裡西門慶在發怒打平安兒，她也「獨自一個在軟壁後聽覷」，被潘金蓮瞧見。甚至月娘也不能免，第五十三回寫到她「在板縫裡瞧著」，金蓮和玉樓說她自己不生兒子而去疼官哥的閑話，使她氣極。小說更多的寫到那些丫鬟、僕童們也是如此。先是平安「悄悄走在窗下聽覷」，西門慶在書房裡褻狎書童。於是向金蓮報告，並說到書童如何送酒到李瓶兒房裡，托她在西門面前為某人打通關節，又說書童在瓶兒屋裡吃酒，「吃得臉通紅纏出來」。由此引起金蓮面責西門狎童的「齷齪」勾當，並揭露李瓶兒和下人喝酒，及隨後西門打平安等事。他們在妻妾間搬弄嘴舌，惹事生非，都離不開竊聽偷窺，也都逃不出金蓮的掌握，就

43　〔明〕蘭陵笑笑生，《金瓶梅詞話》，第30回，頁7下。

44　同前註，第55回，頁9上。

像平安對她說：「小的若不說，到明日娘打聽出來，又說小的不是了。」[45]那種戰兢之狀跟見了蓋世太保差不多。

在小說裡這類「偷覷」大多屬因果性的，引發一系列事件，就圍繞惠蓮和瓶兒的兩大部份的敘述而言，以金蓮的視點為主宰，和其他視點糾纏，構成長短情節的鍊鎖。這些都能說明《詞話》在小說敘述方法上由「全知」到「限知」的歷史性轉折。隱私的再現產生在講史或神怪小說中尚未觸及的如何取信讀者的問題，而採取個人視角的敘述乃意味著某種「見證」，藉以表明小說家的權威[46]。在徐昌齡的《如意君傳》中述到：

> 后自攝教曹手入，與之並肩而坐。俄兩小鬟捧金盆薔薇水進。后麾之出，自闔金鳳門，橫九龍鎖。諸縉御往來於門隙窺視之，故得始末甚詳[47]。

《如意君傳》也是為《詞話》所借鏡的重要來源之一[48]，這裡提供了一個「窺視」與「見證」的例子。在敘述歷史上的深宮隱事，作者這麼加一筆，正考慮到文本自身的權威性。《詞話》刻畫當代人情世態，似無必要作這樣的聲明，事實上「偷覷」得到如此放縱的表現，成為一種敘事機制，卻反映出作者在道德上的深刻焦慮。一方面情色窺視適應一種觀賞的閱讀方式，其魅力在於極盡聲色的細節描繪，而通過第三者之眼當然更為可信、也更增樂趣，但另一方面「偷覷」本身帶有道德上的貶斥，更通過潘金蓮這一「惡」婦之眼含有寓言性。同樣的，西門這一罪惡之家綱常紊亂，尊卑凌替，既為偷窺所揭露，而偷窺本身也是道德墮落的表徵，這些都和小說所恣意渲染的情色之樂形成反諷。

---

45 〔明〕蘭陵笑笑生，《金瓶梅詞話》，第34回，頁17上、16下。

46 參Robert Scholes and Robert Kellogg, *The Nature of Narrative*, pp. 256-272. 這一章探討西方小說發展中有關「見證權威」問題及小說對於「目擊」形式的不同運用。

47 〔明〕徐昌齡著，王小濤校點，《如意君傳》，收入侯忠義編，《明代小說輯刊》第三輯(成都：巴蜀書社，1999)，頁17。

48 Patrick Hanan, "Sources of *The Chin P'ing Mei*," pp. 43-47. 另參薛亮，《明清稀見小說匯考》(北京：社會科學文獻出版社，1999)，頁3-16。陳大康，《明代小說史》(上海：上海文藝出版社，2000)，頁462-476。

　　持「眾聲喧嘩」論者看到小說的複雜和矛盾之處，但論據不足。我想從小說形式的歷史脈絡中看，作者從現存資源中選擇了「詞話」的形式，而在順應新的需要時突破陳規，作出種種可喜的創新。新舊之間的沿革之跡或見諸這麼一個現象，即偷窺這一「限知」的敘述機制常被轉換成受「全知」操縱的敘述內容。明顯的例子是二十六回中，孟玉樓從宋惠蓮那兒聽說西門慶要放來旺，於是來告訴潘金蓮，還有上文所說的平安向金蓮報告書童受賄及其在李瓶兒房中吃酒等情節。西門府中的謠傳大多圍繞著金蓮作向心式展開，因此各人所見所聞的敘事方式並未導向「羅生門」式的「眾聲喧嘩」。事實上一面通過金蓮之眼，一面使之成為無所不在的敘事結構，其本身交織著全知與限知兩種機能，這正是《詞話》的敘述方法的最為詭譎之所在。

五、不亦樂乎：「偷覷」的情色譜系

　　《詞話》所表現的「偷覷」分因果與非因果性兩類，上面分析的都屬前一類，即圍繞著金蓮的「聽籬察壁」而展開的西門一家的興衰冷暖，伴隨作者悲天憫人的倫理關懷。然而與作者的自我分裂相一致，小說不乏另一類「偷覷」的表現，對於敘事不造成因果關係，卻給讀者帶來不同程度的「窺春」的愉悅。有趣的是，不論作者有意無意，這類偷窺大多不發生在西門家裡，似乎能擺脫罪惡的陰影，更能使閱讀產生快感，而第三者的加入更增一番秘密的樂趣，另具美學上的意義。《詞話》具有明顯的「春宮」性質，卻並非「穢書」，不僅在於其政治與倫理的諷喻，更大膽的是探索了性愛的變態。如果在元明以來文學情色的譜系中對「偷覷」作些追溯，可見作者受到雅俗兩方面情色類型的滋養，其分裂的人格也淵源有自。

　　《詞話》常用的「偷覷」一語似同《西廂記》有直接聯繫。始見於第十三回，花子虛在家中宴請西門慶，其妻李瓶兒「正在遮檻子外邊站立偷覷」，不料同出來解手的西門「撞了個滿懷」[49]。稍後兩人偷情，在丫環的協助下重演了

49　〔明〕蘭陵笑笑生，《金瓶梅詞話》，第13回，頁5下。

「待月西廂下」的關目。《西廂記》是明清文學裡偷窺描寫的一個源頭，在其長期的流傳中卻是紅娘的角色引起男性窺視的狂想。元末名士楊維禎（1296 -1370）在一套香奩體組詩中，描述了一個女子從待字閨閣到出嫁生子的過程，有一首是跟男子「私會」：

> 月落花陰夜漏長，相逢疑是夢高唐。夜深偷把銀缸照，猶恐憨奴瞰隙光。[50]

此詩的靈感恐怕來自《西廂記》，而那個「憨奴」須是被提防的，似乎意識到要防衛隱私。的確，在弘治年間一個《西廂記》刊本的插圖即以「生解鶯衣紅偷視」為題，生動地描繪了紅娘正在門外偷窺[51]。

李瓶兒與西門慶私通那一節，從《西廂記》脫胎而來。其實作者在因襲改編之時，已把「偷覷」化成因果與非因果性兩種，除瓶兒的偷覷和金蓮的撞見之外，另寫了迎春的「窺覷」情節：

> 這迎春丫鬟，今年已十七歲，頗知事體。見他兩個今夜偷期，悄悄向窗下，用頭上簪子挺簽破窗寮上紙，往裡窺覷。端的二人怎樣交接？但見：燈光影裡，鮫綃帳內，一來一往，一撞一沖。這一個玉臂忙搖，那一個金蓮高舉。這一個鶯聲嚦嚦，那一個燕語喃喃。好似君瑞遇鶯娘，尤若宋玉偷神女。山盟海誓，依稀耳中。蝶戀蜂恣，未肯即罷。戰良久，被翻紅浪，靈犀一點透酥胸。鬥多時，帳構銀鉤，眉黛兩彎垂玉臉。那正是三次親唇情越厚，一酥麻體與人倫。這房中二人雲雨，不料迎春在窗外聽看了個不亦樂乎。[52]

50　〔元〕楊維禎，〈續奩集・私會〉，《楊維禎詩集》（杭州：浙江古籍出版社，1994），頁404。

51　《新刊大字魁本全相參增奇妙注釋西廂記》（金臺岳家刊本，1498），見《明刊西廂記全圖》（上海：人民美術出版社，1983），頁184-185。

52　《金瓶梅詞話》，第13回，頁7下-8上。

其中「好似君瑞遇鶯娘」一句指《西廂》故事。明末一個刊本裡，張生和鶯鶯成其好事之後，紅娘向鶯鶯抱怨：「你繡幃裡效綢繆，倒鳳顛鸞百事有。我在窗兒外幾曾輕咳嗽，立蒼苔將繡鞋兒冰透。」[53]這段「窺戲」織入《西廂記》文本，迎春與紅娘的角色相重疊，但這一插曲是獨立的，與瓶兒和西門的通姦事件沒有因果關係，因此那種「不亦樂乎」也含有純粹的性質，雖然對迎春來說，所謂「今年已十七歲，頗知事體」，她的「窺戲」似乎變成了一種自我啟蒙。

另一個偷看插曲從《水滸傳》化出，變成一段絕妙的幽默文字。第八回寫潘金蓮家裡做道場，超度武大。那些和尚見了「武大這個老婆，一個個都昏迷了佛性禪心，一個個都關不住心猿意馬，都七顛八倒，酥成一塊。」[54]這些話出自《水滸傳》，形容一班和尚看見楊雄老婆潘巧雲的情態，而在《金瓶梅》這一回裡添油加醋，敷演成一幕「窺春」的喜劇。即前面在做法事，後面潘金蓮和西門慶在「交媾」，「只隔一道板壁」，被那班和尚「聽了個不亦樂乎」，「不覺都手之舞之，足之蹈之」。到晚上，其中一個和尚「冷眼瞧見簾子裡一個漢子和婆娘影影綽綽，並肩站立，想起白日裡，聽見那些勾當，只個亂打鼓擂鈸不住，被風把長老的僧伽帽刮在地下，露見青旋旋光頭，不去拾，只顧擂鈸打鼓，笑成一塊。」[55]

「冷眼」原在《水滸傳》指石秀偷看潘巧雲在布簾下與海闍黎調情，後來告訴楊雄，潘與和尚都被殺[56]。這裡則完全變換場景，滿是春色。西門和金蓮在謀殺的場景「交媾」，令人噁心，但被推到幕後，激起和尚的狂想，以至快樂得忘乎所以，誇張而傳神。由於和尚禁欲，使讀者覺得可笑，揶揄中含有的道德評判卻在一笑中脫略功利的負荷，無意中亦接受了情色的狂想。「手之舞之，足之蹈之」雖源自儒家經典《樂記》，成為一般表達快樂的口頭語，但被織入小說，且涉及

53　〔元〕王實甫，《西廂記》，見《暖紅室匯刻傳奇》（揚州：江蘇廣陵古籍社，影印凌濛初天啟刊本，1990），頁143。

54　〔明〕蘭陵笑笑生，《金瓶梅詞話》，第8回，頁10下-11上。

55　同上，頁12上。

56　施耐庵、羅貫中，《水滸全傳》，頁664-677。

情色之樂，其戲擬經典別有意趣，也是晚明風尚。

　　值得注意的是分別在四十二回、五十回、六十一回出現三次濃烈的色情描寫，都發生在西門慶和王六兒交合之時。這樣的插曲安排並非偶然，似意在強調色欲的閱讀快樂，某種意義上更凸顯了這部小說的「春宮」色彩。如小說所描寫的，西門慶與王六兒私通給他帶來極大的性滿足，也無後顧之憂，因其夫韓道國甘心眼開眼閉。這三次行房的描寫有一定的連貫性，每次花樣翻新，一次比一次高潮迭起，對西門來說，不啻是無厭的性探索。第一次是西門慶玩「後庭花」；第二次是試用胡僧的春藥，小說作了長段的縱欲描寫；第三次在王六兒的陰部等處燒艾香。另須注意的是這三次都用「直接」描寫法，即未夾入任何詩詞之類的充滿隱喻的「間接」描寫。那些窺視者先後是小鐵兒、琴童和胡秀，不僅起到「目擊者」作用，而且他們的窺視行爲都屬非因果性的，因此能誘使讀者加入窺視。在琴童和胡秀偷看之後，都以「不亦樂乎」的歡語作結，而小鐵兒則沒有，大約是他尚未成年的緣故。

　　作者在具體處理這些「窺覷」描寫時，一方面恣意刻畫交歡情狀，一方面盡可能排除對閱讀快感造成不快的因素。雖然也隱含其整體構思，即西門慶淫欲無度，在他走向自我毀滅的過程中，王六兒起了重要作用。但賦於這部小說原動力的既是「色」、「空」之間的弔詭，眾多的「窺覷」描寫蘊含著輕重不等的倫理和美學的成份，體現了豐富的「差別」，而作者也樂觀其成，利用機會盡可能滿足讀者的期待。

六、欲的凝視與晚明性別美學

　　把潘金蓮當作西門一家敗亡的魁首，無非重複了一個紅顏禍水，傾國傾城的古老寓言，即向來男性施以女性的詛咒。《詞話》中的兩性世界，粗看之，西門慶暴戾專橫，虐待女性，象徵了「父權」的主宰地位[57]。這一詛咒也是在這部小

57　參陳翠英，《世情小說之價值觀探論——以婚姻爲定位的考察》（台北：國立臺灣大學出版社，1996），頁101-129。

說的閱讀過程中由學者與讀者聯手打造的，無非體現了憎惡女性的「情感結構」[58]。但小說的另一半是「英雄難過美人關」的故事新編，講的是男人的永劫不復的命運。再深一層看，金蓮那個「惡」眼卻意味深長。浦安迪曾提出，金蓮的「窺聽」導致悲劇性下場，而「作者一再反覆描寫這件事本身似乎遠遠超出情節發展上的需要而是另有所指。」[59]對於這「另有所指」，須提出的問題是：這「惡」眼本身是否更有文化上的含義？這裡試圖在晚明的文化變遷的脈絡裡，即從性別與視覺及其認知系統兩方面指出，作者在向女性祭起傳統咒語的同時，卻無意中建構了「視力」的權威及其認知真理的神話，且偏偏體現在金蓮身上。在由西門與金蓮所體現的兩性關係上，小說更細膩、深刻地表現了二人在認知真理能力上的差別，其文學符碼已暗渡陳倉，在男女心知結構的層面上揭示了陰盛陽衰的徵狀，也即顛覆了傳統男女的尊卑秩序。在這一點上《詞話》具有相當的前瞻性，至少反映了當時的思想潛流。由於近時學者們的努力，使我們認識到晚明時期的性別文化出現歷史性變動。在文學舞臺上，不僅在小說中女子才情飛揚而凌駕鬚眉[60]，女性書寫的興起更模糊「公」、「私」及性別界域[61]，而《詞話》則體現了某種「性別美學」[62]，其敘事本身滲透「色」、「空」的演繹，卻調變

58　參 Naifei Ding, *Obscene Things: Sexual Politics in* Jin Ping Mei（Durham: Duke University Press, 2002）.

59　見蒲安迪著、沈壽亨譯，《明代小說四大奇書》，頁107。

60　參Keith McMahon, "The Classical 'Beauty-Scholar' Romance and the Superiority of the Talented Woman," in *Body, Subjects and Power in China*, eds., Angela Zito and Tanie E. Barlow（Chicago: the University of Chicago Press, 1994）, pp. 227-252. Shuhui Yang, "Female Superiority in the Sanyan," in *Appropriation and Representation: Feng Menglong and the Chinese Vernacular Story*（Ann Arbor: The University of Michigan, 1998）, pp. 132-144. 魏崇新，〈一陰一陽之謂道──明清小說中兩性角色的演變〉，見張宏生編，《明清文學與性別研究》（南京：江蘇古籍出版社，2002），頁1-18。

61　參 Ellen Widmer, "The Epistolary World of Female Talent in Seventeenth-Century China." *Late Imperial China*, Vol. 10, No. 2（December 1989）, pp. 1-34. 華瑋，《明清婦女之戲曲創作與批評》（台北：中央研究院中國文哲研究所，2003）。胡曉真，《才女徹夜未眠》（台北：麥田出版，2003）等。

62　參 Maram Epstein, *Competing discourses: Orthodoxy, Authenticity, and Engendered Meanings in Late Imperial Chinese Fiction*（Cambridge, Mass.: Harvard University Press, 2001）, p. 1.

「陰」、「陽」，震攝於驚艷之美，終於敷演了一個有關男性閹割的寓言。

　　確實，潘金蓮的「偷覷」在書中因果相尋，一環扣一環，不至毀滅不止，其間貫穿的一個主題是「控制」。小說從一開始就交代潘金蓮「專一聽籬察壁」，始終活躍著強烈的控制欲望，著重體現在那些描寫她與宋惠蓮、李瓶兒、吳月娘的殊死爭鬥的部份，即小說的主體部份。最初第十三回，西門慶和李瓶兒私通落到她的眼裡，略施手腕，就使西門俯首貼耳，凡屬床笫之事要向她匯報。第二十一回西門慶攬上宋惠蓮，又被金蓮撞見，遂專門對付惠蓮。二十三回裡她故意去藏春塢偷聽，聽到惠蓮在西門面前挑唆，於是與惠蓮勢不兩立，結果將她整死。第二十七回中，惠蓮屍身未寒，她在翡翠軒聽覷到李瓶兒懷孕，頓生醋意。第三十回中，與孟玉樓一起偷瞧瓶兒房裡，聽到孩子呱呱墮地，她如歇斯底里般咒罵瓶兒。第六十四回剛給李瓶兒做完五七，玉簫和書童偷情被金蓮發見，於是玉簫被收服，專為她偵伺月娘。六十五回西門慶收了如意兒早被她看見，又拿出手段使兩人聽命於她。第七十五回她聽覷到吳月娘說她想佔住漢子，連體面都不顧，她當場同月娘吵罵，至此兩人水火不相容。此時似乎上上下下都警覺起來，紛紛在月娘面前揭露金蓮「單為行鬼路兒」[63]，然而此時西門慶離死期不遠，妻妾們差不多要樹倒猢猻散了。

　　更深層的控制是通過床上工夫，對金蓮來說，「無非只要牢籠漢子之心，使他不往別人房裡去。」[64]西門慶兇神惡煞，但始終被潘金蓮所掌握。自從李瓶兒有了官哥，潘金蓮數次受辱，都是她暴露妒意，厲害得離譜。三十一回裡，玉簫偷酒給書童吃，引出失卻酒壺風波，結果潘金蓮借機中傷李瓶兒，在西門慶面前說，孩子滿月失壺不吉利，使他不高興，討了個沒趣。月娘房裡遺失金子，她又想栽到瓶兒頭上，西門慶幾乎要打她。即使如此，她也沒有失寵。西門慶要同王六兒尋歡作樂，去金蓮房裡拿「淫器」，說明她實際上控制著西門的欲望，在妻妾中獨有此特權。大約只有她最擅風月，床幃之中能征慣戰，無所不為，所以能栓住漢子的心。其實潘金蓮沒有被徹底妖魔化，她的控制動機是相當實際的，並

63　〔明〕蘭陵笑笑生，《金瓶梅詞話》，第75回，頁25下。
64　同上，第33回，頁3上。

非只是一架性機器。她要佔住西門慶，不必想獲得現代意義的愛情，而作為老
五，缺乏安全感，所以她想生個兒子，李瓶兒生了官哥，她妒嫉，必欲置之於死
地；聽到月娘有喜而焦慮加劇；向薛姑子買藥吃，算計吉日和西門慶同房；西門
搞上如意兒，她首先想到是否會生孩子。在作者的筆下，在世俗欲望的層面上她
的形象是相當真實的，骨子裡是個傳統而實際的女人。

　　從西門慶方面來看，什麼都順當，卻盛極而衰。這歸咎於他看不透潘金蓮，
當然不能完全歸罪於她，也是他自己恣情縱欲，一步步走向毀滅。他處事幹練，
專斷而圓滑，且我行我素，奉行一種徹底的物質主義，但獨獨在色上迷了真性。
相對來說金蓮工於計算，洞燭一切，正如小說所描寫，西門慶為色所惑，甚至到
後來人人知道金蓮是禍根，偏偏他不知。似非偶然的是，潘金蓮使用的語言特多
「眼」的意像。七十二回裡，她對孟玉樓說到如意兒的一段，也將西門慶一起罵進：

> 這淫婦還說：「爹來不來，俺每不等你了。」不想我兩步三步就扠進
> 去，說的他眼張失道，於是就不言語了。行貨子什麼好老婆，一個賊活
> 人妻淫婦！這等你餓眼兒見瓜皮，不管個好歹的，你收攬答下，原來是
> 一個眼裡火，爛桃行貨子，想有些什麼好正條兒！那淫婦的漢子，說死
> 了，前日漢子抱著孩子，沒在門首打探兒，還是瞞著人搗鬼，張眼兒溜
> 睛的。你看一向在人眼前，花哨星那樣花哨，就別撲兒改樣的，你看，
> 又是一個李瓶兒出世了！[65]

這些事情落入她的眼中，而她更注意別人的眼睛的活動。有意思的一處，孟玉樓
勸她別老是頂撞西門慶，她說：

> 你不知道，不要讓了他。如今年世，只怕睜著眼兒的金剛，不怕閉著眼兒的
> 佛。老婆漢子，你若放些鬆兒與他，王兵馬的皂隸，還把你不當合的！[66]

65　〔明〕蘭陵笑笑生，《金瓶梅詞話》，第72回，第4頁下。
66　同上，第35回，頁10上。

她不甘逆來順受，而是寸土必爭，事實上她信賴自己的觀察與判斷。「睜眼兒的金剛」，如果帶有她的身分認同的話，內中性別的代碼已被轉換。與此相映照，寫西門慶也富於眼睛的隱喻，生就「一雙積年招花惹草，慣細風情的賊眼」[67]。書中一再寫到他一見美色，便神不守舍。當初一見潘金蓮便是收了「三魂六魄一般」。一見到藍娘子，就「魂飛天外，魄喪九宵，未曾體交，精魄先失。」[68]他號爲「四泉」，因他的「小莊有四眼井之說」[69]，取號「四眼」意謂「心明眼亮」，希望自己更聰明，但他的形像令人聯想到「盲目」。且不說他出去常戴「眼紗」，在第五回中，王婆向他要一件東西，一般人家裡沒有，他說：「便是要我的眼睛，也割來給你。」[70]原來王婆要的是砒霜，建議他毒死武大。常言道，眼睛是心靈之窗，眼有所見心有所思，所謂「心之官則思」，思想是更高級的活動。而他心目相視，色欲相纏，遂有眼無心，色迷目亡，不是看不清自己，就是心知系統出了問題。

　　兩人同樣象徵「欲的凝視」，但呈現不同的心知和感覺結構。潘金蓮看來還是較健全的，統顧全局，耳目眾多，富侵略性，而西門慶是見色即迷、心知混亂的。二人之間的控制關係是一個越絞越緊的死結，儘管各自結局不同，共同的命運是毀滅。如果說表達「色」盡「空」來、「陰」盛「陽」衰之意，最觸目驚心的莫過於西門慶之死的最後一幕，春藥發作，潘金蓮縱欲不已，直至西門精液流盡，繼之血水，昏迷過去。值得注意的是對於他的性器官的描寫，也與眼睛的意象相聯繫：

　　　　那消一盞熱茶時，藥力發作起來。婦人將白綾帶子拴在根上，那話躍然而起。但見裂瓜頭凹眼圓睜，落腮鬍挺身直豎。婦人見他只顧睡，於是騎在他身上。又取膏子藥安放馬眼內，頂入牝中，只顧採搓。那話直抵苞花窩裡，覺翕翕然渾身酥麻，暢美不可言。又兩手據按舉股，一起一

67　〔明〕蘭陵笑笑生，《金瓶梅詞話》，第2回，頁6上。
68　同前註，第78回，頁28下。
69　同前註，第51回，頁15下。
70　同前註，第5回，頁6上。

坐。那話沒稜露腦，約一二百回。……這婦人趴伏在他身上，用朱唇吞
裏其龜頭，只顧往來不已，又勒勾約一頓飯時，那管中之精，猛然一股
邐將出來，猶水銀之瀉筒中相似，忙用口接，嗌不及，只顧流將起來。
初時還是精液，往後盡是血水出來，再無個收救，西門慶已昏迷過去，
四肢不收。[71]

《詞話》中不少性描寫直接源自《如意君傳》，此爲典型的一段。但值得注意的
是，西門慶的陽具「凹眼圓睜」、「馬眼」的擬人化意象卻爲《如意君傳》所
無。尤其是「凹眼圓睜」的描寫，在小說中至少出現四次，且大多出現在其後
期，無不伴之以恣狂的行房活動。當西門慶最具陽剛之時，已暗示他「油枯燈
盡，髓竭人亡」。在他臨終前一刻，已處於休克狀態，其陽具卻「挺身直豎」，
像一個雖敗猶榮的英雄，不肯倒下。如果說作者添油加醋，把眼睛生他的陽具
上，似乎也暗示他眼睛生錯位置而造成心知不全，即揶揄其盲目之意。此時「看
官聽說」再度現身，以慨歎「天下色慾無窮」、「女色坑陷得人有成時，必有
敗」作結，可說是作者在此關鍵處再度現身，發出其權威之聲，呼應書首「虎中
美女」的主旨。

七、餘論：「眼」的寓言與晚明視像文化

這一以目光爲核心的性別的隱喻，使人恍然若有所悟，原來整部小說也好像
是捉迷藏，而西門宅園也是作者的奇幻運思，猶如一座戲臺子，讓讀者俯視這一
虛構的微型世界，聚精會神目睹劇中人物互相窺覷，及紅鞋、金扇、酒壺等物時
隱時現，一幕幕錯金鏤彩的色慾世相、人性弱點令讀者震撼。在翻動書頁之際，
讀者不由得興味盎然地參與這場「見」與「不見」的遊戲。

小說中「偷覷」的表現與元明以來城市生活、隱私領域及文學商品化的歷史
發展有關，而《詞話》對視覺的敏感和重視，則涉及一種感知的結構與方式，對

71　〔明〕蘭陵笑笑生，《金瓶梅詞話》，第79回，頁9。

其歷史演變尚須作進一步研究。從這方面看，小說最初有關全書旨趣的一段話值得重視。在講了歷史上「英雄」與「美人」的生死糾葛之後說：

> 此一隻詞兒，單說著情色二字，乃一體一用。故色絢於目，情感於心，情色相生，心目相視。亙古及今，仁人君子，弗合忘之。晉人云：「情之所鍾，正在我輩。」如磁石吸鐵，隔礙潛通，無情之物尚爾，何況爲人，終日在情色中做活計者耶？[72]

這一段出自《清平山堂話本》[73]，但這番挪用作爲小說的「開宗明義」，意義非同尋常。不光像「情之所鍾，正在我輩」這一經典話語被巧妙地切入情潮泛瀾的晚明語境，這個「情色」論，融入了佛家的「色空」觀，整部小說以酣暢淋漓之筆寫盡「情色」之能事，而歸結於「幻化」[74]。從思想層面上說，風靡當時的是「情理」論，如湯顯祖、馮夢龍等無不捲入此思想爭端，而《詞話》作者似乎並不如此，儘管小說不乏道德訓誡，卻不以「理」立論。或者說，《詞話》本身已經排除了「天理」、「人欲」的論爭，而專注於情欲與色相，於是別開生面，在感知領域中作一番前所未有的探索與創獲。

克魯納斯（Craig Clunas）在《近代中國的圖畫與視覺》一書中，對《詞話》中西門慶找人爲死去的李瓶兒畫像的細節作了分析，認爲肖像畫的「似眞」觀念在17世紀中國與勃興的圖像印刷相關，對於藝術再現抱有「形似」現象世界的新「視法」，不同於傳統士大夫的「神似」的審美意識[75]。克魯納斯的研究富於前

72　〔明〕蘭陵笑笑生，《金瓶梅詞話》，第1回，頁1上。

73　Patrick Hanan, "Sources of The *Chin P'ing Mei*," pp. 33-34.

74　關於《金瓶梅》的「空」、「幻」主旨，自張竹坡至近代學者多所言及，如浦安迪指出，「『一切皆空』中的『空』這個字原來就是象徵它的反面觀念『色』——『色』是泛指塵世一切虛幻尤指情欲淫樂這種塵世的幻想。」見《明代小說四大奇書》，頁96；129-130。對於《金瓶梅》的「空」、「幻」作專題論述的，參廖肇亨，〈晚明情愛觀與佛教交涉芻議——以《金瓶梅》爲中心〉，見熊秉眞主編，《欲掩彌彰：中國歷史文化中的「私」與「情」——「私情篇」》，頁159-178。

75　Craig Clunas, *Pictures and Visuality in Early Modern China* (Princeton: Princeton University Press, 1997).

驅性，有利於與結合探討感知思想與視覺文化的課題。視像和文字一樣同屬傳媒仲介，而語言訴諸視像，在感知的層面上使視覺擔任主角，不僅造成心知世界中感官之間的秩序變動，也必然影響到對現象世界作藝術再現的視點及觀照方式，而在思想史脈絡中更捲入社會機制和權力的關係[76]。像《詞話》那樣建構了一個「視力」的迷思，與小說的寫實風格相一致，在敷演佛教的色空主題時，卻對現象世界作了「形似」的再現。對於日常世界「物欲」的重視無疑是晚明思潮的主流之一[77]，從形而上的層面上看，從王陽明「心學」到劉宗周聲稱「盈天地間皆

---

76 19世紀尼采批判了歐洲哲學受「視域」（vision）統攝的特徵。20世紀中葉阿倫特（Hannah Arendt）亦指出西方思想傳統從一開始就以「看視」爲中心。近二十年來，在歐美有些學者提出「西方視覺中心主義」而引起討論，在哲學史、思想史框架中結合「現代性」問題作探討的，可參論文集 *Modernity and the Hegemony of Vision*, ed., David Michael Levin (Berkeley: University of California Press, 1993). 馬丁‧傑主張把這一視像中心的「現代性」看作是多重思想脈絡和多重空間表現的，參Martin Jay, "Scopic Regimes of Modernity," in Hal Foster, ed., *Vision and Visuality* (Seattle: Bay Press, 1988), pp. 3-23. 在西方「再現」理論的參照中論及中國文學理論與視像問題的，參Stephen Owen, *Traditional Chinese Poetry and Poetics: Omen of the World* (Madison: The University of Wisconsin Press, 1985), pp. 20-23; 又*Readings in Chinese Thought* (Cambridge, Mass.: Harvard University Press, 1992), pp. 19-22. Pauline Yu, *The Reading of Imagery in the Chinese Poetic Tradition* (Princeton: Princeton University Press, 1987), pp. 37-43. 關於唐宋題畫詩中「寫眞」與「寫意」及審美意識的研究，見衣若芬，《觀看‧敘述‧審美──唐宋題畫文學論集》（台北：中央研究院中國文哲研究所，2004），頁89-138。涉及小說的視像表現與現代文化變邊的，參陳建華，〈「乳房」的都市與革命烏托邦狂想──茅盾早期小說視像語言現代性〉，哈佛燕京學社、三聯書店主編，《理性主義及其限制》（北京：三聯書店，2003），頁281-334。

77 商偉認爲《詞話》具一種「百科全書式敘述體」，與晚明時期的日用類書有密切關係，有助理解此小說的構成與城市生活、印刷文化的複雜關係。參Shang Wei, "'*Jin Ping Mei*' and Late Ming Print Culture," in *Writing and Materiality in China: Essays in Honor of Patrick Hanan*, eds., Judith Zeitlin, Lydia Liu, and Ellen Widmer (Cambridge, Mass.: Harvard University Press, 2003), pp. 187-238. 文震亨的《長物志》反映了晚明士人對「物」的新認識，對這一文本聯繫晚明物質文化及商業背景作研究的，參Craig Clunas, *Superfluous Things: Material Culture and Social Status in Early Modern China* (Urbane and Chicago: University of Illinois Press, 1991).另參毛文芳，《物、性別、觀看──明末清初文化書寫新探》（台北：臺灣學生書局，2001），頁57-146。從晚明的「感性」（sensibility）對《長物志》及文人收集癖好、鑒賞等文化現像作了富於灼見的探討的，見Wai-yee Li, "The Collector, the Connoisseur, and Late-Ming Sensibility," *T'oung Pao* LXXXI (1995), pp. 269-302. 值得注意的是文中涉及「役於

物也」，可見思想風氣的變動，更不消說李卓吾等人主張「率性而行」了。如果說物質生活的多姿多彩、世務的愈益繁劇乃至文化生產的商品化不僅鼓勵賞心悅目，而且社會發展更呼喚某種韋伯式的理性化機制，那麼視覺得到重視而出現世界「觀」轉型，大約也是順理成章之事。

《詞話》出色見證了小說形式如何在深邃的文學河床裡展開其自身行進的軌跡。「偷覷」擔任倫理和美學的雙重職能，以「視點」組織其敘事肌理，在敘述方法上出現了由全知向限知的歷史演變，雖然尚屬初步的、有限的演變。作者浸潤於晚明思潮，恣意炫耀色相，盡賞心悅目之能事，卻洞察人情幽微、鳥瞰家國興衰，其間始終伴隨色空陰陽之間的緊張。在且喜且懼地對感知和人情世界作出奇不意的探索之時，意識到傳統價值受到的威脅，從而表現出道德的焦慮[78]。詭異的是，小說將潘金蓮貼上「惡」的標籤並代表這樣一種「視力」，而西門慶竟是個受害者，正反映了兩性角色的變動，體現了作者的歷史洞見。

這部「奇」書或可讀作一部「眼睛」的寓言。本文顯然支持了那種《詞話》為閱讀公眾而創作的說法，至於小說體現了視覺方面的獨特感受，也可為作者搜索提供某種參照。這使我想起法國作家巴塔耶（Georges Bataille）——對文學中「惡」的表現亦具深刻體驗者——曾寫過一本小說《眼的故事》，初版時使用筆名，至第四次重版時方用了真名[79]。我不由得發生遐想：或許某日在一個冷攤上發見由這位中國怪傑寫的《眼的故事》，給世人一個驚喜。

（續）
物」、「凝神」等問題。關於《詞話》中「欲」的物質性，參Martin Huang, *Desire and Fictional Narrative in Late Imperial China*, pp. 86-110. 本文指出《詞話》體現了晚明時期對「物欲」和「看視」的重視，而這兩者的關係須在思想脈絡中展開討論，涉及從「理學」到「實學」的轉型及「三教合一」等複雜問題。最近有的學者將晚明佛學同現像學作比較研究，雖然並不涉及思惟與感官的關係。參倪梁康，〈唯識學與現像學中的「自身意識」與「自我意識」問題〉，《中國學術》11輯（2002年3月），頁62-88。

78　對於晚明春宮畫流行而引起道德恐懼的討論，參Craig Clunas, *Pictures and Visuality in Early Modern China*, pp. 149-171.

79　Georges Bataille, *Story of the Eye*, trans., Joachim Neugroschel（San Francisco: City Lights Books, 1967）, pp. vii-viii.

第四章

「忖度予心，百不失一」

論《桃花扇》評本中批評語境之提示性與詮釋性

王璦玲（中央研究院中國文哲研究所）

一、關於文學評點、詮釋與接受之理論思考

　　明自中葉以降，文學研究中「評點之學」日趨興盛，當時許多知名文人，如李贄（1527-1602）、陳繼儒（1558-1639）、馮夢龍（1574-1646）、孟稱舜（1600？-1655）等，皆熱衷於此一批評形式，將評點學的範圍，從詩、文擴展至於小說、戲曲。尤其隨著中晚明傳奇、雜劇作品的大量增加，戲曲評點更是蔚然成風。影響所及，凡有新的劇本問世，幾乎就立即有評家為之批點，並透過刻印出版，與舞台演出一起流行於坊間，成為中國文學史與批評史上一種奇特的局面[1]。一般而言，戲曲評點的呈現方式，包括序跋、小識、凡例、總評、題詞、讀法、眉批、夾批、總批、圈點、評註、集評，甚至音釋、箋注等形式；所論及之範圍，大而至於全劇或整齣，小而至於一句、一詞，甚或一字。其內容大抵屬於鑑賞批評，但也偶有一二精彩的創作論與表演藝術論。而評點本的廣為流傳，在相當程度上，亦使戲曲的傳播與接受方式，從以舞台演出為主，轉變為「演出」與「書籍傳播」並重。換言之，「讀劇」與「觀劇」成為戲曲傳播與接受過程中，同樣普遍的方式，亦使「戲曲品賞」成為一種文化風尚。

　　「評點」之成為中國文學發展過程中一項慣常採用的批評方式，有其特殊的

1　關於明代戲曲評點，可參考朱萬曙，《明代戲曲評點研究》（合肥：安徽教育出版社，2002）。

詮釋的特徵；最顯著的，就是其策略上所展現的「時間性」（temporality）、「散漫性」（randomness）與一種屬於視點之「游移性」[2]。除此之外，「正文」與「評點」兩者結合的展現形式，對於讀者而言，亦能產生特殊的審美效應。這些評語，除了展現文評家對文本的個別／集體理解與詮釋之外，在最佳的情況下，甚至成了經典式、典範式化的讀法，成為後世最風行，或唯一通行的版本。由於這些評點產生自特定的歷史、社會、文化脈絡，故其所表現出的批評原則，若不是符合當時的文化氛圍、文化環境，就是呈現出一種意欲指引、教導評點者心目中的讀者如何從事文學鑑賞與文本詮釋的企圖。當然，就接受史的觀點來說，不

2　文本的背景資料與組織策略是逐漸開展的，無法在任何一個單一的閱讀時刻中完全掌握，所以讀者與文本的互動中，「時間」扮演著必要的角色。「閱讀」是在時間中發生的事件，是個歷時的過程，而且由文字媒介所呈現；「閱讀行為」就是讀者對於文本的連續性處理。當然，文本的特色既然是其不定性，因而需要「讀者的想像來賦予形式，使文句的順序在結構上預現出各個連結之間的互動」。（參見Wolfgang Iser, "The Reading Process: A Phenomenological Approach," *The Implied Reader: Patterns of Communication in Prose Fiction from Bunyan to Beckett*〔Baltimore: The Johns Hopkins University Press, 1974〕, p. 277.）讀者涉入閱讀的時間之流，無可避免地對未來的文本產生期盼，並產生部分的實現與不斷地修正與再期盼。事實上，在此閱讀過程中，讀者一直擺盪於「牽扯」與「超然」、「介入」與「旁觀」、「形成幻覺」與「破壞幻覺」之間。而讀者從一個文本視角游移，轉換到另一個文本視角，形成一種游移觀點（wandering viewpoint），此種游移觀點把文本切割成不同的方面，讀者在這些不同觀點間轉換，強迫自己去綜合文本。（參見Wolfgang Iser, *The Act of Reading: A Theory of Aesthetic Response*〔Baltimore: The Johns Hopkins University Press, 1978〕, pp.108-118.）讀者在文本不斷變換的視角之間游移之際，力圖將文本的各個片斷拼合成一幅完整的圖像，如此一來它的理解行為就「結構化」了。當讀者的觀點在文本的片斷中游動時，他專注於某一視角就會構成一個主題（或前景），而其他視角則成為視域（或背景）。如果他繼續游動，先前的主題就會變成視域。好比旅遊者在旅途中穿越不同的視角，變換著主題與視域，這些都是由讀者不間斷的想像所完成的。讀者把這些片面加以組織並解釋它們之間的聯繫，這種持續彌補斷裂的活動最終會形成一種綜合，我們稱之為「理解」或「意義」。總之，游移觀點作為文本與讀者之間的轉折，可以說連結了文本相對客觀的「互為主體性結構」與讀者對文本的主觀性實現。讀者在閱讀過程中綜合並理解他所處理的材料，並通常對文本形成一個概略的看法，而在此閱讀過程之後，讀者建立了一個不同的、超越的建構──因為它不僅是與任何特定閱讀時刻的任何特定產物有所區別的建構，而且也是綜合所有文本視角，超乎任一文本角度之上的建構。對文學批評家來說，這個建構的結果所產生的「一致性完形」（consistent gestalt）就是他對文本的「詮釋」。（參見Wolfgang Iser, *The Act of Reading*, pp.120-121.）

僅這些評點本在文學史上的流通與風行值得研究，倘若它們竟也在歷史的某一時間點之後完全銷聲匿跡，這些現象的產生原由，亦同樣應予重視。

而值得注意的是，在中國文學發展史上，一種文類的經典名著，由於它長時期被不同時代的讀者，以各自的審美角度去經驗著，同時又不斷被文學的研究者加以反覆地詮釋與批評，因此這段經典被轉化、傳播與接受的歷史，更易成為此項研究的重點。對於中國傳奇的戲劇文類而言，類如《西廂記》、《琵琶記》、《牡丹亭》、《長生殿》、《桃花扇》等經典劇作，皆是其中值得關注的焦點。有趣的是，通常在作者完成其宏觀鉅製後不久，這些劇作往往即刻被加以詳細地批註，甚且在劇作與評點之間，亦似乎有相當程度的對話與呼應。這使得作品在刊行之始，就被「作者」與「讀者」以不同的兩個角度加以理解與詮釋。

在此我們可以用「理解」與「詮釋」兩詞加以討論：所謂「理解」（understanding），在理想的狀態下，是透過邏輯思維對於作品的一種「認知」，這種「認知」採用了「分析」與「比對」的方法，並透過規範性的語言對「認知」活動的進行與結果加以表達；至於「詮釋」（interpretation），則是站在一個整體觀看的角度，對於文本作出屬於「意義」層面的整體性論述。也正因為「詮釋」是作者、文本與讀者相互作用的過程，文學作品經常是以間接的隱晦的方式表現語言「能」、「指」間的潛在關係。而這種表現方式，須受到文學形式本身與文學規範的制約，讀者只有通過積極參與而非被動的閱讀，才能避免對文本產生幼稚或膚淺的見解。故「詮釋」正是這種積極參與的有效憑證，讀者可以藉助對文本的詮釋，達到語言「能」、「指」間潛在關係的實現，並可以藉助對文本的詮釋，感受作者通過作品對自己施加的某種約束力量。同時亦可以衝破這種束縛，將「作品」變成作者、文本與讀者共同創造意義的遊戲場。

關於理解與詮釋，當代詮釋學家伽達默爾(Hans-Georg Gadamer)認為理解活動是人的根本與存在方式，肯定了人的理解的歷史性。而「歷史性」與「有限性」乃是人類「存在」與「理解」活動的基本事實。為了說明理解的過程與實質，伽達默爾提出了所謂「視界交融」(fusion of horizons)的概念[3]。所謂「視界」

3　Cf. Hans-Georg Gadamer, *Truth and Method* (London: Sheed & Ward, 1975), pp. 273, 337.

(horizon)，對於有意理解者言，指的是一種寬廣而超越的視野。當人學會超越眼前所見，而非僅是從遠距反觀，並開拓了具有更為完整與真實比例的視野之時，即可稱為獲得了一種「視界」。伽達默爾認為，在認識論的範圍內，作為認識主體的人，與作為認識對象的文本（即人類生活於其中的整個世界），都內在地、固有地鑲嵌於時間與歷史之中，所以全部認識與理解，包含著三個內在固有的歷史性因素：一、理解前業已存在的社會歷史因素；二、理解的對象之歷史構成；三、由社會實踐決定的倫理價值觀念。依照他的說法，一切解釋者與解釋對象，都受到「歷史」的制約，任何理解與闡釋，也都必然地受到「歷史性因素」的制約，這就難免形成了「偏見」。由於這種「偏見」是特定歷史條件的產物，是人們理解活動得以發生的現實前提，是任何人都不可避免的，因而是「合法」的。人們正是通過這種「合法的偏見」，進入世界，展開理解活動的。伽達默爾指出：「我們存在的歷史性產生著偏見。它實實在在地構成我們全部體驗能力的最初直接性。『偏見』即我們向世界敞開的傾向性。」此種「合法的偏見」，不但是「合法的」，而且是理解的積極因素；它為解釋者提供了一個理解的特殊的歷史「視界」。理解的任務，絕不是、也不可能去複製、復原文本的原義，而是從「合法的偏見」，即現有的視界出發，以對對象的一種「生產性態度」來解釋對象，是一種生產性的再創造。一切已在的「文本」，都是歷史傳統的產物，都代表著某一種過去的視界。解釋者個人，則代表著現在的視界。理解的過程是，解釋者帶著自己的偏見去理解對象（文本），並不斷地使原有的偏見受到檢驗與修正，以達到兩者之間的交融[4]。交融的結果是，理解者與理解對象，都超越了原有的視界，而達到了一個新的視界。

對「歷史」的詮釋過程，實際上也是如此：一般而論，「歷史」與「現實」之間，雖存在著時間鴻溝的斷裂，也存在著內在意蘊的某種關聯；但是，在歷史與現實的兩端，各存在著受特定的歷史因素制約而向世界敞開的「視界」。當現代人企圖去詮釋歷史時，他往往是立基於當代意識的「視界」，在理解歷史的過程中發生了歷史與現實視界的「雙向」交融：一方面，現代人從當代意識出發，

---

4   *bid.*, pp. 238-245.

對歷史作出不同於過去時代的新的理解與詮釋，努力把握與發掘歷史的深層意蘊，析理出歷史留存在當代現實意識的部分，以及那些隨時代而消逝的外在部分；另一方面，他所把握到的歷史意蘊，將反過來啓發現代，使得當代意識能不斷地充實、擴大其原有的「視界」。在這不斷的「雙向」交流過程中，現實的視界與歷史的視界產生了某種程度的融合。此種融合的經驗，使現代人（識知者）對原有的歷史性與現實性的理解，開展了一個新的向度，亦即修正或超越了他最初的「偏見」。而此種經驗，則保證了所有的發現，都具有相互主體性（intersubjectivity）[5]。在這裡，「歷史」已不單純是過去時代的記載，「現實」也不是尚未與歷史聯繫之前的表面的觀察。「歷史」已經是獲得當代現實理解的歷史，而「現實」，則是擷取了歷史內在生命意蘊的具有厚重歷史感的現實了。如此一來，在歷史與現實的雙向交融中，歷史獲得了深入的詮釋。

針對閱讀行爲與詮釋之關係，在詮釋學基礎上發展出來的接受美學理論，如伊瑟（Wolfgang Iser）的理論，嚴格區分了文學「作品」與文學「文本」。他認爲「閱讀」包含一種文學作品結構與接受者之間的相互作用，亦即是：作家創造了文本，但文本只提供了某種文學性與文學價值得以實現的「潛在可能結構」。這種文學性與價值的實現，有賴於讀者的創造性閱讀；而正是透過讀者的審美閱讀，文本所包含的潛在的可能性得以現實化或具體化，從而使「文本」呈現爲「作品」。文學作品作爲讀者的審美對象，並非僅是一客觀的，指稱外在現實的文本，而是在讀者閱讀文本時與文本交互作用而形成的一個創造性的綜合體。作品的「意義不確定性」與「意義空白」促使讀者尋找作品的意義，從而賦予他參與作品意義構成的權利。這種「意義不確定性」與「意義空白」，使得作品存在一種依附於文本的「召喚結構」（structures-of-appeal），這是文本中召喚讀者參與作品意義之共同創造及審美對象之共同建立的內在結構[6]。換言之，「意義」既不能在讀者主體，也不能在文本客體中直接把握與直接呈現。讀者一方面遵循著文本的模式，進行文本解讀；另方面，則可以以某種方式依個人的詮釋，來塡補

5　*bid.*, p. 219.

6　Wolfgang Iser, *The Act of Reading: A Theory of Aesthetic Response*, pp. 165-167.

空白。文本所提供的是「提示」或「指示」，而讀者所進行的，則是一種具有「意向性」的意義詮釋。此過程中，必然產生讀者閱讀文本時對文本的可能的共同經驗，與必然存在的詮釋差異。而也正是這種意義的「不確定性」，與其中存在的「空白」，使得作品所面對的閱讀大眾，隱含了「多樣化的讀者」。

由於考量到「閱讀」所容許的詮釋差異，伊瑟提出了一個重要的概念，即是所謂「隱含的讀者」(the implied reader)[7]。「隱含的讀者」這個概念的意指，包含著「文本的」與「經驗的」兩方面：就「文本的」一面而言，它指的是「一種召喚反應的結構網絡，驅使讀者去把握文本」[8]；而就「經驗的」一面言，這種反應的可能，必須藉具體的「讀者閱讀」，加以實現。伊瑟在理論上，透過這個概念，把「文本潛在意義的先期結構」與「讀者在閱讀過程中對這種潛在意義的現實化」結合起來[9]，藉以區別與劃分「讀者作為文本結構的角色」與「讀者作為結構行為的角色」[10]。

伊瑟還強調「閱讀文本」既然包含了「理解文本」，或「理解文本尋求傳達的是什麼」，所以也應是「一個語言的行動」(a linguistic action)，其中的三要件即是：文學文本研究的「背景資料」(the repertoires)、「組織策略」(the strategies)與「實在化」(the realization)[11]。「背景資料」由歷史的、社會的、文化的典律，與文學典故組成，也就是「文外的現實」(the extratextual reality)；其特徵為基礎性。而當我們把這些成分從原先的脈絡(context)中挑選、抽離出來

7　Wolfgang Iser, *The Implied Reader: Patterns of Communication in Prose Fiction from Bunyan to Beckett*, p. xii.

8　Wolfgang Iser, *The Act of Reading*, p. 34.

9　Wolfgang Iser, *The Implied Reader*, p. xii.

10　Wolfgang Iser, *The Act of Reading*, p. 35. 伊瑟對於「隱含的讀者」這種複雜的辯證策略，雖使得伊瑟著作中在涉及概念的「現象學讀者」與「經驗的」或「歷史的」讀者之間的區別時，變得模糊，如Elizabeth Freund即指出：「這個定義還迴避了一個問題，即究竟哪種讀者決定著文學意義的生產。也許這就是用隱含的讀者概念來說明這個模式，特別是說明制約文本——讀者相互作用的條件，不能盡如人意的原因。」但此種依文本的「制約作用」而定義的理念化讀者，雖與實踐中的「讀者」意義不同，仍有它在理論上存在的必要。參見Elizabeth Freund, *The Return of the Reader: Reader-response Criticism* (London, New York: Methuen, 1987), p. 144.

11　*Ibid.*, pp. 68-69.

時，並未完全切斷其舊有的關連。至於把它們移植入文學文本的這個動作，則把它們放進新的脈絡，在其中勢必產生新的關連。不同的連結背景資料的方式——亦即文本策略(textual strategies)，同時亦創造出新的關連與意義[12]。大體而言，「組織策略」的作用有二：首先，是結合來自歷史、社會典律與文學傳統的材料，並結合「各種不同視角所形成的整體系統」（其中最明顯的就是「敘事者」、「角色」、「情節」、「讀者」等四個視角），用以激發讀者自己的組合，從而建構文本的意義。而此建構方式，是「由他在閱讀的時間之流中變動不居的角度來決定」的。其次，是為讀者自身建立一個閱讀時的「對等系統」，以此對等系統來「作為超越性的有利角度，能看穿所有被形成的立場」[13]。

接受美學對於「閱讀」與「文本」間關係的分析，提醒我們面對文本時，應同時意識到「文本的閱讀」這個行為本身的存在，而「文本的閱讀」及「文本閱讀之可能」，亦同時成為我們分析之對象。如果詮釋學成為增進批評研究法之一種發展方式，我們對於「文本閱讀可能」中讀者之理解與詮釋的條件差異，也就有了新的關注。尤其在接受史的研究中，對於特定時點上具有「文學能力」(literary competence)[14]的評論者，他們在成為一「有知識的讀者」(the informed reader)[15]的身分時，他們所建立的「可操作的」一致性觀點為何？更是一極關重要的觀察重點。這種研究對於詮釋理論的建構，可以提供重要的範例。而也就在這種新的需求下，中國以「批註」方式結合文本的「評點作為」，成為可以運用詮釋理論加以分析之絕佳題材。

然而所謂「理想的讀者」畢竟是可遇而不可求的，因此接受美學理論家姚斯(Robert Hans Jauss)所強調的，以一個具有研究基礎的評者來說，除了初級的「感知性閱讀」(perceptual reading)[16]之外，他常是盡可能先對文本預作議題式

12　*Ibid.*, p. 70.

13　*Ibid.*, p. 99.

14　Jonathan Culler, *Structuralist Poetics: Structuralism, Linguistics, and the Study of Literature* (Ithaca: Cornell University Press, 1975), pp. 113-130.

15　Stanley Fish, *Is There a Text in This Class? The Authority of Interpretive Communities* (Cambridge: Harvard University Press, 1980), p. 48.

16　Cf. Hans Robert Jauss, trans. by Timothy Bahti, *Toward an Aesthetic of Reception*

的分析與理解後，繼而才進行一種作品意義之整體性的掌握與詮釋。他不先預設自己為「理想的讀者」(ideal reader)，而是設身處地在當代的教育視界內扮演一個「歷史的讀者」(historical reader)的角色。所謂「歷史的讀者」，是指讀者面對作品時，將自己從初級的「感知性閱讀」提昇至理性的「詮釋性閱讀」(interpretive reading)的兩級閱讀體驗與評價，作一番細緻的描述。這一「歷史的讀者」的角色，應先假定：人們是在他們的具體環境中去經驗作品，但他又可以從一開始就將自己的文史或語言學能力放置一旁，用閱讀過程中「偶然的驚奇的能力」取代之，並且用「問題」的形式將這一驚奇表現出來。這是第一層閱讀，即「感知性閱讀」。然後他再扮演一個「具有學術能力的評論家」，他能夠加深僅把理解侷限於愉悅形式的讀者的審美印象，並盡最大可能訴諸具有審美效果的文本結構。這是第二層的理性的「詮釋性閱讀」。第二層閱讀將第一層閱讀之審美印象加以深化、提高，並進而理性地探討產生這些審美效果的作品文本結構，以揭示文本魅力的內在原因[17]。

二、《桃花扇》之創作、演出與孔尚任的讀者意識與批評意識

　　在戲曲發展史上，一般論者皆以孔尚任(1648-1718)之《桃花扇》，為歷史劇作中體現「合實」精神的作品[18]，而且此種「真實」，乃是「詮釋」意義的真

（續）

(Minneapolis: University of Minnesota Press, 1982), pp. 139-148.

17 *Ibid.*

18 孔尚任之後，重視「實錄」原則的作家仍不斷出現，如乾隆年間董榕創作描寫明末秦良玉、沈雲英二女事跡之《芝龕記》，作者自云「所有事跡，皆本《明史》及諸名家文集、志傳，旁採説部，一一根據，並無杜撰」，「記中極小人物，皆無虛造姓名」；而蔣士銓之作《四絃秋》，則演白居易〈琵琶行〉故事，自謂「乃剗劃詩中本義，分篇列目，更雜引《唐書》元和九年、十年時政，及《香山年譜・自序》，排組成章」，與〔元〕馬致遠《青衫淚》、〔明〕顧大典《青衫記》傳奇大異其趣。上引參見〔清〕董榕，《芝龕記・凡例》，蔡毅編著，《中國古典戲曲序跋彙編》(濟南：齊魯書社，1989)，第3冊，頁1715；〔清〕蔣士銓，《四弦秋・序》，《蔣士銓戲曲集》(北京：中華書局，1993)，頁185。

實，亦即屬於所謂「藝術的眞實」。事實上，考慮歷史劇的藝術虛構問題，先要意識到歷史劇必須「對歷史作出詮釋」的本質性規定，乃是歷史劇創作的一切問題的核心，或說前提。唯有理解此一前提，任何關於所謂「必要的虛構」之討論，方始具有一可以依據之支撐點[19]。

對於歷史作出詮釋或批評，或加以主觀的變造，是歷史劇創作時的常態方式，而其中的藝術虛構，是爲了創造某種藝術形式，形成某種藝術氛圍，以求達到有利於其根本目的的完成。由於事物本身往往不能完整地說明與解釋自己，它必須以其他事物作爲自己的參照，因此對現實中「未來」的說明，最有效的途徑，是借助於歷史。時間跨度的擴展，可以增加主體與對象之間的距離，主體由此獲得認識上的超越——超越對對象的依附感，而進行跨時空的觀照。以歷史事件爲題材的作品所展示的藝術世界，與藝術家立足於現實的主觀認識，二者構成一個歷史過程，在此一過程中，可以從動態的角度，觀察人們的心態性格，與歷史性進程的變化演進。於是「局部」與「全部」、「歷史」與「現實」就無須說明地存在著相互闡釋與發微的關係。而以此意圖與方法產生的「史傳式」結構，有其十分獨特的特徵，那就是歷史敘事的「三重時間結構」(ternary temporal structure)[20]。亦即「由過去邁向現在的時間」、「由現在朝向過去的時間」，以及「永恆的現在」。孔尚任《桃花扇》傳奇所展示的南明興亡歷史，與孔尚任的現實感受二者之間，就構成了這樣三重意蘊豐富的詮釋空間。而在「現在」視界與「過去」視界的融合上，孔尚任的《桃花扇》傳奇更是達到了前人所未企及的境界[21]。

---

19 參見拙著，〈明末清初歷史劇之歷史意識與視界呈現〉，收入胡曉眞主編，《世變與維新——晚明與晚清的文學藝術》（台北：中央研究院中國文哲研究所籌備處，2001），頁189-300。

20 參見Nicola King, "Present Imperfect Translation: Ronald Fraser's *In Search of a Past* and Carolyn Steedman's *Landscape for a Good Woman*," *Memory, Narrative, Identity: Remembering the Self* (Edinburgh: Edinburgh University Press, 2000), pp. 36-42。

21 如前所說，當人獲取一種「視界」，意謂他已學會超越眼前所見，不是從遠距反觀，而是開拓了具有更爲完整與眞實比例的視野。歷史故事或歷史題材作爲一種歷史產物，都代表著一種過去視界，即歷史視角的理解；而以此爲題材的劇作家理解，則代表了現在視界，兩者是不同的。理解歷史的任務不是，也不可能是復原歷

　　《桃花扇》係完成於康熙三十八年(1699)，乃是孔尚任在蒐集了大量的史料，經過十餘年的準備與醞釀後，所創作出來的典型歷史劇作。劇中所寫的人與事，均有史實依據。由於本劇反映的是剛剛過去，還未從當時人們記憶裡消逝的一段真實的歷史，故極容易引起人們的興趣。因此，《桃花扇》於康熙四十七年(1708)由介安堂首度刊行，康熙年間及隨後，又有多種版本流傳。值得注意的是，該本除了每齣均包括眉批與總評，劇本前後更為眾多序跋、題詞等不同後續文本所包圍，顯示孔氏此劇之受文壇重視，在文人圈裡廣為流傳。如卷首有顧彩的〈序〉，作者本人的〈小引〉，與田雯、陳于王、王苹、唐肇、朱永齡、宋犖、吳陳琰、王特選、金埴等人的〈題詞〉，以及作者的〈凡例〉、〈綱領〉等。而書後有作者的〈砌末〉、〈考據〉、〈本末〉、〈小識〉，及黃元治、劉中柱、李柟、陳四如、劉凡、葉藩等人的〈跋語〉，吳穆的〈後序〉等[22]。這批文本的作者對於《桃花扇》劇本表達了多元的品賞與評論意見，顯示出劇本在刊行之前，透過傳抄、閱讀、演出、觀賞、傳播與刊行的過程，很可能融合了讀者、觀眾與評者的反應[23]。事實上，文人藉著向社會名流、文壇耆碩求贈序、跋、題詞，以提高自身作品的文學聲譽與社會地位，甚至藉此在市場上自我推銷，這在清初文壇乃文人交往之常事。有趣的是，作者不僅邀請名人同好贈序題詞，他還大張旗鼓地撰寫了〈小引〉、〈凡例〉、〈考據〉、〈綱領〉、〈本末〉、〈小識〉與〈砌末〉等，洋洋灑灑，層層相因，形成了某種「批評語境」，表達了完整的創作理念與藝術構思；這顯示作者不僅創作劇本，還身兼類如導演、製作人、批評者，甚至預設讀者／觀眾等多重角色，點出許多編劇、導戲、製作甚至讀劇／觀劇的「戲劇學」理念與表演藝術指導原則，具有高度的

(續)
　　　　史，而是以一種發展與辯證的態度來解釋歷史，這是一種生產性的再創造。因此理
　　　　解的過程實質上是歷史與現實的交融，亦即過去視界與現實視界的交融。這就是
　　　　Gadamer所謂「視界交融」的概念。參見Hans-Georg Gadamer, *Truth and Method*, p.
　　　　273, 337。部分意思已見正文。
22　參見〔清〕孔尚任，《桃花扇》，收入《古本戲曲叢刊五集》(上海：上海書店，
　　　1986，據北京圖書館藏清康熙刊本影印)。
23　參見楊玉成，〈小眾讀者：康熙時期的文學傳播與文學批評〉，《中國文哲研究集
　　　刊》第19期(2001年9月)，頁78。

「批評意識」與「讀者／觀眾意識」。可以說，這些批評意識與讀者意識在相當程度上，已經「內化」（internalize）在孔尚任的創作意識中[24]。而這種「觀賞」與「批評」的傳統對於個別劇作家而言，雖是個別承襲，有其屬於個人視界之差異性，但這種個人視界的存在樣態，透過一種與特定讀者的「即時性對話」，則可因雙方主體的互動，產生基於「相互主體性」（intersubjectivity）而證明之客體。這種思維客體可以作爲研究者說解作者對於自身作品之主觀期待，與依此而引生之創造思維。

值得注意的是，《桃花扇》康熙四十七年介安堂原刻本中，各齣雖均有眉批與總批，該本只標示了劇本爲「云亭山人」所編，至於批語出於何人之手則未見標明，後來各種翻刻本均依此本。晚清名士李慈銘（1829-1894）認爲批語應是孔尚任（1648-1718）自己所撰。李氏在光緒十二年（1886）十二月初三日的《越縵堂日記》中說：

> 國朝人樂府，惟此（按：指《長生殿》）與《桃花扇》足以並立，其風旨皆有關治亂，足與史事相禪，非小技也。《桃花扇》曲白中，時寓特筆，包愼伯能知之而未盡。其序及評語，皆東塘自爲之。[25]

而一九二五梁啓超所校注的《桃花扇》一書書首所附〈著者略歷及其他著作〉亦指出：「本書中的老贊禮爲云亭自己寫照」，「眉批是云亭經月寫定的」[26]。現今學界依此考證，亦多認爲《桃花扇》批語乃出自孔尚任本人[27]。孔氏在《桃花扇‧本末》中曾提及這些批語：

---

24 同上，頁80。

25 〔清〕李慈銘，《越縵堂日記》，第47冊，《荀學齋筆記》（上海：商務印書館，1920年影印原稿），頁39a。

26 梁啓超，《桃花扇注》（北京：北京出版社，1999），頁3。

27 如吳新雷，〈《桃花扇》批語初探〉，收入章培恒、王靖宇主編，《中國文學評點研究論集》（上海：上海古籍出版社，2002），頁447-450。葉長海，《中國戲劇學史》（板橋：駱駝出版社，1993），頁459。

讀《桃花扇》者，有題詞、有跋語，今已錄于前後。又有批評，有詩歌，其每折之句批在頂，總批在尾，忖度予心，百不失一，皆借讀者信筆書之，縱橫滿紙，已不記出自誰手。今皆存之，以重知己之愛。至于投詩贈歌，充盈篋笥，美且不勝收矣，俟錄專集。[28]

作者聲稱批語乃出於「借讀者信筆書之」，並謂「已不記出自誰手」，但對於「縱橫滿紙」的批語，無論是句批、總批，孔氏都認為是「忖度予心，百不失一」，堪稱為「知己」。作者這番話有兩種解讀的可能：一是作者所言屬實，批語乃出自抄本讀者所撰，這些讀者多半是作者熟識之友人，他們作為抄本的第一批讀者，而批語即是經過這些人傳閱，輾轉批點，再經整理抄錄而成，因此未署名評者為何人。有趣的是，細讀評語，會發現批語之間有「對話」的痕跡[29]，甚而偶有矛盾，顯示評點者之間還曾出現彼此間的辯論，乃至「評點之評點」，層層評論的現象。而另一種可能，則是作者此言純屬假託，批語真如前述李慈銘、梁啓超等所臆想，乃是孔尚任自評之作。設若如此，則所謂「評點」之間的對話、矛盾與辯論，便應另以一種不同的眼光視之。當然，就古今創作者而言，這種自撰、自評的獨特作法，可說是文學史上前所未見的創舉，有其在「批評意識」發展上的重要意義。除了上述兩種之外，我們還可以假設第三種可能，即是，孔尚任是在收集了若干批語後，又擬作了部分批語，以增強它的完整性，故

---

28 〔清〕孔尚任，〈本末〉，《桃花扇》，下卷，頁百四十八b至百四十九a。

29 如二十一齣〈媚座〉眉批先是說：「龍友多事」、「龍友更多事」，下個眉批卻說：「龍友非多事，稍衛恨香君耳！」彷彿已一種「對話」。此外，如《桃花扇‧綱領》中說：「老贊禮，無名氏也。」（卷上，頁7a）而試一齣〈先聲〉眉批說：「老贊禮者，云亭山人之伯氏。曾仕南京，目擊時事，山人領其緒論，故有此作。」（卷上，頁106）至續四十齣〈餘韻〉卻說：「贊禮為誰？山人自謂也。」（卷下，頁128a）亦出現了前後不一致的矛盾。有學者以此為證據推斷批語非孔氏自作（如楊玉成，〈小眾讀者：康熙時期的文學傳播與文學批評〉，頁79）。然而，中西哲學史上都曾有所謂的「對話體」書寫，如這種對話錄形式，有時是談話的實錄，有時則是由作者虛構而成，而中國歷史上類似後者的，不乏其例，如《莊子》、《楚辭》及漢賦中若干著名的篇章。故一個深具批評意識與讀者意識的作者，往往可以透過此種刻意設計出來的「對話體」，呈現一種多元視界。批語中所出現的「對話」或「論辯」現象，並不能作為證明批語非孔尚任所作的確證。

整個批語事實上是個混合體。不過以上這三種可能性，由於皆缺乏明確的證據參佐，所以無法如實地加以判定。然而不論何者為實，我們都可以見出，在孔尚任的心中，確實存在一「理想之讀者」，只是這一「理想讀者」，並非可以主觀地由作者設定。「作者」在面對自己作品時，並無一般人所誤以為擁有的「詮釋權威」。「理想的閱讀」，或說「正確的閱讀」，應是由若干多數具有一定條件的讀者，在不同的視界判斷下逐漸取得的一種「協調」。這種理想狀態下的「視界融合」，對於同樣是一位優秀的批評家的作者來說，彼此的「大致共識」是可以透過「批評的對話」而達成的，故他說這些經過統整的多元視界的集結產品，乃是「忖度予心，百不失一」。

由於我們從評語的思維結構中，可以判定孔尚任本身確實擁有這種頗為「現代」的批評觀念，所以不論「評者」是否即是「作者」的「化身」，或是作者是否真實擁有這樣一群高水準的「知音」，這些疑問對於形成批語的「批評架構」來說，並無決定性的差異。

孔尚任字聘之，又字季重，號東塘，別署岸堂，自署云亭山人，山東曲阜人，乃孔子六十四代孫。生於清順治五年(1648)，卒於康熙五十七年(1718)。童蒙入家塾，康熙六年(1667)前後考取秀才，然困於場屋，屢赴鄉試未第。十七年(1678)隱居縣東北石門山讀書著述，所作輯為《石門山集》。康熙十九年盡典負郭田，二十年(1681)捐納為國子監生。二十三年(1684)康熙帝南巡，返程至曲阜祀孔子，孔氏充御前講書官，受帝賞識，次年奉召入京，特擢國子監博士。二十五年(1686)，隨從工部侍郎孫在豐，赴淮陽疏浚下河，滯留三載，交結名士。還朝後，三十四年(1695)遷戶簿主事，三十六年(1697)封承德郎。三十九年(1700)升戶部廣東清吏司員外郎。次年，即因故被讒而遭罷官。四十一年(1702)懷憤離京返鄉。五年後，客居山西霍州、平陽，南遊武昌，留寓萊州，旋至淮陽。歸鄉以後，孔尚任的生活清冷苦寂，窮愁潦倒。他曾多次出遊，以慰寂寥。康熙五十七年(1718)春逝於曲阜石門山家中，享年七十一歲。孔尚任一生著作甚富，其詩文集，按寫作年代先後，依次有：《石門山集》、《湖海集》、《岸堂稿》、《長留集》、《岸堂文集》等，以及《享金簿》與《出山異數記》，此外，還編纂了《平陽府志》、《闕里新志》、《萊州府志》、《節序同風錄》等。近人汪

蔚林輯爲《孔尚任詩文集》。工樂府，所撰傳奇有《桃花扇》，盛行於世，以及與友人顧彩合撰的《小忽雷》，今存[30]。

康熙二十九年，孔尚任返北京，依舊在國子監作博士。然而，年復一年，寒氈清冷，孔氏難免滿腹冷遇之感，正是在此種冷官閒曹生涯中，孔尚任開始了戲劇創作的嘗試，聊以抒發鬱悶。康熙三十四年(1695)冬孔尚任轉官戶部主事之後，開始創作《桃花扇》，至康熙三十八年(1699)，這部經過他十餘年苦心經營的經典歷史名劇，於六月脫稿。由於這部戲廣泛而深刻地反映了明末清初的世變滄桑與易代感懷，所以康熙三十九年正月，《桃花扇》始由「金斗班」上演[31]，便轟動京師，「名公鉅卿，墨客騷人，駢集者座不容膝」[32]。而也正由於「王公薦紳，莫不借鈔，時有紙貴之譽」，這部戲甚至引起了康熙帝的興趣。孔尚任在《桃花扇‧本末》中曾提到，這年秋天康熙皇帝：

> 內侍索《桃花扇》本甚急，予之繕本莫知流傳何所，乃于張平州中丞家，覓得一本，午夜進之直邸，遂入內府。[33]

此後，《桃花扇》成爲京城裡最熱門的上演劇目，引起不小的轟動。如康熙三十九年都御史李楠即於元宵節「買優扮演」此劇[34]。然而正當《桃花扇》熱鬧地上演，剛剛被提昇爲戶部員外郎的孔尚任，卻突然地被罷官了。罷官原因，至今仍是個疑案。據學者推測有幾種可能的原因：或因牽連貪污被讒、或因忠而被讒、或因詩酒而罷官[35]。但亦有學者指出，這僅僅是個藉口而已，深層的原因恐怕與

30　參見袁世碩，《孔尚任年譜》(濟南：齊魯書社，1987)。

31　同上，頁154。

32　〔清〕孔尚任著，〈本末〉，《桃花扇》，下卷，頁147b。

33　同上，頁147a。

34　同上。

35　關於孔尚任罷官之原因，歷來學者有不同推測，廖玉蕙曾將學者關於孔氏罷官始末的推論分爲兩類：其一爲孔氏罷官乃因《桃花扇》致禍；其二是孔氏罷官乃因被人讒害。至於以何種罪名被讒，則有幾種可能：或因牽連貪污被讒、因忠而被讒、因詩酒而罷官。廖氏並推斷，由清朝一直未禁演《桃花扇》可以證明，康熙沒有理由因《桃花扇》而罷孔尚任的官。而歸結被讒害的原因，「文字招禍」乃是孔氏許多

《桃花扇》的創作與演出不無關係，亦即該劇的內容爲皇帝所忌。這部傳奇雖說不上有悖逆之嫌，畢竟易於激起〈黍離〉之悲。而此劇也確實深獲當朝皇帝的喜愛與重視。如吳梅在其《顧曲麈談》中曾謂：

> 相傳聖祖最喜此曲，內廷宴集，非此不奏。自《長生殿》進御後，此曲稍衰矣。聖祖每至〈設朝〉、〈選優〉諸折，輒皺眉頓足曰：「弘光弘光，雖欲不亡，其可得乎？」往往爲之罷酒也。[36]

康熙觀此劇後，常有弘光焉得不亡的慨嘆，顯然他是以此劇作爲歷史借鑒，告誡臣僚勿蹈南明覆轍。從《桃花扇》的劇場效果看，誠如孔氏在《桃花扇‧本末》中所說的：

> 笙歌靡麗之中，或有掩袂獨坐者，則故臣遺老也；燈炧酒闌，唏噓而散。[37]

這段文字可以說是作者有意將當時實際的觀眾以及觀眾對於《桃花扇》的接受反應具體內化在其文本之中，而能激發起如此沉痛的亡國之悲的劇本，焉得不爲清廷所忌？事實上，對忠於明朝的史可法、左良玉、黃得功等人的頌揚謳歌，對於降清叛將劉良佐、劉澤清、田雄等人的辛辣嘲諷，在〈餘韻〉齣甚至以「開國元勳留狗尾，換朝逸老縮龜頭」[38]形容那改換清代裝束成爲清廷皀隸的徐清君，這些恐怕皆難免招致清廷的不滿[39]。如果說，所有這些都可能引起清朝皇帝的忌諱，而最終以「莫須有」之罪令孔氏解職歸田，恐怕亦並非妄測之辭。

（續）————————————

　　友朋的共同說法，應較爲可信，但到底是哪些文字，則缺乏直接的證據論定。參見廖玉蕙，《細說桃花扇——思想與情愛》（台北：三民書局，1997），頁32-48。

36　吳梅，《顧曲麈談》，收入王衛民編，《吳梅戲曲論文集》（北京：中國戲劇出版社，1983），頁112。

37　〔清〕孔尚任，〈本末〉，《桃花扇》，下卷，頁148a。

38　〔清〕孔尚任，〈餘韻〉，《桃花扇》，下卷，頁133b。

39　參見袁世碩，《孔尚任年譜》，頁157-158。

　　姑不論孔尚任罷官是否直接肇因於《桃花扇》，《桃花扇》一劇之寫成，的確受到高度的矚目則是不爭的事實。所幸孔氏罷官歸隱後的十餘年間，為維持清苦的生活，奔波勞頓之苦自不待言，但唯一給他精神上以慰藉的，便是《桃花扇》並未因其罷官而遭禁演，而是持續保有高接受度與廣泛的影響力。如《桃花扇・本末》中指出，孔氏在京師滯留期間：

> 木庵先生招觀《桃花扇》，一時翰部臺垣，群公咸集；讓予獨居上座，命諸伶更番進觴，邀予品題。座客嘖嘖指顧，頗有凌雲之氣。[40]

而孔氏返歸故里後，於康熙四十五年(1706)夏，北上正定府，拜訪好友劉中柱知府。據作者在《桃花扇・本末》中自云：

> 時群僚高讌，留予居賓座，觀演《桃花扇》，凡兩日，纏綿盡致。僚友知出予手也，爭以盃酒為壽。予意有未愜者，呼其部頭，即席指點焉。[41]

可見，孔尚任一生，雖仕途坎坷，名位不顯，且終至罷官，但他嘔心瀝血的鉅著《桃花扇》，卻為他贏得了不朽的名聲。以上的記載透露出，孔尚任在世時，即有不少觀演《桃花扇》的機會，不僅在當場獲得眾人極高的推崇，而且他若對演出有不滿意之處，還會將戲班掌戲的負責人招來，即席指點一番。類如《桃花扇・本末》這類作者有心隨著劇本刊登的文字記錄，充分展現了《桃花扇》這一劇本在作者生時寫作、評點、閱讀、傳鈔、演出、觀賞與傳播的「生產」過程。可見作者不僅對於其劇作的「讀者反應」與「觀眾意識」有充分的考量，對於在整個文本的「文化生產」過程中的「接受效應」與「傳播歷程」，作者更有充分的自覺，這在中國戲曲史上，是極為獨特的。

40　〔清〕孔尚任，〈本末〉，《桃花扇》，下卷，頁147b。
41　同上，頁148。

三、「意旨存於隱顯」：批語對孔尚任創作文本構思之總解

　　《桃花扇》傳奇的創作，從構思到成稿，先後經歷了近二十年。然而，作爲一位深受康熙皇帝「優容之恩」的「聖裔」，孔尚任爲何鍾情於「弘光遺事」，且竟歷二十年而不變，時輟時續，最終撰成感慨前朝興亡的《桃花扇》傳奇呢？這與孔尚任對於易代興亡歷史抱持高度關切的特殊心態不無關係。他在湖海漂流時期所傾心交往的人大多是心中充滿家國之痛的明朝遺老，而更重要的是，明清易代的社會大動亂與故明王朝的一旦灰飛煙滅所引起的鉅大震驚，促使有志之士迫切地希望從歷史的反思中獲得解決現實問題的答案。孔尚任正是懷著對現實社會的深切感受，而沉迷於南明王朝興亡始末的。也正因帶著此種難以解脫的興亡感慨與反思歷史的現實態度，孔尚任在其間也展現出他經過一番省思後對於歷史的詮釋的視界展現。

　　《桃花扇》全劇是以明末「復社」文人侯方域與秦淮名妓李香君離合悲歡的愛情爲情節主線，並穿插了復社文人與魏閹餘孽抗爭的一系列歷史事件，以反映明崇禎十六年到南明福王二年(1643-1645)這段弘光王朝的興亡始末。明崇禎十七年(1644)李自成攻下北京，崇禎皇帝於煤山自縊，接下來吳三桂引清兵入關，中原易主，明王朝只剩下南中國的半壁江山。這年五月，鳳陽總督馬士英內合操江提督劉孔昭、南京守備徐弘基，外結嶺南伯高得功、總兵官劉澤清、劉良佐、高傑等，在南京擁立福王朱由崧爲帝，建立了南明王朝，年號弘光。當時南明王朝仍占有太行山以西，長江中下游與兩廣、雲貴等廣大地區，而且人民同仇敵愾，抗清士氣高昂。而清兵入關之初，兵力不過十餘萬，佔地不過關外遼東一帶與河北、山東的部分州縣。在這樣雙方形勢的對峙下，當時弘光朝如能在政治上力圖振作，君臣一心，即使暫時不能出師北伐，收復失地，也還可能像東晉、南宋初期那樣，堅守江淮，徐圖恢復。可是弘光朝建立後即爲權奸馬士英、阮大鋮等人所把持，福王又不思振作，只知歡歌醉舞，「學金粉南朝模樣」，荒淫無道。不久清兵渡河南下，列鎮望風迎降，揚州失守，南京跟著陷落。這曾經一度爲南方所矚望的南明政權，僅僅支撐了一年，就土崩瓦解，不可收拾。後來南方

百姓雖先後擁立魯王、唐王、桂王等抵抗清兵，但比之南明王朝建立初期，形勢已大相懸殊，終於爲清兵所各個擊破。

關於南明王朝所以會如此快速地覆滅的原因，明末清初不少文人、學者曾企圖根據當時的史實加以探討，孔氏此劇亦爲其中之一。不過，孔尚任既哀南明之速亡，爲何又爲滅明之清唱頌讚歌，其中矛盾應如何解釋？爲何作者將「隱居」作爲全劇的結局？凡此種種，不僅牽涉到《桃花扇》的主旨、綱領，以及作者之思想傾向，亦牽涉到作者在其作品中所展現的一種視界。

值得注意的是，孔氏之所以撰寫《桃花扇》，其實是在友人之催促要求下完成的，關於這段因緣，孔氏在《桃花扇・本末》中曾有所說明：

> 族兄方訓公，崇禎末爲南部曹；予舅翁秦光儀先生，其姻婭也。避亂依之，羈留三載，得弘光遺事甚悉，旋里後數數爲予言之；證以諸家稗記，無弗同者，蓋實錄也。獨香姬面血濺扇，楊龍友以畫筆點之，此則龍友小史，言于方訓公者。雖不見諸別籍，其事則新奇可傳。《桃花扇》一劇，感此而作也。南朝興亡，遂繫之桃花扇底。
>
> 予未仕時，每擬作此傳奇，恐聞見未廣，有乖信史，窃歌之餘，僅畫其輪廓，實未飾其藻采也。然獨好誇于於密友曰：「吾有《桃花扇》傳奇，尚秘之枕中。」及索米長安，與僚輩飲讌，亦往往及之。又十餘年，興已闌矣。少司農田綸霞先生來京，每見必握手索覽。予不得已，乃挑燈填詞，以塞其求。凡三易藁而書成，蓋己卯之六月也。[42]

文中所謂「族兄方訓公」，即孔尚則，明崇禎年間曾任洛陽知縣，南明弘光時官至刑部江西司郎中。明清動亂之際，孔尚任舅翁秦光儀曾在尚則府中羈留三年，從尚則處聽聞許多南明弘光朝遺事。回鄉後，秦光儀屢屢對孔尚任談論南明掌故。所以孔尚任三十來歲在石門山隱居時，便已開始勾勒《桃花扇》傳奇的輪廓，成一草稿。可見《桃花扇》一劇所依據的素材——孔方訓與秦光儀所說的弘

---

42 〔清〕孔尚任，〈本末〉，《桃花扇》，下卷，頁146。

光遺事皆爲「實錄」，而李香君血濺扇面、楊龍友點染桃花的軼事亦皆有來歷。
至於說如何將這些前朝遺事加以戲劇轉化，孔氏曾自謂：

> 朝政得失，文人聚散，皆確考時地，全無假借。至于兒女鍾情，賓客解
> 嘲，雖稍有點染，亦非烏有子虛之比。[43]

並專附〈考據〉一章以示材料皆爲「實錄」。就《桃》劇的內容看，基本屬實；
然孔尚任作劇亦未必「語語皆可作信史」。眾所周知，劇中的史可法、楊龍友、
阮大鋮、左良玉、黃得功等人，都可能與其眞實的面貌相出入，甚至主人翁之一
的侯方域，也是以歷史人物爲原型而進行藝術再造的結果。孔尚任曾借老贊禮之
口，說得很明白：

> 司馬遷作史筆，東方朔上場人。只怕世事含糊八九件，人情遮蓋兩三
> 分。[44]

評者眉批曰：

> 含糊遮蓋，詩人敦厚之旨也。[45]

可以說，作者創作《桃花扇》係以劇作家的藝術手筆，經過匠心結撰，假侯、李
離合之情映帶出一朝政治大事，形象生動地再現了這段短暫南明歷史的眞面貌，
使「南朝興亡，遂繫之桃花扇底」[46]，穿雲入霧，如龍戲珠，展現「可奇而可
傳」的情節故事。作者並著力塑造老贊禮與張道士作爲全劇的一緯一經，以柳敬
亭與蘇崑生穿插於情節之中，而〈餘韻〉於收場之際，更隱寓深沉的歷史省思，

43　〔清〕孔尚任，〈凡例〉，《桃花扇》，上卷，頁2a。
44　〔清〕孔尚任，〈孤吟〉，《桃花扇》，下卷，頁1。
45　〔清〕孔尚任，〈孤吟〉眉批，《桃花扇》，下卷，頁1b。
46　〔清〕孔尚任，〈本末〉，《桃花扇》，下卷，頁146a。

這些皆是在歷史事實的基礎上進行的藝術想像。作者借老贊禮之口明確地表白：「借離合之情，寫興亡之感」[47]，可見那些「實事實人，有憑有據」的史實，是作為作者「興亡之感」——對南明王朝的短暫命運，對明王朝三百年基業的一旦覆亡，乃至對封建末世危機之深沉感受——的藝術載體。而且即使是「有憑有據」的「實事實人」，在藝術創作中亦是經過作者體事之情、攝人之魂，進行藝術再創造的結果。《桃花扇》「令觀者感慨涕零」[48]的藝術力量，雖說源於斑斑可考的南明史實，觀眾在觀賞之際係將自身置入一種歷史想像之中，然而如無劇中人物「哭一回，笑一回，怒一回，罵一回」[49]所表現的慷慨情懷，卻也不能真正受到審美上的激動。

孔尚任的至交顧彩最能體會作者的苦衷與劇作之三昧，在〈桃花扇序〉中，他寫道：

> 雖然，作者上下千古，非不鑑于當日之局，而欲鋪東林之餘糟也；亦非有甚慨于青蓋黃旗之事，而為〈狡童〉、〈離黍〉之悲也。徒以署冷官閒，窗明几淨，胸有勃勃欲發之文章，而偶然借奇立傳云爾。斯時也，適然而有卻奩之義姬，適然而有掉舌之二客，適然而事在興亡之際，皆所謂奇可以傳者也。彼既奔赴于腕下，吾亦發抒其胸中，可以當長歌，可以代痛哭，可以弔零香斷粉，可以悲華屋坵山。雖人其人而事其事，若一無所避忌者，然不必目為詞史也。……若夫夷門復出應試，似未足當高蹈之目；而桃葉卻聘一事，僅見之〈與中丞〉一書；事有不必盡實錄者。作者雖有軒輊之文，余則仍視為太虛浮雲，空中樓閣云爾。[50]

憚於清初朝廷大興文字獄的淫威，顧彩對《桃花扇》一劇中所可能觸犯時忌的政治傾向與興亡感慨，固然不能不有所掩飾，有所開脫，甚至故意含糊其詞，閃爍

---

47 〔清〕孔尚任，〈先聲〉，《桃花扇》，上卷，頁10b。
48 〔清〕孔尚任，〈小引〉，《桃花扇》，上卷，頁1a。
49 〔清〕孔尚任，〈先聲〉，《桃花扇》，上卷，頁11a。
50 〔清〕梁溪夢鶴居士，〈序〉，《桃花扇》，上卷，頁1b-2b。

其語。如他既聲稱《桃花扇》不是有感於明朝亡國而作的，又說作者「悲華屋坵山」即憑弔興亡，豈不是自相矛盾？但是，他明確強調不必將《桃花扇》「目爲詞史」，而寧願視爲「太虛浮雲，空中樓閣」，是作者一種寄託。此一說法重意不重跡，指出隱微，多少也有他的道理。

雖則如此，孔尚任細心考據苦心撰寫劇作，並謂「其旨趣實本于《三百篇》，而義則《春秋》，用筆行文又《左》、《國》、《太史公》也」[51]，此「旨趣」與「義」究竟亦當有所外指，不皆只是自己胸中之物。孔尚任在《桃花扇·小引》中曾畫龍點睛地道出此劇的題旨，他說：

> 場上歌舞，局外指點，知三百年之基業，隳于何人？敗于何事？消于何年？歇于何地？不獨令觀者感慨涕零，亦可懲創人心，爲末世之一救矣。[52]

這段文字其實引自徐旭旦的《桃花扇·題詞》，亦可見孔氏對於徐氏對自己創作意圖的解讀與評論深以爲然，也顯示他在創作過程中與友朋互動之頻繁，對於讀者反應亦十分重視，凡此皆對其創作理念與藝術表現有深刻之影響。至於所謂「局外指點」，亦即以一歷史批判的角度觀看整個南明王朝的「隳」、「敗」、「消」、「歇」，使觀眾在「感慨涕零」之餘，勿忘卻事難成而易隳的道理，故曰「懲創人心，爲末世之一救」。值得注意的是，孔尚任在此雖是以亡明之事爲說，並未強調故國山河之悲與民族淪亡之痛，故僅以「末世」二字打發。這種謹慎，正如同孔氏在〈先聲〉一齣中明說清康熙朝乃是「唐虞世」，皆有其明顯的政治考量。當然，即依此解，「爲末世之一救」，「一救」二字仍不免要引人思考，其「懲創」一語究竟何指？所欲「救」之事乃是何事？而其「以警世易俗，贊聖道而輔王化」之苦心孤詣，又究竟爲的什麼？換言之，孔氏俯仰今昔「既爲今人擔憂，又爲古人擔憂」之「史心」及其在《桃花扇》劇中之春秋大義應怎樣

---

51 〔清〕孔尚任，〈小引〉，《桃花扇》，上卷，頁1a。
52 同上。

解讀？作者曾在〈修札〉齣中，借說書人柳敬亭之口說道：

> 這些含冤的孝子、忠臣，少不得還他個揚眉吐氣；那班得意的奸雄、邪黨，免不了加他些人禍天誅；此乃補救之微權，亦是褒譏之妙用。[53]

所謂「褒譏之妙用」，既是加添虛構情節的重要原則，則見在作者之意，「人」之是非確是一考見「世變」時的重要價值標準，此種「人心」之依違，決定著「世」之盛衰。在這裡，值得我們注意的是，孔氏借事以寫的，雖有一種歷史的「興亡之感」，但在他完稿時，這種「興亡之感」，已是一種廣義的史鑑感，並非特定之「家國興亡之感」。這與他自敘「予未仕時，山居多暇，博採遺聞，入之聲律，一句一字，抉心嘔成，……幾欲付之一火」[54]，當已甚有不同。而對孔尚任來說，他所以可將「對世變的無奈」與「自我價值的堅持」區分，在於以他的出身、身分，他並無須背負「遺民」意識的重擔，故對他而言，他念茲在茲之「遺事」、「舊聞」，可以只是一種興發自己歷史責任感的來源。已成往事的明代，在他已是歷史的陳跡，無可救亦無需救，他所面對的是盛世新朝的新局，至於此一新局中當「救」的「末世之弊」是什麼，則是另一問題。

孔尚任對於「當代」的一番用心，可以見於《桃花扇・小識》這一寫於康熙四十七年(1708)的綱要式文字中。文云：

> 餘孽者，進聲色，羅貨利，結黨復仇，隳三百年之帝基者也。[55]

此中「餘孽」二字，即「魏閹之餘孽」，自是指阮大鋮輩。而在所敘「隳帝基」之三大罪中，「進聲色，羅貨利」，尚是歷代皆有，唯「結黨復仇」一項，則是明末以至殘明的一大惡局，在「明朝末年南京近事」中乃最為有識之士切齒。《桃花扇・小識》結末孔尚任聲情俱茂以論云：

53　〔清〕孔尚任，〈修札〉，《桃花扇》，上卷，頁66。
54　〔清〕孔尚任，〈小引〉，《桃花扇》，上卷，頁1。
55　〔清〕孔尚任，〈小識〉，《桃花扇》，下卷，頁150。

> 帝基不存，權奸安在？惟美人之血痕，扇面之桃花，嘖嘖在口，歷歷在
> 目，此則事之不奇而奇，不必傳而可傳者也。人面耶？桃花耶？雖歷千
> 百春，豔紅相映，問種桃之道士，且不知歸何處矣。[56]

文中讚稱昔時佳女子，卻言種桃道士「不知歸何處」，而血色桃花依然「歷歷在
目」，「豔紅相映」！可見桃花血，無疑彰顯了一種精神、一種氣度，而且是一
種足使鬚眉丈夫愧赧汗顏的精神氣度。問題是〈小識〉篇末何以筆鋒一轉用劉禹
錫〈再游玄都觀〉詩「種桃道士歸何處？前度劉郎今又來」[57]句意？〈小識〉作
於康熙四十七年三月，孔氏罷官已整八年，此處顯然以「前度劉郎」自喻，那麼
血痕桃花依舊「歷千百春，豔紅相映」，豈非正諷喻「愈爭愈壞」之朋黨重見？

孔氏為了充分表現作品可借私情點染時代精神之宗旨，於是乃在劇情之結構
上將劇中男女主角愛情的輾轉流離與南明弘光王朝動盪不安的年代緊密結合，精
細地設計出整部戲中逐步轉換的戲劇性衝突，為易代世變中文人際遇變遷所反映
的一種時代的迷惘傷痛安排了一個極具戲劇化的戲劇情境。然而誠如包世臣
(1775-1851)所說：

> 傳奇之至者，必深有得于古文隱顯、回互、激射之法，以屬思鑄局。若
> 徒於聲容求工，離合見巧，則俳優之技而已。近世傳奇以《桃花扇》為
> 最，淺者謂為佳人才子之章句，而賞其文辭清麗，結構奇縱；深者則謂
> 其指在明季興亡，侯、李乃是點染，顛倒主賓，以眩耳目，用力如一髮
> 引千鈞，累九丸而不墜者，近之矣。然其意旨存於隱顯，義例見於回
> 互，斷制寓於激射，實非苟然而作，或未之深知也。[58]

就劇作家立言之本意言，《桃花扇》之主題，除表現所謂時代精神外，實尚寄託

---

56 同上，頁150b。
57 〔唐〕劉禹錫著，瞿蛻園箋證，《劉禹錫集箋證》（上海：上海古籍出版社，
    1989），中冊，頁704。
58 〔清〕包世臣，〈書《桃花扇》傳奇後〉，《藝舟雙楫》（台北：世界書局，1984），頁30。

了孔尚任本人一生之情志。《桃花扇》中，有一重要之關目，即是「香姬面血濺扇，楊龍友以畫筆點之」[59]。此關目純由作者有意點染，而其意蘊，則可由第一齣〈聽稗〉之曲文點明。〈聽稗〉齣中，柳敬亭所唱的第三支【懶畫眉】：

> 廢苑枯松靠著頹墻，春雨如絲宮草香，六朝興廢怕思量。鼓板輕輕放，沾淚說書兒女腸。[60]

批語云：

> 一部《桃花扇》從此看去，捴是別有天地。[61]

所謂「從此看去，捴是別有天地」，點明要真正理解《桃花扇》之大旨，一方面，要透過兒女的離合之情，看到國家的興亡，而絕不能耽溺在兒女風情的「花月緣」，忘了家國存亡的「興亡案」。事實上，《桃花扇》不僅以主要篇幅演出了南明滅亡前後那段天崩地坼的歷史，還用側筆細細寫出了劇中倖存者對待亂世的態度——出世避禍，歸隱桃源。

細細讀來，全劇除了表現一種隱晦深沈的「興亡之感」外，還始終籠罩著一種歸隱桃源的濃重氣氛。第一齣〈聽稗〉的主要內容是借柳敬亭之口唱出賈鳧西〈太師摯適齊〉中的五段鼓詞。鼓詞的原意是挪揄孔聖人正樂之功，讚賞眾樂工紛紛出走歸隱之舉，所謂「俺們一葉扁舟桃源路，這纔是江湖滿地，幾個漁翁」[62]。孔尚任此處借用，是為全劇眾多正面人物的歸隱定下總基調。五段鼓詞後，柳敬亭、侯方域、陳貞慧、吳應箕四人合唱一曲【解三醒】：

> (生、末、小生)暗紅塵霎時雪亮，熱春光一陣冰涼，清白人會算糊塗

59　〔清〕孔尚任，〈本末〉，《桃花扇》，下卷，頁146a。
60　〔清〕孔尚任，〈聽稗〉，《桃花扇》，上卷，頁15b。
61　〔清〕孔尚任，〈聽稗〉眉批，《桃花扇》，上卷，頁16a。
62　〔清〕孔尚任，〈聽稗〉，《桃花扇》，上卷，頁18a。

帳。(同笑介)這笑罵風流跌宕，一聲拍板溫而屬，三下漁陽慨以慷！
(丑)重來訪，但是桃花誤處，問俺漁郎。[63]

漁郎者，柳敬亭也。批語云：

> 此《桃花扇》大旨也。細心領略，莫負漁郎指引之意。[64]

至於到底漁郎的指引指向何方？分明是指向「桃花源」。

　　無獨有偶，第二十八齣〈題畫〉寫藍田叔替張瑤星作一幅〈桃源圖〉，又讓
侯方域在圖上題詩一首：

> 原是看花洞裡人，重來那得便迷津？漁郎誑指空山路，留取桃源自
> 避秦。[65]

評者在此處眉批曰：「畫〈桃源圖〉有深意存。」有何深意？豈非歸隱？這齣的
總批還寫道：

> 對血跡看扇，此《桃花扇》之根也；對桃花看扇，此《桃花扇》之影
> 也；偏于此時寫桃源圖、題桃源詩，此《桃花扇》之月痕燈暈也。[66]

月痕燈暈，即預兆也。這就明白無誤地暗示了歸隱桃源將成為劇情的終結。續四
十齣〈餘韻〉的場景與倖存者都已經進入深山老林的「桃源」之中，還要被紅帽
皂隸「嚇之而逃」，緣其入山不深。因此，評者於劇末總批云：

63　〔清〕孔尚任，〈聽稗〉，《桃花扇》，上卷，頁18b-19a。
64　〔清〕孔尚任，〈聽稗〉眉批，《桃花扇》，上卷，頁18b-19a。
65　〔清〕孔尚任，〈題畫〉，《桃花扇》，下卷，頁51a。
66　〔清〕孔尚任，〈題畫〉總批，《桃花扇》，下卷，頁52b。

天空地闊，放意喊唱，偏有紅帽皂隸嚇之而逃。譜《桃花扇》之筆，即
記桃花源之筆也。可勝慨嘆。[67]

對《桃花扇》歸隱桃源的總結局作了明確的定評。

值得注意的是，孔尚任筆下的正面人物，除了自盡、被害的史、左、黃以
外，其他人的結局幾乎全部都是歸隱桃源。侯生與香君在張道士點化下割斷情
絲，毅然入道，被孔尚任一再稱道的卞玉京、丁繼之、張瑤星、蔡益所、藍田
叔、蘇崑生、柳敬亭等「作者七人」，從下本開始先後入道，爲漁爲樵，歸隱桃
源。〈餘韻〉眉批云：

南朝作者七人，一武弁(指張瑤星)，一書賈(指蔡益所)，一畫士(指藍
田叔)，一妓女(指卞玉京)，一串客(指丁繼之)，一說書人(指柳敬
亭)，一唱曲人(指蘇崑生)，全不見一士大夫。表此七人者，愧天下之
士大夫也。[68]

此處所謂「作者七人」，是援引了《論語》的典故。《論語‧憲問》云：「子
曰：『賢者辟世，其次辟地，其次辟色，其次辟言。』子曰：『作者七人
矣。』」[69] 孔子所謂的「作者」，是指能逃避惡濁社會而隱居的那些潔身自好
的人。這才是孔尚任的用典真意：清楚地揭示出作者爲劇中處於世變中的眾多正
面形象所指點的，是「歸隱出世」的道路。至於孔尚任在劇中將出身下層的人物
作爲正面人物加以頌揚，而對公子、秀才等士子卻常用春秋筆法予以諷刺，對非
庸即奸的帝王、將相則極盡揭露、批判之能事[70]。對此評點者深以爲然，故云：
「表此七人者，愧天下之士大夫也」。

67　〔清〕孔尚任，〈餘韻〉總批，《桃花扇》，下卷，頁136b。
68　〔清〕孔尚任，〈餘韻〉眉批，《桃花扇》，下卷，頁127b。
69　錢穆，《論語新解》，收入《錢賓四先生全集》(台北：聯經出版公司，1998)，第
　　三冊，頁535-536。
70　王永健，〈「從此看去，總是別有天地」——《桃花扇》批語初探〉，《藝術百
　　家》2001年第4期，頁25-26。

　　依上所敘，我們可以推斷，對亡明歷史教訓的總結，並非孔尚任最終的創作目的，而僅僅是他表達興亡之感的一種藝術途徑，一種藝術媒介。這就不能忽略老贊禮這個特殊的人物。在劇一開始的試一齣【先聲】中，老贊禮一上場即自道：

　　　　日麗唐虞世，花開甲子年；山中無寇盜，地上總神仙。老夫原是南京太
　　　　常寺一個贊禮，爵位不尊，姓名可隱。最喜無禍無災，活了九十七歲，
　　　　閱歷多少興亡，又到上元甲子。……老夫欣逢盛世，到處遨遊。昨在太
　　　　平園中，看一本新出傳奇，名爲《桃花扇》，就是明朝末年南京近事。
　　　　借離合之情，寫興亡之感，實事實人，有憑有據。老夫不但耳聞，皆曾
　　　　眼見。更可喜把老夫衰態，也拉上了排場，作了一個副末腳色；惹的俺
　　　　哭一回，笑一回，怒一回，罵一回。那滿座賓客，怎曉得我老夫就是戲
　　　　中之人！[71]

這段話的「後設意味」十分濃厚[72]，蓋老贊禮既是觀眾，也是劇中人；是劇情的介紹人，也是興亡的見證人。評者批曰：

　　　　老贊禮者，云亭山人之伯氏，曾仕南京，目擊時事。山人領其緒論，故
　　　　有此作。[73]

又謂：

　　　　首一折〈先聲〉，與末一折〈餘韻〉相配，從古傳奇有如此開場否？[74]

71　〔清〕孔尚任，〈先聲〉，《桃花扇》，上卷，頁10a-11a。
72　楊玉成，〈小眾讀者：康熙時期的文學傳播與文學批評〉，頁82。
73　〔清〕孔尚任，〈先聲〉眉批，《桃花扇》，上卷，頁10b。
74　〔清〕孔尚任，〈先聲〉總批，《桃花扇》，上卷，頁12a。

如依此齣批語，則劇中老贊禮是熟悉弘光遺事並激發作者創作激情的南部曹孔尚則的化身，此刻以副末腳色身分開場。但續四十齣〈餘韻〉眉批卻說：

> 偏有老贊禮來湊趣。老贊禮者，一部傳奇之起結也，贊禮為誰？山人自謂也。[75]

到底贊禮為誰？孔氏於「綱領」中又謂老贊禮為：「無名氏」[76]，似是自來漁、樵隱者的規模。而評者先說是「山人之伯氏」，後又說是「山人自謂」，孰者為是，不得而知，倒是劇本中關於贊禮身分的三種說辭，也許是作者有意為之，透露出批語的多重性，但作者將之同時收納於同一文本中，也在某種程度上，展現了批語可能展現的多元「視界」。有趣的是，劇本開始的「劇場時間」是「康熙甲子八月」（康熙二十三年），而後第一齣〈聽稗〉的「戲劇時間」則回溯至「崇禎癸未二月」；直至加二十一齣〈孤吟〉又回到原來的「劇場時間」，即「康熙甲子八月」。因此老贊禮在〈孤吟〉齣之下場詩云：

> 當年真是戲，今日戲如真。兩度旁觀者，天留冷眼人。[77]

老贊禮既是劇中祭祀的執事，又是世局的冷眼旁觀者，評者曰：

> 前之祭丁，今之祭壇，執事皆老贊禮也。諸生未打，老贊禮先打；百官不哭，老贊禮大哭。贊禮者，贊天地之化育也。作者深心，須為拈出。[78]

又謂：

75　〔清〕孔尚任，〈餘韻〉眉批，《桃花扇》，下卷，頁128a。
76　〔清〕孔尚任，〈綱領〉，《桃花扇》，上卷，頁7a。
77　〔清〕孔尚任，〈孤吟〉，《桃花扇》，下卷，頁2b。
78　〔清〕孔尚任，〈拜壇〉總批，《桃花扇》，下卷，頁79a。

　　　　非冷眼人不知朝堂是戲，不知戲場是眞。[79]

當年之興亡，宛若一場戲；如今之演劇，卻猶似當年。這怎能不使「兩度旁觀」
的「冷眼人」倍覺傷感？誠如評者在〈餘韻〉總批所云：

　　　　老贊礼乃開場之人，仍用以收場。柳在第一齣登場，蘇在第二齣登場，
　　　　今皆收于續齣。徐皀隸即首齣之徐公子也。先著其名未露其面，一起一
　　　　結，萬層深心。索解人不易得也。[80]

孔氏之所以特設副末老贊禮一角爲其化身，一起一結，即是希望以他作爲一個貫
穿全劇的超越性角色來「後設地」直陳作者的感慨與意圖。而在老贊禮的穿梭串
場過程中，時間更從現在回到過去，又從過去朝向現在，並在戲劇的藝術情境中
呈現了永恆的現在，展現了上文所謂「史傳式」的「三重時間結構」特徵。關於
此點，梁啟超曾作出如下的評價：

　　　　《桃花扇》之老贊禮，云亭自謂也。處處點綴入場，寄無限感慨。卷首
　　　　之試一齣〈先聲〉，卷中之加二十一齣〈孤吟〉，卷末之續四十齣〈餘
　　　　韻〉，皆以老贊禮作正腳色，蓋此諸齣者，全書之脈絡也。[81]

梁氏的評論深刻地揭示了《桃花扇》的創作特色，同時也與作者在作品中所顯現
的主觀意圖十分吻合。
　　事實上，評者指點，觀此劇須懂得劇中張道士與老贊禮，一經一緯，一「結
興亡之案」，一「參離合之象」，爲整部劇作作了劇中人與觀眾間關係的詮釋。
不論「眞」與「如眞」，觀眾皆是旁觀者，皆是「冷眼人」。兩人之出現，「間

79　〔清〕孔尚任，〈孤吟〉眉批，《桃花扇》，下卷，頁2b。
80　〔清〕孔尚任，〈餘韻〉總批，《桃花扇》，下卷，頁136a。
81　梁啟超，《桃花扇叢話》，收入陳多、葉長海選注，《中國歷代劇論選注》（長
　　沙：湖南文藝出版社，1987），頁395。

離」（alienate）了觀眾與劇情，逼迫著觀眾對事件作一種必須置身事外的體味與反思，而造成一種「間離效果」（alienation effect）。孔氏劇中的張道士，本是錦衣衛儀正，因眼見黨禍新起，不願「代人操刀」，故捨身爲道，遁入「桃源」。〈歸山〉總批中云：

> 早爲刑官，晚爲高隱，朝野之隔，不能以寸，提醒熟客最切也。[82]

「不能以寸」，是說的讀書人立身分際，孔氏點出此意，正是說明「熟客者」無冷眼。〈先聲〉、〈閒話〉、〈孤吟〉、〈餘韻〉四齣附加戲讓張道士、老贊禮等人以局外人身分，冷眼旁觀，評議是非；又讓他們在一定場合中與劇中人一起行動，「總結興亡之案……細參離合之場，明如鑑，平如衡」[83]。此種正戲與附加戲的主輔相依，局外人與劇中人穿插交叉的格局，在孔氏用來，因有點醒主旨，與建立「間離效果」的作用，故與傳統戲曲中類似的安排意義不同；孔氏批中，特將之標爲「經」、「緯」二星，正是刻意布置始有。而正因作者在全劇中有了此種異類的介入，故在戲劇的客觀呈現與作者主觀的寄託上，作者顯示了一項前所未有的設計，以使兩者能並行而不悖。

四、斷除「花月緣」，歸結「興亡案」：批語對《桃花扇》文本構造之抽繹

不同於洪昇之重在「以興亡之感，寫離合之情」，《桃花扇》之「大旨」，乃是「借離合之情，寫興亡之感」。以明末「復社」文人侯方域與秦淮名妓李香君離合悲歡的愛情爲情節主線，並穿插了復社文人與魏閹餘孽抗爭的一系列歷史事件，以反映明弘光王朝的興亡始末。前者是表，後者是裡；前者是藝術媒介，後者才是藝術意蘊。因此，首齣下場詩中特別指明全劇寫的是一件「興亡案」，

82　〔清〕孔尚任，〈歸山〉總批，《桃花扇》，下卷，頁65b。
83　〔清〕孔尚任，〈綱領〉，《桃花扇》，上卷，頁7。

而非一般的「花月緣」[84]。然而南明興亡，事件繁雜，人物眾多，如何表現？所謂「借離合之情，寫興亡之感」，借，在結構上就是穿插點染。《桃花扇》是以小人物的悲歡離合與國家興亡構成或緊或鬆的聯繫，藉以表現南明興亡的。南明的每一件重大事件，如社黨之爭、新君之立、四鎮之鬥、宴游之樂等等，相對完整獨立，雖然內在具有一定的聯繫，但在一般的敘寫中，或截斷另起，或並列平行，既沒有貫穿始終，也沒有構成完整系統。《桃花扇》以生旦連綴這些相對獨立的歷史事件，以生旦離合賦予了這些事件先後的時序性與邏輯的因果性，以此達到「寫興亡之感」的目的。沈默《桃花扇·跋》對此有一段精闢的論述：

> 《桃花扇》一書，全由國家興亡大處感慨結想而成，非止爲兒女細事作也。大凡傳奇皆注意於風月，而起波於軍兵離亂。唯《桃花扇》乃先痛恨於山河變遷，而借波折於侯、李。讀者不可錯會，以致目迷於賓中之賓，主中之主。[85]

《桃花扇》全劇四十四齣，從明崇禎十六年(1643)二月，寫到清順治二年(1645)七月。其主要情節，則集中在南明王朝從建立到滅亡的一年中。基本上按編年計月順序排列(有些月分無戲)；而試一齣〈先聲〉與加二十一齣〈孤吟〉卻都載明時間是康熙甲子(1684)八月。孔氏雖稟持事事確考時地的創作原則，但在情節結構的設計上，他則並非從歷史本身的發展中提煉出劇情的節奏與結構來，而是把紛繁的事實巧妙地組織貫穿起來，成就一個對稱的格局。全劇的劇情，主要在四十齣正戲中展開，分上、下兩本。上本以侯生爲線索，下本以香君爲線索；香君在家之際遇貫穿了南明朝廷醉生夢死的情節；而侯朝宗在外之經歷則貫串了南明因內鬨而不敵清軍的情勢，於是造成生、旦雙線與朝廷內、外的雙重對稱。評者曰：

---

84 〔清〕孔尚任，〈先聲〉，《桃花扇》，上卷，頁12a。
85 〔清〕沈默，《桃花扇·跋》，〔清〕吳穆撰，花庭閒客編，《桃花扇傳奇後序詳註》(清嘉慶丙子〔二十〕年刊本)，卷首，頁1引。

> 上本之末皆寫草創爭闘之狀，下本之首皆寫偸安宴游之情。爭闘則朝宗
> 分其憂，宴游則香君罹其苦。一生一旦爲全本綱領，而南朝之治亂繫
> 焉。[86]

批語所云與孔尚任之藝術構思是一致的。可以說，孔氏係以歷史記載爲依據，假
「離合之情」映帶出一朝政治大事，「情不離事，事不離情」，密合無間地表達
了他對明末清初易代世變與動盪時局的深刻反思，以及他對這段短暫卻錯綜複雜
歷史的沉痛記憶與感傷情懷。

　　孔尚任曾在《桃花扇‧凡例》中指出，他考慮劇作的排場時，有意識要「令
觀者不能預擬其局面」，爲的不落入「厭套」。爲了讓讀者與觀眾能掌握其藝術
匠心，在關目安排上《桃花扇》有一顯著的不同於其他傳奇的特點，其他傳奇只
是在整本故事演唱之前，來一段〈副末開場〉，簡要地說明劇情大意與創作意
圖。《桃花扇》則在傳奇上、下二本的慣例中別出心裁地編撰了四齣戲，上本開
場有「試一齣」〈先聲〉，還在下本開場「加一齣」〈孤吟〉，作爲上下本的序
幕；上本結尾有「閏一齣」〈閏話〉，下本結尾有「續一齣」〈餘韻〉，總結全
劇。誠如〈孤吟〉總批所云：

> 此齣戲全用詞曲，與〈閏話〉一齣相配，〈閏話〉上本之末，〈孤吟〉
> 下本之首。[87]

這四齣戲絕非蛇足，也不是裝飾，而是全劇藝術整體的有機部分。它們不僅對於
表現「借離合之情，寫興亡之感」具有作用，亦可窺見作者在藝術結構上的獨創
性。全劇四十四齣中，十五齣寫侯、李愛情有關的情節，二十五齣則直接寫南明
王朝的滅亡過程。上本開頭試一齣〈先聲〉代替副末開場；上本末尾閏一齣〈閏
話〉，是上半部的「小收煞」；而下本開頭加一齣〈孤吟〉爲上本戲與下本戲之

86　〔清〕孔尚任，〈媚座〉總批，《桃花扇》，下卷，頁8a。
87　〔清〕孔尚任，〈孤吟〉總批，《桃花扇》，下卷，頁2b。

間的「轉折」，至於下本末尾續一齣〈餘韻〉則是全本的「大收煞」。這四齣戲各有起訖，又統一聯貫，揭示出「那熱鬧局就是冷淡的根芽，爽快事就是牽纏的枝葉」[88] 的哲理，表達了孔尚任對歷史上盛衰興亡的逆轉的深刻體認。對於此種結構上的創新，評點者亦表示讚賞，如〈先聲〉總批說：

> 首一折〈先聲〉與末一折〈餘韻〉相配，從古傳奇有如此開場否？[89]

〈孤吟〉眉批又指出：

> 下本開場，又闢新境，真匪夷所思。[90]

〈餘韻〉齣評點者在「開國元勳留狗尾，換朝逸老縮龜頭」處有眉批曰：

> 續四十齣成，山人自謙曰：「貂不足，狗尾續。」誰知皂隸雖是狗尾，文章卻是龍尾。[91]

可見評者對於劇作開場「新境」與結局「龍尾」深表肯定。不過，他也強調，即使這樣的「新境」與「龍尾」，亦「可一不可再也。古今妙語，皆被俗口說壞，古今奇文皆被庸筆學壞，愼勿輕示俗子也」[92]，「後之傳奇者，若效此爲之，又一錢不值矣」。

《桃花扇》全劇正文四十齣，可以分爲五個部分，上本第一齣〈聽稗〉至第六齣〈眠香〉爲第一部分，主要寫侯、李的相識、結合，同時展示了復社文人對阮大鋮的抗爭，顯示出愛情發展與政治興亡之密切關聯。自第七齣〈卻奩〉至第

---

88 〔清〕孔尚任，〈修札〉，《桃花扇》，上卷，頁67a。
89 〔清〕孔尚任，〈先聲〉總批，《桃花扇》，上卷，頁12a。
90 〔清〕孔尚任，〈孤吟〉眉批，《桃花扇》，下卷，頁1a。
91 〔清〕孔尚任，〈餘韻〉眉批，《桃花扇》，下卷，頁133b。
92 〔清〕孔尚任，〈先聲〉總批，《桃花扇》，上卷，頁12a。

十二齣〈辭院〉爲第二部分，主要寫侯、李的由合而離，其中〈卻奩〉是關鍵的一齣，這一齣把侯、李結合與對阮大鋮的鬥爭緊緊連在一起，也爲侯、李之分離開啓了端緒。因此批語謂：

> 秀才之打也，公子之罵也，皆于此折結穴。侯郎之去也，香君之守也，皆于此折生隙。五官咸湊，百節不鬆，文章關摕也。[93]

可以看出，劇情細針密線，環環相扣，「每齣脈絡聯貫，不可更移，不可減少」[94]，如第八齣〈鬧榭〉總批曰：

> 〈閙丁〉之打，〈偵戲〉之罵，甚矣！繼打罵之後，又驅逐之，甚之甚者也。皆爲〈辭院〉章本。姻緣以逼而成，姻緣又以逼而散也。[95]

並指出：

> 以上八折，皆離合之情。左部八人（按：指侯方域、陳定生、吳次尾、柳敬亭、丁繼之、蔡益所、沈公憲、張燕築），未出蔡益所，而其名先標于第一折；右部八人（按：指李香君、楊龍友、李貞麗、蘇崑生、卞玉京、藍田叔、寇白門、鄭妥娘），未出藍田叔，而其名先標於第二折；總部二人（按：指張道士、老贊禮），未出張瑤星，而其名先標於開場，直至閏折始令出場，爲後本關鈕。後本二十八、二十九、三十折，三人（按：指蔡益所、藍田叔與張瑤星）乃挨次沖場，自述脚色。匠心精細，神工鬼斧矣！[96]

93　〔清〕孔尚任，〈卻奩〉總批，《桃花扇》，上卷，頁55a。
94　〔清〕孔尚任，〈凡例〉，《桃花扇》，上卷，頁2b。
95　〔清〕孔尚任，〈鬧榭〉總批，《桃花扇》，上卷，頁62a。
96　同上。

蔡益所是當時南京著名書商，藍田叔(名瑛)是浙派著名畫家，張瑤星是崇禎朝時北京錦衣衛儀正，雖然都不是故事情節的關鍵人物，但卻是重要的穿插人物。所以作者預設伏脈於千里之外，可見其文心之細密。在此同時，劇情線索牽入左良玉東下就糧(〈撫兵〉)，侯方域修書勸止(〈修札〉)，柳敬亭攜書投轅(〈投轅〉)，而侯生的這個行動，又促成了阮大鋮誣陷侯方域勾結左良玉謀反，使侯方域與阮大鋮、馬士英的矛盾漸趨激化，使得侯方域不得不離開香君，往投史可法。由於左良玉既與侯、李的離合之情有牽連，又直接與南明一代的興亡有關，因此〈撫兵〉總批說：

> 興亡之感從此折發端，而左兵又治亂之機也。[97]

所言甚是。而第十齣〈修札〉批語亦云：

> 此一折敬亭欲為朝宗說平話，龍友來報寧南之變；後一折(即〈投轅〉)崑生欲為香君演新腔，龍友來報阮鬍之誣，皆天然對待之文。[98]

到第十二齣〈辭院〉，評點者對前此劇情做了個小結：

> 左右奇偶，男女賢奸，皆會此折。離合之情，于此折盡矣，而未盡也。興亡之感，於此折動矣，而未動也。承上啟下，又一關紐。[99]

從以上的兩部分觀之，《桃花扇》的每齣戲，都是層層相連，上下貫串，始終不離「一生一旦為全本綱領，而南朝之治亂繫焉」[100]的結構原則。

從第十三齣〈哭主〉到第十六齣〈設朝〉為劇情發展的第三部分，寫出南明

---

97 〔清〕孔尚任，〈撫兵〉總批，《桃花扇》，上卷，頁65b。
98 〔清〕孔尚任，〈修札〉總批，《桃花扇》，上卷，頁70a。
99 〔清〕孔尚任，〈辭院〉總批，《桃花扇》，上卷，頁82b。
100 〔清〕孔尚任，〈媚座〉總批，《桃花扇》，下卷，頁8a。

興亡關鍵情勢。李自成攻破北京，崇禎自殺之後，南方呈現出「賢奸爭勝，未判陰陽」的局面，然而此刻乃是南朝「治亂關頭」也[101]。結果福王被迎上台，馬、阮得勢，然而南明王朝之驟興，預示了其必亡的結局。為南明文人所擁護的史可法一派在擁立問題上失利，被排擠出朝，督師江北，侯生也便隨史公到揚州去了。這第三部分埋下了馬、阮與左良玉衝突的禍根，揭示了南明小朝廷的根基薄弱，也顯示了其不久將覆滅的命運，並成為後來侯、李兩人遭受種種迫害的張本。因此批語曰：

> 前半冠冕端嚴，後半鼠狐遊戲，南朝規模定于此折矣。一篇正面文字，卻用側筆收煞，何等深心。[102]

自上本的第十七齣〈拒媒〉到下本的第三十齣〈歸山〉，為情節發展的第四部分，劇情分為兩條線索：一是以香君為中心，在〈拒媒〉、〈媚座〉、〈守樓〉、〈寄扇〉、〈罵筵〉、〈選優〉與〈題畫〉幾齣中，透過馬、阮對香君的迫害以及香君的抗爭，揭露了福王的昏庸，奸佞當道，南明朝政的腐敗，同時凸顯了香君對愛情的堅貞以及對奸佞的堅決抗爭。其中〈守樓〉寫香君在馬士英派人來強娶時，以死抗爭，擊敗了惡勢力的陰謀，保持了自己的氣節。〈罵筵〉則是她與馬、阮等人作面對面的抗爭，展現了女彌衡「罵賊」的大義凜然的浩然正氣。批語曰：

> 〈罵筵〉一折比之《四聲猿·漁陽三弄》尤覺痛快。〈鬨丁〉、〈偵戲〉之辱，僅及于阮，非此一罵，而馬竟漏網。[103]

另一線索則是以侯生為中心，包括〈爭位〉、〈和戰〉、〈移防〉、〈賺將〉、〈逢舟〉、〈逮社〉，而以侯方域的活動貫串於中。劇情層層敘寫史可法的登位，

---

101 〔清〕孔尚任，〈阻奸〉總批，《桃花扇》，上卷，頁94b。
102 〔清〕孔尚任，〈設朝〉總批，《桃花扇》，上卷，頁103b。
103 〔清〕孔尚任，〈罵筵〉總批，《桃花扇》，下卷，頁27b。

朝廷外「江北四鎮」之爭位與內鬨，高傑的移防被殺，以及朝廷內馬、阮大興黨獄，揭示了由「立君」、「設朝」所引生出來的南明朝政內部矛盾的激化，也更深刻地凸顯了南明朝政的腐敗。批語對此局面更是反覆評論，如對於史可法之登位，〈爭位〉總批曰：

> 元帥登壇，極高興之舉，而爲極敗意之事。朝中軍中，無處不難；佞臣忠臣，無人可用。此興亡大機也。有侯生參其中，故必費筆傳出。傳出者，傳侯生也。[104]

對於高傑的移防，批語曰：

> 和不成則移之，移高兵，並移侯生。侯生移而香君守矣。男女之離合，與國家興亡相關，故並爲傳出。[105]

而〈賺將〉寫高傑被許定國謀害，眉批中引證了侯夫人的證詞，總批又強調：

> 高傑之死，本不足傳，而大兵從此下江南，則興亡之大機也。況侯生參其軍事，不爲所信，致有今日。則侯生實關乎興亡之數者也。安得不細細傳出？[106]

此外，批語亦指出第二十八齣〈題畫〉寫藍瑛在媚香樓爲張瑤星繪製桃源圖是用了伏筆，眉批曰：「點出張瑤星，爲審獄伏脈。」[107] 總批曰：

---

104 〔清〕孔尚任，〈爭位〉總批，《桃花扇》，上卷，頁116b。
105 〔清〕孔尚任，〈移防〉總批，《桃花扇》，上卷，頁125a。
106 〔清〕孔尚任，〈賺將〉總批，《桃花扇》，下卷，頁39b。
107 〔清〕孔尚任，〈題畫〉眉批，《桃花扇》，下卷，頁51a。

藍田叔即于此出場，以爲歸依張瑤星之伏脈，何等巧思！[108]

這是評析〈題畫〉中兩個伏筆，一是爲第三十齣寫張瑤星審獄歸山埋下伏線，二是爲第四十齣寫藍瑛追隨張瑤星在白雲庵設道場預示契機，眞是巧思妙想。至於〈歸山〉寫錦衣衛長官張瑤星審獄爲復社侯方域諸君的冤情開脫，隨即辭官歸隱，而他的入山修道又爲後來的侯、李重逢以至入道埋下伏線。劇情發展至此，可謂大起大落，曲折複雜，而結構緊密，一絲不亂。〈歸山〉總批點出了劇本結構布局的特色：

> 此折稍長，緣審獄、歸山是一日事，早爲刑官，晚爲高隱，朝野之隔，不能以寸，提醒熟客最切也。此折最難結搆，而能脫脫洒洒，游刃有餘。[109]

第五部分是從第三十一齣〈草檄〉到第四十齣〈入道〉，主要寫南明王朝在外患內亂中逐漸瓦解覆滅。由於侯生等復社文人被捕入獄，左良玉與馬、阮的矛盾進一步被激化，左兵東下，縱然有左良玉聲討馬、阮，可是馬、阮南調黃、劉三鎮，結果北兵南驅，史可法困守揚州，矢志抗敵，也終因孤立無援，而兵敗沉江。這一部分用對比的手法，一方面寫出史可法等將士以身殉國的壯烈場面，非常感人；另一方面，則寫出弘光君臣營私禍國的醜態，令人切齒。其中〈逃難〉寫亡國亂離，「君相奔亡，官民逃散」，「逃亡滿街」，棲棲遑遑之情景，令人怵目驚心。本齣總批云：

> 七隻【香柳娘】，離奇變化，寫盡亡國亂離之狀。君相奔亡，官民逃散，或離城，或出宮，或自楚來，或入山去。紛紛攘攘，交臂踵足，卻能分疆別界，接線聯絲。文章精細，非人力可造也。[110]

---

108 〔清〕孔尚任，〈題畫〉總批，《桃花扇》，下卷，頁52b。
109 〔清〕孔尚任，〈歸山〉總批，《桃花扇》，下卷，頁65b。
110 〔清〕孔尚任，〈逃難〉總批，《桃花扇》，下卷，頁100b。

對《桃花扇》劇情「接線聯絲」之巧妙，與針線之細密，可謂高度肯定。而在江山易主、朝更世變的動盪歲月中，不僅江南風景不再，人事亦已全非，侯、李在家國亂離危亡之際，卻久別重逢於棲霞山，由離而合。然而所謂「桃花扇底送南朝」，侯、李兩人不得不割斷情根，方合即離，各奔南北，入山修眞學道，以悲劇收場。

值得注意的是，孔氏既強調戲曲結構要有變化有創新，又重視結構的渾然一體，他在《桃花扇·凡例》中指出：

> 全本四十齣，其上本首試一齣，末閏一齣，下本首加一齣，末續一齣，又全本四十齣之始終條理也。有始有卒，氣足神完，且脫去離合悲歡之熟徑，謂之戲文，不亦可乎？[111]

所謂「有始有卒，氣足神完」，即是指全劇須首尾貫串，一氣呵成。事實上，孔氏首先強調的是結構的整一性。他批評舊劇中「東拽西牽，便湊一出」結構零亂的現象，主張劇本結構必須突出一個中心，並以「始終條理」之法圍繞這個中心開展。《桃花扇》全劇情節紛繁複雜，卻是以侯、李的定情物桃花扇而貫串始終，一線到底。可以說，全劇的情節開展均「繫之桃花扇底」，則此扇的變遷便是該劇的中心，即如孔氏自稱：

> 劇名《桃花扇》，則桃花扇譬則珠也，作《桃花扇》之筆譬則龍也。穿雲入霧，或正或側，而龍睛龍爪，總不離乎珠，觀者當用巨眼。[112]

此處所謂「珠」與「龍」的關係問題，實際上就是全劇如何圍繞主線展開，又如何處理主線與副線的問題。也就是說，作爲全劇中心的「珠」或「球」，不僅要能聯結全劇各個部分，使其外部組織形態達到縝密、嚴謹，成爲完整的統一體；

---

111 〔清〕孔尚任，〈凡例〉，《桃花扇》，上卷，頁4。
112 同上，頁2a。

更應賦予各個部分一種「氣」與「神」，使其內部呈現出一股充沛的靈氣與貫穿的精神，以便構織成統一的藝術境界。這柄桃花扇，原本只是愛情的象徵，但它一旦成為侯、李離合與南明興亡的歷史見證，便賦予了特殊的理想的象徵意涵。「桃花薄命，扇底飄零」，這本身就使理想籠罩在濃厚的悲傷氣氛；而香君的桃花扇卻是「美人之血痕」點染而成，這就帶上一種悲壯色彩；而最後張道士裂扇擲地，則隱隱透露出理想的破滅。

五、排場起伏，境界獨闢：批語對《桃花扇》藝術境界之括約

　　孔尚任關於戲曲設計之「組織策略」（textual strategies），尚有一核心概念，即是所謂的「獨闢境界」，他在《桃花扇·凡例》第三款中指出：

> 排場有起伏轉折，俱獨闢境界；突如而來，倏然而去，令觀者不能預擬起局面。凡局面可擬者，即厭套也。[113]

他認為一部好的劇作，其情節變換須有「起伏轉折」，「突如而來，倏然而去」，觀眾既不能預擬其局面，則能持續保有一種「懸念」與「新奇」之感。反之，見前而知後，看了首齣便知結局，「凡局面可擬者，即厭套也」。所謂「厭套」就是已經公式化的「熟套」，然則要如何打破熟套而有獨創性？孔氏在此所謂「突如」、「倏然」，實際上就是我們通常所說的「懸念」與「突轉」。在戲劇創作中，善於運用「突轉」（dramatic shift)才能使情節發展有「起伏轉折」，而收到「令觀者不能預擬其局面」的藝術效果。

　　對於戲劇排場起伏中「突轉」之設計，評點者亦有高度的關注。首先是「情節的突轉」，如第十三齣〈哭主〉寫左良玉設宴黃鶴樓，請袁繼咸、黃澍飲酒看江，滿心快意之時，忽聞崇禎自縊煤山之噩耗，眾人不禁痛哭失聲，悲痛莫名。

113　同上。

眉批云：

> 滿心快意之時，風雷雨雹橫空而下，令人驚魂悸魄，不知所云。[114]

尾批亦云：

> 興亡大案，歸于寧南，蓋以寧南心在烈帝也。正滿心快意，忽驚魂悸
> 魄，文章變幻，與氣運盤旋。[115]

除了此種「情節的突轉」，評點者亦強調「人物行動的突轉」，如第三十一齣〈草檄〉敷演侯方域與陳定生、吳次尾同遭阮大鋮逮捕下獄，蘇崑生求救於左良玉，良玉草檄，使柳敬亭散之南京。評者在本齣總批云：

> 崑生之投寧南，與敬亭之投寧南，花樣不同，各有妙用。敬亭說書之技
> 顯于武昌；崑生唱曲之技亦顯於武昌。梅村作〈楚兩生行〉，有以也。
> 寫崑生，倏然而來；寫敬亭，倏然而去；俱如戰國先秦時人，鬚眉精
> 神，忽忽驚人，奇筆也。[116]

不過，評點者並非一昧鼓吹驚、奇，而是主張運用突轉、變幻手法的同時，對於戲曲境界的創造，要與結構的均衡感相統一。為此，他屢次提到所謂「文章對待法」、「天然對待法」、「天然整齊之文」等。如〈訪翠〉一齣寫清明時節，方域偕敬亭至秦淮舊院訪香君，不遇。轉至暖翠樓，適見香君在樓頭習曲，方域取扇墜拋上樓贈佳人，香君則以汗巾包櫻桃報之。未幾，文聰偕方域至香君處定情，方域題詩宮扇贈之。此齣總批云：

---

114 〔清〕孔尚任，〈哭主〉眉批，《桃花扇》，上卷，頁86b。
115 〔清〕孔尚任，〈哭主〉總批，《桃花扇》，上卷，頁88b。
116 〔清〕孔尚任，〈草檄〉總批，《桃花扇》，下卷，頁72b。

〈訪翠〉一折，卻與〈鬧榭〉正對。〈訪翠〉在卞玉京家，玉京後爲香
君所皈依；〈鬧榭〉在丁繼之家，繼之後爲朝宗所皈依，皆天然齊整之
文。[117]

又如第八齣〈鬧榭〉寫端陽節侯、李成親後，與蘇崑生、柳敬亭與復社友人在丁
家水榭游船賞節。該齣總批曰：

未定情之先，在卞家翠樓；既合歡之後，在丁家水榭。俱有柳、蘇，一
有龍友、貞娘，一有定生、次尾，而卞、丁兩主人俱不出場，此天然對
待法也。[118]

以全劇的批語來看，被稱爲「對待法」的尚有第一齣正生家門對第二齣正旦家
門；第一齣柳敬亭說書對第二齣蘇崑生教曲；「左兵傳令三傳三鼓噪」對「史兵
傳令三傳三不應」（第三十五齣眉批）；〈守樓〉李香君面血染扇對〈誓師〉史可
法血染征袍。[119]

批語中又指出所謂「襯托得法」，如〈題畫〉寫侯方域到媚香樓尋訪李香
君，適逢桃花盛開，回想往昔定情之日的桃花，不禁感慨萬千，此處眉批曰：
「兩度桃花盛開，爲桃花扇十分襯貼。」[120]這是指「桃花」襯托了「桃花
扇」，不僅如此，批語還點出作者從桃花看扇，替桃源圖題詩以營造出特殊意境
的巧思：

對血跡看扇，此《桃花扇》之根也。對桃花看扇，此《桃花扇》之影
也。偏于此時寫桃源圖，題桃源詩，此桃花扇之月痕燈暈也。情無
盡，境亦無盡，而藍田叔即于此出場，以爲歸依張瑤星之伏脈。何等

---

117 〔清〕孔尚任，〈訪翠〉總批，《桃花扇》，上卷，頁43a。

118 〔清〕孔尚任，〈鬧榭〉眉批，《桃花扇》，上卷，頁61b-62a。

119 參見吳新雷，〈《桃花扇》批語初探〉，頁447-450。

120 〔清〕孔尚任，〈題畫〉眉批，《桃花扇》，下卷，頁48b-49a。

巧思！[121]

從桃花論到「桃源」，此處評者進一步指出了桃花的襯托作用足以開拓全劇的意境，論見十分之精到。

戲劇情節與排場之變換與均衡相統一的目的，在於創造既「散」且「整」、既「幻」且「實」、既「曲迂」且「直截」的藝術境界。誠如《桃花扇》第四十齣〈入道〉之後的總批中所云：

> 離合之情，興亡之感，融洽一處，細細歸結。最散最整，最幻最實，最曲迂，最直截。此靈山一會，是人天大道場。而觀者必使生旦同堂拜舞，乃爲團圓，何其小家子樣也！[122]

《桃花扇》一反生旦戲離合悲歡、終歸團圓的熟徑，讓一對歷經坎坷艱險，終得會面的才子佳人乍地再度分離，不再執迷於兒女私情，從此各奔南山之南與北山之北，而作爲見證愛情的信物桃花扇亦象徵性地當場撕裂。所謂「最散最整，最幻最實，最曲迂，最直截」，是指孔氏並未寫出侯朝宗降清應科舉的眞實情況，反而設計出靈山一會，讓侯李兩人在醍醐點悟中放棄了可以團圓的機會，這種展現「殘山剩水無態度，古井枯木芟情苗」淒美境界的冷靜筆法，可謂與《紅樓夢》中之「寶玉出家」遙相呼應[123]。誠如孔尙任在〈凡例〉中所說，全戲「有始有卒，氣足神完，且脫去離合悲歡之熟徑」，其凝聚點正是落在此劇結局之上。所謂「不因重作興亡夢，兒女濃情何處消」[124]，侯方域與李香君的結合從

---

121 〔清〕孔尙任，〈題畫〉總批，《桃花扇》，下卷，頁52b。

122 〔清〕孔尙任，〈入道〉總批，《桃花扇》，下卷，頁116b。

123 王國維曾在其〈紅樓夢評論〉中，推舉《桃花扇》與《紅樓夢》爲中國文學中具有「厭世解脫」精神者，而《桃花扇》之解脫，乃「他律的也」，因爲「《桃花扇》之解脫，非眞解脫也，滄桑之變，目擊之而身歷之，不能自悟，而悟於張道士之一言；且以歷數千里，冒不測之險，投縲絏之中，所索之女子，纔得一面，而以道士之言，一朝而舍之。」參見王國維，〈紅樓夢評論〉，《紅樓夢藝術論》（台北：里仁書局，1984），頁13。

124 〔清〕孔尙任，〈入道〉，《桃花扇》，下卷，頁126b。

一開始就與國家的命運(即所謂「南朝氣數」)密切相關,埋葬侯、李愛情的惡勢力就是傾覆南明王朝的惡勢力。在歷經悲離,最終團圓之際,侯、李所面對的卻是一個破碎的國家。〈入道〉齣中,侯、李二人歷盡磨難,矢心不二,一朝相見,正待互訴衷情,卻不料被張道士一聲喝責:

> 兩個癡虫,你看國在那裡,家在那裡,君在那裡,父在那裡,偏是這點
> 花月情根,割他不斷麼?[125]

而作為兒女之情與興亡之感縮合物的桃花扇,亦被張道士當場撕裂[126]。張道士的一番話,說得侯、李二人「冷汗淋漓,如夢忽醒」,處身如此殘破江山,他們何能再找到一塊乾淨安逸的樂土從此幸福無憂地相守?既然扇破人離,而今而後他們倆亦不得不毅然「芟情苗」,「割愛胞」,兒女風雲情散,雙雙「修真入道」而去。侯、李二人「纔合即離,不容少待」的憾恨結局,開示了「大道纔知是,濃情悔認真」、「回頭皆幻景,對面是何人」[127]的悟境,初看似是對情與愛的芟與割,然而批語指出:

> 悟道語非悟道也,亡國之恨也。[128]

乃知此語非真悟道,正因「亡國之恨」無可解,始勉強作「悟道」語,故乃餘音蕩漾,意蘊無盡。蓋悟道語在此乃是痛語,非真是悟語。悟語本以解痛,痛無可解,故強作悟道事,實則語雖悟而痛益痛。蓋侯生之與香君,又豈一別之後,從此便斬斷情根而不復相憶?侯生、香君之愛,可貴處正在兩人之惺惺相惜處。若兩人最終竟死守一處,則日日愛之,便日日提醒,必至日日悔之;不若各自入道,隔絕兩地,則雖日日悔之,悔之即是不忘所愛,乃無異日日愛之。此乃由愛

---

125 〔清〕孔尚任,〈入道〉,《桃花扇》,下卷,頁125a。
126 同上,頁126a。
127 同上。
128 〔清〕孔尚任,〈入道〉眉批,《桃花扇》,下卷,頁125b。

生悔，與由悔生愛之區別；而君國與兒女俱在其中。

　　侯、李之出家，於史無據，純屬作者的藝術虛構。孔尚任之意，似乎無論是根據史實描寫侯方域在清初屈節應試，高中副榜；李香君「依卜玉京以終」，與侯未再重逢，還是屈從傳統，編造侯、李洞房花燭，團圓喜慶，都無法表達他內心中無比深沉的破滅感。這種深沉的破滅感，不僅僅指明朝的覆亡，因爲他並沒有像故明遺老們那麼濃烈的亡國哀痛。孔氏所強調的是經歷國破家亡、功名心絕、花月情斷之後，惟有在棲霞山這個既可讀書吟詩、漁樵度日，又可繼續抒發亡國之恨的世外桃源裡方能找到自己的歸宿。劇末作者更妙設〈餘韻〉一齣，讓老贊禮、柳、蘇放聲悲歌，發抒歷史滄桑的感嘆：老贊禮先神弦一曲【問蒼天】，加上柳敬亭的一曲【秣陵秋】彈詞及蘇崑生的【哀江南】套曲，把「興亡舊事，付之風月閒談」[129]，語語指事造實，句句情眞意切，字字錐心泣血，將悲人、悲事、悲物之情，凝爲動人心魄之大悲。可以說，全劇寫的就是劇中人物尋找桃花源的艱難歷程。隱居之地是棲霞山，入道、結社或漁樵，自來自去，避秦火，躲戰亂，哀江南，悼南明，是他們隱居的主要內容與形式。這就是作者給劇中人物安排的出路。故劇末尾評中，評者畫龍點睛總批曰：

> 水外有水，山外有山，《桃花扇》曲完矣，《桃花扇》意不盡也。思其意者，一日以至千萬年，不能彷彿其妙。曲云曲云，笙歌云乎哉？科白云乎哉？
>
> 贊禮漁樵，或巫歌，或彈詞，和弋腔，天空地闊，放意喊唱，以結全本《桃花扇》。〈關雎〉之亂，洋洋乎盈耳哉！
>
> 續四十齣三唱收煞，即中庸末節，三引詩云，以咏嘆之意也。興于詩，立于礼，成于樂，豈非近代一大著作。[130]

桃花扇底送走了南朝，心血所染的桃花扇本身也被撕碎，但卻因此而發現了迷

---

129 〔清〕孔尚任，〈餘韻〉，《桃花扇》，下卷，頁127b。
130 同上，頁136。

津，進入了一個世外桃源。透過這番「別有天地」的「愁波再轉，餘韻鏗鏘」境
界之呈現，孔氏所欲求達到的情趣是「曲終意不盡」，且「思其意」，則「一日
以至千萬年，不能彷彿其妙」的境界。因此，他強調戲劇結尾應當「脫去離合悲
歡之熟徑」，不以「當場團圓」爲快，終於使「離合」與「興亡」得以「融合」
與「歸結」，而力求創造一種虛無飄渺，撲朔迷離，「最幻最實」的詩化藝術境
界。〈入道〉、〈餘韻〉兩齣，對於侯生與香君雙雙出家的藝術處理，對於南朝
覆滅，往事如煙的傷感，都達到了古典劇作的最高境界。如果說〈秣陵秋〉一
曲，全面簡練地概括了南明興亡史，則在徐旭旦〈舊院有感〉基礎上改作的〈哀
江南〉套曲，則超越了一朝一代的興亡感受，所謂：

> 殘山夢最眞，舊境丟難掉，不信這輿圖換藁。諏一套【哀江南】，放悲
> 聲唱到老。[131]

當年繁華的秦淮風月已不再，只留下一片野火焦枯，荒墳頹垣的蕭條殘景。在一
片空宕冷寂的境界中，此曲聞之更是令人倍覺淒涼哀傷，而曲終意不盡，餘音繚
繞，留給人們的終是縈迴不去的惆悵與感慨。

　　值得注意的是，對於戲曲意境的創作，孔氏還強調了由分至合的「細細歸
結」的創造過程。以「分境」而言，他認爲每首曲、每句詞均應有「旨趣」與
「意味」：

> 製曲必有旨趣，一首成一首之文章，一句成一句之文章。列之案頭，歌
> 之場上，可感可興，令人擊節嘆賞，所謂歌而善也。若勉強敷衍，全無
> 意味，則唱者、聽者，皆苦事矣。[132]

若將此「細細歸結」法則運用在每一齣編寫，劇中每一齣亦有其旨趣與意境：

---

131 〔清〕孔尚任，〈餘韻〉總批，《桃花扇》，下卷，頁132b。
132 〔清〕孔尚任，〈凡例〉，《桃花扇》，上卷，頁3a。

> 上、下場詩，乃一齣之始終條理，倘用舊句、俗句，草草塞責，全齣削
> 色矣。時本多尚集唐，亦屬濫套，今俱創爲新詩，起則有端，收則有
> 緒，著往飾歸之義，彷彿可追也。[133]

一般明、清傳奇體制，在人物上、下場時，大都有二句或四句詩，稱之爲上、下
場詩。下場詩原多屬「集唐」、「選唐」或自作，可以統合劇情，評陟人物，但
往往因刻意求工，脫離了劇作大旨，成爲虛飾濫套，難以引人興味。因此，孔氏
認爲上、下場詩之作，爲的是「起則有端，收則有緒」，具有「著往飾歸」的連
綴作用，因此，《桃花扇》劇每一齣戲收尾多爲作者考量「端緒」的創新之作，
因此讓人耳目一新，令人回味。評點者對此也作了不少精采的批點。如〈聽稗〉
齣下場詩曰：

> 歌聲歇處已斜陽，剩有殘花隔院香。無數樓臺無數草，清談霸業兩茫
> 茫。[134]

評者批曰：

> 四十二折下場詩，皆用本折宮調，簇新搆出，有旨有趣，可作南朝本事
> 詩。[135]

評者指出劇中下場詩往往能提點劇作旨趣，自鑄新詞。而〈劫寶〉齣結尾，黃得
功大叫：「大小三軍，都來看斷頭將軍呀」之後，一劍刎死，獨無下場詩。批者
曰：

> 此折獨無下場詩。將軍已死，誰發咽鳴之歌耶？南朝四鎮，高傑庸將

---

133 〔清〕孔尚任，〈凡例〉，《桃花扇》，上卷，頁4a。
134 〔清〕孔尚任，〈聽稗〉，《桃花扇》，上卷，頁19a。
135 〔清〕孔尚任，〈聽稗〉眉批，《桃花扇》，上卷，頁19a。

也；二劉叛將也；黃得功名將也。此折乃其盡節之日，看其聞報時如
此忠，見帝時如此敬，奪駕時如此勇，畢命時如此烈，寫盡名將氣
概。136

「將軍已死」，夫復何言？對於節烈盡忠的一代名將，也許保持靜默才是最深沉
的哀悼，因此本齣獨無下場詩。評者除了注意到這種形式上的創新，還看出劇中
下場詩之形式彼此之間的對應。如下本末齣〈餘韻〉下場詩：

漁樵同話舊繁華，短夢寥寥記不差。曾恨紅箋啣燕子，偏憐素扇染桃花。
笙歌西第留何客？烟雨南朝換幾家？傳得傷心臨去語，年年寒食哭天
涯。137

批語曰：

下場詩亦是絕調，上本末齣，五言八句；下本末齣，七言八句，總是對
待法。138

凡此，均可見評者對於劇作之藝術創作手法之通盤掌握，貫串理解，同時亦提點
出許多孔氏在戲劇美學作爲上的新意與創發。

六、「精神面目，細爲界出」：批語對《桃花扇》人物綱 領與筆法之提示

孔氏雖說他的《桃花扇》一劇「皆南朝新事，父老猶有存者」139，但史與

---

136 〔清〕孔尚任，〈劫寶〉總批，《桃花扇》，下卷，頁105b-106a。
137 〔清〕孔尚任，〈餘韻〉，《桃花扇》，下卷，頁135b。
138 〔清〕孔尚任，〈餘韻〉眉批，《桃花扇》，下卷，頁135b。
139 〔清〕孔尚任，〈小引〉，《桃花扇》，上卷，頁1a。

劇畢竟有所不同；在歷史時事劇中應如何將「史」與「劇」結合起來，既不乖信
史又不失戲劇的特性呢？孔尚任的作法是：

> 朝政得失，文人聚散，皆確考時地，全無假借，至于兒女鍾情，賓客解
> 嘲，雖稍有點染，亦非烏有子虛之比。[140]

此處孔氏提出了「確考」與「點染」相結合的創作方法。所謂「確考」，即「實
事實人，有憑有據」，均能不乖信史。所謂「點染」，則實際上是指情節構思與
戲劇描寫的不避虛構。由此可見，孔氏對歷史時事劇的創作，主張「大事小
虛」，「史跡實而情趣虛」。上述歷史劇創作的原則若反映在題材選取的標準
上，便是應加入一些孔尚任所謂的：「事之不奇而奇，不必傳而可傳者也。」[141]
孔氏編《桃花扇》一劇，工夫常就在其事有「不奇而奇」之一面，做為點染：

> 《桃花扇》何奇乎？其不奇而奇者，扇面之桃花也。桃花者，美人之血痕
> 也；血痕者，守貞待字，碎首淋漓，不肯辱于權奸者也。權奸者，魏閹之
> 餘孽也；餘孽者，進聲色，羅貨利，結黨復仇，隳三百年之帝基者也。[142]

一時代之動亂如晚明，而有一侯方域一李香君，正不知此一侯一李之外，別有多
少侯與李，此所謂「事之不奇」者，亦事之「不必傳」者；然而善於點染者，卻
藉此一番不奇之事、不必傳之事，將一個時代的精神和盤托出。就侯、李之於晚
明情事言，係如此；就碎首淋漓，血留扇底之於侯、李當時心理言，亦是如此。
於是侯、李情緣，經點染而為明亡國覆下哀痛者啼血之象徵，而桃花一扇之由贈
而濺，而畫，而寄，亦經點染而為有聲同哭者無聲之寄託，真真做到將「南朝興
亡，遂繫之桃花扇底」[143]。這種以「實」串史，而以「虛」點染的戲劇手法，

---

140 〔清〕孔尚任，〈凡例〉，《桃花扇》，上卷，頁2a。
141 〔清〕孔尚任，〈小識〉，《桃花扇》，下卷，頁150b。
142 同上，頁150。
143 〔清〕孔尚任，〈本末〉，《桃花扇》，下卷，頁146a。

乃是將「象徵」恰當地融入於「寫實」之中；既是開創了洪昇史劇外之另一種形態，亦是成就了史劇編寫技法上的另一種突破。兩劇之宜並駕齊驅而無可優劣於其間，正是爲此。王國維於清末評此劇時，謂此劇乃是：

> 借侯、李之事，以寫故國之戚，而非以描寫人生爲事。故《桃花扇》，
> 政治的也，國民的也，歷史的也。[144]

此語論孔劇大旨在寫故國之感，雖然近似，但逕謂其劇乃非眞寫人物，非眞寫人生，則亦不全然正確。

孔尚任極爲重視劇本中人物的塑造與布局。他認爲，爲了給舞臺演出時「優孟模擬」提供藍本，劇作家在創造人物形象時，必須將「形」與「神」「細爲界出」，並使二者統一起來，「跳躍紙上，勃勃欲生」，成爲鮮明、生動、可感、呼之欲出的形象：

> 設科之嬉笑怒罵，如白描人物，鬚眉畢現，引人入勝者，全借乎此。
> 今俱細爲界出，其面目精神，跳躍紙上，勃勃欲生，況加以優孟摹擬
> 乎。[145]

這段話的意義並不僅侷限科諢，而可以視爲孔氏塑造戲曲人物形象的基本原則。劇本要以主要人物及其命運作爲全劇「綱領」，即全劇情節結構的中心。而《桃花扇》全劇乃是以「一生一旦，爲全本綱領，而南朝之治亂繫焉」。爲此，孔氏還製作了一張〈桃花扇綱領〉，以說明劇中人物角色的結構，分清人物之間不同的態度與主次關係。這在中外戲劇史上可以說是絕無僅有的。孔氏在此〈綱領〉明確地提出了他編織劇本人物關係的總原則：

---

144 〔清〕王國維，〈紅樓夢評論〉，頁13。
145 〔清〕孔尚任，〈凡例〉，《桃花扇》，上卷，頁3b。

色者，離合之象也。男有其儔，女有其伍。以左、右別之。而兩部之錙銖不爽。氣者，興亡之數也。君子為朋，小人為黨，以奇偶計之，而兩部之毫髮無差。張道士，方外人也，總結興亡之案。老贊禮，無名氏也，細參離合之場。明如鑑，平如衡，名曰傳奇，實一陰一陽之為道矣。[146]

此篇之所以稱為「綱領」，即因其具有結構上的意義，其中男女人物部伍嚴整，各行角色分配均衡。此〈綱領〉分戲中人物為左、右、奇、偶、總五部。左、右兩部以正生侯方域、正旦李香君為主，組織了直接與他們有關的人物；而在大結構上看，為了使生、旦在整體烘托的效果上勻稱，他以搭配男女角色的幫襯歸入「左」「右」部，如左部的陳定生、吳次尾、柳敬亭、右部的李貞麗、楊龍友、蘇崑生等，除侯、李之「正色」外，二部各有「間」「合」「潤」三色，總計十六人，來表現劇中侯、李的離合之情。至於不屬幫襯生、旦主角，而係在情節中帶動戲劇氣氛者，則依其引動氣氛之作用，區別為「中氣」、「戾氣」、「餘氣」與「煞氣」四種，亦歸為兩部，曰「奇」、「偶」，「奇」「偶」是「君子為朋，小人為黨」之意。以效忠明朝的正面人物史可法、左良玉、黃得功等為中氣，昏淫的弘光帝、權奸馬士英、阮大鋮等為戾氣，賣國求榮的田雄、劉良佐、劉澤清等為煞氣，共計十二人，表現了他們在當時的政治紛爭中的不同立場，來反映南明一代的興亡。連前所敘張道士、老贊禮之歸為傳奇的「經」「緯」二星者，總結了全戲的離合之情，興亡之感。全劇總合共計三十人[147]。

---

146 〔清〕孔尚任，〈綱領〉，《桃花扇》，上卷，頁7a-b。

147 仔細說來，「氣」是「興亡之數」，「戾」為乖戾，「戾氣」有「罪之」的含意，是指在南明興亡中有罪的一類人物，如馬士英、阮大鋮之流；由淨與副淨扮演。而與列在「小人為黨」的「偶部」「戾氣」一類的馬、阮相反對立的，是列在「君子為朋」的「奇部」「中氣」一類的南明忠臣史可法。至於柳敬亭（丑扮）、蘇崑生（淨扮）、丁繼之（副淨扮）、蔡益所（丑扮）等恥與奸黨為伍、富於民族氣節的下層人物，則雖由淨、丑扮演，但這卻是因為「正色不足」才借用的，故孔氏特加以說明：「凡正色借用丑、淨者，如柳、蘇、丁、蔡，出場時暫洗去粉墨」（孔尚任，〈凡例〉，《桃花扇》，上卷，頁4a），作者強調此等角色要洗去其面上白粉，還之以「潔面」的形象，以示與阮大鋮、馬士英等人的區別，正顯示作者對人物的褒

　　孔氏這種設計不唯注意到角色間「主」、「從」的地位，與「主」、「從」關係之性質，亦且注意到因角色運用而造就的氣氛轉換問題。就美學設計來說，副角之幫襯，依功能區別爲「間色」、「合色」、「潤色」，即是繪畫時之「勾勒」、「運皴」與「渲染」，而貫場「使氣」之畫分爲「中」、「戾」、「餘」、「煞」，即是繪畫布局中之奇偶生剋，至於「經」、「緯」則是類近於中國畫中之題詩點旨。這種運用畫法入劇的創思，可以說是得古今所未曾有。而在整體的氣韻呈現上，孔氏之部分「左」、「右」，以中國藝術論中最所重視的「陰」、「陽」爲其總攝，強調氣韻生動所當注意之「互補性」與「均衡性」，更是論劇者從未觸及之問題。亦可以說金聖嘆所謂「專寫一人」的人物刻畫理論，發展至孔氏，已有了更新的局面。亦可說，生、旦對手之在孔氏，不僅是爲題材上的需求，亦不是專爲演員表演而考慮，而是在戲劇的整個表現上本須有「陰」「陽」之對應。在這種理論的主張下，即使構劇的原始企圖本在專寫一人，也必須有另一方與之對應，且此另一方與此一方，若配進言情內容，最好還應是男、女對應。陰、陽生發之理，主要建立於陰、陽之「互補性」，而所謂「互補」，並非補其所未有，而是「完成其所有」；此所謂「生發」之義。故就全劇之意圖表現時代精神言，重點擴及於提點附設人物。即如《桃花扇》一劇言，所謂忠義之責，論理自應在方域一人肩頭，作者卻將生發的引子寄在香君身上。此非是香君之忠義過於方域，故不得不寫，而乃是觀眾期望全在方域，方域不忠則全劇即毀，故借用一本不必如此之忠之香君，代觀眾責之方域，令方域不得不反心自問，然後悔之恨之，忠義之誠，滂然而出，如此便能動人。此便是「生發」之意。故作者所謂「虛」、「實」之筆，寫侯生處乃是實多於虛，而寫

（續）────────────

貶態度。在眾角色中，最耐人尋味的是楊龍友這個人物的角色分配。劇中的楊龍友，既有膽小怕事，取媚馬、阮的一面，也有傾向正義，同情侯、李的一面，是一個周旋於光明與黑暗之間的「中間人物」；作者把他列做「間色」，並用末扮。末的表演特點，《揚州畫舫錄》在「馬文觀」一條中有「卑小處如副末」的說法，說明在當時，末的表演是生行中略帶卑微格調的，不像正工老生那樣端莊肅穆；也就是帶點「中間色彩」。作者在《桃花扇·凡例》中曾云：「腳色所以分別君子、小人，亦有時正色不足，借用丑、淨者。潔面花面，若人之妍媸然，當賞識于北牡鸝黃之外耳。」（同前註）可見對腳色行當的分配，孔氏的確寓有區別「君子」與「小人」的審美評價。

香君處則是虛多於實；香君之虛正是欲勾出侯生之實。這便是妙筆。

　　《桃花扇》在藝術結構上的成就，也表現在人物與情節的設計安排上，劇作的人物處理，首先根據全劇的大旨，將各類人物確定其主次關係。至於每個人物的出場及其最後的結局，不管主、次，還是正、反，甚至老道士、老贊禮這樣的穿插人物，徐公子這樣的背景，都能安排的有條不紊，因此各色人物，都能「跳躍紙上，勃勃欲生」。評者在批語中亦強調以主要人物為全劇的「綱領」，使其成為全劇情節的中心，揭示了一生一旦的創作原則與陪襯人物的綱領。如第一齣〈聽稗〉侯方域出場，總批指出：

> 傳奇首一折，謂之正生家門。正生，侯朝宗也。陳定生、吳次尾，是朝宗陪賓，柳敬亭是朝宗伴友。開章一義，皆露頭角，為文章梁柱。此折如龍升潭底，虎出林中，稍試屈伸，微作跳擲，便令風雲變色，陵谷遷形。觀者須定神斂氣，細看奇文。[148]

緊接著第二齣〈傳歌〉，李香君出場，總批指出：

> 傳奇第二折，謂之正旦家門。正旦，李香君也。楊龍友、李貞麗，是香君陪賓。蘇崑生是香君業師，故先令出場。前折柳說賈島西鼓詞，奇文也。此折蘇教湯若士南曲，妙文也。皆文章對待法。[149]

關於女主角，孔尚任在侯方域〈李姬傳〉等素材的基礎上，根據李香君「俠而慧」、「風調皎爽不群」的性格特徵，不僅增飾了〈卻奩〉、〈守樓〉的情節，更虛構了〈寄扇〉、〈罵筵〉、〈選優〉、〈歸山〉、〈入道〉等情節，生動地塑造出一位具有獨立人格與高尚氣節的女性形象。李香君雖出身卑賤，卻情操高潔，她不貪慕富貴，也不畏懼權勢。因此批語稱她是「慧心明眼人」[150]。由第

---

148 〔清〕孔尚任，〈聽稗〉總批，《桃花扇》，上卷，頁19。
149 〔清〕孔尚任，〈傳歌〉總批，《桃花扇》，上卷，頁24b。
150 〔清〕孔尚任，〈卻奩〉眉批，《桃花扇》，上卷，頁52a。

二齣〈傳歌〉中可知，香君與復社領袖張天如、夏彝仲都有交往。她之所以對侯
方域一見傾心，也與她對復社文人的仰慕有關。她的高貴品格在一些關鍵時刻更
爲彰顯。從〈卻奩〉到〈罵筵〉，香君展現了她對愛情的堅貞不二，對迫害她的
馬士英與阮大鋮的堅決反抗，評點者對香君這個感人的角色，給予高度評價。如
〈卻奩〉一齣，當楊龍友爲阮大鋮遊說，侯方域立場有所動搖之時，香君立即嚴
詞怒斥侯生：

> 阮大鋮趨赴權奸，廉恥喪盡，婦人女子，無不唾罵。他人攻之，官人救
> 之，官人自處於何等也？[151]

接著便「拔簪脫衣」，高唱：

> 脫裙衫，窮不妨，布荊人，名自香。[152]

連侯生都連連稱讚道：「這等見識，我倒不如，眞乃侯生畏友也。」[153]她這一
行動也贏得復社文人的敬意。香君這樣高潔的品格與政治見識，引得評點者情不
自禁地連聲讚嘆：「巾幗卓識，獨立天壤」；「何等胸次」；「香字妙」；「侯
生服善，亦不可及」[154]。而〈守樓〉一齣，楊龍友受命勸香君嫁給田仰，她嚴
詞拒絕，憤然道：「阮、田同是魏黨，阮家粧奩尚且不受，倒去跟著田仰麼？」
當阮大鋮的凶徒逼嫁時，她手持詩扇，前後亂打，最後倒地撞頭，血噴滿地，
「竟把花容，磞了個稀爛」[155]。足見她的堅貞不屈，不畏權勢，不貪富貴。後
來馬、阮逼她入宮當歌妓，她就與馬、阮死黨展開面對面的抗爭。到了〈罵筵〉
這齣戲，香君不畏權勢的堅貞品格更爲彰顯。阮大鋮在賞心亭請馬士英、楊龍友

---

151 〔清〕孔尚任，〈卻奩〉，《桃花扇》，上卷，頁53b。
152 同上，頁54a。
153 同上。
154 〔清〕孔尚任，〈卻奩〉眉批，《桃花扇》，上卷，頁53b-54a。
155 〔清〕孔尚任，〈守樓〉，《桃花扇》，下卷，頁11b-12a。

飲酒賞雪，拉香君去唱曲侑酒，她乘機嘲罵他們是「趙文華陪著嚴嵩」，表示自己準備一死，「作個女彌衡」。她當面大罵這些南朝奸佞，淋漓痛快，較彌衡的「漁陽三撾」有過之而無不及。儘管阮大鋮下令將她丟在雪中，她依然高昂地唱道：

> 冰肌雪腸原自同，鐵心石腹何愁凍？……奴家已拼一死，吐不盡鵑血滿胸！[156]

香君身上所表現出的威武不能屈的人格精神感人至深，令人感佩，這與那些蠅營狗苟的「堂堂列公」形成了鮮明的對比。〈守樓〉總批曰：

> 〈卻奩〉一折寫香君之有為；〈守樓〉一折寫香君之有守。[157]

而〈罵筵〉一折則是表現「香君操守之堅」，明確指出這三齣戲集中刻畫了香君不畏強權、不屈威武、不貪富貴，大義凜然的高貴品格。

　　相較之下，男主角侯方域的形象，就不如女主角那麼堅定與剛強。這是一個具有正義感，有一定的政治才能與抱負，但又時而表現出軟弱與動搖的知識分子。歷史上的侯方域是個著名文人，為復社「四公子」之一，但在清順治八年曾參加鄉試，得了個副榜，這種變節行為曾受到許多人的質疑。孔尚任在《桃花扇》中對侯生的處理有一定的分寸。劇中的侯方域被列入「左部正色」，他對危急中的國家懷抱著一種深深的憂患意識，也曾有過為拯救國家做出貢獻的抱負與努力。在「迎立」新君問題上，他主張擁戴賢者，而「不必拘定倫次」，他痛快淋漓地道出福王朱由崧的「三大罪」與「五不可立」，從這一番仗義執言中，可以看出侯生的正直品格與政治膽識。在四鎮爭位的危急關頭，他能為史可法分憂，四處奔波調停危險的內爭，爭取建立團結防清局面。在被捕入獄後，他的態

---

156 〔清〕孔尚任，〈罵筵〉，《桃花扇》，下卷，頁26b-27a。
157 〔清〕孔尚任，〈守樓〉，《桃花扇》，下卷，頁13b。

度也是比較坦然的，認爲「從來豪傑，都向此中磨煉」[158]，表現出一種正直文人的浩然之氣，值此「朝中軍中，無處不難」，而朝廷「無人可用」的「興亡大機」，侯方域亦扮演了一關鍵的角色。正是基於這些理由，評點者在批語中指出〈爭位〉、〈和戰〉、〈會獄〉三齣戲是爲塑造侯生形象而設置的[159]。〈爭位〉的總批說：

> 元帥登壇，極高興之舉，而爲極敗意之事，朝中軍中，無處不難，佞臣忠臣無人可用，此興亡大機也，有侯生參其中，故必費筆傳出。傳出者，傳侯生也。[160]

〈和戰〉的總批說：

> 有爭必有和，爭者四鎮也，和者侯生也。又須費筆傳出，亦傳侯生也。[161]

〈會獄〉的總批說：

> 前崑生之落水，今敬亭之繫獄，皆爲侯生也，而皆與侯生遇。所謂奇緣奇事，傳奇者傳此耳。[162]

從批語中可以看出，「四鎮之爭」，能「和」者，唯有侯生，侯生貫串政局之重要性因此不可忽視，這三齣戲對描繪侯方域的正面形象具有重要意義。

此外，基於孔尚任強調「大事小虛」、「史蹟實而情趣虛」的創作手法，評點者亦主張塑造人物要用「史公筆法」，如二十九齣〈逮社〉尾批所云：

---

158 〔清〕孔尚任，〈會獄〉，《桃花扇》，下卷，頁81a。
159 吳新雷，〈《桃花扇》批語初探〉，章培恆、王靖宇主編，《中國文學評點研究論集》，頁454。
160 〔清〕孔尚任，〈爭位〉總批，《桃花扇》，上卷，頁116b。
161 〔清〕孔尚任，〈和戰〉總批，《桃花扇》，上卷，頁120a。
162 〔清〕孔尚任，〈會獄〉總批，《桃花扇》，下卷，頁84a。

此折俱從實錄，又將阮鬍得意驕橫之態，極力描出，如太史公志傳，不加貶刺，而筆法森然矣。[163]

意即不將作者的主觀傾向強加在人物身上，而讓人物自身的眞實感呈現於作品中。此種「筆法」，要求作者應有善於「實筆達虛」的「白描」功夫，凡具體的描繪要能詳所應詳而略所宜略，著意點染人物之精神；也就是要能適當地凸顯人物性格的主要特徵。譬如批語謂作者寫李香君：「曲白溫柔艷冶，設色點染，恰與香君相稱」[164]；寫蘇崑生與柳敬亭：「俱如戰國先秦時人，鬚眉精神忽忽驚人」[165]（此版本末尾從缺）；寫史可法：「忠義激發，神氣宛然」[166]。

值得注意的是，對於楊龍友一類性格複雜、善惡兼有而較難敘寫的中間人物，評者則提出了「不即不離」的描寫原則：

香君一生誰合之？誰離之？誰害之？誰救之？作好作惡者，皆龍友也。昔賢云：「善且不爲，而況乎惡」；龍友多事，殊不可解。傳中不即不離，能寫其神。[167]

作者塑造「楊龍友」這個形象的意圖，可以從《桃花扇·綱領》的內文，以及作者所作的「角色分配」加以分析。楊龍友被派入「右部間色」，由「末」扮演，這說明了作者對於楊龍友在劇中的戲分，是視之爲具有「正面」作用的。基本上，楊龍友在劇中敘寫的基調，是以一個「罷職閒居」、「拮据爲客」的官僚文士來處理。他對於李香君「合之、離之、害之、救之」，雖然不能說都出於無心，卻也並非全出於有意。不過在整件事情的發展上，無論「成之」、「敗之」，他都有一種非屬「倫理性」，但卻是「事勢性」的意義。整部戲若少了

---

163 〔清〕孔尚任，〈逮社〉總批，《桃花扇》，下卷，頁58b。
164 〔清〕孔尚任，〈傳歌〉總批，《桃花扇》，上卷，頁24b。
165 〔清〕孔尚任，〈草檄〉總批，《桃花扇》，下卷，頁72b。
166 〔清〕孔尚任，〈誓師〉總批，《桃花扇》，下卷，頁93b。
167 〔清〕孔尚任，〈媚座〉總批，《桃花扇》，下卷，頁8a。

他，全部的情節都無法勾串。這種世間情態的描摹，多少可以凸顯世間一種「命運無常」，「造化弄人」的無奈。他的熱心多事，既表現在為侯、李的撮合，也表現在為田仰買妾。這都是因為他對侯、李二人的愛情認識不足，對妓女亦懷有偏見，而非主觀上要參與迫害香君。但劇中只是刻畫出世間本有這等人物，並沒有明確加以議論。故而〈總批〉指出他的「多事」，乃是「殊不可解」；而作者如此處理，正是一種欲將這個人物的微妙作用表現得「適如其分」的作法，故評者謂之為「不即不離」。所謂「不即不離」，指的即是敘寫人物時，不可太過貼近人物形跡之細微處，因而模糊了人物的精神面目，或混淆了他在劇中的角色功能；但寫劇之人，又必須適時地將他寫出一些舉措情態，讓他的「真實性」能夠提點得有精神。這種作者掌握人物分寸，拿捏其難處的高妙技巧，評者頗能體會。而在〈罵筵〉齣，龍友吊場說白處有眉批云：

> 龍友與香君恨淺而愛深，故救其命而幽其身。此間分寸，熟讀乃知。[168]

作者對待楊龍友這個人物，之所以能掌握分寸，合情合理，根本原因在於作者並未把楊龍友當成如馬、阮二奸般的反面人物來處理。〈偵戲〉齣，楊龍友上場，說道：

> 下官楊文驄，與圓洵筆硯至交，彼之曲詞，我之書畫，兩家絕技，一代傳人。[169]

眉批指出：

> 兩家絕技，今俱傳矣。以人品論，稍屈龍友。[170]

---

168 〔清〕孔尚任，〈罵筵〉眉批，《桃花扇》，上卷，頁27a。
169 〔清〕孔尚任，〈偵戲〉，《桃花扇》，上卷，頁32a。
170 〔清〕孔尚任，〈偵戲〉眉批，《桃花扇》，上卷，頁31b-32a。

以人品論，馬、阮不可相提並論；然而〈眠香〉眉批指出：

　　龍友慷他人之慨，亦世局中不可少之人[171]。

〈媚座〉齣龍友附和馬、阮，當馬、阮吩咐班長傳幾名歌妓來伺候時，龍友竟熱心引介說：「舊院李香君，新學《牡丹亭》，倒還唱得出。」[172]對此評點者連聲予以斥責：「龍友多事！」「龍友更多事！」並指出「龍友非多事也，稍稍銜恨，無疑起因於卻奩」（此版本從缺）。香君為了與阮大鋮劃清界限而「卻奩」，楊龍友「稍銜恨」香君，以至於侯生。可是當馬、阮危及侯、李的緊要關頭，楊龍友還是極盡全力設法救護的。總之，類如「楊龍友」這種不可歸類的人物形象之出現，以及孔尚任為了塑造這類人物而構想出的描寫方法，對於拓展戲曲人物塑造理論，具有十分重要的意義。

　　正由於孔氏結構之大體是以「陰」「陽」為二部區分，而在分色之原則上，有所謂「離合之象」，即「男有其儔，女有其伍，以左、右別之，而兩部之錙銖不爽」，故穿合兩部應有超出角色之象徵性的縐合物，此即是前文所論及之「扇緣」。作為「詩扇」，桃花扇是侯生送予李香君的定盟之物，在扇面所題之詩中，方域表達了對於香君的傾慕之情：「青溪盡是辛夷樹，不及東風桃李花」[173]，他倆的情愛亦從此縐結在這一詩扇之上。評者眉批云：「《桃花扇》托始于此。」[174]遺憾的是，象徵侯、李美好婚緣的「桃李」雖艷極一時，「桃之夭夭」卻不久長。從第六齣〈眠香〉到第十二齣〈辭院〉，亦即從「兒女濃情如花釀，美滿無他想，黑甜共一鄉」[175]，到香君春夢驚醒的悲劇性轉換，情愛在發展中牽連進了政治。而亦即從〈卻奩〉開始，此一詩扇的命運，便與全劇情節的發展結了不解之緣。以桃花扇之流轉遞嬗為內涵的意象結構是《桃花扇》全

---

171 〔清〕孔尚任，〈眠香〉眉批，《桃花扇》，上卷，頁45a。
172 〔清〕孔尚任，〈媚座〉，《桃花扇》，下卷，頁6a。
173 〔清〕孔尚任，〈眠香〉，《桃花扇》，上卷，頁47b。
174 〔清〕孔尚任，〈眠香〉眉批，《桃花扇》，上卷，頁47a。
175 〔清〕孔尚任，〈卻奩〉，《桃花扇》，上卷，頁50b-51a。

劇的骨幹，桃花扇在劇中經歷了一個從贈扇、濺扇、畫扇、寄扇，到最後撕扇的悲劇化演變過程。而在由「詩扇」變爲「桃花扇」的一刻，由於意象的鮮明，「扇」的象徵意義突然之間大幅提昇。正如批語所云：

> 借血點作桃花，千古新奇之事，既新矣，奇矣，安得不傳？既傳矣，遂將離合興亡之故，付于鮮血數點中。聞《桃花扇》之名者，羨其最豔、最韻、而不知其最傷心、最慘日也！[176]

這一把染血的桃花扇，既是香君對愛情的「一點芳心探不去」的堅貞象徵，也是她「碎首淋漓，不肯辱於權奸者」的政治立場的體現。誠如作者在《桃花扇·劫寶》一齣所批：

> 桃花扇，乃李香君面血所染。香君之面血，香君之心血也。因香君之心血，而傳左寧南之胸血，史閣部之眼血，黃靖南之頸血；所謂血性男子，爲明朝出血汗之力者，而無如元氣久弱，止成一失血之病。奈何？[177]

李香君以血染扇正是「出血汗之力者」的時代精神的昇華，亦是「元氣」太弱兼有「失血之病」的時代悲劇之縮影。

正因爲侯、李的愛情與命運本就與他們所堅守的民族大義緊密結合，此一戲劇化的過程，實際上即隱含著一種國破家亡之後的人生虛無感與歷史悲劇感。作者自謂此劇本重在「寫興亡之感」，因而劇中的政治變遷與人物命運緊密相連，二人命運始終被政治情勢所左右。爲躲避奸臣構陷，侯生不得不與香君作別，而香君既已許身於侯生，矢志爲其守節，故即使面對奸佞小人之威迫，亦必以死相抗，「血噴滿地，連這詩扇都濺壞了」[178]。虧得楊龍友潤筆點染，遂成桃花扇。

---

176 〔清〕孔尚任，〈寄扇〉總批，《桃花扇》，下卷，頁19a。
177 〔清〕孔尚任，〈劫寶〉總批，《桃花扇》，下卷，頁106b。
178 〔清〕孔尚任，〈守樓〉，《桃花扇》，下卷，頁12a。

此一妙筆點染，觀之者看來，實如香君所嘆：「桃花薄命，扇底飄零」[179]，可說是「薄命人，寫了一幅桃花照」[180]。故而香君心中的感嘆：「奴的千愁萬苦，俱在扇頭」[181]，故借之遠寄，真可「抵過錦字書多少」[182]。在此，桃花扇也因作者的敘寫，進一步強烈地被「象徵化」：從無情物變成了有情物，「為桃花結下生死冤」；從山盟海誓的信物，變成了二人離合悲歡命運的象徵，所謂「不是杜鵑拋，是臉上桃花做紅雨兒飛落，一點點濺上冰綃」[183]；從二人際遇的象徵，變成了映照家國命運的見證，所謂「南朝興亡，遂繫之桃花扇底」。侯生見扇，倍添思戀之情，持扇覓故，經過圍圉喪亂、患難餘生，最後終在棲霞山道壇上與香君不期而遇。此時兩人本待急訴離衷別緒，重圓舊夢，不料卻被張道士大聲呵責，於是做為兒女之情與興亡之感縮合物的桃花扇，被張道士當場撕裂：

　　　桃花扇扯碎一條條，再不許癡虫兒自吐柔絲縛萬遭！[184]

侯、李二人到此「冷汗淋漓，如夢忽醒」[185]，於是芟除情苗，割斷愛胞，兒女風情雲散，雙雙歸真學道而去。

七、結語

　　《桃花扇》於康熙四十七年由介安堂首度刊行，此一版本除了每齣均有眉批與總評外，劇本前後亦臚列眾多序跋、題詞，這批序跋、題詞顯示出劇本在刊行之前，曾透過傳抄、閱讀、演出、觀賞、傳播與刊行的過程，融合了讀者、觀眾

179 〔清〕孔尚任，〈寄扇〉，《桃花扇》，下卷，頁17a。
180 同上，頁17b。
181 同上，頁18a。
182 同上，頁18a。
183 同上，頁15b。
184 〔清〕孔尚任，〈入道〉，《桃花扇》，下卷，頁126a。
185 同上，頁125b。

與評者的反應。有趣的是，作者不僅邀請名人同好贈序題詞，他還洋洋灑灑地撰寫了前文所提及的〈小引〉、〈小識〉、〈凡例〉、〈考據〉、〈綱領〉、〈本末〉與〈砌末〉等，表達了完整的創作理念與藝術構思。這顯示孔尚任不僅「主觀地」創作劇本，同時作者亦曾策略性地以一種「客觀化」的方式，企圖呈現他的某種構思。

此處所指創作的「客觀」與「主觀」，顯示兩種不同機制的作為：在第一項層次中，不同於詩之著重主觀抒情，就戲劇文類的表現特質而言，劇作家控制情感，須為情感提供「動機」（亦即激發情感的原生心理），他必須使用客觀化、戲劇化的「事物」、「情況」或「事件」來呈現其意念。在此意義上，劇作家似乎也在建構一種「客觀投影」（objective correlatives）[186]，而在構思劇本時，作者常常把自己此一自覺主體「對象化」與「客觀化」，成為對立面的參照物，來虛構劇中主角的成功經歷，並且不時地把自己的情緒投射到劇中的人物與事件之中。同時，作者又與他虛構的故事人物彼此呼應，達到情緒的交流。在這一層次中，高明的作者，如孔尚任，他對於自己的戲劇創作，具有高度的「批評意識」與「讀者／觀眾意識」。亦即是，在構思布局的過程中，作者具有隔離「自身」與「作品」的能力。而第二項層次中，作者作為一「憑藉直覺」的創作者，他必須投身於「情境」，化身為劇中每一位「行動者」，為每一位「行動者」決定行動、設計語言。在這一「選擇」的過程中，作者忘卻了「作品」作為遊戲場的虛構意義，而將每一項決定當作自己「設身處地」的意志抉擇。

但是我們透過了作品完成後集結或虛構的「批語」，我們發覺了孔尚任的第三項立場，即是在劇作完成之後，他跳脫了自己原來的「創作主體」的立場，扮演起身兼「導演」、「製作人」與「批評者」的角色，從事戲劇的「二度創作」。他甚至預設了讀者／觀眾的接受反應，提煉出許多編劇、導戲、製作甚至

---

186 美國文論家艾略特(T.S. Eliot)認為：「在藝術結構中表達情感的唯一方式，是尋求一個『客觀投影』，換言之，一組事物，一個情況，一連串的事件（ a set of objects, a situation, or a chain of events ），為某一特定情感的公式；這些於感官經驗中確已消失的外在事物出現時，那種情感便立即被引發出來。」參見T.S. Eliot, "Hamlet and His Problems," in *Selected Essays* (New York: Harcourt Brace & World, Inc., 1964), pp. 124-125.

讀劇／觀劇的「戲劇學」理念與表演藝術指導原則；並對此一特定文本的詮釋，作出了「理想的閱觀」的設定。這種透過與評點者、序跋作者、題詞作者、讀者與觀眾的「對話」與「論辯」，多方的互動，而產生的「交互主體性」（intersubjectivity）的新視界，可以說是作者、讀者、批評者之多元視界融合的產物。在這裡，「新視界」的產生，提示了「理想讀者」存在的可能性。

　　前文曾提到對於《桃花扇》批語與作者之關係，可有三種解讀方式：其一，批語乃出自抄本讀者所撰，這些讀者多半是作者熟識之友人；其二，批語乃孔尚任自評之作，此種自撰、自評的獨特作法，有其在「批評意識」發展上的重要意義。其三，孔尚任在所收集的批語中，添加了「擬作」部分，故整個批語事實上是個混合體。然而不論何者為實，我們都可以推斷，在孔尚任心目中確實存在一「理想之讀者」，只是對於這一「理想讀者」，作家並無主觀設定的權威，「作者」在面對自己作品時，亦並不擁有所謂的「詮釋權威」。「理想的閱讀」，或說「正確的閱讀」，應是由不同讀者，在不同的視界判斷下逐漸取得的一種意見上的「協調」。但這些讀者必須是經受藝術思維訓練的「合格」的讀者（qualified reader）。這種理想狀態下的「視界融合」，對於同樣是優秀批評家的所有作者來說，彼此的共同見解是可以透過「批評的共識」而達成的，故他說這些經過統整的多元視界的集結產品，乃是「忖度予心，百不失一」。

　　從前文對評語之思維結構與藝術理念的討論，我們可以判定孔尚任本身確實擁有這種頗為「現代」的批評觀念，事實上，我們如果從前述「理解」與「詮釋」的層面來分析，可以說《桃花扇》的文本與批語，它的特殊點，在於兩者透過對話，可以將戲劇創作理念、劇本構思與人物塑造、表演藝術的設計構想中所存在的「議題」，揭示出來，並使原先存在於一般文本中「作者」與「讀者」的距離，減至最低。在這裡，作者彷彿是找到了一個「讀者」作為其「理想的分身」；「批語」在此意義上似乎成了作者的最佳自我詮釋。

　　一般而言，一部劇作所展現的意義，往往有兩個層面，一是作者的原意，一是作者設計一部戲整體框架所創作與衍生的詮釋的可能性與豐富性。設若孔尚任是《桃花扇》批語之執筆人，他不僅顯示出是深知自己作為「作者」、「評者」與「讀者」角色之多重性，以及由於角色差異所可能造成的不同「視界」

（horizon），而且他也是自覺地透過這些多重角色，將自己對於戲劇創作的理念與實踐，作不同層面的展現。換言之，他深知批語所能「提示」與「詮釋」的，是一種開放性的閱讀。這對於抱持不同審美角度的各種讀者／觀眾而言，具有某種程度的規範性與引導性，但並不是一種全面性的制約。可以說，在某種程度上，《桃花扇》批語之撰筆人，藉由評點作了某種程度的「詮釋性閱讀」（interpretive reading）的示範，展現其對於戲劇觀賞、戲劇理論與戲劇表演的「期待視界」（horizon of expectation）[187]，因此在相當程度上，他不僅符合了「歷史的讀者」甚或「理想讀者」（ideal reader)的角色功能，並在爾後的文本閱讀中，產生一種鉅大的附加影響力。這種讀者與作者密切關聯，且進而由「評本」而「設定」合格／理想讀者的方式，展現了藝術家在創作過程中，深植在其文本中的「批評意識」與「讀者意識」，以及作者透過分化「評論者」、「讀者／觀眾」與「創作者」，以達致眞正的「批評語境」的詩學企圖。

---

187 「期待視界」是接受美學的一個重要概念，意指在文學接受活動中，讀者原先的各種經驗，特別是審美經驗的綜合形成的文學作品的一種欣賞要求、目標與水準，在具體閱讀中，表現爲一種潛在的審美期待。它可以是個體的，也可以是群體的。它是讀者響應文本召喚結構的先在條件，也是通向作品意蘊、審美對象的必經之路。讀者正是帶著自己的期待視界來欣賞、理解文本，把自己的視界投射到文本上，建立起新的審美對象，並在發現文本潛在意義中注入自己的理解。所以，文學作品與審美對象是作者與讀者共同創造的，文學作品的意義不是純客觀的，包含著讀者的參與與再創造。

第五章

《閱微草堂筆記》與中國敘事傳統

陳文新(武漢大學中文系)

　　中國傳統的四部以經、史、子、集爲類別單元，撇開經不論，史、子、集在其發生、發展的過程中，形成了各自獨立的敘事傳統。一個嚴格意義上的史家，其著述宗旨是經由對事實的記敘揭示出歷史發展的規律，即司馬遷所說「究天人之際，通古今之變，成一家之言」[1]。從這一宗旨出發，史家所記之人、所敘之事必須「有關係」，即必須與歷史發展的進程有關[2]，日常生活題材如風懷之類通常不在其視野之內，非社會性的自然景觀同樣不爲史家所關注。從屬於宏大敘事的需要，正史僅僅採用第三人稱全知敘事，第一人稱限知敘事和第三人稱限知敘事不在選用範圍之內。對虛構的排斥也是史家必須堅守的立場。子部書的關注焦點是思想和知識。它可以記人，可以敘事，在特殊情況下甚至可以描寫自然景觀，但都立足於一個基點，即闡發思想和知識。就敘述原則而言，它與史部書都注重簡約，史書旨在以精簡的語言敘述複雜的事實和典章制度，子書旨在以精簡

1　〔漢〕班固撰，〈司馬遷傳〉，《漢書》(北京：中華書局，1962)，第9冊，頁2735。

2　趙翼《廿二史劄記》卷2〈漢書多載有用之文〉：「晉張輔論《史》、《漢》優劣，謂司馬遷敘三千年事惟五十餘萬言，班固敘二百年事乃八十餘萬言，以此分兩人之高下。然有不可以是爲定評者，蓋遷喜敘事，至於經術之文，幹濟之策，多不收入，故其文簡。固則於文字之有關於學問，有繫於政務者，必一一載之，此其所以卷帙多也。今以《漢書》各傳與《史記》比對，多有《史記》所無而《漢書》增載者，皆係經世有用之文，則不得以繁冗議之也。」(〔清〕趙翼著，王樹民校證，《廿二史劄記校證》〔北京：中華書局，1984〕，頁29-30。)「有關係」是史家選取材料的基本尺度之一。

的敘述表達深刻的思想和有價值的知識；但二者之間有一條巨大的鴻溝，即：子部書被賦予了虛構的權力[3]，子部書所傳達的思想常常不合儒家的旨趣。集部的敘事傳統主要建立在賦和長篇敘事詩的基礎之上[4]，其突出特點是在題材選擇上偏愛女性生活和自然景觀，偏愛虛構情節[5]，並大量採用第一人稱限知敘事和第

3　胡應麟《少室山房筆叢》卷28〈九流緒論〉中：「莊氏稱寓言十九、重言十七，文中子與莊絕不同，然其中所列諸弟子及老儒宿將問答之言，要皆當以莊之重言觀之，取其議論而弗計其人有亡可也。」（〔明〕胡應麟，《少室山房筆叢》〔上海：上海書店出版社，2001〕，頁278。）錢鍾書《管錐編》第四冊《全宋文》卷三四〉云：「《莊子》述老子、孔子、顏淵等問答，聲音意態，栩栩紙上，望而知為逞文才之戲筆，非秉史德之直筆；人如欲活適所以為事不悉真，作者耽佳句，讀者不可參死句也。不獨莊子然也，諸子書中所道，每實有其人而未必實有此事，自同摩空作賦，非資鑿空考史。譬如《列子・湯問》篇三代之夏革稱說春秋之師曠，又〈楊朱〉篇齊景公時之晏嬰叨問齊桓公時之管仲，恣意驅使古人，錯亂前代，謝莊、庾信相形猶為拘謹焉。據此以訂史，是為捕風影，據史以訂此，是為殺風景。西方說理而出以主客交談者，柏拉圖《對話錄》最著，古之學士早謂其捉取年輩懸殊之哲人置於一堂，上下議論，近世文家至視同戲劇，則猶劉炫之述《孝經》。又有『設論』之體，使異代殊域之古人促膝抵掌。吾國子書所載，每復類是。均姓名雖真，人物非真。有論《莊子》中贗篇〈盜跖〉者，於其文既信偽為真，於其事復認假作真，非癡人之聞夢，即點巫之視鬼而已。」（錢鍾書，《管錐編》〔北京：中華書局，1979〕，頁1298。）

4　胡應麟《少室山房筆叢》卷2：「集之名昉於楚乎？屈、宋、唐、景皆楚也，非騷賦無以有集。」（〔明〕胡應麟，《少室山房筆叢》，頁16。）章學誠《校讎通義》卷三〈漢志詩賦〉則認為：「古之賦家者流，原本詩騷，出入戰國諸子。假設問對，莊列寓言之遺也。恢廓聲勢，蘇張縱橫之體也。排比諧隱，韓非〈儲說〉之屬也。微材聚事，《呂覽》類輯之義也。雖其文逐聲韻，旨存比興，而深探本原，實能自成一子之學；與夫專門之書，初無差別。故其敘列諸家之所撰述，多或數十，少僅一篇，列於文林，義不多讓，為此志也。然則三種之賦，亦如諸子之各別為家，而當時不能盡歸一例耳。豈若後世詩賦之家，袞然成集，使人無從辨別者哉！」（〔清〕章學誠著，葉瑛校注：《文史通義校注》〔北京：中華書局，1994〕，頁1064。）章學誠從溯源的角度論賦，所言有一定合理性；但就「後世詩賦之家」的情形看，屬於集部的賦與諸子之間在旨趣和表達方式上存在諸多區別是毋庸置疑的。

5　顧炎武《日知錄》卷19〈假設之辭〉條：「古人為賦，多假設之辭，序述往事，以為點綴，不必一一符同也。子虛、亡是公、烏有先生之文，已肇始於相如矣。後之作者，實祖此意。謝莊〈月賦〉：『陳王初喪應、劉，端憂多暇』，又曰，『抽毫進牘，以命仲宣。』按王粲以建安二十一年從征吳，二十二年春，道病卒，徐、陳、應、劉，一時俱逝，亦是歲也。至明帝太和六年，植封陳王。豈可掎摭史傳以議此賦之不合哉？庾信〈枯樹賦〉既言殷仲文出為東陽太守，乃復有桓大司馬，亦

三人稱限知敘事。在史、子、集三種敘事傳統中[6]，紀昀的《閱微草堂筆記》明確地以子部爲歸宿。本文由此切入，解讀《閱微草堂筆記》的敘事品格，希望這一研究有助於加深對子部小說敘事形態的瞭解，有助於完善中國古典小說研究的理論架構。

一、子部小說與史家紀傳

　　子部小說主要是相對史家紀傳和集部敘事作品而言的，紀昀也正是著眼於相互之間的區別來把握子部小說的特點。就與史家紀傳的差異而言，《閱微草堂筆記》不僅從形式上常用限知敘事而不用第三人稱全知敘事，而且從內在氣質上表現了敘述者的局限性，自覺使用存疑語氣；以「理所宜有」作爲史子部書的取材原則，以「事所實有」作爲史部書的取材原則，適度地拓展了子部小說的虛構空間；還注意到子部小說在題材選擇和敘述詳略等方面的特殊性，大量志怪，不避瑣屑。所有這些，現代學術界尚未給予相應程度的關注，可供參考的成果不多，拙見的意義僅在於拋磚引玉，而不是錦上添花。

　　先看《閱微草堂筆記》卷一的兩則：

(續)────────

　　同此例。」（〔清〕顧炎武著，黃汝成集釋，《日知錄集釋》〔上海：上海古籍出版社，1985〕，頁1483-1484。）

6　本文將史、子、集涇渭分明地區別開來，乃就大體言之。其中若干具體的體裁和作品，不乏相互交叉的情形。章學誠《校讎通義》卷一〈互著〉云：「若就書之易淆者言之，經部易家與子部之五行陰陽家相出入，樂家與集部之樂府、子部之藝術相出入，小學家之書法與金石之法帖相出入，史部之職官與故事相出入，譜牒與傳記相出入，故事與集部之詔誥奏議相出入，集部之詞曲與史部小說相出入，子部之儒家與經部之經解相出入，史部之食貨與子部之農家相出入，非特如鄭樵之所謂傳記、雜家、小說、雜史、故事五類，與詩話、文史之二類，易相紊亂已也。若就書之相資者而論，《爾雅》與《本草》之書相資爲用，地理與兵家之書相資爲用，譜牒與曆律之書相資爲用，不特如鄭樵之所謂性命之書求之道家，小學之書求之釋家，《周易》藏於卜筮，《洪範》藏於五行已也。書之易混者，非重複互注之法，無以免後學之抵牾；書之相資者，非重複互注之法，無以究古人之源委。一隅三反，其類蓋亦廣矣。」（〔清〕章學誠著，葉瑛校注，《文史通義校注》，頁967-968。）章學誠從不同類型的著述之間的聯繫著眼，其立論是成立的。如著眼於不同類型著述之間的分類依據，則其總體上存在區別也是毫無疑問的。

舊僕莊壽言：昔事某官，見一官侵晨至，又一官續至，皆契交也，其狀
若密遞消息者。俄皆去，主人亦命駕遞出。至黃昏乃歸，車殆馬煩，不
勝困憊。俄前二官又至，燈下或附耳，或點首，或搖手，或蹙眉，或拊
掌，不知所議何事。漏下二鼓，我遙聞北窗外吃吃有笑聲，空中弗聞
也。方疑惑間，忽又聞長歎一聲曰：「何必如此！」始賓主皆驚，開窗
急視，新雨後泥平如掌，絕無人蹤。共疑為我囈語。我時因戒勿竊聽，
避立南榮外花架下，實未嘗睡，亦未嘗言，究不知其何故也。[7]
永春邱孝廉二田，偶憩息九鯉湖道中。有童子騎牛來，行甚駛，至邱前
小立，郎吟曰：「來沖風雨來，去踏煙霞去。斜照萬峰青，是我還山
路。」怪村豎那得作此語，凝思欲問，則笠影出沒杉檜間，已距半里許
矣。不知神仙遊戲，抑鄉塾小兒聞人誦而偶記也[8]。

「舊僕莊壽言」一則採用第一人稱限知敘事，「永春邱孝廉二田」一則採用第三
人稱限知敘事，它們與正史紀傳的區別，不僅在於從形式上採用限知敘事而不用
第三人稱全知敘事，而且在於，從精神實質上表現了敘述者的局限性，無論是
「舊僕莊壽」，還是「邱孝廉二田」，都對所敘述的事實缺少確切的瞭解，因而
使用了存疑的語氣。這樣一種存疑的敘事態度與史家是大為不同的。蓋子部小說
家承認一己見聞之局限，而史家並不具有純粹的個人身分，從理論上說是不能有
局限的。清趙翼《廿二史箚記》卷27〈宋金二史傳聞之誤〉舉了數例因傳聞致誤
的情形，歸結說：「以上各條，兩史參校，始見其歧互，蓋皆傳聞之誤。」[9]正史
中這種「傳聞之誤」的情形，儘管事實上所在多有[10]，但史家從來不在理論上

7　〔清〕紀昀，《閱微草堂筆記》（上海：上海古籍出版社，1980），頁12。
8　同上，頁12。《閱微草堂筆記》卷15「烏魯木齊牧厂一夕大風雨」一則更為典型。
　　作者以「或曰」的方式提出了五種推測，但未對任何一種可能性加以確認（同上，
　　頁382）。紀昀主動放棄了全知的權力。卷16「侍鸞川言」提供了兩種可能性，認為
　　第一種「於理當然」，第二種「亦理所宜有」，均不予以否定，亦是對作者判斷權
　　力的放棄（同上，頁391-392）。
9　〔清〕趙翼著，王樹民校證，《二十二史箚記》，頁611。
10　僅清趙翼《廿二史箚記》所提及的若干例證，即足以說明這一事實。如卷29〈金元
　　二史不符處〉、〈宋元二史不符處〉、〈元史自相歧互處〉，其中因傳聞之異所導

賦予「傳聞之誤」以合理性。子部小說家紀昀則在理論上確認：一定程度的「傳聞之誤」在子部小說中有其存在空間。《閱微草堂筆記》卷24云：

> 張浮槎《秋坪新語》載余家二事，其一記先兄晴湖家東樓鬼，……其事不虛，但委曲未詳耳。此樓建於明萬曆乙卯，距今百八十四年矣。樓上樓下，凡縊死七人，故無敢居者。是夕不得已開之，遂有是變。殆形家所謂凶方歟？然其側一小樓，居者子孫蕃衍，究莫明其故也。其一記余子汝佶臨歿事，亦十得六七；惟作西商語索逋事，則野鬼假托以求食。後窮詰其姓名、居址、年月與見聞此事之人，乃詞窮而去。汝佶與債家涉訟時，刑部曾細核其積逋數目，具有案牘，亦無此條。蓋張氏紀氏爲世姻，婦女遞相述說，不能無纖毫增減也。嗟乎！所見異詞，所聞異詞，所傳聞異詞，魯史且然，況稗官小說。他人論吾家之事，其異同吾知之，他人不能知也。然則吾記他人家之事，據其所聞，輒爲敘述，或虛或實或漏，他人得而知之，吾亦不得知也。劉後村詩曰：「斜陽古柳趙家莊，負鼓盲翁正作場。死後是非誰管得，滿村聽唱蔡中郎。」匪今斯今，振古如茲矣。[11]

這是《閱微草堂筆記》的最後一則，可以視爲全書的壓卷之作，其重要性由此可

（續）

致的失誤占了絕大部分。又同卷〈元史〉條稱：「元起朔漠，本無文字，開國以後，又無有如金之完顏宗翰等能訪求先朝事蹟，是以記載寥寥。本記贊所謂太祖奇勳偉績甚多，惜當時史官不備，失於記述也。直至世祖中統三年，始詔王鶚集廷臣商議史事，鶚請以先朝事付史館。（〈鶚傳〉）至元十年，又敕翰林院採集累朝事蹟，以備纂輯。其後撒里蠻等進累朝實錄，帝曰：『太宗事則然，睿宗少有可易者，定宗固日不暇給，憲宗事獨不能記憶耶？尚當詢之故老。』又成宗時，兀都帶等進《太宗》、《憲宗》、《世祖實錄》，帝曰：『忽都魯迷失非昭睿順聖皇后所生，何爲亦稱公主？順聖太后崩時，裕宗已還自軍中，所記日月亦先後差誤。』（〈本紀〉）此可見事後追述之舛漏也。」（同上，頁649）這種「事後追述之舛漏」的情形，在正史中一定佔有相當比例。但在理論上，正史須具有實錄品格是一個不應被質疑的命題。正如正史中雖然存在虛構的情形，但在理論上，正史不具有虛構的品格。

11 〔清〕紀昀，《閱微草堂筆記》，頁562。

見。紀昀旨在提示讀者：子部小說在理論上承認「所見異詞，所聞異詞，所傳聞異詞」是一個普遍的現象。「魯史且然，況稗官小說」是一種對比表述，意謂：正史中其實也存在相似情形，只是史家在理論上不予認可；子部小說從理論上認可這一事實，遂在材料的取捨上獲得了較大的迴旋餘地。換句話說，在正史中，「所見異詞，所聞異詞，所傳聞異詞」是錯誤，因為這違反了史家的理論原則，所以趙翼可以用「金元二史不符處」、「宋元二史不符處」、「元史自相歧互處」的論證方式對《元史》提出批評；在子部小說中，「所見異詞，所聞異詞，所傳聞異詞」不是錯誤，因為這並不違反子部的敘事原則，所以紀昀可以坦然承認其敘述與事實之間不完全吻合。

由此延伸，紀昀指出：子部小說具有適度的虛構權力。《閱微草堂筆記》卷5載：

> 海陽李玉典前輩言：有兩生讀書佛寺，夜方媟狎，忽壁上現大圓鏡，徑丈餘，光明如晝，毫髮畢睹。聞簷際語曰：「佛法廣大，固不汝嗔。但汝自視鏡中，是何形狀？」余謂幽期密約，必無人在旁，是誰見之？兩生斷無自言理，又何以聞之？然其事為理所宜有，固不必以子虛烏有視之。玉典又言：有老儒設帳廢圃中。一夜聞垣外吟哦聲，俄又聞辯論聲，又聞囂爭聲，又聞詬詈聲，久之遂聞毆擊聲。圃後曠無居人，心知為鬼。方戰慄間，已鬥至窗外。其一盛氣大呼曰：「渠評駁吾文，實為冤憤！今同就正於先生。」因朗吟數百言，句句手自擊節。其一且呻吟呼痛，且微哂之。老儒惕息不敢言。其一屬聲曰：「先生究以為如何？」老儒囁嚅久之，以額叩枕曰：「雞肋不足以當尊拳。」其一大笑去，其一往來窗外，氣咻咻然，至雞鳴乃寂云。聞之膠州法黃裳。余謂此亦黃裳寓言也。[12]

「事所實有」是史部書的取材原則，「理所宜有」是子部書的取材原則。紀昀對

---

12 〔清〕紀昀，《閱微草堂筆記》，頁91。

此反復地予以強調。如卷16「武強張公令譽」則：「紫陌看花，動多迷路。其造作是語，固亦不爲無因耳。」卷17「胡牧亭言」則：「吾竊有味斯言也，余曰：『此先生自作傳贊，托諸斯人耳。然理固有之。』」卷十八「莫雪崖言」則：「此當是其寓言，未必眞有。然莊生、列子，半屬寓言，義足勸懲，固不必刻舟求劍爾。」卷21「表兄安伊在言」則：「余謂此自伊在之寓言，然亦足見惟無瑕者可以責人。」[13]

　　錢鍾書論《左傳》，曾指出一個現象：「吾國史籍工於記言者，莫先乎《左傳》，公言私語，蓋無不有。雖云左史記言，右史記事，大事書策，小事書簡，亦衹謂君廷公府爾。初未聞私家置左右史，燕居退食，有珥筆者鬼瞰狐聽於傍也。上古既無錄音之具，又乏速記之方，駟不及舌，而何其口角親切，如聆謦（聲）欬歟？或爲密勿之談，或乃心口相語，屬垣燭隱，何所據依？……明清評點章回小說者，動以盲左、腐遷筆法相許，學士哂之。哂之誠是也，因其欲增稗史聲價而攀援正史也。然其頗悟正史稗史之意匠經營，同貫共規，泯町畦而通騎驛，則亦何可厚非哉！史家追敍眞人實事，每須遙體人情，懸想事勢，設身局中，潛心腔內，忖之度之，以揣以摩，庶幾入情合理。蓋與小說、院本之臆造人物、虛構境地，不盡同而可相通；記言特其一端。……《左傳》記言而實乃擬言、代言，謂是後世小說、院本中對話、賓白之椎輪草創，未遽過也。」[14] 錢鍾書的這一見解，無疑是精闢的。而我們想要強調的是與此相對的另一側面：儘管史家與子部小說家的寫作事實上都存在「遙體人情，懸想事勢」的情形，但在理論上，子部小說這樣做具有體裁的合法性，而史書這樣做卻不具有體裁的合法性。這種理論上的合法性是至關重要的，因爲「事實上的違規」到處存在，我們不能視「違規」爲「規則」。

　　與史家紀傳相比，子部小說在題材選擇和敘述方式上也存在特殊性，顧炎武《日知錄》卷19〈古人不爲人立傳〉條云：「列傳之名，始於太史公，蓋史體也。不當作史之職，無爲人立傳者，故有碑，有志，有狀，而無傳。梁任昉〈文

13　〔清〕紀昀，《閱微草堂筆記》，頁413、432、447、509。
14　錢鍾書，《管錐編》，第一冊，頁164-166。

章緣起〉言傳始於東方朔作〈非有先生傳〉，是以寓言而謂之傳。韓文公集中傳三篇，〈太學生何蕃〉、〈圬者王承福〉、〈毛穎〉。柳子厚集中傳六篇，〈宋清〉、〈郭橐駝〉、〈童區寄〉、〈梓人〉、〈李赤〉、〈蝜蝂〉。〈何蕃〉僅採其一事而謂之傳，〈王承福〉之輩皆微者而謂之傳，〈毛穎〉、〈李赤〉、〈蝜蝂〉，則戲耳而謂之傳，蓋比於稗官之屬耳。若〈段太尉〉則不曰傳，曰『逸事狀』，子厚之不敢傳段太尉，以不當史任也。自宋以後，乃有為人立傳者，侵史官之職矣。」[15] 顧炎武將史家的傳記與稗官小說的傳記區別開來，這是有見地的。史家傳記必須符合兩個條件：不能虛構；題材必須重大。而稗官小說的傳記則是可以虛構的，甚至不妨以文為戲，傳主不必是重要人物。《閱微草堂筆記》卷22附錄吳鍾僑之〈如願小傳〉，就屬於寓言滑稽、以文為戲一類作品。紀昀特意指出：「此鍾僑弄筆狡獪之文，偶一為之，以資懲勸，亦無所不可；如累牘連篇，動成卷帙，則非著書之體矣。」[16] 在紀昀看來，這類「稗官小說之傳記」雖然並非與子部小說水火不容，但不是子部小說的正宗。子部小說的一個重要使命是傳達思想和知識，尤其是傳達關於各種事物的知識。胡應麟《少室山房筆叢》卷38〈華陽博議上〉云：「學問之途千歧萬軌，約其大旨四部盡之，曰經、曰史、曰子、曰集四者。其綱也，曰道、曰事、曰物、曰文四者；其撰也，道多麗經，事多麗史，物多麗子，文多麗集。經難於精，史難於覆，子難於洽，集難於該，四者之中各為門戶，古今鴻鉅罕得二、三。大都上資天授，下極人功，纖毫弗備尚屬望洋，咫尺未躋猶為止簣，此其難也。經之流別爰有小學，史之流別爰有諸志，子之流別爰有眾說，集之流別爰有類書。」[17] 在思想和知識性兩個方面中，後世子書更偏重知識性。紀昀說〈如願小傳〉這一類作品可以「偶一為之」，是因為它寓有勸懲之意，與子部書重視思想有關；但不能「累牘連篇，動成卷帙」，則因為這種寫法與子書偏重知識性的宗旨不吻合。《四庫全書總目》卷140子部小說家類總序說：「張衡〈西京賦〉曰：小說九百，本自虞初。《漢書·藝文志》載《虞初周說》九百四十三篇，注稱『武帝時

---

15 〔清〕顧炎武著、黃汝成集釋，《日知錄集釋》，頁1475-1476。
16 〔清〕紀昀，《閱微草堂筆記》，頁530。
17 〔明〕胡應麟，《少室山房筆叢》，頁382。

方士』，則小說興於武帝時矣。故《伊尹說》以下九家，班固多注依託也。然屈原〈天問〉，雜陳神怪，多莫知所出，意即小說家言。而《漢志》所載《青史子》五十七篇，賈誼《新書・保傅篇》中先引之，則其來已久，特盛於虞初耳。為其流別，凡有三派。其一敘述雜事，其一記錄異聞，其一綴輯瑣語也。唐宋而後，作者彌繁。中間誣謾失真、妖妄熒聽者固為不少，然寓勸戒、廣見聞、資考證者，亦錯出其中。班固稱小說家流蓋出於稗官，如淳注謂王者欲知閭巷風俗，故立稗官，使稱說之。然則博採旁搜，是亦古制，固不必以冗雜廢矣。今甄錄其近雅馴者，以廣見聞，惟猥鄙荒誕、徒亂耳目者，則黜不載焉。」[18] 所謂「寓勸戒」，與子部書表達思想的宗旨銜接；所謂「廣見聞，資考證」，與子部書傳達知識的宗旨銜接。志怪題材小說的功能首先是「廣見聞」，《閱微草堂筆記》同時又賦予了它「資考證」的功能，這樣，其傳達知識的宗旨就更為顯著了。

　　這裡我們要強調的是，《閱微草堂筆記》用大量篇幅「測鬼神之情狀」乃是紀昀小說宗旨的體現。在子部小說家看來，這也是傳統知識體系的一個部分。胡應麟《少室山房筆叢》卷39云：「兩漢以迄六朝所稱博洽之士，於術數、方技靡不淹通，如東方、中壘、平子、景純、崔敏、崔浩、劉焯、劉炫之屬，凡三辰七曜、四氣五行、九章六律皆窮極奧眇，彼以為學問中一事也。唐、宋以還，詞章學盛，此道頓微，王子安、劉原父諸子稍能旁及，餘遂寥寥。蓋技術雖非學問所急，其業難精殆有甚者，信古人未易及也。」〈華陽博議引〉亦云：「古今稱博識者，公孫大夫、東方待詔、劉中壘、張司空之流尚矣，彼皆書窮八索，業擅三冬，而世率詫其異聞，標其僻事。」[19] 胡應麟所列舉的「博洽之士」中，郭璞（字景純）、張華（曾任司空一職）正是大名鼎鼎的子部小說家。由此一例，可見在胡應麟看來，「博」於「物」的子部小說家，特徵之一是「淹通」各種「方技、術數」；「測鬼神之情狀」亦是「博物」的內容之一。又《少室山房筆叢》卷32云：「經載叔均方耕，驩兜方捕魚，長臂人兩手各操一魚，豎亥右手把算，羿執弓矢，鑿齒執盾，此類皆與紀事之詞大異。近世坊間戲取《山海經》怪物為圖，

18 〔清〕永瑢等，《四庫全書總目》（北京：中華書局，1965），頁1182。

19 〔明〕胡應麟，《少室山房筆叢》，頁394、381。

意古先有斯圖，撰者因而紀之，故其文義應爾。及讀王伯厚〈王會補傳〉引朱子曰：『《山海經》記諸異物飛走之類，多云東向，或云東首，疑本依圖畫而述之。古有此學，如〈九歌〉、〈天問〉皆此類。』余意頓爾釋然。甚矣，紫陽之善讀書也。」[20] 所謂「與紀事之詞大異」，即與史家傳記不同。《山海經》旨在傳授關於各種「怪物」的知識，故輔以圖畫，以利讀者把握。其著述方式是服從於傳達知識的需要的。《閱微草堂筆記》沒有採取圖、文相輔而行的著述方式，但紀昀將「測鬼神之情狀」視爲學問的組成部分是無疑的。他對敘述方式的選擇也是服從於傳達思想和知識之需要的。比如他對鬼有何能耐的測度。

　　鬼是中國古代志怪小說中的主角之一。魏晉南北朝的干寶、劉義慶等人對之有精彩的描繪。在他們筆下，鬼有幾樁引人注目的能耐，比如能前知（事先知道）；可移動重物；等等。表現第一點的如《幽明錄・王彪之》：王彪之母能前知，幫助兒子避免了「奇厄」；表現第二點的如《幽明錄・新鬼》：新鬼可幹推磨之類的重體力活。紀昀覺得，這一類故事頗有不合情理之處。與紀昀同受業於董邦達的竇光鼐（1720-1795），字調元，號東皋，山東諸城人，乾隆進士，歷任編修、浙江學政、左都御史等官。《閱微草堂筆記》卷十三記有竇光鼐講的一個故事：

> 前任浙江學政時，署中一小兒，恒往來供給使。以爲役夫子弟，不爲怪也。後遣移一物，對曰：「不能。」異而詢之，始自言爲前學使之僮，歿而魂留於是也。[21]

紀昀以爲竇光鼐講的這個故事才「於事理爲近」，「蓋有形無質，故能傳話而不能舉物」。但使紀昀疑惑不解的是：「古書所載，鬼所能爲，與生人無異者，又何說歟？」這其實是對魏晉南北朝志怪提出質疑。他的言外之意是：鬼是不能幹重體力活的。這一結論由故事引出，故事的講述是服務於思想和知識的表達的。

20　〔明〕胡應麟，《少室山房筆叢》，頁315。
21　〔清〕紀昀，《閱微草堂筆記》，頁319。

　　子部小說與史家紀傳對於志怪題材的處理，在詳略方面存在值得關注的區別，而這一區別根源於其體裁宗旨的不同。《閱微草堂筆記》卷9：

> 晉殺秦諜，六日而蘇，或由縊殺杖殺，故能復活；但不識未蘇以前，作何情狀。詁經有體，不能如小說瑣記也。佃戶張天錫，嘗死七日，其母聞棺中擊觸聲，開視，已復生。問其死後何所見，曰：「無所見，亦不知經七日，但倐如睡去，倐如夢覺耳。」時有老儒館余家，聞之，拊髀崔躍曰：「程朱聖人哉！鬼神之事，孔孟猶未敢斷其無，惟二先生敢斷之。今死者復生，果如所論，非聖人能之哉！」余謂天錫自以氣結屍厥，瞀不知人，其家誤以為死耳，非真死也。虢太子事，載於《史記》，此翁未見耶？[22]

又卷22：

> 江南吳孝廉，朱石君之門生也。美才夭逝，其婦誓以身殉，而屢縊不能死。忽燈下孝廉形見，曰：「易彩服則死矣。」從其言，果絕。孝廉鄉人錄其事徵詩，作者甚眾。余亦為題二律。而石君為作墓誌，於孝廉之坎坷、烈婦之慷慨，皆深致悼惜，而此事一字不及。或疑其鄉人之粉飾，余曰：「非也，文章流別，各有體裁。郭璞注《山海經》、《穆天子傳》，於西王母事鋪敘甚詳。其注《爾雅·釋地》，於『西至西王母』句，不過曰『西方昏荒之國』而已，不更益一語也。蓋注經之體裁，當如是耳。金石之文，與史傳相表裡，不可與稗官雜記比，亦不可與詞賦比。石君博極群書，深知著作之流別，其不著此事於墓誌，古文法也，豈以其偏而削之哉！」余老多遺忘，記孝廉名承紱，烈婦之姓氏，竟不能憶。姑存其略於此，俟扈蹕回鑾，當更求其事狀，詳著之焉。[23]

---

22 〔清〕紀昀，《閱微草堂筆記》，頁198-199。
23 同上，頁528-529。

紀昀自題《閱微草堂筆記》詩云：「前因後果驗無差，瑣記搜羅鬼一車。傳語洛閩門弟子，稗官原不入儒家。」[24] 這裡，紀昀含蓄地表達了他的寫作宗旨：子部小說不是從儒家的門庭中發展起來的。它在儒家的殿堂裡沒有地位，也不受儒家種種規範的限制。比如，「子不語怪、力、亂、神」，但子部小說卻不妨以「測鬼神之情狀」作爲重心。而我們從紀昀的表白出發，還可以展開進一步的討論，即：史家紀傳與子部小說在處理志怪題材時，在詳略方面存在什麼差異？何以會存在差異？

現代史學理論不會認可一個筆涉怪異的史家，但在中國古代，一個史家如果從展示社會重大事變的立場出發記怪述異，他不會受到太多挑剔。趙翼《廿二史箚記》卷8〈晉書所記怪異〉條云：「採異聞入史傳，惟《晉書》及《南北史》最多，而《晉書》中僭僞諸國爲尤甚。……此數事尤可駭異，而皆出於劉、石之亂，其實事耶？抑傳聞耶？劉、石之凶暴本非常，故有非常之變異以應之，理或然也。」[25] 趙翼是中國古代有影響的史學理論家之一，他在評議《晉書》大量志怪的現象時，儘管並未予以贊許，但「理或然也」的措辭，表明他大體上是能接受的。只是史家志異與子部小說志異，仍有一個出發點的不同。史家志異，旨在表明社會生活處於異常狀態；子部小說志異，卻是爲了傳達關於怪異事物的知識。服務於展示歷史事實，正如「詰經有體」，不能像子部小說那樣瑣瑣道來。可以說，瑣瑣道來地志怪，這是子部小說表達上的一個重要特徵，具有體裁的合法性。《閱微草堂筆記》大量志怪，不避瑣屑，正是子部小說體裁宗旨的表現。而這種體裁宗旨，其主要比照對象正是史家紀傳。

二、《閱微草堂筆記》與傳奇小說的差異

《閱微草堂筆記》與集部敘事傳統的差異，主要表現爲與傳奇小說的差異。理解這一事實並不困難。在我看來，傳奇小說的基本特徵即傳、記的辭章化。所

24　同上，頁567。
25　〔清〕趙翼著、王樹民校證，《廿二史箚記校證》，頁161-162。

謂辭章，即集部作品是也[26]。傳奇小說就其本性而言是以集部的修辭方式改造史家傳記的產物，集部的敘事傳統在傳奇小說中表現得較爲充分。

關於子部小說與傳奇小說寫作立場的差異，盛時彥《閱微草堂筆記》序作了強烈暗示：「河間先生以學問文章負天下重望，而天性孤直，不喜以心性空談，標榜門戶；亦不喜才人放誕，詩社酒社，誇名士風流。是以退食之餘，惟耽懷典籍；老而懶於考索，乃採掇異聞，時作筆記，以寄所欲言。《灤陽消夏錄》等五書，俶詭奇譎，無所不載，洸洋恣肆，無所不言。而大旨要歸於醇正，欲使人知所勸懲。故誨淫導欲之書，以佳人才子相矜者，雖紙貴一時，終漸歸湮沒。而先生之書，則梨棗屢鐫，久而不厭，是則華實不同之明驗矣。」[27] 盛時彥所說的「誨淫導欲之書，以才子佳人相矜者」，其主體即自中唐開始興盛的傳奇小說。

唐人傳奇是在德宗至憲宗朝發展到鼎盛階段的，其基本特徵之一便是「才子佳人」題材的作品驟然勃興。清章學誠《文史通義》卷5〈詩話〉談到唐人傳奇時說：「大抵情鍾男女，不外離合悲歡。紅拂辭楊，繡襦報鄭，韓、李緣通落葉，崔、張情導琴心，以及明珠生還，小玉死報。凡如此類，或附會疑似，或竟託子虛，雖情態萬殊，而大致略似。」[28] 這類「才子佳人」故事令一批作家如癡如醉，一方面是受了整個社會風氣的影響：「貞元之時，朝廷政治方面，則以藩鎮暫能維持均勢，德宗方以文治粉飾其苟安之局。民間社會方面，則久經亂離，略得一喘息之會，故亦趨於嬉娛游樂。因此上下相應，成爲一種崇尚文詞、矜詡風流之風氣。」另一方面也與進士階層自身的好尚相關。當時社會政治生活中存在兩股勢力，一爲山東士族如李德裕等人，一爲出身寒門的進士階層如元積、牛僧孺等人。山東士族，嚴於禮法；進士階層，則「重詞賦而不重經學，尚才華而不尚禮法，以故唐代進士科，爲浮薄放蕩之途所歸聚，與倡伎文學殊有關聯。」[29] 迷戀「風流」，沉酣於紅香翠軟之中，不期而然就多了幾分浪

26　參見拙文〈論唐人傳奇的基本文體特徵〉，北京中國社會科學院「小說文獻與小說史國際研討會」論文(2004年9月)。

27　〔清〕紀昀，《閱微草堂筆記》，頁567-568。

28　〔清〕章學誠著、葉瑛校注，《文史通義校注》，頁560-561。

29　陳寅恪，《元白詩箋證稿》(上海：上海古籍出版社，1978)，第四章，頁87、86。

漫色彩與豪邁氣度，為人為文，都臻於灑脫熱烈的境界。沈既濟〈任氏傳〉、許堯佐〈柳氏傳〉、元稹〈鶯鶯傳〉、白行簡〈李娃傳〉、陳鴻〈長恨歌傳〉、蔣防〈霍小玉傳〉、沈亞之〈湘中怨解〉、李朝威〈柳毅傳〉、佚名〈韋安道〉以及《玄怪錄‧崔書生》等，均為有聲有色的關於才子佳人的名篇。作者的流光溢彩的才子氣使他們無視與妓女交往的森然可怖的一面。本來，據孫棨《北里志》記載，「大中以前，北里頗為不測之地」，不時發生鴇母與妓女合謀殺死嫖客的事；而傳奇作家卻視而不見，〈李娃傳〉雖寫到「資財僕馬蕩然」的鄭生被逐出妓院，但委過於鴇母，後又大筆渲染李娃的善良、純潔與高貴。他們不忍破壞洋溢在字裡行間的風流旖旎的氣息。他們感興趣的是進士(才子)與妓女(佳人)之間浪漫的感情生活。在唐人傳奇之後，宋、明傳奇小說，包括清代的《聊齋志異》，也一以貫之地以「風流」故事為主體。

　　對於傳奇小說中的這類作品，章學誠曾在《文史通義》卷5〈詩話〉中給予嚴厲的指斥：「小說歌曲傳奇演義之流，其敘男女也，男必纖佻輕薄，而美其名曰才子風流；女必冶蕩多情，而美其名曰佳人絕世。世之男子有小慧而無學識，女子解文墨而闇禮教者，皆以傳奇之才子佳人，為古之人，古之人也。今之為詩話者，又即有小慧而無學識者也。有小慧而無學識矣，濟以心術之傾邪，斯為小人而無忌憚矣！何所不至哉？」[30] 鋒芒所向，自是直指袁枚，而其潛含的一個意思是：傳奇小說有敗壞風俗之嫌。

　　如何解讀傳奇小說中的才子佳人題材作品，見仁見智，大概很難統一。章學誠的意見是：「小說出於稗官，委巷傳聞瑣屑，雖古人亦所不廢。然俚野多不足憑，大約事雜鬼神，報兼恩怨，《洞冥》《拾遺》之篇，《搜神》《靈異》之部，六代以降，家自為書。唐人乃有單篇，別為傳奇類。⋯⋯其始不過淫思古

30　〔清〕章學誠著、葉瑛校注，《文史通義校注》，頁561。按，江氏《靈鶼閣叢書》據盧江何氏鈔本〈詩話〉，比通行本多出九條，其中一條說：「人之所以應傳名者，義類多矣。而彼之誘人，惟務文學之名，不亦小乎？即文學之所以應得名者，途轍廣矣。而彼之所以誘人，又不過纖佻輕雋之辭章，才子佳人之小說，男必張生、李十，女必宏度、幼微，將率天下之士女，翩翩然化為蛺蜨楊花，而後大快於心焉。則斯人之所謂名，乃名教之罪人也！斯人之所謂名，亦有識者所深恥也。」可以參看。見《文史通義校注》，頁568。

意，辭客寄懷，猶詩家之樂府古豔諸篇也。宋、元以降，則廣爲演義，譜爲詞曲，遂使瞽史弦誦，優伶登場，無分雅俗男女，莫不聲色耳目。蓋自稗官見於《漢志》，歷三變而盡失古人之源流矣。」[31] 在章學誠看來，唐人傳奇的特徵是「淫思古意，辭客寄懷，猶詩家之樂府古豔諸篇」，言外別有寄託。由此可見，在學理的層面，章學誠對傳奇小說持相當寬容的態度，因爲他理解其中別有所托。但他仍然反對傳奇小說的廣泛流通，因爲這有可能導致社會風氣的惡化。他主要是從社會影響的角度來考慮問題的。

　　紀昀的立場與章學誠非常一致。作爲一個學者，他對傳奇小說的解讀深入準確，在某些層面上甚至爲現當代學術界所不及。比如《閱微草堂筆記》卷九：

> 林塘知其異人，因問以神仙感遇之事。僧曰：「古來傳記所載，有寓言者，有托名者，有借抒恩怨者，有喜談詼詭以詫異聞者，有點綴風流以爲佳話，有本無所取而寄情綺語，如詩人之擬豔詞者；大都僞者十八九，眞者十一二。此一二眞者，又大都皆才鬼靈狐，花妖木魅，而無一神仙。其稱神仙必詭詞。夫神正直而聰明，仙沖虛而清靜，豈有名列丹台，身依紫府，復有蕩姬佚女，參雜其間，動入桑中之會哉？」林塘歎其精識，爲古所未聞。[32]

中國古代的神仙感遇故事，先是存在於辭賦中，如宋玉〈神女賦〉、曹植〈洛神賦〉，接著出現於志怪小說中，如《搜神記》卷一的〈董永〉、〈杜蘭香〉、〈弦超〉，然後在唐人傳奇中蔚爲大觀，如《玄怪錄・崔書生》、《傳奇・裴航》等。這些感遇故事，「僞者十八九」，占去了絕大部分。所謂「寓言者」和「如詩人之擬豔詞者」，近於章學誠所說的「淫思古意，辭客寄懷」，這表明，兩位學者眼中的唐人傳奇，其品格不一定是卑俗的。但這類作品被誤讀的可能性很大，紀昀和章學誠的戒備心理由此爲生。《閱微草堂筆記》有兩則比較全面地

31　〔清〕章學誠著、葉瑛校注，《文史通義校注》卷5〈詩話〉，頁560-561。
32　〔清〕紀昀，《閱微草堂筆記》，頁189-190。

表達了紀昀關於神仙感遇故事的理念。一則見於卷4：

> 臥虎山人降乩於田白巖家，爲焚香拜禱。一狂生獨倚几斜坐，曰：「江
> 湖遊士，練熟手法爲戲耳。豈有眞仙日日聽人呼喚？」乩即書下壇詩
> 曰：「鶗鴂驚秋不住啼，章台回首柳萋萋。花開有約腸空斷，雲散無蹤
> 夢亦迷。小立偷彈金屈戍，半酣笑勸玉東西。琵琶還似當年否？爲問潯
> 陽估客妻。」狂生大駭，不覺屈膝。蓋其數日前密寄舊妓之作，未經存
> 稿者也。仙又判曰：「此箋幸未達，達則又作步非煙矣。此婦既已從
> 良，即是窺人閨閣。香山居士偶作寓言，君乃見諸實事耶？大凡風流佳
> 話，多是地獄根苗。昨見冥官錄籍，故吾得記之。業海洪波，回頭是
> 岸。山人饒舌，實具苦心，先生勿訝多言也。」狂生鵠立案旁，殆無人
> 色。後歲餘，即下世。[33]

這一則強調，白居易的〈琵琶行〉只是「寓言」（辭客寄懷），並非生活中的眞實
事件。某狂生「見諸實事」，不僅表明他人品卑下，而且意味著他不具備解讀
〈琵琶行〉這一類作品的基本能力。另一則見於卷22：

> 太原申鐵蟾，好以香奩豔體寓不遇之感。嘗謁某公未見，戲爲無題詩
> 曰：「堊粉圍牆甓畫樓，隔窗聞拔（撥）鈿箜篌；分（去聲）無信使通青
> 鳥，枉遣遊人駐紫騮。月姊定應隨顧兔，星娥可止待牽牛？垂楊疏處雕
> 櫳近，只恨珠簾不上鉤。」殊有玉溪生風致。王近光曰：「似不應疑及
> 織女，誣衊仙靈。」余曰：「『已矣哉，織女別黃姑，一年一度一相
> 見，彼此隔河何事無？』元微之詩也。『海客乘槎上紫氣，星娥罷織一
> 相聞。只應不憚牽牛妒，故把支機石贈君』。李義山詩也。微之之意，
> 在於雙文；義山之意，在於令狐。文士掉弄筆墨，借爲比喻，初與織女
> 無涉。鐵蟾此語，亦猶元、李之志云爾，未爲污衊仙靈也。至於純構虛

---

33 〔清〕紀昀，《閱微草堂筆記》，頁61。

詞，宛如實事；指其時地，撰以姓名，《靈怪集》所載郭翰遇織女事，
（《靈怪集》今佚。此條見《太平廣記》六十八。）則悖妄之甚矣。夫詞
人引用，漁獵百家，原不能一一核實；然過於誣罔，亦不可不知。蓋自
莊、列寓言，藉以抒意，戰國諸子，雜說彌多，讖緯稗官，遞相祖述，
遂有肆無忌憚之時。如李冗《獨異志》誣伏羲兄妹為夫婦，已屬喪心；
張華《博物志》更誣及尼山，尤為狂吠。（按：張華不應悖妄至此，殆
後人依托。）如是者不一而足。今尚流傳，可為痛恨。」[34]

這一則所包括的核心內容可分兩層。第一層內容是：詞人借豔遇故事來寓托某種
社會性的感情，這樣做具有一定程度的體裁的合法性，即所謂「文士掉弄筆墨，
借為比喻，初與織女無涉。鐵蟾此語，亦猶元、李之志云爾，未為污衊仙靈
也」。但這裡有一條底線，即不可「過於誣罔」。事實上，在紀昀看來，「好以
香奩豔體寓不遇之感」，雖然具有體裁的合法性，但不應受到鼓勵。《閱微草堂
筆記》卷八的一則以申鐵蟾為主角，頗具微意：

　　申鐵蟾，名兆定，陽曲人。以庚辰舉人官知縣，主余家最久。庚戌秋，
　　在陝西試用，忽寄一扎與余訣。其詞恍惚迷離，抑鬱幽咽，都不省為何
　　語。而鐵蟾固非不得志者，疑不能明也。未幾，訃音果至。既而見邵二
　　雲贊善，始知鐵蟾在西安，病數月。病癒後，入山射獵，歸而目前見二
　　圓物如毬，旋轉如風輪，雖瞑目亦見之。如是數日，忽爆然裂，二小婢
　　從中出，稱仙女奉邀。魂不覺隨之往。至則瓊樓貝闕，一女子色絕代，
　　通詞自媒。鐵蟾固謝，托以不慣居此宅。女子薄怒，揮之出，霍然而
　　醒。越月餘，目中見二圓物如前，爆出二小婢亦如前，仍邀之往。已別
　　構一宅，幽折窈窕，頗可愛。問：「此何地？」曰：「佛桑。」請題堂
　　額。因為八分書「佛桑香界」字。女子再申前議。意不自持，遂定情。
　　自是恒夢遊。久而女子亦晝至，禁鐵蟾勿與所親通。遂漸病。病劇時，

34　同前註，頁523。

方士李某以赤丸餌之，嘔逆而卒。其事甚怪。始知前扎乃得心疾時作
也。鐵蟾聰明絕特，善詩歌，又工八分，馳騁名場，翛然以風流自命。
與人交，意氣如雲，郵筒走天下。中年忽慕神仙，遂生是魔障，迷惘以
終。妖以人興，象由心造。才高意廣，翻以好異隕生，其可惜也夫。[35]

　　申鐵蟾的「心疾」係因「好異」所致。所謂「好異」，指的是「慕神仙」，與他
「好以香奩豔體寓不遇之感」之間有一定聯繫，因為香奩豔體的思慕對象即女
仙。紀昀記下這一事實，隱含對香奩豔體的警戒意味，主要是從對人生的危害立
論，仍著眼於這類題材對社會的負面影響。

　　「太原申鐵蟾」一則所包含的第二層核心內容是：對於「純構虛詞，宛如實
事；指其時地，撰以姓名」，如「《靈怪集》所載郭翰遇織女事」一類傳奇志怪
作品，紀昀深惡痛絕，嚴加指斥。紀昀之所以痛恨這類作品，主要是由於其描寫
太像真事，就社會影響而言，有可能造成顯著的負面後果。他點名批評的《郭
翰》（《太平廣記》卷68），寫織女與郭翰的婚外戀，是《靈怪集》現存作品中最
長的一篇。牛郎織女一向以堅貞不渝著稱，所以北宋秦觀〈鵲橋仙〉感歎：「金
風玉露一相逢，便勝卻人間無數。」張薦卻將織女設想成一個輕佻的女子，因
「佳期阻曠，幽態盈懷」而背棄牛郎，下凡另尋新歡。中國傳統的辭賦如宋玉
〈高唐賦〉、〈神女賦〉一向不忌諱凡人與神仙的戀愛，張薦借鑒辭賦的構思，
異想天開地為織女安排婚外戀，以紀昀的眼光看，真算得「肆無忌憚」、「過於
誣罔」了。〈郭翰〉之外，唐人傳奇中的另一些名篇如沈亞之〈秦夢記〉、佚名
〈韋安道〉、託名牛僧孺的〈周秦行紀〉等，無疑也在紀昀的批評範圍之內。沈
亞之的〈秦夢記〉，《太平廣記》卷282收入，題作〈沈亞之〉。弄玉在傳說中
是永遠年輕美麗的女性，沈亞之的設想：弄玉的丈夫蕭史已先她而死；秦穆公於是
招沈亞之為駙馬，一年後，弄玉「忽無疾卒」，沈亞之為她寫了墓誌銘和挽歌，
出宮還家。沈亞之的夢到此就醒了。〈秦夢記〉這種隨意拿神仙開玩笑的想像，
與張薦《靈怪集‧郭翰》相似；而夢中娶公主，又接近於李公佐〈南柯太守

35　〔清〕紀昀，《閱微草堂筆記》，頁169。

傳〉；至於寫挽歌的情節，則是模仿《異夢錄》所記王炎夢中爲西施寫挽歌的故事。轉益多師，意在翻新。故汪辟疆《唐人小說》本篇爲錄說：「此事本極幽渺，而事特頑豔。吳興嗜奇，一至於此。」[36] 南宋劉克莊《後村詩話》前集卷一曾從命意上批評〈秦夢記〉，其言曰：「唐人敘述奇遇，如后土夫人事，托之韋郎；無雙事，托之仙客；鶯鶯事雖元稹自敘，猶借張生爲名。惟沈下賢〈秦夢記〉、牛僧孺〈周秦行記〉、李群玉〈黃陵廟〉詩，皆攬歸其身，名檢掃地矣。」[37] 劉克莊看問題的角度與紀昀有所不同，但在不滿於這類作品逾閑蕩檢方面是一致的。〈韋安道〉一題〈后土夫人傳〉，《太平廣記》卷299收入，註「出《異聞錄》」。〈韋安道〉與牛僧孺《玄怪錄‧崔生》大同小異，當是〈崔生〉的仿作。后土夫人既神通廣大，又溫柔、嫻靜，從未對情人韋安道採取居高臨下的態度。小說在敘她與韋安道成婚時特意交代一句：「尚處子也。」也許有這方面的暗示作用。宋嚴有翼《藝苑雌黃‧后土夫人傳》云：「〔唐人作〈后土夫人傳〉，（予始讀之，惡其瀆慢而且誣也。比觀《陳無己詩話》云：）『宋玉爲〈高唐賦〉，載巫山神女遇楚襄王，蓋有所諷也。而文士多效之，又爲傳記以實之，而天地百神舉無免者。予謂欲界諸天當有配偶，有無偶者，則無欲者也。唐人記后土事』，以譏武后耳。〕〔予謂武后何足譏也，而托之后土，亦大褻矣。後之妄人，又復塡入樂章，而無知者遂以爲誠是也。故小說載高駢事云：〕駢末年惑於神仙之說，呂用之、張守一、諸葛殷等皆言能役使鬼神，變化黃白，駢酷信之，委以政事。用之等援引朋黨，恣爲不法，嘗云：后土夫人靈佑遣使就其借兵馬並李筌所撰《太白陰經》。駢邊下兩縣，率百姓以葦席千領，畫作甲馬之狀，遣用之於廟庭燒之；又以五彩箋寫《太白陰經》十道，置於神座之側，又於夫人帳中塑一綠衣年少，謂之韋郎。故羅隱詩有『韋郎年少今何在？端坐思量《太白經》』之語。今敕令中亦常禁止淫媒之祠，然蕃釐觀中所謂韋生者猶在，故伊川先生力欲去之，豈非惡其瀆神邪？」[38] 嚴有翼「惡其瀆神」的立場與紀

36　汪辟疆校錄，《唐人小說》（上海：上海古籍出版社，1978），頁197。

37　〔宋〕劉克莊，《後村詩話》（北京：中華書局，1983），頁12。

38　郭紹虞，《宋詩話輯佚》（北京：中華書局，1980），頁566。引用時去掉了若干輯注說明。（編按：中括弧小括弧爲原文所有）

昀一致，即不滿於這類作品「誣衊仙靈」。〈周秦行紀〉是一篇旨在陷害牛僧孺而嫁名於他的小說，以牛僧孺自爲的口吻敘他某次夜行，誤入一大宅，得與漢薄太后、戚夫人、王昭君，南朝齊潘妃，唐代楊貴妃等歡飲調笑，且與王昭君同宿。天明啓行，回望宅宇不存。原來那是漢文帝之母薄太后的廟，早已荒毀。傳奇設計了兩個關鍵情節：一是牛僧孺所遇見的全是帝王后妃，並由昭君伴寢。薄太后勸昭君伴寢的理由是：「昭君始嫁呼韓單于，復爲殊累若單于婦，固自用。且苦寒地胡鬼何能爲？昭君幸無辭。」意思是昭君沒有理由也沒有必要講貞節。這是影射代宗皇后沈后。在安史之亂中，沈后曾兩度被胡人擄去，失身於胡人。二是薄太后問：「今天子爲誰？」牛僧孺答曰：「今皇帝先帝長子。」太眞笑道：「沈婆兒做天子也，大奇！」楊貴妃說的「沈婆」，即沈后，「沈婆兒」即當時的德宗皇帝。用這種戲謔口吻稱呼皇上當然是大不恭。署名李德裕的〈周秦行紀論〉正是依據上述兩個情節對牛僧孺施以攻擊的。他從牛僧孺的姓「應國家受命之讖」談起，說牛僧孺設想「與帝王后妃冥遇」，是爲了「證其身非人臣相」，有做皇帝的非分之想。「戲德宗爲『沈婆兒』，以代宗皇后爲『沈婆』，令人骨戰。可謂無禮於其君甚矣！」李德裕還提出了對牛僧孺的懲處方案：「以太牢少長，咸寘於法。」也就是滅族[39]。李德裕的這種政治鬥爭策略，紀昀是不會認同的；但如果要對〈周秦行紀〉做出評判，他無疑會選擇與劉克莊相近的立場。紀昀對《靈怪集·郭翰》、沈亞之〈秦夢記〉、《玄怪錄·崔書生》、《異聞錄·韋安道》、〈周秦行紀〉以及我們尚未提及的大量寫「神仙感遇之事」的傳奇小說，他是抱有警惕和厭惡心理的。在他看來，這些作品是造成風俗敗壞的原因之一。

「太原申鐵蟾」一則所包含的第二層核心內容不僅是針對唐人傳奇的，也包括宋明傳奇小說和清代蒲松齡的《聊齋志異》等作品。《聊齋志異》是備受紀昀關注的一部小說集。《閱微草堂筆記》附有紀汝佶的六則小說作品，紀昀的題記說：「亡兒汝佶，以乾隆甲子生。幼頗聰慧，讀書未多，即能作八比。乙酉舉於

39　〔唐〕李德裕，〈周秦行紀論〉，《李衛公外集》(台北：臺灣商務印書館，1983，文淵閣四庫全書本)，卷4，〈窮愁志〉，頁11b-13a，總頁333。

鄉，始稍稍治詩，古文尚未識門徑也。會余從軍西域，乃自從詩社才士遊，遂誤從公安、竟陵兩派入。後依朱子穎於泰安，見《聊齋志異》抄本，（時是書尚未刻。）又誤墮其窠臼，竟沉淪不返，以訖於亡。」[40]這一事實增強了紀昀對《聊齋志異》的戒備心理。

　　據統計，《聊齋志異》中以才子佳人為題材和涉及才子佳人的作品，占四分之一左右，即達一百二十篇。這一數字是驚人的。由於蒲松齡富於才華，但自十九歲應童子試得意考場之後，數十年間屢試不第，他高自期許而不為人賞識，一種痛感知音難得的情懷已深切到銘心刻骨的程度。在其筆下的才子佳人題材小說中，他採用比興手法書寫知己之感，構成其創作的一個顯著特徵。這類作品有〈連城〉、〈喬女〉、〈瑞雲〉等。

　　〈連城〉的宗旨，正如馮鎮巒所評：「知己是一篇眼目。」[41]少負才名的喬大年以其詩受到史孝廉之女連城的賞識，遂視之為知己，不僅割胸肉救連城一命，甚至在連城病逝後，甘願與之同死，其人生已臻於「士為知己者死」的境界。蒲松齡在文末感歎道：「一笑之知，許之以身，世人或議其癡；彼田橫五百人，豈盡愚哉？此知希之貴，賢豪所以感結而不能自已也。顧茫茫海內，遂使錦繡才人，僅傾心於蛾眉一笑也。悲夫！」[42]作家本人懷才不遇的悲憤之情，顯然寓含在其中。

　　〈瑞雲〉從一個特殊側面寫出了真知己的境界：不以妍媸易念，不因貴賤變心，「天長地久有時盡」，知己之情無絕期。小說的故事極為奇幻：本來容貌如仙的瑞雲，經和生手指一點，竟「連顴徹準」，黑如墨漬[43]。這確乎是「出於幻域」了。但由瑞雲的容貌變醜所激起的各種各樣的反應卻是真實的人情世態的展現：嫖客們不再光顧；鴇母視之為下等奴婢。正是在這種人情世態的反襯下，賀生娶瑞雲而歸，不在乎任何訕笑的行為，才具有「癡」的意味。他不像〈連城〉的喬生那樣為知己者死，卻也同樣感人。

40　〔清〕紀昀，《閱微草堂筆記》，頁562-563。
41　〔清〕蒲松齡著、張友鶴輯校，《聊齋志異》（北京：中華書局，1962），頁363。
42　同上，頁367。
43　同上，頁1388。

　　從表達知己之感的角度看，蒲松齡的才子佳人題材小說有一個顯著特點，即：在《聊齋志異》中，純眞美麗的女性是衡量男子價值的重要尺度，只有「絕慧」、「工詩」而又懷才不遇的「狂生」才有可能得到少女們的青睞。這樣的情節安排，顯然的，意在對作家自我的才情在虛構的故事中予以認可，以補償他在現實生活中失去的一切。蒲松齡的這一旨趣，經由某些細節鮮明地表現出來。比如〈連瑣〉。性情膽怯的連瑣最初對楊于畏頗存戒懼，後因楊隔牆爲她續詩，且續得很妙，她便主動來到楊的房間，還不無歉意地解釋說：「君子固風雅士，妾乃多所畏避。」[44]〈香玉〉中，牡丹花精香玉最初很害怕黃生，但因見了黃生題的一首精緻的五絕，便主動相就。但明倫就此評道：「可知是詩符攝得來。騷士究竟占便宜。」[45]「騷士占便宜」的確是《聊齋志異》人物設計的一個特點。小說中那些花妖狐媚幻化成的少女，如嬰寧、小謝、小翠、白秋練等，都是作爲「騷士」的知己而出現的。他們歸眞返璞，一任性靈自由舒展，充分發揮了確認「騷士」價值的作用。

　　對《聊齋志異》這類旨在「寄懷」的作品，如同對於唐人傳奇中的「神仙感遇」之作一樣，紀昀一方面注意到其「寓言」意味，小說的存在具有學理上的合理性，另一方面，他更注意一部分讀者可能誤讀，其結果是將「寓言」「見諸實事」。《閱微草堂筆記》中的若干作品便是針對「《聊齋志異》貽誤讀者」這一事實而寫的，如卷13：

> 董秋原言：「東昌一書生，夜行郊外。忽見甲第甚宏壯，私念此某氏墓，安有是宅，殆狐魅所化歟？稔聞《聊齋志異》青鳳、水仙諸事，冀有所遇，躑躅不行。俄有車馬從西來，服飾甚華，一中年婦揭幬指生曰：「此郎即大佳，可延入。」生視車後，一幼女，妙麗如神仙，大喜過望。既入門，即有二婢出邀。生既審爲狐，不問氏族，隨之入。亦不見主人出，但供張甚盛，飲饌豐美而已。生候合巹，心搖搖如懸旌。至

44　同上，頁331。
45　同上，頁1549。

夕，簫鼓喧闐，一老翁寨簾揖曰：「新婿入贅，已到門。先生文士，定
習婚儀，敢屈爲儐相，三黨有光。」生大失望，然原未議婚，無可復
語，又飫其酒食，難以遽辭。草草爲成禮，不別而歸。家人以失生一晝
夜，方四出覓訪。生憤憤道所遇，聞者莫不拊掌曰：「非狐戲君，乃君
自戲也。」[46]

在「《聊齋志異》青鳳、水仙諸事」中，青鳳一事尤爲膾炙人口。〈青鳳〉見
《聊齋志異》卷一，寫狂生耿去病因狂放不羈而與狐女青鳳結爲連理的故事，情
趣盎然，讀來頗有風光旖旎之感。本篇無疑是蒲松齡本人最爲喜歡的作品之一，
《聊齋志異》卷5〈狐夢〉即由〈青鳳〉生發而來：「余友畢怡庵，倜儻不群，
豪縱自喜。貌豐肥，多髭。士林知名。嘗以故至叔刺史公之別業，休憩樓上。傳
言樓中故多狐。畢每讀〈青鳳傳〉，心輒向往，恨不一遇。因於樓上，攝想凝
思。既而歸齋，日已寖暮。時暑月燠熱，當戶而寢。睡中有人搖之……」在夢
中，他經歷了一場豔遇，幾乎可與耿去病之遇青鳳比美。蒲松齡在篇末得意地寫
道：「康熙二十一年臘月十九日，畢子與余抵足綽然堂，細述其異。余曰：『有
狐若此，則聊齋之筆墨有光榮矣。』遂志之。」[47]

　　畢怡庵當然只是做了一個夢。其實《聊齋志異》寫那麼多美麗的花妖狐魅，
讓她們溫情脈脈地款接才情不俗的狂生，何嘗不是蒲松齡的夢？如果一個讀者像
畢怡庵那樣「每讀〈青鳳傳〉心輒向往，恨不一遇」，實際上已陷入對豔遇的不
加節制的迷戀中。紀昀不滿於這一點，故意比照畢怡庵寫「東昌一書生」，他幻
想成爲耿去病第二卻被狐捉弄。

　　與「東昌一書生」相輔相成的故事在《閱微草堂筆記》中還有幾則。如卷
16：「有少年隨塾師讀書山寺。相傳寺樓有魅，時出媚人。私念狐女必絕豔，每
夕詣樓外，禱以媟詞，冀有所遇。」結果遭到狐的陷害。卷17：「狐魅，人之所
畏也，而有羅生者，讀小說雜記，稔聞狐女之姣麗，恨不一遇。近郊古塚，人云

46　〔清〕紀昀，《閱微草堂筆記》，頁303。
47　〔清〕蒲松齡著、張友鶴輯校，《聊齋志異》，頁618、622。

有狐，又云時或有人與狎昵。乃詣其窟穴，具贄幣牲醴，投書求婚姻，且云或香
閨嬌女，並已乘龍，或鄙棄樗材，不堪倚玉，則乞賜一豔婢，用充貴媵，銜感亦
均。」結果爲狐所蠱惑，「家爲之凋，體亦爲之敝。」[48] 某「少年」和羅生，
他們與畢怡庵一樣，都沉溺在對豔遇的渴望中。不過結局迥然相異：畢怡庵如願
以償，某「少年」和羅生食的卻是苦果。紀昀反仿〈青鳳〉、〈狐夢〉一類作
品，旨在調侃《聊齋志異》對豔遇故事的熱衷，並藉以消解其負面的社會影響。
這體現了子部小說家注重「淑世」的寫作立場。

三、《閱微草堂筆記》的敘事準則

在敘事準則的選擇上，紀昀也一以貫之地保持了與傳奇小說的距離和差異。
他所關注的敘事準則，包括虛構限度、敘述手段和敘事風度等方面。

關於虛構限度，對夢這一題材的處理是紀昀反復討論的一個話題。《閱微草
堂筆記》卷21載：

> 《世說》載衛玠問樂令夢，樂云是想，又云是因。而未深明其所以然。
> 戊午夏，扈從灤陽，與伊子墨卿以理推求。有念所專注，凝神生象，是
> 爲意識所造之夢，孔子夢周公是也。有禍福將至，朕兆先萌，與見乎蓍
> 龜，動乎四體相同，是爲氣機所感之夢，孔子夢奠兩楹是也。其或心緒
> 瞀亂，精神恍惚，心無定主，遂現種種幻形，如病者之見鬼，眩者之生
> 花，此意想歧出者也。或吉凶未著，鬼神前知，以象顯示，以言微寓，
> 此氣機之旁召者也。雖變化杳冥，千態萬狀，其大端似不外此。至占夢
> 之說，見於《周禮》，事近祈禳，禮參巫覡，頗爲攻《周禮》者所疑。
> 然其文亦見於《小雅》「大人占之」，固鑿然古經載籍所傳，雖不免多
> 所附會，要亦實有此術也。惟是男女之愛，骨肉之情，有凝思結念，終
> 不一夢者，則意識有時不能造。倉卒之患，意外之福，有忽至而不知

者，則氣機有時不必感。且天下之人，如恒河沙數，鬼神何獨示夢於此人？此人一生得失，亦必不一，何獨示夢於此事？且事不可泄，何必示之？既示之矣，而又隱以不可知之象，疑以不可解之語，（如《酉陽雜俎》載夢得棗者，謂棗字似兩來字，重來者，呼魄之象，其人果死。《朝野僉載》崔湜夢座下聽講而照鏡，謂座下聽講，法從上來，鏡字，金旁竟也。小說所說夢事如此迂曲者不一。）是鬼神日日造謎語，不已勞乎？事關重大，示以夢可也；而猥瑣小事，亦相告語，（如《敦煌實錄》載宋補夢人坐桶中，以兩杖極打之，占桶中人為肉食，兩杖象兩箸，果得飽肉食之類。）不亦褻乎？大抵通其所可通，其不可通者，置而不論可矣。至於〈謝小娥傳〉，其父夫之魂既告以為人劫殺矣，自應告以申春、申蘭。乃以「田中走，一日夫」隱申春，以「車中猴，東門草」隱申蘭，使尋索數年而後解，不又顛乎？此類由於記錄者欲神其說，不必實有是事。凡諸家所占夢事，皆可以是觀之，其法非大人之舊也。[49]

〈謝小娥傳〉（《太平廣記》卷491收入）是唐代李公佐的一篇傳奇小說。寫謝小娥之父與夫往來江湖做買賣，被強盜殺害。小娥訪得兇手，受雇為役，伺機殺死了兩個仇人，並報官府盡收其餘黨。這篇作品的一個特點是，李公佐有意在小說中留下虛構的痕跡。比如謝小娥的父親和丈夫被申春、申蘭劫殺，他們向謝小娥托夢，理當直接點出申春、申蘭的名字，可是他們偏不，而用「田中走，一日夫」隱申春，以「車中猴，東門草」隱申為蘭，以至於小娥好些年也弄不清仇人是誰。這顯然不合情理。「此類由於記錄者欲神其說，不必實有其事。」紀昀準確地指出了李公佐的創作用心，表明他對傳奇小說的文類特徵具有足夠的瞭解。

　　紀昀討論謝小娥之夢，旨在闡釋一個命題：傳奇小說中存在大量「欲神其說，不必實有其事」的虛構。這類虛構在傳奇小說中具有體裁的合理性，但就虛構邏輯而言，卻屬於不合情理的過度虛構。他批評李公佐所設計的謝小娥之夢，

49　〔清〕紀昀，《閱微草堂筆記》，頁516-517。

是因爲在他看來，李公佐未免好奇過甚。《閱微草堂筆記》卷15記「奴子李星」確曾「見人夢」，並據以推測道：「蓋疲苶之極，神不守舍，眞陽飛越，遂至離魂。魄與形離，是即鬼類，與神識起滅自生幻象者不同，故人或得而見之。獨孤生之夢遊，正此類耳。」[50]所謂「獨孤生之夢遊」，見唐薛漁思《河東記·獨孤遐叔》，《太平廣記》卷281收入。〈獨孤遐叔〉仿照白行簡〈三夢記〉中劉幽求一夢而有發展，對人物心理的把握非常準確。獨孤遐叔是一介下第舉子，從長安到偏遠的劍南去求官，臨行與新婚妻子(白氏女)約定，一年就回來。但因「羇棲不偶」，一耽延便是兩年有餘。妻子不知他的生死，也爲自己的未來耽憂。這種耽憂，在夢中具體化爲下述情節：白氏女「夢與姑妹之黨，相與翫月，出金光門外，向一野寺，忽爲兇暴者數十輩脅與雜坐飲酒。」白氏女的夢，說明她害怕災難並感到災難隨時可能降臨。這樣的夢境描寫，紀昀認爲是合乎情理的。這表明，紀昀不是反對寫夢，而是反對不合情理地寫夢[51]。

　　《閱微草堂筆記》卷7提出一個觀點：「余嘗謂小說載異物能文翰者，惟鬼與狐差可信，鬼本人，狐近於人也。其他草木鳥獸，何自知聲病。至於渾家門客並蒼蠅草帚亦俱能詩，即屬寓言，亦不應荒誕至此。」[52]所謂「渾家門客並蒼蠅草帚亦俱能詩」，指的是中唐張薦《靈怪集·姚康成》(《太平廣記》卷371收入)一類作品。〈姚康成〉爲「太原掌書記姚康成」「假邢君牙舊宅」過夜，夜

50　同上，頁387。

51　《四庫全書總目》卷142《劇談錄》提要：「稗官所述，半出傳聞。眞僞互陳，其風自古。未可全以爲據，亦未可全以爲誣。在讀者考證其得失耳。」(頁1210)《閱微草堂筆記》致力於區分謝小娥之夢與獨孤遐叔之夢的合理程度，所顯示的正是「考證其得失」的態度。

52　〔清〕紀昀，《閱微草堂筆記》，頁149。卷18亦云：「及孺愛先生言：嘗親見一蠅，飛入人耳中爲祟，能作人言，惟病者聞之。或謂蠅之蠢蠢，豈能成魅？或魅化蠅形耳。此語近之。青衣童子之宣敕，渾家門客之吟詩，皆小說妄言，不足據也。」(頁465)關於狐與人之相近，《閱微草堂筆記》卷10亦有闡發：「人物異類，狐則在人物之間；幽明異路，狐則在幽明之間；仙妖異途，狐則在仙妖之間。故謂遇狐爲怪可，謂遇狐爲常亦可。三代以上無可考，《史記·陳涉世家》稱篝火作狐鳴曰：『大楚興，陳勝王。』必當時已有是怪，是以托之。吳均《西京雜記》稱廣川王發欒書塚，擊傷塚中狐，後夢見老翁報冤。是幻化人形，見於漢代。張鷟《朝野僉載》稱唐初以來，百姓多事狐神，當時諺曰：『無狐魅，不成村。』是至唐代最多。《太平廣記》載狐事十二卷，唐代居十之九，是可以證矣。」(頁216)

聞三人談藝，批評「時人所作，皆務一時巧麗，其於托情喻己，體物喻懷，皆失之矣」，並各賦一詩。至曉視之，這三人原來是「鐵銚子一柄、破笛一管、一禿黍穰帚而已」。這類機鋒側出、假託物怪論文賦詩的寫法，在唐人傳奇中綿延不絕，如《玄怪錄·元無有》以及無名氏〈東陽夜怪錄〉等。《玄怪錄·元無有》爲故杵、燈檯、水桶、破鐺四物吟詩，明代胡應麟斷言「唐人乃作意好奇」，近人汪辟疆推許牛僧孺「於顯揚筆妙之餘，時露其詭設之迹」[53]，均以《元無有》爲立論依據之一[54]。〈東陽夜怪錄〉爲秀才成自虛雪夜投宿渭南縣東陽驛南館舍，遇病僧智高(高公)；後又有盧倚馬、朱中正、敬去文、奚銳金四人及苗介立、胃藏瓠、胃藏立兄弟來，相與交談。次日清晨，自虛在佛舍內外看見橐駝、烏驢、老雞、駁貓、二刺蝟、牛、犬，才知道夜間所遇即此八怪。小說的主體是由盧倚馬(驢)、朱中正(牛)、敬去文(狗)、奚銳金(雞)、苗介立(貓)、胃藏立(刺蝟)等所吟的即景抒情詩構成的。有些詩取喻奇辟，既關合動物自身的特點，又表達了小說作者的情愫，有機鋒側出之妙。如朱中正(牛)的詩說：

亂魯負虛名，遊秦感寧生。候驚丞相喘，用識葛盧鳴。黍稷滋農興，軒車乏道情。近來筋力退，一志在歸耕。

盧倚馬(烏驢)的詩說：

日晚長川不計程，離群獨步不能鳴。賴有青青河畔草，春來猶得慰(慰當作喂)羈(羈當作饑)情。

這類作品既切合牛、驢的特性，又表達出失意文人書劍飄零、無可奈何而欲隱居的落魄心情，收入《全唐詩》中，絕無愧色。近代詩人樊增祥《樊山詩集·蒲州

53　汪辟疆校錄，《唐人小說·玄怪錄》按語，頁233。
54　胡應麟《少室山房筆叢》卷41云：「《王仙客》亦唐人小說，事大奇而不情，蓋潤飾之過，或烏有、無是類，不可知。」(頁434)所謂「潤飾之過」，即就虛構邏輯而言，缺乏合理性。

道中閱題壁詩戲書其後》云：「敬文苗立總能詩，塗遍蒲東及絳西。」用之爲典
實，藉以嘲諷喜歡舞文弄墨而造詣不深的文士。《東陽夜怪錄》以文爲戲，或許
寓有對自視甚高而才能平庸的詩人的調侃。〈姚康成〉、〈元無有〉、〈東陽夜怪
錄〉以智力程度很低的動物怪和不具備智力的器物怪作爲附庸風雅的主角，紀昀
認爲，就虛構邏輯而言，缺乏合理性[55]。與對夢的討論一樣，這裡所涉及的也是
虛構限度問題。

關於敘述手段的選擇，我們的意思是：無論是子部小說還是傳奇小說，它們
都離不開敘述，但子部小說的敘述服務於「論」，而傳奇小說的敘述旨在創造引
人入勝的故事、情境或氛圍。這種體裁宗旨的不同有可能影響敘述者對敘述手段
的選擇。比如，以《閱微草堂筆記》和傳奇小說相比，傳奇小說無疑更注重誘發
讀者的懸念。唐代李復言的《續玄怪錄・薛偉》（《太平廣記》卷471收入）是成
功創造懸念效果的經典之作。小說一開始便寫薛偉病中蘇醒時的怪異表現：

> 薛偉者，唐乾元元年任蜀州青城縣主簿，與丞鄒滂尉雷濟裴察同時。其
> 秋，偉病七日，忽奄然若往者，連呼不應，而心頭微暖。家人不忍即
> 斂，環而伺之。經二十日，忽長吁起坐，謂其人曰：「吾不知人間幾日
> 矣？」曰：「二十日矣。」「即與我觀群官，方食繪否？言吾已蘇矣。
> 甚有奇事，請諸公罷筯來聽也。」僕人走視群官，實欲食膾，遂以告。
> 皆停餐而來。偉曰：「諸公敕司戶僕張弼求魚乎？」曰：「然。」又問
> 弼曰：「漁人趙幹藏巨鯉，以小者應命。汝於葦間得藏者，攜之而
> 來。」方入縣也，司戶吏坐門東，糺曹吏坐門西，方弈棋。入及階，鄒
> 雷方博，裴嚙桃實。弼言幹之藏巨魚也，裴五令鞭之。既付食工王士良
> 者，喜而殺乎？」遞相問，誠然。

---

[55] 如果以其人之道還治其人之身，我們也許可以對《閱微草堂筆記》提出同樣的批
評。該書卷2「魅與趙執信論王士正詩一節，詞令諧妙，《談龍錄》中無堪儔匹」
（錢鍾書，《管錐編》，頁656），而「魅」的身份，被設定爲樹怪（植物怪）。這似
乎不符合紀昀所認可的虛構邏輯。

此情此景是令人驚詫不置的。薛偉重病二十日，剛剛蘇醒，何以對周圍發生過的事瞭如指掌？這太神秘了！以這種精心設計的懸念開頭，作者接下來安排薛偉講述了他夢中化魚的經歷。原來。「向殺之鯉」即薛偉所化，難怪他一清二楚了。

〈薛偉〉的懸念效果是憑藉倒敘手法造成的。需要指出的是，史傳中也有若干倒敘的現象，如《史記‧陳涉世家》在陳勝起義失敗後，再補敘陳勝因殺了多嘴饒舌的故人而導致部將離心的事，《左傳》「曹劌論戰」在戰鬥結束後，再通過對話交代曹劌的指揮過程，但這種倒敘，目的是服務於「論」，旨在表現作者的史識。唐傳奇的倒敘則是爲了造成扣人心弦的效果，使故事更富有傳奇色彩。倒敘在唐傳奇中才真正成爲一個創造懸念的生氣勃勃的因素。除了〈薛偉〉，其他如《續玄怪錄‧定婚店》、佚名〈秀師言記〉（《太平廣記》卷160收入）、《集異記‧徐佐卿》等，都以借助倒敘手法創造懸念見長。

比照李復言的《續玄怪錄‧薛偉》，我們來看《閱微草堂筆記》卷4「宋蒙泉言」一則[56]。其情節與〈薛偉〉頗有近似之處，即：其主角都曾在昏迷中進入另一種生存狀態。如果紀昀有意製造懸念，他本來可以這樣敘述：「孫峨山先生，嘗臥病高郵舟中，忽奄然若往者，連呼不應。以四肢柔軟，心膈尚溫，家人不忍即斂，環而伺之。經三日，忽醒，急取片紙，書數行，遣使由某路送至某門中，告以勿過撻某婢。……」駕馭這樣一種敘述方式，對紀昀來說並不困難。但他寧可依次道來，平鋪直敘。紀昀之所以做這樣的選擇，原因在於，他的目的不是講述一個扣人心弦的故事，而是說明一個觀念：「輪迴之說，儒者所辟。而實則往往有之，前因後果，理自不誣。」

《閱微草堂筆記》卷10載：

> 至危至急之地，或忽出奇焉；無理無情之事，或別有故焉。破格而爲之，不能膠柱而斷之也。吾鄉一媼，無故率媼嫗數十人，突至鄰村一家，排闥強劫其女去。以爲尋釁，則素不往來；以爲奪婚，則媼又無子。鄉黨駭異，莫解其由。女家訟於官，官出牒拘攝，媼已攜女先逃，

不能蹤跡；同行婢嫗，亦四散逃亡。累繫多人，輾轉推鞫，始有一人吐
實，曰：「嫗一子，病瘵垂歿，嫗撫之慟曰：『汝死自命，惜哉不留一
孫，使祖父竟為餒鬼也。』子呻吟曰：『孫不可必得，然有望焉。吾與
某氏女私昵，孕八月矣，但恐產必見殺耳。』子歿後，嫗咄咄獨語十餘
日，突有此舉，殆劫女以全其胎耶？」官憮然曰：「然則是不必緝，過
兩三月自返耳。」屆期果抱孫自首，官無如之何，僅斷以不應重律，擬
杖納贖而已。此事如兔起鶻落，少縱即逝。此嫗亦捷疾若神矣。安靜涵
言：其攜女宵遁時，以三車載婢嫗，與己分四路行，故莫測所在。又不
遵官路，橫斜曲折，歧復有歧，故莫知所向。且曉行夜宿，不淹留一
日，俟分娩乃稅宅，故莫跡所居停。其心計尤周密也。女歸，為父母所
棄，遂偕嫗撫孤，竟不再嫁。以其初涉溱洧，故旌典不及，今亦不著其
氏族焉。[57]

就實質而言，這是一個公案故事，涉及到作案和破案等程序。公案故事通常伴隨
著懸念疊出的情節，這一則也不例外。但紀昀所採用的敘述方式卻提示讀者：他
更關注的是故事所體現的哲理而不是故事本身的傳奇性。其敘述方式有這樣幾點
值得注意：以「論」帶「敘」，「論」構成作品的第一重心；採用全知敘事，以
加快信息的釋放。可以這樣認為：「至危至急至地，或忽出奇焉；無理無情之
事，或別有故焉」的見解本身需要有「至危至急之地」、無理無情之事」與之呼
應，否則，論點就缺乏必要的論據。論點的特殊性決定了論據的特殊性。所以，
紀昀雖然不能消除故事本身所具有的傳奇性，卻在力所能及的範圍內淡化而不是
強化這種傳奇性。如果因為這則故事而誤以為紀昀對懸念情有所鍾，其把握文本
的能力是會受到質疑的。

關於敘述風度，紀昀《閱微草堂筆記》卷18描述過「才子之筆，務殫心巧；
飛仙之筆，妙出天然」的境界。在他看來，所謂「天然」，即「如春雲出岫，疏
疏密密，意態自然，無杈枒怒張之狀」，「如空江秋淨，煙水渺然，老鶴長唳，

57　紀昀，《閱微草堂筆記》，頁214-215。

清飆遠引，亦消盡縱橫之氣。」[58] 卷24又特別倡導「無筆墨之痕」而反對「努力出棱，有心作態」[59]。《聊齋志異》正是紀昀所謂「才子之筆」，因此「縱橫之氣」、「務殫心巧」、「努力出棱，有心作態」，可以視為他對傳奇小說的批評；而「妙出天然」、「意態自然」、「無筆墨之痕」則可看作紀昀理想的子部小說風範。如果不把紀昀的意見當成價值判斷，我們確實可以由此出發，去理解傳奇小說與子部小說敘事風度的區別。

馮鎮巒《讀聊齋雜說》曾就《聊齋》與《閱微》作過一番比較，其論述涉及到「著書者之筆」與「才子之筆」敘述風度的差異：「《聊齋》以傳記體敘小說之事，仿《史》、《漢》遺法，一書兼二體，弊實有之，然非此精神不出，所以通人愛之，俗人亦愛之，竟傳矣。雖有乖體例可也。紀公《閱微草堂四種》，頗無二者之病。然文字力量精神，別是一種，其生趣不逮也。」[60]「文有設身處地法。昔趙松雪好畫馬，晚更入妙，每欲構思，便於密室解衣踞地，先學為馬，然後命筆。一日管夫人來，見趙宛然馬也。又蘇詩〈題畫鴈〉云：野鴈見人時，未起意先改。君從何處看，得此無人態？此文家運思入微之妙，即所謂設身處地法也。聊齋處處以此會之。」[61] 馮鎮巒所揭示的是兩種藝術精神的差異。傳奇小說家在時間和空間上強調現場感，而子部小說家則強調非現場感。強調現場感，故作者設身處地去體驗描寫對象並將體驗形之筆墨；強調非現場感，故常用轉述和回憶的口吻，用筆不能太細，因為他假定讀者會提出下述質詢：你不在現場，你是如何知道的？這種現場感和非現場感的區別，與子部小說和傳奇小說的旨趣不同有關。胡應麟《少室山房筆叢》卷38〈華陽博議上〉論及子部與集部之別，有云：

> 子則有博於儒者、墨者、法者、名者、辯者、雜者、兵者、農者、術者、數者。荀況、揚雄諸人，儒之博者也；宋翟、田俅諸人，墨之博者

---

58 〔清〕紀昀，《閱微草堂筆記》，頁455。
59 同上，頁552。
60 〔清〕蒲松齡著，張友鶴輯校，《聊齋志異》，頁15。
61 同上，頁12。

也；管仲、韓非諸人，法之博者也；公孫、魏牟諸人，名之博者也；鄒衍、惠施諸人，辯之博者也；呂韋、劉安諸人，雜之博者也；孫武、尉繚諸人，兵之博者也；氾勝、賈勰諸人，農之博者也；張衡、郭璞諸人，術之博者也；京房、管輅諸人，數之博者也。漆園之評道術，太史之論六家，班氏之列九流，任宏之錄四種，稚川之纂、仲容之鈔、克構之林、子厚之辯，皆博於子者與？[62]

子之浮誇而難究者莫大於眾說，眾說之中又有博於怪者、妖者、神者、鬼者、物者、名者、言者、事者。《齊諧》、《夷堅》博於怪，《虞初》、《瑣語》博於妖，令昇、元亮博於神，之推、成式博於鬼，曼倩、茂先博於物，湘東、魯望博於名，義慶、孝標博於言，夢得、務觀博於事，李昉、曾慥、禹錫、宗儀之屬又皆博於為說者也。總之，脞談隱跡，巨細兼該，廣見洽聞，驚心奪目，而淫俳間出，詭誕錯陳。張、劉諸子世推博極，此僅一斑，至郭憲、王嘉全構虛詞，亡徵實學，斯班氏所以致譏，子玄因之絕倒者也。[63]

集則有博於騷者、賦者、詩者、文者。屈、宋、唐、景諸人，騷之博者也；揚、馬、班、張諸人，賦之博者也；曹、陸、杜、韓諸人，詩之博者也；任、沈、王、駱諸人，文之博者也。彼皆目下十行，胸羅萬卷，旁蒐廣擷，集厥大成，名世之稱，良非襲取。若劉勰之《文心》兼該體要，鍾嶸之《詩品》歷溯淵源，蕭統之銓擇鎔鑑古今，李善之注釋詳備顛末，以至虞世南之采輯詞章，許敬宗之蒐羅藝館，李明遠之《英華》，郭茂倩之《樂府》，大溢千卷，小逾百軸，其皆博於集者與？[64]

又卷一〈莊嶽委談下〉：「傳奇之名不知起自何代，陶宗儀謂唐為傳奇，宋為戲譚，元為雜劇，非也。唐所謂『傳奇』自是小說書名，裴鉶所撰，中如藍橋等記詩詞家至今用之，然什九妖妄寓言也。裴晚唐人，高駢幕客，以駢好神仙，故撰

62　〔明〕胡應麟，《少室山房筆叢》，頁383。
63　同上，頁384。
64　同上，頁383。

此以惑之。其書頗事藻繪而體氣俳弱，蓋晚唐文類爾，然中絕無歌曲、樂府若今所謂戲劇者，何得以傳奇爲唐名？或以中事跡相類，後人取爲戲劇張本，因展轉爲此稱不可知。范文正記岳陽樓，宋人譏曰傳奇體，則固以爲文也。」[65]子部書或「博於儒者、墨者、法者、名者、辯者、雜者、兵者、農者、術者、數者」，或「博於怪者、妖者、神者、鬼者、物者、名者、言者、事者」，貫穿其中的內在要素是思想和知識；集部書則包括騷、賦、詩、文，貫穿其中的內在要素是才情和辭藻，而傳奇小說一向被視爲「文」，其歸趣與集部書相通。從胡應麟的這一見解，可以推導出一個相關結論：子部小說和傳奇小說雖然都不免採用敘述手段，但子部小說的宗旨是闡發思想和知識，一切多餘的辭藻都用不上；傳奇小說在注重藻飾方面近於集部的辭章，色彩斑斕的想像需要色彩斑斕的描繪與之匹配。

　　對飛天夜叉形象的處理是一個可資對比的例子。唐鄭還古《博異志・薛淙》（《太平廣記》卷三五七收入，註「出《博異傳》，陳校本作出《博異志》」），敘天帝使者捉拿飛天夜叉的「異聞」。飛天夜叉求病僧把她藏起來，看上去可憐巴巴。在《宣室志》等傳奇中，這是備受同情的一類形象。然而，鄭還古卻毫不容情地提醒讀者：「此非人，乃飛天夜叉也。其黨數千，相繼諸天傷人，已八十萬矣。」必須除掉。這故事極受紀昀關注，他在《閱微草堂筆記》中一再提及，如卷1「德州田白巖曰」、卷5「烏魯木齊把總蔡良棟言」、卷13「族叔楘庵言」。卷1「德州田白巖曰」、卷5「烏魯木齊把總蔡良棟言」都用了談異說奇的口吻，其敘述語調與〈薛淙〉區別不大。但紀昀在小說結尾分別加上：「考《太平廣記》，載老僧見天人追捕飛天野叉事，野叉正是一好女。蔡所見似亦其類歟！」「此殆白巖之寓言，即所謂一家哭，何如一路哭也。姑容墨吏，自以爲陰功，人亦多稱爲忠厚；而窮民之賣兒貼婦，皆未一思，亦安用此長者乎？」[66]就使作品具有了或傳達知識、或傳達思想的意味，與〈薛淙〉之僅僅著眼於故事之「異」有所不同。從描寫看，《閱微草堂筆記》亦與〈薛淙〉存在值得關注的區

65　〔明〕胡應麟，《少室山房筆叢》，頁424。
66　〔清〕紀昀，《閱微草堂筆記》，頁98、8。

別。比如天使與飛天夜叉格鬥一節，〈薛淙〉寫道：

> 須臾，便至枯木所。僧返步以觀之。天使下馬，入木窺之，卻上馬，騰
> 空繞木而上，人馬可半木已來，見木上一緋點走出，人馬逐之。去七八
> 丈許，漸入霄漢，沒於空碧中。久之，雨三數十點血。意已爲中矢矣。

《閱微草堂筆記》的表述是：

> 有額都統者，在滇黔間山行，見道士按一麗女於石，欲剖其心。女哀呼
> 乞救。額急揮騎馳及，遽格道士手。女嘫然一聲，化火光飛去。

「烏魯木齊把總蔡良棟言」：

> 此地初定時，嘗巡瞭至南山深處。（烏魯木齊在天山北，故呼曰南山。）
> 日色薄暮，似見隔澗有人影，疑爲瑪哈沁，（額魯特語謂劫盜曰瑪哈
> 沁，營伍中襲其故名。）伏叢莽中密偵之。見一人戎裝坐磐石上，數辛
> 侍立，貌皆猙獰；其語稍遠不可辨。惟見指揮一辛，自石洞中呼六女子
> 出，並姣麗白皙；所衣皆繪彩，各反縛其手，觳觫俯首跪。以次引至坐
> 者前，褫下裳伏地，鞭之流血，號呼淒慘，聲徹林谷。鞭訖，徑去。六
> 女戰慄跪送，望不見影，乃嗚咽歸洞。[67]

　　僅從篇幅的長短看不出實質性的差異，我們關注的是對細節的描寫。紀昀樂
於以簡淡數言的方式陳述故事梗概，〈薛淙〉卻追求一種摹繪如生的效果。是否
展開細節描寫，這是子部小說與傳奇小說的外在區別，而這一外在區別直接導致
了敘述風度的不同。
　　「族叔棨庵言」甚至將傳奇故事變成了掌故：

67　同上，頁97-98。

族叔燊庵言：嘗見旋風中有一女子張袖而行，迅如飛鳥，轉瞬已在數里外。又嘗於大槐樹下見一獸跳擲，非犬非羊，毛作褐色，即之已隱。均不知何物。余曰：「叔平生專意研經，不甚留心於子、史。此二物，古書皆載之。女子乃飛天夜叉，《博異傳》載唐薛淙於衛州佛寺見老僧言居延海上見天神追捕者是也。……」[68]

章學誠《文史通義》卷5〈答問〉論及文人之文與著述之文的區別，有云：「文人之文，與著述之文，不可同日語也。著述必有立於文辭之先者，假文辭以達之而已。譬如廟堂行禮，必用錦紳玉佩，彼行禮者，不問紳佩之所成。著述之文是也。錦工玉工，未嘗習禮，惟藉製錦攻玉以稱功，而冒他工所成為己製，則人皆以為竊矣。文人之文是也。故以文人之見解，而議著述之文辭，如以錦工玉工，議廟堂之禮典也。」[69] 章學誠所說的「著述之文」，近於紀昀所謂「著書者之筆」，「文人之文」近於紀昀所謂「才子之筆」，儘管含義略有不同。「著述之文」（「著書者之筆」）以意為主，「意」包括思想與知識等方面；「文人之文」（「才子之筆」）以文辭為主，表達上的工穩與否是焦點所在。從《閱微草堂筆記》與《博異志‧薛淙》對飛天夜叉題材的不同處理，我們得出的結論是：《博異志‧薛淙》屬於「才子之筆」，《閱微草堂筆記》屬於「著書者之筆」，二者對細節描寫的不同態度與此密切相關。梅曾亮〈管異之文集書後〉云：「曾亮少好為駢體文。異之曰：『人有哀樂者，面也。今以玉冠之，雖美，失其面矣。此駢體之失也。』余曰：『誠有是。然〈哀江南賦〉、〈報楊遵彥書〉，其意固不快耶？而賤之也！』異之曰：『彼其意固有限，使有孟、荀、莊周、司馬遷之意，來如雲興，聚如車屯，則雖百徐、庾之詞，不足以盡其一意。』」[70]管同和梅曾亮的學術立場可以不論，他們對子(孟、荀、莊周)史(司馬遷)與集(庾信賦)之間不同旨趣的強調(子史以意為主，集以辭藻為主)，有助於我們認識《閱微草

68　同上，頁304。

69　〔清〕章學誠著、葉瑛校注，《文史通義校注》，頁489。

70　鄔國平、黃霖編著，《中國文論選》(近代卷)(南京：江蘇文藝出版社，1996)，頁99。

堂筆記》與傳奇小說之間敘事風度之差異形成的原因：以意爲主，故貴簡約；以辭藻爲主，故熱心於絢爛華麗。是否關注辭藻的經營是子部小說與傳奇小說敘事風度迥異的內在原因[71]。

綜上所述，《閱微草堂筆記》在題旨上鄙視豔遇故事，在敘事準則上反對過度虛構，自覺地以敘述服務於議論，樂於用簡淡數言的方式陳述故事梗概，它與傳奇小說的區別是鮮明而系統的。這一事實表明，紀昀在寫作《閱微草堂筆記》時，既注意與史家紀傳劃清界限，也注意與傳奇小說劃清界限，而致力於建立和完善子部小說的敘事規範。換句話說：《閱微草堂筆記》是一部淵源於子部敘事傳統的經典，在中國敘事文學發展史上，其重要性可與《史記》（史部敘事經典）、《聊齋志異》（偏重集部敘事傳統的經典）等相提並論。現代學者在面對《閱微草堂筆記》時，應當採用子部小說的原理來闡發文本，否則，牛頭不對馬嘴，議論越多，誤解越深——不僅是對《閱微草堂筆記》的誤解，也是對中國敘事傳統的誤解。

---

71 《四庫全書總目》卷143《飛燕外傳》提要所附按語云：「此書記飛燕姊妹始末，實傳記之類。然純爲小說家言，不可入之於史部，與《漢武内傳》諸書同一例也。」又《開河記》提要：「《開河記》述麻叔謀開汴河事，詞尤鄙俚，皆近於委巷之傳奇。」《昨夢錄》提要：「至開封府尹李倫被攝事，連篇累牘，殆如傳奇。又唐人小說之末流，益無取矣。」《漢雜事秘辛》提要：「其文淫豔，亦類傳奇，漢人無是體裁也。」又卷144《青瑣高議》提要：「所記皆宋時怪異事跡，及諸雜傳記，多乖雅馴。每條下各爲七字標目，如張乖崖明斷分財、回處士磨鏡題詩之類，尤近於傳奇。」（頁1216、1217、1228）在四庫館臣看來，敘事始末完整，措辭「淫豔」、「連篇累牘」等特徵是與傳奇小說聯繫在一起的。而這些特徵，無疑是傳奇小說旨趣的表現。

第六章
女性讀者眼中的《鏡花緣》

Ellen Widmer 魏愛蓮（Wesleyan University衛斯聯大學）

> 普天才子作如是之達觀，絕世佳人喚奈何於幽恨。愛由心造，緣豈
> 天慳，斯則情之所鐘，即亦夢何妨續。
> ——陳詩雯序其兄陳少海之小說《紅樓復夢》，1799 [1]。

一、序言

　　一些證據顯示，李汝珍原打算爲《鏡花緣》再多寫第二個一百回，但因年邁，決定以百回作結[2]。也許如果寫全了兩百回，他就可以更進一步釐清小說文學語言背後的指涉？他究竟是贊成還是反對教育女性呢？他的女性人物真的是女性的再現嗎？還是暗喻有才但失意的文人？要是他能多寫到重返女兒國，或者深探小說中女性人物婚後的生活，李汝珍對這些問題的態度可能會清楚的多。然而就其現狀，小說提供的指引其實很少。即使是李汝珍自己編輯的1828年版裡，十四位題詞者提供的看法也有相當的反差。

　　這篇論文主題關係的是1828年版《鏡花緣》的題詞中，男性和女性讀者閱讀反應上的一些差異。這些差異和陳詩雯所觀察到男性女性對《紅樓夢》不同的閱讀是類似的。也就是，《鏡花緣》的十位男性題詞者傾向哲學性，或至少寓意性

1　此段序文的英譯可見於 Ying Wang, "Imitation as Dialogue: The Mongolian Writer Yinzhan naxi（1837-1892），" *Tamkang Review* 34, no.1 (2003), pp. 2-39.
2　見1828年版中蕭榮修的題詞，以及李汝珍在小說末頁中對此事之説。

的閱讀；相對四位女性則大多專注在小說中才女們可憐的處境。除此之外，男性們明顯更樂於評論作者的生平，表達對小說文學體式的欣賞或從中得到的樂趣，或視女性角色爲象徵。但對女性來說，女性人物基本上就是女人，是她們可以認同的堪憐才女，寓意性的讀法則少見跡象。另一個相異點是：四位女性讀者中有兩位將《紅樓夢》帶進討論中，男性評者們卻沒有一位提到《紅樓夢》。

這篇論文旨在呈現這樣一個對照。我從四位女性的閱讀反應開始，然後將它們和男性的題詞做比較。在簡短討論「本質論」(essentialism)以後，我會轉看另一位女性讀者——沈善寶(1808-62)——的反應。沈氏視李汝珍的小說爲希望而非絕望的源頭。她在《鏡花緣》的女性友誼中找到希望，以之對抗才女「佳人」們非此無所遁逃的可憐命運。她和其他幾位女性讀法上的相似處在於，她們都認同小說中的女性角色，而非去解讀其象徵寓意；相異處則是，她的下一步走向了女性人際網絡的連結，而非憂傷的淚水。

二、四位女性題詞者

1828年版的《鏡花緣》是李汝珍本人編輯的，我們要談的四位女性讀者的聲音就是收錄於此[3]。李汝珍在一部早於1828的版本裡就收錄過仰慕其作的女性讀者的題詞，這應該是中國古典白話小說中的頭一遭[4]。四位女子中，我們只能找到其中兩位比較詳盡的生平資料，不過就算僅單從另兩位的詩中，我們還是可以多少窺見作者們的心思。

我從完全沒有生平資料的兩位開始。

1.第一位是嘉興鴛鴦湖附近的朱玫(紫香)。朱是四位女性中唯一出現在《鏡花緣》早期版本中的。她的詩作如下：

3　孫佳訊，《鏡花緣公案辨疑》(濟南：齊魯書社，1984)，頁29。

4　鮮少評家注意到《鏡花緣》的女性題詞人，一個例外是張心滄H.C. Chang, *Chinese Literature: Popular Fiction and Drama* (New York: Columbia University Press, 1973), p. 420. 據我所知，其他明顯有女性題詞的小說要直至晚清才得見。

　　　自是君家多謫仙，人間那得有斯編，十年未醒紅樓夢，又結花飛鏡裡緣。

朱詩特別有趣之處在於顯示：現代讀者已經論及的《鏡花緣》和《紅樓夢》之間
的聯繫，對於李汝珍時代的女性讀者而言是顯而易見的。詩中「十年」指的是傳
統上認爲李汝珍致力於創作《鏡花緣》的時間。
　　2.下一首要討論的是天津附近燕山徐玉如(月仙)的詩作 [5]。

　　　百花都向筆端開，誰識青蓮八斗才，隔斷仙凡千尺瀑，個中人在小蓬
　　　萊；大言已見談忠孝，小技還看說異能，慘沒經營成別調，十年秋雨剔
　　　秋燈；白猿已向白雲歸，電掣寒光遍繡帷，尤愛憑虛奇絕景，海天無際
　　　一車飛；泣紅我亦淚餘痕，薄命徒嗟往事存，最愛挑燈深夜讀，卷中常
　　　對美人魂。

徐挑燈夜讀的形象是她詩中令人難忘的特色之一。另外就是她對小說的仔細欣
賞，尤其是對泣紅庭(小說中透露女性人物命運之處)和薄命崖(小說開端預示主
人翁可憐結局之地)的論評。
　　3.杭州的錢守璞，又名錢璞 [6]。就題詞的次序，她其實早於徐玉如。但我打
破順序這裡才提她，因爲她的題詞有其他的資料補充，我們可以做較爲廣泛的探
討。錢的題詞如下：

　　　眾香國裡豔詞成，一樣才華百樣情；名記泣紅亭上女，大都薄命爲聰
　　　明。黃絹新傳幼婦辭，蛾眉良遇幸當時；笑他未醒紅樓夢，只寫尋常兒
　　　女痴。人間那有小蓬萊，慧想奇思筆底來；百八牟尼珠一串，竟無一字
　　　著纖埃。端合焚香拜謫傑，前身儂亦是秋蓮；傳神欲倩先生筆，譜入空
　　　花鏡裡緣。

<hr>

5　胡文楷，《歷代婦女著作考》(上海：上海古籍出版社，1985)中列有另外一位松江
　　附近崑山的徐玉如(號蘭素)。見頁471。
6　同前註，頁750及760。胡氏所列似意味兩處分指兩人，但實爲同一人。

錢自己的作品集中收有這首詩的刪節本，題爲〈題李少子《鏡花緣》傳奇〉，省略的是最後一個詩節[7]。詩中提及《紅樓夢》這點，讓人聯想到朱玫的題詞；它強調在「泣紅亭」一節已經伏下女性人物最終的不幸命運，這點則和徐玉如的題詞相呼應，並且兩人的用字遣詞也有近似處。另外值得注意的，是詩人極度私人式的閱讀反應：她的語氣暗示和作者相識，並請求作者將她的生平故事加入小說人物的生命中。錢守璞的筆名蓮因，義爲蓮之前世因緣，這和她聲稱「前身儂亦是秋蓮」，因而同屬於《鏡花緣》的群芳之中，也可能相涉成趣。

錢是一位著名的女性作家，她的名字出現在所有常見清代女作家的傳記中並且廣得評論。她是一位卓越的藝術家，才情之高足以被畫家改琦(1774-1829)收爲學生。她和夫婿同時也是「精神伴侶」的張騏一生多在揚州以出售詩畫維生[8]。如果李汝珍的人脈確實擴及揚州，他可能就是因爲這層關係而認識錢守璞的。身爲陳文述的學生，錢守璞和陳家的一些親族成員也有聯繫，這其中包括他才氣洋溢的媳婦汪端。錢和陳、汪的關係進而顯示，她和環繞陳汪兩人身邊的女詩人圈子，同樣關係匪淺。她在題詞中哀憐才女薄命時，所表達的其實是她自己其他詩中和同時代才女們都常有的感嘆。

錢的另一位相識是身兼文官、學者、書法家，並曾爲其作小傳的石韞玉(1756-1837)。石至今最爲人所知的，是他對以細膩多情的筆觸描繪芸娘聞名的《浮生六記》作者沈復的垂青。石爲錢守璞所寫的傳記〈蓮因傳〉，強調她難得地結合了才氣、福命與財富於一身；這和錢守璞自己的詩恰成對比。傳記中作者將錢和薄命貧困的才女們相對照，突顯她難得的特例[9]。石韞玉的稱揚和錢守璞的自謙無疑肇因於他們各自不同的寫作意圖和修辭手法，同時或許也涉及他們性別上的不同。比較持平的看，我們可以說就一位女性而言，錢是位異常成功的文

7　見〔清〕錢璞，《繡佛樓詩稿》(1868)，卷1，頁33b。此稿藏於哈佛燕京圖書館。其中此詩有題〈題李少子《鏡花緣》傳奇〉，詩的內容與《鏡花緣》題詞版本有些微字詞上的出入。

8　俞劍華，《中國美術家人名詞典》(上海：人民美術出版社，1981)，頁884-5及1436。亦見蔣寶齡：《墨林今話》(上海：掃葉山房，1863)，卷17，頁5。

9　〔清〕石韞玉，《獨學廬詩文稿》(c.1825)，5:3:1 a-b。收藏於國立臺灣大學圖書館。

藝人。

4.四位女性中的最後一位是金若蘭(者香)，《鏡花緣》的男性題詞者之一金狆之女。金狆是李汝珍最好的朋友之一[10]；金狆父女和李汝珍同時也與孫吉昌爲友，《鏡花緣》中的所有題詞就是以孫吉昌的詩作起首並總結。

金若蘭的題詞如下：

> 不上泣紅亭，群花夢已醒，耕煙種瑤草，滴露寫鵝經；波浪千尋碧，峰巒萬點青，乘風歸去好，閒看鶴梳翎。

這是四首詩中最無涉於女子不幸命運並和李汝珍本人最相關的一首。就這點上金若蘭是女性題詞群中的非典型。儘管她在首句藉「泣紅亭」提出了佳人薄命的議題，之後談的卻是其他的事情。

不意外地，金若蘭的詩在眾多題詞中緊隨其父詩作之後；雖然兩首詩的格律不同，但一前一後的位置暗示著兩者間的關聯。或許是父親將她導離過多爲女性而發的悲嘆？或許是女兒刻意與父親之詩作相唱和？有關金若蘭的資料大多只見於她和父親出版的合集，這其中有一簡短的段落詳述她的教育。根據這筆材料，她十四歲以父爲師，研習《古詩菁花》、《唐詩菁花》等基礎教材學寫詩。在她父親去了板浦(金狆和李汝珍在江蘇北部海州附近的住所)之後，她的詩作交由其叔父編輯；儘管學詩超過十年，金若蘭對於獨立創作還是多少覺得不自在。她寫這首題詞時，可以推測大約是二十四歲[11]。

金若蘭其他的詩，除了再強化這對父女在文學上關係密切的印象之外，並無法提供比上述更多的生平資料。金狆和金若蘭合刊作品，讓若蘭成爲他組織的詩社成員，並邀請若蘭爲他編輯過一本作品集。除此之外，他還常和女兒聯句和詩。「花」是他們詩中最廣爲談論的題材之一，有時候這些詠花題花詩還會讓人

10　金狆致李汝珍的詩有一首倖存，見〔清〕金狆，《吟紅閣詞鈔》，卷3，頁8。

11　見《吟紅閣詩選》題跋(1811)。收藏於北京中國社科院圖書館文學部。我據金若蘭年十四開始寫詩，加上她自言之後習詩十年，推得她題詞時年約二十四歲。金氏的題跋未註明年月，但其鄰篇題跋所註年代爲1809。

聯想到《鏡花緣》中的主題[12]。他們的作品中另一個和小說有關的題材是蓬萊仙島的意象。如同他們的《鏡花緣》題詞，金翀和金若蘭關於蓬萊仙島的詩作也是題目近似而格律不同[13]；在其他的詩作中他們也常寫到烏托邦仙境。如果對照二金的詩集和李汝珍的小說，可以看出它們很像是類似世界中的產物。

　　和金翀一樣，金若蘭也曾停留揚州，推測應該是在父親的陪同下，並且有詩紀念在揚州造訪明朝忠心名將史可法之墓[14]。推薦若蘭詩作的詩文足以證明她相當廣闊的人際網。這顯示：她要不是多方旅行，要不就是運用了父親的廣泛交遊[15]。有些推薦若蘭作品的文人，最初當然是經由她父親介紹的，像是王瓊和她的女兒弟子們[16]；她們因為金翀和王瓊的兄長，同時也是文集編選名家的王豫（1768-1826）在揚州的一次聚會而得知若蘭[17]。王瓊寫到關於金若蘭的文辭中，透露著她發現了這個不為人知的文學才人的興奮，並給人一種印象：似乎若蘭的才華並未獲得廣泛的賞識。果真如此，她與錢守璞便恰成對比[18]。

三、截然不同的男性讀者反應

　　就我們目前所見，女性詮釋《鏡花緣》，傾向將注意力集中在像她們自己一

12　花是女性詩作中常見的主題，但在二金的詩中似乎尤其常見。金翀有一首詩寫的是各有不同花時的群芳，見（《吟紅閣詞鈔》卷1，頁17b）。與之相反「花開同時」的主題則是《鏡花緣》中的一個重要的文學想像。

13　兩人的詩題皆為〈蓬萊島〉，並且都是關於和一船青年男女同赴仙島的想像旅程。金翀之作收於《吟紅閣詞鈔》，頁7:4a。若蘭之作收於《花語軒詩鈔》（1810），頁11a。收藏於國會圖書館，附於其父《吟紅閣詩鈔》之後。

14　見金若蘭，《花語軒詩鈔》，頁8a。

15　他們當中無人來自板浦。來自杭州、海寧、嘉興及丹徒者則有之。

16　在當時的出版紀錄中，王瓊的名字總是和她的姪甥女們——同是丹徒的王迺德、王迺容及季芳——同時出現。例見金若蘭《花語軒詩鈔》題詞。

17　王豫編選之作包括《國朝近體詩精選》（1807），收藏於美國國會圖書館（Library of Congress）。王瓊撰有《愛蘭名媛詩話》，這部作品可能從未出版。見胡文楷，《歷代婦女著作考》，頁256-257。亦見附於王豫《群雅集》（1807）之後，當中王瓊常提及《愛蘭名媛詩話》的《愛蘭軒詩選》，收藏於日本內閣文庫。

18　王瓊略少於其兄，但年齡差距並不大。倘若金若蘭生於據推測很有可能的1785年，王瓊的年齡約是再加上十五年或更多些。

樣的才女們難以逃脫的不幸命運之上；有時她們也視之爲對同樣突顯才女薄命的
《紅樓夢》的回應或延續。相對地，男性題詞者則傾向把焦點放在文學體式或李
汝珍創作的辛苦之上，而非女性的命運，而且無一人提及《紅樓夢》，即使十位
中有兩位題詞人（金狪和陳瑜）十六年前才爲一部評論《紅樓夢》的作品寫過序。
這部評論是二知道人於1812年成書的《紅樓夢說夢》[19]。劉世德已經考出二知道
人爲出身合肥，偶居海州的蔡家琬（1763-1835之後）[20]。《紅樓夢說夢》中明確
寫到，二知道人和朋友們對《紅樓夢》多有討論[21]，在李汝珍熟識的朋友中，一
位許喬林就曾爲此書題詞，並爲《鏡花緣》寫了兩篇序文[22]。另一位吳振勃也爲
《紅樓夢說夢》題了詞[23]，雖然他並不在《鏡花緣》的題詞人之列[24]。

　　接下來我將介紹《鏡花緣》十位男性題詞人當中的四位。第一位是爲《紅樓
夢說夢》和《鏡花緣》都寫了題詞的陳瑜。陳瑜出身海州，除此之外我們幾乎沒
有他的其他資料[25]。陳瑜的題詞是由六首七絕組成，這裡我引的是第一首：

　　　　花樣新從筆底翻，班班考据溯根源，個中奧旨說參透，須識南華有寓
　　言。

雖然陳瑜對於深奧哲理的強調亦可見於金若蘭的詩中，但這裡的表達更爲有力。
　　第二位題詞者是金若蘭的父親，金狪。金狪是同情透露於泣紅亭上的女性人

19　一粟，《紅樓夢書錄》（上海：上海古籍出版社，1981年），頁157-158。
20　劉世德，〈《紅樓夢說夢》作者考〉，《紅樓夢學刊》第7輯，（1981年第1輯），頁
　　339-345。蔡家琬同時也是金狪詩集的題詞人之一。見《吟紅閣詩鈔》，收藏於美
　　國國會圖書館（Library of Congress）。
21　《紅樓夢說夢》可見於一粟編，《紅樓夢卷》（北京：中華書局，1963），頁83-
　　103。《說夢》中經常提到作者和朋友之間對《紅樓夢》的討論。此書目前的下落
　　無從得知。
22　關於許喬林和李汝珍的交誼，見孫佳訊，《鏡花緣公案辨疑》，頁6-7。
23　孫佳訊，《鏡花緣公案辨疑》，頁7。
24　吳氏爲《紅樓夢說夢》所作題詞，見吳振勃，《筠齋詩錄》（1833），卷6，頁8b，
　　收藏於北京圖書館。
25　我們僅尚知陳瑜之妻是詩人。見許喬林，《胸海詩存》（1832），卷15，頁1a。收藏
　　於北京圖書館。

物困境的，然而他的詩仍舊偏重哲理和文學體式。這裡是他四段詩中的第三段：

花樣翻新絕世無，精神秋水學肌膚，雙聲疊韻心思巧，綵筆描成百美
圖。

有趣的是，儘管小說的確是以一百位年輕女子為主角，沒有女性讀者以「百美
圖」形容《鏡花緣》。相反的，「百美圖」的這個概念在另一位題詞者浦承恩的
詩中再度出現。也許女性比較不喜歡從這樣籠統的角度看待女性人物？另外金㹀
強調文學形式的精工巧妙，這點也和《鏡花緣》女性題詞人的閱讀反應有區別。

我沒有關於第三位男性題詞人胡大鈞的生平資料。他的題詞可能是所有題詞
中最明顯帶有寓言性的。他在詩末以一段簡短的散文總結闡述他的想法，寫到：
「此書以忠孝二字為修仙根本，以打破四關為入道工夫。」在詩中，他把唐小山
之所以能成功尋獲長生靈芝歸因於她的大忠大孝；除了忠孝的美德以外，詩中對
唐小山或其他女性人物的個人特質隻字未提。

我要討論的最後一位男性題詞人是孫吉昌。孫氏來自杭州，但在板浦和海州
都住過很長的時間，並且是李汝珍的密友之一[26]。他有一首題詞出現在小說較早
的版本裡[27]；而他在1828年版中有兩首題詞一事，意味他可能多少負責了召集其
他題詞者的工作。孫吉昌詩所呈現與女性相對之處在於：他強調李汝珍的生平而
非小說的內容。以下是孫氏兩首題詞中第一首的節選：

……呫呫北平子，文采何陸離；……而乃不得意，形骸將就衰；耕無負
郭田，老大仍驅饑；可憐十數載，筆硯空相隨；頻年甘兀兀，終日惟孳
孳；心血用幾竭，此身忘困疲；聊以耗壯心，休言作著癡；窮愁始著
書，其志良足悲……古今小說家，應無過於此……傳鈔紙已貴，今已付
劂剞；不脛且萬里，堪作稗官師；從此堪自慰，已為世所推。

26　關於這段交誼見孫佳訊，《鏡花緣公案辨疑》，頁26。孫氏表示無法查知孫吉昌的
　　家鄉，這筆資料的出處是來自王豫，《群雅集》二集，卷8。

27　孫佳訊，《鏡花緣公案辨疑》，頁25。

我們或許可以反駁：女性題詞者沒有寫出這樣的詩，是因爲她們和李汝珍熟識的程度不如孫吉昌。也可以說，孫氏詩中表達的友誼明顯是屬於男性的，傳統社會成規並不允許出現在女性詩作中。

　　社會成規以外，另外一個差異的來源可能與《紅樓夢》有關。鄧紅梅在最近的研究《女性詞史》[28] 裡提出很有趣的一點：《紅樓夢》的第一波閱讀反應是傾向絕望的。原因不是小說使得女性更加沮喪，相反的，是因爲它刺激並幫助了女性將個人的寂寥、孤立和無助化爲文字。女詞人們找到了可以更貼切表達、並且分享心境的媒介，她們學習使用黛玉和《紅樓夢》中其他女詩人的語言，作爲表達並平撫自心憂傷的第一步。如果鄧的推測正確，就可以幫助解釋爲何在《鏡花緣》的四首女性題詞中，《紅樓夢》就得以躋身其中兩首，以及爲何才女們的可憐處境的主題籠罩著四首題詞中的三首。當然，這樣的推測並不一定表示女性的閱讀反應就一定和男性讀者不同，或者沒有男性可能看到《紅樓夢》和《鏡花緣》之間的關係。的確，如上述，當我們假設女性題詞者間有某種一致性時，金若蘭的詩已經多少是個例外。因此，這個論點並不是要將男女之間的差異本質化（to essentialize），而是試圖將四位女性讀者中的至少三位，置於一個較爲寬廣的歷史框架之中。

四、沈善寶與《鏡花緣》

　　在沈善寶對《鏡花緣》的解讀中，我們將看到：一位女性讀者可能會被小說中的人物觸動，但最後的反應並不一定是悲傷的。沈的解讀形式上是一首兩闋的詞，題爲〈讀《鏡花緣》作〉[29]。這首詞有趣因爲它既不語帶悽愴，也不感嘆佳人薄命，反而將焦點放在女性的友誼和人際網絡上，以之爲化窘境爲佳境一種方式。鄧紅梅認爲這首詞預示了在清代稍晚將更廣泛地浮現，女性樂觀看待自身處境的轉向[30]。

28　鄧紅梅，《女性詞史》（濟南：山東教育出版社，2000）。

29　我尚無法確定此詩的寫作時間。

30　鄧紅梅，《女性詞史》，頁393-399。

〈讀《鏡花緣》作〉的上闋重述小說前半發生的事件，特別提到前幾回中的天界前事，如此涵蓋了唐敖的寰海遊，並接續到他在第四十回入仙山棄凡塵。詞的下闋則如下：

> 孝娥千里遠尋親，生死幾酸辛。玉碑已現閨英榜。強歸來，伴結佳人。賦名久飲黑齒，頌椒同步青雲。　蜃樓海市幻中因，意蕊艷翻新。胸中塊壘消全盡，羨娥眉，有志俱伸。千古蘭閨吐氣，一枝筠管通神。[31]

這闋詞，如果從個人小傳的角度閱讀，可以被用來補充我們已知的關於沈的資料，尤其是她對女性社群的支持。雖然出身杭州，沈居住在北京多年，積極參與女性結社的活動。她其他的重要成就包括1836年成書的個人詩集《鴻雪樓詩選初集》，以及成書於1845年，她編選的《名媛詩話》。這本詩話紀錄了她和其他女性作家之間的往來，清代比較早期的女性社群活動，以及她對女弟子們的指導[32]。

《名媛詩話》讓我們更深入地了解沈善寶是如何鼓勵其他的女性作家。例如，根據此書和其他的材料，我們得知她和顧太清之間的友誼對兩人都極為重要，沒有這份交誼，顧可能永遠都無法完成她富於開創性的1877年小說《紅樓夢影》[33]。實際上，悲傷的詩並不一定反映不幸的生活。即使像閱讀《鏡花緣》反應明顯絕望的錢守璞，也有她的女性友人圈。換言之，錢深切表現出的對才女命運的悲觀，並不必然肇因於她的行為模式不同於沈善寶。鄧紅梅強調的，其實比較是態度上，而非行事上的不同；在鄧紅梅看來，沈善寶是一個積極的行動派，甚至性情陽剛，這表現在她終身對其他女性的支持，也反映在顧太清為沈寫的弔詞中：

31　此詩轉載自鄧紅梅，《女性詞史》，頁392。

32　關於這兩部作品，可參考方秀潔Grace Fong, "Writing Self and Writing Lives: Shen Shanbao's（1808-62）Gendered Auto/biographical Practices," *Nan Nü*, vol 2, no.2（2000）, pp. 259-303. 關於沈善寶的弟子們，參考鄧紅梅，《女性詞史》，頁391。

33　趙伯陶，〈《紅樓夢影》的作者及其他〉，《紅樓夢學刊》第41輯（1989年第2輯），頁243-51。

平生心情多豪杰，辜負雄才是女身。[34]

這些作品間接地顯示沈善寶認爲女性原則上並不亞於男性。她明顯地衷心依循這個方向解讀《鏡花緣》，以之爲正面示範，預示女性可能經歷無數困境，但她的才華終究會受到珍視，至少是受到其他女性的珍視。從這方面著眼，沈善寶視《鏡花緣》爲對《紅樓夢》的修正，而非其延續。這個結論可以透過對照其詞和1828年詩作《讀紅樓夢戲作》而得出。詩文如下：

無端煉石笑媧皇，引得癡人入夢鄉，爭羨春風眠芍藥，誰憐春雨病瀟湘。纏綿獨抱情千古，寂寞難消淚樹行。不信紅顏都薄命，慣留窠臼舊文章。[35]

很可能沈偏好《鏡花緣》甚於《紅樓夢》是因爲，至少李汝珍的小說爲女性想像了一種以才爲本的生活，雖然小說最後他又推翻了這樣的想像。相反的，如果我們將錢守璞寫《紅樓夢》和《鏡花緣》的詩並列，會發現在才氣與薄命的關係這個問題上，她對兩部小說的解讀極其相似[36]。

　　由於《鏡花緣》解讀上的多義性，閱讀這部小說總是在極度分歧的可能性中自取一路，並在選定立場後，處理反向的線索。沈善寶的解讀要成立，因此她忽略小說結局，而將注意力集中在五十一回唐小山在黑齒國和兩位才女相遇的時刻，這是可以理解的。其他悲觀得多的女性題詞者，尤其像錢守璞，也同樣有她們的道理。要理解她們，我們必須像錢氏一樣將焦點放在泣紅亭上的預言，以及小說結束的方式。

　　就目前所見，錢守璞和沈善寶對《鏡花緣》的不同看法，可能不只是單純的個人差異。它反映了如鄧紅梅所推測的，十九世紀傑出詩人們態度上一個普遍的

34　鄧紅梅，《女性詞史》，頁393。

35　見《鴻雪樓詩選初集》（1836），卷2，頁3a。現藏於南京圖書館。

36　錢守璞數首寫《紅樓夢》的詩作中，有一首題爲〈閱《石頭記》詠瀟湘妃子〉，其中有「命薄才高難自存」之句。見錢璞，《繡佛樓詩稿》，卷1，頁39。

轉變。無論如何，沈善寶和除了金若蘭以外的另外三位題詞者之間還是有所聯繫——她們都不傾向以寓言詮釋《鏡花緣》。無論是沈善寶或是其他四位題詞者中的任一位，都不願意像很多男性題詞者一樣，將李汝珍筆下的人物理解成忠、孝一類美德的化身。最受到她們注意的，是這些人物身爲女人的處境，無論讀者的反應是悲觀如(不包括金若蘭的)三位題詞者，或樂觀如沈善寶，皆是如此。

　　《鏡花緣》詮釋上的開放性吸引著數種可能解讀方式。換言之，它是那種讀者的閱讀扮演著重要角色的作品。在十九世紀初期的中國，性別似乎仍然是決定一個讀者會如何接受這部作品的重要因素，儘管這樣的概括免不了例外。受到各自內在需求和社會成規的驅使，女性讀者比較傾向從女性人物的角度思考，而男性讀者則在哲學問題，文學體式和作者李汝珍的人生這些方面多做思索。這些男女題詞者的不同閱讀傾向，與陳詩雯在她的《紅樓復夢》序中觀察到的男女之別，竟是出奇地近似。

叁、經典的轉化

第七章

從《賢愚經》到《西遊記》：
略論佛教「祇園」母題在中國敘事文學裡的轉化

李奭學(中央研究院中國文哲研究所)

一、故事開講

　　歷來研究敦煌文學的學者，沒有人不了解〈降魔變文〉(約748-749年)與《賢愚經》(約435年)之間的淵源[1]。我們如果按照鄭振鐸早年的分類，〈降魔變文〉屬於敷衍佛教先賢的故事，其創作目的當在利用講唱傳布信仰[2]，主題雖隸「說經」的傳統，形式上卻擁有類似法國中古「說唱文學」(*Chantefable*)的特色[3]，所以就文學史的角度看，〈降魔變文〉以「變文」名之，可謂當之無愧，和「講經文」的區別顯然。而就其文類傳統再看，類此名篇不惟上承佛門唱導的遺緒，下亦開啓諸宮調與白話小說的先河[4]。然而這一類的看法，儘管在敦煌學者的著作中言之鑿鑿，垂數十年而不墜，卻罕有人以文本為基礎探討其間的傳承，遑論

1　例如陳寅恪，〈須達起精舍因緣曲跋〉，《陳寅恪先生全集》，下冊補編(台北：九思出版公司，1977)，頁1407-1409；羅宗濤，《敦煌講經變文研究》(台北：文史哲出版社，1972)，頁158-184。

2　鄭振鐸，《中國俗文學史》(台北：明倫出版社重印，1975)，頁219。

3　參閱 Li-li Ch'en, "Pien-wen Chantefable and *Aucassin et Nicolette*," *Comparative Literature*, 23.3 (1971): 255-261.

4　有關「唱導」與「變文」的關係的討論，請參閱林聰明，《敦煌俗文學研究》(台北：私立東吳大學學術著作獎助委員會，1984)，頁32-35。至於「變文」影響「諸宮調」的問題，最佳的論述應推Li-li Ch'en, "Outer and Inner Forms of *Chu-kung-tiao*, with Reference to *Pien-wen*, *Tz'u* and Vernacular Fiction," *Harvard Journal of Asiatic Studies*, 32(1972): 124-49；林聰明(《敦煌俗文學研究》，頁303-308)亦曾經簡單論及「變文」對後世白話小說的影響。

從主題出發，剖陳各自所發揮的精神[5]。因此，在這篇短文裡，我擬以〈降魔變文〉爲中心，略述其與《賢愚經》之間的形式因緣，再論前者及〈降魔變文〉重心所在的祇園母題如何在中國晚明擴展到小說《西遊記》中的某些章回。

在從事此類的探討時，我明白我首先會遭逢到一些版本上的困擾。比方說，〈降魔變文〉傳世的抄本至少有四種，分佈世界各地。其中除巴黎舊藏伯四五二四號爲畫卷與唱詞外，餘者皆屬講唱文，或長或短，視留存的狀況而定[6]，究竟我們應以何本爲準，才不失其論證上的代表性？再如《西遊記》一向版本紛雜，朱本、陽本與世本互有異同，相去不可以道里計，也是引證上的一大困擾[7]。如果我們循例一一論釋版本，再進入主題的探討，則所需篇幅恐怕數倍於本文。所以我的釜底抽薪之道，是在通行的校訂本中，擇取學界公認的定本，以爲論證上的憑據。如此一來，王重民在1957年收入《敦煌變文集》中的〈降魔變文〉[8]，以及1954年作家出版社梓行的百回本《西遊記》[9]，無疑便是我們最好的

5　羅宗濤的〈賢愚經與祇園因由記、降魔變文的比較研究〉，收入靜宜文理學院中國古典小說研究中心編，《中國古典小說研究專集》（台北：聯經出版公司，1980），第2期，頁109-188可能是唯一的例外。羅先生的鴻文十分具有原創性，只可惜誠如他自己所說，此文「主要目的，是將有關的重要資料排列在一起」，於變文對佛經的藝術創新處著墨並不多。

6　參見鄭振鐸，《中國俗文學史》，頁182-188及頁223。〈降魔變文畫卷〉現今僅存殘卷，描寫舍利弗與勞度叉的鬥法，附有唱詞。原本影印可見於羅宗濤，〈降魔變文畫卷〉，收入靜宜文理學院中國古典小說研究中心編，《中國古典小說研究專集》（台北：聯經出版公司，1979），第1期，頁285。

7　《西遊記》版本方面的論述，可謂汗牛充棟。近期專論有劉勇強，《西遊記論要》（台北：文津出版社，1991），頁5-34；鄭明娳，〈論西遊記三版本之關係〉，見靜宜文理學院中國古典小說研究中心編，《中國古典小說研究專集》（台北：聯經出版公司，1983），第6期，頁173-234。用英文寫的專論，較早有Glen Dudbridge, "The Hundred-chapter *Hsi-yu Chi* and Its Early Versions," *Asia Major*, n.s. 14:2 (1969): 141-191；不過討論此一問題用力最深的專著，應推Nicholas Koss, "The *Xiyou ji* in Its Formative Stages: The Late Ming Editions" (Ph. D. diss., Indiana University, 1981).

8　爲方便計，本文下引〈降魔變文〉皆出自楊家駱主編《中國小說名著第一輯》（台北：世界書局，1983）上冊中所收據王重民本影印之《敦煌變文》。此書以下簡稱《敦煌》，引文頁碼均夾附正文之中。

9　〔明〕吳承恩，《西遊記》（北京：作家出版社，1954）。下引《西遊記》第93回至95回的文字，皆出自台北河洛出版社根據作家版重排之《白話大字本西遊記》（1981年），下冊。以下本書（簡稱《西遊》）引文頁碼均夾附正文中，不另添註。作

選擇。至於《賢愚經》雖有成書等問題待考，但其因歸屬聖賢集錄的關係，更易不大，是以問題較少。我所依據的本子，是1924年日本《大正新脩大藏經》中所收錄者[10]。

二、變形轉化

〈降魔變文〉的作者如今已不可考，我們僅知他可能是唐玄宗施用「開元天寶聖文神武應道皇帝」年間的俗講僧[11]。至於變文的講述目的在開演《金剛經》，亦即史上釋迦在故事稍後會述及的「祇園精舍」內所講者。〈降魔變文〉雖恐前人所譯「義未合於聖心，理或乖於中道」（《敦煌》，頁361），故有經變之舉。然而就像其他講經變文一樣，進入故事之後，〈降魔變文〉的內容四溢，反而大大超出《金剛經》的囿限。變文稍前的陳述於此有剴切剖陳，道是南天竺舍衛國賢相須達怠慢三寶，以致淪為外道。不過在為子籌婚的過程中，須達卻因緣感化，體認到宗教信仰的重要，進而瞻禮世尊，深為所動，乃隨舍利弗同返舍衛，擬尋找伽藍之地，建造精舍，以延請如來講經說法。一日，他們同蒞太子祇陀之園，既讚賞其地清淨不染，有別於四鄰污穢喧鬧，復有感於諸佛仙聖嘗遊行其間，應為建造精舍最稱理想的所在。而尾隨而來的故事，便圍繞著建造祇園精舍這個廣泛出現在佛經中的母題次第開展，及於爾後的神行變化，政教衝突，以

（續）—————

家版的《西遊記》實際上是以1592年金陵世德堂《新刻出像官版大字西遊記》為本，輔以清代刻本校訂增補而成。此外，由於吳承恩的著作權迄今猶疑雲重重，下文述及《西遊記》的作者，概循例僅稱「作者」。

10　覺慧等譯，《賢愚經》，收入《大正新脩大藏經》（東京：大正一切經刊行會，1924-1934），第4冊，頁349-445。下引《賢愚經》卷10〈須達起精舍品第四十一〉，概出自此一版本。《大正新脩大藏經》以下簡稱《大正藏》，引文隨文夾注。《賢愚經》的成書，〔梁〕僧佑：《出三藏記集》早有追述，見《大正藏》，第55冊，頁67。

11　這點我從陸永峰之說，見所著《敦煌變文研究》（成都：巴蜀書社，2000），頁164。另參較羅宗濤，《敦煌講經變文研究》，頁1030-1035；羅宗濤，〈賢愚經與祇園因由記、降魔變文的比較研究〉，頁113-115；以及鄭振鐸，〈從變文到彈詞〉，見西諦（鄭振鐸），《中國文學研究（新編）》（臺北：明倫出版社重印，1973），頁1104。

及「祇樹給孤園」的命名由來。

　　嫺習佛經的讀者，應該一眼可以看出〈降魔變文〉的故事所本乃《賢愚經》卷10〈須達起精舍品第四十一〉。《賢愚經》譯成於高昌，其後嘗繁衍於敦煌一帶，其中的祇園故事還帶出如〈祇園因由記〉等許多變文與變相，形成一個「祇園家庭」[12]。當然，《賢愚經》這個故事尚不僅見於上述的變文之中；北涼天竺遊華僧曇無讖所譯、原為馬鳴菩薩撰寫的《佛所行讚經》中，亦有同一故事的衍述，唯以五言詩出之，稍異變文與佛經而更形簡略罷了[13]。《賢愚經》係北涼沙門曇學等八人編譯，定稿於涼州[14]。但曇學等人所本為何我們已不得而知，而且因係隨緣分聽於于闐大寺般庶于瑟之會，乃集眾經雜湊成書，於各自「原本」也有增損，實難以勾稽。卷十述及須達詣太子所，當然是個「故事中的故事」。須達在出價欲購園之前，僅謂他因親家護彌虔信佛法，致令欲窮三寶為何。在這一節的敘述中，《賢愚經》缺乏〈降魔變文〉先述須達「每以邪見居懷，未崇三寶」（《敦煌》，頁362）的戲劇性對照。之所以如此，原因不難想像：佛典志在傳述，所以少假修飾，唯以符合宗教要求即可。況且祇園精舍的興立，乃佛教史上的大事，《賢愚經》一如其他記載此事的經卷，負有見證歷史的任務，自然不容在傳史之外另添枝節。〈降魔變文〉則反是。如其我們同意張錫厚所謂變文乃佛僧借由說唱的形式，「向聽眾衍述佛經神變故事的一種文體」[15]，則其為吸引聽眾的注意，為完遂宣教的目的，當然非得假藝術手法以營造戲劇衝突，以便滿足聽眾的心理要求不可。所以〈降魔變文〉繁複須達改宗的過程，可謂因文類演

12　參見梁麗玲，〈《賢愚經》在敦煌的流傳與發展〉，《中華佛學研究》第5期（2001年3月），頁125-134。

13　除《佛所行讚經》卷4〈化給孤獨品第十八〉（見《大正藏》，第4冊，頁34-36）外，據羅宗濤所見，述及祇園故事的佛典另有《大般涅槃經》卷29-30之〈師子吼菩薩品〉；《根本說一切有部毘奈耶破僧事》，卷8；《中本起經》卷下〈須達品第七〉；《雜阿含經》卷22第592條；《佛說字經抄》；《佛說家許摩訶帝經》卷11；《四分律》卷50；《分別功德論》卷2；《十誦律》卷34〈八法中臥具法第七〉等等，詳見羅宗濤，《敦煌講經變文研究》，頁159-163；或〈賢愚經與祇園因由記、降魔變文的比較研究〉，頁115-116。

14　Sylvain Lévi,"Le Sulra du sage et du fou en Asie Centrale," *Journal Asiatiquc*, 2 (1925): 305-332.

15　張錫厚，《敦煌文學》（上海：上海古籍出版社，1980），頁67。

進而不得不爾。

　　同類的現象還出現在護彌之女忽聞阿難乞食，出而佈施一景。在《賢愚經》中，乞食者原爲須達派出訪女的婆羅門。佛經的敍述十分簡略，僅謂「護彌長者，時有一女，威容端正，顏色殊妙，即持食出，施婆羅門」（《大正藏》，第4卷，頁418）。其平鋪直敍之體雖有簡樸之風，猶存古詩韻緻，但是並不強過《佛所行讚經》。反觀〈降魔變文〉，俗講僧顯然也不以此一情形爲滿足。他強行變更佛經的敍述，而娓娓道來，把《賢愚經》中的片段推衍爲首尾四十四字，有承有轉，深富於戲劇要求的一個小節：「小女雖居閨禁，忽聞乞食之聲，良爲敬重尤深，奔走出於門外，五輪投地，瞻禮阿難。問化道之勤勞，啓能仁之納慶。」（《敦煌》，頁362)此外，《賢愚經》談到須達的使者初見護彌女時的情況，仍然一本平實的態度，一道出事實即煞車收尾，不遑多所鋪陳：「婆羅門見，心大歡喜：我所覓者，今日見之。」（同上頁)話說回來，變文的作者則緊緊抓住這幾句話，開始踵事增華，加油添醋，致令娛樂效果十足：「使影嗑〔墙〕忽見，儀貌絕倫，西施不足比神姿，洛浦詎齊其艷綵。直衝審視，恐犯於禮儀；遂即緩步抽身，徐問鄰人……。」（《敦煌》，頁362-363)

　　當然，我不是說《賢愚經》絲毫不懂修辭，形容須達見佛，經中謂：「世尊……猶如金山，相好威容，儼然炳著……。」（《大正藏》，第4卷，頁419)形容世尊的過去身利羅伽利（蓋事），經中亦謂之「身色晃曜，如紫金山，頭髮奕奕，如紺琉璃，……。」（《大正藏》，第4卷，頁403)這一連串的明喻，充分呼應了日本學者東元慶喜對於印度佛教修辭學的觀察[16]。然而僅就須達的使者初見護彌女的情況而言，我們倘令其方之《賢愚經》中對等的片段，應可發現和〈降魔變文〉的敍述體式大不相同。故事中不僅詳陳細節，三、四句且平仄有致，和其他變文一樣頗具駢文或賦體的氣勢，可見作者已不願自限於佛經常見的四字格套式[17]，而有其另行創作的雄心大志。如再就其修辭手法詳而言之，其中更有隱

16　東元慶喜，〈佛典に見える譬喻の種類〉，《印度佛教學研究》第7卷第1號(1968年12月)，頁374-377。

17　朱慶之，《佛典與中古漢語詞彙研究》(台北，文津出版社，1992)，頁8-15。另參較陸永峰，《敦煌變文研究》，頁133-134。變文——包括講經文——的文體有謂

喻，如以佛語「五輪」喻肢體；有誇大，如其形容護彌女貌狀；同時又利用迴旋覆句來提昇護彌女的形象，使一介印度女子堂而皇之進入中國文化的修辭傳統，和歷史及神話上的美女如西施或洛神宓妃相抗衡[18]。變文述初見一段所使用的語句，有趣的是亦具心理學上的深度，具現於「直衝」與「緩步」或「審視」與「徐問」這兩對互為矛盾的詞組上。藝術上的講究，〈降魔變文〉可謂昭然若揭。

諸如此類深富內在吸引力的敘述技巧，在〈降魔變文〉中比比皆是，說明變文的作者已經體會到藝術手法才是拉攏聽眾注意的主力。諷刺的是，這種敘寫手法有如歐洲中古聖壇上的證道故事（*exemplum*），使用過度後，宗教目的可能反而不彰，甚至相形見拙[19]。唐玄宗更視之為「事涉虛玄，渺同河漢」，因而在〈降魔變文〉撰就前的西元731年即一度下令斷講[20]。反觀《賢愚經》：這部經典既然為記錄與解釋佛教而存在，就不能不傾力照顧相關的細節。所以同樣在追憶佛祖出世，〈降魔變文〉可以變易經文次序，置之於次要的地位，不若《賢愚經》一旦道及世尊，必先詳加縷述，唯恐怠慢。有關精舍起造及落成後的情形，〈降魔變文〉亦不如《賢愚經》寫得清楚詳細。變文的作者急於強調與突顯的，乃故事在情節布局上的巧妙，必要時他還會竄改源頭的敘述，以便迎合自己獨特的藝術目的。最顯著的例證，當見於須達購買祇園的行動上。《賢愚經》述須達往詣太子，直言：「我今欲為如來起立精舍，太子園好，今欲買之」（《大正

（續）

出自漢譯佛典，有謂和古來的賦體有關，見〔日〕平野顯照著，張桐生譯，《唐代的文學與佛教》（台北：業強出版社，1987），頁241-244。

18　所謂「洛浦詎齊其艷綵」中的「洛浦」，至少有三種不同的解法：或指「洛神」，或為「羅敷」的誤寫，或指「洛水之濱的女神」。參見Victer H. Mair, *Tun-huang Popular Narratives* (Cambridge: Cambridge University Press, 1983), p. 181，我從項楚之說，以為指「洛水之濱」較有可能，亦即張衡〈思玄賦〉中所謂「載太華之玉女兮，沼洛浦之宓妃」。敦煌文獻中另有〈破魔變〉及〈無常經講經文〉亦提及「洛浦」，均指「洛神」。以上見項楚，《敦煌變文選注》（成都：巴蜀書社，1990），頁473及頁501。

19　有關歐洲證道故事的研究，可以參見李奭學，《中國晚明與歐洲文學——明末耶穌會天主教型證道故事考詮》（台北：中央研究院及聯經出版公司，2005）一書。

20　《唐大詔令》，卷113〈唐開元十六年四月癸未詔〉。此地我引自車錫倫，《信仰·教化·娛樂——中國寶卷研究及其他》（台北：臺灣學生書局，2002），頁46。

藏》，第4卷，頁419）。此一單純的行動一落入〈降魔變文〉的作者手中，即橫添枝蔓予以複雜化：須達唯恐太子愛園，拒其請貨，因「權設詭詐之詞」（《敦煌》，頁367），輾轉取得太子祇園。

上面所謂「詭詐之詞」，亦可見之於〈祇園因由記〉（《敦煌》，頁405-409），涉及祇園母題的構成環節中最為重要的敘述模式之一。須達佯騙太子，誑稱祇園不祥，「必須轉賣與人」，渠可公告擬購該園之人若以「平地遍布黃金，樹枝銀錢皆滿」（《敦煌》，頁367），便可買得祇園。太子以為天下斷無人願為區區一園而斥資若此，乃依從允順，書榜四門。而須達見計已熟，隨即命人傾府庫所藏，布金滿地，以太子身為儲君，料無出爾反爾之虞，遂巧妙購得太子祇園。根據羅宗濤的研究，歷來衍述祇園母題的佛經每述及此，皆稱太子自懸高價，以為遏阻購園者的手段。《賢愚經》亦然。不意〈降魔變文〉更易傳統布局，以須達為布金購園的建議者，使得故事再懸疑竇，益形複雜。羅宗濤從佛教正統的角度出發，在評論〈祇園因由記〉中相關的段落時，因有如下針對俗講僧更動的批評：「祇樹給孤園是釋迦生前重要的宣法地方，如果一開頭就用誑騙的手段得來，這不免玷污了聖地。但俗講僧卻不顧慮這一層，只想增加一點趣味，而賣弄了一下淺俗的機智。」[21]。

我們且不談變文作者的「機智」是否「淺俗」，毫無疑問，這種情節上的變更，適足以為「變文」的「變」字進一解[22]。如單就〈降魔變文〉而言，也正是其藝術設計賴以建立，其情節結構得以吸引聽眾的地方。這種「設計」所傳達出來的懸宕性，絕非任何〈降魔變文〉的源頭經書可以相提並論。如果詳加考察，我們還可辯稱道：作者在安排此一設計之前，早已於篇首預設伏筆，稱未崇三寶前的須達「每以邪見居懷」，則其為達成目的而權出欺誑，不乃一貫作者對他的性格刻畫？須達的性格既然毫無矛盾之處，略予突顯，當可加強〈降魔變文〉一開頭即急於彰顯的戲劇性衝突。諸如此等泉源的變易，中外文學史上不乏例證。莎士比亞(William Shakespeare, 1564-1616)利用《不列顛諸王傳》(*History of the*

21　羅宗濤，〈賢愚經與祇園因由記、降魔變文的比較研究〉，頁176-177。

22　參閱Mair, *Tun-huang Popular Narratives*, pp. 1-3.

Kings of Britain）中不及七頁的記載，便能漫添枝葉，逞其想像力而創作出一部劇力萬鈞的《李爾王》（*King Lear*）[23]，就是絕佳的說明。

　　所不同者在於莎氏的改編略無原作的傳史意味，目的僅供娛樂與人生真相的探討。〈降魔變文〉所為，卻在原作的宗教目的之外，添加了豐厚的娛樂色彩。這一層色彩，表現在舍利弗與六師外道的鬥法上尤稱明顯。按《賢愚經》載，六師聞知太子鬻園，乃逕自投訴於舍衛王，欲與瞿曇沙門共挵術，以便阻止精舍的建立。但〈降魔變文〉可能因佛經中鬥法的緣起交待不清，於是擅添枝蔓，謂須達與太子完成購園的交易後，二人乃輕騎簡從擬返王宮。途中他們忽遇六師，後者以兩人貴為朝中顯要，居然僕從不過數騎，乃出言詬責。六師復因太子「罔顧國法」，賣園於佛門弟子，遂奔走龍庭，擊鼓哭訴於舍衛王。如此一來，故事要求的戲劇張力隨即昇高。舍衛王旋命須達遣舍利弗與六師競鬥法力，以勝者理直，可避嚴懲，而且聽其起立精舍。這一段改編顯露俗講僧參合史實與趣味的痕跡，曲折而富於變化，娛樂性亦強。如置其娛樂性不論，六師與舍利弗鬥法一景，也具有宗教史上的意義，不但影射佛教初興時在印度遭遇到的層層阻力，也說明信仰的建立，往往有賴先賢使徒的奮鬥。戲劇化這層意義時，〈降魔變文〉以踵事增華為能事，詳數過程中的細節。其雕金鏤玉精彩之處，方之〈出埃及記〉中摩西與法老王的爭執，尤有過之而無不及。

　　下面且舉〈降魔變文〉中六師遣徒眾勞度差與舍利弗鬥法一景為例，再作說明。《賢愚經》載勞度差化為一山，其勢崢嶸，但舍利弗毫不畏懼，即「便化作金剛力士，以金剛杵，遙用指之，山即破壞」（《大正藏》，第4卷，頁420）。此一敘述單刀直入，但刻畫稍嫌平板，恰可為〈降魔變文〉提供發展的大要，以便細寫金鋼法相：「其金鋼乃頭圓像天，天圓祇堪為蓋；足方萬里，大地纔足為鈷。眉鬱翠如青山之兩崇，口嘓嘓猶江海之廣闊，手執寶杵，杵上火焰衝天。」（《敦煌》，頁382-383）細心的讀者從上引文中不難見出，〈降魔變文〉在處理

23　Geoffrey of Monmouth, *The History of the Kings of Britain*, trans. Lewis Thorpe (Harmondsworth: Penguin, 1979), pp. 80-86. 當然，除了這部寫於1136年的神話性歷史外，莎士比亞改編《李爾王》時，可能還參考了其他著作。參見Kenneth Muir, "Introduction" to his ed., *King Lear* (London: Methuen, 1980), pp. xxiv-xxxix.

金鋼的法相上，非特具備史詩的氣魄，其譬喻手法尤寓荷馬式明喻的丰采：鏤刻仔細，發展恣意，連綿不絕。這種現象在中國文學的傳統中並不多見；〈降魔變文〉可能以佛經梵典爲橋樑，間接自印度史詩取得靈感。而印度史詩如《摩訶婆羅達》（*The Mahabharata*）和《羅摩耶那》（*The Ramayana*）等，本身即爲印歐史詩這個大家族中早期的成員，和希臘兩大史詩《伊里亞德》（*The Iliad*）與《奧德賽》（*Odyssey*）之間有傳承上的關係。此點或可爲〈降魔變文〉保有歐洲史詩的特徵進一解[24]。即使不論變文中這類譬喻上的特色，單就前引文文采的絢燦，亦可看出〈降魔變文〉早已脫離六朝「志怪」平板的狀物傳統，而與當時正在蓬勃發展的「傳奇」合流共進，爲往後長篇敘事文學如寶卷與——尤其是——小說的生發提供基礎[25]。其想像力之豐富，語言之瑰麗，也指出作者確乎匠心獨運，以藝術的追求爲創作鵠的。如若通篇僅爲宣揚教義或解經而作，俗講僧大可不必費神於變化場景或特殊事例的衍枝生葉。

　　在另一個層次上，這種對於藝術或美學的特別看重，又令〈降魔變文〉超越印度佛學的羈絆，逐漸與中土思潮結合。如此「結合」也是變文能夠發揮宣教作用，進入人心，致使大眾產生共鳴的手段之一。前引〈降魔變文〉描寫護彌之女貌美的片段，已經將該女比爲西施、洛神，再不以道地的印度女子視之，就是一個佳例。變文裡角色的舉手投足或言談之間，因而也不乏漢化的例證。須達談到幼子的婚姻狀態時，用的是「未婚冠」（頁362）一詞，頗具儒家儀禮的風味[26]；韻文提到祇陀，每每呼之「東宮皇太子」（如《敦煌》，頁366），同樣一仍傳統

24　我對印度文學所知有限，此點乃承余國藩教授告知。余教授另又爲我指出Edward C. Dimock, Jr., et al., *The Literature of India: An Introduction*（1974）一書中，有專節討論印度史詩與歐洲傳統的關係，唯該書我目前尚緣慳一面。此外，柳無忌，《印度文學》（台北：聯經出版公司，1982），頁6提到古印度的吠陀頌（Vedic hymns）時，亦謂：「吠陀詩人的血系與古歐洲民族如希臘、羅馬及條頓人的很相近，他們是印度歐羅巴民族的一個支流，所以他們的那些贊頌是歐洲比較文字、比較神話與比較宗教的起始點。」又本文初稿曾經承余國藩教授詳加斧正，給我不少寶貴的批評與指教，謹此一併申謝。

25　見車錫倫，《信仰・教化・娛樂——中國寶卷研究及其他》，頁53。

26　參閱商務印書館編輯部，《辭源》（北京：商務印書館，1980），頁323。

中國宮闈的色彩，而不遑使用任何理論上應用的印度稱號[27]。當然，通篇最具中國色彩的一段文字，出現在六師怒責須達與太子時所講出來的話：

> 太子為一國儲君，往來須擁半杖（仗）；長者榮居輔相，匡國佐理之臣，何得辱國自輕，僕從不過十騎？既堯椽不卓（琢），為揚儉素之名；舜甎無甗（罋），約除奢侈之患。加以長纓廣袖，還成壯國之威；金柱玉階，顯譽先王之貴。此乃詩書所載，非擅胸襟，因何行李匆匆[28]，輕身單騎！為當欲謀社稷？為復別有情懷？（《敦煌》，頁372-373）

姑且不論六師話中含攝的傳統中國思想，僅以引文中出現的儒家意象如「堯舜」與「詩書」等而論，這一段話便足以化入任何道地的中國典籍之中，而且羚羊掛角，一無外來色彩在內。如其單獨成篇，想來更乏人猜測得出發話者居然是一介天竺行腳，從未浸淫在儒家思想之中。1978年史察斯堡（Richard E. Strassburg）在考察變相本的降魔故事時，曾經指出其中要角的造型皆已漢化，不僅身著華夏衣冠，體態抑且直如唐人[29]。難怪六師話中隱然有以中國聖賢自居的味道，語句更可置諸古文運動以來的任何道德散文之中而無虞失色。

　　就歷史寓言的角度來看，六師與舍利弗之爭也是中國傳統與異教的抗衡。這一點倒可能源出印度，因為論者早已指出印度傳統常以文學中的神變鬥法來隱喻知識與宗教上的對駁[30]。我們知道佛教初入中土，爭議不少，不僅漢代有佛老之

27　參閱商務印書館編輯部，《辭源》，頁1527。

28　「匆匆」一詞在這裡似乎應作「匆遽」解，和其他變文中所指之「悲哀」不同，參見蔣禮鴻，《敦煌變文字義通釋》，增補定本(上海：上海古籍出版社，1997)，頁317-318。

29　Richard E. Strassburg, "Buddhist Storytelling Texts from Tun-huang," *Chinoper Papers*, 8（1978）: 30. 另請參閱金維諾，〈敦煌壁畫《祇園記圖》考〉與〈《祇園記圖》與變文〉等二文，收入周紹良與白化文編，《敦煌變文論文錄》（上海：上海古籍出版社，1982），上冊，頁34-60。

30　Phyllis Granoff, "Scholars and Wonder-Workers: Some Remarks on the Role of the Supernatural in Philosophical Contests in Vedanta Hagiographies," *Journal of American Oriental Society*, 105/3（July-September, 1985）: 459-467. Also see Victor H. Mair, *T'ang Transformation Texts* (Cambridge: Council of East Asian Studies, Harvard

爭，唐代也有武宗闢佛，而韓愈從儒家思想出發拒迎佛骨，更是宗教史上的大事之一[31]。由是觀之，〈降魔變文〉裡的六師幾乎就是中國本土宗教傳統的代言人；他不但語如儒者，變文寫其初現鬥法的場景更以道流視之，非特「駕鶴乘龍」，周遭「仙歌聊（繚）亂」，一旁還有「諸仙遊觀」（《敦煌》，頁382）。羅宗濤故以為鬥法一景實寓佛道相爭的史實[32]。如此一來，變文開頭所謂玄宗即位，「每弘揚於三教」（《敦煌》，頁361），可能就是俗講僧面對強盛的儒道勢力而勉強得出的妥協。任何宗教傳布之初，其實都免不了和固有傳統直間接對峙。宗教文學的歷史職責之一，就在反映類此的現象。中世紀法國史詩《羅蘭之歌》（*The Song of Roland*）中，大將羅蘭和西班牙境內的撒拉辛人之間慘烈的戰役，早有批評家從宗教史的角度點明：其敘寫方式，實為寓言化了的天主教與回教的衝突，歷史意義絕不亞於實際上的十字軍東征[33]。〈降魔變文〉在處理宗教寓言時則更形直接，把《賢愚經》中印度婆羅門教與佛教的對抗，轉化為中國本土的儒道與佛門的爭執。這一點亦可說明《賢愚經》中須達派出訪女的使者，為何係一名「婆羅門」，而〈降魔變文〉裡的同一角色卻隱去稱謂，逕以籠統的「使者」呼之。變文的作者顯然已經深切地了解：佛經中的印度情況得符合衍本裡的中國國情。

此外，變文的作者還深切的體會到，他的佛典故事如果要引起廣大俗眾的興趣，在寫景方面非得變易印度色彩，使之結合中國人的自然觀不可。〈降魔變文〉裡的祇園景緻，故而不是印度的園林之勝。其中雖有佛語如「樹動揚三寶之名」，但「祥鸞瑞鳳，爭呈錦羽之暉；玉女仙童，競奏長生之樂」（《敦煌》，頁365），教我們想起的卻是《十洲記》中的蓬萊三島，以及福祿壽三星仙隱的所

（續）

University, 1989), p. 99.

31　Wing-tsit Chan, trans. and comp., *A Source Book in Chinese Philosophy* (Princeton: Princeton University Press, 1973), p. 450.

32　羅宗濤，〈賢愚經與祇園因由記、降魔變文的比較研究〉，頁184。另見陸永峰，《敦煌變文研究》，頁45-48。

33　Dorothy L. Sayers, "Introduction" to her trans., *The Song of Roland* (Harmondsworth: Penguin, 1980), pp. 18-21, 25-27.

在[34]。直接描寫自然的片斷，更是竹林蓊鬱，「三春九夏，物色芳鮮」，而「千種池亭，萬般果藥，香紛芳而撲鼻，鳥噪咶而和鳴」（同上頁），全然又是一派中國亭林景色，可以媲美園林文學鼎盛時期曹雪芹筆下的大觀園[35]。這些種種，說明〈降魔變文〉在處理祇園母題時，其手法與強調已經遠離《賢愚經》中祇園故事的雛形，反而結合中國傳統，聽其自然演化，也順應了唐代聽眾的品味要求。如果變文對於佛教的傳布有任何推波助瀾之力，當緣於類此的「結合」已經把域外宗教化爲本土傳統。陳觀勝以爲佛教入華，大致上業已「變形轉化」(transformation)[36]，證諸〈降魔變文〉，此語洵然。

三、三教歸一

從《賢愚經》純粹以顯揚佛門聖徒爲主的原始祇園母題開始，到〈降魔變文〉以情節布局與中國色彩爲重的同一母題的蛻變爲止，如上的轉變至少在中國文學史上經歷了三百年左右的光陰。待祇園故事發展到了16世紀，上述演化又是峰迴路轉，別有新的進境，對明末的百回本《西遊記》(1592)影響尤大[37]，「孫

34　參閱李豐楙，〈十洲傳說的形成及演變〉，收入靜宜文理學院中國古典小說研究中心編，《中國古典小說研究專集》，第6期，頁35-88。

35　Andrew H. Plaks, *Archetype and Allegory in the Dream of the Red Chamber* (Princeton: Princeton University Press, 1976), pp. 146-211.

36　Kenneth K. S. Ch'en, *The Chinese Transformation of Buddhism* (Princeton: Princeton University Press, 1973).

37　清朱鼎臣（《鼎鍥全相唐三藏西遊傳》〔芝加哥大學東亞圖書館藏影本〕，卷10〔癸集〕，頁10b至12a)曾述及悟空與玉兔爲公主被逐事的爭執。但朱本將此一故事併入慈雲寺情節，不著一字於布金寺之名或源起。此外，楊（陽）致和本《西遊記》的第三十九回雖然寫的是布金寺故事，但這部分顯然不如百回本受到祇園母題的影響大。這部學界或疑爲簡本的明代著作，已不見玄奘夫子自道的布金寺由來，更不著祇園之名。就口述文學發展的常軌來看，陽本不敘因由即轉入故事正題的寫法，頗類荷馬史詩與希臘悲劇在承襲民間神話後，往往略去或倒敘故事背景的現象。這一點或許也可以爲陽本爲簡本的說法提供佐證。不過《西遊記》的版本問題一向聚訟紛云，有興趣的讀者除請參閱〔明〕吳元泰、余象斗、楊（陽）致和合撰，《西遊記》（台北：世界書局，1978），頁164-167之外，亦請參閱前述鄭明娳：〈論西遊記三版本之關係〉，Dudbridge, "The Hundred-chapter *Hsi-yu Chi* and Its Early Versions" 和Koss, "The *Xiyou ji* in Its Formative Stages: The Late Ming Editions"

悟空大鬧天宮」與「車遲國鬥法」兩大情節，學界已公認乃循《賢愚經》寫成[38]。百回本《西遊記》係明代最重要的白話小說之一，但我敢說此書作者根據他所參考的祇園故事，至少為整本小說的敘述架構又添加了三回首尾渾然一體的環節。

《西遊記》打第93回開始，玄奘師徒便已遠離了慈雲寺，一路餐風露水來到舍衛國界，但見巍巍峨峨聳立著一座高山。他們行經幾個山崗，路旁赫然看見一座古剎，山門上且大書題著「布金禪寺」與「上古遺跡」等字樣（《西遊》，頁1156）。玄奘看見寺名，一時覺得眼熟，而作者也掉了個書袋子，讓玄奘脫口便「回憶」起這布金寺的由來：

> 我常看經誦典，說是佛在舍衛城祇樹給孤園。這園說是給孤獨長者問太子買了，請佛講經。太子說：「我這園不賣。他若要買我的時，除非黃金滿布園地。」給孤獨長者聽說，隨以黃金為磚，布滿園地，纔買得太子祇園，纔請得世尊說法。我想這布金寺莫非就是這個故事？（《西遊》，頁1156）

是的，當然就是這個故事。玄奘回憶中的「給孤獨長者」指的乃《賢愚經》與〈降魔變文〉裡的「須達」：後者之名本意為「善施」，宗密《佛說盂蘭盆經疏》與〈祇園因由記〉俱已詳陳。而在信佛崇法與興立精舍之後，須達又廣結善緣，佈施濟貧，供給孤、獨，因而也獲得「給孤獨」的美稱[39]。至於「祇樹給孤園」一名，則因祇陀太子有感於須達禮佛之心堅定，相與貢獻祇園，後世佛徒為紀念這兩位佛門先賢，故而取二人之名共稱該園為「祇樹給孤園」。

史上的玄奘確實曾如小說所述訪問過舍衛國，也曾經親臨祇園。然而祇園精

（續）——
　　等相關論著。
38　見梁麗玲，《賢愚經研究》（台北：法鼓文化公司，2002），頁500-504。
39　〔唐〕宗密述，《佛說盂蘭盆經疏》，卷下，收入《大正藏》，第39冊，頁507。宗密所疏之祇園故事又和《賢愚經》略異，謂布金之說乃祇陀太子自己的「戲言」，而須達亦因財庫不足，布金於祇園後尚缺一隅，後因太子感動而自行補足。另見《敦煌》，頁405。

舍雖是釋迦悟道後四十年間經常說法的地方，其時卻因舍衛國數易其主，天災兵
禍，即便是重建後的輪奐伽藍也已荒廢傾圮[40]，只能供玄奘迴眸憑弔。由是觀
之，《西遊記》中玄奘曾經留宿，且有「迴廊香積」（《西遊》，頁1157)的「給
孤布金寺」（《西遊》，頁1158)，無疑便是小說作者的想像與虛構：「上古遺
跡」不但轉到了山丘之中，這四個字也頗堪玩味。此外，正史上的玄奘想必十分
熟稔祇園興亡的歷史，但是小說中取經人的回憶，卻有爲《西遊記》的作者炫學
的傾向：他對著三徒講出來的故事，的確是《賢愚經》與〈降魔變文〉中的祇園
傳奇的白話文撮要，乍看下尤可能取典乎〈祇園因由記〉，蓋此一卷殘存的開頭
即演義道：「又到祇樹處，是僧園也，說經處，此以上合不殊。稱疏言：『祇
者，祇陁〔陀〕也。……言祇樹者，有其因由……。』」（《敦煌》，頁405)這
和玄奘的自問自答若乎相合。

　　儘管如此，從《西遊記》中玄奘自述所以得知布金寺的由來乃因經常「看經
誦典」所致，或從他所知的太子自懸高價賣園的模式來判斷，小說的作者在推演
故事時，心中所存或許爲《賢愚經》或其他相關的經典[41]，而非曾「權設詭詐之
詞」的〈降魔變文〉。不過，由於晚近學者在討論《西遊記》故事早期的演化
時，鮮少排除變文的影響[42]，加以陳寅恪、劉大杰、羅宗濤與林聰明等人亦一再
肯定《西遊記》中的語言與鬥法場面的安排難逃〈降魔變文〉或〈祇園因由記〉
等變文故事的啓發[43]，而且小說中的布金寺位於百腳山上，雞鳴關內，作者的想

40　〔日〕前嶋信次著，李君奭譯，《玄奘三藏》（彰化：專心出版社，1971)，頁53-
　　56。

41　余國藩（Anthony C. Yu)教授英譯的 *The Journey to the West*, vol. 4（Chicago and
　　London: The University of Chicago Press, 1984)，p. 444首度指出玄奘對布金寺與祇園
　　關係的溯源性回憶有其宗教史與佛典上的來源根據，不過余教授提供的出處是G. P.
　　Malalas-ekera, ed., *Dictionary of Pali Proper Names*（London: Luzac and Company,
　　1960), 1: 963-966所記載的祇園故事。有趣的是，這部現代人編的巴利文專有名詞
　　典中的祇園故事的模式和中譯本《賢愚經》的內容略有出入，或可說明巴利佛典上
　　的祇園母題另有一套自己的敘事方式。

42　林聰明，《敦煌俗文學研究》，頁304；又黃柱華的碩士論文〈中國章回小說之產
　　生〉（台北：國立政治大學中文系，1970)，頁89-90亦指出宋人《大唐三藏取經詩
　　話》中的某些片段有明顯的變文遺跡。

43　陳寅恪，《陳寅恪先生全集》，下冊補編，頁1409；臺灣中華書局編輯部〔劉大

像也和《賢愚經》不合，我們故而也不易驟下斷語，謂《西遊記》的作者在敘及
祇園由來時，心中但知《賢愚經》而已。尤其從《西遊記》的寓言手法及主旨所
繫一貫以儒道粉飾佛理，或因佛理而增益儒道的事實看來[44]，〈降魔變文〉所拓
展出來的中國色彩，所表現出來的驚人的想像力，仍然有可能為《西遊記》的作
者貢獻轉化上的來源出處。而這種「可能」，在《賢愚經》或其他經書中以單一
宗教為主而又單調貧乏的想像力裡，絕難發現。

　　〈降魔變文〉的押座文中，早已明言弘揚三教，又指出三教共存的法則為
何。其情節推進的過程裡，往往又三教的意象並出，前文已及。像這種主題上的
微妙寄託，雖然由於作者仍然難以擺脫為佛教宣傳的創作企圖，因而顯得疲弱不
堪，其寓言主旨，卻是數百年後的百回本《西遊記》所急於傳布者。所以三藏進
入佛門廟宇後屢屢告誡弟子者，是要他們謹守儒家的克己之禮：「進得山
門，……三藏生怕惹事，口中不住只叫：『斯文！斯文！』」[45] 布金寺裡的眾
僧，接待取經者一行時也以禮相待，儼然中土(《西遊》，頁1157)。此所以王國
光在《西遊記別論》敘及布金寺所在的天竺之地時，謂之「表面上是〔寫〕印
度，但作者卻又說」是「『神洲天府』，可見還是寫中國社會。」王氏還注意
道：「故事中〔天竺國〕皇宮裡的『永鎮華夷閣』，如果不立腳於中國這塊華夏
大地，也是說不通的。」[46] 的確如此，玄奘的眾徒在此一枝節往後的發展中，
一旦述及自己的出身便揉雜道教語彙，更有如身在中土[47]。整個布金寺情節，便

(續)——————————————
　　　　杰〕著，《中國文學發達〔展〕史》(台北：中華書局，1976)，頁368；羅宗濤，
　　　　〈賢愚經與祇園因由記、降魔變文的比較研究〉，頁182；林聰明，《敦煌俗文學
　　　　研究》，頁307-311。
　44　參閱張靜二，《西遊記人物研究》(台北：臺灣學生書局，1984)，頁17-21；鄭明
　　　　娳，《西遊記探源》(台北：文開出版社，1982)，上冊，頁44-61；又請參閱高熙
　　　　曾，〈《西遊記》裡的道教和道士〉，以及彭海，〈《西遊記》中對佛教的批判態
　　　　度〉二文，收入作家出版社編，《西遊記研究論文集》(北京：作家出版社，
　　　　1957)，頁153-171。
　45　有關孔門著作中「斯文」觀念的應用與發展情形，可參考《辭源》，頁1527，或諸
　　　　橋轍次，《大漢和辭典》(台北：中新書局，1979)，第5冊，頁627。
　46　見王國光，《西遊記別論》(上海：學林出版社，1990)，頁31。
　47　參較Anthony C. Yu, "Narrative Structure and the Problem of Chapter Nine in the *Hsi-yu
　　　　Chi*," *Journal of Asian Studies*,34/2(1975): 308-310.

以這種特殊的趣味爲中心而逐一展開。待玄奘和寺僧確認了布金寺和祇園故事的前因後果，布金寺情節便以佛道相爭爲起點而一路開演，從而歸結於九十五回末二教以儒家觀念爲主導的和諧收場。

佛道相爭的場面，《西遊記》中其實屢見不鮮。車遲國一節便是典型的例證。在布金寺插曲中，代表「佛」的一方——至少在表面上——是悟空和取經人一行，在「道」的方面，則由月宮遁脫人間爲禍的玉兔象徵。雙方之所以迭有爭執，卻一如車遲國的故事皆因某國國王引發而起。但是，如果我們從天竺國王愛女心切，爲女籌婚，或由布金寺中蒙難的公主思親情切等等來推論，或許還可以象徵性的解釋道：布金寺情節裡的佛道之爭，仍然圍繞著儒家倫理思想拓展而來。這一類的敘述模式和主題關懷，固然不類〈降魔變文〉，更有別於《賢愚經》裡以佛爲宗旨的特殊強調，但是都以祇園故事爲背景，以緬懷往日佛門聖徒，瞻望未來的宗教發展爲依歸，當然有其特別看重之處，和《西遊記》所處的特殊時空背景也難脫干係。

《西遊記》早在全書首二回，便透過悟空尋仙訪道時遇到的樵夫和須菩提祖師等二人的作爲，提出作者對於「明代三教並峙、相互排斥的情況」的不滿，「企圖以『三教合一』的主張來調和矛盾」[48]。在第12回的唐廷內訌和第47回車遲國的鬥法之中，又藉由傅奕、蕭瑀的爭論和悟空的話，進一步宣揚三教歸一的理念。而這主旨一換，原始的祇園母題便不得不變，或爲三教的襯托，或爲引導母題，引發爾後的爭執及其最終的和諧。所以當三藏在布金寺僧處用畢齋飯，延入住持房內一敘而再度重提祇園舊事時，便揭開玉兔下凡，以「假素娥」之身驅逐天竺國公主「眞素娥」而鳩佔鵲巢的序曲。三藏告訴住持有意一履祇園遺址，待他親臨斯地，眼見一片荒蕪，廢墟寥涼，撫今追昔，不禁賦詩嘆曰：

　　憶昔檀那須達多，曾將金寶濟貧疴。
　　祇園千古留名在，長者何方伴覺羅？（《西遊》，頁1158）

48　吉林大學中文系中國古典小說講話編寫組，《中國古典小說講話》（長春：吉林人民出版社，1981），頁106。

玄奘這一吟，馬上招來一陣哭聲，引發上述的公案，也波及爾後的鬥法。原來哭聲正是天竺國公主所發。她在前一年因看花而爲怪風吹至布金寺，住持唯恐生事，特地將她囚入石室，佯裝瘋狂。三藏既知道原委，住持即趁機央求他到天竺城後，暗中探訪公主迷失的緣由。等到小說進入第94回，悟空用法眼金睛認清事因玉兔而起，免不了又是一陣打鬥，一路延展到95回才嘎然停止，鳴金收兵。

這一場打鬥的驚心動魄之處，饒富史詩意味。就其宗教寓言視之，也絕不下於摩西與法老王的爭執，甚至遠邁舍利弗與六師之間的宇宙性抗衡。後者隱寓的佛道爭執的主題，隨著祇園故事的移花接木，在《西遊記》中變得更加明顯。小說中一再道及祇園的現象，也襯托出悟空和玉兔之間的爭持不下，寓有嚴肅的宗教抗衡的意涵，更爲《西遊記》的主題再度提供歷史性的說明。

談到這裡，或許我應該稍微岔開，回顧一下祇園母題在93回的發展。在這一回裡，《西遊記》的作者不但緊緊扣住祇園故事以往的嚴肅性，讓玄奘追憶前賢往聖爲弘揚佛法所作的努力，還顯露一手他一貫在嚴肅中穿插詼諧的手法，舒緩讀者的壓力[49]。寺僧帶領玄奘參觀祇園遺址後，誇張的對著取經人說道：「近年間，若遇時雨滂沱」，祇園遺址「還淋出金銀珠兒。有造化的，每每拾著。」（《西遊》，頁1158）這一段話雖然具有微諷的成分，但是若與八戒進入布金寺前，聽畢唐僧的故事溯源後所講出來的話對照看來，其中夾雜的幽默就更顯突出。八戒說：「造化！若是就是這個故事，我們也去摸他塊把〔金〕磚兒送人。」（《西遊》，頁1156）作者苦心孤詣的搞笑，在祇園舊事與今名的聯想之下，一覽無遺。此一設計，當然又非無的放矢，而是深具宗教意涵在焉。余國藩教授在一篇論文中，曾經指出《西遊記》深受禪宗影響，時或師法禪門語錄莊諧並出的現象，藉以點醒佛眼天心[50]。布金寺情節恰爲一例，可以說明宗教上的嚴肅可與世俗的幽默並行不悖的道理。而這兩者的「結合」，一方面通俗化深奧的佛理，再方面也因故事性　而又引人入勝，願入寶山一窮究竟。作者在93回開頭因而指出如今的寺院，再也不是往昔印度的祇園精舍，而是充分漢化了的布金

49　參見劉勇強，《西遊記論要》，頁152-159。

50　參見余國藩著、李奭學譯，〈宗教與中國文學──論西遊記的「玄道」〉，《中外文學》，第15卷第6期(1986年11月)，頁44-46。

「禪」寺，如此一來，則祇園故事早期的嚴肅精神，似乎也不必陳陳因襲。由是再看，《西遊記》中由莊諧並出所顯現出來的祇園母題，比起〈降魔變文〉中的處理，毋寧更加漢化。

儘管如此，這種處理難免也如前述有諷刺的成分。布金寺情節裡，令人忍俊不住的場景還有不少。94回三藏接到繡毯，陷入玉兔所設的圈套，奉旨得入贅天竺國為駙馬。作者在國王擬送三徒獨往西天取經時，又為八戒提供了一次耍嘴皮子的機會。三人在驛館等候送行的使者來臨之際，八戒說道：「送行必定有千百兩黃金白銀，我們也好買些人事回去。到我那丈人家，也再會親耍子兒去耶。」（《西遊》，頁1175)在《西遊記》中，作者一向把八戒刻畫得滑稽突梯[51]，但我們得留意一點：他在此一場合所說的「千百兩黃金白銀」寓意深遠，足以呼應祇園故事形態中再三強調的以「布金」為主的宣教手法。如果我可以效余國藩教授的口吻，那麼八戒這種深刻的幽默，正是禪宗「呵祖罵佛」，以插科打諢來譏諷傳統佛門宣教的手段[52]，也是《西遊記》的作者刻意突出於祇園母題舊有窠臼的地方。至於八戒所以渴望使者送來黃金白銀，乃因思念俗家使然，也暗諷三藏貴為聖僧，居然會受情勢左右而佯作入贅的荒謬性。94回的布局如此巧妙，幽默中又含有深刻的諷刺成分，令我們不得不承認《西遊記》的作者筆下的祇園傳奇，早已蒙上一層特異的色彩。

我所以回過頭來先談《西遊記》裡的幽默，當然不是沒有原因：《賢愚經》和〈降魔變文〉裡最為缺乏的就是這種感性：這兩部宗教經卷處理的題材都嚴肅無比。當然，《西遊記》裡的神聖場面也不少，但作者卻能以寬廣的戲謔之筆予以擁抱，可以看出這部明代說部的視野更為開闊。非特如此，〈降魔變文〉對三

---

51 張靜二，《西遊記人物研究》，頁137-169；張默生，〈西遊記研究〉，收入《明清小說研究論文集續編》（香港：中國語文學社，1970)，頁252；李希凡，《論中國古典小說的藝術形象》（上海：上海文藝出版社，1961)，頁189-208；胡光舟等著，《吳承恩與西遊記》（台北：木鐸出版社，1983)，頁124-132；劉毓忱，〈論《西遊記》塑造人物的藝術特色〉，收入江蘇省社會科學院文學研究所編，《西遊記研究——首屆西遊記學術討論會論文選》（南京：江蘇古籍出版社，1983)，頁104-108。

52 余國藩著、李奭學譯，〈宗教與中國文學——論西遊記的「玄道」〉，頁45。

教的表面興趣，終因內涵中佛門色彩過重，而難以判明作者確實有心歸一。《西遊記》則不然；這本小說慣用打鬥以寄意幽微，可以彌補六師和舍利弗競法諸景在寓言層次上的不足。我們只消翻開第95回，在第三首韻文的地方，便可以看出佛道相爭的主題一一剝露。結尾部分大團圓的場面，又掀開儒家思想命意的所在。下面先談韻文部分。

　　悟空和玉兔俱躍上雲端開始驚天動地的打鬥之時，小說的敘述者突然縱身介入故事，賦詩如次：

　　　　金箍鐵棒有名聲，碓嘴短棍無人識。一個因取眞經到此方，一個爲愛奇
　　　　花來住跡。那怪久知唐聖僧，要求配合元精液。舊年攝去眞宮主，變作
　　　　人身欽愛惜。今逢大聖認妖氛，救援活命分虛實。短棍行兇著頂丟，鐵
　　　　棒施威迎面擊。喧喧嚷嚷兩相持，雲霧滿天遮白日。（《西遊》，頁
　　　　1180）

韻文裡的金箍棒當然是孫悟空的代喻，如果配合小說的象徵系統一併聯想，這根鐵棒也可代表行者西行取經的恆心，一心向佛的毅力。至於碓嘴短杵，一向便是月亮神話中玉兔搗藥用的器具，也是道教修煉的象徵之一[53]。緊隨起首雙行的中間六行，則點出布金寺懸案的導因，其中當然也關涉到《西遊記》中一再暗示的道教寓言。按唐僧一向固守元陽之身，正是神話與道教煉丹術中所謂「金烏」的化身，亦即「雲霧滿天遮白日」裡的「白日」[54]。悟空和玉兔開打之前，唐僧難分眞假素娥的「虛實」，小說故而謂之「雲霧滿天遮白日」。但悟空這次可扮演

53　玉兔與道教煉丹術的聯想，可能肇始於晉代，參閱玄珠，《中國神話研究》，收入
　　玄珠、袁珂、譚達先著，《中國古代神話》（台北：里仁書局，1958），頁64；王孝
　　廉，夢與眞實——古代的神話〉，《神話與小說》（台北：時報出版公司，1986），
　　頁23-24。

54　詳見〔日〕中野美代子，《西遊記の秘密》（東京：福武書店，1984），頁63-106。
　　劉一明（悟一子）評論第95回時，有幾句話可以參考深思：「金烏玉兔，日月之精
　　靈。晦朔望弦陰陽之交合，天人本無二理。」見悟一子詮解，《西遊記》（台北：
　　老古出版社，1983），下冊，頁959。

「眞假猴王」中佛祖的身分：只有他才能別虛實，分眞假。話說回來，唐僧雖然對玉兔一無所知，那玉兔可是「久知唐聖僧」，所以「要求配合元精液」。道教的色彩在這裡加重了，因爲按全眞道的內丹術——尤其是宋以後興起的「房中術」——金烏玉兔這陽與陰若能「相盤結」，則不僅修煉者可以「性命堅」，抑且足以「火裡種金蓮，攢簇五行顚倒用」，以便成仙得道，甚至得證「大羅金仙」的至高地位[55]。韻文三、四行因而顯示就道教寓言看，布金寺中公主蒙難，有其前因後果，乃玉兔擬與唐僧結合，以便證道「成眞」而引起。此一事實顯然，一面暗示悟空與玉兔的爭執在往後的發展上大有以喜劇收場的可能，另一方面又在主題結構上和第80至83回的鎮海寺情節相互呼應。鎮海寺中「姹女」求陽，對象是「嬰兒」唐僧。這一對名詞在煉丹術中俱屬隱喻，指「汞」和「鉛」這兩種丹道重要的元素。在《西遊記》中，「嬰兒」或「鉛」的用法不一，但指「唐僧」的例子最引人注意，子母河一段中的三藏便是（《西遊》，頁673）。至於「姹女」本意雖爲「美女」，在《西遊記》中除了是「汞」的隱語外，卻多指妖精而言[56]，尤指像陷空山無底洞裡的老鼠精這類的美麗女妖。傳統上女爲陰，是丹術中的「汞」，男爲陽，在丹術中多用「鉛」代喻，北宋全眞道士石泰的《還源篇》因言丹道總訣爲：「汞鉛同一鼎，日月要同爐，進火須防忌，教君結玉酥。」[57]不論是姹女和嬰兒或是金烏與玉兔的結合，都是內丹修煉中陰陽交合或同鼎共爐的象徵。而我們從這個角度著眼，悟空與玉兔的抗衡，正說明韻文最後六行所縮影出來的打鬥已非正邪之爭，而是佛道的衝突了。

石泰的《還源篇》由81首五言詩組成，中野美代子認爲《西遊記》中雖說「佛門九九歸眞」[58]，小說中唐僧的八十一難卻可能對應石泰所寫道教的

---

55 參閱傅勤家，《中國道教史》（台北：臺灣商務印書館重印，1984），頁131。

56 〔日〕中野美代子，《西遊記の秘密》，頁138-139。

57 見〔宋〕閻一得授，閻陽林述，蔡陽倪訂，《還源篇闡微》，收入高雅峰等整理編校，《道藏男女性命雙修秘功》（瀋陽：遼寧古籍出版社，1994），頁336。

58 所謂「佛門九九歸眞」的說法其實大有可議，劉一明〈《西遊原旨》讀法〉卷上早就指出「《西遊》貫通三教一家之理，……以西天取經，發《金剛》、《法華》之秘，以九九歸眞，闡《參同》、《悟眞》之幽，以唐僧師徒演《河洛》、《周易》之義。」而乾隆年間汪澹漪子評的《西遊證道大奇書》亦謂「九九歸眞非佛門事，讀者切勿誤認」。以上劉一明之見，見〈《西遊原旨》讀法卷上〉，頁1，悟一子

詩[59]。這81首詩均代表煉丹的進境之一，所以理論上唐僧每歷一難，心性也該成熟一分。是否如此，當然有待商榷：以夏志清為主的評論家就覺得不管經歷過多少災難，唐僧還是渾噩懦弱，似乎從未因苦難而讓人格成長一分[60]。我們且不管當代論者的是非，從汪象旭(fl. 1611)、黃周星(1611-1680)到陳士斌(fl. 1696)、劉一明(1734-1832)等明清評點家其實都力主《西遊記》乃《周易》和丹道合一的托喻，並不認為八十一難全無層次與進境之別。全真道的內丹術講「煉精化氣」，由此步步為營，最後可以達到「煉氣化神」與「煉神還虛」兩階段。完成「煉神還虛」時，煉氣者更可以抵達「返本歸元」的最高修煉境界。王國光以為《西遊記》由第32至63回都在托喻內丹功。63回講小西天的故事，玄奘所歷之難代表丹功中「小周天」的完成[61]。但王崗以為其後另有下文，64回以降回應的其實都朝煉氣的「大周天」在進展，祇園故事也是其中的一環，而且是最後的環節之一，因為寓言已完遂「取坎填離」之功[62]，由「煉氣化神」走到了「煉神還虛」的境界。唐僧或煉氣者即將功德圓滿[63]。布金寺的「金」字，因此幾乎也是「出離金海悟真空」中「金海」的代喻。佛門的祇園故事，至此轉成道教寓言[64]，而在主題上，《西遊記》似乎也已擺脫〈降魔變文〉──乃至《賢愚經》──的框架。

　　回到故事的字面，悟空與玉兔的衝突確實劇烈非常，具體而微重複了車遲國中悟空與佯裝道士的虎力鹿力與羊力三仙的鬥法。所不同者是，車遲國裡佛道所以能夠復歸和諧，乃因悟空在鬥法中獲勝。那一場競賽雖然交關性命，本質上卻

（續）──────

　　　詮解，《西遊記》，上冊；汪澹漪子所評的發微，見荒木見悟，〈頓悟漸修論と《西遊記》──《西遊證道大奇書》の觀點〉，收入《臨濟宗妙心寺派教學研究記要》第1號(2003年4月)，頁11及19。

59　〔日〕中野美代子：《西遊記の秘密》，頁118-119。

60　C.T. Hsia, *The Classical Chinese Novel: A Critical Introduction* (New York: Columbia University Press, 1968), p. 130. 另見余國藩著，李奭學譯，《余國藩西遊記論集》(台北：聯經出版公司，1989)，頁112-113。

61　王國光，《西遊記別論》，頁71-108。

62　見陳敦甫，《西遊記釋義(龍門心傳)》(台北：全真教出版社，1988)，頁1114。

63　王崗，《浪漫情感與宗教精神──晚明文學與文學思潮》(香港：天地圖書公司，1999)，頁203-205。

64　參見唐遨，《西遊話古今》(台北：遠流出版公司，1992)，頁29-30。

屬「文鬥」，儒家思想所以在競賽末了為人看重，僅因悟空一語道及，並未透過適當的寓言處理。但是布金寺情節裡的佛道相爭，卻以「武鬥」開始，最後由於太陰星君出面才化解衝突，圓滿收場。有趣的是，玉兔將敗未敗之際，悟空猶擬逞強，月君一旦現身，卻以佛理輪迴作為勸阻悟空繼續拚鬥的藉口。儘管道教早在東漢末年即已將佛家輪迴的觀念據為己有，月君的托詞仍然可以視為佛道歸一的憑據。是以玉兔下凡逐走天竺公主，目的之一仍然是佛教式的，亦即要回報前世的惡業宿怨。即使頑強好勝者如悟空，面對輪迴的佛家基要也敬畏有加，聽聞下乃退而收回金箍棒的威力。玉兔因而得以復歸月宮，天竺公主也重獲自由之身。

然而這種結局儘管尚稱圓滿，設非作者最後著力引入儒家思想，缺憾恐將不免，其感人處亦必不深。悟空逐退玉兔後，天竺國王順理即可親駕布金寺，迎回失散已久的公主。這一景，若就《西遊記》架構其寓言體系的儒釋道三教規範之，實蘊有強烈的孔門倫理思想，未可等閒視之。95回三藏告訴國王公主所處困境一語方罷，我們看到這位「外邦」元首居然不顧九五之尊，放聲大哭，全然以兒女安危為念。其聲震天，三宮六院俱為之愀然，悲痛不已。國王隨即傳旨擺駕前往布金寺。祇園遺址重會公主一幕，是剛強的《西遊記》中難得一見的感人場面。國王抵達公主遭囚的石室，隨令手下開門。敘述者接下強調：「國王與皇后見了公主，認得形容，不顧穢污，近前一把摟抱道：『我的受苦的兒啊！你怎麼遭這等折磨，在此受罪。』」（《西遊》，頁1187）

如果上引這一段話尚不足以說明作者所要傳達的孔門倫理思想，那麼敘述者接下的按語，應該就把此類思想揭露無遺了：「真是父母子女相逢，比他人不同。」（同上頁）孔門一向要求事親至孝，同時也要父嚴母慈，構成社會的倫理秩序。《西遊記》第1回的楔子，是「父母在不遠遊」的典型例子；第13回雙叉嶺上的劉伯欽，同樣在宣揚孔門孝道。第95回中，又以天竺國王父女重逢，再度回應了中國傳統的親情觀。凡此應非隨興之筆，而是有其深意焉[65]。

雖然上舉儒家的動機，在敦煌發現的以推衍佛經為主的變文如〈大目乾蓮救

65　見唐遨，《西遊話古今》，頁30-31；另見何錫章著，周積明主編，《吳承恩話西
　　遊》（台北：亞太出版社，1995），頁129-134。

母變文〉中也十分見重[66]，但是如以〈降魔變文〉而論，則涓滴不見，《賢愚經》中的祇園故事更無論矣！道教終極的理想是羽化登仙，但是一旦位列仙班即棄聖絕智，斷抑俗情。佛門成佛的門道，也是要拋家離親，不染塵埃。兩者俱不以親情爲重，唯獨儒家明文維護人倫，難怪《西遊記》的作者會在布金寺枝節行將結束前引進儒家思想，以調和佛道過分出世的缺陷。尤有甚者，〈降魔變文〉的情節進展到舍衛國王聞知太子擅自鬻園時，甚至寫道大怒，勅令所司「生擒須達，并〔並〕祇陁〔陀〕太子，生杖圍身」（《敦煌》，頁375）。復言須達一方若在鬥法時失敗，他和祇陀太子「二人總須受誅」（《敦煌》，頁378），更視親情爲無物。由此可見：《賢愚經》留傳後世的祇園母題如果視爲往後的小說家可以普遍遵循的故事模式，則〈降魔變文〉仍然沒有放棄佛門的親情觀。但是《西遊記》就不一樣。這部明代四大奇書之一的作者，不但擁有較爲優秀的情節設計的技巧，不以正面敷衍佛經爲能事，同時也了解傳統祇園故事過於出世的弱點，勢必予以更換，才能挽回浸假儒家文化已久的明代讀者。這一點不僅符合小說中三教共存、和諧相處的寓言關懷，也暗合作者對於明代百姓信仰上的習慣的期許[67]，更透露出作爲《西遊記》的時間背景的唐代，民間對於儒釋道三教的一般看法[68]。

四、差異的力量

儘管佛經一再的引介，祇園母題在變文之後興起的宗教文學如寶卷中或亦可見，足供討論的例證想必不少，但是到目前爲止，相信我已經擇要論釋，指出此一母題的形式和內容在文學史上大略的轉化。這種轉化的軌跡，非但可以見出白

66　《敦煌》，頁714-755。參較陳芳英，〈目蓮救母故事的基型及其演進〉，見靜宜文理學院中國古典小說研究中心編：《中國古典小說研究專集》（台北：聯經出版公司，1982），第4期，頁47-94；以及C.T. Hsia, *The Classical Chinese Novel: A Critical Introduction*, p. 7.

67　吉林大學中文系中國古典小說講話編寫組，《中國古典小說講話》，頁106。

68　參較James R. Hightower, *Topics in Chinese Literature* (Cambridge: Harvard University Press, 1953), pp. 77-78.

話小說進展的過程，同時也昭示宗教思想變遷的實況，適可助人了解文學的內外緣難以分隔的古今至理。

在結束本文之前，我想重覆一下前文大要，藉以說明白話小說演化過程一二，以及隨之引發的問題。如同先前我一再的暗示，祇園母題得以大備，具有為往後作家推衍的條件，應該肇始於《賢愚經》的迻譯。這部佛教典籍在中國的影響力，雖然不及《西遊記》中玄奘反覆致意的《般若波羅蜜多心經》[69]，卻以其豐富的內容吸引唐代俗講僧的注意，因有〈祇園因由記〉與本文重點之一的〈降魔變文〉的創作。經文中平舖直敘的敘事方式，在變文作者驚人的想像力轉化之下，當然豐富了不少，充分反映出其時敘事文學的作者已經逐漸體會到作品的藝術性的重要，而不願自囿於六朝志怪的傳統之中。變文的活力，便存在於俗講僧這種毫不「淺俗」的「機智」裡。

俗講僧此類的「機智」，除了屬辭狀物充滿想像力之外，人物的刻畫和情節布局尤富於巧思。這類技巧上的發展，或有違宗教修辭上的要求，卻為後世的長短篇虛構作品打下技術上的基礎，吸引力遠達16世紀的明代中國。如果說〈降魔變文〉已經逼使一則印度母題放棄其在佛經傳統上的外觀，那麼明末的《西遊記》再度改變這一則母題的內在思想。藉由章回完整的三位一體，《西遊記》的作者不但改變了《賢愚經》裡原始祇園故事的精神，使之從單一宗教的信仰蛻變為寓言化了的三教歸一，也發皇了〈降魔變文〉闡揚不及的中國固有宗教的特色。因此我們才能讀到悟空與玉兔之間充溢佛道相爭的色彩的打鬥，也因此我們才能見到這一場爭執最後歸入以儒家思想為主導的和諧之狀。此種主題上的轉變，不能不說是祇園母題在中國文學傳統裡的開花結果，饒富文學史與宗教史的意義。

尾隨此類意義的產生，引發的是文學作品與取材對象之間屬於創作自由的問題。這一點，想必是羅宗濤認為〈祇園因由記〉的改作手法「淺俗」的主因。尤斯特(Françis Jost)在一篇討論以貝克特(Thomas à Becket)為主題的作品的論文

69　《心經》在中國傳播與盛行的情形，可參見東初法師，《般若心經思想史》（台北：天華出版公司，1979），頁6-9。

裡，同樣有感於歷史主題的轉化也會導發創作自由的問題，因而歸結所論道：泉源與改作之間，當然會有某些程度上的差異，只要尊重作品的美學成分與主題力量，這種「差異」恰足爲藝術的生發提供靈感[70]。

　　尤斯特的結論乃針對歐洲傳統而發，卻也適用於本文探討的宗教母題的演化上。儘管宗教經典的目的性強，其權威在教徒眼中往往無與匹敵，但是文學上的改編，不論是有意或無意的行爲，已經涉及藝術的層面，具有某種程度上的自由。〈降魔變文〉所以能夠鵠立於唐代敦煌變文之中，具備獨特的藝術價值，泰半要歸功於俗講僧發揮創造性的想像力，體認到創作自由的重要性，而不是墨守《賢愚經》的規摹[71]。作家可以根據舊有的母題再予塑造，重予發展；可以同意曩昔的敘事模式，也可以自成一格，重塑模式，以符合一己獨特的藝術要求，完遂創作目的。此所以《西遊記》的祇園故事從《賢愚經》出發，卻緊隨〈降魔變文〉處理泉源的態度，抑且變本加厲，轉化舊有的形態，將之推衍爲完全漢化的布金寺情節而猶能契合八十一難的故事設計。如果我們不拘泥於宗教的立場，明代百回本《西遊記》處理祇園故事的手法，恐怕才是此一作爲敘式模式的佛教母題在中國文學史上最爲恰當的定位。

70　Françis Jost, *Introduction to Comparative Literature* (Indianapolis and New York: Pegasus, 1974), p. 207.

71　參見羅宗濤，〈賢愚經與祇園因由記、降魔變文的比較研究〉，頁184、188。

第八章

悲劇、喜劇，再回歸到悲劇：

〈鶯鶯傳〉、《紅樓夢》及其間的經典轉化

陳大康（上海華東師大中文系）

　　愛情是文學創作永恒的主題，而表現這一主題的形態卻是極為豐富多采。在一定的歷史階段，儘管有著各式各樣的愛情故事，但因它們都在相同的社會條件的制約下，因而有若干構成要素卻是相同且不變的，就像世上只有那麼些基本元素，卻構成了五彩繽紛的大千世界一樣。若具體論及中國漫長的封建社會，那麼封建禮教的規範與青年人自身必然會萌發的對幸福與自主的追求構成了一對基本矛盾，它們之間的鬥爭與勢力消長，決定了愛情故事在這一很長的歷史階段中發展變化的主線索。

　　若追溯這些愛情故事發展變化的過程，不難發現最開始的形態是較粗疏、簡陋，隨著小說等敘事文學創作的逐漸成熟，也隨著該類題材創作經驗的積累，終於出現可稱為經典的作品，而這樣的作品對後來同題材的創作又產生了巨大的影響。對古代愛情故事來說，它們的經典就是〈鶯鶯傳〉、《西廂記》與《紅樓夢》。

一、愛情故事的經典的形成

　　文學作品中的愛情故事，源於現實生活中青年人演出的驚心動魄的實事，就敘事文學而言，其中最早見諸文字描述且又較完整的，或許可算司馬遷《史記・司馬相如列傳》中的司馬相如與卓文君故事。卓王孫仰慕司馬相如的盛名，就將他與臨邛令王吉請到了自己的家中：

是時卓王孫有女文君新寡，好音，故相如繆與令相重，而以琴心挑之。
相如之臨邛，從車騎，雍容閒雅甚都；及飲卓氏，弄琴，文君竊從戶窺
之，心悅而好之，恐不得當也。既罷，相如乃使人重賜文君侍者通殷
勤。文君夜亡奔相如，相如乃與馳歸成都。[1]

風流倜儻的才子遇上了年輕漂亮的寡婦，可是他們互相慕悅之情卻爲封建禮法所
不容，於是私奔便成了他們獲取幸福的唯一方法。這篇文字是正史的記載，但它
卻有著後來才子佳人小說中常出現的構成要素：(1)必須設法使這對青年男女聚
於一處，使之「有緣」，本文中是卓王孫請客造成了難得的機遇；(2)一見鍾
情，這裡雖然只是描寫卓文君一人「竊從戶窺之，心悅而好之」，但司馬相如傾
心於卓文君卻是很顯然的事；(3)兩人間有一媒介物：卓文君「好音」，司馬相
如則善「弄琴」；(4)有一個在中間通音訊之人，「相如乃使人重賜文君侍者通
殷勤」。這些情節在小說家手裡，都是大大渲染一番，生出許多曲折來，但史家
惜墨如金，只是一筆帶過而已。

只要封建禮教的規範與青年人對幸福與自主的追求這對基本矛盾存在，就必
然會不斷演出形形色色的悲喜劇。據目前所知，最早反映這一主題的小說當屬干
寶《搜神記》裡的〈紫玉〉篇：

吳王夫差小女，名曰紫玉，年十八，才貌俱美。童子韓重，年十九，有
道術。女悅之，私交信問，許爲之妻。重學於齊、魯之間，臨去，屬其
父母，使求婚。王怒，不與女。玉結氣死，葬閶門之外。[2]

干寶偏愛搜奇獵異，他描寫的重點是韓重入墓與紫玉之魂的相見，可是從上面所
引的篇首交代已可看出封建禮法與青年男女愛情這一基本矛盾的存在，韓重請父
母出面求婚遭吳王拒絕的結局，更突出了這對矛盾的尖銳。魏晉時小說的特點是

1　〔漢〕司馬遷，《史記》（北京：中華書局，1996），卷117，頁300。
2　〔晉〕干寶，《搜神記》（北京：中華書局，1979），卷16，頁200。

粗陳梗概,因此對韓重與紫玉如何相識、如何「私交信問」都未作描寫,而這恰是明清時期才子佳人小說著力鋪敘之處。

到了唐代,小說創作局面發生了巨大的變化。唐傳奇揭開了我國現實主義小說的序幕,其時湧現出一批膾炙人口的作品,不少是描寫愛情故事的,而且它們的模式又各不相同。〈柳毅傳〉中龍女所受的凌辱與迫害,是古代婦女常見的不幸遭遇,而她後來與柳毅的結合,則是人神戀愛的典型故事,這類故事的源頭可追溯到《搜神記》乃至更早,而後世此類作品又為數甚夥;〈李娃傳〉講述才子與妓女相愛的故事,以此為內容的作品在小說史上屢屢現身,一直綿延到清末的狎邪小說;〈無雙傳〉中,分離的戀人靠俠客的相助才得以團聚,這一類型,直到清末的《兒女英雄傳》中還可見到它的餘韻。在唐傳奇中,對後世創作影響最大的愛情小說,當是元稹的〈鶯鶯傳〉。

元稹之〈鶯鶯傳〉在唐傳奇中或許還算不上最出色的一篇,魯迅先生在《中國小說史略》中對它的評論是「雖文章尚非上乘,而時有情致,固亦可觀,惟篇末文過飾非,遂墮惡趣」[3],但對其影響卻是作了充分肯定:「後來煊赫如是者,惟此篇及李朝威〈柳毅傳〉而已」[4]。其實,李朝威〈柳毅傳〉的影響並及不上〈鶯鶯傳〉,若就後來的創作而言,則更是如此,因為在愛情故事的模式中,其他雖也有模仿、繼續發揮、敷演者,但畢竟是斷續的散篇,而惟有〈鶯鶯傳〉直接影響了元明中篇傳奇小說以及清初才子佳人小說兩個創作流派的形成。這是因為這篇作品儘管被認為在相當程度上是元稹的自述,但它畢竟圍繞封建禮教的規範與青年人自身必然會萌發的對幸福與自主的追求所構成的基本矛盾,概括了現實生活中較普遍的現象。作品所描寫的張生與鶯鶯的戀愛過程,也較合理可信,既提煉於生活,同時也易為後來現實生活中的年輕人所模仿。

在〈鶯鶯傳〉裡,張生、鶯鶯愛情故事發展的前幾個要素與司馬相如、卓文君的經歷相仿:

(1)這對有緣的青年男女有機會走到了一處:張生與鶯鶯家正好都寄寓於普

3　魯迅,《中國小說史略》(北京:人民文學出版社,1973),頁65。
4　同上。

救寺，當亂軍大掠蒲州時，崔家賴張生之力得安，崔氏設宴答謝，並讓鶯鶯出來拜謝。

（2）兩人一見鍾情：張生於席間「幾不自持」，後又至「行忘止，食忘飽」的地步，鶯鶯雖終席不出一言，但從後來她托紅娘帶來的〈明月三五夜〉詩篇來看，她見面時的動心也是顯而易見的。

（3）兩人間的媒介物為詩歌，張生賦〈春詞〉二首致意，鶯鶯則復以詩篇〈明月三五夜〉。

（4）有一個在中間通音訊之婢女紅娘，她既為張生傳〈春詞〉給鶯鶯，又將鶯鶯的詩傳給張生。

不過，作為小說，〈鶯鶯傳〉有著比《史記‧司馬相如列傳》更豐富的情節與曲折的描寫，而從後來元明中篇傳奇與清初才子佳人小說對該作的效仿來看，以下一些也應視為這篇愛情小說的構成要素：

（5）才子興冲冲地期待約會，卻不料遭到佳人的嚴詞責備：「始以護人之亂為義，而終掠亂以求之。是以亂易亂，其去幾何？」[5] 這是因為鶯鶯矛盾心理的一種表現，她受封建禮教的規範，雖嚮往熱烈的愛情，卻又力圖遵循淑女的禮儀；這在藝術上則是使情節產生波瀾。

（6）佳人的嚴詞責備使才子精神上受到極大打擊，〈鶯鶯傳〉中張生是「自失者久之」，陷入「絕望」狀態。在後來一些才子佳人小說中，才子甚至是一蹶不振，臥病不起。

（7）佳人實際上一直關注著才子的情況，見他受打擊後痛苦，便又前往探望，從此兩人定情。

（8）才子因故需遠行(後來的才子佳人小說中多是才子進京趕考)，才子佳人間自又生出許多曲折纏綿，而故事的發展自此又生波瀾。

以上八條，幾乎可以說是這一類型故事中引人注目的構成要素，所不同者，是作者根據情節發展的不同需要，作各種變化騰挪而已。明代高儒的《百川書

5　〔唐〕元稹，〈鶯鶯傳〉，收入霍松林，《西廂記匯編》（濟南：山東文藝出版社，1987），頁4。

志》著錄〈嬌紅記〉等中篇傳奇後曾言：「以上六種，皆本〈鶯鶯傳〉而作，語帶煙花，氣含脂粉，鑿穴穿牆之期，越禮傷身之事，不爲莊人所取，但備一體，爲解睡之具耳。」[6] 高儒的評價自有其偏見，但「皆本〈鶯鶯傳〉而作」卻是所言不差，而且這一評定也可移至其後的才子佳人小說，至於高儒所說的「體」，則由上述要素所構成。

　　這一類型故事的情節要素的最先基本齊全，這是〈鶯鶯傳〉能成爲後來同類型作品模仿物件的前提條件，而它之所以能成爲一部經典，這還得靠作品感人的藝術魅力，特別是崔鶯鶯這個藝術形象的塑造。鶯鶯在作品中初次出場時，作者的描寫是「常服睟容，不加新飾，垂鬟接黛，雙臉銷紅而已。顏色豔異，光輝動人」[7]，繼而又以「張自是惑之」作襯托，一個美麗少女的形象已躍然紙上。然而，她不願出見異性少男，因此被母親逼出來後，是「凝睇怨絕，若不勝其體者」，張生「稍以詞導之」，她也不作回答，純然一個穩重矜持的封建淑女的風貌，形象地顯示出崔家長期嚴格的閨訓懿範的約束。可是，「性溫茂，美風容」的張生卻在少女的心中引起了漪漣，再加上張生通過紅娘發起了系列傳情攻勢，可以想見這使鶯鶯怎樣的手足無措。一方面是長期的封建禮教思想的教育與熏陶，同時鶯鶯對於突如其來的愛情又毫無思想準備；但在另一方面，鶯鶯又本能地對真摯愛情的熱烈嚮往。這兩者的衝突及其勢力消長，造成了鶯鶯思想與行動的矛盾與曲折。鶯鶯既讓紅娘傳遞「拂牆花影動，疑是玉人來」的詩篇，但相見時卻又是「端服嚴容」，嚴詞責備張生後又「翻然而逝」，而就在淑女禮儀的遵循中包含著鶯鶯的顧慮與痛苦。鶯鶯前往正色數落張生的言行，既是她矛盾思想的真實表現，又使作品的情節發展驟生波折。鶯鶯形象的出色塑造，同時作品文筆優美，刻畫細膩且含蓄，故事的鋪敘中又融入了詩歌的意象創造，這些藝術上的成功，也幫助作品獲得了長久的生命力。

　　從司馬相如與卓文君的故事到〈鶯鶯傳〉的問世，一個文學經典可以說是形成了。之所以稱其爲經典，就是因爲作品在相當完美的藝術表現的前提下，描寫

6　〔明〕高儒，《百川書志》，收入《叢書集成續編》（上海：上海書店，1994），第68
　　冊，頁129。
7　〔唐〕元稹，〈鶯鶯傳〉，《西廂記匯編》，頁3。

了封建時代無數青年男女所面臨的一個基本矛盾：自幼所受的封建禮教教育以及強大的社會輿論，強令他們不得越雷池一步，可是乾柴烈火相遇，又必生出愛情的火花，只不過禮儀的規範使愛情的火焰燃燒時生出許多波折。只要環境、輿論與教育依舊，這一青年男女所面臨的基本矛盾必將長存，一旦有機會來臨，它必將以這樣或那樣的形式顯現，這意味著經典具有不斷再現的意義。而且，這種再現又表現在操作層面上，這是因為在二千年的封建社會裡，青年男女在愛情、婚姻問題上的處境並未發生過實質性的變化，〈鶯鶯傳〉所含有的一見鍾情、設法傳遞音信等八個情節要素，是作者對現實生活中特定事件的概括提煉，而封建社會中相當多數的青年男女產生愛情，仍還將按〈鶯鶯傳〉所描寫的步驟一一施行，因為客觀條件的限制常使他們只有這樣的選擇；對後世的青年男女來說，對鶯鶯與張生故事的瞭解，將使他們對自己以及對方將或應採取何種做法心中更為有數。

當然。並不是〈鶯鶯傳〉中所有重要的情節都被後來同類型的故事所模仿與發揮。魯迅曾批評這篇小說「惟篇末文過飾非，遂墮惡趣」，指的就是張生拋棄鶯鶯結局，以及文末「時人多許張為善補過者」、「使知者不為，為之者不惑」[8]諸語。自宋代的王銍、劉克莊直至近人魯迅、陳寅恪，都曾指明〈鶯鶯傳〉是元稹據親身經歷而寫成，他為了仕途前程，對於出身寒族的鶯鶯始亂終棄，而這一行徑卻能為當時士大夫所諒解。作品中的這一情節來源於生活當無可置疑，現實生活中這類事確也並不罕見，即使已發展成正式的婚姻，世上不仍然有陳世美的故事嗎？然而，人們並不能容忍經典中出現張生拋棄鶯鶯這樣的結局，於是，就在〈鶯鶯傳〉作為一個文學經典在世上流傳的同時，修正經典的工作即已開始。

〈鶯鶯傳〉問世後，崔鶯鶯與張生的故事在世上開始廣泛傳播，正如魯迅所說：「其事之振撼文林，為力甚大。」[9]宋代的趙德麟在《侯鯖錄》中寫到：「至今士大夫極談幽玄，訪奇逑異，無不舉此以為美話。至於娼優女子，皆能調說大略。」[10]他還因「惜乎不比〔被〕之以音律，故不能播之聲樂，形之管

8　同前註，頁8。

9　魯迅，《唐宋傳奇集·稗邊小綴》，《魯迅輯錄古籍叢編》第二卷(北京：人民文學出版社，1999)，頁318。

10　〔宋〕趙令時，《侯鯖錄》，收入《四庫筆記小說叢書》(上海：上海古籍出版社，

弦」[11]，便特地製作了〈商調蝶戀花〉。秦觀與毛滂都寫過〈調笑轉踏〉，歌詠八個故事，其中都詠及崔鶯鶯與張生的戀情。秦觀只寫到崔張兩人歡會，毛滂雖寫到「薄情年少如飛絮，夢逐玉環西去」[12]，但對張生拋棄鶯鶯已明顯持批判態度。宋時還有話本《鶯鶯傳》，這由南宋時羅燁的《醉翁談錄》可知，南宋人周密《武林舊事》所載「官本雜劇段數」中又有〈鶯鶯六么〉，這證明了宋時鶯鶯與張生的故事已通過各種文學形式在傳播。現在雖不清楚《鶯鶯傳》與〈鶯鶯六么〉的具體內容，但它們應是從〈鶯鶯傳〉到董解元的《弦索西廂記》（下簡稱《董西廂》）之間的過渡形態的作品，現已無法得知它們是否改變了原先故事的結局，但這類通俗作品為適應大眾的欣賞心理，至少得像毛滂那樣批判張生拋棄鶯鶯的行徑，而絕不會去稱讚張生為「善補過者」。

到了金代章宗時期，以說唱形式講唱崔張戀愛故事的《董西廂》問世，它將三千字的原作擴充至五萬字的說唱文學作品。這篇作品對〈鶯鶯傳〉作了重大的改動，其中最重要的，是將原先薄情寡義、對鶯鶯「始亂終棄」的張生，改寫為忠貞於愛情的形象；原作中鶯鶯與張生從定情到離異的兩人間的矛盾，也相對應地變成了張生、鶯鶯以及從中極力相助的紅娘三人，與老夫人、鄭恒之間的矛盾，以崔張出走和最終團圓代替了原先的悲劇，第一次賦予了崔張故事以鮮明的反抗精神。這兩部作品間另一大區別是它們的體裁，而這決非是一個簡單的形式問題，在某種意義上可以說，是它決定了《董西廂》非作大的改動不可。〈鶯鶯傳〉是篇唐代的文言小說，它的寫作是供文人雅士案頭閱讀。在門閥觀念嚴重、年輕士人常借聯姻攀附高門的當時，那些讀者並不反對，甚至是讚賞張生對鶯鶯的始亂終棄，作品中當張生大發「大凡天之所命尤物也，不妖其身，必妖於人。……予之德不足以勝妖孽，是用忍情」之類議論時，作者寫到：「於時坐者皆為深歎」[13]，后又有「時人多許張為善補過者」。《董西廂》是以諸官調形式講唱，欣賞的主體是普通的大眾。與四百年前相比，社會上的門閥觀念因受多次沖擊而

(續)——————————————————
　　　1991），卷5，頁389。
11　同上。
12　〔宋〕毛滂，〈調笑轉踏‧鶯鶯〉，收入霍松林，《西廂記匯編》，頁11。
13　〔唐〕元稹，〈鶯鶯傳〉，《西廂記匯編》，頁7-8。

淡薄得多，普通的百姓更不會像士大夫那般看重這點，同時他們歷來有樂於接受
喜劇與團圓結局的欣賞心理，於是在《董西廂》中，鶯鶯與張生終於因為情而結
合了。

　　大約又過了一百年，鶯鶯與張生的戀愛故事又以一種全新的面貌出現於藝
壇，那就是王實甫的雜劇《西廂記》（下簡稱《王西廂》）。與《董西廂》相較，
《王西廂》更突出了純潔、平等的愛情觀，如它沖淡了前作「才子施恩，佳人報
德」思想，將蒲州兵變處理成促進崔張感情發展的偶然因素；前作中張生提出
「功名世所甚重，背而棄之，賤丈夫也」[14]，而鶯鶯也盼望著鳳冠霞帔，而《王
西廂》中，男女主人公卻將功名埋怨為「蝸角虛名，蠅頭微利」，因為它「拆鴛
鴦坐兩下裡」，即愛情比功名更為重要；《董西廂》突出男女主人公尚書子、相
國女的地位，以門當戶對證明崔張愛情的合理性，《王西廂》有意識地降低張生
的社會地位，以門第懸殊表明他們所重的確實只是愛情。《王西廂》的欣賞主體
與《董西廂》相仿，它所作的這些改動，顯然更符合普通大眾的願望，而作品在
《董西廂》「從今至古，自是佳人合配才子」[15]的主張的基礎上，更深入一層
地提出了「願普天下有情的都成了眷屬」[16]的理想。至此，經典修正的過程終
於劃上了句號。當然，這個「經典」已不再局限於小說，而是指敘事文學中愛情
故事的經典，它源於小說，又影響了後來的小說創作。

　　後來一些描寫愛情的小說還常明確提到所受〈鶯鶯傳〉與《西廂記》的影
響，如成化末年問世的〈鍾情麗集〉寫到辜輅與瑜娘「盡將出其所藏《西廂》、
〈嬌紅〉等書，共枕而玩」時，作者借他倆之口道出了自己的見解：

　　女曰：「《西廂記》如何？」生曰：「《西廂記》不知何人所作也。考
　　之於唐，元微之嘗作〈鶯鶯傳〉，並〈會真詩〉三十韻，清新精絕，最
　　為當時文人所稱羨，《西廂記》之權輿，基本於此也歟。然鶯鶯有詩寄
　　張生云：『自從別後減容光，萬轉千愁懶下床。不為旁人羞不起，為郎

14　〔金〕董解元，《西廂記諸宮調》，收入霍松林，《西廂記匯編》，頁101。
15　〔唐〕元稹，〈鶯鶯傳〉，《西廂記匯編》，頁129。
16　〔元〕王實甫，《西廂記》，收入霍松林，《西廂記匯編》，頁220。

憔悴卻羞郎。』此詩最妙，可以伯仲義山、牧之，而此記不載，又不知
其何故也。且句語多北方之音，南方之人知其味者罕焉。」[17]

從〈鍾情麗集〉的結局安排來看，作者顯然是認同《西廂記》，但他對〈鶯鶯
傳〉中的詩作卻頗讚賞。在〈尋芳雅集〉中，「尋芳主人」吳廷璋曾批評《烈女
傳》「不若《西廂》可人」[18]；〈賈雲華還魂記〉中魏鵬對娉娉的侍女福福說
「雖張珙之紅娘，不啻過也」[19]，已將《西廂記》當作典故使用。中篇傳奇中，
也有直引〈鶯鶯傳〉的，如〈劉生覓蓮記〉中女主人公孫碧蓮所說「崔鶯之遇張
生，吾不敢也」[20]。在元明中篇傳奇中，明確提到「崔張故事」的又有〈嬌紅
記〉、〈懷春雅集〉、〈花神三妙傳〉、〈雙雙傳〉與〈傳奇雅集〉諸篇。這些
事實表明，元明中篇傳奇的創作都受到了《西廂記》或〈鶯鶯傳〉的影響，或者
換一角度說，是經典在不同的歷史階段以新的面目呈現於世人面前。

二、既類比又有變化：元明中篇傳奇小說

　　元代宋遠的〈嬌紅記〉是目前所知最早的一篇中篇傳奇小說，作品前半部
分，即敘述申純與表妹王嬌娘一見鍾情，詩簡往來，嬌娘開始時恪守禮法，見申
純思念成疾後又以身相許等等，都顯然是模仿〈鶯鶯傳〉。然而，男女主人公性
格卻含有新的因素，特別是嬌娘敢於主動約申純夜半幽會，並以「復有鍾情如吾
二人者乎？事敗當以死繼之」[21]相激勵。申純顧慮「不亦危乎」是因「鍾情」而

17　〔明〕佚名，〈鍾情麗集〉，收入《孤本善本小說影印點校合刊‧第一輯》（北京：
　　線裝書局，2003），頁22b-23a。
18　〔明〕佚名，〈浙湖淯傳〔尋芳雅集〕〉，收入《孤本善本小說影印點校合刊‧第
　　一輯》（北京：線裝書局，2003），頁12a。
19　〔明〕佚名，〈賈雲華還魂記〉，收入《孤本善本小說影印點校合刊‧第一輯》（北
　　京：線裝書局，2003），頁10b。
20　〔明〕佚名，〈覓蓮記傳〉，收入《孤本善本小說影印點校合刊‧第一輯》（北京：
　　線裝書局，2003），頁24b。
21　〔明〕佚名，〈嬌紅雙美〔嬌紅記〕〉，收入《孤本善本小說影印點校合刊‧第一
　　輯》（北京：線裝書局，2003），頁13a。

爲嬌娘設想，異於張生只爲佔有鶯鶯，嬌娘也因「鍾情」而勇敢決斷。在後半部分，這對戀人因家長不允以及帥府逼婚，雙雙以死抗爭，既不同於〈鶯鶯傳〉中鶯鶯被拋棄的悲劇，更異於《西廂記》的大團圓，表現出強烈的反封建禮教傾向。悲劇結局是據於現實生活的實際，但作品結尾處寫一對鴛鴦在兩人合葬墓上飛翔，用寓意式的浪漫手法增添了情思與韻味，也借此表達對他們的同情與肯定，以美好的希望激勵後來者，在明代中篇傳奇小說中，那些男女主人公也確實常常以申純與王嬌娘爲榜樣。〈嬌紅記〉情節類比〈鶯鶯傳〉處甚多，但對結局作了順應廣大讀者願望的改造，才子拋棄佳人的格局也就此被中篇傳奇所拋棄。

入明後不久，即有兩部類比〈嬌紅記〉，以及〈鶯鶯傳〉與《西廂記》的作品問世，其中李昌祺的〈賈雲華還魂記〉因收入《剪燈餘話》而擁有較多讀者。李昌祺說他是讀了桂衡的〈柔柔傳〉，「愛其才思逸俊，意婉詞工，因述〈還魂記〉擬之。」[22]〈柔柔傳〉今已失傳[23]，但類比它的〈賈雲華還魂記〉與〈嬌紅記〉已甚相似，居於其間的〈柔柔傳〉在情節內容、體裁篇幅方面估計與它們都不會有很大差別。李昌祺筆下的人物都熟悉〈鶯鶯傳〉、《西廂記》與〈嬌紅記〉，如「娉娉見有〈嬌紅記〉一冊，笑謂茗曰：『郎見讀此書，得無壞心術乎？』」[24]娉娉又說「第恐天不與人方便，不能善始令終，張珙、申純可爲明鑒」[25]；她身邊丫鬟福福也曾說出「流而爲崔鶯鶯、王嬌娘淫奔之女」[26]一類話。至於作品中重要情節，如一見鍾情，互通詩簡，娉娉先恪守禮法但終於又與魏鵬私下結合，以及魏鵬進士及第，求婚遭拒等等都屬類比之筆。但李昌祺對〈鶯鶯傳〉與〈嬌紅記〉又有不滿，類比時對情節框架作了重要改動：首先，魏

22　李昌祺，〈剪燈餘話序〉，收入丁錫根，《中國歷代小說序跋集》（北京：人民文學出版社，1996），中冊，頁603。

23　由於作者本人的顧慮與印刷方面的困難，《剪燈新話》與《剪燈餘話》在明初刊刻時都有一番周折，據此看來，作爲單篇作品的〈柔柔傳〉並未曾刊印行世，而只在小範圍裡流傳。明中後期的中篇傳奇小說常引用〈嬌紅記〉與〈賈雲華還魂記〉中的情節，於〈柔柔傳〉卻無一語涉及，萬曆後各種小說合刻集也未收錄，估計這篇作品在明中葉時已鮮爲人知。

24　〔明〕佚名，〈賈雲華還魂記〉，頁6b。

25　同上，頁12a-12b。

26　同上，頁26b。

鵬與娉娉已被指腹爲婚，這是爲他們私下結合尋找合法依據。其次，娉娉之母不願愛女遠離才拒不履行婚約，理屈在她，那對戀人的正當要求值得肯定與同情。最後，娉娉死後又借屍還魂，嚴格按封建禮法以處子之身與魏鵬成親。這些改動顯示了調和情與理的企圖。可是既然描寫青年男女的愛情故事，作者就不得不在一定程度上肯定情和欲的統一及其與封建禮法的矛盾，而在作品後半部分又特別強調情對理的服從而加以匡正，結果實際上矛盾根本無法解決，最後只得先讓賈雲華死去，然後再借屍還魂，用虛幻的和諧解決現實的尖銳衝突。這一無奈的情節設計，既維持了一定的悲劇氣氛，同時也表現出向大團圓喜劇結局的轉化，而以此爲開端，中篇傳奇也不再描寫悲劇故事。

明初統治者強力推行程朱理學，時代約束是李昌祺作上述改動的重要原因，但他的《剪燈餘話》仍遭朝廷禁毀。成化末年〈鍾情麗集〉問世，打破了七十年來中篇傳奇創作的沉寂。作品描寫辜輅與表妹瑜娘的愛情故事，前半部分承襲〈鶯鶯傳〉與《西廂記》的框架，與〈嬌紅記〉、〈賈雲華還魂記〉幾乎完全相似，但後半部分卻迥然不同：瑜娘以死抗爭父親決定的婚事，辜輅在表祖姑幫助下攜自殺未遂的瑜娘逃回瓊山舉行婚禮。官府判此婚姻爲非法，瑜娘被其父領回幽禁，欲令其自裁。辜輅在表祖姑幫助下重又攜瑜娘逃回瓊山，再次舉行婚禮。瑜娘之父無可奈何，只得承認他們的婚姻。作者對於在封建禮教禁錮下男女青年追求幸福時的心態把握得較爲準確，刻劃時又頗注意分寸，盡可能地用蘊藉雅致的語言敘過。但作品畢竟是在描寫男女戀情，因而被封建正統士人斥爲「淫猥鄙俚，尤倍於(元)稹」[27]。與以往諸作相比，〈鍾情麗集〉寫了一齣眞正的喜劇，旖旎的戀愛故事，典雅綺麗的風格與華美的辭藻中蘊含著激烈的反叛思想：「倘若不遂所懷兮死也何妨，正好烈烈轟轟兮便做一場。」[28] 這是對自明初以來程朱理學思想長期禁錮的逆反心理的盡情宣洩，它與正在蓬勃興起的市民階層的審美趣味相適應。明中葉時要求個性解放的思想正開始萌生，並對封建勢力已有所衝擊，這是作者之所以如此描寫的背景，同時也是中篇傳奇發展至此情節設置出

---

27 張志淳，《南園漫錄》卷三「著書」，收入《四庫全書》影印本(上海：上海古籍出版社，1987)，第867冊，頁272。

28 〔明〕佚名，〈鍾情麗集〉，頁53a。

現重大突變的動因。這樣的結局在以往同類題材作品中難得一見，因為那時一般並不具備抗爭勝利的條件；在這以後的百餘年裡，封建勢力雖受到越來越猛烈的衝擊，但該題材作品的描寫卻往往是「欲」重於情，似有意從另一個極端，反對封建禮教的桎梏。若從這一流變過程作考察，就不能不對〈鍾情麗集〉著力歌頌忠貞的愛情、不屈的抗爭，以及格調始終較為高雅表示贊許。

〈鍾情麗集〉在中篇傳奇發展變化過程中承擔了重要的承上啟下作用，不再以女主人公名篇是形式變更之一，而喜劇性結局更是情節設置的醒目突變。不過，適應讀者欣賞口味的喜劇結局雖為以後諸作所承襲，男女主人公得以團圓的手段卻難以得到多數人認可。此後最先問世的〈懷春雅集〉前半部分亦步亦趨地仿效〈鍾情麗集〉，但作者卻嚴厲地批評辜輅與瑜娘激烈的抗爭手段：「吾見私奔竊娶者，當加犯法之名」[29]。於是，該作便極力讚頌潘玉貞為人冰清玉潔，蘇道春每欲非禮她均以計脫身。可是當男女主人公循規蹈矩地依封建禮儀定親後，作品描寫的重點便是對世俗享受和歡樂的歌頌。以往中篇傳奇敘及性行為時的含蓄喻示開始變成了露骨渲染，作者特地為之辯解說，這對戀人「父母之命，媒妁之言」的手續完備，小小的越軌只是增添了一段風流佳話。小說中男女主人公的結合可謂是一帆風順，只是蘇道春進士及第後，鄧平章曾欲以女妻之，才算增添了一些曲折。作者通過順利而平淡的故事進展，為年輕士人描繪了一幅理想的圖景：既一見鍾情、自由戀愛，又享有尚被容忍的風流樂事，再加上少年高第，可稱得上是圓滿無缺憾了。作品中另有一情節尤可注意，即潘玉貞的母親正好撞見青年人的私合，可是她沒有嚴厲苛責，而是趕緊「擇吉完親」，為他們的縱情行樂披上合法的外衣。自《西廂記》、〈嬌紅記〉以來，作品中父母輩的反對始終是青年男女感情發展的障礙，抗爭或悲劇的發生也往往由他們直接促成。〈懷春雅集〉開創了撤去這層障礙的故事模式，以後的作品中父母輩或懵懵懂懂毫不知情，或諒解同情乃至主動成全，或乾脆在故事中不見蹤影。不過，既然情、欲與理、禮的衝突在明中後期的社會現實裡日益尖銳，它在作品中的反映也相應地越

---

29 〔明〕佚名，〈金谷懷春〔懷春雅集〕〉，收入《孤本善本小說影印點校合刊・第一輯》（北京：線裝書局，2003），頁73b。

發充分，只不過父母輩不再充任直接的執法者，那麼其表現就主要靠男女主人公道德觀念中的天人之戰，而孰勝孰負則全在於作者自己的傾向。

於是，後來不少作者雖都承襲〈鍾情麗集〉描寫大團圓喜劇，但內容卻顯示出明顯分野：或欣賞辜輅與瑜娘的私合，創作時著意宣洩情欲；或雖同情青年男女自由戀愛，但更強調理的規範以作糾偏。借鑒、參考起點的相似毋庸置疑，作品內容卻按作家各自價值觀念向相反的方向跨出一大步，若合而觀之，其總體則可視爲明中後期人們觀念中種種「情」和「理」衝突的形象再現。而且，若將那些作品與以往互作比較，則又不難發現另一明顯不同之處：重風流者固然放縱地渲染一男多女的豔遇，而主張情服從理者也在津津樂道於符合封建禮儀的妻妾同堂。這一重大情節設置的突變表明，從《西廂記》開始的對一男一女戀愛的描寫，至〈鍾情麗集〉算是劃上了句號。

〈劉生覓蓮記〉是強調理的規範以作糾偏的代表作，作者借女主人公孫碧蓮之口批評了〈鍾情麗集〉、〈鶯鶯傳〉、〈嬌紅記〉與〈荔枝奇逢〉中的男女主人公：「自思天下有淫婦人，故天下無貞男子。瑜娘之遇辜生，吾不爲也；崔鶯之遇張生，吾不敢也；嬌娘之遇申生，吾不願也；伍娘之遇陳生，吾不屑也。」[30]於是在他筆下，劉一春與孫碧蓮雖也私期暗約，但始終以禮相待，最後明媒正娶。在男女主人公感情循規蹈矩地發展過程中，「情」與「理」也不斷發生衝突，但「理」始終佔據上風，劉一春甚至還有意識地將克服感情的衝動當作修身養性的鍛煉。作者竭力將本質上不可調和的愛情與封建禮儀融爲一體，竭力在封建禮儀劃定的框架內爲愛情尋覓一席之地，卻又總感到融合之不易，於是在矛盾難解決之時請出神仙幫忙，於是劉一春與孫碧蓮的相愛只是應天命完劫數，塵世中的任何禮法對此都只能無條件地接受。作者創作時有意追求典雅綺麗的風格，作品中那些琴挑簫引、月夜相會、攜手假山、荷亭夜話等情節相當優美細膩地表現了青年男女的戀情，但這並不能掩飾作者思想境界的蒼白與淺泛。在作品的下半部，劉一春又和苗靈秀談起了戀愛，最後則是與二美同諧花燭。以往〈嬌紅記〉、〈鍾情麗集〉等作品都在讚美一男一女對愛情的忠貞不渝，〈劉生覓蓮

30　〔明〕佚名，〈覓蓮記傳〉，頁24b。

記〉則以一夫多妻爲榮爲雅。與此相類，〈雙卿筆記〉、〈麗史〉也都是既寫男女之愛，又將其消融於對封建禮儀的恪守，同時又宣揚一夫多妻自然合理。

同受〈鍾情麗集〉影響的〈尋芳雅集〉、〈天緣奇遇〉、〈李生六一天緣〉等中篇傳奇卻以宣洩情欲爲創作重點，傾向恰與前一類作品截然相反。〈尋芳雅集〉通篇都在描寫「尋芳主人」吳廷璋的豔遇。他以遊學爲名住進王士龍的府第，乘主人領兵在外，幾乎將王府的女性一網打盡：先與侍女春英、秋蟾等多人私通，接著又與王士龍之妾柳巫雲勾搭成奸，最後則又與王士龍的兩個女兒嬌鸞、嬌鳳私合，作者甚至還津津樂道地描繪吳廷璋與王氏姐妹二人同床縱欲的場景。作者對《西廂記》、《嬌紅記》相當熟悉，並以此爲反對封建禮教束縛的依據：「崔氏才名，膾炙人口，嬌紅節義，至今凜然。雖其始遇以情，而盤錯艱難間，卒以義終其身，正婦人而丈夫也，何可輕訾。」[31] 這部小說對「欲」的肯定已越出了反對封建禮教束縛的範圍，在作者眼中，似乎一切倫理道德的規範都可不必顧忌。主張與此相仿的〈天緣奇遇〉描寫更露骨，情欲的洶湧澎拜，已無任何道德堤防可以阻擋。作品下半部分主要描寫祁羽狄考中榜眼後官職扶搖直上，不僅爲父伸冤雪恨，而且救出眾婦女後置妻妾十二房。當位極人臣時，他又急流勇退，榮歸故里，恣意享樂。既恣情縱欲，又建功立業，而且還能得到仙人青睞，急流勇退，歸鄉享樂，封建士人腐朽的人生理想在祁羽狄身上得到了集中體現。〈李生六一天緣〉的整體框架甚至許多具體情節都與上兩作十分相似，又雜糅其他作品內容，是拼湊眾多小說情節的「情節大全」式的作品，但它也有極富時代特色的新內容：以往中篇傳奇中的男主人公均爲出自書香門第的才子，可是此作中李春華卻是鹽商的兒子，且繼承父業，「獲利甚殷」。作品在一定程度上是對明中後葉商人憑藉經濟實力攫取政治權力現狀的概括，也充分肯定商人勢力的崛起；〈尋芳雅集〉與〈天緣奇遇〉中的主人公對女色都表現出了強烈的占有欲，可是〈李生六一天緣〉中的李春華卻是「貨」、「色」占盡，而且次序是先「貨」後「色」，因而此作在中篇傳奇小說中有其獨特的價值。此外，中篇傳奇中又有〈花神三妙傳〉與〈五金魚傳〉這樣的既宣洩情欲，又想強調封建倫理

---

31 〔明〕佚名，〈浙湖淯傳〔尋芳雅集〕〉，頁12b。

道德，力圖集風流道學為一體的作品。

　　縱觀元明中篇傳奇，那些作者基本上都熟悉〈鶯鶯傳〉與《西廂記》，是在這兩篇經典作品影響下進行創作，他們筆下的男女從相識到定情乃至私自結合，整個過程都在類比前一節所歸納的幾個情節要素一步步寫來。在文體上，中篇傳奇也明顯地顯示出類比的痕跡。〈鶯鶯傳〉中常有詩文羼入，它們烘托抒情氣氛，抒寫人物情緒乃至創造意境，已與情節的發展、人物形象的塑造有機地融為一體。中篇傳奇大多模仿這一手法，〈鍾情麗集〉作者就稱讚〈鶯鶯傳〉中的詩「清新精絕」，「可以伯仲義山、牧之」[32]。可是在模仿時，〈鍾情麗集〉中嵌入的詩詞竟多達71首，另還有10篇書信一類的散文，詩文所占篇幅竟超過了對故事的敘述，其他中篇傳奇中詩文也都是高比例地羼入。這雖和當時人們小說概念的混亂有關，但受〈鶯鶯傳〉影響則是顯然的。不過，中篇傳奇又並非全篇都類比〈鶯鶯傳〉，它們的後半部分都有所變化，並顯示出內容變遷的趨向：從悲劇轉至喜劇，從男女鍾情到一男數女縱欲，從不重功名變為高官厚祿，甚而肉身飛升，從炫才發展至圖財。〈鶯鶯傳〉是約三千字左右的短篇小說，它在有限的空間內集中描寫一個愛情故事是可以理解的，可是這一格局也影響了中篇傳奇的創作。那些作品動輒二、三萬字，儘管篇幅增加了許多，但從中卻很難讀到對動蕩的社會現實的反映，覺察不出作者對澆薄世風的抨擊與對政治清明、社會安定的嚮往。作家們寫來寫去不外乎幾個溺於情或欲的男女的悲歡，以及他們在花園亭閣的淺飲低唱。人物性格固定為幾個呆板的模式，故事敘述則翻不出有限格套內各重要情節的排列組合。此時形式更為通俗，內容又與現實生活緊密聯繫的通俗小說正在蓬勃興起，於是中篇傳奇這一流派終於在閱讀市場的競爭中逐漸消亡。

三、努力騰挪卻難脫窠臼：清初的才子佳人小說

　　清初，才子佳人小說流派迅速崛起，首開其風的當為刻於順治年間「天花藏主人」的《玉嬌梨》與《平山冷燕》，而「煙水散人」也是創作較多的一位。這

---

32 〔明〕佚名，〈鍾情麗集〉，頁22b、23a。

些作者原本功名心極強，似因不願順從新朝而被迫放棄科舉之途，故而其作品常是「凡紙上之可喜可驚，皆胸中之欲歌欲哭」，「不得已而借烏有先生以發洩其黃粱事業」[33]，即讓筆下主人翁去實現自己在現實生活中已付諸流水的嚮往與追求，並以此發洩胸中鬱憤的心情。創作可使這些作者自娛自慰，即所謂「潑墨成濤，揮毫落錦，飄飄然若置身於凌雲臺樹，亦可以變啼為笑，破恨成歡矣」[34]。自娛解悶的性質與題材的限制，使這些作者傾向於閉門造車，實際上是套用〈鶯鶯傳〉、《西廂記》的情節構思。第一節中所列的〈鶯鶯傳〉的八個情節要素基本上都被才子佳人小說所襲用，其實還可以用16個字作進一步的概括：「一見鍾情，唱和傳意，小人撥亂，最終團圓。」下表排列了23部才子佳人小說的情節要素，以便考察。

才子佳人小說情節要素表

篇名	才子家境			佳人家境			條件		交往過程					婚姻狀況						仕途結局		
	貧寒	小康	世家	貧寒	小康	世家	有親誼	寓居旦宅	丫鬟傳遞	生旦唱和	思念成疾	生旦別離	小人撥亂	私訂	長筆訂	婚前私合	奉旨成婚	一妻	多妻	生中進士	辭官歸鄉	得道成仙
金雲翹傳		★		★						★			★				★		★	★		
玉嬌梨	★						★			★		★	★	★	★				★	★		
平山冷燕		★		★	★					★			★		★			★	★	★		
春柳鶯		★			★					★			★	★					★	★		
麟兒報	★				★					★			★	★					★	★	★	
玉支璣小傳	★				★			★		★			★	★					★	★		
畫圖緣		★			★					★			★	★				★		★		
兩交婚		★			★					★			★	★					★	★		
飛花咏小傳		★		★						★			★	★					★	★		
定情人			★			★	★	★		★	★	★	★	★					★	★		
合浦珠		★			★					★			★	★					★	★	★	
夢中緣		★			★					★			★			★	★		★	★		
生花夢		★			★			★		★			★						★	★		
錦香亭			★		★					★			★	★			★		★	★		★

33　天花藏主人，〈平山冷燕序〉，丁錫根，《中國歷代小說序跋集》，下冊，頁1245。

34　煙水散人，〈女才子自敍〉，丁錫根，《中國歷代小說序跋集》，中冊，頁831。

篇名	才子家境			佳人家境			條件		交往過程					婚姻狀況						仕途結局		
	貧寒	小康	世家	貧寒	小康	世家	有親誼	寓居旦宅	丫鬟傳遞	生旦唱和	思念成疾	生旦別離	小人撥亂	私訂	長輩訂	婚前私合	奉旨成婚	一妻	多妻	生中進士	辭官歸鄉	得道成仙
情夢柝		★				★		★	★	★		★	★	★					★	★	★	★
賽紅絲		★			★	★				★		★	★	★			★	★				
吳江雪		★			★					★		★					★	★		★		
合錦回文傳		★			★								★					★	★			
宛如約			★		★				★	★				★					★			
飛花豔想		★				★			★	★									★			
鳳凰池				★	★	★					★	★	★	★					★			
巧聯珠		★									★	★	★	★						★	★	
蝴蝶媒		★		★	★	★			★					★						★	★	★

　　清初才子佳人小說多描寫家境一般甚至貧寒的年青文士（或爲官的父親早已去世）與名門望族的大家閨秀產生了感情，他們憑藉自己的文才，不僅能博取功名，而且能迎娶佳人，其結尾已是千篇一律的大團圓。這樣的故事在當時無疑能激起年輕讀書人的豐富的想像力，引起他們的強烈共鳴。這些作品中很難尋覓悲劇的成分，與〈鶯鶯傳〉有著醒目差別。但從上表不難看出，那些才子佳人小說中重要的情節要素仍是承襲了〈鶯鶯傳〉，若結合中篇傳奇變化過程作考察，那麼從〈鶯鶯傳〉到清初才子佳人小說的逐步演化過程就顯示得相當清晰合理。中篇傳奇在總體上是逐步變化，但時有某些情節設置的突變，故而首尾差異甚大，若以〈鍾情麗集〉作劃分，那麼前者情節與〈鶯鶯傳〉類似處頗多，後者與清初才子佳人小說相銜接。才子佳人小說中一見鍾情，詩簡傳遞，才子與佳人別離、經一番曲折後進士及第以及最後生旦團圓（多與數美結成良緣）的通共熟套，雖源於〈鶯鶯傳〉，但對於那些作家來說，更可以說是承襲中篇傳奇後期所形成的固定格式，只是原本只是時而出現的小人撥亂其間，現在已成爲不可缺少的關目。才子佳人小說情節安排中異於以往的最醒目處，是婚前私合被堅決屏除，明理知禮的男女主人公始終是溫文爾雅，發乎情，止乎禮，似乎壓根兒未曾思及越軌舉動，作品中也幾乎未見狂熱的激情。那些作者又甚講究「父母之命，媒妁之言」，所謂「私訂終身後花園」其實是對才子佳人小說的一種誤解，而且即使私

訂，後來也往往得到長輩的首肯。雖然那些作家爲擺脫「謀食方艱」[35]的困境，作品中難免也有迎合某些讀者的庸俗內容，但早年「篤志詩書，精心翰墨」[36]的生涯，又使他們很注重「理」對「情」的規範，甚至還認爲其創作具有教育讀者的功用，因爲「情定則由此而收心正性，以合於聖賢之大道不難矣」[37]。另一不同處是才子不再均出生於世家，而多來自小康人家乃至是貧寒子弟，進士及第對他們的重要性也遠甚於中篇傳奇中的處理。清初統治者以強力提倡忠孝廉節、敦仁尚讓，並屬禁「淫詞瑣語」是這類情節變化的背景，正如後期中篇傳奇中的淫穢描寫與當時澆薄世風相適應一般。

不過，〈鶯鶯傳〉以及《西廂記》雖對清初才子佳人小說產生了極大的影響，但這一創作流派畢竟是較直接地承襲了元明中篇傳奇小說，而且又有與當時時代相適應的變化，因此與〈鶯鶯傳〉等作也有不少不同之處，正如魯迅考察這一問題時所言：「察其意旨，每有與唐人傳奇近似者，而又不相關」[38]。唐傳奇中的女主人公主要是以貌見長，而且她們往往是悲劇性的形象。可是在清初的才子佳人小說中，女主人公常被描繪得聰明機智，膽識見解往往超過了男子，她們大多是運用自己的才學與智慧，去爭取並終於獲得了美滿的婚姻，《好逑傳》中的水冰心、《玉嬌梨》中的盧夢梨等都是這樣的典型。煙水散人在《女才子書·自記》中贊爲「膽識與賢智兼收，才色與情韻並列」[39]，《玉嬌梨》稱其女主人公白紅玉的才貌與聰慧是「山川所鍾，天地陰陽不爽」[40]，《平山冷燕》中的燕白頷更感歎道：「天地既以山川秀氣盡付美人，卻又生我輩男子何用。」[41] 這種反對男尊女卑思想在小說創作中的出現，實是了不起的進步，在這點上，清初

35　煙水散人，〈女才子書序〉，丁錫根，《中國歷代小說序跋集》，中冊，頁831。

36　天花藏主人，〈平山冷燕序〉，丁錫根，《中國歷代小說序跋集》，下冊，頁1244-1245。

37　天花藏主人，〈定情人序〉，丁錫根，《中國歷代小說序跋集》，下冊，頁1259。

38　魯迅，《中國小說史略》第20篇〈明之人情小說(下)〉，《魯迅全集》第9卷(北京：人民文學出版社，1981)，頁189。

39　煙水散人，〈女才子書·自記〉，丁錫根《中國歷代小說序跋集》，中冊，頁834。

40　〔清〕荑秋散人，《玉嬌梨》(瀋陽：春風文藝出版社，1985)，頁20。

41　佚名，《平山冷燕》，(瀋陽：春風文藝出版社，1985)，頁178-179。

才子佳人小說表現出了與唐傳奇以及元明中篇傳奇小說的顯著差異。可以說，在熱情歌頌婦女、讚譽她們爭取婚姻自由的鬥爭和敢於反抗封建禮教或邪惡勢力的性格上，清初才子佳人小說有超過唐傳奇處，但由於作家對大團圓結局的一味追求，因而在對封建禮教揭露的深刻性方面，又遜於唐傳奇中一些悲劇性作品。

　　明末清初時，通俗小說創作在整體上開始了由改編向獨創的過渡，作為剛邁入獨創階段的流派之一，才子佳人小說的作家都比較重視結構布局與情節安排，也比較追求「筆端變化，跌宕波瀾」。在他們筆下，男女主人公總不能順利地結合，或是戰亂等飛來橫禍使其離散，或是小人的破壞阻撓致使波折疊起，有時障礙來自戀人之間的誤會或是一方故意設計考驗對方。總之，須經歷一番曲曲折折的磨難後，有情人才能終成眷屬。這裡固然有盡可能使情節曲折，從而能吸引、打動讀者的因素，正如「天花藏主人」所言，如果才子佳人的故事只是「父母有命，媒妁有言，百兩而去，百兩而來，不過僅完其紅絲之公案」[42]，那麼就不會有人對這種作品感興趣，而才子佳人百折千磨的傳奇故事，則可使讀者「疑疑惑惑，驚驚喜喜於奇妙中」[43]，並且「睹美影而生歡，聆惡聲而思懼，稍纏綿則相思，略參差則驚怪」[44]，完全進入作者著力創造的藝術境地。在另一方面，當時剛入清不久，那些經歷了戰亂的作家有較多的生活積累，天花藏主人曾感歎道：「可悲者，顛沛也」，「最苦者流離也」[45]，寫入這類內容的作品情節自然也就較為曲折。如「青心才人」的《金雲翹傳》，在描寫了王翠翹與金重一見鍾情的故事後，突然筆調一轉，將女主人公拋入社會的最低層，通過她的經歷反映了較廣闊的社會生活面，刻畫了各個階層的人物，而原先文靜、柔弱又毫無社會閱歷的王翠翹在生活的磨煉中變得堅強、世故並工於心計。與前面歸納了八個情節要素相比，可以看出清初才子佳人小說又增添了兩個重要情節，即除前已提及的小人撥亂其間外，就是才子佳人別離後必有一番艱辛甚至苦難的遭遇，而這又是作

42　天花藏主人，〈飛花詠小傳序〉，丁錫根，《中國歷代小說序跋集》，下冊，頁1247。

43　天花藏主人，〈畫圖緣序〉，丁錫根，《中國歷代小說序跋集》，下冊，頁1257。

44　同前註。

45　天花藏主人，〈飛花詠小傳序〉，丁錫根，《中國歷代小說序跋集》，下冊，頁1247。

者有意寫來：「金不煉，不知其堅；檀不焚，不知其香；才子佳人，不經一番磨折，何以知其才之愈出愈奇，而情之至死不變耶。」[46]

〈鶯鶯傳〉、《西廂記》以及元明中篇傳奇小說也都寫到才子佳人的別離，但對別離後的情況是略寫，而佳人則是在家中坐等結局而已。可是清初的才子佳人小說中，作者往往借此機會將佳人拋向社會經受磨煉，讓她們充分展示膽識與智慧。由於親歷了明末清初的社會大動蕩，那些作者調動了自己的生活積累，情節安排相應顯得較曲折複雜，同時在一定程度上也反映了當時的社會現實。這時，同在寫才子佳人故事的作家們，側重點各有所不同。李漁的作品帶有明顯輕鬆的喜劇色彩，《金雲翹傳》主要是通過王翠翹的顛沛流離來反映世態炎涼與批判社會的罪惡，《好逑傳》與模仿它的《醒風流傳奇》則是宣揚恪守封建名教。不過，當時較多的作品是類似於《玉嬌梨》與《平山冷燕》的格局。

隨著時間的推移，才子佳人小說作者的成分開始發生了變化。先前的作者無可奈何地親眼目睹了故國的淪亡，親身體驗了顛沛流離之苦。滿腔的悲憤、豐富的人生閱歷以及較深刻的思索都為其創作打下較好的基礎，又或多或少地受到明末清初那些思想家所鼓吹的或文學作品中所反映的民主思想的熏陶。可是後來新出的作者生活在和平的環境之中，其思想又是在封建正統教育的禁錮下形成。他們缺乏生活積累，又追求作品情節的曲折離奇，於是創作就被引入了脫離現實生活而胡編亂造的私胡同。這時才子佳人小說的創作出現了嚴重的雷同化、公式化的傾向，「煙霞散人」的《鳳凰池》是其中較典型的一部。該書封面上題有七言詩八句：「才子從來不易生，河洲淑女豈多聞。事巧奇幻真無並，離合悲歡實駭人。詞香句麗堪填翰，膽智奇謀亦異新。是編迥別非他比，閱過重觀不厭心。」[47]所謂「事奇巧幻真無並」或「膽智奇謀亦異新」，都是在強調情節的曲折離奇，可是這部小說的特點卻是將眾多作品中的各種情節編排在一起，寫成了一部「情節大全」。按照固定模式胡亂編造一些情節及拼湊式的組裝，創作已嚴重脫離現

46　天花藏主人，〈飛花詠小傳序〉，丁錫根，《中國歷代小說序跋集》，下冊，頁 1247-1248。

47　〔清〕烟霞散人，《鳳凰池》，收入侯忠義等主編《中國古代珍稀本小說》（瀋陽：春風文藝出版社，1994），第9冊，頁311-312。

實生活，至此，才子佳人小說流派便不可避免地走向衰落。

四、《紅樓夢》：最後一部愛情故事的經典

　　正當清初後期才子佳人小說流派走向衰落之時，一些作家努力地探尋擺脫困境的出路。「封雲山人」正確地指出「傳奇家摹繪才子佳人之悲歡離合，以供人娛耳悅目也舊矣」以及「隨意扭捏成書」的弊病，但他撰寫《鐵花仙史》解決的方法卻是「故意翻空出奇」[48]，摻入了花妖作祟，神仙異術等內容，正如魯迅先生所指出的那樣：「似欲脫舊來窠臼。故設事力求其奇。」[49] 但實際上反而加大了創作與現實生活之間的距離。直到《紅樓夢》問世，這個問題才算得到了徹底解決。

　　《紅樓夢》與清初才子佳人小說的面貌迥異，與〈鶯鶯傳〉、《西廂記》似也不是同一類型的故事，但如果仔細辨析作品，不難發現它確已包含前面所歸納的一些情節要素：

　　(1)故事開始不久，林黛玉就被送進了賈府，於是她能與賈寶玉相處。

　　(2)寶黛初次相見，都被對方深深打動，甚至有前生有緣之感，這段情節是作者著力描寫的。

　　(3)詩歌在寶黛交往與加深感情起了重要的作用。

　　(4)雖然日常可隨意相處，但重要的感情資訊的傳遞，卻借用了一個婢女，那就是寶玉讓晴雯給黛玉送去了兩塊舊手帕。

　　(5)因表達感情直露，寶玉也常遭到黛玉的嚴詞責備。因受封建禮教的規範，雖嚮往熱烈的愛情，卻又力圖遵循淑女的禮儀，在這點上，黛玉與鶯鶯頗有相類之處。

　　(6)黛玉的嚴詞責備常使寶玉悵然自失，而紫鵑說了一句黛玉要「回蘇州家去」，竟使寶玉「眼也直了，手腳也涼了，話也不說了，李嬤嬤掐著也不疼了，

48　三江釣叟，〈鐵花仙史序〉，丁錫根，《中國歷代小說序跋集》，下冊，頁1335。
49　魯迅，《中國小說史略》第20篇〈明之人情小說(下)〉，《魯迅全集》第9卷，頁194。

已死了大半個了」[50]。

（7）寶玉挨打後，黛玉前往探望，這是作品中十分精彩的一段描寫，此後便是寶玉令晴雯送手帕事，從此兩人實際上業已定情。

除去第八條，即才子遠行的情節在作品中未出現外，其餘七條在作品中都有著落，這證明了從〈鶯鶯傳〉至後來同類各作品對曹雪芹的創作都產生了影響。至於《西廂記》，曹雪芹更是寫了第23回「西廂記妙詞通戲語，牡丹亭豔曲警芳心」，第26回裡，黛玉午睡時念了句「每日家情思睡昏昏」，寶玉也念了句「若共你多情小姐同鴛帳」之語，甚至在對酒令時，黛玉也脫口說出了《西廂記》中的詞語。

曹雪芹也讀過許多清初的才子佳人小說，這些在他的創作中也留下了痕跡。如太虛幻境中的「薄命司」就與《金雲翹傳》中女主人公王翠翹夢中所遊的「斷腸會」很是相類，而《紅樓夢》12支曲無論立意還是命名方式都與載入「斷腸冊」的那十首「憐薄命」、「悲歧路」、「嗟蹇遇」、「哀青春」與「哭相思」等曲子相似。更引人注目的，是束守瞞了妻子宦娘在外偷娶了王翠翹，而宦娘得知消息後，就設計將王翠翹逼入府中，處心積慮地要置她於死地，而這一切又都是面帶笑容幹的。讀到這一情節時，很難不想到王熙鳳與尤二姐故事對它的模仿。又如「凡山川日月之精氣，只鍾於女兒」（第20回，頁260）是《紅樓夢》的一個重要思想，而這顯然是對《玉嬌梨》與《平山冷燕》的借鑒。《紅樓夢》第57回有一段寶玉聽紫鵑說黛玉要回蘇州後因急而癡的情節，其中相當一段文字幾乎與《定情人》中雙公子聽蕊珠的丫鬟若霞一番話後「竟嚇癡了」的描寫相同，而紫鵑勸黛玉早拿主意定下終身一節，又與彩雲向蕊珠進言甚是相類。此外還有一些細節處的相類，如賈芸的舅舅叫卜世仁，脂批曾注明是「不是人」的諧音，而早在《玉支璣小傳》中，就有個小人名叫卜成仁；《紅樓夢》第3回出現了個張如圭，脂硯齋批道：「蓋言如鬼如蜮也」，而清初《玉嬌梨》中的小人，則已叫張軌如。這些名字的含意與命名方式完全一樣，已不能解釋為巧合，而應視為

50　〔清〕曹雪芹著，霍國玲、紫軍校勘，《脂硯齋全評石頭記》（北京：東方出版社，2006），第57回，頁675。以下引用《紅樓夢》之原文批注，皆出本書，於正文引文後註明章回頁數，不另註。

曹雪芹借鑒的表現。

不過相對借鑒而言，曹雪芹對於該流派的主旨、格局與情節設計更有擊中要害的批評。據脂硯齋的批語可以看出，《紅樓夢》的創作實際上對才子佳人小說中才子是神童，佳人皆如花似玉，因傳遞或互題詩詞而定情，最後才子高中，並奉旨成親這公式的每一步驟都作了批判：

> 想見其構思之苦，方是至情。最厭近之小說中滿紙神童。（第18回，頁232）
>
> 可笑近來小說中，有一百個女子，皆是如花似玉，只一副臉面。（第3回，頁36）
>
> 可笑別小說中，一首歪詩，幾句淫曲，便自佳人相許，豈不醜殺。（第8回，頁118）
>
> 可笑近時小說中，無故極力稱揚浪子淫女，臨收結時，還必致感動朝廷，……又苦拉君父作一干證護身符，強媒硬保，得遂其淫欲哉。（第2回，頁22）

曹雪芹在第一回中也借「石頭」之口，直接對才子佳人小說作了批判：

> 至若佳人才子等書，則又千部共出一套，且其中終不能不涉於淫濫，以致滿紙潘安、子建、西子、文君，不過作者要寫出自己的那兩首情詩豔賦來，故假擬出男女二名姓，又必旁出一小人其間撥亂，亦如劇中之小丑然。（第1回，頁4）

曹雪芹在第五十四回裡還假借賈母之口，批評了那些「悉皆自相矛盾，大不近情理之話」：

> 這些書都是一個套子，左不過是些才子佳人，最沒趣兒。把人家女兒說的那樣壞，還說是佳人，編的連影兒也沒有。……編這樣書的，有一等

　　妒人家富貴，或有求不遂心，所以編了來污穢人家。再一等，他自己看
　　了這些書看魔了，他也想一個佳人，所以編了出來取樂。（第54回，頁
　　642-643）

曹雪芹批判了才子佳人小說的公式化傾向，他的創作也確實跳出了這一格局，因
而在第一回裡就能自豪地宣稱：「歷來野史，皆蹈一轍，莫如我不借此套者，反
倒新奇別致」（第1回，頁3）；脂硯齋也稱讚說：「開卷一篇立意，真打破歷來小
說窠臼。」（第1回，頁4)曹雪芹能做到這點，是因爲他抓住了以往創作弊病的要
害：之所以「胡牽亂扯，忽離忽遇」，是因爲創作脫離了現實生活，而這又與那
些作者創作動機有關。如「奈何青雲未附，彩筆並白頭低垂」的天花藏主人，就
曾承認自己撰寫才子佳人小說的原因是「欲人致其身，而既不能，欲自短其氣，
而又不忍，不得已而借烏有先生以發洩其黃粱事業」[51]，即人已落魄不堪，卻還
偏要讓筆下的人物去中狀元探花，娶嬌妻美妾，實現自己在夢裡也惦記著的「事
業」。有的作者創作時還含有擺脫「謀食方艱」困境的考慮，因而寫作時就要
顧及對某些讀者欣賞口味的迎合，這必然導致曹雪芹所批評的「徒爲供人之目而
反失其真傳」（第1回，頁4)的結果。曹雪芹針對「恐世人不愛看」責難聲明道：
「我這一段事，也不願世人稱奇道妙，也不要世人喜悅檢讀」（第1回，頁4），他
追求的是藝術創造，「披閱十載，增刪五次」（第1回，頁5)，爲《紅樓夢》傾注
了畢生的精力。

　　在對以往小說成敗得失的分析總結的基礎上，曹雪芹認識到創造不能離開生
活真實，相反，應對其「追蹤躡跡」，因爲豐富多采的現實生活本身就是打破公
式化的有力武器。曹雪芹在第一回裡就強調自己寫的是「親自經歷的一段陳迹故
事」（第1回，頁3），是「我半世親睹親聞的」。脂硯齋在批閱作品時十分注意這
一特點，因而常有「真有是事，經過見過」，「試思若非親歷其境者如何莫（摹）
寫得如此」等批語。他還有意識地以此與以往小說作對照：「此亦此(是)餘舊日

51　天花藏主人，〈平山冷燕序〉，丁錫根，《中國歷代小說序跋集》，下冊，頁
　　1245。

目睹親聞，作者身歷之現成文字，非搜造而成者，故迥不與小說之離合悲歡窠臼相對。」曹雪芹以現實生活爲創作的基礎，但同時又反對照生活的原樣摹寫，而是主張「該添的要添，該減的要減，該藏的要藏，該露的要露」（第42回，頁514），即按照生活發展的邏輯進行概括、提煉、虛構與綴合。脂硯齋曾指出作品中不少描寫是出自曹雪芹的虛構，並稱讚是「天然至情至理，必有之事」，是「事之所無，理之必有」，他特別欣賞寶玉這一人物的塑造：「其寶玉之爲人，是我輩於書中見而知有此人，實目未曾親睹者。……不獨於世上親見這樣的人不曾，即閱今古所有之小說傳奇中，亦未見這樣的文字。」可是，他在閱讀後卻有這樣的感受：「合目思之，卻如眞見一寶玉」（第19回，頁240）。

這個寶玉與歷來愛情小說或戲曲中的男主人公不同。那些作品中的才子莫不熟讀四書五經，將金榜題名視作人生的最高理想。可是作爲賈府繼承人寶玉卻是厭惡讀聖賢經典，拒絕走家庭安排的「仕途經濟」道路，也不願結交「爲官爲宦」的人，甚至將熱衷功名的人斥爲「祿蠹」；而且他還頗有些民主思想，從不講究長幼嫡庶、主尊奴卑這類封建等級制度，又反對傳統的男尊女卑觀念，認爲「凡山川日月之精氣，只鍾於女兒，鬚眉男子不過是些渣滓濁物而已」（第20回，頁260）。與此相對應，歷來小說中的佳人都支援才子進京趕考，自己也都嚮往著朝廷誥命、鳳冠霞帔。可是《紅樓夢》中，黛玉卻從不勸賈寶玉「立身揚名」，走仕途經濟之路。這種在互相瞭解與思想一致基礎上所產生的愛情，和以往「才子佳人」式愛情有著本質區別。那些才子佳人爭取戀愛、婚姻自主時表現出反封建的傾向，但他們的人生追求與封建制度沒有根本矛盾，因此故事結局總是夫榮妻貴的大團圓。寶黛愛情以反對封建主義人生道路爲共同的思想基礎，而封建勢力本來就不允許違背禮教的自由戀愛，對帶明顯叛逆性質的愛情更不能容忍，因此寶黛愛情必然是悲劇性結局，它顯然已不只是個單純的愛情悲劇了。

曹雪芹早年曾寫過一部《風月寶鑒》，據說也是講述才子佳人故事的小說。他依據自己的生活經歷寫來，想必應比一般的才子佳人小說高明。然而他卻重新創作了《紅樓夢》，這部巨著已不能簡單地只看作部愛情小說。從〈鶯鶯傳〉、《西廂記》一直到後來的元明中篇傳奇與清初的才子佳人小說，這些作品都是集中地描寫愛情故事，人物關係較爲簡單，矛盾也較單一，才子佳人結合的阻力僅

只是來自家長，或小人，或乾脆只是男女主人公之間的誤會，故事從頭到尾都缺乏社會生活為背景的襯托。《紅樓夢》則不然，它雖以寶黛愛情為中心情節，卻同時展現了眾多性格鮮明而複雜的人物。除寶玉、黛玉之外，王熙鳳機智權變、冷酷貪婪，薛寶釵精明才幹卻善於「裝愚守拙」。此外，迎春懦弱柔順、探春敏感剛毅、惜春乖僻孤冷、湘雲豪爽脫俗、李紈心如槁木死灰、妙玉冷豔孤傲與秦可卿美貌風流，作者也都通過其身分地位、遭際命運，描繪她們各自的性格氣質。一大批丫鬟的性格也刻劃得鮮明生動，如襲人陰柔婉媚、晴雯剛烈爽朗、紫鵑體貼忠誠、鶯兒柔順活潑、鴛鴦精明幹練等等，都是各具特色。作者生動細緻地描寫了賈府生活的各個側面，刻劃了形形色色的人物形象，並展示其間錯綜複雜的關係。作者又並非僅停留於事件敘述和情景描繪，而是深入人物內心世界，刻劃其性格特點，揭示他們物質上和精神上面臨的種種矛盾危機。總之，曹雪芹展示了和生活一樣渾然一體的畫面，作品的中心情節，即寶玉、黛玉與寶釵之間愛情、婚姻悲劇就以此為背景且以整個大家族走向衰亡的趨勢中展開，這不像以往作品中愛情故事似在真空中發生，因而具有高度的生活真實感。

　　正因為忠於生活真實，曹雪芹描寫了一個愛情悲劇，這與數百年來一律的大團圓結局迥然不同，但對愛情故事第一個經典〈鶯鶯傳〉而言，在悲劇意義上卻是一種回歸，它們在忠實地反映現實生活方面同一，不過《紅樓夢》同時還蘊含著更多的社會內容以及對時代本質的揭示，它既使讀者對封建社會經濟、政治、精神文化生活的基本面貌獲得整體、形象的感受，同時也充分暴露了封建統治階級及其賴以存在的全部制度的虛偽、腐朽、黑暗和罪惡，引起人們對這一制度合理性與長久性的懷疑。寶黛愛情故事擁有堅實的生活基礎，它又被寫得如此哀婉淒美，於是《紅樓夢》便成了同類作品的第三個，同時也是最後一個經典，因為至今仍無一部作品能逾越它。

第九章

晚明文人鄧志謨的創作活動：

兼論其爭奇文學的來源及傳播

金文京（日本京都大學人文科學研究所）

一、前言

　　在中國文學史上，明代後期是文人創作白話小說及戲曲作品的鼎盛期。其中最廣爲人知的代表性作家非馮夢龍莫屬。不過，眾所周知，馮夢龍（1574-1646）的《三言》並不完全是他的創作，是前人作品上加以潤色的。其它作品，諸如《墨憨齋傳奇》或《山歌》、《古今談概》、《笑府》等等，不是別人作品的改訂，則爲編選而已。因此，欲論馮夢龍的創作特色，幾同無的放矢，實非易事。

　　在此一時期，眞正創作小說、戲曲作品，而我們今天能道出其作者姓名且略爲可知其生平的文人，除《二拍》作者凌濛初（1580-1644）以外，應屈指於鄧志謨（生卒年未詳）。鄧志謨著作頗豐，除小說、戲曲之外，還編有大量的遊戲文學以及類書，而他的小說、戲曲及遊戲文學都不拾前人牙慧，堪稱不折不扣的個人創作。鄧志謨的作品，無論其涵蓋文類之多或創作性之突出，在當時罕見其匹，卻在以往的文學史上沒有受到應有的重視[1]，這不得不說是一件憾事。本人有鑒於此，近幾年一直致力於收集資料並進行有關研究。茲將鄧志謨多采多姿的文學創作中最具

1　有關鄧志謨的研究目前只有李豐楙，《許遜與薩守堅：鄧志謨道教小說研究》（台北：學生書局，1997）；金文京，〈童婉爭奇與晚明兩性文化〉，張宏生編，《明清文學與性別研究》（南京：江蘇古籍出版社，2002），頁326-333以及〈晚明小說、類書作家鄧志謨生平初探〉，辜美高、黃霖主編，《明代小說面面觀》（上海：學林出版社，2002），頁318-329。

特色的爭奇類作品予以介紹，並探討其來源及傳播問題，聊供學人參考。

二、鄧志謨的著作

鄧志謨的著作林林總總，據目前所知者，有以下幾種(編輯校訂者名號均根據原書)：

(一)類書類

1 《刻注釋藝林聚錦故事白眉》10卷　安仁鄧志謨鼎所補　書林余元熹長公訂　萬曆二十七年(1599)萃慶堂刊本 [2]

2-1 《鍥旁注事類捷錄》15卷　饒安百拙生鄧志謨明甫(編)
萬曆三十一年(1603)萃慶堂刊本 [3]

2-2 《麗藻》(改題)日本安永三年(1774)翻刻本　萬曆三十一年自序 [4]

3-1 《精選故事黃眉》10卷　雲錦鄧百拙生輯　羊城丘毛伯校　萬曆四十二年(1614)萃慶堂刊本 [5]

3-2 《故事黃眉》10卷　鄧百拙先生彙編　丁丑(光緒三年？)重鐫　經濟堂藏板 [6]

4 《鍥旁訓古事鏡》12卷　萬曆四十三年(1615)　萃慶堂刊本 [7]

5 《新刻四六旁訓古事苑》23卷　饒安百拙生鄧志謨著　汝川毛伯父丘兆麟校　繡谷應圓父冀居中閱　萬曆四十五年(1617)四德堂鄭大經刊本 [8]

6 《蘭雪堂古事苑定本》12卷　饒安鄧志謨景南編輯　古閩余應虬陟瞻校

2　謝水順、李誕著，《福建古代刻書》(福州：福建人民出版社，1997)，頁239。《明清善本小說叢刊》(台北：天一出版社，1985)收《重刻新補故事白眉》10卷。

3　《福建古代刻書》，頁240。

4　內閣文庫藏，《明清善本小說叢刊》收。

5　《明清善本小說叢刊》。

6　韓國成均館大學藏。

7　謝水順、李誕著，《福建古代刻書》，頁240。

8　南京圖書館藏。

閱　康熙二十五年(1686)蘭雪堂刊本 [9]

(二)書信、韻語類[10]

1 《丰韻情書》6卷　豫章竹溪主人彙編　南陽居士評　萬曆四十六年萃慶堂刊本

2 《新刻一札三奇》8卷　雲錦百拙生鄧志謨編　社友淑孟甫毛士翹校　明刊本

3 《新刻洒洒篇》6卷　嘯竹主人編　鄧百拙生校　明刊本

(三)靈怪小說[11]

1 《新鍥晉代許旌陽得道擒蛟鐵樹記》2卷15回　雲錦竹溪散人鄧氏編　萬曆三十一年(1603)書林萃慶堂余泗泉刊本

2 《鍥唐代呂純陽得道飛劍記》3卷13回　安邑竹溪散人鄧氏編　萬曆三十一年閩書林萃慶堂余氏刊本

3 《鍥五代薩眞人得道咒棗記》2卷14回　安邑竹溪散人鄧氏編　萬曆三十一年閩書林萃慶堂余氏刊本

(四)爭奇類[12]

9　南京圖書館藏。

10　以下三種日本內閣文庫藏，《明清善本小說叢刊》收。

11　以下三種日本內閣文庫藏，《明清善本小說叢刊》收。亦見謝水順、李誕著，《福建古代刻書》，頁289。

12　以下七種均爲中國國家圖書館藏。《花鳥爭奇》之前有封面題：「饒安鄧百拙編／四種爭奇／花鳥‧童婉‧風月‧蔬果，春語堂梓」。然此封面似爲後補，是否春語堂所刻，不無疑問。七種皆明刊本，行款相同，唯《茶酒爭奇》僅2卷，且書前沒有作者名號，與其他六種稍異。中國古籍善本書目編輯委員會編，《中國古籍善本書目》(上海：上海古籍出版社，1994)「子部‧雜家類」著錄此七種(頁717)云：「七種爭奇，清‧春語堂刊」恐誤。另外，日本內閣文庫藏有《茶酒爭奇》之外六種。其中《童婉爭奇》爲抄本，其他五種則明刊本，行款與國家圖書館藏本相同，當爲同版。《明清善本小說叢刊》收此日本內閣文庫藏本六種。杜信孚纂輯，周光培、蔣孝達參校，《明代版刻綜錄》(揚州：江蘇廣陵古籍刻印社，1983)萃慶堂條

1《花鳥爭奇》3卷　饒安鄧百拙生編　潭陽余應虬序　萃慶堂刊本

2-1《山水爭奇》3卷　百拙生鄧志謨戲編　友弟月培窪林標序　萃慶堂刊本

2-2《山水爭奇》3卷[13]　百拙生鄧志謨戲編　建陽書林楊先春清白堂天啓四年刊本

3《風月爭奇》3卷　百拙生鄧志謨編　通家生良鄉張大佐序　萃慶堂刊本

4《梅雪爭奇》3卷　武夷蝶庵主編　萃慶堂刊本

5《蔬果爭奇》3卷　竹溪風月主人新編　天啓四年(1624)冬醉中浪史序　萃慶堂刊本

6-1《童婉爭奇》3卷　寬永十二年(1635)據萃慶堂刊本所鈔本　有林羅山識語

6-2《童婉爭奇》3卷　竹溪風月主人浪編　天啓四年冬醉中叟序　萃慶堂刊本[14]

7-1《茶酒爭奇》2卷　明刊本

7-2《茶酒爭奇》3卷[15]　百拙生鄧志謨戲編　建陽書林楊先春清白堂天啓四年刊本

（五）戲曲類（五局傳奇）[16]

1《並頭花記》2卷　饒安鄧百拙生鄧志謨編纂　玉芷齋抄本(花名)

2《瑪瑙簪記》2卷　饒安鄧百拙生鄧志謨編纂　玉芷齋抄本(藥名)

3《鳳頭鞋記》2卷　饒安鄧百拙生鄧志謨編纂　玉芷齋抄本(鳥名)

4《新鐫樂府人氏生八珠環記》2卷　饒安鄧百拙生鄧志謨編纂　玉芷齋抄本

(續)────────

只錄《童婉爭奇》以外五種。

13　杜信孚、杜同書著，《全明分省分縣刻書考》(北京：線裝書局，2001)，「福建・河南」卷，頁30b。該書沒標明出處不知所據。

14　除中國國家圖書館藏本之外，也有日本龍谷大學藏本。

15　同註13。

16　參看〔清〕董康，《曲海總目提要》(北京：人民文學出版社，1959)，卷24。郭英德編，《明清傳奇綜錄》(石家莊：河北教育出版社，1997)，「鄧志謨」，頁262-277。其中前四種為中國國家圖書館藏。

（骨牌名）

5《玉連環記》2卷　今逸（曲牌名）

以上諸書編者題名所見竹溪散人、竹溪主人、竹溪風月主人、武夷蝶庵主等稱謂當爲鄧氏別號。

鄧志謨的著作見於明清兩代書目者僅有二種。《千頃堂書目》卷15類書收《故事白眉》12卷；《四庫全書總目提要》卷139類書類存目三收《古事苑》12卷，且《四庫全書總目提要》云：

> 國朝鄧志謨撰。志謨字景南，饒安人。是書成於康熙丙寅。捃摭古事，裁爲儷偶，凡六十篇。其注釋則各附篇末，大致欲仿吳淑《事類賦》，而不能諧以聲韻，貫以脈絡，遂各爲無首無尾，不相聯貫之四六云。[17]

《四庫提要》對該書的評價頗低，且誤以爲鄧志謨是康熙年間的人，足見鄧氏到清初已爲學者所遺忘。

三、生平交遊

孫楷第先生《中國通俗小說書目》卷5收鄧志謨小說三種，對鄧志謨也有簡單的介紹：

> 志謨字景南，號竹溪散人（一作竹溪散生），亦號百拙生。所著書多自署饒安人。今不詳爲何地（疑江西饒州府安仁縣）。嘗遊閩，爲建陽余氏塾師，故所著書多爲余氏刊行。[18]

今按同治《安仁縣誌》卷26〈人物·處士〉有他的略傳：

17　〔清〕紀昀總纂，《四庫全書總目提要》（石家莊：河北人民出版社，2000），第三冊，頁3552。

18　孫楷第，《中國通俗小說書目》（台北：鳳凰出版社，1974），頁169-170。

> 鄧志謨，字景南，竹溪人。好學沈思，不求聞達。著有古事苑、事類捷
> 錄、黃眉故事、白眉故事諸書行世。自號為百拙生。其人弱不勝衣，而
> 胸藏萬卷，眾稱兩腳書廚。臨川湯顯祖嘗以異才稱之。[19]

另外，《鍥旁注事類捷錄》（即日本重刊本《麗藻》）翰林院編修豫章濟寰鄧士龍
的序文說：

> 維余族季明甫，幼稱穎敏，長擅愽〔博〕物。……丁年屆首，暫戢翼于
> 雲程。[20]

此書也有萬曆三十一年(1603)饒安百拙生鄧志謨明甫的自序。由此可知，鄧志謨
是個困於場屋，科舉上不得意的書生，此後絕意科場，才從事編纂和創作以謀
生。「明甫」是他原來的字，「景南」則是後來改用。他的族兄鄧士龍在當時頗
有名氣。《千頃堂書目》卷5〈別史〉載鄧士龍的《國朝典故》110卷，且云：

> 南昌人，萬曆乙未〔二十三年，1595〕進士。由庶吉士授編修，歷官國
> 子監祭酒。[21]

乾隆《南昌縣志》卷15〈選舉‧萬曆乙未朱之蕃榜〉云：

> 鄧士龍，右中允，祭酒，贈禮部尚書。[22]

《國朝典故》是研究明史的重要資料。由此可知，鄧氏家族很可能是書香世家。

19　〔清〕朱潼修，徐彥楠、劉兆傑纂，《續修安仁縣志》（同治十一年〔1872〕版），
　　收入《中國地方志集成》（南京：江蘇古籍出版社，1996），第32冊，頁772。
20　〔明〕鄧士龍，〈事類捷錄引〉，〔明〕鄧志謨，《鍥旁注事類捷錄》，收入故宮
　　博物院編，《故宮珍本叢刊》（海口：海南出版社，2000），第491冊，頁341。
21　〔清〕黃虞稷，《千頃堂書目》（上海：上海古籍出版社，2001），頁1380。
22　乾隆五十九年(1794年)《南昌縣志》，卷15〈選舉〉，頁24。

鄧志謨學問廣博，被稱為「兩腳書櫃」，應是跟他家庭環境有關。

《安仁縣誌》說「湯顯祖嘗以異才稱之」，這條資料是研究鄧志謨生平交遊的重要線索。雖然在湯顯祖的文集中我們找不到有關鄧志謨的記載，我們卻有理由相信湯氏與鄧氏之間可能有某種交往或聯繫。

《精選故事黃眉》卷首稱：「此書輯于雲錦鄧百拙生，校于羊城毛伯丘公而萃慶堂余氏則繡梓焉」。《新刻四六旁訓古事苑》的封面也題：「新刻京板丘毛伯校訂古事苑」，而金陵麗正堂鄭氏序云：

> 景南先生……先著古事鏡，已足為海內奇珍。今出古事苑，又可作寰中異寶。……且校正出自毛伯。

接此書也有萬曆丁巳歲(四十五年，1617)古臨毛伯丘兆麟的序文，文中云：

> 若鄧君景南固山澤中一臒儒哉。余雅重其為人著作迭出。古事鏡尤其豔者，豈意復有古事苑耶。

其中「校正出自毛伯」，「校于羊城毛伯丘公」等語，或許書商為了宣傳而打的廣告也說不定，不可盡信。不過，鄧志謨跟丘兆麟之間似應有某種交遊關係。

丘兆麟，字毛伯，江西臨川人，是萬曆三十八年(1610)的進士，官至河南巡撫，是明代末期的名宦之一。康熙《撫州府志》卷16〈名臣〉中有他的略傳，載其治績。尤其值得注意的是，丘兆麟跟他的同鄉前輩湯顯祖有非常密切的關係。湯顯祖曾為丘兆麟的《學余園文集》作序，文中自稱「友人」，可見兩人關係親摯。而這兩個人的交遊中又牽涉到另外一個頗具爭議性的人物。

湯顯祖的〈序丘毛伯稿〉有云：

> 蓋聞世有霍林先生者，其人正而通於大道，善為典則之文。天下人士苟有意乎言者，以其文為聖而師之。然莫敢自名為高弟子者，而吾鄉毛伯

在焉。²³

文中所謂霍林先生者，即湯賓尹的號。湯賓尹，字嘉賓，號霍林，亦稱睡庵。宣
城人。生於隆慶三年(1569)，卒年不詳。他是萬曆二十三年(1595)的會元，歷任
翰林院編修、侍讀，南京國子監祭酒等職。湯賓尹是晚明政治鬥爭中的焦點人物
之一，因爲他是反對東林黨的大頭目，在明史研究者心目中被認爲是反面人物。
不過，有一點值得注意的是，他在當時的商業出版界極有廣泛的影響力。他所編
的科舉參考書尤爲暢銷，他跟當時的書商也有相當密切的來往[24]。湯顯祖非常欣
賞湯賓尹的人品和文章，這在他的文集書信中處處可見，而且湯顯祖還把他的三
子開遠和四子開先都送到湯賓尹處學習。丘兆麟是萬曆三十八年的進士，而湯賓
尹是那一年的同考官。因此，丘兆麟也算是湯賓尹的門生。

湯賓尹的學生中也有不少人從事出版業，例如萬曆四十七年(1619)余應虬刊
《鼎鐫徐筆峒增補睡庵太史四書脈講意》，余應虬的序文說：

> 予不敏就業成均，獲師事宣城睡庵湯太史。大史以所輯四書脈私予不
> 敏。予不歇受而卒讀，掩卷而歎曰：藏諸名山，孰與公諸海內之爲惠博
> 也。……客歲歸自金陵，取道西江，謁徐君筆峒(奮鵬)，謀所以重鐫
> 之。²⁵

余應虬是福建建陽有名的出版商余氏的族人，據此序可知他到過南京，授業於國
子監祭酒的湯賓尹，從而獲得湯賓尹的著作，回程經過江西，與徐筆峒奮鵬共商
再版及增補資料事宜。鄧志謨的《蘭雪堂古事苑定本》有同學潭陽余應虬瞻甫序
文云：「友人景南氏，藝苑丈人，詞壇高品」，《花鳥爭奇》也有余應虬的序

---

23 徐朔方箋校，《湯顯祖詩文集》(上海：上海古籍出版社，1982)，卷32，頁1081。
24 參看金文京，〈湯賓尹與晚明商業出版〉，《晚明與晚清的文學藝術：世變與維
新》(臺北：中央研究院中國文哲所籌備處，2001)，頁79-102。
25 〔明〕湯賓尹著，陶望齡校，徐奮鵬增，余應虬補，《鼎鐫徐筆峒增補睡庵太史四
書脈講意》，日本內閣文庫藏。

文。出版過鄧志謨大部分著作的余氏萃慶堂是余彰德和余泗泉的堂號，而他們兩人分別爲余應虬的父親和哥哥[26]。

　　上引余應糾序文中所見徐筆峒(奮鵬)與余應虬合作增補湯賓尹的書。而徐奮鵬在該書中與余應虬一樣謙稱後學，很可能也是湯賓尹的學生。徐奮鵬是江西臨川人，據康熙《臨川縣志》卷21〈名賢傳〉及光緒《撫州府志》卷59〈文苑傳〉所載，他年輕時考試必冠軍，爲湯顯祖所賞識，卻不求聞達，講道授徒著書立說，以布衣終。目前所能知道的他的著作除《鼎鐫徐筆峒增補睡庵太史四書脈講意》之外，尚有《新刻徐筆峒先生批點西廂記》2卷、《槃薖碩人增改訂本西廂記》(《詞壇清玩》)2卷、《槃薖碩人增改訂本琵琶記》(《詞壇清玩》)2卷、《徐筆峒先生十二部文集》(以上均藏於中國國家圖書館)、《重刻四書續補便蒙解注》6卷、《筆峒生新悟》6卷、《筆峒生夙悟》、《筆峒生後悟》、《筆峒山房新著知新錄》10卷、《纂定古今大全》40卷(以上均藏於日本內閣文庫)、《古今治統》(臨川縣文物陳列室藏)等多種[27]。由此可知，徐奮鵬也爲湯顯祖所賞識，卻科舉上不得意，以編書爲生。其處境與鄧志謨頗有相似之處。

　　另外，鄧志謨的族兄鄧士龍是萬曆二十三年的進士，是湯賓尹的同年。且「由庶吉士授編修，歷官國子監祭酒」，官歷也跟湯賓尹不相上下。因此，他們兩人肯定是相識的。

　　由以上資料可以初步推定，鄧志謨不但跟湯顯祖有關係，甚至也可能跟湯賓尹有關係，是湯賓尹的諸多學生當中科場不利以編書爲業的不遇書生之一。而像鄧志謨這樣的際遇可以說是晚明從事小說創作的文人的一個典型。

　　至於鄧志謨活動的地方，孫楷第先生說：「嘗遊閩，爲建陽余氏塾師」。不過，這個說法是值得商榷的。第一，鄧志謨著作的書版，不類福建一般出版物的風格，尤其是爭奇一類的書都有精緻的插圖，是典型的晚明江南出版風格。第

26　謝水順、李誕著，《福建古代刻書》，頁287。

27　關於徐奮鵬的生平、著作，參看傳田章，《增訂明刊元雜劇西廂記目錄》(東京：汲古書院，1979)，頁66-69；蔣星煜，〈徐奮鵬校刊的評注本《西廂記》和演出本《西廂記》〉，《明刊本西廂記研究》(北京：中國戲劇出版社，1982)，頁215-226；朱萬曙，〈槃薖碩人徐奮鵬與《伯喈定本》〉，《文獻》2000年第3期，頁178-189。

二，鄧志謨的一些著作內容所反映的正是江南的情況。例如《童婉爭奇》一書，表面上以元代的長安為背景，不過它所反映的顯然是明代南京的青樓情況，其中所出現的地名絕大部分也是蘇州、揚州等江南地區，鄧志謨應該對江南情況頗為熟悉。第三，鄧志謨著作中，除出版商為萃慶堂余氏之外，沒有任何跡象足以證明他曾到過福建或做過余家的塾師。相反地，余氏的族人余應虯是到過南京的。由此可推，鄧志謨大概住在江南，很可能在南京，卻為前來南京的福建書商聘為編書。孫先生的說法恐怕是想當然耳。

最後，附帶要說明的是，鄧志謨著作的序文中也有偽托的情況。三槐堂重刊《精選故事黃眉》（南京圖書館藏）有萬曆四十四年董其昌的序。序中說：「今春遊白下，適書林衷資梨棗，呈是書，請余序之」，末尾便署「萬曆丙辰春之季月吉旦雲間董其昌玄宰父題于白下之承恩禪堂」。按萬曆丙辰年(四十四年1616)三月，董其昌正在他的家鄉松江被當地民眾抄家，僅以身免，落荒而逃，避地蘇州[28]，絕不可能在南京寫此序文。作偽者不早不遲，偏偏選定此一年月，大露馬腳，可謂疏忽之至。

下文將對鄧志謨七種爭奇類作品內容予以討論。

四、鄧志謨的爭奇類作品

（一）《花鳥爭奇》

《風月爭奇》張大佐序云：

> 鄧君景南六十老人矣。生平富於著作。……往嘗作花鳥爭奇既又作山水爭奇。

可知鄧志謨六種爭奇類作品當中，製作年代最早的是《花鳥爭奇》，次為《山水爭奇》，再次為《風月爭奇》。其具體出版時期雖無法確知，鑑於《蔬果爭奇》

28　鄭威，《董其昌年譜》（上海：上海書畫出版社，1989），頁106。

和《童婉爭奇》都爲天啓四年之作，大致不出萬曆末年至天啓初年之間。且此時鄧志謨已是六十老人了，可見爭奇作品都是他晚年之作。下面簡單地介紹《花鳥爭奇》的內容：

在風暖日遲的春天，鳥王鳳凰及花王牡丹各率眾鳥眾花，共朝東帝於融和殿。賜宴時，鳳凰居左，牡丹居右，鳳凰席次在牡丹之上，因而引起眾花不滿，卻礙於東皇御前敢怒不敢言。回程兩王又同在岡良之野玄虛館停住，由亡是公招待。此時眾花竟與眾鳥啓釁，互爲爭論。首先，鬧陽花和百舌鳥各爲代表出場。鬧陽曰：「鳥之族類，孰愈于花？花之名色，奚讓于鳥？爾縱百其舌，敢與我數之乎？」百舌鳥應曰：「我鳳凰爲百鳥之王，體備七德，文成五采，太平祥瑞，人所快覩。汝花中有麼？」鬧陽不肯示弱，也說：「我牡丹爲花中之王，色則國色，香則天香，魏紫姚黃，人所爭重。汝鳥中有麼？」[29]如此各爲引經據典，互誇其能，呲呲不休。後來舌鶹鳥和萇楚花、杜宇鳥和丁香花輪流代爲出場繼續爭論，也不見輸贏，結果兩王不歡而別。回來鳥王不甘心，乃撰一奏文，向東皇控告花王；花王同樣也撰一本，劾奏鳥王。東皇覽了兩王奏本之後甚不以爲然，卻不忍加罪，乃命兩王各製樂府，以贖罪過。鳳凰宜作〈秦樓簫引鳳〉（南曲）和〈見雁憶征人〉（北曲）折子戲各一齣；牡丹則〈唐苑鼓催花〉（南曲）和〈折梅逢驛使〉各一齣。兩王領旨都揮筆而就。下面就載兩王所作四齣戲文。東皇看了兩王作品，欣賞不已，乃命將兩王作品再加以有關花鳥的歷代詩詞歌賦彙成一帙，付諸剞劂，頒行天下。於是，花鳥之爭告一段落，算是平分秋色。東皇賜兩王無罪，兩王拜謝而退。

以上是卷上「花鳥論辯」的內容。卷中、卷下各爲有關花鳥的歷代詩詞文賦，即東皇所命出版之書的一部分。整個作品以花鳥爭奇做主題的故事形式，中間既有戲曲又有詩詞文賦，眾體齊備。且書中有書，作品本身乃可視爲故事當中東皇命令出版的一本書，既發揮作者遊戲精神，又反映出當時文學創作與出版業息息相關的社會情況，可謂結構緊密巧思，堪稱遊戲文學之佳構。此三卷結構即

---

29 〔明〕鄧志謨，《花鳥爭奇》，收入國立政治大學古典小說研究中心主編《明清善本小說叢刊初編》（台北：天一出版社，1985）第7輯，第1函。卷1，頁4b-5a。

二物爭奇由第三人調停平分秋色以及有關詩文乃通貫於以後五種爭奇作品。

另外，此書本文右傍往往施加小字註解，說明語意，如本文「魏紫姚黃」旁註云：「魏相家紫牡丹、姚崇家黃牡丹俱奇」。此種語註通常見於類書當中。其實，「花鳥論辯」中的引經據典以及卷中、卷下有關花鳥的詩詞文賦都不外乎是類書的內容。因此，《花鳥爭奇》不妨視為用類書中的花部、鳥部的內容加以故事框架所構成的文學作品。由前面著作目錄可知，鄧志謨早年編過多部類書，對其內容應熟悉到如數家珍。不難想像，以類書的知識為基礎創作文學作品，對他來說，實為駕輕就熟。此一創作方法貫串於他所有的文學作品包括戲曲和小說，爭奇類作品當然也不是例外。

(二)《山水爭奇》

內容結構與《花鳥爭奇》異曲而同工。山神禺疆和水神馮夷互為爭奇論辯，且各動奏玉帝，玉帝問訊後考山水所作文字，最後判斷公案，歸於山水俱佳，不可缺一(卷上)。卷中、卷下自是有關山水的詩詞文賦。

(三)《風月爭奇》

此篇在《花鳥爭奇》和《風月爭奇》的架構上稍加變化：

首先無垢主人、滌凡居士、清空老農、耐辱長者四人出場，飲酒且行令猜字，如：「管鮑雷陳，分手而別」，其意「管鮑雷陳，非朋乎，分手而別，亦月字也」。[30]

再為聯句，到夜深宴散之際，清空老農問：「風與月孰勝？」，滌凡居士答云：「倘無風有月，我輩猶可以徜徉；若無月有風，我輩皆寂寂歸矣。以此論之，月更勝於風也。」[31]風神少女偶而聽見此語，就不服氣，乃領十八姨和飛廉之屬，與月姊姮娥領素娥十餘人並吳剛之屬進行論戰，最後由勸善大士調停，王母娘娘判語，言歸於好(卷上)。卷上後附有「風月傳奇」中「青樓訪妓」一齣。

---

30 〔明〕鄧志謨，《風月爭奇》，收入《明清善本小說叢刊初編》第7輯，第1函。頁5a-b。

31 同前註，頁8a-b。

卷中、卷下仍是有關風月的詩詞文賦。

（四）《童婉爭奇》

此篇醉中叟序云：「好事者或爲山水奇，或爲花鳥奇，又或爲風月奇，各有所爭，今復於男女之奇者」[32]。由此而推，此篇似是繼《風月爭奇》而作，蓋風月牽涉到青樓，因而又引出個中爭奇也。醉中叟序寫於天啓四年冬，可知製作時間應在那以前。醉中叟大概是作者化名，好事者云云乃夫子自道也。

《童婉爭奇》雖承襲前面三個作品的結構，其題材內容之新奇則與眾不同，當在六種爭奇作品之最。所謂童婉者，乃指變童與妓女。《童婉爭奇》以外五種作品的題材皆不出文人傳統的風雅範圍之內，視之爲詩題或畫題無不可，唯童婉則不同，涉及穢褻，有傷風雅之道。

故事敘述：元順帝時，長安市中有不夜宮的女妓和長春苑的男妓。因「愛婉女者若少，戀變童者頗多。長春之苑更覺繁華，不夜之宮近於寂寞」[33]，以致諸姬痛恨，發生爭執，各寫告狀告到官府。後來男女兼通的嫖客張俊出面調停，依他的主意，男方作〈幽王舉烽取笑〉劇一折，女方則作〈龍陽君泣魚固寵〉，各顯身手。張俊讀後下判語云：

> 君子無所爭，爾二人必以和爲貴。在前者，進吾往也。在後者，予一以貫之。吾不敢謂所惡於前，毋以先後；所惡於後，毋以從前。今將瞻之在前，忽焉在後耳。[34]

雙方聽此判語後，就「不藏怒焉，不宿怨焉，忻忻然有喜色」，而相告曰：「堂堂乎張也，難與並爲仁矣」[35]，於焉言歸於好（卷上〈二院丰韻〉）。

32　〔明〕醉中叟，〈童婉爭奇敘〉，見〔明〕鄧志謨，《童婉爭奇》，收入《明清善本小說叢刊初編》，第7輯，第3函。抄本無頁數。
33　〔明〕鄧志謨，《童婉爭奇》。
34　同上。
35　同上。

不難看出，此一判語及回答典出四書，如「君子無所爭，必也射乎」（《論語·八佾》）；「禮之用，和爲貴」（《論語·學而》），「譬如平地，雖覆一簣，進吾往也」（《論語·子罕》）；「吾道一以貫之」（《論語·里仁》）；「所惡於前，毋以先後，所惡於後，毋以從前」（《大學》）；「仰之彌高，鑽之彌堅。瞻之在前，忽焉在後」（《論語·子罕》）；「不怨焉、不宿怨焉」（《孟子·萬章下》）；「欣欣然有喜色」（《孟子·梁惠王下》）；「堂堂乎張也，難與並爲仁矣」（《論語·子張》）。在中國歷史上，褻瀆調侃儒家經典，莫此爲甚，難見其匹。此書在當時竟然得以出版，也匪夷所思。醉中叟序云：「是編之作龜戒於世，亦尼父之刪詩不去乎鄭風衛風之意也」[36]，恐怕難以掩蓋其瀆聖之罪。作者鄧志謨是個落第書生，他長年場屋屢躓，藉此聊爲洩憤也未可知。

同時，此〈二院丰韻〉所描述男風盛於女風之情況亦可視爲晚明江南一帶青樓時尚之反映。沈德符（1578-1642）《敝帚齋餘談》中〈男色之靡〉[37]云：

> 得志士人致變童爲廝役，鍾情年少狎麗豎若友昆。盛於江南，而漸染於中原。乃若金陵坊曲有時名者，競以此道博游壻愛寵。女伴中相詬，以爲佳事。獨北妓尚有不深嗜者。[38]

藉此可知，男色之風此時尤爲熾盛。又歸莊（1613-1673）〈聞北信·續聞〉詩即歸氏聞北京淪陷崇禎帝自殺的消息後有慨所作，其第五首云：「書生聞變涕霑裳，狂悖人心未可量」，而其自註云：「五月朔至端午，嘉定知縣日挾妖童娼妓觀龍舟」[39]。國家即將陸沉之際，尚且如此，太平之年何如，不言可知。此乃《童婉爭奇》之時代背景。

卷中、卷下照樣是有關童婉的詩詞文賦。不過，這裡有一個問題：在中國文

36　〔明〕醉中叟，〈童婉爭奇敘〉。

37　〔清〕金忠淳輯，《硯雲》乙編（乾隆間硯雲書屋刊）收，頁47-48。

38　〔明〕沈德符，《敝帚齋餘談》，收入王德毅主編，《叢書集成續編》（台北：新文豐出版公司，1989），頁303。

39　〔明〕歸莊，《歸莊集》（上海：上海古籍出版社，1984），卷1，頁31。

學史上，描寫妓女的作品自不少，卻沒有幾篇以孌童或同性戀做爲題材的詩文。那麼，卷中「皆屬情契所作」的許多作品到底是從哪兒來的？答案很簡單，卷中所收的詩文，其實全都是有關朋友之情的作品，如第一首李白〈南陽送友人〉：「……離愁怨芳草、春思結垂楊。揮手再三別、臨岐空斷腸」[40]，是一首平凡無奇的別友之詩。現在拿它放在「皆屬情契所作」當中，以此爲前題再讀此詩，似覺平凡的詩忽然變成不平凡，好像煞有介事似的。這也許是最簡單的脫胎換骨法，同時也無非是拿著古典文學中占有重要地位的友情文學來開個玩笑。

（五）《蔬果爭奇》

此篇醉中浪叟序寫於天啓四年冬天，與《童婉爭奇》同時，當是同一時期的作品。故事謂：宋徽宗時，東吳劉氏有一園，果樹蔬茱無一不種。一日張李二童入園，李取蔬茱，張摘果實，便發生爭論，因而又引起果神郭橐駝、蔬神周顒之間的爭執。兩神各寫一本，攜之欲往沉默之都、虛無之殿狀告化工之神。路遇造化之神黔雷者，由他下判語調停。張李二童到此撒然夢覺，纔知兩人所夢相同。於是焚香祝告，二王皆感其美意。（卷上「蔬果名園」）卷中、卷下還是有關蔬果的詩詞文賦。

（六）《梅雪爭奇》

此篇蝶庵主序稱：「百拙生藏巧於拙，著花鳥爭奇種種，茲復有斯編」[41]，且其夢境敘述的方式與《蔬果爭奇》相類，由此而看，似是殿軍之作。

故事謂：汴州東郊外，有一別業，主人叫邊然生。歲暮瑞雪飛空、梅花吐香，生乃朗誦盧梅坡詩「梅雪爭春未肯降。騷人閣筆費評章。梅須遜雪三分白，雪卻輸梅一段香」[42]。此詩成爲萌爭之端，生不覺入睡後，夢見花神梅清和仙子雪艷各帶婢女月娥、柳兒出現，相嘲互罵，二婢也各爲護主相詬。繼而兩人各修

40　〔明〕鄧志謨，《童婉爭奇》。

41　〔明〕蝶庵主，〈小引〉，見〔明〕鄧志謨，《梅雪爭奇》，收入《明清善本小說叢刊》第7輯，第3函。卷首2a。

42　〔明〕鄧志謨，《梅雪爭奇》，頁3b。

一本向玉皇彈奏，玉皇因事起於邊然生誦詩，乃命邊然生考校優劣。邊然生使梅雪各作詩詞歌論策賦等文字呈報，結果難分上下，乃作判語：「有梅無雪不精神。有雪無詩俗了人。日暮詩成天又雪，與梅併作十分春」[43]。於是醒來，卻是南柯一夢。生命童子錄其事，且自作〈孟山人踏雪尋梅〉樂府一齣傳於世（卷上）。卷中、卷下則為各體梅雪詩文。

（七）《茶酒爭奇》

此篇僅有中國國家圖書館所藏明刊本（《全明分省分縣刻書考》所錄清白堂天啓四年刊本，不知藏在何處（見註16）。其體制與其他六種稍有不同，沒有序文以及各卷卷頭作者名號，全書只兩卷，也不合三卷體例。是否鄧志謨之筆，姑可存疑。

其內容為：先列開茶酒之種種名色及其產地，再後講一故事，即河東有一士名上官四知，夢中見到酒神杜康和茶神陸羽各率儕輩爭論不休。後又由茶之酪奴和酒之督郵各為題奏水火二官。二官見之大怒，乃命兩人作〈四書集成茶酒文〉各一篇及〈曲牌名串合茶酒意〉各一篇，以比優劣。兩人呈文後，水火二官大為欣賞，乃勸其言歸於好，於是上官四知撒然夢醒。後附〈茶酒傳奇‧種松堂慶壽茶酒筵宴大會〉，以上為卷1。卷2收有關茶酒之歷代詩文，只是不分卷，酒的部分開頭仍然題：「茶酒爭奇卷二」。目錄中也只有2卷，不分茶酒，頗不可解。

五、爭奇文學探源

鄧志謨的爭奇作品，在文學史上足稱獨樹一幟，前後似乎難見其匹。不過，任何文學形式絕不可能憑空臆造，探其來源，仍有前蹤可尋。

在鄧志謨爭奇作品還沒出現以前的萬曆年間，已有許以忠《四六爭奇》和張一中《尺牘爭奇》，為其開風氣之先。只是兩書徒列名人作品而已，有爭奇之名而無其實。而稍前的嘉靖年間所刊《清平山堂話本》中也有《梅杏爭春》，其內

容爲：梅嬌與杏俏春日遊園，暢談梅杏，引經據典，各說其好，事爲郡王得知，嫌其誼鬧，加以責罰。二人大恐，旋由郡王命彼等各作詩賦自贖[44]。其故事結構與鄧志謨爭奇作品如出一轍，且其時代不甚遠，應有承襲關係。另外，馮夢龍《廣笑府》卷8「茶酒爭高」[45]：

> 茶謂酒曰：「戰退睡魔功不少、助成吟興更堪誇。亡家敗國皆因酒，待客何如只飲茶。」酒答茶曰：「瑤臺紫府薦瓊漿。息訟和親意味長。祭祀筵賓先用我，何曾說著淡黃湯。」各誇己能、爭論不已。水解之曰：「汲井烹茶歸石鼎，引泉釀酒注銀瓶。兩家且莫爭閒氣、無我調和總不成。」[46]

明初賈仲明有《上林苑梅杏爭春》雜劇(見《錄鬼簿續篇》)，今雖已失傳，然其題名與《清平山堂話本》相同，當是同一內容無疑。

　　在元以前則有敦煌所發現唐代通俗文學作品中的《茶酒論》和《燕子賦》[47]。前者內容爲：茶酒爭論優劣，最後由水出面，自誇茶酒都不能無水，勸其和好；後者則燕子造舍，卻被黃雀強奪(這很可能代表非定居遊民和定居農民之爭)，燕子便告到鳳凰之廷，鳳凰勾捉黃雀欲定其罪，只因黃雀前有上柱國之勳，赦罪不罰，黃雀得釋後主動找燕子道歉，燕雀於是言歸於好。這兩個作品都用擬人化問答形式，具有濃厚的民間遊戲文學氣息，且其故事模式也與爭奇文學頗有雷同之處。

　　此類以問答方式爭論兩物優劣的文學體制，其來源恐怕更爲悠遠。按陳壽

44　見阿英，〈記嘉靖本翡翠軒及梅杏爭春〉，《小說閒談》(上海：上海古籍出版社，1985)，頁24-28。

45　王利器編，《歷代笑話集》(上海：上海古籍出版社，1981)，頁328。亦有〈技藝爭高下〉爲木工與石工爭論由鐵工勸止，見同頁。

46　馮夢龍編著，《廣笑府》，《馮夢龍全集》(南京：江蘇古籍出版社，1993)，第11冊，頁68。

47　王重民等編，《敦煌變文集》(北京：人民文學出版社，1957)，頁244-248，267-272。

《三國志》卷21〈吳質傳〉裴注所引《吳質別傳》云：

> 質黃初五年朝京師，詔上將軍及特進以下皆會質所，大官給供具。酒
> 酣，質欲盡歡。時上將軍曹眞性肥，中領軍朱鑠性瘦，質召優，使說肥
> 瘦。[48]

此云「說肥瘦」由優人演出，似已具有某種戲劇性質，而其內容應是用詼諧語言
比較肥瘦之短長，用以取笑曹眞和朱鑠。在當時，宴席上舉行此類遊戲似乎頗見
流行。如《三國志》卷11〈邴原傳〉裴注所引《邴原別傳》云：

> 太子燕會，眾賓百數十人，太子建議曰：「君父各有篤疾，有藥一丸，
> 可救一人，當救君耶，父耶？」眾人紛紜，或父或君。時原在坐，不與
> 此論。太子諮之于原，原悖然對曰：「父也」。太子亦不復難之。[49]

此爲爭君父之輕重。同書卷45〈楊戲傳〉裴注所引《華陽國志》亦云：

> 〔李密〕奉使聘吳。吳主問蜀馬多少，對曰：「官用有餘，人間自
> 足」。吳主與羣臣汎論道義，謂：「寧爲人弟」。密曰：「願爲人兄
> 矣」。吳主曰：「何以爲兄？」密曰：「爲兄供養之日長」。吳主及羣
> 臣皆稱善。[50]

此即論兄弟之優劣。而這種宴會上的遊戲問答很可能與當時流行的另一類問答方
式即所謂的清談也不無關係，如六朝人愛談的聖人是否有情等的議論，也不妨作
如是觀，雖爲嚴肅的哲學話題，其中容有遊戲成分。

---

48 〔晉〕陳壽撰，〔宋〕裴松之注，《三國志》（北京：中華書局，1959），卷21，頁
    609。
49 同上，卷11，頁353-354。
50 同上，卷45，頁1078。

　　再者，前漢司馬相如的〈上苑賦〉、〈子虛賦〉及西晉左思〈三都賦〉等作品，雖為三人鼎足之爭論，其實前兩人各逞其能之後，第三人後來居上，壓倒了前二人，結構上也和敦煌《茶酒論》或鄧志謨的爭奇作品一脈相承。這些古代的賦類作品，大概來源於當時的民間文學，經文人潤色，才供為宮廷娛樂的。

六、爭奇文學在日本的傳播及其影響

(一)林羅山與男色文學

　　鄧志謨七種爭奇作品在清代不見有重刊本，且鄧志謨以後也似乎沒有人做過同類作品。而這些作品卻都傳播到日本，其中部分作品有日本翻刻本，且對日本文學也曾產生過一定的影響。

　　目前鄧志謨六種爭奇作品都藏在東京內閣文庫(台灣天一出版社曾據以影印)，是江戶時代推廣朱子學的開創祖師林羅山(1583-1657)的舊藏。其中除《童婉爭奇》其它五種都是明代的原刊本，唯獨《童婉爭奇》是鈔本。鈔本末葉有識語云：「乙亥正月二十三日之夜一更粗了塗朱·道春法印」。道春法印是林羅山出家後的道號，乙亥為寬永十二年(1635)，是年羅山五十三歲，鄧志謨作品之傳入日本當在其前。前面已說過，《童婉爭奇》的出版時間是天啓四年(1624)，傳播之快，足以驚人。

　　林羅山作為一代儒宗，竟敢收藏此類書籍，且雇人鈔寫，親手施朱加點之不足，更為特意題字留名，這在中國人來看，大概是難以理解的咄咄怪事，從中略可窺見中日文化風氣之不同。林羅山早年受教於京都建仁禪寺，而當時禪宗僧徒之中有斷袖之癖者不少。林羅山雖沒薙髮為僧，因長年熏染於其中，對此種風俗似也無甚忌諱。他有一首題為「二人同會一少年」詩云：「酒力茶煙莨蕩風。少年座上是仙童。遠公不破邪婬戒，男色今看三笑中」(《羅山先生別集》卷一)，此詩雖為一時戲筆，足見羅山對此類癖好的觀感。羅山著作中有一書叫《狐媚抄》，是明萬曆間所刊文言小說《狐媚叢談》的翻譯，可知他對小說也有相當大的興趣。因此，他藏有《童婉爭奇》之類的書是毫不足怪的。

　　另外，京都龍谷大學寫字臺文庫收藏《童婉爭奇》的天啓原刊本。寫字臺文

庫是淨土眞宗西本願寺宗主的藏書。此書或許也原爲羅山之所藏，因持此轉讓給西本願寺的宗主，他才另做鈔本自備。佛教宗主藏有此類淫書，在日本是司空見慣，也毫不足爲怪。

自從十七世紀的後半起，男色文學在日本開始流行。其中具有代表性的作品便是井原西鶴(1642-93)所著，貞享四年(1687)出版的《男色大鑑》。此書卷一開頭就稱：「色は二つの物爭ひ」（「色爲二物相爭」），所謂二物當然是男色和女色。這或許是受《童婉爭奇》的影響也未可知。

（二）爭奇文學在日本的出版

據目前所知，鄧志謨六種爭奇作品當中起碼有三種在日本曾爲翻刻：

1-1 《蔬果爭奇》3卷　貫名海屋校　安永三年(1774)刊　嘉永四年(1851)大阪藤屋善七，菅酒屋梅介修本[51]

1-2 《蔬果爭奇》3卷　文政十二年(1829)　　京都書林林喜兵衛刊[52]

1-3 《蔬果爭奇》3卷　京都　弘文堂刊本[53]

2 《梅雪爭奇》3卷　新井白蛾(裕登)校　明和元年(1764)大阪藤屋彌兵衛，吹田屋多四良刊　梧桐館，星文堂發行[54]

另外，《蔬果爭奇》(1-2)末葉的待刻書目中便云：「《山水爭奇》一冊嗣出」，亦當有刻本。其中《蔬果爭奇》則有三種不同版本，鄧志謨作品在日本的廣泛流通，藉此可見一斑。

（三）《酒茶論》及其模仿作品

論中國爭奇文學在日本的影響，其中最值得一提的是《酒茶論》。《酒茶論》是用漢文寫的一種遊戲文學，忘筌子所著，忘筌子是妙心寺第53代住持蘭叔玄秀的別號。

51　東北大學藏。
52　京都大學人文科學研究所藏。
53　同上。
54　東北大學，京都大學人文科學研究所藏。

其內容爲：春日花片染眼，鳥聲濡耳之際，有二客各號忘憂君、滌煩子者遊山玩水。忘憂君花間開筵飲酒不喫一茶；滌煩子松邊下榻喫茶不飲酒，兩人共論酒茶之德，爭之不休。傍有一閑人出曰：「今天下無虞，國家有道，好箇時節，兩翁確論，可謂無事生事，以虛空爲口，以須彌爲舌，論而至阿僧祗劫。……吾能飲酒，又能喫茶，此二物孰勝孰負乎哉。兩翁請聽吾歌：松上雲閑花上霞。翁翁相對鬭豪奢。吾言天下兩尤物，酒亦酒哉茶亦茶」。兩翁均服其論[55]。

不待說明，其題材、故事結構與敦煌《茶酒論》完全相同。這絕不可能是巧合，當有影響關係。《酒茶論》成書於天正四年(1576)。因此，它絕不可能直接承續敦煌《茶酒論》。這意味著敦煌《茶酒論》雖然在中國早已絕跡，可是此一題材在唐以後應當繼續流傳，上面所介紹的《廣笑府》卷八「茶酒爭高」也與敦煌《茶酒論》基本相同，可見其一斑。

另外，貴州省興仁地域的布依族有「茶和酒」故事[56]；西藏也有「茶酒誇功」[57]，由此亦可見此一故事在中國域外各民族流傳之廣。也就是說，鄧志謨七種爭奇作品，乍看之下似爲一枝獨秀，在中國文學史上是孤立的作品群，不過在他當年，應有更廣泛的同類作品在民間流傳，供其取資。

日本京都的天龍寺妙智院現藏有墨本《勸世文酒茶四問》的條幅，是明正德八年(1513)有一位自稱誠齋的四明(寧波)太學生筆寫，贈給日本使節廣旭上人的。此應是茶酒爭論故事傳入日本的關鍵性作品[58]。所謂「四問」指的是茶酒水火之問答，其中水火並提乃與《茶酒爭奇》中的水火兩官不謀而合。

在日本，《酒茶論》之外也有類似的作品，諸如《酒飯論》、《酒餅論》等等，而這些作品皆用日語撰寫，顯示著此一主題進一步的日本化。

55　《酒茶論》寶曆五年(1755)刊本的影印本收在《假名草子編26──任勢物語‧犬百人一首‧酒茶論‧酒飯論》，《近世文學資料類從》(東京：勉誠社，1977)。又見於蘭叔，〈酒茶論〉，收入川俁馨一編，《新校群書類從》(東京：內外書籍株式會社，1929)，卷368，頁917。

56　參看張鴻勛，《敦煌講唱文學作品選注》(甘肅：甘肅人民出版社，1987)，頁102-104。

57　同前註。

58　關於此一作品，筆者準備發表另文介紹。

七、結語

　　鄧志謨早年得到「兩腳書櫥」的外號，除他自己生性穎悟且致力讀書的個人因素之外，也恐與晚明時期出版業的繁榮尤其是出版大量類書的時代背景有關。類書是當時最廣為流通的書類之一，對絕大多數的士人來說，它是最方便的知識來源。他後來科場失意，就受雇於民間書商，親手編過多部類書，則對其內容更為瞭如指掌，進而運用他熟悉的類書內容，創作戲曲、小說等多種文類的文學作品，自是得心應手。這恐怕是前近代中國戲曲、小說創作的普遍方式之一，而過去的研究罕見注意到此一點。

　　鄧志謨的爭奇類作品，具有巧妙的結構和獨特的敘述模式。近年以來，有關中國小說敘述模式的研究頗為流行，卻沒人提及鄧志謨的作品，似當予以應有的重視。

　　在中國文學史上，爭奇文學的地位可以說是微乎其微，是洪流中的涓涓細流。鄧志謨作品以前存留的作品，敦煌《茶酒論》和《燕子賦》是石窟中偶然發現；《清平山堂話本》的《梅杏爭春》殘本也是阿英在傳經堂廢紙簍中發現的。不過，鄧志謨的一系列作品，再配合其在日本的廣泛流行，在在顯示其在民間文學當中的雄厚傳統，敦煌《茶酒論》等作品恐怕只是碩果僅存而已。而此一民間文學的隱流何以到了晚明時期在鄧志謨身上忽然破地而出，實為令人深思的問題。

第十章
中國古代的「清官」文化及其省思

林保淳（臺灣師範大學國文系）

在中國歷史上，「清官」始終是備受推崇的知識分子形象，從「半鴨知縣」[1]、「一錢太守」[2]、「二不尚書」[3]、「三湯道台」[4]、「四知先生」[5]、「五代清郎」[6]到「蔬菜知縣」[7]、「豆腐御史」[8]、「埋羹太守」[9]，其清廉自

1　清于成龍任兩江總督，「在制府署，日唯啖青菜，江南人或呼爲『于青菜』」，「官楚時，長公子將歸，署中偶有醃鴨，剖半與之，民間有『于公豆腐量太狹，長公臨行割半鴨』之謠」。見〔清〕陳康祺著，晉石點校，〈于清端之廉儉〉，《郎潛紀聞二筆》（北京：中華書局，1997），頁360-361。

2　東漢劉寵拜會稽太守，「簡除煩苛，禁查非法，郡中大化」，有山陰五、六老叟，「人賚百錢以送之」，僅「人選一大錢受之」。見〔南朝宋〕范曄著，《後漢書》（台北：中華書局，1966），卷76，〈劉寵傳〉，頁2478。

3　明范景文任工部尚書，親友多有請托，皆一一拒絕，並於府門大書「不受囑、不受饋」，因有「二不公」之稱。

4　清湯斌任嶺北道台時，自奉清儉，每日以青菜、豆腐、蔥爲湯而食，因有「三湯道台」之稱。

5　東漢楊震「性公廉，不受私謁」，左遷荊州時，昌邑令王密「謁見，至夜懷金十斤以遺震」，曰：「暮夜無知者。」震曰：「天知，地知，我知，子知，何謂無知！」密愧而出。見〔南朝宋〕范曄著，〈楊震傳〉，《後漢書》，卷54，頁1760。

6　北齊袁聿修歷仕五朝，「在官廉謹，當時少匹，魏、齊世，臺郎多不免交通饋遺，聿修在尚書十年，未曾受升酒之饋。尚書刑紹與聿修舊款，每於省中語戲，常呼聿修爲『清郎』。」見〔唐〕李百藥，〈袁聿修傳〉，《北齊書》（台北：中華書局，1966），卷42，頁565。

7　明胡壽安清慎自持，知新繁縣，常自種蔬一圃，以供日用。人呼爲「菜知縣」。及滿秩去，囊篋罄然，惟書籍布衣而已。見〔明〕凌迪知編，《萬姓統譜》（台北：新興書局，1971），頁343。

8　明丁俊，永樂進士，任御史，巡按福建，食惟豆腐，人謂之「豆腐御史」。都御史

守、儉約奉公的人格風範，一直為後人所稱頌；至於包拯、海瑞、況鍾、彭鵬、施仕綸等夙有「青天」之譽的清官，不畏強權、為民理冤、斷案如神，更在各種類型的民間文學中(戲曲、小說與口耳相傳)，樹立起公廉正直、明鏡高懸的典型。直到如今，以包青天、劉羅鍋、紀曉嵐為主角的「清官連續劇」依舊廣受觀眾喜愛，而社會上亦不自覺地以「青天」為從政者最難得的品格，一被冠上「青天」之名，即佳評如潮，深獲肯定。

　　「清官」之普遍獲得青睞與肯定，論者向來有不同的解讀，有的認為：清官形象中，蘊涵了觀眾(讀者)對當代吏治的批評與反彈，同時也寄託了他們的理想與期望[10]；有的認為：清官文化是種「迷信」，顯現了「下層人民在政治上力量的微弱以及對皇權的恐懼」[11]；也有人認為：這是「由於弱勢國民群體在現實中根本無法消解專制權力的巨大壓迫」，「轉而創造出來的一種廣泛而『有效』的心理補償機制，試圖通過對清官的企盼、幻想、藝術張揚等神化方式，以使自己得以在心理上勉強抗衡周圍無所不在的黑暗與腐敗」[12]；在1960年代，更有人提出「清官是統治階級編造出來鎮壓人民的一種精神工具」、「清官不清」、「清官比貪官更壞」、「清官足以麻痺人民的革命鬥志」[13]的偏激論調。這些論點，或持之有故，或言之成理，但皆缺乏一個較通透開闊的視野，因此所論雖多，亦不乏若干見地，卻未能搔到癢處，真正梳理出「清官文化」的內蘊。

一、「清官」的雙重涵義

　　歷來對「清官」的認知，通常與「清廉」結合為一，但「清」與「廉」實際

(續)──────────

　　　每舉之，以勵群屬，以剛直忤權貴致仕。見〔明〕凌迪知編，《萬姓統譜》，頁877。

9　明王璉「自奉檢約，一日饌用魚羹，璉謂其妻曰：『若不憶吾啖草根時耶？』命撤而埋之。人號『埋羹太守』。」見〔清〕張廷玉等撰修，〈王璉傳〉，《明史》(台北：中華書局，1966)，卷143，頁4061。

10　這是多數學者的共通看法，相關論述極多，不煩列舉。

11　葉潤桐，〈論「清官」與「清官」迷信〉，《貴州文史叢刊》，1995年第2期，頁74。

12　王毅，〈明代通俗小說中清官故事的興盛及其文化意義──兼論皇權制度下國民政治心理幼稚化的路徑〉《文學遺產》，2000年第5期，頁67。

13　見前引葉潤桐論文的第二段評述。

上誠如明崇禎皇帝所說的：「清固美德，但不可傲物逐非。且惟伯夷爲聖之清，若小廉曲謹，是廉，非清也」[14]，是有某種程度的區別的。「廉」字的本義，據《說文解字》的解釋，「从广，兼聲」；從广的字多與建築有關，鄭玄注《儀禮‧鄉飲酒禮》中「設席于堂廉東上」，即云「側邊曰廉」。堂屋的側邊，有稜有角，方正平直，因此引申爲正直、節儉、端方、鯁介之意；如以此衡量屋宇的其他處所，自然就容易查覺到其有失平正或敧斜之處，故又引申爲「訪查、考核」之意，如《周禮‧天官‧冢宰》中云：「〔小宰〕……以聽官府之六計，弊羣吏之治：一曰廉善，二曰廉能，三曰廉敬，四曰廉正，五曰廉灋，六曰廉辨。」[15]此處的「廉」，即爲「考察」之意。

至於「清」字，原與「濁」相對，有澄淨、純潔之意；一塵不染，皭然無滓，故引申爲高潔；至清則無徒，故又有寂冷之意。正直而廉者必清，這是「清」與「廉」字義重疊之處，故「清廉」二字不但可組合成詞，且其繫聯的字，如直、靜、介、儉、平、愼、謹等，常可互用。「清」字當動詞用時，其點檢、整頓之意，也與「廉」字相彷彿。但「廉」必須積極入世，而「清」則可以超脫塵俗，此稍有不同之一；且「清」字猶有明白、曉晰之意，而「廉」則無之，此稍有不同之二。因此，清可涵括廉，而廉則不能概括清。換句話說，「清」的聲望較「廉」爲高，「廉」是「清」的必要條件，此所以崇禎皇帝會說「小廉曲謹，非清也」，而後世備受贊賞的也稱「清官」，而不稱「廉官」或「廉吏」。

因此，清官的「清」字，基本上有兩層涵意，一是「清廉」，所謂「纖芥不取」，立身正直，不爲貨利所誘引，屬道德的層面，一般與「貪官」對舉；一是「清明」，所謂「明鏡高懸」，能爲人民平訟理爭，賞善懲惡，屬於能力的層面，通常與「昏官」對舉。

「德」、「能」範疇不同，原不可相冒而論，但自從儒家刻意標舉「士」的

14　〔清〕張廷玉等撰修，《明史》，卷255，〈黃道周傳〉，頁6597。

15　〔東漢〕鄭玄注，《周禮》，收入《四部備要》（臺北：臺灣中華書局，1981），第3冊，卷3，頁3b。

道德價值之後，所謂「有德者必有言，有言者不必有德」[16] 的觀念，始終在中國政治史上占有不可搖撼的影響力。儒家思想本身是一種以「綱常名教爲中心的倫理本位主義」[17]，關心的是個人「如何成德，如何成就人品」[18]，並循此以教育、感化民眾的修持與涵養，向來強調「爲政以德」、「其身正，不令而行」的「德治」，所謂「苟正其身矣，於從政乎何有？」[19] 對人性的樂觀(性善)，導致對「德化」的過度期待，而忽略了可以操之在我的自身道德修養，在應物處事時可能出現的難題。深受儒家思想濡染的知識分子，通常很難免就混淆了「德」與「能」的界線，誤將個人的道德與能力併爲一談。清官之「清」，受到強調、重視的往往也就是「清廉」而非「清明」。爲官從政，「清廉」是必要條件，卻非唯一的條件，但在儒家思想影響下，「清明」二字的重要性大幅削弱，浸至於形同「備位」，這是「清官文化」中極顯著的現象。

在明、清對官吏的考核中，也呈顯出類似的傾向。在明憲宗成化之前，三年外官考察原只有：老疾、罷軟、貪酷、不謹四項；憲宗時李裕奏請加上「才力不及」之項[20]，經由統整後，有所謂的「四格八法」，清代亦沿襲未改。「四格」指「才(才能)、守(操守)、政(從政態度)、年(年齡)」，屬考核項目；「八法」指「貪、酷，革職提問；罷軟、不謹，革職；年老、有疾，休致；才力不及、浮躁者，酌量降調」[21]，屬陟罰臧否的實際裁量。其中貪、酷的懲處最爲嚴重，有關辦事無能的「罷軟」及德行有虧或工作失職的「不謹」，雖亦革職，但「才力不及」考核項的增入，無疑就成了一種游移，相對削弱了對能力問題應有的重視。

在傳統儒家「以德治國」的理念下，對官守作嚴格的道德要求，自然是順理成章的；君子之德如風，小人之德如草，「道之以德，齊之以禮」的「有恥且

16　見《論語・憲問》。

17　包遵信，〈儒家思想和現代化〉，收入《批判與啓蒙》(台北：聯經出版公司，1989)，頁9。

18　牟宗三，《中國文化的省察—牟宗三講演錄》(台北：聯經出版公司，1988)，頁124。

19　以上三則，並見《論語・子路》。

20　張廷玉等撰修，《明史》，卷160，〈李裕傳〉，頁4370。

21　〔清〕清高宗編撰，《清朝文獻通考》(台北：臺灣商務印書館，1987)，卷59，〈選舉考十三・考課〉，頁5404。

格」之境，更是儒家最高的理想。這顯然是過度理想化的的觀念，且其實施，必然會循著「道德法制化」的脈絡開展，而貶低了「道之以政，齊之以刑」的功能，未賦予「法制道德化」的意義。也因此，中國文化中的「法」，是摻有濃厚道德意味的。

二、「治人」、「治法」與道德威權

從字源上說，「法」有「刑」的意思，許慎《說文解字》云：

> 灋，刑也。平之如水，从水。廌所以觸不直者去之，從去。

「灋」即「法」。據許慎的解釋，「法」是判斷是非善惡的一種標準，而且具有某種程度的客觀性與公正性，故云「平之如水」；同時，它還蘊含了規範性與權威性，故釋為「刑」，可以「觸不直者去之」。從客觀、公正、規範、權威四種性質推衍，我們也許還可以推斷出「法」的永恆性與普遍性（這本是最容易受人質疑的，但許慎並未懷疑），故《爾雅・釋詁》中，也依據了這些特性，羅列了一連串相關的字眼：

> 典、彝、法、則、刑、範、矩、庸、恆、律、戛、職、秩，常也。柯、
> 憲、刑、範、辟、律、矩、則，法也。

郝懿行解釋「法」之所以有「常」義時，說：

> 法、則者，俱一定而不可變，是有常意，故訓常也。（《爾雅義疏》）[22]

所謂的「一定而不可變」，即指永恆及普遍的性質。事實上，「法」的基礎就理

22　〔清〕郝懿行著，《爾雅義疏・釋詁上》，收於《四部備要》，第73冊，頁12。

應奠定於其應有的永恆性和普遍性上；因為是「常」，故有公正性與客觀性，可用為衡量一切事物的標準（當然，並非執一「法」以衡量一切，而指此「法」所規定的特殊事物，如「書法」，用以衡量毛筆藝術、「詩法」用以品鑑詩歌創作，其他近代的各種法制莫不皆然。於此特殊事物的範圍中，可以說「一切」），並因此衍生其規範性與權威性。

但是，「法」的永恆與普遍性，是很難確立的。黑格爾曾將「規律」（即「法」)分為「自然規律」和「法律」兩種[23]。「自然規律」是自然事物的內在律則，是「自在的存在」，無論人類對此的認識正確與否，都不能改變其實質，例如「腐草化為螢」，是過去人類所認為的一種「自然規律」，而且顯然是錯誤的，但此一誤認，並無損於螢火蟲由土中之卵孵育而出的事實。就這一點上說，「法」是「一定而不可變的」。至於「法律」，則是人類所「設定」的，其設定的途徑有二：一是透過對自然事物的觀察和學習，利用歸納、演繹的方式，「發現」某種律則，並加以「提出」；一則是依特定的目的，人為地「創制」某種法律，作為達成目的的手段。此一目的，可能有道德上的善惡之分，如黃宗羲所說的「公法」和「私法」[24]。無論是上述的何種途徑，「法律是被設定的東西，源出於人類」[25]，則是一個無可置疑的事實，但不一定能確保其必有永恆和普遍的性質。黑格爾說：

> 在自然界中有一般規律存在，這是最高真理，至於在法律中，不因為事物存在而就有效，相反地，每個人都要求事物適合他特有的標準。因此，這裡就有可能發生存在和應然之間的爭議，亙古不變而自在自為地存在的法和對什麼應認為法而作出規定的那種任性之間的爭執。[26]

此即「法」的「合理性」的爭議，亦即對「法」的永恆性與普遍性的質疑。其所

23　黑格爾著，范揚、張企泰譯，《法哲學原理·序》（台北：里仁書局，1985），頁15。

24　〔明〕黃宗羲，〈原法〉，《明夷待訪錄》（台北：世界書局，1962），頁5-7。

25　黑格爾著，范錫，張企泰譯，《法哲學原理·序》，頁15。

26　同上，頁15-16。

以產生質疑的原因，在於：一、「提出」此「法」的人，對自然事物觀察及學習，在程序和工具上有瑕疵，故其歸納、演繹出的法則，可能是不正確的。這點在自然科學中最常發現。二、「設定」（創制）「法」的人，本身即違背了「合理性」（如道德上的惡意），欲以權威強迫他人認同此「法」，使其設定的「法」，看起來是永恆及普遍的。無論是何種原因，其結果必然形成一種對「法」（舊法）的規範性與權威性的挑戰（因為不再認為其公正與客觀），並通常另行設定一「法」（新法）取而代之，成為新權威的象徵。就這一點來說，則「法」事實上一直在流變的過程當中，是可以「變」的了，世間並無「一定不可變」的「法」。歷代對「法」的爭論，可以說都是環繞在「變」與「不變」的焦點而展開的。

　　「變」與「不變」的關係是相當辯證性的，從「不變」的角度來說，爭議性就比較少；但從「變」的角度來說，「法」是「可變」的，而此一「可變性」，正是其「不可變」的特徵。「變」中含「不變」，如何確定其性質，就是很棘手的了。持「法」立說的人，往往自「變」的角度對待「舊法」，但卻有意使「新法」成為「不可變」的；但「法」既由人所設定，事實上又無法「不變」，故立法者就必須利用種種方式，加強施法對象的認同，承認其「法」是永恆而普遍的。馬克斯・韋伯（Max Weber）將「統治」（Herrschaft，即合法的統治，指受到認同的統治，而未必一定合理）的類型分為三種：理性的（rational domination）、傳統的（traditional domination）及聖雄的（charismatic domination）。據雷蒙・艾宏（Raymond Aron）的詮釋：

　　　理性統治乃是基於相信法令及發號施令者之名位的合法性，傳統統治乃是基於相信悠久傳統的神聖性以及發號施令者的正當合理性，聖雄統治則是基於對一個人的神聖性或英雄氣魄或模範人格及其命令的一種狂熱的獻身。[27]

27　雷蒙・艾宏著，齊力、蔡錦昌、黃瑞祺譯，《近代西方社會思想家：涂爾幹、巴烈圖、韋伯》（台北：聯經出版公司，1986），頁268。

這三種方式都共同採用了「訴諸權威」的途徑，據韋伯的理論，這三種方式也決非孤立的[28]，統治者往往交互運用，以使人信服，一方面強調個人獨特的魅力、性質、能力，使遵循者不得不由於信奉他而信奉他所提出的「法」，一方面又極力強調其「法」的合理性，並將「法」與傳統繫聯爲一。在政治上，這種實例所在多有，中國古代的「清官」，就是典型的例子。

「清官」多由朝廷委派、分赴各地任職，其權力來自於天子，誠如顧炎武所說的：「所謂天子者，執天下之大權者也。其執大權奈何？以天下之權，寄之天下之人，而權乃歸之天子。自公卿大夫至於百里之宰、一命之官，莫不分天子之權以各治其事，而天子之權乃益尊。」[29]奉派至地方的官員擁有不容置疑與侵犯的絕對權力，此所以在元、明雜劇或小說中，凡是原非地方官員而由朝廷特任的御史、學士、巡按觀風巡察或調查案件時，都必然強調其擁有天子所賜、可以先斬後奏的「勢劍金牌」、「文書」、「尙方寶劍」，甚至銅鍘、鐵鍘等執法的刑具。顯然地，這是結合了「理性統治」與「傳統統治」爲一的「威權」；而在更大的層面上，清官以其清高絕俗的道德姿態，更展示了其「聖雄式的統治」。

「法」的「術」義，更使這種威權式的統治產生多樣的面相。蓋「術」是一種手段或方法，執法者之用「術」，原是爲了更精確、更公平地維護「法」的永恆與普遍性，但是在威權統治下，執法者既已與「法」結合爲一，則其所用的「術」，在無形中也被合理化了。此所以「酷刑」普遍發生在許多號稱爲「清官」的廉吏身上，而絲毫不受質疑的緣故。

然而，此所謂的「術」，在更多的情況下，卻是違背「法」的精神的，如歷代法制皆相當嚴格地要求官吏不得濫用刑罰，違反者通常會受到極嚴厲的懲戒，而我們在清官小說中，卻隨處可以見到大量殘忍嚴苛、踐踏人性尊嚴的恐怖刑罰。所謂「三木之下，何求不得」，這就嚴重地斲傷了「法」的公正性，連帶亦使「法」的權威性受損。

因此，中國的威權統治，使得相關於「法」的爭議，導向所謂的「治人」與

28　韋伯著，康樂等譯，《支配的類型》（台北：遠流出版公司，1991）。
29　〔清〕黃汝成，《日知錄集釋・守令》（台北：中華書局，1981），卷9，頁15。

「治法」孰優孰劣的焦點。「清官」，基本上就反映出了這一爭議的相互矛盾性質。

關於此一爭論，以「治法」為先的理論，是建立在肯定一種永恆普遍的「法」之建立的可能性上，此即所謂之「公法」，其來源，據黃宗羲的解說，是符合「自然法則」的，乃因二帝、三王知天下之「不可無養」、「不可無衣」、「不可無教」而制定出來的，是「藏天下於天下」之法。既有「公法」，則可以順利地排除因人為而造成的法律缺憾，無論賢愚良莠，皆可按部就班，於永恆普遍的「法」下，作公平無私的裁斷。因此他強調「有治法而後有治人」。但是，問題在於，黃宗羲的「公法」，雖避免了為一己之私而設的「私法」，在某種程度可以消解「私法」的權威性，可還是不得不從君王的道德性上立論，標舉出堯、舜等向來象徵著政治道德最高境界的君主為典範。

而如果以「治人」為優先，則首先須否定「法」的永恆與普遍性質之可能，「法」是死物，人為活物，人世間情、理之複雜，決非一法可以瞭然。於此，「治人」成了關鍵，誠如清康熙皇帝所強調的「治國家者，在有治人，不患無治法」[30]、「夫有治人，始有治法，行實政，必有實心」[31]，而欲圓成此說，勢不得不先要求執法者自身道德之圓足，故他又表示：「有治人，無治法，但真能任事者亦難得。朕觀人必先心術，次才學。心術不善，縱有才學何用？」[32] 還是必須從道德上著眼。

在中國文化中的「清官」，無論自「治法」或「治人」的角度出發，最終的歸向依然是「道德」，此所以大多被塑造成清廉奉公(未必守法)的形象。然而，道德上的圓足，並不代表能力上的圓熟，於此，「清官」的局限性就呈露無遺了。同時，更嚴肅的問題在於：「清廉」的道德形象自身是否就是圓足的？

三、「清官」與酷吏

讀過《老殘遊記》的人，一定對劉鶚有關「清官」的評論留有深刻的印象，

30　《清實錄》卷83。

31　同上，卷41。

32　同上，頁551。

在第16回的原評中，劉鶚云：

> 贓官可恨，人人知之；清官尤可恨，人多不知。蓋贓官自知有病，不敢
> 公然爲非；清官則自以爲我不要錢，何所不可，剛愎自用，小則殺
> 人，大則誤國。吾人親目所睹，不知凡幾矣。試觀徐桐、李秉衡，其
> 顯然者也，廿四史中指不勝屈。作者苦心，願天下清官勿以不要錢便
> 可任性妄爲也。歷來小說皆揭贓官之惡，有揭清官之惡者，自《老殘
> 遊記》始。[33]

這段評論深刻揭露了所謂「清官」的「醜陋」面貌，直指其誤國害民的「可能」
罪行，在中國小說一片歌誦「清官」的傳統中，向來被譽爲「別有見地」、「發
人之所未發」的，也難怪其中充滿了相當濃厚的自豪意味。

　　不過，劉鶚這段議論，很明顯是抄襲明人李贄的論點，在《焚書》評論王世
貞〈黨籍碑〉：「安石誤國之罪，本不容誅；而安石無誤國之心，天地可鑒。主
意於誤國而誤國者，殘賊小人也，不待誅也。主意利國而誤國者，執拗君子也，
尚可憐也」的文字中，李贄謂：

> 公但知小人之能誤國，不知君子之尤能誤國也。小人誤國猶可解救，若
> 君子而誤國，則未之何矣。何也？彼蓋自以爲君子而本心無愧也。故其
> 膽益壯而志益決，孰能止之？如朱夫子亦猶是矣。故余每云貪官之害
> 小，而清官之害大；貪官之害但及於百姓，清官之害并及於兒孫。余每
> 每細查之，百不失一也。[34]

王世貞對清官之誤國，從君子(道德)層面加以迴護，故稍有同情；而李贄則一針
見血地指出所謂「執拗君子」的可怕，正印證了「政策的錯誤，比貪官還嚴重」

33　〔清〕劉鶚著，《老殘遊記》（台北：聯經出版公司，1983），頁154。
34　〔明〕李贄，〈黨籍碑〉，《焚書》（海口：海南國際出版公司，1996），《傳世藏
　　書》子庫第6冊，卷5，頁92。

的說法。的確，「清官」之執拗，往往流於剛愎自用，自以爲廉介不欺，即可以坦然面對天下，無愧無怍，因而以法令的權威，強行施壓於百姓之上，難免即流於「酷吏」。「酷吏」之弊，自司馬遷〈酷吏列傳〉始，已深刻予以揭發，從《史記》中的郅都、寧成、周陽、張湯等十人，直到劉鶚指名批判的徐桐、李秉衡及小說中影射的毓賢、剛毅等人，在中國歷史上，假清廉之名行酷虐之政的「清官」，即史不絕書，成爲千夫所指的詬罵對象；至於眞負「清官」賢名，而行事偏激竣刻，動輒以酷烈手段施政的，亦不在少數。

　　這是「道德法制化」相當嚴重的問題。而其中的關鍵則在於：「清廉」此一被提高到如此地步的「德行」，是否本身一無缺憾？早在孟子時代，就指出伯夷「聖之清者也」就明顯不如孔子「聖之時者也」，朱子謂「所以偏者，由其蔽於始」[35]；蓋「目不視惡色，耳不聽惡聲」者，近乎嫉惡如讎，而歷來被目爲典範的「清官」，亦多半峻厲尖刻、不近人情，所謂「介必隘……清不忘名」[36]、「忠介頗爲已甚，類不近情」[37]、「持法深」[38]、「持法過嚴，時議其刻」[39]、「尙刻少恕」[40] 等評語，都頗爲一致地指出了其偏蔽之所在，查繼佐評論陳茂烈時說：

> 時周學自白沙，顧臨民惠物，非「固窮」二字可了。固窮而後可商利濟，世隆之潔己，於居家可觀，推之於國，尚有待也。[41]

清人趙吉士亦謂：

35　〔宋〕朱熹，《四書集注・孟子・萬章下》。
36　〔清〕查繼佐著，方福仁等標點，〈清介諸臣列傳・魏驥〉，《罪惟錄》（杭州；浙江古籍出版社，1986），卷15，頁2175。
37　〔清〕查繼佐，《罪惟錄》，卷15，〈清介諸臣列傳・海瑞〉，頁2222。
38　〔清〕張廷玉等撰修，《明史》，卷158，〈顧佐傳〉，頁4312。
39　〔清〕張廷玉等撰修，《明史》，卷159，〈劉孜傳〉，頁4340。
40　〔清〕張廷玉等撰修，《明史》，卷157，〈張本傳〉，頁4290。
41　〔清〕查繼佐，《罪惟錄》，卷15，〈清介諸臣列傳・陳茂烈〉，頁2200。

貪夫狗財，廉者貴焉。廉，美德也。顧廉則必刻，刻則使萬物無所容，漸入刑名之學。潔以處己，稱物平施，君子哉！[42]

清官臨民施政，以自身所操持的信念當成普遍性的道德規範，挾以威權，作矯枉過正之舉，如陳敬宗「顧遇諸生少恩，以病告者，虞其詐，出驗之。因而故者，亦不知恤也。以故門下一登仕途，不復念，遇諸道，似不識也，殊少授受至情。」[43]刻薄寡恩，防人如防賊。甚而主張用嚴刑峻罰以治世理民，如海瑞倡議循「太祖法剝皮囊草及洪武十三年定律枉法八十貫論絞，謂今當用此懲貪。其他規切時政，語極剴切。獨勸帝虐刑，時議以為非」[44]，思想、行徑與酷吏無異。其毛舉細察、鋤刈豪猾，斷在必行，升斗小民表面上可能受惠，但「城中縉紳之家無敢劇飲，雨花、牛首、燕子磯諸處，輿舫頓絕」[45]，正不知又妨害了多少人民的生計與經濟發展。至於在小說〈況太守斷死孩兒〉中「萬民傳誦，以為包龍圖復出，不是過也」的況青天(鍾)，初臨府衙，即「立擲殺六人，尸諸衢，郡中不寒而栗」，「為治專戢豪狡，撫良善；至寒門下士挾片藝者，皆獲收用」[46]，不止手段酷烈，且心有成見，嚴分貧富、豪弱的軫域，行事焉能公允？《明實錄》謂其「有治劇才，故郡事雖繁，理之綽有餘裕，惜其貪虐，猶有刀筆餘習。」「貪」於史無證，但「酷」之一字卻無所遁形。

在歷來對「清官」的描述中，「清」字常與「強」、「剛」、「直」、「介」、「鯁」、「嚴」、「峻」、「勁」、「刻」、「執」等饒有濃厚剛愎自用、嚴厲刻削的字繫聯為一，而清官所擁有的「閻羅」[47]、「鐵面」[48]、「冷面寒鐵」[49]、「冰霜鐵石」[50]綽號，也森嚴寒峭，正反映了清官這種堅執強拗、一

---

42 〔清〕趙吉士，〈鏡中寄、廉介·小引〉，《寄園寄所寄》(台南：莊嚴文化事業有限公司，1997，《四書全庫存目叢書》子部155冊)，卷上，頁60。

43 〔清〕查繼佐，《罪惟錄》，卷15，〈清介諸臣列傳·陳敬宗〉，頁2178。

44 〔清〕張廷玉等撰修，《明史》，卷226，〈海瑞傳〉，頁5932。

45 〔清〕查繼佐，《罪惟錄》，卷15，〈清介諸臣列傳·陳敬宗〉，頁2221。

46 〔清〕查繼佐，《罪惟錄》，卷15，〈清介諸臣列傳·況鍾〉，頁2180-2181。

47 〔宋〕包拯有「關節不到，有閻羅包老」之謠。

48 〔宋〕曾公亮、明魯穆、清格爾古德皆有「鐵面」之稱，分見各人史傳。

49 〔明〕周新有「冷面寒鐵」之稱。

往無前的性格與作風。其偏蔽處，查繼佐說得最是剴切：

> 清介與安貧樂道者異，必以簞瓢勇責端木，端木久不預杏壇之列矣。其
> 理高而無徒，寡福享；其敝也少恩，不足以使人；無能大有爲，而往往
> 能令鄉黨婦豎悲號奔走，願爲之死。顧善物者輒不純任此。夫天道三陽
> 初開，雲行雨施，被物穠藹，使人望不見天，此時百物以生，滿前華
> 紛，總是有餘。及至秋空萬里，日月逼眦而近，纖絲不作，無可躲匿，
> 一統冰壺，乃百物自此而死。義之單行，近於刑名。惟與仁□而剛柔合
> 運天道□□以□窮。然非有堅□□生□胸摧骨之能，不克守此□□□故
> 多蹈坎履患□□□□者數。……雖然，諸善從潔廉而入。嗟！求人品於
> 泛泛污泥之中，豈可得哉！[51]

儘管「清官」於舉世濁流之中，以其矯矯拔俗之姿，引人矚目，但其行事的峻切，卻也令人側目。清官向來有「青天」的美稱，而治世理民，雲行雨施、剛柔兼濟，萬民才能得其所哉！所謂「率土之濱，莫非王臣」，查繼佐批評這些清官「無能大有爲，而往往能令鄉黨婦豎悲號奔走，願爲之死」，正扼要地指出了清官的偏弊。

四、「清官」的威權

「清」字成爲傳統官僚的重要美德，大抵是從宋代以後才開始的[52]，在此之前所謂「清官」泰半指「清要之官」或「清閒之官」，而以明、清爲最。在廿五史中，也是明、清史才有正式指稱某人爲清官的記載[53]。「清官」之所以受到重

（續）────────

50　〔明〕馬謹有「冰霜鐵石」之稱。

51　〔清〕查繼佐，《罪惟錄》，卷15，〈清介諸臣列傳‧總論〉，頁2167。

52　論者多認爲這與宋代理學的興起有關，參看馮會明，〈朱熹廉政思想的理論與實踐〉，《上饒師專學報》第17卷第1期（1997年2月），頁28-32。徐曉望，〈論朱熹與清官性格的塑造〉，《中共福建省委黨校學報》2001年第10期，頁65-69。

53　〔清〕張廷玉等撰修，《明史》，卷162，〈盛顒傳〉，頁4419。

視，顯然是有一個「吏治敗壞」的背景在支撐的。以中國文學史中，最早以通俗的形貌凸顯出清官形象的作品元代「清官戲」來說，其盛行正有蒙元以異族入主中國，並以君臨者宰制漢族的姿態，造成種種弊政的背景。如大德七年(1303)官方在一次檢覈中，即檢肅出近兩萬員的貪官、四萬五千多銀錠的贓款、五千多宗冤獄[54]。至於「清官小說」流行的明、清兩朝，明代的稗政是人所共知的，呂坤謂：「今天下之蒼生貧困可知矣。自萬曆十年以來，無歲不災，催科如故。臣久為外吏，見陛下赤子凍骨無兼衣，飢腸不再食，垣舍弗蔽，苫蒿未完；流移日眾，棄地猥多；留者輸去者之糧，生者承死者之役。君門萬里，孰能仰訴。」[55]而自神宗末年以來，「徵發頻仍，礦稅四出，海內騷然煩費，郡縣不克修舉厥職，而廟堂考課，一切以虛文從事，不復加意循良之選。吏治既以日媮，民生由之益蹙」[56]，當時吏治的敗壞，有目共睹。即便是清朝盛世，在乾隆四十六年(1781)，也發生甘肅省折捐冒賑的大案，從封疆大吏到州牧縣令牽連者有157人，依律擬死者一百員，為「從來未有之奇貪異事」[57]，直到乾隆五十五年(1790)，內閣學士尹壯圖仍奏稱：「各省督撫，聲名狼籍，吏治廢弛，經過各省地方，體察官吏賢否，商民半皆蹙額興嘆，各省風氣，大抵皆然。」[58] 吏治敗壞，天下百姓深受其害，自不免有對「清官」翹首企盼的心理，從文學作品的表現往往反應當代社會情況的現象而言，作如是的推論，倒也是能自圓其說，言之成理的。

　　就歷史現象而言，吏治敗壞，貪官污吏遍天下，固是實情；但也未必全天下的官吏皆沆瀣一氣、涅緇共色。其中風標特立、清廉循謹、愛民如子的循吏、清官，雖屬鳳毛麟角，卻也史不絕書。值得注意的是，這些循吏、清官，多是地方官員。地方官吏臨民而治，站在官僚系統的第一線上，直接與民眾休戚相關，個

54　〔明〕李善長等監修，《元史》，卷21，〈成宗本紀〉，頁456。
55　〔清〕張廷玉等撰修，《明史》，卷226，〈呂坤傳〉，頁5938。
56　〔清〕張廷玉等撰修，《明史》，卷281，〈循吏傳序〉，頁7185-7186。
57　《宮中檔乾隆朝奏摺》(台北：故宮博物院，1982)，第49輯，頁381-382。有關乾隆朝官吏的貪瀆狀況，參見郭成康，〈18世紀後期中國貪污問題研究〉，《清史研究》1995年第1期，頁13-26。
58　《清高宗實錄》(台北：華文書局，1970)，卷1，頁7。

人的操守與政令的執行，通常就決定了民眾的命運。相對於負責政策面的制定，與民眾的關係較疏闊的朝廷要員之「清望」，其是否「清官」，平心而論，就未必是民眾所關切的。因此，透視「清官」的路徑，必須從多數老百姓的角度出發，才能真正的理解到此一文化的內在意義。

地方官守的職掌極其繁重，以清代的「縣」爲例，據《清史稿‧職官志》記載：

> （知縣）掌一縣治理，決訟斷辟，勸農賑貧，討猾除姦，興養立教。凡貢士、讀法、養老、祀神，靡所不綜。縣丞、主簿分掌糧馬、征稅、戶籍、緝捕諸職。典史掌稽檢獄囚。[59]

舉凡賦稅、傜役、錢糧、教育、詞訟等，均包含在內。所謂「夫令長，字人之官；聽斷，立政之本，善惡攸司，曲直是主，一境由其治亂，三農繫乎慘舒，非夫明達君子，忠信飭躬，孰能使其無訟乎？苟非其人，則輕重由心，上下其手，貨賂公行，民受其弊矣。孔子曰：『刑罰不中，則民無所措手足。』至哉斯言乎！」[60] 儘管顧炎武曾經慨嘆明代吏治之惡劣，實導因於守令「辟官、蒞政、理財、治軍」之權，「皆不得以專之」，而朝廷唯「以錢糧爲重，不留贏餘，常俸至不能自給，故多贓吏」[61]；且明代選官，向有「南北互選」[62] 之例，「赴任之人動數千里，必須舉債方得到官，而土風不諳，語言難曉，政權所寄，多在猾胥」[63]，不熟悉當地民生狀況、語言風俗的新官，每受到積年猾吏的掣肘，小說中說「隨你官清似水，難逃吏滑如油」[64]，也的確道出了此一「民間虎狼」成爲

59　趙爾巽等修，《清史稿》（台北：中華書局），卷116，〈職官志〉，頁3357。

60　〔北宋〕王欽若等編，〈令長部‧折獄〉，《冊府元龜》（北京：中華書局，1982），卷7-5，頁8394。

61　同上。

62　黃汝成，《日知錄集釋》，卷8，〈吏胥〉，頁18-19。

63　黃汝成，《日知錄集釋‧選補》，卷8，頁25。

64　見《警世通言》卷15，〈金令史美婢酬秀童〉。這句話泛見於各篇公案小說中，可謂是一般人的共識了。《型世言》卷30，〈張繼良巧攝篡，曾司訓計完璧〉這篇小說，細緻摹寫了有關吏胥如何欺上瞞下、夤緣爲奸的情狀，可以參看。

「天下之大害」[65] 的實情。但是，吏胥固然可以上下其手，卻必須夤緣爲奸，此一「夤緣」能否奏效，關鍵還在官員本身。明代地方官守，知縣雖僅七品，官秩不高，頗受上級的層層節制；但臨民而治，卻擁有絕對的威權。此一威權，尤其是在所謂的「公堂」之上，展現得最淋漓盡致。

地方官守威權的「法源」，並非完全直接來自於「法制」，相反地，自明、清以來，所謂「法制」對官守的威權是懍懼在心的，顧炎武論封建、郡縣的關鍵，要義正在於此。同時，「法制」更對官守的威權有層層的節制。以用刑爲例，據明代律例，懲處罪犯向有「五刑」：笞(用小荊杖決打，自一十至五十分五等)、杖(用大荊杖決打，自六十至一百爲五等)、徒(拘收在官，並從事用力辛苦之事，與杖兼施，以一年至三年爲五等)、流(流去遠方，終身不得還鄉，自二千里到三千里爲三等)、死(分絞、斬二種，爲極刑)；而審訊嫌犯，最多也不過在「其犯重罪，贓證明白，不服招承」之下，可以用「杖」拷訊(施於臀、腿)[66]。但官吏執法，卻往往未循規章。弘治、萬曆的〈問刑條例〉中皆記載如下一例：

> 內外問刑衙門，一應該問死罪，并竊盜搶奪重犯，須用嚴刑考訊。其餘止用鞭扑常刑。若酷刑官員，不論情罪輕重，輒行梃棍、夾棍、腦箍、烙鐵等慘刻刑具，如一封書、鼠彈箏、攔馬棍、燕兒飛等名色，或以燒酒灌鼻，竹簽釘指，及用徑寸懶杆，不去稜節竹片，亂打覆打，或打腳踝，或鞭脊背，若但傷人，不曾致死者，俱奏請，文官降級調用，武官降級，於本衛所帶俸；因而致死者，文官發原籍爲民，武官革職，隨舍餘食糧差操。若致死三命以上者，文官發附近，武官發邊衛，各充軍。[67]

65　〔清〕顧炎武，〈郡縣論八〉，《亭林文集》(上海：上海古籍出版社，1995，《續修四庫全書》，第1402冊)，卷1，頁74。

66　黃彰健編著，《明代律例彙編》(台北：中央研究院歷史語言研究所，1994)，頁21、22所附的「五刑之圖」、「獄具之圖」。

67　見《明代律例彙編》，頁979。又，頁1004所載弘治例，字句稍有不同，而懲處較輕，且末有「如因公事拷訊，笞杖臀腿去處致死者，依律科斷，不在降調之列」，萬曆條已刪，可知明代用刑失當之弊，晚期愈見劇烈。

有明一代，列名循吏(或被稱爲「循謹」的)，總計不過170人[68]，而翻讀《明史》，則隨處可見從朝廷到地方，充斥著許多酷烈的事跡(尤以萬曆之後爲多)，慘遭荼毒的官員、百姓，不計其數。可見相關的酷刑禁令，並未確切的執行。於是，在公堂之上，「榜楚不絕，網阱交設」[69]，「冰慘火烈，鷹擊虎怒，以刀鋸爲治具，流膏血於境內，急若束濕，害過屠伯」[70] 的現象，描摹的雖是宋代，但在明、清依然是層出不窮的。

　　當然，行酷虐之政，以三木夏楚爲能事的官員，絕大多數不是貪財受賄的貪官，就是昏庸無能、急於表功的昏官，再不然則是基於政治對立，刻意羅織鍛鍊的爪牙(如明代閹黨)；而其之所以膽敢動用如此慘酷非法的刑罰，正是緣於其擁有不可質疑、動搖的執法威權。青天大老爺高居公堂之上，其威權同樣是凜然不可侵犯的，隨意翻開一些描摹公堂審案的戲曲、小說，我們都可以發現作者是如何蓄意地強調官員的威勢及公堂令人畏怖的氛圍。以著名的清官包拯爲例，在《清風閘》一書中，包拯離京就職，即「有鐵鋤、銅鋤、蘆簾子，一件件刑具齊全」[71]，威勢十足；在審毛、郎二賊徒時，「二賊看見包公坐在上面，猶如閻羅天子一般。見兩邊擺列刀槍箭戟、鞭鐧鎚抓，外有銅鋤、鐵鋤、蘆鍊子、大夾棍、點鎚，還有短夾棍，敲牙摘舌，百樣飛刑，只唬得渾身發抖」[72]——這些形形色色的刑具，無論官史、小說中都有大量的記載，不僅刑具有威嚇嫌犯的作用，而且經常是劍及履及、剝膚浹髓地慘酷執行的。《清風閘》作者爲清初揚州江都人的著名說書人浦琳，據李斗《揚州畫舫錄》卷11所載，其「養氣定辭，審音辨物，聞者歡怡嗢噱，進而毛髮盡悚」，所謂「毛髮盡悚」，或與其描述「非

64　李白華，〈從階級本性看清清官—專就明代來談〉，《學術研究》1966年第3期，頁27-31。一文，據《明史》所載的循吏170人對比當時地方官的3萬人，得出貪官「滔滔者天下皆是也」的結論。但所謂「循謹」，是與「貪殘」對舉的(故《明史·循吏列傳》謂「吏鮮貪殘，故禍亂易彌」)，或者還應加上「酷吏」二字。

69　見《冊府元龜》，卷707，〈令長部·酷暴〉，頁8412。

70　同上，卷697，〈牧守部·酷虐〉，頁8311。

71　〔清〕浦琳，《清風閘》(台北：漢源文化事業公司，1993)，第27回，〈皮奉山生子，包青天出京〉，頁172。

72　同上，第30回，〈立拿毛郎二賊，求雨壇前認屍〉，頁184。

刑」有關，如其審孫小繼時，竟「將豬鬃撞至龜頭，可憐一撞，鮮血淋淋」[73]，簡
直像對待牲畜一樣，至於審訊強氏，更不因為其為弱質女子而稍有容情：

> 可憐十指尖尖，拶得像胡蘿蔔一樣⋯⋯又加四十點鎚⋯⋯又拶起來⋯⋯
> 打上四十大板⋯⋯將他頭髮一根根箝下來⋯⋯又叫拿鹽鹵滴下去⋯⋯又
> 叫將十指摘去⋯⋯又把腳指摘去⋯⋯取豬鬃將他兩乳撞進去。[74]

如此「清官」，手段之殘忍，真的令人毛骨悚然！《三俠五義》中亦細緻地摹寫
了包拯審「貍貓換太子」案時特製的刑具「杏花雨」：

> 彷彿大熨斗相似，卻不是平面，上面皆是垂珠圓頭釘兒，用鐵打就；臨
> 用時將炭燒紅，把犯人肉厚處燙炙，再也不能損傷筋骨，止於皮肉受傷
> 而已。包公看了問道：「此刑可有名號？」公孫策道：「名曰『杏花
> 雨』，取其落紅點點之意。」包公笑道：「這樣惡刑，卻有這等雅名，
> 先生真才人也！」[75]

不獨包拯如此，幾乎所有的「清官」，無一不是倚仗嚴酷的非刑「破案」的。在
公堂上，沒有所謂的「嫌犯」，有的只是罪證確鑿的「犯人」，單憑專權剛愎的
自由心證，「一個官要拶就拶，管你甚麼根基不根基！」[76] 小老百姓面對著如
此的「青天大老爺」，欲求「人權」二字，幾乎等同夢囈。包拯審孫小繼、強
氏，可以直接猥害嫌犯生殖器；而《初刻拍案驚奇》中的袁理刑，在審尼庵中的
「假尼姑」時，則更命穩婆牽了條狗來「舔陽」[77]，方能破案；人性的尊嚴為之

73　同上，第32回，〈新建包公祠，皮府大筵宴〉，頁191-192。

74　同上。

75　〔清〕石玉崑著，趙景深編校，《三俠五義》（上海：上海古籍出版社，1980），第
　　19回，頁94。

76　〔明〕西周生著，黃肅秋校註，《醒世姻緣傳》（上海：上海古籍出版社，1981），
　　第10回，頁144-145。

77　〔明〕凌濛初，《初刻拍案驚奇》（西寧：青海人民出版社，1981），卷34，頁642。

踐踏無餘，都是相當駭人聽聞的。

官守之濫用酷刑，其實部分是源於制度上的問題，蓋明、清二朝的審理制度，「口供」是最重要的斷罪證據，儘管其他的罪證確鑿，但沒有被告親自畫押認罪，是無法獲得認可的。《警世通言・金令史美婢酬秀童》中，秀童被誣爲盜，原矢口否認，抵死不招，而由於：

> 原來大明律一款，捕盜不許私刑弔拷。若審出眞盜，解官有功。倘若不肯招認，放了去時，明日被他告官，說誣陷平民，罪當反坐。捕盜弔打拶夾，都已行過。見秀童不招，心下也著了忙。商議只有閻王閂、鐵膝褲兩件未試。閻王閂是腦箍，上了箍，眼睛內烏珠都漲出寸許；鐵膝褲是將石屑放於夾棍之內，未曾收緊，痛已異常。這是拷賊的極刑了。[78]

歷來小說、戲曲、影視中，官守口中常用的「從實招來」、「招不招」、「快快招來」等語，正說明了套取「口供」的重要性。《三俠五義》中，包拯審「烏盆案」，一時失手將嫌犯趙大夾死，並未招承，故落得革職查辦，正屬此例。另一原因，則誠如徐忠明所說：

> 這裡實際上牽涉到中國古代法律的道德趨向，因爲被告在道德上的知罪認罪，是其將來服法改過的一個重要前提，而判決只是被告「心服口服」的結果。一個嚴格意義上的法律問題由此成爲一個道德問題。[79]

中國古代的地方官守，向有「父母官」之稱，官守如父如母，正是要教育訓導百姓，所謂「上以風化下」，欲其「有恥且格」，卻採取了「民免而無恥」的激烈刑酷手段，這不啻爲最大的諷刺。而清官以己度人，如欲強將自身奉行的道德標

78　〔明〕馮夢龍纂輯，錢伯城評點，《新評警世通言》(上海：上海古籍出版社，1992)，第15卷，頁220。

79　見徐忠明，〈中國傳統法律文化視野中的清官司法〉，《中山大學學報》(社會科學版)1998年第3期，頁110。

準橫施於百姓，又不願貽人把柄，有損「清譽」，嫌犯有無招承，更顯得迫切。以非刑相加，亦是意料中在所難免之事。

五、「清官」文學及其省思

　　以「清官」為主題的文學作品，除開史傳、雜記中有關的記載不論，從元、明到清朝，以戲曲、小說(話本、章回)的數量最多。扼要而言，這些文學作品中的故事，多半敘述清官如何以其清廉公正、明鏡高懸的人格，不畏強權地抵禦土豪劣紳、貪官污吏，並屢破奇案，為民伸冤。不過，在這兩種不同的文體以及內容主題的表現中，卻存在著情節重點的微妙差異。元、明戲曲中尚有部分摹寫清官如何對抗強權的情節，如《元曲選》中的李潛夫《包待制智勘灰闌記》、無名氏《包待制智斬魯齋郎》及《包待制陳州糶米》，《明成化說唱詞話》中的《仁宗認母傳》、《包龍圖陳州糶米傳》、《張文貴傳》、《包龍圖斷曹國舅公案傳》、《包龍圖斷趙皇親孫文儀公案傳》等。至於明、清的小說，則除了穿插舊有的故事外，更以濃墨飽筆敷衍大量的「公案」，從明末《百家公案》、《廉明公案》、《諸司公案》、《新民公案》、《律條公案》、《神明公案》、《詳刑公案》、《名公案斷》、《居官公案》、《龍圖公案》、《海公案》等一系列的「公案小說集」，到清代的《清風閘》、《施公案》、《彭公案》、《三俠五義》、《于公案奇聞》等皆是。而到了清末的《九命奇冤》、《老殘遊記》，始力圖從質疑舊有司法體制、清官的角度架構主題。

　　從元、明戲曲到明、清小說的轉變，我們可以觀察到一股重要的趨勢在醞釀發展中，那就是在清官的「清廉」基礎上，格外強調了其「清明」的特質，而種種離奇古怪、匪夷所思的民、刑事案件，一到清官手上，無不應手就破的「公案」，正是其具體的表徵。誠所謂「士師之折獄，非明不為功」[80]，清官理應「一如明鏡當空，物自無遁形」[81]，公案小說中的清官往往被塑造成具有奇

80　見〔清〕雲涯主人，〈龍圖剛峰公案合編敘〉。
81　見〔清〕李西橋，〈龍圖公案敘〉，《明清小說資料選編》(濟南：齊魯書社，1989)，頁1075。

智異能的形象，不但明鏡高懸，萬情燭照，擅用「五聽」[82] 以審案；更屢顯神異，如鳥鼠告狀、陰風吹起、烏盆訴冤、鬼魂示現等無頭公案，亦能迎刃而解。甚至包拯還有荒誕不經的「日斷陽，夜斷陰」類神話傳說——這無非都是為了凸顯清官上通神明、下感鬼神、中暢民情的「清明」。也正因此，多數的公案小說(如「公案集」之類)幾乎都不嫌蕪冗地在一回中夾雜三、四樁案件，讀者但見其乾淨俐落、快刀斬亂麻地「速審、速斷、速決」，驚詫、豔羨、仰止於其巧智多謀、明察能斷的辦案效率，而往往忽略了清官挾著官守威權，如此斷案所可能造成的偏弊。蓋「五聽」的理刑原則，原就帶有相當強烈的主觀意識，因此《周禮》中猶有「三宥」、「三赦」[83] 以濟其窮；而多數的清官，於審理案件時，似皆渾然忘了「三宥」、「三赦」，臆見先入，作泛道德式的考量，往往「以刑逼供」。在三木交施、拶夾並用下，無辜受害的冤獄，自亦難以避免。《聊齋誌異·臟脂》即是一個著名的例子。

　　這是實有其事的案例。此案屢經波折，先是邑宰「橫加桎梏」，被認定「因風殺人」的鄂生「不堪痛楚，以是誣服」；而其後有「神明」稱號的吳南岱，則以「宿妓者必無良士」、「踰牆者何所不至」的泛道德觀念，懷疑凶手為素行不良的宿介，宿介雖被冤屈，但也同在「不任凌籍，遂以自承」，「鐵案如山，宿遂延頸以待秋決矣」。在此案中，吳南岱雖作誤判，但絲毫未受懲戒，反和後來平反冤獄的施閏章同被稱許為「斯文之護法」。吳南岱基本上絕非貪官，但其觀念之陳舊迂腐、自恃自必，與一般所謂的清官無異，但「昏庸」二字，顯然是無法洗脫的。蒲松齡評論說：「世之居民上者，棋局消日，綱被放衙，下情民艱，更不肯一勞方寸。至鼓動衙開，巍然坐堂上，彼曉曉者直以桎梏靖之，何怪覆盆

82　「五聽」見《周禮·秋官·小司寇》：「以五聲聽獄訟，求民情。一曰辭聽，二曰色聽，三曰氣聽，四曰耳聽，五曰目聽。」鄭注云：「辭聽者，觀其出言，不直則煩。色聽者，觀其顏色，不直則赧然。氣聽者，觀其氣息，不直則喘。耳聽者，觀其聽聆，不直則惑。目聽者，觀其眸子，視不直，則眊然。凡此五聽是也。」

83　《周禮·秋官·司寇》云：「壹宥曰不識，再宥曰過失，三宥曰遺忘。壹赦曰幼弱，再赦曰老旄，三赦曰惷愚。」鄭司農注云：「不識，謂愚民無所識，則宥之；過失，若今律過失殺人，不坐死。」鄭眾注云：「遺亡，若間惟薄忘有在焉，而以兵矢投射之，」

之下多沉冤哉！」實際上已針對「酷刑」作了反思；但所謂「斯文之護法」云云，則又似對刑求有若干肯定，「宿介之刑，孽由自作」，這是中國古代士大夫的共同觀念，但也似乎獲得一般庶民的認同。

揆其原由，公案小說多半案情單純，善惡分明，是主要的關鍵。蓋公案小說將情節集中在公堂之上，鳴鼓告冤、收狀聽訟，或案發察情、審訊斷案，構成了小說的主體，類似〈單皮靴勘證二郎神〉般需曲折「偵探」的情節，少之又少。故其中為非作歹之徒，讀者一望即知。而清官亦都一貫擁有絕佳的「運氣」，凡刑虐所加，必屬惡人，這正符合了「善有善報，惡有惡報」的道德規律。其次，這無疑也反映了在官守威權之下，一般庶民早已對酷烈刑罰反應麻木，清官小說中絕無「漏網的惡人」，也鮮少「受屈的好(惡)人」，即便有之，也被認為是天經地義、理所當然的。

這是儒家文化及官守威權體制濡染下的通弊，也是清官小說結合著酷虐的刑罰誕生、流傳的溫床，官守只要一享有「清」字的聲譽，即可獲得極高的評價，至於「酷不酷」的問題，似乎根本無關大局。不僅如此，有極少的小說甚至非常弔詭地，連清官向來最重要的「清廉」特徵都一舉顛覆了。《古今小說・滕大尹鬼斷家私》中，滕知縣在調解兄弟爭產的官司中，裝神弄鬼，昧心吞下了一千兩黃金，依然被稱為「賢明有司」[84]。

滕知縣或者不能歸於「清官」之列，即或勉強算是(賢明亦可指清明)，也是少見的例子，但卻頗足引人省思。康熙皇帝曾謂：「清官不係貧富，張伯行家道甚饒，任所日用皆取諸其家，以為不清可乎？一心為國即好官，或操守雖清，不能辦事，亦何裨於國？」[85] 這段話甚有意思，究竟居官「清廉」還是「清明」重要？在升斗小民心目中，「德」與「能」如不可兼得時，將會作何取捨？從公案小說大量堆疊清官破案的故事，而僅將「清廉」當成背景的情況看來，恐怕

84　案：此公案原出《龍圖公案》卷8中的〈扯畫軸〉，主角是包拯，但在此故事中，包拯是拒絕接受此一項金錢的。

85　《清史稿》，卷109，〈選舉志四〉，頁3185。案：康熙五十三年，尚書趙申喬舉潮州知府張應詔能耐清貧，可為兩淮運使。但康熙認為他能力不足，故未選用；而張伯行則是康熙朝以廉能聞名的清官。

「清明」與否，是較「清廉」來得更重要的。事實上，在古代的威權體制中，小老百姓面對層層官僚系統的約制，往往無法動彈，唯有透過「賄賂」，才能打通關節；貪污之事，已成了「共犯結構」。直到現在，還常聽到有人說「貪一點也就罷了，不要貪得太過分」的話，在古代龐大的官僚體系中，從朝廷到地方，充斥著各個不同層級的大小官吏，由於法制的種種缺陷，以致儘管當政者企圖「以俸養廉」，設計「養廉銀」的制度(如雍正)，以減少貪官，但成效始終未彰，殘民自肥，以貪墨剝削為能事的貪官污吏仍占絕大多數，甚至達到了整部中國古代政治制度史，實際上就是「一部貪污史」[86] 的地步。因此，當我們看到《彭公案》中的彭朋在三河縣被參革職，反倒由綠林好漢黃三太發金標令，分派諸強梁募集(實際多半是搶來的)到一萬兩銀子「托個門路，保彭公官復原職」[87] 時，或者可以悟出若干道理——這是結構性的問題，當時公案小說的讀者自是無法意識到。

　　在清代的公案小說中，《施公案》是頗值得注意的。據《清史稿》所載，歷史上的施世(仕)綸曾於順天府尹任內「疏請禁司坊擅理詞訟、奸徒包攬捐納、牙行霸占貨物、流娼歌舞飲宴」及「理漕」、「散賑」等事，博得「廉惠勤民」、「清廉公直」之清名[88]，的確在吏治上獨標一格，樹立了清官的典型。就這一點而論，《施公案》將前此大量的公案箭垛式的集中在他身上，所塑造出來的「清官」形象，倒是頗符合實際的。但是，施公斷案，儘管亦用刑罰，但多數都是擺在一旁助威，或者用來恐嚇嫌犯的，真正「開打」、「大刑侍候」的情況明顯降低，頗有直指威權結構弊端的涵意。此書敘云：「《尚書》云：『非佞折獄，惟良折獄。』是知折獄之道，不在乎捷捷善言者，而在乎忠貞慈諒也。」[89]「慈」與「諒」二字，正是針對酷虐的刑罰而發的。

　　在里巷傳說中，施世綸除了具備古來清官所應具有的特點外，尚有一則關於

86　王亞南，《中國官僚政治研究》(北京：中國社會科學出版社，1981)，頁117。
87　見《彭公案》第19回，〈鮑家店群雄聚會，彭縣令官復原任〉。
88　趙爾巽，《清史稿》，卷277，〈施世綸傳〉，頁10096-10097。
89　〔清〕無名氏撰，林建民校點，〈施公案敘〉，《施公全案》(南京：江蘇古籍出版社，1994)，頁2003。

他體貌形象的描述，那就是「十不全」。小說中透過眾官之眼看他：「長臉，細白麻子，三綹微鬚，蘿葍花左眼，缺耳貢扇，小雞胸，細眊左膀不得勁。頭裡看他走路，還是點腳。」[90] 依據小說人物的造型而論，施世綸此一形象的塑造，是頗異於常規的，我們所常見的清官，雖然未必如才子佳人小說般，盡以翩翩的風采、俊挺的外貌、滿腹的文韜武略取勝，而起碼具備端莊的面貌、威嚴的氣度，卻是無可置疑的。讀者幾乎很難想像，一個法律的公正裁斷者，居然本身就是「其身不正」的。無庸諱言，這種別闢蹊徑的小說人物摹寫手法，是頗具震撼力的。試想：象徵著公平正直的法律守護神，居然只有像「十不全」這樣類型的人才足以擔當。是則，那些體貌健全、養尊處優者手執的法律天秤，是何等情狀，亦皭然可知的了；同時，一股暗示著法律本身機制上不健全的「反諷」，亦隱隱然呼之欲出。這就造成了一種「弔詭」，可以直接顛覆法律所代表的公平與正義。事實上，小說中施世綸之剷除貪官污吏，即可作如是觀。不幸的是，無論如何，施世綸本身還是屬於他所剷除之而後快的官僚體系，因此，其所顛覆的對象，實際也包含了自己；而由他的「十不全」造型中，更凸顯了這種「弔詭」的性質。

　　也許，此一弔詭會有助於清末開展公案小說對整個威權體制及泛道德化的清官文化的省思。以吳趼人的《九命奇冤》為例，其情節據《警富新書》有關「梁天來告御狀」的內容改寫。《警富新書》顧名思義，主題是在藉公案「警惕」驕橫跋扈的富戶，使「驕矜者知所警懼，狠悍者得識國法森嚴」[91]；但在吳趼人筆下，「警富」的意義已轉化成為對當時威權體制下貪官酷吏官官相護、百姓申冤重重困難的批判。吳趼人尚有《中國偵探案》一書，有心藉此與當時翻譯的西方偵探小說互別苗頭，強調「是書所輯案，不盡為偵探所破，而要皆不離乎偵探之手段，故即命之為《中國偵探案》，誰謂我國無偵探耶？」[92] 儘管內容仍不脫其所改寫的公案故事窠臼，以公堂審案、斷案為主，卻已不再對「清官」有過多

90　同上，頁471。
91　敏齋居士，〈警富新書序〉，《警富新書》，《古本小說集成》（上海：上海古籍出版社，1990），第119冊，頁2。
92　吳趼人，〈中國偵探案‧凡例〉，《中國偵探案》，《吳趼人全集》第7冊，頁69。

的期許，格外引人矚目。

　　當然，直接質疑「清官」，甚至將清官之禍烈於貪官的論點，藉小說形式表現出來的《老殘遊記》，是所有清官文學中最猛厲、搶眼的一部。劉鶚將清官等同於酷吏，並直指清官道德性的缺憾，所謂「清廉人原是最令人佩服的，只有一個脾氣不好，他總覺得天下人都是小人，只他一個人是君子。這個念頭最害事的，把天下大事不知害了多少！」[93] 而且「官愈大，害愈甚；守一府則一府傷，撫一省則一省殘，宰天下則天下死」[94]，上承李贄、查繼佐的論點，藉書中玉賢、剛弼等自許清廉，而手段慘毒的酷吏，淋漓盡致的摹寫出來，足以豁醒時人心目，也難怪充滿了沾沾自喜之情。

　　這是古代對清官文化最深刻、嚴厲的批判與省思，理當讓國人認清「清官」的局限性。可惜的是，劉鶚儘管極力批判、張揚清官之惡，卻未從「德」與「能」作更進一層的區隔，仍然以「有才」稱許他所鄙厭的玉賢：「無才的要做官很不要緊，正壞在有才的要做官，你想，這個玉太尊，不是個有才的嗎？只為過於要做官，且急於做大官，所以傷天害理的做到這樣。」[95] 殊不知「清廉」如不「清明」，亦屬於無才、無能之輩，玉賢、剛弼之流，亦不過徒負清名而已。

　　可惜的是，從《老殘遊記》揭清官之惡，到現今已近百年，國人仍然輾轉淪胥在對所謂「清官」、「青天」的盲目崇拜中，以一清蔽萬辜，良堪浩嘆！

93　劉鶚，《老殘遊記》，頁173。
94　同上，頁56。
95　同上。

第十一章

酗酒、瘋癲與獨身：

清代女性彈詞小說中的極端女性人物

胡曉真（中央研究院中國文哲研究所）

一、前言

　　彈詞小說這種敘事形式在中國新文學興起，現代意義的文學史架構建立以後，身價不高，甚至不為人知，與文學經典的概念距離遙遠。雖然鄭振鐸、阿英、趙景深、譚正璧等學者都以重視通俗文學或婦女文學的立場，為彈詞小說作了不少蒐集整理的工作，國學大師陳寅恪更曾在1950年代賦予18世紀女作家陳端生的彈詞小說《再生緣》以「史詩」的地位，從而引發郭沫若對這部作品的興趣，產生了一連串的相關研究，不過這些努力都未能確立彈詞小說在中國文學史上的位置。然而，在此之前的17到19世紀，甚至遲至20世紀初，大量運用韻文敘事的彈詞小說不但在出版市場上廣受歡迎，在讀者的認知中也與白話小說齊觀甚至相通，這由「南花北夢」[1]等用語即可窺見一端，兩者都是「說部」的一種形式。因此筆者一向以為明清敘事文學的研究，如果考慮當時的創作、出版與接受的實際狀況，不必將白話與非白話，或者散文體與韻文體斷然分開，其實可以讓我們更全面地觀照中國敘事文學的發展面貌。不過，韻文體彈詞小說本身研究傳統的成熟度遠遠不能與白話小說相比，顯然還需要一段時間的獨立處理，彰顯其特質與重要性之後，才能進一步放在中國小說的脈絡裡觀察。以是，本文將以人

1　「花」指彈詞小說《天雨花》，「夢」指《紅樓夢》。乾隆間人楊芳燦(1753-1815)語，見蔣瑞藻編，江竹盧標校，《小說考證・續編》（上海：上海古籍出版社，1984），頁396。

物典型為線索，探索彈詞小說文類內部典範的確立與轉化等問題。同時，筆者也發現，雖然一般認為中國小說在19世紀後半期已進入衰落期，但女性創作的彈詞小說在此一時期仍然相當活躍，而且可以觀察到一些現象，暗示了女性對自我與世界的理解已出現重要的轉變，對人生的抉擇也有了更多的想像，並在作品中以彰顯或者壓抑等各種方式表現出來。

彈詞小說與女性關係密切，早經學者多方討論，要之，彈詞小說是清代女性創作敘事文學的重要形式選擇，而且其發展亦有系譜可尋。《再生緣》在女性彈詞小說中具有樞紐性的經典地位，這其實不待陳寅恪在20世紀中為其驗明正身，早在小說流傳當時(跟許多著名的白話小說一樣，此書的創作與流傳是並行的)，其典範位置就已經為讀者以及後起的創作者所認可。《再生緣》接續既存的女性彈詞小說《玉釧緣》[2]，承繼並發揮女扮男裝的情節設計與作者夾插自敘的形式設計等特質，於是建立了女性彈詞小說的敘事傳統，不斷為其後的作品所繼承、發揚、轉化或者抗拒[3]。以《再生緣》為中心的女性彈詞小說傳統的共同特質之一是「為女性張目」[4]，因此「女英雄」自然是多數作品的中心人物。然而，構成女英雄的質素是共通如常的，還是變動不居的？尤其，當女英雄的某種人格特質被推向極限時，將會產生特異的人物典型，這些極端的女性人物無法為一般的女性價值所規範，在女性文本中也往往被置放在邊緣甚至負面的位置。然而，卻往往是這類極端人物，而不是小說的第一正面女英雄，洩漏了文本的天機。以下本文將以女性彈詞小說中的三種極端人物典型為例，探討這種現象。筆者探討的對象包括酗酒的母親、瘋癲的妻子，以及獨身的女兒。

2　《玉釧緣》本身又接續《大金錢》與《小金錢》彈詞小說(作者性別不明)而來。

3　彈詞小說以《再生緣》為中心建立女性敘事傳統的討論，可參見拙著，《才女徹夜未眠——近代中國女性敘事文學的興起》(台北：麥田出版社，2003)，特別是第一章〈女性小說傳統的建立——閱讀與創作的交織〉。所謂「作者夾插自敘」，指的是作者往往在小說回首與回末插入相當篇幅的自述文字，內容包括季候描寫，寫作過程、成長經歷、人生遭逢以及個人心緒等等。

4　鄭振鐸，《中國俗文學史》(上海：上海書店，1984)下冊，頁371。

二、酗酒的母親

　　酗酒在中國古典文學中似乎從來不是一個問題，更絕不是一個女性的問題。
在談到中國的飲酒文化時，最常被引用的資料就是《左傳‧莊公二十二年》提到
的「酒以成禮」。再者，則是酒的為樂、助興、解愁，以及文學刺激等作用[5]。
這些理解或者強調飲酒的儀節與美學的層次，或者強調飲酒與淫樂之間的互乘效
果，而婦女在其中扮演的角色，或者是備酒漿的司蘋蘩者，或者是淫樂活動的成
員，然而基本上這些對飲酒的理解並沒有性別的針對性，也可以說根本不考慮女
性。中國婦女當然是飲酒的，也有婦人嗜酒善飲的紀錄，但無論是歷史上的婦德
論述，或者現代學者對婦女生活史的研究，都很少論及婦女與飲酒的關係，顯見
這並不是一個有討論價值的議題。傳統醫家也並不針對飲酒與婦女健康的關係進
行討論[6]。在女教類書籍中，偶爾可以發現有關婦女飲酒的討論。例如，《女論
語》提到：「凡為女子，當知禮數。……如到人家，……主若相留，禮筵待遇，
酒罍沾唇，食無父箸，退盞辭壺，過承推拒。莫學他人，呼湯呷醋，醉後顛狂，
招人怨惡。」[7]又或：「婦禁十三……三日無故聚飲，即有事飲酒，不得沉
醉。」[8]再如：「女戒……莫輕赴酒席，……莫酒醉失儀。」[9]不過，這些與飲酒

5　例如，有學者指出，「酒以成禮」與「為樂」是中國酒文化的兩大基石。在文學作
　　品中，《金瓶梅》的酒是淫樂的媒介，《紅樓夢》的酒是雅趣之萃，《儒林外史》
　　的酒是文人澆愁解恨、暫時解脫的工具。李裴，〈文學與酒文化——《金瓶梅》、
　　《紅樓夢》、《儒林外史》飲酒藝術表現及文化哲學含蘊之比較〉，《貴州社會科
　　學》1996年第1期，頁64-69。

6　中醫基本上認為酗酒可以致病，非攝生之道。漢代的《皇帝內經‧素問》就一再提
　　到「以酒為漿」的危險，這是沒有性別針對性的觀察。後世醫家曾特別指出酗酒對
　　男精有損，但除了孕婦以及個別飲酒傷身的醫案以外，並未針對酗酒與婦女進行討
　　論。這當然可能是婦女飲酒的現象不足以引起醫者的注意，但也可能是醫者認為同
　　樣的飲酒習慣，對女性健康的威脅不若對男性來得明顯。感謝張哲嘉教授提供醫療
　　史方面的資料與意見。

7　〔唐〕宋若莘，《女論語‧學禮章三》，收入〔清〕陳宏謀編，《教女遺規》（上
　　海：上海古籍出版社，1997，《續修四庫全書》，第951冊影印清乾隆四年至八年
　　培遠堂刻匯印本），卷上，頁9a-b。

8　〔明〕王之鈇，《王朗川言行彙纂》，收入〔清〕陳宏謀編，《教女遺規》，卷下，

相關的女教有一共同特點，亦即婦女飲酒需有節制，而且重點在於公開場合的「知禮」，恐怕婦女在宴席中酒醉顛狂失儀。這些都不是本質性的考慮，也就是說，飲酒或過量飲酒對婦女的道德、健康、時間控制、持家能力等是否發生影響，並不在女教書的思考範圍內。儒者雖然偶有以飲酒與否判定婦德的言論[10]，不過並不特別受到注意。

文學傳統裡令人印象深刻的女性「飲者」不太多，賣酒的倒不少，從當壚的卓文君到開黑店的母大蟲，歷歷可數。不過敘事文學裡描寫女性在日常生活中飲酒的場面比較多，尤以世情類小說為著。《金瓶梅》中的飲酒不免與淫樂合為一體。《紅樓夢》也有不少閨秀們飲酒的場面，多與詩社活動或家庭宴樂有關，也有幾處喝醉的描寫，劉姥姥醉臥怡紅院就不必說了，四十四回裡「鳳姐兒自覺酒沉了，心裡突突的往上撞」[11]，果然就鬧出事來；六十三回怡紅夜宴，芳官醉酒，竟在寶玉身邊睡了一晚。小姐們醉酒的紀錄很少，只有六十五回尤三姐借酒教訓賈珍賈璉，表現其性情剛烈；另一次是六十二回史湘雲醉臥，她醉酒後所表現的天真豪爽之態，向來為讀者所鍾愛。但是《醒世姻緣傳》裡薛素姐性情大變後的行為特徵包括「吃雞蛋，攛燒酒」，敘事者就說這「不像個少年美婦的家風」[12]，這裡倒是很明確地指出喝酒不是良家女子所當為。至於《醒世恆言》裡「蔡瑞虹忍辱報仇」故事中的蔡夫人田氏，與見了酒就不顧性命的丈夫兩人「也不像個夫妻，到像兩個酒友」[13]，終因吃酒誤事，全家在旅途中被害。這些對女性飲酒的描寫相當多樣化，也沒有固定的價值判斷。

(續)————————

　　頁26a-b。

9　作者不詳，《女訓約言》，收入〔清〕陳宏謀編，《教女遺規》，卷下，頁31b、32b。

10　例如明解縉在〈先姚高太夫人鑑湖阡〉一文中，提到其母嘗曰：「先姑有言，婦人嗜酒，決非貞良。」〔明〕解縉，《文毅集》（台北：臺灣商務印書館，1983，影印文淵閣《四庫全書》，第1236冊），卷12，頁32b。

11　〔清〕曹雪芹、高鶚，《紅樓夢（三家評本）》（上海：上海古籍出版社，1988），上冊，頁698。

12　〔清〕西周生，《醒世姻緣傳》（臺北：聯經出版公司，1986），頁702。

13　〔明〕馮夢龍編刊，魏同賢校點，《醒世恆言》，收入《馮夢龍全集》（南京：江蘇古籍出版社，1993），第4冊，卷36〈蔡瑞虹忍辱報仇〉，頁793。

　　那麼，在文學傳統中女性自己是否，又如何表現女性與飲酒的關係呢？少數曾考察女性詩詞與飲酒之關係的論文發現了若干比較有代表性的例子。例如《全唐詩》收有〈答諸姊妹戒飲〉一詩，詩云：「平生偏好酒，勞爾勸吾餐。但得杯中滿，時光度不難。」[14] 作者蔣氏是吳越時湖州司法參軍陸濛之妻。蔣氏嗜酒成疾，很可能已經到了現代人認知中酗酒的程度，由詩意判斷，這應當與她對生活的不滿有關。宋代則被認為是女性酒文化的高潮，女作家經常使用酒意象[15]。宋代文學中的女性飲酒現象最受研究者青睞的自屬李清照。李清照由少年到晚年的詞作都常提到飲酒活動與醉酒情緒[16]，甚至有學者提出統計資料，試圖證明酒在李清照作品中出現的頻率還高於李白。同時，李清照青年時期所描寫的飲酒活動或是風雅，或是閨思，晚期則多出於南渡後的身世愁緒，可以說與她的生命緊密結合[17]。不過，討論李清照飲酒的研究者多認為這是一個特例，酒本是男子事，李清照乃是因為生有「丈夫氣度」，受到文人詩酒文化陶融，又有身世之恨，所以才會在作品中大量表現飲酒[18]。李清照之外，朱淑真的詞作也常提到飲酒甚至醉酒[19]，這也跟她的生命經驗脫不了關係。

14　見〔清〕聖祖御製，《全唐詩》（臺北：明倫出版社，1971），第11冊，卷799，頁8995。

15　例如張玉娘〈石榴亭諸父夜酌〉詩：「露濃羅袖重，歌歇酒杯傳。諸婦愁春夢，雙娥失翠鈿。玉山推不倒，看月背花眠。」舒紅霞，〈中國古代女性文學與酒文化〉，《唐都學刊》20卷第3期（2004年5月），頁80-83。

16　名句如〈如夢令〉：「嘗記溪亭日暮，沉醉不知歸路」；〈如夢令〉：「昨夜雨疏風驟，濃睡不消殘酒」；〈聲聲慢〉：「三杯兩盞淡酒，怎敵他、晚來風急」；〈菩薩蠻〉：「故鄉何處是，忘了除非醉」等。見〔宋〕李清照著，王仲聞校注，《李清照集校注》（臺北：漢京文化出版公司，1983），頁7、8、64、13。

17　有關李清照詞作中飲酒描寫的探討，可參見慕維，〈易安詞與中國酒文化〉，《山東社會科學》2002年第2期，頁116-118；傅興林，〈從飲酒詞看李清照的情感歷程——兼論其飲酒詞的特點及文化成因〉，《漢中師範學院學報》（社科版)2002年第4期，頁64-66；謝憶梅，〈酒意翻作愁情——從李清照的作品看酒文化對文人創作的影響〉，《丹東師專學報》2000年第1期，頁49-51。

18　傅興林，〈從飲酒詞看李清照的情感歷程——兼論其飲酒詞的特點及文化成因〉，頁68-69。

19　朱淑真作品如〈春日飲酒詩〉：「消破舊愁憑酒盞，去除新恨賴詩篇」；〈訴春〉：「婑滯酒杯消舊恨，禁持詩句遣新愁」；〈雪晴〉：「冷侵翠袖詩肩聳，春入紅爐酒量寬。簾外有山千萬疊，醉眸渾作怒濤看。」；〈圍爐〉：「如今獨坐無

　　宋代以後的女詩人便少有如李清照這般引人注目的例子。當然，明清女性詩詞作品中並不乏與酒有關的詞語或意象，尤其妓女的作品更較常出現與飲酒相關的描述。只是這些大半屬於文學成規的運用，例如送別的離酒，生活寫實的表現較少。也有少數讓人比較印象深刻的例子，例如陳文述的女弟子吳飛卿的〈青玉案〉詞說：「濁酒澆來心自警。歡時偏醉，愁時偏醒，何處商量準？」[20]徹底質疑借酒澆愁的有效性。倒是女戲曲家曾在作品中就飲酒的主題發揮，將飲酒與女性對一種開放的生命的嚮往聯結起來。例如華瑋就曾經討論過吳藻在現實生活中曾自寫男裝的「飲酒讀騷」小像，在其劇作《喬影》(1825)中，也描寫才女謝絮才在書齋中一面展玩自己的男裝畫像「飲酒圖」，一面飲酒抒懷，感嘆爲女身所限，才華難伸，以此比附「屈原、李白的文學傳統」[21]。另一位女戲曲家王筠也在其作品〈鷓鴣天〉中提到：「閨閣沉埋十數年，不能身貴不能仙。讀書每羨班超志，把酒長吟太白篇。」[22]飲酒同樣既是表達志向的方式，也是抒解沉痛的管道。不難發現，不論是李清照、吳飛卿，或者吳藻、王筠，這些具體描寫飲酒經驗的女作家似乎常具有中性氣質，也以某種方式複製傳統上被視爲男性的行爲。其實，《紅樓夢》所描寫的幾個喝酒的女性人物，如鳳姐、尤三姐、湘雲等，也有類似的特質。也就是說，飲酒，或者較大量的飲酒，其實是華瑋所謂女作家的「擬男」現象[23]的一種表現方式。

　　女性彈詞小說也極少寫女性飲酒，如果寫到，也多半有情節發展上的要求，例如《再生緣》裡孟麗君女扮男裝身分敗露的關鍵就在她錯喝了皇太后所賜的三杯玉紅御酒(第六十四回)。就筆者所知，惟一一個描寫女性大量飲酒的例子出自18世紀末朱素仙的《玉連環》。由於這部書尚未廣爲學界注意，在此必須先略作

<hr>

(續)—————

　　　　人說，撥悶惟憑酒力寬」。鄭垣玲，〈閨閣才女朱淑眞飲酒詩的修辭藝術〉，中國修辭學會等編，《修辭論叢》(臺北：洪葉文化，2001)，第3輯，頁797-822。

20　〔清〕丁紹儀編，《清詞綜補‧續編》(北京：中華書局，1986)，頁1378。《國朝閨秀正始集》稱其能詩工畫，精醫善劍，曾隨父出遊，自忘其女兒身。

21　華瑋，《明清婦女之戲曲創作與批評》(臺北：中央研究院中國文哲研究所，2003)，頁121-124。

22　〔清〕王筠，《繁華夢》(乾隆年間懷慶堂刻本)，第2齣〈獨嘆〉，卷上，頁2a。

23　同上，頁99。

說明。《玉連環》彈詞，一名《鍾情傳》，雲間女史朱素仙撰，有嘉慶乙丑(1805)雨亭主人序，今存1805年版及1823年亦芸書屋刊本。根據〈玉連環·序〉：

> 雲間朱氏，貧家一女子也。少孤寡，有德性，嗜學頗博。註《周易》，擅詩賦。至晚年，亟愛盲詞，常邀太倉項金姊彈唱諸家傳說。語人曰：聽其音，則有響遏行雲之妙，味其文，而無勖正淫邪之美。僅可悅世人之耳，不堪娛帷薄之目也。因此作《玉連環》，又名《鍾情傳》，授項歌之。……後數年，朱與項相繼而亡，則《玉連環》之音韻，亦從而與之俱亡。嗟乎！何《玉連環》之遭遇如此耶！幸伊戚鈞亭吳公拾來與子。予見之甚喜，遂錄存其稿，時常于綠陰深處，欹枕而歌之。未及三疊，則悲歡離合之情，冶艷美麗之態，畢現於眉睫間矣。……適吾友金君步雲，自橫山北麓之逋翁村來謁，余因出抄錄《鍾情傳》與之，並坐展閱，便贊賞稱道久之，幾至廢寢忘飱，人皆笑以為痴。……遂付之剞劂，願與天下知音者共之！願與後世天下之知音者共之！庶不負此《玉連環》，而《玉連環》亦幸天下後世酷愛之有人矣！時龍飛嘉慶十年歲次乙丑九月上浣錄于環春閣中[24]。

序文有幾個值得注意的地方。首先，序者雨亭主人與朱素仙有私人淵源。第二，《玉連環》作於素仙晚年，此序又作於素仙死後，因此可以推知小說的創作時間當是18世紀末。第三，素仙是貧家女子，按照素仙自己的說法，是「農家子」[25]。這個身分認同與絕大多數以閨秀自許的彈詞女作家不同。第三，素仙與彈詞的接觸首先是音聲的，然後才是書面的。她的背景容許她直接與女彈詞藝

24　〔清〕雨亭主人，〈玉連環序〉，見〔清〕朱素仙，《繡像玉連環》（道光癸未年〔1823〕亦芸書屋刊本），頁1a-2b。本文引用為上海圖書館藏1823年版。

25　《玉連環》76回結尾詩曰：「詞人本是農家子，鄙語蕪辭多小疵。後三俏有希奇事，耕作餘時再及些」。第76回，頁47b。

人接觸。根據序文，她創作的本意是爲了演出，而且也得到了實踐[26]。可惜的是我們仍無法由序文得知素仙與項金姐互動的方式，究竟是彈詞女藝人也能識字？還是素仙口授？第四，參其文意，朱素仙創作當時，恐怕並不熟悉其他女性的彈詞著作。這其實是合乎實情的，因爲包括《再生緣》及其後一系列的作品，都要等到1820年以後才陸續出版刊本，造成女性彈詞小說的流行[27]。朱素仙寫《玉連環》大約與陳端生寫《再生緣》的時間所差不遠，因此也算是比較早期的女性彈詞，她很可能還沒有機會接觸其他女性作品。

　　由序文提供的背景出發，也就容易解釋《玉連環》的形式特點。以《再生緣》爲中心的女性彈詞小說有一些共通之處，包括作者是官宦家庭出身的閨秀，作品用七字韻文行文，是長篇的敘事體。如果用早期學者研究彈詞所使用的分類觀念的話，那麼這批作品全部屬於「文詞」[28]、「國音彈詞」[29]或者「敘事體彈詞」。《玉連環》卻似乎不屬於這個傳統。除了作者不出自宦門以外，還有許多形式上的歧異之處。例如，文詞系統的女性彈詞小說多用七言或多言回目，但《玉連環》的回目則是二言，與底本式彈詞(或稱「唱詞」、「小本彈詞」)接近。文詞系統的女性彈詞都是敘事體，《玉連環》則是敘事夾帶代言，有角色(如「正生」、「小生」、「正旦」、「作旦」、「花旦」、「小旦」等)，有白口，有曲牌(如【箭腔】、【江兒水】、【園林好】、【點絳唇】等)。而且對話多，敘事少，是所謂「代言體」彈詞。同時，對話也大量使用「土音」(「吳音」)，並且有不少插科打諢的戲謔場面，其表現手法與書場比較相似。這些形式上的特點，都與朱素仙的個人背景以及她寫作時所採取的模式有關。換言之，《玉連環》的敘事形式與敘事語言都代表與閨秀彈詞不同的另一模式。不過，在往後的發展中，《玉連環》模式並未成爲女性彈詞小說的主流。

26　Wilt Idema也注意到《玉連環》是唯一與彈詞藝人有直接關係的女性彈詞創作。參 Wilt Idema and Beata Grant, *The Red Brush: Writing Women of Imperial China* (Cambridge, MA: Harvard University Press, 2004). pp.729-734。

27　例如侯芝在1821年以後連續爲坊家編輯《玉釧緣》、《再生緣》、《金閨傑》、《再造天》、《錦上花》等彈詞。

28　趙景深，《彈詞考證·序》(臺北：臺灣商務印書館，1967)，頁1-2。

29　鄭振鐸，《中國俗文學史》(上海：上海書店，1984)，下冊，頁348-383。

在接觸過多種閨秀彈詞作品後，《玉連環》對筆者而言是個相當新鮮的閱讀經驗。相對來說，《玉連環》的文字較乏辭藻，一開始讀來頗有俚俗之感；小說不但結構較爲鬆散，也無意於突出特別的創作旨趣，不像所謂「彈詞三大」[30]有明確的敘事線索與強大的意旨。但是另一方面，《玉連環》的語言更輕鬆自然地在雅與俗之間流動，尤其對話的進行，不論是口白或者唱詞，都相當靈活生動，更接近彈詞演出的效果，這是閨秀的彈詞小說遠不能及的。在內容情節方面，《玉連環》雖然仍舊打著高官顯宦的招牌，其實所描述的往往更像是市井鄉里普通人家的生活，更重要的是，作者的道德標準顯然也與閨秀彈詞小說有別。也就是在這裡，我們遭遇了女性彈詞小說中的頭號酒娘子。

這位酒娘子夏侯夫人梁氏是小說男主人翁梁子玉的姑母，她年過花甲，兒女五人，言動皆謔，並不能給讀者任何女性丰韻的聯想。這個人物一出場就把自己定義爲一個酗酒者，而且還有一整套女人合當醉酒的理論。梁氏的出場詩就說：「一世少愁腸，樂則體胖心廣。多半昏昏在醉鄉，榮華合與痴人享。」[31] 她接著提到要去爲葉家表姊張夫人上壽，順便調解葉家的夫妻關係，她建議的方法是：

> 他一生最喜看小傳，我在紅芝姪女處，借得《玉連環》一部，攜去與他看看，由他煩惱，看了也要笑將起來。張夫人，張夫人，只爲你不會飲酒，所以不會快活。〔唱〕一樽在手最逍遙，把那閒是閒非盡撒拋。醉時只要昏昏睡，那有功夫把閒氣淘。〔白〕老身未會飲酒之時，也常與相公費氣，鬧得來〔唱〕夜桶翻身鍋底碎，〔白〕停無片時，〔唱〕船頭相罵又話船梢。〔白〕後來得了飲酒的妙訣，〔唱〕天坍大事非干我，朝朝吃得醉酕醄。[32]

梁氏這個人物在小說裡的身分是太守夫人，不過她的自述倒更像尋常人家的婦道。這段自述以及後文中有幾個反覆出現的主題。首先是婦女與小說的關係。小

說人物中，梁氏本人、親戚葉夫人，以及姪女梁紅芝都是「小傳」的愛好者。梁氏以《玉連環》爲例，看來小傳當指彈詞、小說一類的書籍。女性嗜愛小說，而且毫不掩飾，這與閨秀彈詞中左遮右掩的搖擺態度大不相同。第二，梁氏惱來會掀淨桶、砸鍋子，是個不折不扣的悍婦。本回稍後，梁氏與姪子梁子玉談及女兒親事，表示若丈夫有一言半語，「管教他，〔唱〕扯得身上紅袍雪粉碎，打得他頭上烏紗歪半邊。」[33] 這個諾言在第四十八回也如約實踐了。另一方面，她也是個滑稽小丑，無法自制地不斷開玩笑。例如第四十三回就有一大半都在寫梁氏跟姪子所講的笑話。最後，醉酒是梁氏的最終歸宿。她在出場時自稱朝朝醉酒，之後她迎接丈夫夏侯大人的台詞則是：「醉薰薰，黑地昏天，笑呵呵，聽酒話連篇。〔醉白〕哈哈哈！你回來了！」[34] 雖是小說人物，但這位酒娘子卻具有十足的舞台效果，她的聲口與姿態都顯示她是一個無可救藥的酗酒者。梁氏相信醉酒是解決女性一切煩惱的訣竅，她的選擇豈不與眾多在個人困阨或者政治混沌中以酒爲鄉的文人相同嗎？而與男性文人的處境同樣矛盾的是，醉酒其實並未解決問題，否則聲稱沒時間閒淘氣的梁氏也不必與丈夫大打出手了。

其實，醉酒並沒有讓梁氏萬事不在意，倒反而使她潑悍的行爲與玩笑的態度有了著力點，更好借題發揮。梁氏這個角色身爲妻子與母親，顯然對生活懷有深刻的不滿，因此沉溺於酒。她的言語與行爲好似充滿笑鬧，是個輕鬆的喜劇人物，但是又隱含著悲傷的背景及酷烈的暴力傾向。從這個角度看，梁氏這個人物是個不折不扣的小丑。

梁氏在小說情節上的作用，主要是拒絕丈夫爲女兒安排政治婚姻，執意讓女主角之一的夏侯淑秀嫁給無名無產的書生梁子文。不過，這個角色其實也與作者之間存在神秘的連結。《玉連環》的第四十三回好像是一個特意安排的寫作遊戲，不但由醉酒的女小丑領銜主演，更好像是由許多的笑話與遊戲串連起來的。這其中最大的遊戲，就是以《玉連環》本身作爲目標。梁氏一出場就提到要將從姪女紅芝處借來的《玉連環》借給表姊解悶，稍後紅芝前來，梁氏便質問：「姪

33　同上，43回，頁41b

34　同上，48回，頁18b。

女，爲何這《玉連環》五卷中，少四十四回？……那得個閒人續了一卷也好。」
紅芝於是提議要求梁氏的表姊葉夫人續這兩卷。在情節裡故意置入小說的題目等
這一類的遊戲設計，其實在彈詞小說中屢見不鮮，倒也不算稀奇，但是《玉連
環》這一回在正文結束後又附了一段說明：

> 此一回諒親戚各歸府第，不必再敘。葉夫人者，乃素仙之親也。欲葉氏
> 續之，因借夏侯母口中言出，葉竟不續。後數十年，乃金生補出〈餞
> 別〉、〈榮行〉二回。〈拜年〉乃素仙文章。[35]

按，「餞別」、「榮行」、「拜年」分別是小說第四十四到四十六回的回目，而
第四十四回也註明「橫山金補」。金生當即序文提到的金步雲。這段文字相當撲
朔迷離。這段話透露內情，所以最可能出自作序的雨亭主人之手。那麼，邀請葉
夫人補齊所缺兩回的，是當年的朱素仙刻意留白，然後邀請親戚葉夫人（很可能
是《玉連環》創作時期的第一手聽眾與讀者之一）共同創作？還是雨亭主人得到
手稿後，試圖請原作者的親戚補出但未成功？若是後者，那就表示雨亭主人或金
生也對第四十三回動過手腳，把請葉夫人補續的事情交代出來。但是這就無法解
釋爲何在請續不成後，仍要保留葉夫人這一段。因此，筆者以爲前者的可能性比
較大。這麼一來，問題就更有趣了。小說裡，葉夫人是梁氏的親戚，梁氏拿小說
供她閱讀，調解她的情緒，打趣她的識字水準[36]，並且打算要求她補續《玉連
環》第五卷所缺的兩回。現實中，根據四十三回回末的說明，朱素仙的確有位親
戚姓葉，而且素仙曾請她補續四十四、四十五回。對照下來，那麼梁夫人其實部
分是朱素仙的化身了。

作者安排某個人物作爲自己的代言人，這在小說中也很常見。朱素仙設計了
一個酗酒的老婦人作爲替身，然而梁氏的形象與現實中素仙的生活是否有所反
映，是無關緊要的。重要的是梁氏這個人物與作者有所重疊後，她的形象便形成

35　同上，43回，頁45b。
36　梁氏先是開玩笑地說葉夫人只認得「玉連環」三個字，然後又說她其實能認得千字
　　文，所以一定要請她補續。

了一種敘事的動力，而醉酒便是此一動力的象徵。在酗酒形象與年老母親的身分的保護傘下，梁氏在意識昏瞑中釋放著衝動、遊戲、鬧劇與暴力，在在經由她肥胖的身軀與酒味的氣息向外噴發。她不自制，也沒人制得了她，但是這個人物卻並未被妖魔化。在閨秀系統的彈詞小說中，我們尋常看到慾望、挫折、憤怒與壓抑，但在《玉連環》的梁夫人這個角色上，我們才見識了一種歡樂、恣縱又不需要受到規訓懲罰的女性力量。

梁氏醉酒的力量不但使小說增加了嬉笑怒罵的層面，也帶出小說在道德界線上的模糊鬆動。《玉連環》無論對男女感情、婚姻關係甚至貞節觀念都相當寬容。梁氏作主將女兒淑秀嫁給書生梁子文，明知將遭到丈夫反對，索性趕在丈夫回家以前，讓女兒坐了一乘小轎，直接住進梁子文家裡，形同私奔。父親回家後將女兒搶回，打算另配他人，女兒自然不從，寧可躲進尼庵。其實，類似這種家長嫌貧愛富，女兒矢志不移的故事，通俗小說裡儘有，尼庵也是必備的場景，然而在《玉連環》裡，這件事的始末卻好似從不與禮儀或貞節相關。母親與女兒不在乎六禮全備，父親不在乎女兒實際上已經成婚，顯然也不認為以後他安排的新丈夫會在乎。同時，雖與《再生緣》時代接近，但女扮男裝的情節在《玉連環》中並無所謂女性自覺的作用，倒是方便了跨越性別疆界的感情的發展。扮裝的女主角王文彩與梁子玉以兄弟相稱，彼此鍾情，第十四回寫兩人重逢時，二人「四目相窺，依依眷戀」，旁觀者「只認得是兒女私情」，敘事者卻說：「哪曉得他兩個是好朋友，即使王小姐果是男兒，今日相逢，亦有這般情思。」之後子玉得知文彩是女，感嘆：「他如今還是吾朋友，不是吾朋友？〔唱〕是朋友，難將友愛屬閨人，非朋友，撇他不下舊交情。」又說：「吾那王文彩的賢弟，你必是，〔唱〕心中撇不下吾知心友，才人畢竟愛才人。俺情因愛你才華美，卿意應憐吾才思深。那知道，兩才既合仍難合，才多福薄古猶今。」[37]另一方面，被錯許王文彩的女子謝蕙心也對王文彩相思不盡，但並不是因為「女子不二嫁」的道德規約，而是愛慕王文彩「憐香惜玉」、「一笑春風百媚生」，所以「無論他男人與

37　〔清〕朱素仙，《繡像玉連環》，第14回，頁45b-47a。

女人」，聲稱要堅守與王文彩的婚姻[38]。經過女扮男裝以後，這三人慕色憐才，並不把性別看做限制。而一旦感情事件回到單純的兩性關係時，小說的態度也很寬大。梁子玉曾夜訪恢復女裝的王文彩，甚至打算走入床帷，雖被文彩責以失禮，但兩人仍在閨中私語良久，互訴衷情[39]。未婚男女閨中夜語，閨秀的彈詞作品中的正面人物是絕不會發生這種事的，這倒比較接近非女性作品的婚戀故事中的情節。小說貞節觀念之寬鬆在孫凌雲、梁紅芝與趙月哥這三個人物的故事中表現得最清楚。丈夫孫凌雲原是不羈浪子，妻子梁紅芝則是嚴謹佳人，凌雲沉溺嫖賭，紅芝規勸無門，因此設下計謀，先私下買了賣身葬父的月哥為妾，並將私產託付給月哥。凌雲蕩盡家產後，竟然起意賣掉房子與妻子，於是男裝的月哥出面作了買家，與紅芝假扮夫妻。孫凌雲再次走投無路以後，投奔月哥家為僕，飽受煎熬，最後悔悟成人，與紅芝、月哥復合。當凌雲為僕時，曾因思念舊情而私通「主母」，並且希望有朝一日可以把她贖回。這是一個通俗的浪子回頭金不換的故事，故事裡一般有敗家子、智慧的妻子、靈巧的小妾等角色。值得注意的是，雖然一切都是一場騙局，但是鬻妻這種事一般只會在下層階級出現，而且紅芝這個角色在過程中被買賣、再嫁、又涉嫌通姦，而小說的敘事即使在真相大白以前，也從未安排紅芝遭受任何旁人輕視的言語舉動。在閨秀的彈詞作品中，從未出現這樣的安排。

　　所以，《玉連環》不但在語言與形式上比較接近演出，人物的言行比較接近一般人，似乎道德標準也是通俗化的。有趣的是，《玉連環》在回目之前列有十六項「小說所無之病」，包括：

> 一無男扮女裝；一無私訂終身；一無先姦後娶；一無淫女私奔；一無失節之婦；一無謀財害命；一無牢獄之災；一無陷害殺人；一無私通外國；一無奸佞專權；一無仙法傳授；一無鬼怪妖邪；一無僧道牽連；一無夢寐為證；一無穿窬偷竊；一無強搶逼婚。[40]

38　同上，，第53回，頁51a-52b。

39　同上，第23回。

40　同上，頁1a-b。

「十六無」比較可能出自編者之手，因為小說是作者身後出版的，而且「十六無」所暗示的觀念有文人的影子。此處所列，倒的確是傳統小說的程式大全，大多數女性彈詞小說也不免於此，《玉連環》若能逃脫這些俗套，其實很是難得。當然，我們也可以找出一些漏洞，例如，小說雖然沒寫男扮女裝，卻有女扮男裝[41]；夏侯淑秀、梁紅芝等人物的故事，未必不能解釋成「私奔」或「失節」。換句話說，《玉連環》當然有一些基本的道德要求，但是在這個範圍以內，不但青年男女之間的主動愛悅之情可以接受，就連不貞的行為也可以通融。這部小說裡有兩種相對的勢力，一種主導著遊戲、玩笑、衝動與暴力，一種力圖堅守一定的倫理與社會秩序，而作者則透過猶如梁氏一般的醉眼來平衡這兩者之間的關係。

三、瘋癲的妻子

瘋女人具有強烈的敘事與舞台效果，也很容易賦予特定的象徵意義或者道德判斷，無論在小說或戲劇中都是一種有力的人物設計。傅科早已說明瘋癲不只是一個醫學的問題，不但瘋癲與理性的界線隨著歷史而改變，人們看待瘋癲的方式也在改變，甚至還對應著17世紀以降西方理性主義的權力的逐步擴張[42]。另外，在18世紀以後英國的文化傳統中，瘋癲甚且被賦予強烈的性別聯想，在隱喻的層次上成為一種陰性的疾病。簡單的說，由於女性在象徵系統中歸於非理性的那一端，在身體上又有特屬於女性的生理週期的「缺陷」，所以被認為在本質上就與瘋癲相通，或者說，瘋狂是女性傳統最重要的代表之一[43]。在女性主義者的眼中看來，瘋女其實可以視為女性主義的象徵，尤其19世紀英國女小說家筆下那些神

41　這可能是因為小說中的男扮女裝往往是意圖完成姦情，女扮男裝則不然。

42　Michel Foucault, *Madness and Civilization: A History of Insanity in the Age of Reason*, trans. Richard Howard(New York : Vintage Books, 1988).

43　肖瓦爾特著，陳曉蘭、楊劍鋒譯，《婦女、瘋狂、英國文化(1830-1980)》（蘭州：蘭州大學出版社，1998），譯自 Elaine Showalter, *Women, Madness and English Culture, 1830-1980*.

出鬼沒的瘋女，更具象地呈現了作者對父權社會的怨憤[44]。無庸贅言，傅科對瘋狂與西方文明之關係的論說無法直接在中國的歷史文化中複製。而從中國醫療史的觀點來看，雖然在明清以後，的確有醫學案例顯示醫者將瘋癲與女性的某些特質聯繫在一起[45]，但是瘋癲或癲狂與性別的關係並不是傳統醫家共同的著力點，更無從將瘋癲引申為女性文化的象徵。

　　然而，女性彈詞小說傳統裡倒真的出現過不少瘋女人。我們必須把這些瘋女放在文學史的脈絡裡來看。瘋、癲（顛）、狂、痴這些相關詞彙，在傳統文獻上本來就不能完全分殊，大約只要出現錯亂的情緒與不可控制的行為舉止，也就是異於某種被認定的常態，就可能以這些詞彙形容。文學中的瘋癲有千百種姿態，例如醉酒後的精神狀態與言行方式，未嘗不可以視為一種癲狂，所以上文所描述的梁氏，其實就是一個瘋婦。但是，不論是作為瘋癲的成因、症候、或者結果，更常與女性的瘋癲連在一起的現象是春情與悍妒。同時，性的慾望不能滿足，又往往被認為是悍妒的原因之一，所以，我們的討論不妨由悍妒婦開始。

　　魏晉至唐與17世紀往往被認為是中國妒悍婦集體出現的兩個高峰期，其實，只不過是這兩個時期留下比較多的材料，或者有其他因素促使當時的人們注意這個現象罷了。筆者之所以將妒與悍並稱，是因為這兩者本來就是相依而成，互為因果[46]。拜小說發達之賜，明清時期文學中的妒悍婦形象最為鮮明。明清時期的

44　這可說是20世紀女性主義的經典論述之一，參見Sandra M. Gilbert & Susan Gubar, *The Madwomen in the Attic: The Woman Writer and the Nineteenth-Century Literary Imagination* (New Haven and London: Yale University Press, 1979).

45　例如陳士鐸（明末清初人，以醫名世）以為思春婦女會得到「花癲」。而婦女因生理週期與生產經驗所引起的「血病」，也被醫家認為會影響心理情緒。感謝張哲嘉教授提供相關資料。陳秀芬也指出，處在婚姻關係以外的成年婦女，被認為容易得到花癲，參見Hsiu-fen Chen, "Articulating 'Chinese Madness': A Review of the Modern Historiography of Madness in Pre-Modern China," paper presented in The First Annual Meeting, ASHM, IHP, Academia Sinica, 4-8 November, 2003。

46　Keith McMahon對潑婦的定義是不遵從家族尊卑秩序，為控制男人而欺凌其他女性（婆婆，妻妾，姑嫂等），不顧絕嗣危機而執意拒絕一夫多妻制的女人。同時，潑婦還會使用暴力來弱化男性的權力，而妒忌正是潑婦的主要行為形式。Keith McMahon, *Misers, Shrews, and Polygamists: Sexuality and Male-Female Relations in Eighteenth Century Chinese Fiction* (Durham: Duke University Press, 1995).

男性作者愛寫妒悍婦各逞「奇技」，更愛寫對妒悍婦的「懲」與「治」[47]，許多
學者都歸因於當時的社會陰長陽消，秩序顛倒，男權失落，以致於男性對保守價
值的崩潰產生極大的困惑與焦慮[48]。而妒悍婦的極端心理與行為，則被解釋為女
性在社會壓力下的怨憤與反彈[49]。至於思春之情、淫慾之心不得滿足而造成的精
神狀態失衡，自然與妒忌結合在一起。但是無論成因為何，重要的是文學作品如
何呈現妒悍婦。經由不同的處理，妒悍婦可以是絕佳的喜劇題材[50]，也可以造成
不能用理性理解的恐怖效果。男性讀到《聊齋誌異》的江城，或是《醒世姻緣
傳》的薛素姐，能不觳觫？她們不但荼毒同性的競爭對手，也酷嗜以非人手法凌
虐男性。男作家讓妒悍婦們在毒虐的方式上爭奇鬥豔，彷彿在考驗自己想像力的
極限。當女性的悍妒到達一定程度時，她們往往就被視為瘋癲。跟因果報應的解
釋一樣，瘋癲的標籤反而將非理性的極端行為給合理化了，如此一來，違反規範
的舉動與行為對社會而言也就不再具有真正的危險性。

有趣的是，學者往往以為所有妒婦悍妻形象的創作者都是男性。這其實不
然，只要粗讀幾部女性彈詞小說就能證明。女性彈詞小說裡，惡女、淫婦、悍婦
(不賢之婦)、瘋女這幾種形象也往往彼此勾連。因此，我們需要統合這幾種形
象，才能更完整地理解女性筆下的瘋女角色。

女性彈詞小說中處處可見不肯恪守傳統規範的女子。例如，《再生緣》裡的
孟麗君之母就是悍妻的形象，至於孟麗君這個人物，在續書《再造天》的作者侯
芝眼中，其欺君、不孝、抑夫等種種行為，更根本就是一個應受天譴的惡女。然

47　有關明清時期戲曲與小說中妒婦的手段與懲治妒婦的方法，參見林保淳，《古典小
　　說中的類型人物》(台北：里仁書局，2003)，頁207-250。

48　許多有關明清悍婦的研究都有類似的討論。例如：Yenna Wu, "The Inversion of
　　Marital Hierarchy: Shrewish Wives and Henpecked Husbands in Seventeenth-Century
　　Chinese Literature," *Harvard Journal of Asiatic Studies*, 48.2 (Dec. 1988), pp. 363-
　　382；段江麗，〈男權的失落：從《醒世姻緣傳》看明清小說中的「女尊男卑」現
　　象〉，《浙江社會科學》2002年第6期，頁147-151：陳泳超，〈妒婦悍妻：類型敘
　　事的語法與心理〉，《南京師大學報》(社科版)1998年第1期，頁109-115。

49　傅麗，〈男權壓抑下的悍婦心理〉，《明清小說研究》2003年第1期，頁194；段江
　　麗，〈男權的失落：從《醒世姻緣傳》看明清小說中的「女尊男卑」現象〉，頁149。

50　Yenna Wu, "The Inversion of Marital Hierarchy, pp. 363-382.

而侯芝自己在《再造天》裡創造的皇甫飛龍，卻是從小狂悖不受約束，最後幾乎顛覆了整個朝廷，堪稱惡女中的佼佼者[51]。《玉連環》中的性別關係較有彈性，妻子的角色多是強勢的。例如梁子玉娶了王文彩與謝蕙心，謝蕙心原來的身分是義妹，本來相處時就十分嬌縱，婚後性情不改，嫉妒惱怒下會以象牙衣尺打掉梁子玉的紗帽[52]。不過這只能算是嬌嗔，離眞正的悍婦境界還差得遠。倒是另一種典型應該注意。梁子玉的妹子梁紅芝賦性嚴肅，婚後督促丈夫孫凌雲讀書，讓孫凌雲大嘆命苦：

> 受累，耳朵邊瑣碎何時了。晦氣，娶妻娶了個女書獃。……〔白〕咳，我孫凌雲本是個風流浪子，誰知撞有了怎般一個希奇古怪的內人，分明是一位道學先生。〔唱〕耽文墨，薄梳妝，綠窗鋪設盡文房。時時刻刻談詩禮，〔白〕眞正累殺人也，就是〔唱〕枕兒邊也與吾講文章。〔白〕如今有了這個冤家，再休想〔唱〕邀朋酌酒尋春去。再休想，開懷暢飲醉昏黃。再休想，呼么喝六堆金賭。再休想，月下私偷韓壽香。[53]

紅芝的女中儒者形象，不免令人想到《儒林外史》中擅長制藝的魯小姐。這種督夫向上的妻子理應被當作賢婦與女英雄，爲眾人所頌讚，但是對孫凌雲來說，她其實是另一種形式的悍婦罷了。《玉連環》的梁夫人在酒後也是一個十足的悍婦，例如當她與丈夫爲女兒的婚事發生爭執時，小說便如此描述：

> (中旦)你，你來。(淨)夫人，下官在此。(中旦)你方才挺撞我。(淨)阿唷，夫人放手，求你〔唱〕開恩放手相饒我，把這鬍鬚單剩幾根毛。……阿唷，吾那夫人，一聲大喝如獅吼〔白〕嚇得下官是〔唱〕屁

---

51 有關侯芝續書對《再生緣》之反應的討論，參見胡曉眞，《才女徹夜未眠——近代中國女性敘事文學的興起》，頁48-58、153-166。

52 〔清〕朱素仙，《繡像玉連環》，第34回，頁29b。

53 同上，第24回，頁57a。

滾尿流心膽寒。[54]

由於梁夫人總是以醉酒的姿態出現，嬉笑怒罵，所以她的悍婦形象倒是喜劇的，引起的笑聲多於恐懼。

女性彈詞小說的悍妒婦群中，令人印象最深刻的人物當是《筆生花》裡的沃良規。「沃良規」其人誠如其名，一生都在以劇烈的方式背離普遍為人所接受的好規範，這個角色從少女到死亡，完整體現了惡女——妒悍婦——瘋女的進程。她的故事透露著荒謬與陰森，是一齣黑色喜劇，也是一場恐怖經驗。

《筆生花》其實寫了一系列的妒悍婦，但多半是出身低微的姨娘小妾等角色，顯示作者對多妻家庭的疑懼，尤其是妾凌正妻的情況[55]。這其中只有沃良規是名門之女，而且在小說中得到完整的處理。小說描寫沃良規身軀略微肥胖，使得她在行兇使惡時帶著點喜感的威武，除此之外，她的形象設計與女性彈詞小說裡常出現的惡女所差不遠[56]：稍具姿色但稱不上絕色；做閨女的時候就脾性暴躁，愛拿家人使女出氣；閒來不拈針線、不讀經史，只愛讀小說、玩音樂，甚至拿刀動棍；不安於室，老想著往花園玩耍，而且毫不掩飾自己的懷春之思。總之，就是閨範的反面教材。沃良規的悍婦首演就是新婚之夜，她見夫婿文炳似乎對自己的身形容貌不太滿意，當下：

心輾轉，意推排，一挺珠冠把體擡。怒叱侍兒諸左右，為什麼，大家立此擠挨挨？[57]

又說：「這般汗酸氣味，可不薰殺了人？快快與我走開！」[58]這場首演雖然遠不

54　同上，第48回，頁18a-b。
55　例如姜府之妾花氏，吳府之妾成氏。
56　部分類似的特徵也出現在《天雨花》的左婉貞、《再造天》的皇甫飛龍等人物身上。
57　〔清〕邱心如著，趙景深主編，江巨榮校點，《筆生花》（鄭州：中州古籍出版社，1984年），中冊，第16回，頁732。
58　同上。

及薛素姐撒帳坐床那般石破天驚，不過新婦如此大膽，果然已把丈夫跟觀禮的客人嚇了一大跳。新婚未及一月，良規越發妒忌乖戾，動輒對丫頭打罵針刺，丈夫要是出面勸解，她就一頭撞在懷裡，再不放手。文炳認為她是「魔障」、「梟姬」，朋友們稱她作「京師裏有名的母大蟲，胭脂虎」[59]。爭鬧之際，自以為是大丈夫的文炳也只有喊叫丫頭婆子來救命：「快來看你小姐，得了瘋症麼？」[60]對文炳來說，沃良規的行為不可理解，唯一可以將之合理化的解釋就是瘋癲。這個方便的理解方式決定了良規的命運。

文炳刻意與良規疏遠後，良規的想法與行動果然帶點瘋勁。她曾經懷疑文炳是被死去前妻的魂魄所迷，所以穿上全身戎裝，帶領她自幼訓練的丫頭隊伍殺到停靈處，打算燒掉棺木[61]。文炳避居姊丈家，十日不歸，她就跑到人家裡去，在眾人面前指責姊姊與弟弟通姦，還指稱必是姊丈「謝郎無用」，讓姊姊「不遂風流」，所以作此醜事。正如文炳無法理解良規為何逞兇，良規也無法理解丈夫為何有不足之意，因此疑神疑鬼，想像力發揮到了近乎妄想症的地步。

沃良規與丈夫決裂，負氣回到母家，此後她違背規範的行為包括與親族遊山玩景，拜廟燒香，看戲觀燈，鬥牌擲骰，男女相雜，嬉笑聲傳於屋外。這些行為項項都是薛素姐的複本，更精確地說，是反寫的閨範教條。良規因賭博而蕩盡娘家產業後，精神狀態更惡化了，敘事者說她「一腔怨憤無從出」，她認為自己所有的不幸都來自文炳的薄倖，因此終日痛罵丈夫，成天想著寧可抵命，也要趕到京師去砍那狂徒一刀。然而當她在二十一回中迫於現實而趕赴京師夫家以後，並不曾真的砍丈夫一刀，而是如前文所述，跑到文炳的姊丈謝府去大鬧一場。這一次的放肆有很嚴重的後果，因為她跟薛素姐碰到相大妗子一樣，遇上了對頭。沃良規尋夫，發狂逞兇，對著姊姊

　　氣殺良規容失色，跳起來，金蓮飛步撲千金。狂叫喚，放悲聲，高振喉

59　同上，頁740。
60　同上，頁729-736。
61　《筆生花》第17回，頁760。

　　　　嚨放潑形。[62]

就地撒潑起來，沒想到文家姊姊不是易與之輩，喝令家下人等，一起上前痛打良規。良規在急痛之間，也只能再逞口舌之能。她開口大罵：

　　謝家合宅該遭殺，有日天災被火燃。生女爲娼男是盜，宗支斬絕斷香煙。雙雙父子當龜號，婆媳開娼把客纏！[63]

這場叫罵跨越了所有的底線，沃良規至此已不能回頭，不可能再留在正常的人際網絡裡。

　　果然，大鬧謝府後，良規被綑綁送回文家，也就是說，她已經被當作一個瘋子來對待了。文府既不能放了她，恐她再逞兇狂，又不能休棄她，恐文府顏面不存，只好將她軟禁起來。事實上，幽禁本來就是對待癲狂者的主要方式，瘋女尤其如此[64]。他人問起時，文炳承認妻子已被父母軟禁，「後堂深閉不通風。憑其生死誰相問，非我家寒理欠通。」[65] 當文炳終於與原配完聚以後，沃良規開始在鎖禁的幽房碰頭磕腦，日日悲號狂叫，敲門打戶。敘事者這麼描述她：

　　自幽禁冷房之後，眞是萬種愁懷，一腔盛怒，無處發洩。鎖禁幽房似獄牢，身難自主日悲號。滿懷毒氣從何泄，一點春情無處消。觸目淒涼憐命薄，終身誤適怨劬勞。情已極，怒偏高，滿室東西亂擲拋。寶鏡一輪分兩半，衣裙撕下一條條。長門自是無梳洗，弄得個，垢面蓬頭顏色焦。正在狂威高萬丈，忽悲忽罵獨喧嚕。……恨不得，立把文君砍一

62　同上，第21回，頁971。

63　同上。

64　對瘋顛病患處以幽禁，對象多爲婦女。楊宇勛，〈降妖與幽禁──宋人對精神病患的處置〉，《台灣師大歷史學報》第31期(2003年6月)，頁71。

65　〔清〕邱心如著，趙景深主編，江巨榮校點，《筆生花》，中冊，第22回，頁1020。

刀。怎奈拘囚難得出，早不覺，狂魔並與病魔交。[66]

如果敘事者不曾交代沃良規的心事，她現在的外形就只能證明她已經是個瘋婦。文炳的原配也對外宣稱沃良規「素染瘋癲奇怪症」，必須「永閉房櫳學楚囚」。雖然她試圖用怨憤的哭嚎與扭曲的形貌衝撞幽禁的門鎖，但是可以想見，唯一能留存的可能只是一個幽暗神秘的家族傳說，等待後人去挖掘。然而沃良規的故事並未在此停止。小說的敘事還需要安排她犯下最後的罪行，才能把她推向深淵。良規因為懷孕，曾經被暫時放出禁房，但是她因為對文炳的多妻不忠懷恨在心，於是在這段期間企圖引誘少年男子，以為報復。在沃良規犯下不貞之罪後，亡父魂靈入夢引其同去，當夜良規便因難產而母子俱亡，並未留下任何子嗣，因此她在這個家族裡得不到半點救贖。文府全家女眷聽著她痰湧、氣喘、牙挫的聲音在半夜迴盪，戰戰兢兢地見證妒悍婦與瘋女的收梢。

　　沃良規的故事以陰森慘烈結局，小說更需要提供一個合理的道德詮釋。首先，在良規猝死之前，小說藉由冥君之口，解釋沃氏前生乃山中母狼，文炳乃天上星宿，出遊時為母狼所觸，一怒殛之。上帝遂命母狼轉世為人，星官謫凡，結此孽緣，以償冤債。沃氏本應壽逾花甲，為其夫一世魔星，但因虎狼本性不容於人間婦道，所以冥君決定將其壽算一筆勾消，罰使夭亡，以彰果報[67]。良規死後，敘事者為這個人物蓋棺論定：

> 青春屈指剛三七，只為為人性戾乖。遂使椿萱都氣死，更教鸞鳳兩分開。空生富貴豪華族，不及貧寒下賤材。自是終身無善德，因而一旦遇奇災。平生做事雖堪笑，今日收成亦可哀。正所謂，一失足成千古笑，再回頭是百年胎。要須知，大凡世上閨中婦，四德三從份所該。但看而今文沃氏，為人無德更無才。因教折盡平生福，一旦無常泣夜臺。准擬輪迴歸畜道，料其獅吼逐狼豺。收成若此誠何取，閒話書中且略裁。[68]

66　同上，下冊，第24回，頁1117-1118。
67　同上，第30回，頁1387。
68　同上，頁1390。

這兩種解釋都有不足之處。用前世冤孽來解釋今生惡緣，這正是《醒世姻緣傳》的框架故事，但是《筆生花》卻直到沃良規死前，才匆匆交代因果，自然比較沒有說服力。更何況，上帝既然安排星官遭一世魔星，那麼母狼克盡職責，何以反遭奪算呢？星君並未善盡夫職，何以卻能逃過此劫？如此的果報，所「彰」的究竟是什麼？而敘事者似乎代表理性的聲音，教訓天下閨人恪守婦德以趨吉避凶，不過她其實無法決定良規的故事究竟是可笑，還是可悲？而且，敘事者的評論與之前冥君的答案其實是矛盾而不和諧的。在冥君的版本裡，文炳與良規是前生注定的孽緣，良規最好的「收成」就是扮演文炳的一世魔星。但在敘事者的版本裡，良規的命運卻本來是操之在己的，只因未能略修善德，才會落到這個下場。

小說中冥君與敘事者分別代表一種聲音，用不同的方式來解釋沃良規的一生，兩種聲音的吵雜正是因為這個人物有不可解之處。小說其實表達地很清楚，沃良規雖然有極端的言行，但是她從來就沒有真的發瘋。以社會學觀點來看所謂精神疾病的學者，往往指出瘋癲不過是貼在不當或者過激行為上的標籤，為的只是方便社會控制與醫者的治療而已[69]。在女性彈詞小說中，《筆生花》是對多妻家庭的人際關係最感興趣的一部。讀者往往只注意到小說如何美化女主角姜德華（即文炳原配），讓她在位極人臣後恢復女兒身，在眾多姬妾間展現婦女不妒之德的極致。當然，現代讀者或者認為這是作者思想的侷限，或者不滿姜德華這個人物因完美而造成的僵固。但事實上，《筆生花》在描寫婦德典範以外，更突出了其他婦女角色的焦慮與挫敗，而所有這些婦女壓抑下來的怨懟之情，又好似都透過沃良規這個人物的極端言行噴發出來了。無疑的，《筆生花》的作者是嚴厲批判悍妒婦的，然而在沃良規的故事裡，小說其實暗示了這婦人瘋癲的本質，或許不在她自己，而在她身處的環境。敘事者說沃良規是「可笑」但又「可哀」，是最好的註腳。

悍妒婦們總是想往外跑，諸如登山、拜廟、遊園，這些都是有違閨訓的事情。在女性彈詞小說中，一踏出家門就是危險的荒野，悍妒婦們跨越了界線，不但說明這些婦女不循正道，其實也暗示了她們的下場——不安於室者，終至無室

69　Hsiu-fen Chen, "Articulating 'Chinese Madness'.

可棲。沃良規究竟是因瘋癲而鎖禁，還是因鎖禁而瘋癲，已不堪聞問，更值得我們注意的是，形體上的幽禁所象徵的反而是社會身分上的放逐。沃良規被當作瘋婦幽囚以後，所有的家庭權利或義務都與她無關，連最基本的晨昏定省都被「豁免」，成了真正的多餘之人。沃良規死後，文家決定瘋婦不應葬於祖塋，這當然在象徵意義上決定了她永作放逐之婦，無家可歸了。

　　沃良規因為無法控制自己逾越常理的言行，所以被貼上了瘋婦的標籤，也受到了瘋婦的待遇，遭到禁閉、隔離與放逐。這樣的命運雖然是她的「收成」，卻不是出於她的意願。不過，筆者在前文已經指出，某些特立獨行的婦女也可能被視為瘋癲，而這未必不是個人的選擇。例如《玉連環》中酗酒的母親梁夫人便是如此，她故意醉酒讓自己有放縱的藉口，因此她的癲狂像是演出，她的小丑形象與譫言妄語自成系統，相對於丈夫所代表的世俗、勢利與腐化，她倒反而洩漏了一種另類的人生真理。

　　若從癲狂的角度來看，那麼被當作瘋女而打入冷房的沃良規與故意終日醉酒放縱的梁夫人，其實根本是一樣的。這也令我們想起另一部彈詞小說《筆生花》中的謝雪仙(絮才)。謝雪仙有心修道，迫於孝道壓力而出嫁，沒想到夫婿竟正好是女扮男裝的姜德華。德華恢復女身以後，雪仙拒絕遵循共歸一夫的小說舊套，執意獨居求仙。為了達到這個目的，最有效的方法就是裝瘋。謝雪仙

　　　　臥倒床中已兩天，不茶不飯不開言。有時獨自孜孜笑，看他那，神氣分
　　　　明半是顛。[70]

她「忽啼忽笑，大有瘋癲之狀」[71]，不但從此不供婦職，就連面對親生父母也佯作不識，割斷親情，徹底自我放逐，成為一個畸零人物[72]。有趣的是，如果謝雪仙不這麼做，而選擇與姜德華同歸文炳的話，那麼她的境遇其實就與沃良規是一

70　〔清〕邱心如著，趙景深主編，江巨榮校點，《筆生花》，下冊，第23回，頁1041。
71　同上，頁1043。
72　有關謝雪仙這個人物的討論，可參見胡曉真，《才女徹夜未眠──近代中國女性敘事文學的興起》，頁201。

模一樣的。裝瘋？還是被逼瘋？我們猛然驚覺《筆生花》所描繪的瘋狂女性圖像，果然是如此幽暗的。

四、獨身的女兒

《筆生花》中以拒絕再嫁之名行獨身之實的謝雪仙，可以說預告了許多後期女性彈詞小說的女性生命抉擇。就這一點來說，《再生緣》在清代女性彈詞小說的傳統裡也有重要意義。《再生緣》以前的《玉釧緣》，或是與《再生緣》大約同時的《玉連環》，都寫過女扮男裝的角色。《玉釧緣》的謝玉娟瓜代孿生兄長謝玉輝，一旦危機解除，就順理成章回復女身，嫁做人婦，還替哥哥白賺了一位妻子。《玉連環》的王文彩「幼承閨訓，每慕淑女之風，長習經綸，欲奪文人之秀」[73]，在難中也曾女扮男裝，不過她不但從未拒絕婚姻，甚至很早就對梁子玉傾心。後半部的趙月哥自幼承父命喬裝男子，讀書有才，媒婆說她自稱「我野勿嫁個，要做一個，〔唱〕烈烈烘烘的女丈夫」[74]，但是因為家貧，喪父後便不得不賣身於梁紅芝，與紅芝同心合力完成感化孫凌雲的任務。這些人物都被描寫成才貌雙全、胸有韜略，然而除了應付急難變局以外，她們從不曾想像自己的生命可能有其他的選擇。她們是被置入家庭中的女英雄，其德行與社會職責都要在家庭中表現。《玉連環》中的主婦就有這樣的英雄自覺，例如梁紅芝與趙月哥約定共同持家以後，兩人以唱段互讚：

〔作旦白〕賢妹，難得啊難得你〔唱〕忠心赤膽扶持吾。〔小旦白〕姊姊，難得你〔唱〕無驕無妒量寬宏。〔作旦白〕賢妹，吾敬你〔唱〕巾幗鬚眉真女子。〔小旦白〕姊姊，吾折服你〔唱〕度量仁慈有君子風。〔作旦〕賢妹，誰說女中無道德。〔小旦〕姊姊，孰云閨閣沒英雄。〔作旦〕賢妹，亂臣十八原有婦。〔小旦〕姊姊，補天偏出女媧功。[75]

73　〔清〕朱素仙，《繡像玉連環》，第5回，頁28a。
74　同上，第58回，頁17b-18a。
75　同上，第62回，頁37a-b。

不必出閨閣，也可以成英雄，主婦自覺地以持家為事業，並不認為還需要爭取其他的社會角色，所以謝玉娟、王文彩、趙月哥這些曾經假扮男子的女性人物都不抗拒恢復女妝，走入家庭。

　　這個傳統到了《再生緣》出現了轉變。《再生緣》寫到女扮男裝的孟麗君身分即將暴露，面臨最後抉擇而急怒吐血的時候，作者陳端生便突然封筆，留下無限懸疑。雖然後來梁德繩續成的版本仍安排孟麗君在無奈中接受女性身分，回歸家庭，但是不少現代評者都認為這不是原作者的本意。評者認為陳端生之所以停筆，正是因為不甘心讓孟麗君屈服，又不敢寫孟麗君公然反抗，困境無解，只好懸宕[76]。這些猜測自然無從證實，不過孟麗君不再毫無抗拒地回復女身則是事實。在此之後，與其說女性彈詞小說一再重複著女扮男裝的舊套想像，倒不如說不斷嘗試用不同的方式面對女性的社會角色的問題。也可以進一步說，女性彈詞小說開始出現了以激烈手段主導自己生命的女性人物，而她們的共同選擇往往是某種形式的獨身主義。

　　除了《筆生花》的謝雪仙之外，《夢影緣》[77]彈詞更出現了集體實行獨身主義的一批女性人物。這部小說的作者一再感嘆身為女人，無法撒棄家庭義務，追求人生的終極意義[78]，不過她小說中的十二花神在謫入人間後，其中的十個都自願終身不婚，而且全部以某種慘烈的方式自裁以終，以證明自己意志的堅決。另外兩位花神也是長期抗拒不成以後才勉強結婚。值得我們特別注意的是，這一批女性人物之所以慷慨赴死，並非為男子殉節，而是對自己獨身的選擇忠實不屈，是一種殉道的行為。當然，《夢影緣》的架構本身就是追尋仙山的象徵旅程，宗教導向的思維讓小說可以盡量發展女性人物的獨身選擇，這一點與其他的

76　例如郭沫若就主張陳端生可能打算寫孟麗君吐血而亡。郭沫若，〈《再生緣》前十七卷和它的作者陳端生〉，《郭沫若古典文學論文集》（上海：上海古籍出版社，1985），頁870-875。

77　有1843年作者鄭澹若序。

78　《夢影緣》的作者鄭澹若在小說第一回的回首自敘詩中就提到：「我亦久思遺世事，隱名遁跡入深山；偏教身困於巾幗，義在難行只嘆嗟。」見〔清〕礬下生（鄭澹若），《夢影緣》（台北：文海出版社，1971），卷1，頁1。有關《夢影緣》一書，參見胡曉真，《才女徹夜未眠——中國近代女性敘事文學的興起》，頁315-318。

女性彈詞小說有很大不同。

　　另一種變形的獨身主義是藉由終身扮裝來完成，例如1860年代《金魚緣》[79]
中的錢淑容。錢淑容女扮男裝求取功名後，與李玉娥成婚，前者打定主意永不回
復女性身分，後者自願放棄異性婚姻，與同性的假丈夫共度一生，在假鳳虛凰同
心合意之下，果然共謀成功，兩人以夫妻之名終老。當然，由於小說對兩人關係
的描寫有不少曖昧之處，我們其實不應將這兩個人物直接稱作「獨身」，不過她
們的確用自己的意志與手段抗拒了體制的壓力，決定了自己的命運。作者孫德
英不需要像陳端生一樣廢然封筆，也不需要像鄭澹若一樣把人物一一賜死，她
筆下的錢淑容與李玉娥不但作了選擇，還享受了成果，可以說對女性的生命有
了更樂觀的想像[80]。此外，無法堅持獨身，於是在對所謂婦職有所交代以後才
毅然放棄家庭，這種安排其實也應該算是獨身主義的另一種形式，《榴花夢》中
的桂恆魁就是最好的例子。桂恆魁這個角色被作者李桂玉形容為古今未有的全
人，是「仕女班頭，文章魁首。抱經天緯地之才，旋乾轉坤之力，負救時之略，
濟世之謀，機籌權術，萃於一身，可謂女中英傑，絕代梟雄，千古奇人，僅聞僅
見」[81]，也就是集賢臣、名將、英主、哲后、良母於一身。當她女扮男裝而功成
名就之後，本已受封出鎮藩國，卻與孟麗君一樣面臨回復女身的危機，來自父母
親長、未婚夫家、姊妹知己等人的壓力排山倒海而來。當父親出面逼她回復女裝
時，桂恆魁一一描述自己在外奮鬥的艱苦，直陳「都道孩兒閨內女，不應隨朝掛
錦衣。不知兒受千般苦，卻把殘生換一官。」[82]直到皇帝下旨令她改妝，桂恆
魁不得不從，心中「一天怒氣衝霄漢，萬道嗔容鎮九霄」，暗禱蒼天促壽，讓她
早日離世歸仙。桂恆魁終於無法擺脫龐大的壓力，成為多妻家庭的一員。不過，
與姜德華不同的是，桂恆魁雖然進入家庭而成婦，但是她在婚後仍然活躍於國
事，繼續完成了許多功業，更重要的是，她從不曾放棄追求自我生命意義的理

79　《金魚緣》的創作時間是1863年到1868年。
80　孫德英本人即以奉母為由終身未婚。有關《金魚緣》中錢淑容男裝終老的討論，參
　　見胡曉真，《才女徹夜未眠──近代中國女性敘事文學的興起》，頁208-217。
81　〔清〕李桂玉，《榴花夢・自序》（北京：中國文聯出版公司，1998），第1冊，卷首，頁11。
82　〔清〕李桂玉，《榴花夢》，第2冊，卷68，頁1341。

想。在小說中，這個理想由人間的王侯功業轉變爲離棄人世的求仙渴望。她在新婚期間曾因悲憤而一時氣絕[83]，魂魄神遊九華仙山，並執意從此留住仙山，不再回到紅塵去供婦職：

> 念情不願臨凡世，在此甘隨姊姊前。
> 紅塵擾擾眞無味，提起般般恨未消。
> 空廢心機和血汗，空籌妙策與奇謀。
> 空受刀傷弓箭射，空歷千災百難磨。
> 博得錦衣和玉帶，中計含羞作女郎。
> 有氣難爭遭暗灑，無能千古桂恆魁。
> 何面重回花世界，何面重逢冤孽郎。
> 不因媚仙相纏絆，此身早已訪仙山。
> 今朝得到蓬萊地，豈有重歸世上來！[84]

所謂心機血汗、妙策奇謀，乃至刀箭之傷、百難千災，都是桂恆魁爲了完成自我而付出的代價，但這一切都將只是因爲她是女兒，而必須一筆勾消。不過，雖然萬念不甘，女英雄卻不可能想像徹底顛覆性別限制，而只能選擇以撤退爲抵抗。即使如此，仙山眾仙女卻告訴桂恆魁，事皆前定，前債未滿，豈能違逆天命，唯有「早完塵債」才能「早升天」。回魂之後，桂恆魁努力完成人世的女性義務，爲妻爲母。中年以後，恆魁重新立志清修，斷絕夫妻情緣，八年後終於功成果滿。桂恆魁正當人生火熱之際，卻仍不忘初衷，堅持完成志願。這個人物好像是姜德華與謝雪仙的綜合體，她先是與姜德華一樣決定放棄獨身，接受爲妻爲母的角色，但是在完成世間的職責以後，又回頭溯尋謝雪仙走過的道路，她只是延遲實踐她對人生意義的追求罷了。當然，《榴花夢》與《筆生花》並沒有影響關係，只不過這些人物的交集，也正是女性彈詞小說家所關懷的核心。

83　不妨留意，桂恆魁悲憤而死，這段情節倒果眞符合郭沫若所推測的《再生緣》中孟麗君應有的結局。

84　〔清〕李桂玉，《榴花夢》，第3冊，卷71，頁1400。

更極端的是決然以死亡來抗拒回歸女性身分與職責之呼喚的例子。《子虛記》[85] 的趙湘仙就是這樣的人物。彈詞女作家多半一生只寫作一部彈詞，《子虛記》的作者藕裳另著有《群英傳》，這也是在道光年間的侯芝以外絕無僅有的例子。藕裳的生平無考，唯一的線索就是《子虛記》的「序」與「題詞」。該〈序〉大概寫於光緒九年(1883)，作者是藕裳之兄，署名「祖綬」，題詞中又分別有藕裳之弟「祖亮」、「祖馨」、「祖鼎」等人所作，不過目前筆者仍無法循線追到藕裳的家族，只能大略得知藕裳從小隨侍父親彰德公於署中，知書識字，十七歲失怙後歸里，嫁桐城胡松巖，早寡無後，隨兄居，晚年課姪孫輩。倒是題詞中有「同里王錫元」所作倚聲一首，應該就是編修《盱眙縣志》、《盱眙金石志稿》以及《童蒙養正詩選》等書的王錫元。證諸祖綬在〈序〉中提到「咸豐九年赭匪闌入吾盱，舉家南徙，同寓吳中」，則藕裳是盱眙人無疑。根據〈序〉文，藕裳流寓吳中以後開始大量接觸「史學及書古文詞」，可能也在此時孕育了對彈詞的興趣，後來又隨大兄僑寓安宜(在揚州寶應)，閒暇時開始寫作《子虛記》。到了祖綬寫序之時，藕裳的創作已「迄今幾二十年」。〈序〉文對藕裳的描述相當符合女性彈詞小說作家一般的創作背景。她們寫作彈詞小說時，要不是閨中的綺年少女，如《玉釧緣》的作者、創作《再生緣》前半部的陳端生、《筆生花》前半部的邱心如等等；要不就是中年以後，如開始介入彈詞小說創作、編輯與出版的侯芝、續成《再生緣》的梁德繩、《夢影緣》的鄭澹若等等，當然也包括放棄創作多年以後又重新執筆的陳端生、邱心如；甚至也有終生不婚的，如《金魚緣》的作者孫德英。不妨說，女性彈詞小說家在創作期間往往都處於某種廣義的獨身狀態中。從獨身的作者到小說中獨身的女英雄，其實可以讓我們體察17到19世紀間女性自我意識發展的一個特殊方向，到了20世紀初，這一思考方向的理路將更清晰。

85　此書有上海圖書館藏舊抄本六十四回。另光緒辛丑(1901)年世界繁華報館版十卷，未完，中研院傅斯年圖書館有藏。經筆者比對，世界繁華報版有作者親友提供的序文、贊詞等，文字與若干章節安排上也略有更動，但內容大致與抄本的前十回相同。本文引用以上圖抄本為主，世界繁華報版為輔，尤其是序文材料方面必須藉助於世界繁華報版。

《子虛記》其實有不少值得注意的特點，例如對征戰場面特別有興趣，對英雄形象非常重視，而且很喜歡處理背叛(叛國、叛降)的英雄等。小說的女主角趙湘仙在第一卷就男裝出走。趙湘仙的父親在外地爲官，湘仙在家不得於後母，竟遭毒打監禁。危急之中，魁星顯像，告訴湘仙：「爾本中台上界星，偶因小過謫凡塵。他年尚有三公位，仗汝匡扶社稷寧。輔佐明君成相業，功行圓滿復歸神」[86]。湘仙於是易服逃家。魁星(並不是《鏡花緣》中以女相出現的女魁星)居然出現在女性人物的夢兆中，已經象徵意味十足，敘事者更進一步指出：

> 今宵易服離家去，再作紅顏萬不能。嚴氏凶頑空作惡，反教女子永垂名。揚眉吐氣爲男子，赫赫炎炎執政臣。事破一朝歸極樂，驂鸞跨鳳上瑤京。[87]

我們必須注意這只是小說的第一卷，一切尚未展開，而作者已經明確設定了易裝女英雄未來的命運。一方面她不會讓趙湘仙像姜德華一樣，回到閨中扮演妻子的角色，但另一方面藕裳也不像《金魚緣》的作者孫德英那麼樂觀，她的人物是要爲自己的選擇付出重大代價的。同時，趙湘仙並非無情，她爲官出巡時，剛好碰見未婚夫張端遭人陷害下獄，十分關情，卻又堅持不能團圓。湘仙自思：

> 已不思量作女娃，此生永遠戴烏紗。爲何還把張公子，日日心頭記念他。前定姻緣雖說假，不由人，有些繫戀在他家。……咳，張君，你可知道我，〔唱〕彩筆高標榜首題，御香日日染朝衣。此身要作奇男子，他日裏，紫誥金章也娶妻。月下老人空作戲，我與你，紅絲繫足事皆虛。職居風憲充天使，何肯去，雌伏閨中不畏譏。[88]

86　〔清〕藕裳，《子虛記》(光緒辛丑年《世界繁華報》版)，卷1，頁15a。
87　同上，卷1，頁16a-b。
88　〔清〕藕裳，《子虛記》(上海圖書館藏抄本)，卷8；《世界繁華報版》，卷7，頁10b。

這種已爲男子，恥作閨閣的心態，普遍表現在女性彈詞小說中女扮男裝的人物的
身上，幾乎所有的易服女英雄都曾發出類似的感嘆。不過，如果仔細體察其脈
絡，那麼這些女英雄並非否定自己的性別，而是抗拒社會對女子必須成妻爲婦、
從人事人的期待。日後趙湘仙面對身分敗露的危機，便是出於這樣的心情而死
的。

　　由以上的討論可知，《再生緣》之後的女性彈詞小說持續圍繞著《再生緣》
所提出的核心問題發展，嘗試用各種方式解決陳端生無法面對的困境，而且女作
家們不再認爲爲婦成妻是女性人生唯一的選擇。小說人物所表現的廣義女性獨身
主義越來越明顯，甚至對應作者在現實中的人生選擇。在女性彈詞小說的文學想
像中，獨身主義代表的正是把自我價值放在中心的生命態度，這確是與家族及社
會期待完全不同的思考。婦女拒嫁的實例自古皆有，往往以孝道之名行之。在清
代，曾有拒婚的女性在名義上嫁給已死之男子，稱作「慕清女」。不過，誠如學
者所言，至今我們對當時的拒婚行爲仍不十分瞭解，因爲拒婚與節烈不同，並不
爲社會讚許，不但是父母，就連本人都不會以此爲榮，所以文獻上對拒嫁的描述
很少[89]。女性彈詞小說中的人物通過拒婚、扮裝等方式表達對獨身生活的嚮往，
事實上其最終的渴望仍是拓展女性自我意識以及社會角色的可能性[90]。

　　文學想像不是現實的反映，但卻與現實有往復駁雜的關係。女性彈詞小說透
過人物所表達的女性獨身想像，在20世紀初確曾一度成爲焦點話題。民初時期，
婦女逐漸發展謀生技能，婦女論述也鼓吹經濟獨立，於是開始有婦女爲追求自由
而提倡獨身制。某些婦女發起組織性的號召，例如1916年南京成立「不嫁會」，
1917年江蘇江陰成立「立志不嫁會」，以「立志不嫁，終身自由」爲目的，1919
年上海成立「女子不婚俱樂部」等等，雖然都只是曇花一現，但光從這些表象看
來，彈詞女作家的漫天大夢，竟似在新時代有實現的曙光。然而歷史從來不會如

89　郭松義，《倫理與生活：清代的婚姻關係》（北京：商務印書館，2000），頁499-
　　502。此外，地方性的不婚風俗，如廣東的自梳女，則又是另一種型態。

90　至於選擇獨身或扮裝後所連帶引發的性別認同、身體情慾等問題也在女性彈詞小說
　　的想像範圍內。相關討論參見胡曉眞，《才女徹夜未眠——近代中國女性敘事文學
　　的興起》，頁213-217。

此單向發展。獨身主義成爲一種公開的主張以後，報章雜誌如《婦女雜誌》、《新女性》、《京報》等刊物上不時散見相關討論[91]。有些主張女子獨身的言論相當激烈，例如發表在《婦女雜誌》的〈吾之獨身主義觀〉一文，作者魏瑞芝當時還只是浙江女子師範的學生，她在分析婚姻帶給女性的各種苦痛與限制以後，認爲獨身主義是女子擺脫家庭束縛，追求個人自由與成就的最佳方式。她的結論是：

> 吾願犧牲一般所謂幸福快樂，以避此等苦痛。不自由，毋寧死，不得志，毋寧死，此則吾之所不肯屈撓者也。吾當善養吾氣，善修吾志，以地球之大，何患無吾托足之地；以事業之多，何患無吾立身之處。吾之貢獻苟有補於人，吾之言行倘有用於世，則不愧爲人類之一分子，而吾之幸福與快樂亦在於此矣。[92]

　　然而，獨身思想威脅家庭制度，不免引起爭議，因此同期《婦女雜誌》的第一篇論文就是〈現代的男女爭鬥〉，作者紫瑚指出，本期《婦女雜誌》同時刊登女學生魏瑞芝主張獨身的文章，以及男教授鄭振壎說明自己爲何「逃婚」(指離婚)的文章，可見現代的男女關係已進入危險的爭鬥期。紫瑚並且認爲女子獨身的主張是「把男子當作仇敵，不願意和他接和，組織家庭」，而「這種男女爭鬥的現象……是家庭的破裂，是社會病態的呈露，是人類自滅的預兆。」[93]類似這樣的往復交鋒很多，使得20世紀前期的獨身主義討論既多樣又複雜[94]，也說明獨身從來不只是女子個人的選擇問題，而永遠是一個公共的問題。如果我們想到女性彈詞小說如何藉由孟麗君、桂恆魁、謝雪仙、錢淑容、趙湘仙、殉道花神等這些人物表達獨身的想像與實驗，那麼20世紀女學生魏瑞芝的慷慨陳詞便有跡可尋

91　游鑑明曾對二十世紀前半期中國對獨身的言論進行詳盡的分析，並整理成表。游鑑明，〈千山我獨行？廿世紀前半期中國有關女性獨身的言論〉，《近代中國婦女史研究》第9期(2001年6月)，頁122-187。

92　魏瑞芝，〈吾之獨身主義觀〉，《婦女雜誌》第9卷第2號(1923年2月)，頁28。

93　紫瑚，〈現代的男女爭鬥〉，同前註，頁3。

94　游鑑明，〈千山我獨行？廿世紀前半期中國有關女性獨身的言論〉，頁179。

了。女性彈詞小說中獨身女兒的角色之所以到今天仍能魅惑讀者與研究者，豈不正是因為文學所體現的問題仍然歷久彌新嗎？

五、結語

　　筆者在本文開頭已經指出，「女英雄」是多數女性彈詞小說的中心人物，也是研究者目光的焦點。既然是英雄，那麼僅僅具備才貌並不足夠，必須有異乎尋常的表現才行。女英雄的特質是危行在懸崖邊上的，《再生緣》的孟麗君之所以引起《再造天》作者侯芝極大的焦慮，就是因為她認為孟麗君的人格與行為只要再推進一步，就會成為《再造天》裡顛覆家國的皇甫飛龍。女性彈詞小說裡出現的某些言行極端的人物典型，雖然在情節架構上不見得重要，卻往往是女英雄的背面文章，也是驅動敘事的動力之一。

　　本文討論了三種女性彈詞小說中的極端人物典型，即酗酒的母親、瘋癲的妻子，以及獨身的女兒。在文學表現中，女性大量飲酒可以象徵對開放生命型態的嚮往，也是困惱的解脫法門，甚至成為嬉笑與暴力的護身符，造成婦德標準的鬆動。瘋癲可能是貼在錯亂且不能規範之女性身上的標籤，她們必須受到幽囚封鎖，以防破壞社會秩序，而身體的鎖禁其實反是身分的放逐。獨身是女性彈詞小說中的女性為了追求自我而選擇的生命型態，然而她們往往必須透過性別扮演、自我幽禁、自我放逐，甚至自我毀滅的極端途徑，才得以實踐獨身的理想。事實上，這三種極端人物在許多層面上是重疊的，例如酗酒是癲狂的一種形式，瘋癲是達到獨身的一種手段，幽閉是瘋癲與獨身的共同命運。這些衝破傳統價值與社會規範的極端人物在女性彈詞小說的文本邊緣出現，她們是畸零人物，是女英雄的對手，也是替身。這些極端人物豐富了彈詞文本，也將女英雄的想像更為立體化，是彈詞小說典範性建立的重要環節，我們若正視女性彈詞小說在明清敘事文學中的位置，那麼這些人物所牽涉的文學、文化與社會問題確乎應是我們探索的對象。

第十二章
《兒女英雄傳》中的無為丈夫和持家妻妾

馬克夢 (Keith McMahon)

(美國堪薩斯大學東亞系)

　　清朝最後一世紀的小說中，發展出一個反覆出現的情節——由女人安排的一夫多妻制。亦即，一夫多妻是自由意志運作的結果。一反往常，這些妻妾不彼此嫉妒，她們寬待彼此卻不失自我主張；她們情同姊妹，深愛彼此。她們一手經營家務，維繫家門秩序。滿族作家文康的《兒女英雄傳》便將這種情節發揮地淋漓盡致。小說中享盡齊人之福的男人竟是個軟弱且無所作為之徒，而他的眾妻妾卻是俠女風骨[1]。多數作者筆下的多妻男人皆是風流倜儻的才俊，文康筆下的男人卻笨拙無才。相反地，他筆下的女性名義上依舊服從於儒家的父權，但實質上卻是遠優於男人的堅毅才女。如此一來，這無用男人和二妻一妾的婚姻關係依舊維持了社會和家庭秩序的穩定[2]。

　　情節裡的多妻男人是個被動且無自主意志的年輕人。無自主意志說明了他本

1　這部小說出現於1878，但早自1851便開始撰寫。本文使用的版本是〔清〕文康，《兒女英雄傳》(濟南：齊魯書社，1997)，董恂評論。

2　胡曉真關於這部小說的文章，提及女性即使身處儒家父權社會，仍須操持家務，這促使我想略抒己見。除了何玉鳳這類女性的最佳例證外，胡曉真也提及較次要的女性角色，例如「舅太太」所扮演的家庭中年長與年輕男性間關係的類似角色，她的特殊才能是聰明才智及口才都勝過安驥的父親。而安驥的父親身為博學的大家長，最擅長的是有關考証的精確知識。胡曉真指出小說中充斥著細微衰敗之感，而這樣的感覺卻是以歡樂、輕鬆的筆調書寫出來。這樣的筆調展現於安驥一角身上至為明顯，但其他小角色亦是如此，例如八十歲的鄧九公的年輕妻子。她是文康眼中人的理想類型：純潔而素樸，就像原始初民一般。參見胡曉真，〈蘋縈日用與道統倫理——論《兒女英雄傳》〉，收入王璦玲主編，《明清文學與思想中之主體意識與社會——文學篇》(台北：中央研究院中國文哲研究所，2004)，頁589-638。

身沒有再娶二房的意願。這個角色有雙重意義特出之處：一、在性別主體上，作為一個被動無為的多妻男人；二、在歷史意義上，出現在晚清的小說裡。就性別主體而言，《兒女英雄傳》描繪了一個理想的家庭狀態：和諧愉快的一夫多妻和誠實磊落的仕宦之途將戰勝所有苦難和困境。女人是原始女神典型——女媧的化身，她們煉石補天，不讓天綱崩毀，維繫了家庭乃至社會的秩序[3]。而男人便坐享其成，無須費心勞神於此。書中男主人翁安驥，安穩地活在眾女子的保護之中，而不知人間疾苦。宛若活在童話幻境的男童一般，他總是天真的認為，在母親或是母親一般的妻妾們呵護下，世界便完美無缺。對他而言，人生唯一的苦處在於摸索享樂和愉悅的界線。他可能會耽溺在母親和妻子的愛護下，而失去處理現實的能力。唯一的解決之道卻有待堅毅的女性們現身為其設限。男人必須透過女性的引導，才能找到建立限制的規則。

就歷史意義而言，作為晚清小說中現身的角色，這個無自主意志的丈夫實是綜合了之前諸多小說中的人物特質，比方《聊齋誌異》、《野叟曝言》、《紅樓夢》、和1840年前的各種《紅樓夢》續篇[4]。一反慣常的豪傑英雄式的丈夫角色，文康選擇了一個具有女性氣質的貞潔男子，讓女性展現出英雄豪傑的一面。就這樣的選擇來看，他的小說類似其他兩部清末小說，這兩部小說都將軟弱的男性作為文化衰落的象徵。1864年的《花月痕》含蓄，而1897年的《海上塵天影》則完全不加掩飾[5]。一夫多妻的幻想留存於這兩部小說中，但同時也在作者呈現出昇華的愛情與死亡之面貌時逐漸消失。在這樣的呈現中，男性和女性就像面臨

3　文中提及「女媧」和釋迦牟尼一樣，是「兒女英雄、英雄兒女一身兼備」的典型（緣起首回，頁5-6）。

4　《紅樓夢》續篇中女性安排的一夫多妻制之討論，參見Keith McMahon, "Eliminating Traumatic Antinomies: Sequels to *Honglou meng*," in Martin Huang, ed., *Snakes', Legs: Sequels, Continuations, Rewritings, and Chinese Fiction* (Honolulu: University of Hawaii Press, 2004), pp. 98-115。這篇文章的主要論點是表明《紅樓夢》續篇小說的傾向，例如修正原小說中的悲劇與不足，讓賈寶玉同時迎娶林黛玉及薛寶釵(或他們投胎轉世後的化身)，還有其他許多女性，包括堂表姊妹及婢女在內。

5　以這種角度更完整討論《海上塵天影》的論述，可參見Keith McMahon, "Cultural Destiny and Polygynous Love in Zou Tao's *Shanghai Dust*," 即將見於 *Chinese Literature: Essays, Articles, and Reviews.*

文化苦難時，高度文化認同中的最後象徵。《花月痕》和《海上塵天影》指涉的是清末國力衰退的史實和趨勢，但《兒女英雄傳》卻完全規避了這樣的指涉。《兒女英雄傳》並未讓男性的失敗與範圍更大的文化失落產生關連，反而堅持呈現對失序的強烈否定，作者即是以成功的一夫多妻幻想取代了失序。在這三部小說中的描寫中，女性安排一夫多妻制，男性斯文有教養，甚至女性化，而女性則絕頂聰明，這種呈現方式顯示這些小說完全承襲了在其之前的典範。女性優越性仍是道德力量的標準，因此保有明末女性優越性具備的功能，成爲解放、轉型的可能模式。但這些小說展現的，是美麗聰慧的女性塑造的奇特雙重角色（strange double）。所謂奇特雙重角色意指不凡的女性，這樣的女性並非男性唯一的心靈伴侶，反而幫助並激勵男性維持一夫多妻制。亦即女性支持並鼓勵一夫多妻制的慾望，同時維持主導的角色，並提倡原先男性主導角色的儒家價值觀。《兒女英雄傳》繼承這種被動一夫多妻制的公式，並將其發揮至極致，創造了單純的男性主人翁，這個主人翁熱情而使人憐愛，但耽溺現狀，他的眾妻妾則保護他免於遭受殘酷的外在現實打擊。

解釋這樣的女性與男性塑造最有效率的方式，便是審視文康呈現男性與女性佔據不同存在位面的方式。根據這些位面，多妻者和持家的妻妾在我稱爲被動式一夫多妻制的情節中，分別擔任不同的角色。不同指的是不同的責任，而最重要的則是不同的享樂方式。簡言之，女性的享樂是主宰的，但男性的享樂是（或看起來是）最愉悅的。亦即女性獲得掌控與管理的愉悅，而男性則獲得生命盡情享樂的愉悅。雖然文康假設男性的軟弱無可避免，但他實際上是在頌揚那種軟弱。亦即到小說的尾聲，年輕的男性主人翁若沒有妻妾、長輩及僕人的陪伴，似乎完全失能。但軟弱是有其益處，原因是軟弱正是操縱一切的妻妾，永遠呵護、照料男性的原因，男性也得以持續處於良好的軟弱狀態，堅守家庭中名義上一家之主的頭銜。就早於文康時代最出色的文學先驅《紅樓夢》而言，文康提升了賈寶玉的角色，讓賈寶玉安然處於母親般的女性之間，同時移除所有寶玉意淫的痕跡。文康隱藏的意淫之意不只和潛藏的慾念有關，也和寶玉對眾多不凡女性衝突的愛戀有關，而在這些女性中，僅有一位讓寶玉依稀領會到，她可以成爲他崇高的心靈伴侶。文康的小說就像寶玉的續篇一樣，經過顛覆的寶玉體驗的並非內在衝

突，他未來的妻妾也沒有經歷嫉妒或對立。

一、俠女的雌伏

《紅樓夢》實際上是辨識文康對愛情與慾望的整體立場最相關的文學作品。在一開始他對「情」的宣示中，就清楚表明這種立場。從那時起，他和評家董恂便表示該小說主要的批評對象就是《紅樓夢》，在通篇小說中，文康便或暗或明地攻擊《紅樓夢》[6]。文康就像《野叟曝言》的作者夏敬渠一般，藉由角色安排淡化「情」，這些角色都小心謹守儒家正統。文康最重要的詞便是「兒女英雄」，兒女是小孩和子女之意，代表一般健康合宜的情緒，取代《紅樓夢》中展現的脫軌情緒[7]。「兒女」的「情」不再指涉那種會天搖地動，而本質上無法實現的愛。反之，愛是屬於子女和家庭的，也就是說，只要關照家庭的利益，愛就永遠能表達出來[8]。文康在俠義及忠君方面表現愛時，則強調要關照到帝國的利益。通篇小說中，不凡的女性比男性更能關照家庭和帝國的利益，因此是小說的中流砥柱。文康將女性置於主宰的位置，掌控貞潔而女性化的男性主人翁。少了她和眾妻妾，這個主人翁萬事皆不可爲，無法成爲孝順的兒子、清醒的丈夫，也無法通過科舉，順利擔任公職。《兒女英雄傳》刻畫了一個宇宙，在其中男性必須終生保持純潔及天眞，實際而聰慧的女性才可以阻止男性可能製造的混亂發生。在教誨的層次上，該小說的論調，仍是提倡作為規範的父權體系。但在敘事

6　這部小說優於《紅樓夢》之處共有三點：女性不會受困於嫉妒的牢籠；父與子愉悦地討論經學；婢女不會與少主私通。

7　關於文康對《紅樓夢》的批評，可參見下面所述以及Maram Epstein, *Competing Discourses: Orthodoxy, Authenticity and Engendered Meanings in Late Imperial Chinese Fiction*(Cambridge: Harvard University Press, 2001), pp. 293-96。Martin Huang的文章，"From Caizi to Yingxiong: Imagining Masculinities in Two Qing Novels, *Yesou puyan* and *Sanfen meng quan zhuan*," in CLEAR 25（2003), pp. 61-100，可完全證明「兒女英雄」主題的存在。他表明夏敬渠和其他18世紀的作品已經建立了這樣的主題，之後文康更進一步發揮，將其用於書名。

8　參見Maram Epstein, *Competing Discourses*, pp. 272-302。她提到省略了子女對父母的愛、臣子對君主的愛，以及愛人彼此間熾熱的愛之間的差別(頁298)。

上，表達並執行那些教誨訊息內容的主體，卻不再是一家之主的男性，而是英雄般的妻妾。

正因教誨的內容和表達這些內容的主體之間出現斷裂，因此也表現出小說中核心而潛藏的假設：男性主導的世界是一片混亂，整體而言男性氣概本身也是如此[9]。《兒女英雄傳》中，沒有任何一個人明確提到這項假設，因此我使用了潛藏這個詞。事實上，這部小說完全忽視當時的政治與社會現實，取而代之的是強勢女性主導世界的幻想[10]。但也正是因爲這樣的忽視，反而更顯露出這種未言明的假設。再者，這部小說必須和清末其他文學作品一起閱讀，特別是上述的小說，例如《花月痕》和《海上塵天影》，這些小說更公開地表明儒生的軟弱和國家政治領域的危機有所關連。在文康的小說中，19世紀當時的狀況（中國國力減弱，帝國男性的領導權也跟著衰頹）轉化爲社會道德永恆的普遍性，主要的關切點則是要使男性不致成爲無用廢物。爲了使情況不致如此，女性和男性必須佔據純潔性平行的兩個位面。在這兩個位面中，男性浸淫良書之中，維持純潔性，而女性則熟練地管理男性的物質與精神世界，幫助男性維持這種純潔性。浸淫良書具有減少慾念的效果。女性則必須勤儉自制以幫助男性減少慾念。因此，男性一旦有了數個勤儉自制的妻妾，他的心就不會變「肥」、變「狂」[11]。從生至死，無論是居家或遠行，男性都需要這樣的女性照料他的日常生活，包括夜晚時蓋被，以及行爲差池時嚴加批評。勤儉自制的妻妾之絕佳典範便是十三妹，十三妹本爲俠女，長者安學海成功馴服她，說服她棄武，以成爲其子之妻。在俠女雌伏

9　在教誨的陳述，以及陳述教誨的主體方面的議論，我受到Jacques Lacan的策略啓發。也就是如何在陳述教誨的主體（亦即說話的主體）以及教誨內容的主體（亦即說話的內容）之間的斷裂中，找出無意識的訊息。我將這種斷裂等同於我所指的男性與女性存在的不同位面之斷裂。在文康小說的脈絡中，沒有人明確陳述這種斷裂的「無意識」訊息，僅暗示這種男性／女性不同的存在位面，這種「無意識」訊息指的就是由男性領導的世界陷入危機之中。參見Jacques Lacan, *Ecrits: A Selection* (New York: Norton and Company, 1977), pp. 269-70。

10　關於小說整體上忽視當時的現實狀況，可參見Maram Epstein, *Compelling Discourses*, p. 275, 包括n. 51。

11　「肥」出現於第30回，頁658。另一個出現在三十回的說法是「移動了性情」（第30回，頁660）代表一個人原有的個性遭到變化。

的過程中，學識淵博的長者只在表面上馴服她，實際上卻讓她掌管整個家庭和農地。

事實上，俠女的雌伏是小說設計男性臣服於女性控制最重要的表達方式。要瞭解這種表達方式，便必須回顧《兒女英雄傳》之前的小說，以及這部小說在清末及之後的讀者接受狀況，以發現這部小說創新與特出之處。《兒女英雄傳》會對20世紀的讀者造成困擾，原因是俠女竟然同意接受馴服，成為年輕主角安驥之妻[12]。在小說的第一個部分，堅毅的女主角證明了她比所有男性的敵友都要驍勇善戰，並且在為父報仇後便決定歸隱山林，獨身以終。就像許多蒲松齡故事中的女主角一樣，她眼中的婚姻代表的是屈辱和囚禁。她父親便是因為回絕一個登徒子提親的請求而慘遭殺害，這也激勵她進行復仇的任務。第七回中有一個驚人的場景，在這個場景中，她從一群欲將安驥開腸剖肚的惡僧之手救出安驥，冷靜使出一些致命絕招(包括削下一名饒舌、猥瑣的婦人臉孔，那名婦人為那群吃人僧工作，第7回，頁139)。但在幾回之後，安驥的父親和他未來的妻妾張金鳳卻勸她必須卸下武裝，加入這個大家庭，如此一來，她才能真正擔任有德性的人妻角色。

從十三妹變為何玉鳳的俠女轉化，問題在於省略了兩種一般在中國小說中對立的敘事模式。正義俠士、俠女的故事不應該成為婚姻生活的紀錄，描繪準備科舉、子女的未來以及公職生活。《兒女英雄傳》的讀者及作者困難之處在於從英雄之舉的驚險刺激，轉化為家庭生活的平淡時製造的反高潮。再者，男性卑劣、軟弱而女性勇敢、強勢的俠女故事中，常刻意忽略婚姻一事。在最高潮的時刻，女性會消失於人世，而非成親育子。文康挑戰這項傳統，生動刻畫了俠女步入婚姻，相夫教子的歷程。他鄙視如曹雪芹等其他作家性別倒置(gender inversion)手法的顛覆及逾越層面，但他仍以淡化的方式保留了性別倒置，也就是以「兒女之

12　王德威在*Fin-de-siecle Splendor: Repressed Modernities of Late Qing Fiction, 1849-1911*(Stanford: Stanford University Press, 1997, p. 159)中討論了這部小說。亦請參見Maram Epstein, *Competing Discourses*, p.278，其中提及魯迅及胡適批評該小說的不一致及對儒家價值的肯定。

情」的方式，作爲描繪成爲新婚夫婦的年輕愛侶之主要模式[13]。「兒女」的「情」成爲掃除腐敗的充足動能之媒介。「兒女之情」佔據了中心位置，其他的社會問題相較之下都顯得微不足道。《兒女英雄傳》不斷正視社會問題，無論是盜匪的問題或社會墮落的問題，小說中都很容易修補，或將其視爲枝微末節。

關於俠女雌伏的問題，王德威將她的脫胎換骨稱之爲對立的極端性統一（outrageous unification of opposites），意指作者大膽結合兩種一般而言大相逕庭的敘事模式。再者，王德威認爲洗心革面後被迫捨棄過去，在現代中國文學中無所不在。如同王德威所說，《兒女英雄傳》實際上教導後世作家如何呈現激進的女性轉變爲實際的社會工具之過程。在那些後來的作品中，重要的問題變成是結合下面兩種不相容的角色：(1)俠女／革命的女主角及(2)穩定社會秩序中的女性。在現代來看，穩定社會秩序就是新中國。這種教導的例子代表第二種觀點，亦即儘管存在王德威引用的那些反傳統主義的早期現代小說，像十三妹那樣謹守孝道的俠女，以及以革命女英雄姿態出現的現代十三妹之間，仍存有明顯的延續性。正義俠士的傳統結合了才女(無論是才女、女俠、名妓或其他不凡的女性)的主題，這些才女除去儒家的特質之後，會帶領中國轉變爲現代國家。如同1905年的小說《女媧石》前言所言，「婦女一變，而全國皆變矣」[14]。因此，這部1905年的小說和《兒女英雄傳》相似之處在於信念的改變，莽撞的女性激進分子採用了溫和而合常規的價值體系，成爲理想的女性，進而造就理想的國家。

王德威的觀察強化了我對於小說前後斷裂的問題本質之觀點。王德威僅略微觸及軟弱男性的病態本質[15]，而這正是我特別檢視安驥的重點，我甚至以此檢視其他主要男性角色，包括篤信儒教的長者安學海，以及老當益壯的俠士鄧老翁。安驥父親及鄧老翁雖然看來並不病態，但他們和安驥一樣，佔據和何玉鳳相對的

13　Epstein在*Competing Discourses*, p. 285中，描述了這種淡化。

14　出自《女媧石》，王德威引用於*Fin-de-siecle Splendor: Repressed Modernities of Qing Fiction, 1849-1911*, p.168。王德威於頁156-74討論了《兒女英雄傳》。《女媧石》出現於嶺南羽衣女士等著的《東歐女豪傑》(南昌：百花洲文藝出版社，1991年)，頁441。

15　參見王德威*Fin-de-siecle Splendor: Repressed Modernities of Qing Fiction, 1849-1911*, p.168中他略提了男性自戀的奇特轉變。

男性存在位面。雖然何玉鳳不僅同意成親，還甘願兩女共事一夫，但她仍是中堅
分子，肩負起使命，警惕世人培養道德與物質上都要適當成長並維持穩定。即使
在她信念轉變之後，她都是唯一一個支持軟弱而女性化的男性的人。她仍然保持
冷靜與果決，永遠準備好勇敢行事，不因舒適安逸而軟化態度。即是是在安逸之
中，她也「安不忘危」（第30回，頁670）。她成爲這樣的角色的原因是她曾甘冒
可能喪生的代價爲正義挺身而出。因此，她是唯一能肩負起社會使命的人。擔任
這個角色便和上文所指關照家庭與帝國的利益有關。像她這樣的女性，只有在男
性墮落到不知道如何再顧及家國利益時才會出現。即使是儒家長者安學海也只是
名義上的大家長。他一再表現出他是一個謙虛、有時可笑，而且相當博學的大家
長[16]。如果他操縱了何玉鳳的轉變，這也只是因爲無論名義上的大家長看起來多
無能，都必須要有威信。

二、終生孩子氣與女性化

安驥實際上是名義上的多妻者，在我的定義中，這代表他是被動而缺乏自主
意識的。文康處理了一夫多妻、嫉妒等最敏感的議題，在二十七回中詳細闡釋這
些議題。他克服了問題，提到女性只有在軟弱和欠缺才能時才會嫉妒。因此，他
呈現了一種成功的一夫多妻制，在這種制度中，善妒女性的問題無關緊要，原因
是出色的女性不會嫉妒。他一開始的闡釋是提到一種不甚公平的規則，女性必須
對丈夫從一而終，但男性可以擁有大妻小妾（第27回，頁576）。爲何會如此？他
只說這是「人生之至理」（第27回，頁576）。儘管如此，他也明白不會嫉妒的女
性數目極少。他將女性分爲會吃醋的女性和不會吃醋的女性，也就是嫉妒程度不
同的女性。在最神聖的那端是因爲無法生育或子女早夭，主動要求丈夫納妾的女
性，這樣的女性比丈夫還愛憐、疼惜姬妾。這種女性是不吃醋的「神品」。一般
而言，兩種最高層次的不吃醋女性指的是對本身容貌及能耐深具信心的女性，以

16　一個常見的場景是安學海突然長篇大論、引經據典，而其他人都半帶著嘲笑的心態
　　聽他說話。參見第33回，頁757-59，舅太太講了一個笑話，取笑一個說話太深奧的
　　人。

及熱衷追求家庭利益甚過個人小利的女性。在另一端是會吃醋的女性，這樣的女性除非利用奸計，否則無法掌控自己的丈夫，最下等的則是寧願家族無後，也不願丈夫納妾。

安驥完全是具備神品女性特質的多妻者。張金鳳必須說服他再找一位妻子，根據文康的模式，張金鳳一開始便表明對何玉鳳的「愛」（第23回，頁486）[17]。安驥對這樣的提議大感震驚，宣稱再添個人會「分了你我的恩愛」（第23回，頁489）。即使他最後終於同意，幾回之後，他的父母和妻妾也必須再度強調，要他明白納婢女長姐兒爲妾的道理。缺少自主意志的一夫多妻制是由於他終生都是孩子氣而且女性化的男性，因此可說是在偶然之下娶得多名妻妾，享受田園世界，據說這種世界連玉帝也欣羨不已[18]。孩子氣和女性化包含實際上的兒童特質，描述一個「衣來伸手，飯來張口」的男孩（第30回，頁670）之段落可以爲例。這些都是敘事者解釋安驥整體的無能所用的詞彙，因此也支持了即使他成年後，也需要女性和長者照料的理由[19]。當然，他必須受過訓練才能接受並終而承擔父親的標準，但他始終都需要女性來實際執行那種標準。至於《兒女英雄傳》中眞正的父親是一個實行一夫一妻制的儒家長者，他是個誠實但不切實際的學者，晚年才通過最高級的科擧考試。他也擔任父親、人夫的角色，最大的樂趣就是和兒子討論深奧的問題，或造訪古蹟[20]。

17　使用「愛」這個字使人回想到《紅樓夢》其中一本續篇（出版於1843年的《紅樓幻夢》）中的黛玉，她說他「愛」寶釵就像寶玉愛她一樣，見〔清〕花月痴人，《紅樓幻夢》（北京：北京大學出版社，1990），頁55。

18　二十四回敘事者的旁白中，玉帝問一個剛死的好人他最想要的東西爲何物，那人說到：「我不願爲官，不願參禪，不願修仙。但願父作公卿子狀元，給我掙下萬頃莊田萬貫金錢，買些祕書古畫奇珍雅玩，合那佳餚美酒擺設在名園，盡我同我的嬌妻美妾，呼兒喚女笑燈前」（第24回，頁497）。玉帝懷疑凡人能有這樣的生活，但那人堅持這樣的生活的確存在時，玉帝問道這樣的地方何在，他也希望下凡自己享受。在其他段落，安驥的確提到丈夫和妻妾和平共處，是「人生第一樂也」（第30回，頁659）時，他的妻妾責備他對待她們就像男人對待妓女一樣。這一個段落我稍後即會討論。

19　因此，在即將赴遠地任職而有身孕的兩位妻子都無法相隨時，他便需要納婢女長姐兒爲妾，讓她長相左右，照料個人日常需要。

20　對歷史主題及古蹟的討論，參見三十八回及四十回。小說一開始，父親奉命擔任最糟的官職，糟是因爲腐敗情況嚴重，政府坐視不管，會讓他受到誣控，鋃鐺下獄。

三、讓心不會變肥

　　安驥無法成爲成熟男人，就像《紅樓夢》中頌揚青少年時期的「意淫」。但差別在於，《紅樓夢》省略成人角色，是斷然抽離象徵秩序中的代表。男性遜於女性是一種比喻，呈現男性與女性強烈的不穩定與去主體性。《兒女英雄傳》採用了同樣的比喻，但巧妙使男性成爲軟弱無能的主體。有教養男性的軟弱並非代表寶玉般認知女性主體性的痛苦過程，反而成爲社會及家庭穩定的根基。男性軟弱成爲一種愉悅的形式，安驥比與他形成對照，猶豫不決的賈寶玉更能享受這一點。換言之，安驥優於賈寶玉，原因是安驥更擅於擔任被動的多妻者角色。同樣地，安驥之父也比寶玉之父更擅長擔任被動的大家長，原因是他實際上已經學會如何容忍女性對其子的溺愛，甚至從中獲益。現在所指的溺愛是指女性爲愉悅設下必要的限制，藉此避免安驥深陷於女性溫柔與哄騙之中。一夫多妻制現在成爲以眾妻子制訂規則取代父權規則的策略，這些妻子分工合作，因此可以同時溺愛丈夫而又控制丈夫。

　　總之，被動一夫多妻式的重點在於多妻者將目標實現的工作交給女性，藉此達成目標。他實際上同意女性作爲代理，同時自己又間接主導這種代理功能，藉此賦予女性代理的功能。換言之，女性外表掌控了一夫多妻制的家庭，實際上是一種女性代理(female agency)的形式。但這是種虛假的代理，實現的是男性的目標，而非女性的目標。我們也可以解釋這種關係，宣稱男性需要女性的保護，因此會要求女性與其交換能動權，以自身的能動權，交換代理男性的權力。因此在小說一開始，女性完全擁有自主權，但到了尾聲，她則以對自己的自主權交換控制男性的權力。追根究底，如此安排的設計者就是作者文康，他藉由創造安驥和其眾妻妾建構了一個機制，其中的兒子有個軟弱的父親，對自己的無能也毫不在意，但他仍是名義上的主導者，因爲不沉溺於軟玉溫香之中，所以還是達成了目

(續)

　　　　受到保護的父子由於其他人腐敗而遭受危險的情節，再度指出能維持純潔的男性屈
　　　　指可數的中心假設。參見敘事者反思人生命中的四大障礙及「變」的問題(第30
　　　　回，頁671)。

標。再回想三十回中的一個場景。在這個場景中，安驥的妻妾阻止他享受多妻的樂趣，他因而發怒，但之後卻感謝她們大加阻擋。如果她們沒有失敗，亦即如果作者透過安驥讓她們失敗，安驥就會過度沉迷於逸樂之中，遭受所有無所事事、受到溺愛的男孩都要經歷的悲慘命運，而這些人正是《兒女英雄傳》焦慮的主要來源。因此，讓自己完全順服女性也證明這種一夫多妻關係是完全必要的。他有脫軌行爲的可能也讓他必須要有多位妻妾，而實際上文康便宣稱這是男性最高的目標[21]。

　　我在英文標題中使用「filial」一詞是意圖藉此強調小說中對於「孝」的焦慮。在被動的一夫多妻制中找到避風港，便象徵父親功能減弱後產生的焦慮。妻妾比丈夫更能關照家庭和社會的利益，因此能鞏固行孝道的社會體制。隨之而來的是小說分爲兩半產生的問題本質，亦即第二半部如此困惑當代評論家的原因：這是因爲無自主性的一夫多妻制完全佔據了第二半部。若沒有第二半部，我們可能會看到俠女展露勇敢的性格，而且永遠消失於人世間，也可以達成伸張正義的目的。她主要的功能其實是自己達成新的使命，然後將權力讓與男性，男性也能設法證明自己，再度掌權(希望如此)。或許他會迎娶一位女性，也就是張金鳳，然後肩負起人父和政府官員的角色，但文康反而到結局仍堅持他的軟弱，甚至順勢利用這一點。因此，文康就像其他無數清代描寫一夫多妻制的愛情故事作者，大膽呈現在嬌生慣養的男性和其多名不會嫉妒的妻子間，由女性安排的一夫多妻制。

　　如果僅有一部像《兒女英雄傳》這樣的小說，那麼說安驥或作者文康特殊的被動一夫多妻制形式具有歷史上的重要性可能太過牽強。但這部小說奠基於於諸多小說，從《紅樓夢》續篇小說，特別是《綺樓重夢》、《紅樓復夢》及《紅樓幻夢》，到之後的小說，例如1878年的《青樓夢》及1897年的《海上塵天影》皆是。這些小說中，或多或少都會描寫到擔任評斷多妻者的女性主角，仍能自我滿足。這些清末小說中常見的模式，就是建立成功的一夫多妻制與重整混亂的現實世界間的關係。換言之，健康的一夫多妻婚姻是社會與家庭失序的解決之道。如

21　請再參見第24回，頁497的段落。

同《兒女英雄傳》所證明的，結果是取決於能夠確定男性不會成為無用廢物，而男性只有在具「神品」的女性同意毫不怨妒地攜手共創道德與性方面皆健全的一夫多妻制，才不會淪落至此。這也就是「兒女」之「情」的理想實踐。

肆、朝向現代性

第十三章

晚清小説的現代性追求：

以公案／偵探／推理小説爲探討中心

陳俊啓（東海大學中文系）

一、現代性的開展過程

現代性（modernity）的討論在最近二十年來已成爲歐美學界的研究重點，也是海峽兩岸學術界關注的議題[1]。早期歷史界及社會科學界原就有不少有關「現代化」（modernization）的討論。「現代化」基本上就是非西方的未開發（underdeveloped）或開發中（developing）國家向歐美（尤其是美國）在社會、經濟以及文化面的學習過程。然而在近年來，學界更進一步的追尋：如果現代的歐美代表的是現代、進步的，值得其他國家學習的楷模，那麼到底所謂的「現代」，或

1　中西方學界對現代性研究的成果多不勝舉，除以下本文中所徵引之著作外，請參考：黃瑞祺，《現代與後現代》（台北：巨流圖書，2001）；高力克，《求索現代性》（杭州：浙江大學出版社，1999）；李弘祺，〈「現代性」的歷史意義——西方世界形成的一些省思〉，《歷史月刊》第6期（1998年7月），頁65-73；李長莉，《晚清上海社會的變遷——生活與倫理的近代化》（天津：天津人民出版社，2002）；梅家玲，〈發現少年，想像中國——梁啓超《少年中國説》的現代性、啓蒙論述與國族想象〉，《漢學研究》第19卷第1期（2001年6月），頁249-276；汪暉，《死火重溫》（北京：人民出版社，2000）；Marshall Berman, *All That Is Solid Melt into Air: The Experience of Modernity* (New York: Penguin Books, 1988); Anthony Cascardi, *The Subject of Modernity* (Cambridge: Cambridge Unirersity Press, 1992); Anthony Giddens, *The Consequences of Modernity* (Stanford: Stanford Unirersity Press, 1990); Agnes Heller, *A Theory of Modernity* (Malden, Mass.: Blackwell, 1999); Henri Lefebvre, *Introduction to Modernity* (London: Verso, 1995); Gianni Vattimo, *The End of Modernity* (Baltimore: The Johns Hopkins Unirersity Press, 1985).

是現代化所要追求的境界或狀態爲何？也就是這種可以代表現代西方文明的質性或狀態（「現代性」modernity）到底爲何？如何形成的？其發展的過程又是如何？對整體人類文明有何衝擊？會把人類帶往何處？等等。更廣泛的說，學者希望瞭解到底我們今天所謂的「現代社會」是如何形成的，如何塑成今天的我們。

何謂「現代性」？根據社會學者黃瑞祺的看法：

> 「現代性」具有特定的時空屬性，可以簡單說是「近代西方文明的特性」。「現代性」在個人層次而言指一種感覺、思維、態度及行爲的方式（所謂「個人現代性」），在結構層次而言是指社會制度、組織、文化以及世界秩序的一種特性。所以從歷史上來說，「現代性」是一種新的全貌（new constellation），包括生活中的重要層面，而以「西方理性」爲其核心…。[2]

對於現代性的探討，首先一個歷史的瞭解與掌握是必要的。社會學家認爲從社會發展的角度來看現代性的形成與歐洲的興起和擴張有密切的關係[3]。一般的認知中，認爲現代社會的形成是由19世紀的工業化（industrialization）肇始，但是今天社會學家則認爲現代社會的形成應該可以追溯到西歐封建制度崩解後，因爲社會經濟層面全面而急速發展而產生的[4]。大致而言，從歐洲中古末期，西方的一些歷史事件及相關的運動（包括了政治、經濟、社會以及文化層面）相互糾結影響，最後形成一個我們今天所瞭解的「現代性」[5]。通常我們討論歐洲現代性的淵源都會包含歐洲中古後期城市的興起（11-13世紀）、文藝復興運動（14-15世

2　黃瑞祺，〈現代性的省察——歷史社會學的一種詮釋〉，《臺灣社會學刊》第19期（1996年3月），頁170。

3　黃瑞祺，〈現代性的考察〉，頁173-174。

4　見 Stuart Hall, "Introduction" in Stuart Hall, David Held, Don Hubert & Kenneth Thompson, eds., *Modernity: An Introduction to Modern Societies* (Cambridge: Polity Press, 1995), p. 3.

5　有關「現代性」的形成以及這幾股脈絡相互之間的糾結關係，可參看Stuart Hall, "Introduction", pp. 3-7.

紀)、海外探險及殖民主義(15-19世紀)、資本主義(14-20世紀)、宗教改革(16世紀)、民族國家(15-17世紀)、民主革命(17世紀)、科學革命(17世紀)、啓蒙運動(18世紀)、工業革命(18-19世紀)等，而在這背後可以說是一種西方理性精神的高度發揮[6]。

在歷經黑暗時期(Dark Ages)之後，西方進入到另一歷史的階段，與此一歷史進程同時，人們對於他們自己的處境有另一不同的感受，認爲現在已進入到另一有別於過去的「現代」階段，只要憑藉「理性」，人類可以克服一切，朝前邁進，走入一「新」的、光明的、美好的、進步的時代[7]。在文藝復興的開展中，對於希臘羅馬文化有重新重視的趨勢，宗教文化逐漸走向世俗化及平民化，形成以「人」爲中心的「人文主義」(humanism)[8]。由於對於人的重視，同時也強調了自希臘文化以降的人的理性，認爲憑藉人的理性，人類可以克服自然，掌握一切。馬羅(Christopher Marlow, 1564-1593)的*The Tragedy of Doctor Faustus*中的浮士德博士即是一個代表性的人物，爲了獲取更多的知識及權力，不惜將靈魂賣給魔鬼。此一脈絡發展到了18世紀的啓蒙運動，更是具體形成了啓蒙論述，強調了「進步」(progress)、「科學」(science)、「理性」(reason)及「自然」(nature)，也開啓了無止境地追求物質進步及繁榮，消除偏見與迷信韋伯〔Max Weber〕的「去魅」disenchantment)，並由於人類知識及理解的增進進而掌握自然[9]。後來思想史家史華慈(Benjamin I. Schwartz)曾以普羅米修斯——浮士德精

6　黃瑞祺，〈現代性的考察〉，頁176-192。尤其頁189、190的表對於掌握「現代性」的形塑有相當幫助。

7　參看Matei Calinescu, *Five Faces of Modernity: Modernism, Avant-garde, Decadence, Kitsch, Postmodernism* (Durham: Duke Unirersity Press, 1987); 亦請參看本書中譯本，馬泰·卡林內斯基，《現代性的五副面孔：現代主義、先鋒派、頹廢、媚俗藝術、後現代主義》(北京；商務印書館，2003)，頁9-10、27-28。

8　有關「文藝復興」的界定眾說紛紜，M. H. Abrams曾羅列幾項一般的看法：由黑暗時期灰燼中所誕生的「現代」；新世界以及人的新理解；在生活、思想、宗教以及藝術等面向未受踐踏的個人主義的出現。Abrams最後總結「文藝復興」不管在知識上、宗教上、西方世界的拓展、以及宇宙觀上都有新的展現。見Abrams, *A Glossary of Literary Terms*, 7th ed. (Fort Worth: Harcourt Brace College Publishers, 1999), "Renaissance", pp.264-268。

9　*Modernity*, p. 4. Peter Hamilton在"The Enlightenment and the Birth of Social Science"

神(Promethean-Faustian spirit)來描述嚴復對於西方文化的理解[10]。

對於人的重視，對人的理性的肯定，在宗教上則具體表現在宗教改革上。以往人與上帝的溝通往往要經過教會的中介；現在一方面由於中古世紀以來教會的腐敗(如販賣贖罪卷等)，另一方面則是上述所言對於人及理性的重視，馬丁路德(Martin Luther)於是進行了宗教改革，認為人與神之間原來就是聖經中所說是一種契約(covenant)，是人神之間的溝通，而不需要教會的中介。此即所謂的新教。路德的追隨者喀爾文(John Kelvin)更將新教的主張組成一完整的神學體系。如何達到神的旨意，重要的是體認我們是神的選民(the select; the predestined)，所有一切神的旨意都在神的安排中，我們能做的就是時時敬謹，不管在信仰上、態度上，以及行為行事上都要以聖經上的理念及言辭為圭臬。新教後來發展為荷蘭英國的清教徒(The Puritans)，影響了英國的民族及民主發展，更造就了後來美國的民主制度[11]。根據韋伯在《新教倫理與資本主義精神》一書中所提出的看法，由於新教徒試圖在世俗世界中為顯現神的旨意而抱持的敬謹態度，以及他們在世俗世界的成功可視為上帝旨意的充分顯現，新教倫理與資本主義之間有密切不可分之關係[12]。因此，人、理性、宗教改革以及個人主義、資本主義之間存在有錯綜複雜的關係。

在科學研究方面，亦有類似的發展。原來歐洲人對於宇宙的觀念是由亞理斯多德、托勒密(Claudius Ptolemy)以及基督教神學混合而成的看法，基本上認為宇宙是由上帝所創造出來，以地球為中心，其他星球環繞的井然有序的宇宙。哥白尼(Nicolaus Corpenicus, 1473-1543)則對托勒密的地球中心說提出質疑，後來的開普勒(J. Kepler, 1571-1630)進一步證實了哥白尼的理論。伽利略(G. Galileo, 1564-1642)以實驗證明了「靜者恆靜、動者恆動」的慣性現象。牛頓(Isaac

(續)———

中對於「啟蒙運動」有深入的討論，參看同書，頁19-54，尤其是頁23-24對於啟蒙理念的歸納。

10　請參看Benjamin I. Schwartz, *In Search of Wealth and Power: Yen Fu and the West* (Cambridge: Harvard Uniersity Press, 1964).

11　參看黃瑞祺，〈現代性的省察〉，頁180-182。

12　Max Weber, *The Protestant Ethic and the Spirit of Capitalism* (New York: Charles Scribners, 1958).

Newton, 1642-1727)則提出三大運動定律及萬有引力定律。從此科學進入一新境界，數學成為處理萬物的典範。在天文學及物理學的發展之下，整個宇宙對於歐洲人而言是一部機器，一個可以研究的對象，人類憑藉其理性可以觀察之、研究之，「現代」科學及方法於是焉產生。由於科學觀念及方法的改變，不管是在天文學、物理學、化學等領域均突飛猛進。如瓦特(James Watt, 1736-1819)的發明蒸氣機以及其他科學家試圖將自然科學運用到日常生活上，於工業技術(technology)及工業(industry)均產生重大衝擊，導致了後來的「工業革命」[13]。

　　科學的革命使得思想家對於人類的「理性」有極高的期望，認為透過理性，人類對於自然界的掌握有明顯的成績，可以在社會及其他領域也可發揮類似的功效。到了啓蒙時期，這樣的認知更為突出。整體而言，啓蒙時期的主要理念，首先是「理性」(reason)。啓蒙思想家肯定理性的重要，認為理性是可以獨立於經驗的內在思考能力，如狄卡爾(René Descartes, 1596-1650)所說的「我思故我在」。其次，啓蒙思想強調實證主義(empiricism)，認為不管是自然界或是社會層面，人們的知識應該以實證的事實為基礎。他們也強調科學(science)，因為科學乃是奠基在理性及實證的基礎之上，同時也是擴展人類知識的鑰匙。因此，理性及科學可以運用到任何情境，其原理原則不會有所變更，可以放諸四海皆準，於是一種普遍主義(universalism)隨之而生。「進步」(progress)的觀念也是啓蒙時期極突出的理念，認為人類的自然和社會狀況，藉由科學及理性的輔翼，可以獲得改善，最後達到日益快樂及幸福的境地。此外，如「個人主義」(individualism)、「容忍」(toleration)、「自由」(freedom)、「人性的一致性」，以及「世俗化」(secularization)都是啓蒙思想的重要理念[14]。除此之外，Hamilton也指出如反教會、相信實證和物質知識，對於科技及醫學發展的熱衷，以及對於法律及憲政的改革等也都是啓蒙時期的關注[15]。

13　參看黃瑞祺，〈現代性的考察〉，頁185-187。

14　Peter Hamilton, "The Enlightenment and the Birth of Social Science," pp. 23-24. 另外請參看Robert Anchor, *The Enlightenment Tradition* (Berkeley: University of California Press, 1984) 以及Peter Gay, *The Enlightenment: An Interpretation*, 2vols. (New York: Alfred A. Knopf, 1966).

15　*Modernity*, 頁36。

由於科學研究的急速進步，觀念技術均改變，於是工業革命蓬勃進展。英國是工業革命發展的主要國家。所謂工業革命含括有技術、社會經濟以及文化等面向。在技術上主要有(1)新材料的使用，如鋼鐵；(2)新能源如燃料及動力的使用，如煤、蒸氣機、內燃機、電力、石油等；(3)新機器的發明，如紡織機，可以較低成本產生較大工能；(4)工會組織的產生，連帶也造成分工的更為精細；(5)傳輸及交通系統的重大發展，如蒸汽火車頭、汽船、汽車、飛機以及收音機；以及(6)進步科學成果應用到技術層面。這些技術面的長足發展對於天然資源的使用以及商品的大量製造(mass production)產生極大衝擊[16]。

工業革命的開展在相當大程度上不僅改變了生產方式，對於商業行為也產生巨大衝擊，於是資本主義(capitalism)有了不同的動能，展現不同的樣貌。資本主義又稱為自由市場經濟(free market economy)，指的是資本及生產方式私人擁有，市場機制決定生產方式，收入亦經由市場機制分配。古典資本主義可以亞當斯密(Adam Smith, 1723-90)的《國富論》(*Inquiry Into the Nature and Causes of the Wealth of Nations*, 1776)為代表，提出以市場的自我節制機制充分發揮來決定經濟發展的方向。雖然廣義的資本主義可以回溯到上古世界，在中古世紀我們亦可以看到資本及市場的蓬勃活絡，但是基本上現代意味的資本主義係在16到18世紀，因為英國紡織工業蓬勃發展而衍發出的新發展。也就是將消費後剩餘的產品作為擴大產能的再運用，而非投資在如建教堂等經濟上沒有產能沒有效應之處。這是一個很大的轉變，「資本主義這種無休止的擴張或累積的性格形成了現代西方文明的一個特徵。近代西方國家不斷向外擴張，尋找市場、原料、廉價勞力、及金銀財寶等，構成了上述15世紀以降在海外探險、拓殖、劫掠、貿易等方面的活動，馬克斯稱之為『原始積累』」[17]。

工業革命與資本主義的興盛，不僅對於社會的工商業的運作及型態有重大衝擊，對於社會結構以及其中成員的生活形態也有舉足輕重的改變。封建社會中階級森嚴，一般民眾大致從事傳統農業及手工業，基本上是一種行之長久的莊園經

16　*Encyclopedia Britannica*, 2004 Deluxe Edition CD-Rom, "Industrial Revolution".
17　黃瑞祺，〈現代性的考察〉，頁180。

濟以及較為粗糙的工商業。隨著新型態工商業的興起，城市成為中心，提供眾多工作機會及美好生活的遠景，民眾往城市集結，進入到資本主義運作的大機器中。城鄉差距愈形明顯，人口分布也經歷改變，這些進入都市陌生的民眾因有較一致的願景及類似的工作環境，於是形成所謂的「中產階級」(bourgeoisie)[18]。由於以往的社會結構及生活狀況未能提供他們一個有利的環境，現在城市及新興工商業提供他們美好未來的願景，他們也相對希望提昇自己層次，力爭上游，中產階級顯現出一股蓬勃的朝氣，力圖參與到現代社會發展的進程中。同時因為新的工商業的特殊型態，比方說相對固定的工作時程及制度，中產階級也擁有較多的閒暇，於是小說(the novel)因應此一需求而產生[19]。然而這些中產階級參與到資本主義工業大機器的運作中，固然獲取了一種新機會，但同時也陷入到現代社會殘酷的另一面。由於工業革命所帶來的改變，大規模生產以及高度的分工，使得勞工成為整個生產過程中的一個部分，也就是扮演大機器運作中的一小部分。在這樣的過程中，勞工逐漸喪失作為完整個體的人，而成為整個「大機器」的一顆螺絲，因而「物化」、「異化」、而且「疏離」了，展現出馬克斯所說的資本主義社會的徵候來。

另一方面，這些中產階級彼此之間因有一種休戚與共的感覺，也要為自己爭取在社會上的一種權利，與歐洲進展中的民主化過程(democratization)又合輒匯流。民主化過程一般均以英國的光榮革命(Glorious Revolution)、美國獨立以及法國革命為里程碑。光榮革命中英國國會簽署了權利法案(Bill of Rights, 1689)，確立議員言論自由，對國王權力限制，國王不得否決國會法律及法案，國會成為最高立法機構。美國獨立戰爭則建立聯邦共和國，制訂成文憲法，採孟德斯鳩三權分立制，民主法治規模確立。法國革命則是另一波民主發展的重要過程。在巴斯底獄事件後，全國人民起而驅逐官吏，組織自治政府，成立國民軍，推翻專制

18　有關「中產階級」，尤其是其心態方面的表現，美國耶魯大學史學家Peter Gay有經典之作：Peter Gay, *The Bourgeois Experience: Victorian to Freud*, 2vols.（New York: Oxford Unirersity Press, 1984-1986）。

19　請參看Ian Watt, *The Rise of the Novel: Studies in Defoe, Richardson, and Fielding*（Berkeley: University of California Press, 1963）。

體系，以國民會議掌權，封建制度因而廢除，貴族封號及特權取消。人權宣言發表，保障人民自由、平等權利等。法國革命的「自由、平等、博愛」口號成為政治體制及民主變革的重要精神，現代的民主化基本上確立。我們看到中產階級在此一波的民主化過程中扮演重要角色。他們除了在上述爭取民主化的過程中扮演了重要角色外，對於民主制度的參與與推動，他們也有舉足輕重的位置。如何更進一步藉由參與到民主運作機制中來保障自己的權利，同時在參與中(participating in)又對其運作有一種批判(detach from)，可以說是今天民主的重要精神[20]。

民主制度之運作又必須在一個主權國家中方能有所發揮。自近代封建帝國型態解體之後，新興的民族國家(nation-sate)體制成為歐洲國家的主要型態，民族觀念也愈形濃厚。15世紀後英國、法國、西班牙、葡萄牙、俄國、丹麥都成為民族國家。但是這些民族國家早期都是極權國家，在上述民主化(democratization)的過程中方才成為現代意義的民族國家[21]。一個現代意義的民族國家，要具備有領土疆域(territoriality)，要控制暴力方法(control of means of violence)——也就是備有武力，非個人的權力結構 (impersonal structure of power)，以及合法性(legitimacy)[22]。這也就是現代獨立主權國家的概念。

在工商發達，產品大量生產，資本主義蓬勃發展，中產階級參與其中，民主制度逐漸運作，整體社會展現出一種活力，充溢樂觀進步的氛圍，一時之間「現代」社會之勢似乎已是不可檔的了。但是史家指出資本主義的「質」已然產生變化，自由經濟變成「不自由經濟」；工廠成為普遍制度，帶來大量工人，但其生活保障卻逐漸消失。資本愈集中在資本家及銀行家手中，造成上述馬克斯所

20　黃瑞祺，〈現代性的考察〉，頁182-185。並參考余英時，《近代文明的新趨勢——十九世紀以來的民主發展》(無出版年月地點，1953年自序)，頁57-78。

21　有關「民族國家」或「民族主義」，請參看 Eric J. Hobsbawm, *Nations and Nationalism since 1870: Programe, Myth, Reality* (Cambridge: Cambridge Uniresity Press, 1990); Liah Greenfeld, *Nationalism: Five Roads to Modernity* (Cambridge: Harvard Uniresity Press, 1992); Montserrat Guibernau & John Hutchson, eds., *Understanding Nationalism* (Cambridge: Polity Press, 2001)。

22　David Held, "The Development of the Modern State," in *Modernity*, p.71.

提出的社會問題。同時工業化及生產過量的產品則導致殖民主義及帝國主義的擴張[23]。大量生產的結果是產品過剩，如何解決此一問題即成爲工商業發達國家的重大議題。很顯然地，純以民間力量是無法解決此一問題的，於是獨立主權國家的國家機器成爲一個重要的出路，國家主義因應而產生。以國家政治軍事力量，在海外強力施加壓力或干涉外國的工商業或政治活動，來達到自己政治軍事及經濟的利益，即是帝國主義。中國在19世紀中葉所面臨的便是這一由啓蒙時期一路發衍到19世紀末葉的「現代」西方。

根據霍爾（Stuart Hall），我們可以將以上錯綜複雜的「現代」現象歸納爲四點：

1　世俗型態的政治力量及權威，主權及合法性觀念成爲強勢，而這些都在領土範疇中施行。這是現代民族國家龐大、複雜的結構特徵。

2　依市場需求而產生的大規模商品生產及消費以及貨幣交換經濟；私有財產的擁有，長期有系統的資本累積。

3　傳統根深蒂固階級以及重疊效忠的社會秩序崩解，代之以活絡的社會及性別勞力分工。在現代資本主義社會中，這些係以新的社會階級組成，以及男女之間的父權關係呈現。

4　傳統社會典型的宗教世界觀消退，一種新的世俗的、物質的文化取而代之，展現出我們所熟悉的個人主義、理性主義、以及工具主義。[24]

如果我們再加以整理，所謂「現代」的質素包括了：理性、進步、科學、民主、憲政、法律、個人主義、自由、平等、民族國家、資本主義、物質文明、都市化、反宗教、反傳統等等。由於晚清當時特殊的社會文化氛圍，這裡面和「救亡圖存」國家論述相關的部分，如民族國家、民主、憲政、理性、進步、反宗

23　余英時，《近代文明的新趨勢》，頁51-55。

24　Stuart Hall, "Introduction," p. 8. Hall的歸納中有些因素我們在晚清見不到，一方面是他討論的範疇含括20世紀末，另一方面，晚清吸收接受西方現代性亦有其自我選擇的部分，如資本主義在當時就不可能出現，個人主義則要到五四時期才逐漸出現。

教、反傳統等面向，以及如何達到這些目的的德行，尤其是受到中國的關注。

不過，當我們花了一些篇幅來描述西方「現代性」的開展過程時，我們也得指出，這樣的發展，固然展現了一種西方歷史、社會以及思想發展的一種朝前、樂觀、進步、似乎往一個美好未來前進的願景，這面向我們通常稱之爲社會現代性。但是與之相隨的，「現代性」開展過程中也有其負面的情景，如上面所述的，工業化及資本主義高度發展時，對於人類有負面的影響。另外，現代性之成形與推動與中產階級有密切關聯，但是中產階級的文化往往有其通俗性及庸俗化的趨勢。馬克斯、韋伯，以及後來德國法蘭克福學派如 T. Adorno, Max Horkheimer, H. Marcuse等均曾對西方的「現代性」提出許多批判。這面向我們通常稱爲美學現代性[25]。

當1840年中國首度與西方接觸，我們所接觸到的即是上面所描述的西方帝國主義以及其背後的「現代性」。中國如何與西方的現代性接觸，產生了甚麼樣的反應？作了甚麼樣的回應？造成了甚麼樣的影響？我們下面作一點梳理。

二、晚清思潮與晚清小說

自從1840年中英鴉片戰爭中國遭到西方的「船堅炮利」入侵而潰敗，因而在1842年簽訂南京條約，賠款開五口通商後，中國進入到一個「三千年未有之變局」，不管是在思想、社會、文化以及文學層面都逐漸面臨一新的局面。在整體政治社會思想面上，中國持有以中國爲中心的想法，認爲只要「師夷長技以制夷」，中國即可補足科技物質面的不足，保有原有的政治文化優越態勢；然而接二連三與西方軍事武力的對抗及失敗，讓中國知識分子經歷了漫長而痛苦的學習過程。原來的「師夷長技以制夷」的想法，在1860年的英法聯軍與其後的天津條

25　有關法蘭克福學派及其「批判理論」（critical theory），可參看Martin Jay, *A History of the Frankfurt School and the Institute of Social Research, 1923-1950* (Boston: Little Brown, 1973); David Held, *Introduction to Critical Theory: Horkheimer to Habermas* (Berkeley: University of California Press, 1980)。另外，Calinescu對於美學現代性有詳盡的討論，請參看Matei Calinescu, *Five Faces of Modernity*。

約，讓中國知識分子理解到「船堅炮利」背後有一些非物質面的社會制度上的因素在主導，因而在1860年代清朝政府設置了「總理各國事務衙門」（1861）、「同文館」（1862）、「廣方言館」（1863）、「江南製造局」（1865）等機構，一方面與西方正面交接，另一方面也試圖學習西方的知識，希冀在「西學」的引導下，帶領中國脫離居於弱勢的局面。因而所謂的「自強運動」如火如荼的展開[26]。

　　然而，1894年的中日甲午戰爭，將中國多年來的努力及信心打敗了。中國由1840年代開始向西方學習，歷經了約五十年的努力，卻不敵「蕞爾小國」的日本「倭寇」由1868年明治維新開始，僅歷三十年左右的西化及現代化。在思想史上，這可以說是中國最關鍵性的轉折，中國知識分子不得不去思索中國文化本身是否如他們一向所相信的那麼美好燦爛？如果真是如此，為何同樣在向西方學習過程中，中國已經有將近半世紀的努力學習，卻還會敗在一向向中國文化取經模仿的日本？中國不僅敗在西方來的夷人，甚且敗在東方的倭奴手中，是不是中國文化本身的問題？由1894-95年間起，中國知識分子歷千年來賴以安身立命的世界觀（what it is）、價值觀（what it should be）面臨重大的衝擊及挑戰[27]。我們看到有識之士起而重新省思中國文化的問題，比方說，當譚嗣同提出「衝決網羅」時，他所面臨、所攻擊的即是維護中國社會倫常秩序的「三綱五倫」。這種對綱常倫理的攻擊事實上標示了晚清知識分子開始對中國的文化傳統產生質疑及挑戰：他們已然無法再對自己的傳統有信心。賴以安身立命的世界觀及價值觀面臨挑戰崩潰，使得晚清中國知識分子萌生一種何去何從的徬徨心態，普遍有思想史家張灝所說的「追尋秩序與意義」的危機意識[28]。既然對中國原本的文化傳統已然產生懷疑，無法再對之有充分信心，一個最可能的出路便是向西方學習。因此

26　有關中國近代歷史發展的著作汗牛充棟，不勝枚舉，可參看李定一，《中國近代史》（台北：中華書局，1964）；張玉法，《中國近代現代史》（台北：東華，1983）；以及郭廷以，《中國近代史綱》（香港：香港中文大學，1980）。

27　有關晚清思想的發展，請參看張灝，〈晚清思想發展試論：幾個基本論點的提出與檢討〉，《中央研究院近代史研究所集刊》第7期(1978)，後亦收於張灝等著，《近代中國思想人物論：晚清思想》（台北；時報文化出版，1980），頁19-33。

28　Hao Chang, *Chinese Intellectuals in Crisis: Search of Order and Meaning, 1890-1911* (Berkeley: University of California Press, 1987).

我們看到在晚清時期的維新分子，如康有為、梁啓超、譚嗣同、黃遵憲、嚴復等人，大致而言可以說是從1840年以來的向西方學習的路徑上，更進一步的發展，只是此一1890年代的發展在心態上、認知上的複雜、深刻遠非前此的西學追求所可比擬了。這也是為何學者張立文以「新學」來描述中國近代哲學的發展，認為：「中國近代哲學思潮的主流是試圖融會中國傳統文化、西方文化中的優秀成分，而建構其新學體系的。在新學體系中，不僅使用西方概念來闡發自己思想，而且要用西方制度、價值觀來改革中國社會、改造人格或國民性。」[29]

儘管我們指出，在晚清思想發展的過程中，有此內在理路的發展，我們大致還是可以將此一歷史發展過程以「西化」（westernization）或「現代化」來形容。易言之，雖然我們清楚地理解到，如同張灝所指出的，中國與西方接觸碰撞的過程充滿了「複雜性」（complexity）及「精微性」（subtlety），無法，也不應該，以簡單化約的理念如「衝擊與回應」（impact and response）、「近代化」（modernization）、「傳統／現代」（tradition vs. modern）、「進步／落伍」（progress vs. conservatism）、或是「民主／封建」（democracy vs. feudalism）等來理解，因為西力東漸的「西方文化」是一個極為複雜的概念，以「近代化」概念絕不能含括多樣的西方文化；而被衝擊的「中國文化」本身也是一個包含多層面的龐大複雜文化體，也不能簡單地以儒家思想就代表了整個中國文化[30]。但是整體而言，晚清的思想發展是一種向西方學習的過程，藉由向西方學習，試圖尋求一「救亡圖存」的方式及策略[31]。此一趨勢在晚清時期是很清楚的，到了五四時期也大致是如此，甚至到了今天，不管是中國大陸還是台灣大致上還是在此一框架中學習及調適。因此要理解晚清思想的發展，我們不得不掌握此一歷史發展的脈動以及其中的複雜處。而要理解晚清文學、晚清小說，我們也不得不掌握到時代的脈動，因為此一時期的文學是與時代息息相關密不可分的。

以晚清小說的發展為例我們很清楚就可以看到此一趨勢。筆者在幾篇文章中

29　張立文，《中古近代新學的開展》（台北：東大圖書公司，1991），頁2。
30　張灝的精闢見解，請參看張灝，〈晚清思想發展試論〉一文。
31　張灝，〈晚清思想發展試論〉。

針對此一面向的發展有討論，此處僅簡單擇其中重要處略加說明[32]。中國小說，尤其是白話小說往往被視為「誨盜誨淫」，但是到了晚清，梁啓超竟然可以將之推到前景，而且宣稱小說乃文學之最上乘，和晚清的政治情勢有密不可分的關係。由1840年的鴉片戰爭起，歷經自強運動，一直到1894年的中日甲午戰爭，中國屢戰屢敗，於是改革氛圍洋溢。中日甲午戰後，嚴復見中國現況凋蔽，如不奮發圖強，勢必亡國，而作〈論世變之亟〉、〈原強〉、〈闢韓〉、〈救亡決論〉（1895），而維新派康梁等則戮力推動維新事業。列強見中國積弱不振，欲加以瓜分，劃定勢力範圍，於是梁啓超在光緒二十五年(1899)有〈瓜分危言〉一文之作。大致而言，整個時代充滿一種「救亡圖存」氛圍。梁啓超的維新政策基本上有兩個途徑：一是由上而下，經由朝廷明主的認同，推動政治改革，這是康梁的主要改革途徑；另一管道則是藉由大眾傳媒來宣揚理念，這是康梁辦《強學報》(1895-96)、《時務報》(1896-98)的緣由[33]。在這樣「救亡圖存」氛圍的考量之下，不管是在政治、社會思想的引進考量，基本上都以救國為關注，在文學上也一樣[34]。梁啓超的小說觀最能看出其中關節。梁啓超在1896年的《變法通議》提出要用俚語「廣著群書」，可以用來「闡聖教」、「雜述史事」、「激發國恥」、

32　有關晚清小說的觀念可參看康來新，《晚清小說理論研究》（台北：大安出版社，1986）；賴芳伶，《清末小說與社會政治變遷(1895-1911)》（台北：大安出版社，1994）；黃錦珠，《晚清時期小說觀念之轉變》（台北：文史哲出版社，1995）。另請參看陳俊啓，〈從「街談巷語」到「文學之最上乘」——由文化研究觀點探討晚清小說觀念的演變〉，《通俗與雅正文學：第一屆全國學術研討會論文集》（台中：國立中興大學，2001），頁181-210；陳俊啓，〈重估梁啓超小說觀及其在小說史上的意義〉，《漢學研究》第20卷第1期(2002年6月)：309-338。

33　請參看戈公振，《中國報學史(插圖整理本)》（上海：上海古籍出版社，2003），頁155-157、171-178；徐松榮，《維新派與近代報刊》（太原：山西古籍出版社，1998），頁62-63、64-90。《時務報》原來是因《強學報》遭到清廷禁行，因此在廣州的康有為聯絡上海的汪康年、黃遵憲等人籌辦，由梁啓超、徐勤等人主筆政，汪康年任總理，後來1897年梁至湖南主《時務學堂》，1898年戊戌政變後，汪康年則另創《時務日報》。

34　夏曉虹也認為任公早年的理念是「文學救國」，到了晚年則漸轉入「情感中心」。見夏曉虹，《覺世與傳世——梁啓超的文學道路》（上海：上海人民出版社，1991），頁13-39。

「旁及彝情」，已然提出小說與現實環境的關係，以及小說的社會功效[35]。在1897年康有為〈《日本書目志》識語〉中言：

> 易逮於民治，善入於愚俗，可增七略為八、四部為五，蔚為大國，直隸王風者，今日急務，其小說乎！僅識字之人，有不讀經，無有不讀小說者。故六經不能教，當以小說教之；正史不能入，當以小說入之；語錄不能喻，當以小說喻之；律例不能治，當以小說治之。天下通人少而愚人多，深於文學之人少，而粗識之、無之人多。六經雖美，不通其義，不識其字，則如明珠夜投、按劍而怒矣。……今中國識字人寡，深通文學之人尤寡，經義史故，亟宜譯小說而講通之。[36]

提出小說可發揮極大之功效，六經、正史、語錄、律例作不到的，小說都作得到。小說固有其教化之功用，然於其所欲傳達之質素則康梁等人並未清楚說出。到了1898在〈譯印政治小說序〉中梁啓超提出了「政治小說」一詞，不過還是語焉未詳，僅指出歐洲「魁儒碩學、仁人志士，往往以其身之經歷，及胸中所懷，政治之議論，一寄之於小說。」[37] 在1899年的〈傳播文明三利器〉一文中，梁啓超介紹犬養毅的觀點，認為學校、報紙及演說三者為普及文明之途徑，梁啓超再加上小說一端，進而強調小說在協助日本大眾熟悉自由、民主等觀念所發揮的巨大功效[38]。梁氏提倡政治小說之緣由已清晰的浮現出來：小說(以及報紙、學校、演說)是促進中國現代化的重要工具。這裡我們特別要注意的是，根據黃宗智的研究，任公所謂的「文明」在當時日本文化氛圍中的意義，並不是我們今天意味的civilization，而是modernity[39]。換句話說，新小說與現代性之間的關連正

35　梁啓超，《變法通議‧論幼學》，《飲冰室文集》(台北：中華書局，1983)，第1冊第1卷，頁44-60。

36　收於陳平原、夏曉虹編，《二十世紀中國小說理論資料》(北京：北京大學出版社，1989)，第1卷，頁13-14。

37　同上，頁37。

38　梁啓超，《飲冰室自由書》，《飲冰室專集》，第3冊。

39　Philip Huang, *Liang Ch'i-ch'ao and Modern Chinese Liberalism* (Seattle: University of

式被建立起來了。

到了1902年，梁啓超對於小說有更清晰的理念，我們可以在〈論小說與群治之關係〉及《新民叢報》上的〈紹介新刊——新小說第一號〉兩文中看到。在〈紹介新刊〉中，梁啓超較爲精彩的地方在提出小說若要感人，要傳達理念，得懂得訴諸人類感情的特性；同時也深入討論中國小說撰寫的技巧暨技術上的問題。但是我們更要注意到在文中他賡續〈譯印政治小說序〉思路，提出「蓋今日提倡小說之目的，務以振國民精神，開國民智識，非前此誨盜誨淫諸作可比」[40]。「振國民精神、開國民風氣」已正式將新小說的目的標舉出來。至於〈論小說與群治之關係〉較爲突出的是梁啓超「除了告訴讀者小說可以作甚麼，應該作甚麼之外，他在本文中同時以一種文學及心理學的角度，來探究小說『如何』可以達到這些目標。」[41]但是我們千萬不能忽略掉文中第一段表面誇張修辭語氣下的現代性追求，梁啓超很明顯地將政治現代性與小說結合在一起了：

> 欲新一國之民，不可不先新一國之小說，故欲新道德，必新小說；欲新宗教，必新小說，欲新政治，必新小說；欲新風俗，必新小說；欲新學藝，必新小說；乃至欲新人心、欲新人格，必新小說。[42]

如果我們注意到此文中充溢的「新」字及背後可能的意涵，那麼梁啓超，以及大部分的晚清小說的「現代性追求」也就昭然若揭了。因此筆者提出：

> 一個「新」的中國是任公努力的最終目標。任公相信，爲了要達到此一目標，小說——因爲其通俗適眾的性質——是最佳的工具。作爲傳播維新思想的管道，小說首先就要把維新思想作爲其內容，而此恰是傳統小

（續）————
　　　　Washington Press, 1972), pp.53-56.
40　此文較少人注意到，原刊於《新民叢報》第20號（1902年10月），頁99。筆者在〈重估梁啓超小說觀及其在小說史上的意義〉一文中有討論。
41　筆者在上註的文章中特別探討了梁啓超對於小說的看法，一路發展到了此文時，已達到較爲成熟的小說美學觀（「二德四力」的提出以及它們的意涵及局限）。
42　陳平原、夏曉虹編，《二十世紀中國小說理論資料》，第1卷，頁33。

說所最缺乏的內容層面。因此「小說界革命」的最重要提綱，當然就是
要強調新內容和新思想。何謂「新思想」？當然就是有關改革的思想，
或是所謂「新民」的思想。更具體的說，就是：「關切於今日中國時局
者」、「發揮自由精神」、「發揚愛國心」、「寓愛國之意」、「描寫
現今社會情狀、藉以警醒時流、矯正弊俗」、「借小說家言以發起國民
政治思想，激勵其愛國精神」、「吐露其所懷抱之政治思想」、「發明
哲學及格致學」、「養成國民尚武精神」、「激勵國民遠遊冒險精
神」、「言今日社會問題之學理而歸結於政治上關係」等。總而言之，
小說的內容應該是有關社會、政治改革的思想。這些思想即筆者所謂的
「小說之政治層面」，在傳統小說中可以說是未曾見的，經由任公的提
倡才被引入所謂的新小說中，希望經由它們來開啟民智。[43]

也就是說其實梁啟超以及當時晚清「新小說」的提倡者，一方面是針對所謂的
「誨盜誨淫」的舊小說提出攻擊，當然另一方面的目的是要將小說納入到他們的
維新改革事業中，借小說來「開國民風氣」「振國民精神」，借小說來宣揚理
念。而他們所欲宣揚的理念，其實即是政治上、思想上晚清中國所欲追求的「現
代」西方理念，如「新」、「關心時局」、「自由精神」、「愛國心」、「政治
思想」、「哲學」、「格致」、「國民尚武精神」、「冒險精神」、「社會思
想」等[44]。在此一層面上，我們必須承認晚清小說(尤其是所謂的「新小說」)其
實是晚清追求「現代性」的整體論述中的一部分。如上所述，我們在新小說中固
然看到相當強烈的現代性追求的表現，但是在其他類型的小說中，如一般被視為

43　陳俊啟，〈重估梁啟超小說觀及其在小說史上的意義〉，頁326。

44　當然我們所舉的這些「現代」質素，有些看來似乎與傳統的某些思想無異，如「愛
　　國思想」、「政治思想」、「社會思想」等，但我們應該瞭解，這些術語或思想其
　　實已有其「現代」的意涵在其中了，如政治思想指的已經是西方的民主思想，而非
　　傳統的中國政治思想了；道德指的是西方的「公德」，而非中國傳統儒家的「道
　　德」。這部分在思想史上已有許多專著處理，比方梁啟超對於這些思想的看法在
　　Hao Chang *Liang Ch'i-ch'ao and Intellectual Transition in China, 1890-1907*以及黃克
　　武，《一個被放棄的選擇：梁啟超調適思想之研究》(台北：中央研究院近代史研
　　究所，1994)著作中均有相當詳盡的討論，此處就不贅言了。

傳統的公案小說，或是後來的消閒的偵探小說等次文類中，是不是也有所謂的「現代性追求」呢？若有的話，它是以甚麼型態出現？它們與「現代」文學之間的關係又是如何？

三、公案小說在晚清的轉化

　　有關公案小說的定義有不同的說法，眾說紛紜，很難有一致的共識[45]，我們關注的不是文類的定義及範疇，因此我們就簡單認為公案小說大致上是與民刑事案件有關的小說，其中往往包括了作案、報案、審案、判案幾個過程，而以「摘奸發伏、雪洗冤枉」為高潮[46]。有關辦案，其實在先秦兩漢有刑法和獄訟制度之建立，也就有了早期公案小說的雛形了。不過一般學者還是認為大約到了宋代，所謂「公案小說」方能成得上是獨立成熟的類型[47]。其一，公案作品遽增，僅就文言小說部分就有近三百篇，大大超過了宋代以前作品的總和。其二，以「公案」為名的小說出現：如洪邁《夷堅志》中有〈何村公案〉、〈艾大中公案〉；蘇軾《東坡志林》有〈高麗公案〉等名稱。有作品，且有特定稱呼，名實相符，表示此一類型小說已為當代人所接受。名稱固然只是一標號，但是它代表某種事物的本質，是區別於其他事物的標識，特別是小說流派的名稱，大致上要到某種題材或體裁、樣式已發展到一定程度才會產生的，如「志人」「志怪」、「傳奇」「話本」等均是。其三，無論是灌園耐得翁《都城記勝》中的四種分法，或

45　比方說曹亦冰在其討論俠義與公案小說的專著中就沒為公案小說下定義，見曹亦冰，《俠義公案小說史》（杭州：浙江古籍出版社，1998）。黃岩柏則簡要的定義為：「中國古代小說史上特有的概念。它必須具備這兩部分內容，即案情的描寫和斷案的描寫；斷案包含破案和判案兩部分，至少要寫其中的一部分。」見黃岩柏，《公案小說史話》（瀋陽：遼寧教育出版社，1992）。到了2004年呂小蓬在其專著中，根本就認為公案小說本身有其「含糊性」，定義有困難，其書則以小說中的「公案文化」為探討的對象。見呂小蓬，《古代小說公案文化研究》（北京：中央編譯出版社，2004）。

46　王德威，〈「老殘遊記」與公案小說〉，《從劉鶚到王禎和：中國現代寫實小說散論》（台北：時報文化，1986），頁56。

47　黃岩伯認為宋元時期是公案小說一大轉折，但是到明代才成熟，見《公案小說史話》，頁55-56。

是羅燁《醉翁談錄》中的八種分法，都將「公案」列爲一類，可見公案題材在宋代的重要性。其四，公案小說在結構上也已成熟完備，許多作品都具備了作案、報案、審案、判案的要素，我們大致可以描摹出其典型結構來：(1)罪犯犯罪；(2)罪行被告發或發現；(3)誤捕無辜者；(4)某官吏前來調查(有時從神異來源得到線索)；(5)官吏查獲眞正罪犯(有時借神異之助)；(6)懲罰罪犯；(7)蒙冤者得到補償；(8)敍述者頌揚辦案官吏之明斷，並提出道德上的勸誡[48]。

到了明代，有《百家公案》、《廉明公案》、《諸司公案》、《龍圖公案》等公案小說專集的出現[49]，另外則是清官形象的出現，如包公、海公等[50]。不過到了清代，公案小說有了新的發展。基本上，清朝的公案小說如黃岩柏所說的，可以視作是公案小說發展中的一個高潮，因爲不管在內容上作者利用公案小說來批評時政、反映民情，或是在故事的曲折懸疑上，清代小說都有傑出表現。但是以《施公案》作爲一標識點，公案小說走向章回化，同時也和武俠結合。和武俠結合這部分尤其和公案小說的發展有密切關係。黃岩柏指出，由於「武俠的作用越來越大，最終架空，取代了清官的主導地位，情節也由案情、斷案爲主演變成以打鬥爲主，從而喪失了公案小說的本質。」[51]

在《施公案》、《彭公案》、《三俠五義》等清代的公案小說中，我們不僅看到清官破案的分量逐漸減少，武俠部分逐漸增多，而且「重點轉向對付『謀反』。蕩平了反叛，武俠都受了御封，清官得升高官。」[52] 王德威則更進一步指出其中的微妙：

> 新一輩自命不凡的俠客／復仇者，竟然與朝廷委派的清官／探案者互通聲氣，甚至融爲一體。它所演義的情節排比以往不能相容、甚至無法想

48　吉爾伯特(Gilbert Fang)，〈《九命奇冤》中的時間：西方影響和本國傳統〉，收於米琳娜(Milena Dolezelova-Velingerova)編，《從傳統到現代：19至20世紀轉折時期的中國小說》(北京：北京大學出版社，1991)，頁127。

49　黃岩柏，《公案小說史話》，頁56-60。

50　王德威，〈「老殘遊記」與公案小說〉，頁56-57。

51　黃岩柏，《公案小說史話》，頁73-88。

52　黃岩柏，《公案小說史話》，頁90。

像的事件，並讓來路不同角色齊聚一堂。法律的顛覆者與法律的捍衛者
聯合起來，而一心爲朝廷效力的大內高手，竟然可出身於江湖綠林。這
樣一來，原本是俠義小說與公案小說相互有別的活動場景，即廟堂與江
湖這兩種時空型，在晚清小說家和說書人那裡，卻僭越了各自的界限。
只不過晚清俠義公案小說的核心處，仍舊保留著對皇權的稱頌，並以之
爲人間正義的最終裁判。[53]

清代公案小說大盛於嘉慶道光，一直延續到光緒年間，與當時政治社會腐壞、民
生日漸艱困，同時與秘密組織如白蓮教、天理教之爲亂有關係。從《施公案》開
始，公案小說已經不只專注於各類刑案獄訟，也加入綠林人士爲其懷柔所用的主
題。一方面書中像黃天霸、七俠五義等豪傑志士的出生入死的英雄行徑，成爲膾
炙人口的焦點，移轉了以清官爲中心的公案焦點，也間接立下了以英雄人物爲中
心，破解案件，爲社會除害的偵探人物的初胚。公案小說中角色扮演的分量及重
心移轉了，甚且其本質也改變了。這改變不可謂不大。另一方面公案小說確有陷
入歌功頌德的窠臼，甚或有被政治化利用的情形。在這方面王德威對於《蕩寇
誌》的討論可以作爲我們的參考。

　　《蕩寇誌》並不屬於所謂公案小說的系統，但是如同王德威所說的，俞萬春
（1794-1849）在小說中係出於「忠君保國」的動機，將小說視爲一媒介，來發抒
胸臆，因此可視爲嚴復和梁啓超「借小說敘述國是的先聲」。藉由將梁山泊一○
八好漢誅伏，俞萬春借此肯定君主極權；然而故事表面的亟欲恢復君權，其實正
顯現君權的動搖不穩定，否則也就不必詞費去維護[54]。因此全書發展了一種「政
治危機感」：「足本《水滸傳》中，叛逆者從未曾肯定是否願意歸順宋朝等級森
嚴的制度，而政府的合法性也從未曾被褫奪；但《蕩寇誌》一書，『梁山泊群
盜』公然摒棄對合法性的顧忌，而政府對自己是否有能力剷除顛覆性建制，也不

53　王德威，《被壓抑的現代性：晚清小說新論》（台北：麥田出版社，2003），頁
　　164。
54　王德威，〈重讀《蕩寇誌》〉，收入陳平原、王德威、商偉編，《晚明與晚清：歷
　　史傳承與文化創新》（武漢：湖北教育出版社，2001），頁424。

無憂慮。」[55] 如我們上面所述，公案小說中清官是其中一重要要素，他不僅是清廉的表記，更是公理正義的象徵，有時候爲了達到伸張公理正義的目的，清官往往要與現有體制及權威對抗。但是當清官必須與綠林豪傑結合，最後要收服謀反的盜賊，以此來肯定朝廷政權的合法性及權威性時，其實公案小說已被政治化，成爲一種宣揚假象的工具，而其背後的眞實政治現況已昭然若揭，呼之欲出了。

　　至於清官的日漸失掉在公案小說中的位置，從《施公案》已啓其端，除了上述所言，英雄俠士已逐漸奪去清官的光芒外，小說中清官的人物描述也透露出消息。小說中的施公係以眞實歷史人物，施琅的次子施世綸爲原形，基本上是一位「清廉、勤奮、睿智、能幹」的人物。但是在《施公案》中，他卻是麻臉、缺耳、歪嘴等「施不全」的形象。在此一面上，其作爲一個清官的形象已大大打了折扣，已遠無法與包公莊嚴、凜然正義的形象相比較[56]。而清官形象的貶抑到了劉鶚的《老殘遊記》則到達一波高潮。這方面王德威的精闢見解值得我們參考。《老殘遊記》中最常爲論者津津樂道者之一，即是劉鶚對於玉賢、剛弼等自恃清廉而草菅人命所謂清官的抨擊。王德威提出，藉由批判清官，劉鶚「針對深入民心已久的公案文學及潛藏於其後的意識型態，嚴加批判。」[57] 清官在公案小說傳統中已是文類成規的一部分，而且是維繫公案小說不可或缺的要素，「不論案情有多麼奇詭錯綜、一位清官總能（也應該）加以平反以昭雪冤情。藉著清官的斷案，故事中的倫理道德模式得以再建，而其所代表的政治安定力量也重獲肯定。」[58] 但是我們看到在《老殘遊記》中，原本應是重建道德秩序、安定社會力量的清官，其殘酷的作爲事實上與贓官無大分別，甚至危害更大時，劉鶚事實上在某個層次上已對於公案小說文類提出質疑，並已產生顛覆的效應。而其背後的道德及時代意涵更值得我們留意：

55　王德威，〈重讀《蕩寇誌》〉，頁427。王德威此文更進一步討論《蕩寇誌》敘事的企圖與現實弔詭的關係，由此帶入俞萬春書中的引介新武器及其所顯現的現代與傳統話語並存的狀態。但這部分已超出我們在此處對「公案小說」的關注了。

56　黃岩柏，《公案小說史話》，頁86-87。

57　王德威，〈「老殘遊記」與公案小說〉，頁58。

58　同上，頁59。

> 劉鶚藉著清官不仁的主體以抒發個人反對政治現狀的塊壘；但尤令我們
> 矚目的是，一旦清官所代表的政治安定力量消弭於無形，則其所應維繫
> 的道德秩序亦無從施展。而這正是「老殘遊記」一書所面臨之問題的癥
> 結所在。以往公案小說裡所鋪陳的倫常善惡關係多有賴清官的斡旋支持
> 而得不墜，但在「老殘遊記」中清官的所作所為卻造成一種道德混沌的
> 狀態（moral ambiguity）。[59]

而此一「道德混沌」又與晚清的整體思想發展不可分離。我們上面已提出從1840到1894、5年間，基本上是中國面臨全面性的「世界觀」、「價值觀」動搖，產生一種追尋意義與秩序的時代。要理解《老殘遊記》以及公案小說之轉變，我們得將之置於此一架構下來瞭解，方能掌握到它們的意涵。換句話說，在公案小說中，除了表面的文類表現，如辦案、審案、斷案等公案成規外，由其發展的軌跡、人物重心的移轉、背後可能的政治性等，我們看到了一種反應時代現況及心態的文學呈現。換句話說，公案小說在晚清的發展與整體晚清追求現代性的大趨勢是不可分的。與梁啟超等人的正面以「新小說」來追求現代性不同，我們看到在傳統的「公案小說」，在其文類發展的歷史中，有其「內在理路」，但是到了嘉慶道光當清朝不得不與外在文化碰撞，致使整體思想界逐漸產生變化時，公案小說因小說本身與外在現實世界的密切關聯，也以一種不同的方式參與到整體社會文化氛圍中。在《施公案》中我們已看到清朝在尚未面臨西力的衝擊時，其實內在政治社會面已逐漸崩解難控，因此以清官的結合俠士，最後弭平盜賊，來塑構（或掩飾）政權的穩當合法。但同時它展現出清朝自身的法律制度已然無法產生效應，連清官也無力回天，需要借用體制外的力量來協助維持社會秩序及道德倫常，但當體制外的力量被徵召時，其中的道德體系及價值隨即變為渾沌曖昧，此正鮮明地體現出晚清時節道德價值體系的弔詭樣貌。此一情形自《施公案》已啟其端，但到了《老殘遊記》則更進一步呈顯出來。

　　然而公案小說縱有揭露浮現晚清社會、道德困境的效應，我們發覺基本上公

59　王德威，〈「老殘遊記」與公案小說〉，頁60-61。

案小說中的人物，以及小說本身並不能提供一條出路。正如王德威所指出的，當老殘獨力闖公堂，嚴斥剛弼，其顯現的是一種唐吉訶德式精神的呈現，黃天霸及老殘等固然可以以他們個別的方式解決一些個別的社會、法律問題，但是當面臨整體、巨大的社會變革時，其實他們是無力的，也不知如何面對解決這些問題。他們所處的處境以及作品所呈現的是一個「山雨欲來風滿樓」的時代。「這一文類對皇權表面的奉承，固然受到保守派的歡迎，卻也迂迴指出主流意識型態即將遭遇的崩潰。俠義公案小說既不全心全意的擁護舊制度，也不承諾法外英雄必然帶來新制度。它以形形色色的方式置換並替代了權力的話語，從而提供了有關世變及維新的舞台。」[60]公案小說對於現況似乎是無力的，它負面的展演出中國在面臨巨變時的政治及道德困境，但是在本質上屬於中國傳統思考的公案小說顯然無法因應新時代的要求，無法參與到中國追尋現代性的時代話語中。俠義公案小說中的某些部分則以另外的形式化入到現代的話語中，其中的一個支流就是偵探小說[61]。

四、偵探／推理小說與現代性追求

偵探小說是屬於晚清翻譯文學中的一大宗，而翻譯在晚清就是引進西學的一大管道。依我們前面對於晚清時期歷史及思想發展的敘述，當時一方面知識分子對於中國文化懷有強烈信心，因此「師夷長技以制夷」，成為因應的辦法，不管是同文館、廣方言館、江南製造局等均大量翻譯西學書籍，藉以補足中國之「不足」。等到中國到了甲午戰爭前後，對於中學西學的理解有了不同的看法時，翻譯成為向西方學習的重要管道，也是引進「西方現代性」的最重要的途徑。梁啟超等人即不遺餘力的引進介紹西方的民族思想、政治思想、社會思想等，希望向西方取徑，來使中國現代化，讓中國免於淪為殖民地。對於翻譯小說的掌握要在

60　王德威，《被壓抑的現代性》，頁167。

61　王德威認為俠義公案小說有兩個支流，一個是偵探小說，「試圖恢復舊派公案懲奸摘惡的精神」，另一派則是俠情與幻想結合的小說，見王德威，《被壓抑的現代性》，頁168。

這樣的脈絡裡來理解。因此孔慧怡指出：

> 對倡議改革者來説，西方小説是引入當時西方先進知識的來源，而這
> 個時期的翻譯小説大部分爲當代作品，亦正好顯示出改革者尋求的西方
> 知識是何性質。從這個角度來看，晚清小説翻譯跟19世紀中葉國人翻譯
> 西方歷史、法律、政治、自然科學等書籍並沒有什麼分別。[62]

換句話說，翻譯小說與「新小說」本質上是相同的，是改革者希望利用小說來介紹新知、傳播新觀念，借以贊助推動改革，因此在翻譯小說中我們也應該注意到它們如何在小說中引進現代性，以及在引進過程中因爲小說特殊文類性質而引發的種種變異。也就是說，小說原本就是一種消閒文類，是一種文學，小說固然具有其社會教育功能，但是作爲一種文學，它亦有自己發展，在此面向上它又不可以僅以實用觀點來侷限的文類。

　　從1896年梁啓超主編的《時務報》上刊出了張坤德翻譯的四篇柯南・道爾（Arthur Conan Doyle, 1859-1930）開始，偵探小說在晚清文壇就廣爲讀者歡迎，發揮了極大的影響力[63]。在清末民初的文壇，翻譯作品佔了全部作品的三分之二，而偵探小說又佔了三分之二[64]。偵探小說何以這般受到歡迎，阿英認爲「偵探小說，與中國的公案和武俠小說有許多脈搏互通的地方，同時也迎合了在季世的人民鏟奸去惡的心理。」[65]在這方面，我們知道中國傳統公案小說中原本就有

62　孔慧怡，〈還以背景，還以公道——論晚清民初英語偵探小說中譯〉，收入王宏志編，《翻譯與創作：中國近代翻譯小說論》（北京：北京大學出版社，2000），頁88。

63　這四篇分別爲：〈英包探勘盜密約案〉（The Naval Treaty）、〈記謳者復仇事〉（The Crooked Man）、〈繼父誑女案〉（A Case of Identity）及〈呵爾晤斯緝案被戕〉（The Final Problem）。它們分別刊於1896-97年《時務報》6-12冊，24-30冊。

64　范伯群主編，《中國近現代通俗文學史》（上海：江蘇教育出版社，2000），頁758。阿英則說在一千種翻譯小說中，偵探小說佔了一半，見《晚清小說史》（台北：臺灣商務印書館，1996），頁242。不管確實數量多少，其佔大宗是事實。

65　阿英，《晚清小說史》，頁242。澤田瑞穗意見與阿英差不多，只把鏟奸去惡心理用「社會小說」解釋，見澤田瑞穗，〈晚清小說概觀〉，收入林明德編，《晚清小說研究》（台北：聯經出版公司，1988），頁56。

「摘奸發伏，雪洗冤屈」，其中有作案、報案、偵案、審案、判案等過程，其中
因爲清官的作爲，最後罪行得到了懲罰，其中又有清楚的道德勸誡在其中。以其
中善有善報，惡有惡報的心理而言，偵探小說與公案小說有其共通處。然而偵探
小說在晚清民初之所以受到歡迎恐怕要由另外面向來觀察較爲貼近現實。

　　首先，如我們上面所言，翻譯小說的引進要在更大的「西化」、「現代化」
的脈絡中來審視方能掌握其何以受到重視。換句話說，偵探小說的翻譯引進有很
大成分是要推廣新知識及新觀念。王德威在討論晚清俠義公案小說時指出俞萬春
在《蕩寇誌》中已帶入西方奇器淫術，但是在作者筆下這些都被納入傳統思考
模式中的一部分，而在《三俠五義》中也有銅網陣的機關，但視之爲個人與政
治機器的對抗更爲恰當[66]。因此兩者恐怕都不能視作是用來引入推廣「新」
知。但是到了偵探小說，不論其形式及內容都是新奇的，「偵探故事中經常提
及新科技——火車、地鐵、電報等——全是19世紀中國人羨慕的事物；偵探小說
這個品種是和現代生活緊密結合在一起的，故事主人翁以邏輯推理和有規律的行
動屢破奇案，表現出當時國人被視爲欠缺的素質——堅強的體能和智能。」[67]現
代性的引進，我們應注意可以由兩個面向來考察：一方面可以是識者有意識的介
紹引進，如梁啓超等有識之士體認到中國有許多面向需要向西方學習，因而不遺
餘力地介紹新知，希望開啓民智，引領國民及國家往更好的境界走；另一方面
則是一種「體驗」的層面，也許身歷其境的人並未充分意識到主觀所欲追求的
現代質素，但是在客觀的環境中，其實他已主觀地感受到或是不自覺地已受到
影響[68]。而在後者，任何有關「新」的、「奇」的，來自西方的東西，都能相
當大幅度引起讀者的喜愛。更何況像福爾摩斯小說所提供的對於案件的全然不同
的處理，比方說謎樣的案件、令人嘆爲觀止的抽絲剝繭的推理破案過程，具有鮮
明特質的偵探、故事中人物性格的掌握，以及偵探小說氣氛的塑造安排等，都無

66　王德威，〈重讀《蕩寇誌》〉，頁430-437；《被壓抑的現代性》，頁188-191。

67　孔慧怡，〈還以背景，還以公道〉，頁93。

68　對於現代性這方面的討論較少，但是卻很重要，可以參看鍾叔河，《走向世界：近
　　代中國知識分子考察西方的歷史》(北京：中華書局，2000)以及王一川，《中國現
　　代性體驗的發生》(北京：北京師範大學出版社，2001)。

不令當時人開眼界。俠人認為，「唯偵探一門，為西洋小説家專長。中國敘此等事，往往鑿空不近人情，且亦無此層出不窮境界，真瞠乎其後矣。」[69]周桂笙在〈《歇洛克復生偵探案》弁言〉中極生動的描寫了偵探小説與中國公案小説的異同：

> 吾國視泰西，風俗既殊，嗜好亦別。故小説家之趨向，迴不相侔。尤以偵探小説，為吾國所絕乏，不能不讓彼獨步。蓋吾國刑律訟獄，大異泰西各國，偵探之説，實未嘗夢見。互市以來，外人伸張治外法權於租界，設立警察，亦有包探名目，然學無專門，徒為狐鼠城社。會審之案，又復瞻循顧忌，加以時間有限，研究無心。至於內地讞案，動以刑求，暗無天日者，更不必論。如是，復安用偵探之勞其心血哉！至若泰西各國，最尊人權，涉訟者例得請人為辯護，固苟非證據確鑿，不能妄入人罪。此偵探學之作用所由廣也。而其人又皆深思好學之士，非徒以盜竊充捕役，無賴當公差者，所可同日語。用能迭破奇案，詭密神妙，不可思議，偶有記載，傳誦一時，偵探小説即緣之而起。[70]

這些異同讓讀者看到、感知到中國傳統政治、社會、法律、人權等面向的缺陷，同時也指出西方偵探小説中以及其背後有別於中國思想的不同處，這些很明顯的都對晚清讀者有衝擊，也刺激讀者的閱讀慾望，尤其是讀者們所熟悉的現實社會中充溢著許多與此相反的不公及對現況無力的情境時。

　　此外，我們在上面公案小説的討論中已指出公案小説發展到清末，逐漸顯現出舊有的道德法律已經無法維繫社會安定的現象。然而如孔慧怡所言：

> 假如偵探小説在西方的作用是因為各種既定制度經常面對挑戰，引起公

69　俠人，《小説叢話》，見陳平原、夏曉虹編，《二十世紀中國小説理論資料》，第1卷，頁93。

70　周桂笙，〈《歇洛克復生偵探案》弁言〉，見陳平原、夏曉虹編，《二十世紀中國小説理論》第1卷，頁119-120。

眾心理不安，而偵探案中法紀必勝的結局正好爲讀者提供心理上的穩定
作用，那麼在世紀之交的中國，政治制度及社會制度都處於極不安定的
狀態，偵探小說提供的心理穩定作用對中國讀者來説，吸引力就更見強
烈了。在一個公理難伸的社會，偵探故事的主人翁維護法紀，有如古代
的著名清官如包青天，但又比包青天更勝一等，因爲他查案用的是<u>現代</u>
<u>的科學方法</u>。這種傳統道德價值和現代西方科技的配合，實在是晚清讀
者很難抗拒的。(強調處爲引者所加)[71]

也就是說，在傳統公案小說找不到的出路，無法解決的困境，在新引進的偵探小
說中至少開啓了一扇門，提供了一個(因爲是西方來的「現代」的觀念及方法)看
來是更有依據、更可靠的可能性。

偵探小說的引進紹介，其背後的動機及目的則與我們所關注的現代性更有關
聯。商務印書館主人在〈補譯華生包探案序〉中說明加譯之緣由：

或曰：是不過茶餘酒罷遣興之助，何裨學界，奚補譯爲？雖然，是固可
見彼文明人之情僞。異日舟車大通，東西往來益密。未始不可資鑑戒；
且引而伸之，亦可使當事者學爲精審，免鹵莽滅裂之害，然則又未必無
益也。[72]

另外，湯哲聲在評論上引周桂笙文章時指出，「偵探小說宣揚的是一種法治，而
不是人治；要求的是科學實證，而不是主觀臆斷；講究的是一種人權，而不是皇
權，這樣的一種思想內涵的小說體裁，輸入的正是時代所需要的『西洋文
明』。」[73] 此外，林紓在1908年於商務印書館出版了其譯著《歇洛克奇案開
場》，陳熙績在爲林文校讎點定句讀後爲之寫〈敍〉，在文中，陳熙績首先肯定
了林紓譯述泰西小說，「寓其改良社會，激動人心之雅志」，然後進一步稍談論

71　孔慧怡，〈還以背景，還以公道〉，頁93。
72　陳平原、夏曉虹編，《二十世紀中國小說理論資料》第1卷，頁201。
73　范伯群主編，《中國近現代通俗文學史》上卷，頁771。

了福爾摩斯在故事中的事蹟。接著陳熙績對福爾摩斯提出以下的看法：

> 嗟乎！使吾國男子。人人皆如是堅忍沈摯，百折不撓，則何事不可成，
> 何侮之足慮？夫人情遇險易驚，遇事輒忘，故心不憤不興，氣不激不
> 奮。晏安之毒，何可久懷？昔法之蹶於普也，則圖其敗形以警全國之耳
> 目；日之扼於俄也，則編爲歌曲以振通國之精神。中國自通市以來，日
> 滋他族，實逼處此。庚子之役，創痛極矣。熙績時在圍城，目擊其變，
> 踐列之慘，蓋不忍言。繼自今倘有以法、日之志爲志者乎？是篇雖小，
> 亦借鑒之嚆矢也，吾願閱之者勿作尋常之偵探談觀，而與太史公之〈越
> 世家〉，〈伍員列傳〉參讀之可也。是書舊有譯本，然先生之譯之，則
> 自成爲先生之筆墨，亦自有先生之微旨在也。[74]

也就是說，除了以其「新」、以其「奇」吸引人外，偵探小説之能受到重視，有
相當大因素是因其能參與到「改良社會、激動人心」的啓蒙大業中。半儂在1916
年〈《福爾摩斯偵探全集》跋〉中指出「科南・道爾抱啓發民智之宏願，欲使偵
探界上大放光明」，爲達此目的，他「改變其法，化死爲活」，不採教育方式而
是以小説方式，「以至精微至玄妙之學理，託諸小説家言，俾心有所得，即筆而
出之，於是乎美具難併，啓發民智之宏願乃得大伸。」[75] 半儂還在此文中，相當
細膩地分析了福爾摩斯做爲偵探的幾個特點，即「索」、「剔」、「結」。
「索」即廣爲蒐集資料細心觀察：「無論巨細，無論隱顯，均當搜索靡遺，一一
儲之腦海，以爲進行之資。」「剔」即理出條理：「運其心靈，合全盤而統計
之，綜前後而貫徹之，去其不近理者，就其近理者，庶乎糟粕見汰，而精華獨
留，于以收事半功倍之效。」至於「結」則是綜合結論，提出答案。這些都是現
代性中所強調的理性思考，邏輯推理、歸納的科學精神。不管是周桂笙、林紓

74　陳熙績，〈《歇洛克奇案開場》敍〉，見陳平原、夏曉虹編，《二十世紀中國小説
　　理論資料》第1卷，頁328。

75　半儂，〈《福爾摩斯偵探案全集》跋〉，見陳平原、夏曉虹編，《二十世紀中國小
　　説理論資料》第1卷，頁519-520。

(陳熙績)或是半儂,當他們在翻譯偵探小說時,他們都相當清楚地把引介偵探小說與開啓民智、改良群治的「現代性追求」結合一起。因此我們雖然理解到偵探小說有某些質素似乎與傳統的公案小說有類似處,但是偵探小說作爲一個文類,其實是一個由西方帶入的新概念。由於其所具有的特質,讓晚清的知識分子、譯者將之視爲可以用來推廣新知識、新思想,改革晚清民初社會現象的工具。

然而,偵探小說只能是一個工具,爲知識分子所利用來推動其理念的工具而已嗎?這兒,一個很重要的問題就浮現了。晚清民初的這些有識之士爲了要達到其開啓民智、推廣新知,促使改革的目的,高度地推揚小說的功用,在某個程度上將小說從「街譚巷語、道聽途說」的不入流的位置一舉拉升到「文學之最上乘」。但是小說作爲一種文類,其本質原來就是「小」的說,就是道聽塗說,就是偏向消閒娛樂(至少不是那麼嚴肅的經國濟世大業)[76];因此當梁啓超等人將小說變爲「大說」時,這中間弔詭的緊張狀態就產生了。這也是梁啓超在1915年寫出〈告小說家〉一文,中間對坊間小說不能持續維持「新小說」職志,爲啓蒙改良而努力,深爲嘆息無奈甚至洋溢沮喪的語調[77]。

偵探小說的引進如我們上面所言,也是在高度標榜小說的教育社會功用下被引進的,我們上面也引了像周桂笙、林紓、半儂的文字,讓我們看到偵探小說在晚清民初知識分子眼裡手中,是被當作是傳播新知,輔翼改良的媒介來看待的。因爲它們可以扮演這樣的功效,才大幅度的被引進、被接受,而且受到歡迎。但是受到歡迎,有不同的層面,一方面正是因爲其「通俗適眾」,能發揮教育社會功能,因而受到歡迎,這部分大致上是菁英分子所採的態度;另一方面,偵探小說所以能受到歡迎,與其文類本身的某些內在特質有關,也就是其文學性。根據我們對中西文化交流的瞭解,原來中國引進輸入歐西思想,大都集中在其較爲實用的部分,甚至有時候是一種有意的誤導、誤譯[78]。但是隨著對於引進思想及作

76　其實在西方,小說被視爲傳達眞理(truth)的一種載體(「大說」),也是要到寫實主義成熟以後才有的觀念。

77　可參看筆者對此文的討論,〈重估梁啓超小說觀及其在小說史上的意義〉,頁328-330。

78　晚清的翻譯最突出的就是這類或刪或加或改的翻譯,梁啓超的翻譯往往都是。澤田瑞穗稱之爲「豪傑譯」,見澤田瑞穗,〈晚清小說概觀〉,頁54-57。

品的更深入理解，我們對於歐西思想就愈來愈周詳、越全面，原來爲識者所強調的部分(如開啓民智、改良群治)也會隨著而強化或弱化，或改變。這一部分其實是文化交流溝通中最有趣的部分[79]。

我們上面曾引了陳熙績爲林紓的《歇洛克奇案開場》寫的〈敘〉，其中提到林紓的翻譯往往「寓其改良社會，激動人心之雅志」。林紓自己也寫了〈序〉，在其中他解釋了原來的譯名係《神樞鬼藏錄》，乃借用元微之「遂貫穿於神樞鬼藏之間」句，其實就是用來描述他對柯南・道爾寫作風格的感受及掌握：「文先言殺人者之敗露，下卷始敘其由，令讀者駭其前而必繹其後，而書中故爲停頓蓄積，待結穴處，始一一點清其發覺之故，令讀者恍然，此顧虎頭所謂『傳神阿堵』也。寥寥僅三萬餘字，借之破睡亦佳。」[80] 林紓固然有翼助維新之志，然而他同時也留意到柯南・道爾小説敘事之手法及布局之巧妙。半儂的〈跋〉其實也有同樣的情形，一方面他強調了偵探小説有「開啓民智之宏願」，但是他也提出柯南・道爾小説中的「索」「剔」「結」；這不僅是我們上面所解釋的，是一種理性、邏輯推理演繹的科學精神，其實它們也是整體小説佈局的重要架構。半儂指出：

> 偵探之爲事，非如射覆之茫無把握，實有一定之軌轍可尋。惟軌轍有隱有顯，有正有反，有似是而非，有似非而是，有近在案內，有遠在案外。有軌轍甚繁，而其發端極簡；有軌轍甚簡，而發端極繁。千變萬化，各極其妙。從事偵探者，既不能如法學家之死認刻板文書，更不能如算學家之專據公式，則惟有以腦力爲先鋒，以經驗爲後盾，神而明之，貫而徹之，始能奏厥膚功。[81]

79　這部分可參看孔慧怡，〈還以背景，還以公道〉。劉禾有專著討論此一現象：
　　Lydia Liu, *Translingual Practice: Literature, National Culture, Translated Modernity* (China 1900-1937) (Stanford: Stanford Unirersity Press, 1995).

80　林紓，〈《歇洛克奇案開場》序〉，見陳平原、夏曉虹編，《二十世紀中國小説理論資料》第1卷，頁329。

81　半儂，〈《福爾摩斯偵探案全集》跋〉，頁519。

覺我也認為，「偵探小說者，於章法上佔長，非以句法佔長；於形式上見優，非以精神上見優者也。」[82]另外，周桂笙在《毒蛇圈》的〈譯者敘言〉中有一段值得我們注意的話：

> 譯者曰：我國小說體裁，往往先將書中主人翁之姓氏、來歷，敘述一
> 番，然後詳其事蹟於後，或亦有用楔子、引子、詞章、言論之屬，以
> 為之冠者，蓋非如是則無下手處矣。陳陳相因，幾乎千篇一律，當為
> 讀者所共知。此篇為法國小說巨子鮑福所著。其起筆處即就父母（女）
> 問答之詞，憑空落墨，恍如奇峰突兀，從天外飛來，又如燃放花炮，
> 火星亂起。然細察之，皆有條理。自非能手，不敢出此。雖然，此亦
> 歐西小說家之常態耳，爰照譯之。以介紹於吾國小說界中，幸弗以不
> 健全譏之。[83]

也就是說，偵探小說中在敘事、在布局上、在結構上的安排、在人物的刻畫及性格的呈現上、在角色相互之間的關係上，在背景的安排上都有獨到的呈現。

西方自從Edgar Allan Poe已降，大致上已經形成一偵探小說的傳統，大致歸納起來，以Poe做為始祖的古典偵探小說（classical detective story）對於情境的發展處理，對於動作的開展及其模式、對於小說中角色相互之關聯，以及整體事件及人物發展的背景環境氛圍大致上都有清楚的概念[84]。偵探小說的情境（situations）發展與中國公案小說不一樣。偵探小說的起始往往是一個未解（unresolved）的罪

82　覺我，〈第一百十三案・贅語〉，《小說林》第1號(1907)。

83　和新室主人(周桂笙)，〈《毒蛇圈》譯者識語〉，見陳平原、夏曉虹編，《二十世紀中國小說理論資料》第1卷，頁94。

84　John G. Cawelti, *Adventure, Mystery, and Romance* (Chicago: The University of Chicago Press, 1976), p.80. 筆者在這裡的討論大致依據Calweti的看法。另外則參考以下著作：(1)Robin W. Winks, ed. *Detective Fiction: A Collection of Critical Essays* (Vermont: the Countryman Press, 1980); (2)Glenn W. Most and William W. Stowe, eds. *Poetics of Murder: Detective Fiction & Literary Theory* (SanDiego: Harcourt Brace Jovanovivh, 1983); (3)Stephen Knight, *Crime Fiction, 1800-2000: Detection, Death, Diversity* (New York: Palgrave Macmillan, 2004).

行，然後才逐漸朝向神秘事件(mystery)的鋪演抒解，此一「神秘」的重點通常是以罪犯的身分(identity)或動機(motive)爲關切點，也就是「兇手是誰」(who done it)；或是罪犯及其目的已知，則問題轉爲決定罪犯犯下罪行的過程或方法，一步一步的提出證據來證明罪犯的作爲。至於在動作模式上，偵探小説乃是以偵探的偵察和破案爲重心，此一偵察破案的過程大致可以釐分爲幾個模式：(1)偵探的引進介紹；(2)罪行及相關線索；(3)調查過程；(4)破案的宣布；(5)答案的解釋；(6)結局。在這裡，偵探是重要的，破案的過程是重要的，而最後的解案也是重要的。整體而言小説的重心在找到兇手以及知道其動機或其犯案的過程。此一模式與我們在第三節(頁408)中所列的公案小説的模式有不同的偏重。在公案小説通常罪犯是誰是已知，犯案的情形通常也是已知，小説的重點較多是偏重在如何追到抓到、懲罰此罪犯，因而達到道德勸誡的目的。西方偵探小説顯然提供了不同層面的懸疑(suspense)。公案小説的懸疑在「何時」、「如何」抓到罪犯，抓到後他該受「何種懲罰」；但是偵探小説提供的是「誰」犯了罪？「爲何」犯？「如何」犯？偵探「如何」破案、解案？這兩種是不同的偏重，偵探小説開啓了不同的視野及表達的方式。

偵探的引進以及其形象性格的處理在偵探小説中是重要的，往往得凸顯偵探的特殊才能，如其分析推理、演繹的功夫，建立起偵探本人的權威及可信性(authority and credibility)，激發我們對他的好奇及信心。這方面顯然對於中國的譯者或作家造成鮮明的印象。我們看到半儂提到的「索、剔、結」以及其背後的推理、演繹、歸納的能力；他也提到福爾摩斯的道德人格[85]。在助手的安排上，我們也看到晚清民初作家譯者亦注意到「福爾摩斯／華生」模式的展現[86]。另外。以敘述方法言，柯南‧道爾採華生博士來敘述福爾摩斯的辦案故事開啓了第一人稱敘述觀點的使用。華生不僅說出事情來龍去脈，但是因爲又是第一人稱，因此又有所保留或是有所「不見」，隱藏了某些「眞相」，如此可以保有故事的懸疑，增加讀者對於作品的興趣。孔慧怡指出張坤德所譯的第一篇柯南‧道爾的

85　半儂，〈《福爾摩斯偵探案全集》跋〉，頁549。
86　范伯群主編，《中國近現代通俗文學史》，頁756。

小說，〈英包探勘盜密約案〉（The Naval Treaty），原著係採第一人稱敘事，但是張坤德可能怕中國讀者不習慣，將之改寫爲第三人稱全知觀點。然而第二篇〈記謳者復仇事〉（The Crooked Man)則已用巧妙的第一人稱來敘事了[87]。我們通常說吳沃堯的《二十年目睹之怪現狀》(1909)是第一本用第一人稱敘事觀點撰寫的小說的說法，其實是可以再斟酌的[88]。至於論者一般高度讚揚的吳沃堯的《九命奇冤》(1907)中的「倒敘」(flashback)，其實不是胡適所說的是「受了西洋小說的影響」，因爲中國本土的敘述傳統中原本就有極豐富的倒敘技巧，此外，日本學者香阪順一也提出證據，認爲吳沃堯受到當時流行於廣東地區的「南音民謠」影響[89]。何況偵探小說中倒敘並不是普遍的手法，因爲在偵探小說中，「情節一般依靠證據的逐漸發展和累積」，其「趣味完全取決於能否激起讀者的好奇心；偵探小說計畫的每一詳細步驟卻必須有助於維持和加強讀者的急於瞭解故事結局的心情。」[90]不過，偵探小說對於時間的處理及懸疑的掌握確實影響到晚清民初小說家[91]。

　　證之林紓及半儂的文字，我們可以看出他們對於此一新文類的表現模式已有相當程度的理解，而這些文學性的表現已經不再是教育社會功能所能含攝的了。偵探小說不僅發揮其原本菁英分子所欲達到的教育社會功能(西方的社會情景、思考模式、法律觀念、人權觀念、道德觀念、人格特質等的介紹引進)，其文類本身所蘊含的文學性質也發揮出效果(如敘事模式、人物的描摹、時間的應用、敘述觀點、不同性質懸疑的應用，甚至不同文體的呈現等)，偵探小說的影響逐步擴大了。

87　參看孔慧怡，〈還以背景，還以公道〉，頁97-100。
88　韓南指出在1839年傳教士Karl Gutzlaff在《悔罪之大略》中即已用了第一人稱敘事。見Patrick Hanan, *Chinese Fiction of the Nineteenth and Early Twentieth Centuries* (New York: Columbia University Press, 2004), p.166.
89　胡適的說法，見《五十年來中國之文學》(台北：遠流出版公司，1986)，頁128。香阪順一的說法轉引自吉爾伯特(Gilbert Fang)，〈《九命奇冤》中的時間〉，頁123-125。筆者認爲這是另一種highlighting敘述技巧的使用，容爾後再專論。
90　吉爾伯特(Gilbert Fang)，〈《九命奇冤》中的時間〉，頁129。
91　陳平原，《中國小說敘事模式的轉變》(台北：久大文化，1990)，頁43。

五、偵探／推理小説的功能

　　我們前面說，偵探小說的引進，原來是因其被視作可以發揮教育社會的文類，因而受到知識分子的青睞，以之來引進西方的現代性質素，希冀能開啓民智，改良社會。然而隨著偵探小說的流通量愈來愈大，(因爲其表達呈現的技巧手法等的新奇)影響力也愈來愈大時，其兩面刃的情形就突顯出來了。小說固然在「有識之士」手中地位被提高了，也許在某些面向也協助了推廣新知識新思想，但是我們知道一般的讀者還是偏向於將小說視爲消遣娛樂。當小說轉向一般消遣娛樂時，其作爲教育社會功能的「現代性追求」，也就不得不消減，甚至成爲絆腳石了。這是我們上面說梁啓超在〈告小說家〉中的感受，恐怕也是許多有識之士的感受。在〈《中國偵探案》弁言〉中「中國老少年」(吳沃堯)即有不滿之言：

　　　　吾每讀之〔偵探小說〕，而每致疑焉，以其不能動吾之感情也。乃近日
　　所譯偵探案，不知凡幾，充塞坊間，而猶有不足以應購求者之慮。彼其
　　何必購求偵探案，則吾不知也。訪諸一般讀偵探案者，則曰：偵探手段
　　之敏捷也，思想之神奇也，科學之精進也，吾國之昏官、贓官、糊塗官
　　所夢想不到者也。吾讀之，聊以快吾心。或又曰：吾國無偵探之學，無
　　偵探之役，譯此者正以輸入文明。而吾國官吏徒意氣用事，刑訊是尚，
　　語以偵探，彼且瞠目結舌，不解云何。彼輩既不解讀此，豈吾輩亦彼輩
　　若耶？嗚呼！公等之崇拜外人，至矣盡矣，蔑以加矣。雖然，以此種之
　　小說，而曰欲藉以改良吾之社會，吾未見其可也。[92]

　　其實不僅「中國老少年」有意見，許多知識分子也有意見。孔慧怡相當有見

92　中國老少年(吳沃堯)，〈《中國偵探案》弁言〉，見陳平原。夏曉虹編，《二十世
　　紀中國小說理論資料》第1卷，頁194-195。

地地指出，偵探小說受到歡迎後，馬上就有反對意見，「一端是推動普及小說，極力爭取讀者的人(他們的目標主要是——但並非絕對是——經濟利益)，另一端是注重建立道德和文學標準的人。」這兩者之間之衝突「不一定源於客觀的素質衡量，而更可能是因爲這個小說品種在量方面占了壓倒性的優勢——在1900年代它已成爲最令人矚目的小說品種了。」[93] 不僅如我們所說的，翻譯偵探小說的數量在晚清文學中佔極大宗，迅即有數量極多的作家如程小青、孫了紅、俞天憤、陸澹安、張碧梧、趙苕狂等，不僅翻譯偵探小說，也開始進行偵探小說的創作。《半月》、《紫羅蘭》、以及其他雜誌都有類似「偵探之友」欄目以及「偵探小說專號」的設置，後來更有如《偵探世界》、《大偵探》等專業偵探小說雜誌的產生[94]。但是孔慧怡並未能指出，其實這是小說文類中的權力關係的具體展現。當梁啓超或其他知識分子將新小說提升爲文學之最上乘後(「大說」)，小說與其他文類相互之間的關係已發生變動，已然是中國文學中主流的一部分，不僅是救亡圖存大業中的重要管道，更是追求「現代性」、建構現代中國的論述，如王德威所說的，小說可以「記錄中國現代化歷程」，「國家的建立與成長、少不了鮮血兵戎或常態的政治律動。但談到國魂的召喚、國體的凝聚、國格的塑造，乃至國史的編纂，我們不能不說敘述之必要，想像之必要，小說(虛構！)之必要。」[95]當偵探小說可以置入到此一架構中時，它的存在性及合法性是毋庸置疑的，而且是值得提倡推動的。但是當偵探小說(如同梁啓超所認定的新小說)不能持續爲救亡圖存大業效力，不能帶領中國往較佳善的境界去，甚或還毀壞人心，這是孰可忍，孰不可忍的大事了！梁與其同儕當然無法再像以往極權政權「禁燬」小說了，這也是爲何梁啓超在1915年的話是這般的悲愴。但是他的話恐怕也是最有代表性了：

93　孔慧怡，〈還以背景，還以公道〉，頁96。

94　有關偵探小說的創作盛況以及其中重要的偵探小說家及其作品的討論，可參考范伯群主編，《中國近現代通俗文學史》，頁781-900。

95　王德威，《小說中國：晚清到當代的中文小說》(台北：麥田出版社，1993)，頁3-4。亦請參看筆者，〈從「街談巷語」到「文學之最上乘」——由文化研究觀點探討晚清小說觀念的轉變〉。

其什九則誨盜與誨淫而已，或則尖酸輕薄毫無取義之遊戲文也，於以煽誘舉國青年弟子，使其桀黠者濡染於險詖鉤距作奸犯科，而摹擬某種偵探小説中之節目。其柔靡者浸淫於目成魂與窬牆鑽穴，而自比於某種艷情小説之主人者。於是其思想習於污賤齷齪，其行誼習於邪曲放蕩，其言論習於詭隨尖刻。近十年來，社會風習，一落千丈，何一非所謂新小説者階之屬？[96]

原來肩負現代性開展的偵探小説，現在已無法再擔當救國啓蒙的大業了，而且，正如同林培瑞（Perry Link）所説的，是由家國建構到利益追求（from nation building to profit）了[97]。李歐梵也指出「新小説」的出現，

> 與其説是一種純粹文學上的考慮，還不如説是一種觀念上的嚴峻指令。但是，這種觀念上的目標的嚴肅性被商業上的那種『讀者要求』定律所沖淡，因爲這種小説寫作實際上成爲一種營利的手段。通俗性爲清末作家確立了雙重任務，那就是既要教育讀者，又要娛樂讀者。由於這是從一種菁英的構想發展到一種通俗的作品，所以『新小説』也就逐漸喪失了它本身所具有的那種啓蒙的精神因素，這種因素在某種情況下曾使小説產生過經久的文學價值。從商業觀點看，清末通俗小説獲得了前所未有的成功；可是，從知識的和藝術的眼光看，它的發展則是以失敗告終的，儘管它最初被寄予厚望。[98]

也許偵探小説不再能發揮教育功能，但是在經過這一番過程後，偵探小説基本上

96　梁啓超，〈告小説家〉，見陳平原、夏曉虹編，《二十世紀中國小説理論資料》第1卷，頁484。

97　Perry Link（林培瑞）*Mandarin Ducks and Butterflies: Popular Fiction In Early Twentieth-Century Chinese Cities* (Berkeley: Unviersity of California Press, 1981), pp. 133-155.

98　李歐梵，〈追求現代性(1895-1927)〉，收於李歐梵，《現代性的追求：李歐梵文化評論精選集》(台北：麥田出版社，1996)，頁243。

已站穩腳步，甚至在廣泛吸收西方偵探小說的文學技巧及敘述方法後成為一股中國近現代通俗文學的重要潮流。

六、結語

在本文中，筆者試著以「現代性」（modernity）的概念首先描摹並釐清西方現代性的大致樣貌，然後再以中國與西方碰觸後的現代性追求來掌握晚清民初的思想發展以及文學的特色。我們看到了晚清小說基本上是與時代脈動密切結合一起，公案小說、偵探小說亦不例外。公案小說在發展過程中呈顯出晚清社會的政治道德日漸崩頹，但是在內容上、技巧上，以及文學視野上，公案小說仍然屬於傳統思考範疇，無法協助解決當時的政治社會及小說的困境，雖然它已為緊接而來的現代性開展提供了一個可能的舞台。中國社會道德文化的困境顯然需要一種新的衝擊。向西方學習，吸取其中中國可以借鏡的質素，於是成為晚清的主潮。小說在此氛圍中參與其中，扮演了重要角色，也因而提升了其地位，成為文學主流。偵探小說不例外的，也是此一巨大洪流之一股，因其可能發揮的啟蒙教育功用而被標舉提倡，但是在初步被融入到現代性話語的論述中之後，它原來作為通俗文學的本質逐漸浮現滿溢，致使其樣貌有所變化。重要的是，在偵探小說中的敘事模式、情節安排(懸疑、突轉、發現)、人物塑造(偵探、助理、罪犯、被害者及其相互之關連)、氛圍釀塑、文類成規等面向，一一被感知之、被肯定、被模仿。到了五四時期，由於籠罩在「全盤反傳統主義」(totalistic antitraditionalism)氛圍下[99]，五四新文學繼承晚清「新小說」「救亡圖存」的精神，發展出夏志清所謂的中國現代小說的「感時憂國」或是劉紹銘所謂的「涕淚交零」的現代文學[100]，仍然以文學追求「現代性」。「民主」、「科學」、

---

99 Lin Yu-sheng, The Crisis of Chinese Consciousness: Radical Antitrditonalism in the May Fourth Era（Madison: University of Wisconsin Press, 1979）, pp. 3-9.

100 C. T. Hsia, "The Obsession With China," in C. T. Hsia, *A History of Modern Chinese Fiction*, 3rd. ed. (Bloomington: Indiana Unirersity Press, 1999), pp. 533-554；劉紹銘，《涕淚交零的中國文學》（台北：遠景出版社，1979）。

「自由」、「平等」、「人權」、「法治」、「理性」依然充斥於五四的話語中。五四小說也和晚清新小說一樣，較多的偏向此一面向，同時也排斥非「現代性追求」的其他小說，如鴛鴦蝴蝶派小說、武俠小說、偵探小說等都在排斥之列。1921年《小說月報》的編輯權轉手到沈雁冰(茅盾)後的發展即是最清楚的表徵。然而，五四小說的表達模式、技巧手法、小說形式、敘事觀點的使用等，我們都可以清楚的看到它們受到通俗小說，如鴛鴦蝴蝶派及偵探小說的影響。所謂的「現代小說」在內容思想上很明顯是一種追求現代性的話語，但在技巧上，現代小說則由偵探小說等的通俗小說學習獲益極多。這已是另一專題研究的範疇了。

經典轉化與明清敘事文學

2009年8月初版 　　　　　　　　　　　　　　　　定價：新臺幣580元

有著作權‧翻印必究

Printed in Taiwan.

主　　　編	王　瑷　玲	
	胡　曉　真	
發 行 人	林　載　爵	

出　版　者	聯經出版事業股份有限公司	
地　　　址	台北市忠孝東路四段555號	
編輯部地址	台北市忠孝東路四段561號4樓	
叢書主編電話	(0 2) 2 7 6 3 4 3 0 0 轉 5 2 2 6	
總　經　銷	聯 合 發 行 股 份 有 限 公 司	
發　行　所	台北縣新店市寶橋路235巷6弄6號2樓	
電話：	(0 2) 2 9 1 7 8 0 2 2	
台北忠孝門市：	台 北 市 忠 孝 東 路 四 段 561號 1 樓	
電話：	(0 2) 2 7 6 8 3 7 0 8	
台北新生門市：	台 北 市 新 生 南 路 三 段 9 4 號	
電話：	(0 2) 2 3 6 2 0 3 0 8	
台中分公司：	台 中 市 健 行 路 3 2 1 號	
暨門市電話：	(0 4) 2 2 3 7 1 2 3 4 e x t . 5	
高雄辦事處：	高 雄 市 成 功 一 路 363號 2 樓	
電話：	(0 7) 2 2 1 1 2 3 4 e x t . 5	
郵政劃撥帳戶第0100559-3號		
郵撥電話：	2 7 6 8 3 7 0 8	
印　刷　者	世 和 印 製 企 業 有 限 公 司	

叢書主編	沙　淑　芬	
校　　對	方　　策	
封面設計	三 省 堂 譚 美 珍	

行政院新聞局出版事業登記證局版臺業字第0130號

國家圖書館出版品預行編目資料

經典轉化與明清敘事文學/ 王瑷玲、
胡曉真主編 . 初版 . 臺北市 . 聯經 . 2009 年
8 月（民 98）. 432 面 . 17×23 公分 .
ISBN　978-957-08-3446-8（精裝）

1.明清文學　2.敘事文學　3.文學評論
4.文集

820.906 　　　　　　　　　　　98011828